Rolf D. Sabel

Die Hieronymus-Verschwörung

Ein historischer Roman

Rolf D. Sabel

Die Hiero-nymus-Verschwörung

EIN HISTORISCHER ROMAN

benno

Für Helmut und Konni,
die mein Leben
durch ihre Freundschaft
unendlich bereichert haben.
Danke!

INHALTSVERZEICHNIS

Grauer Nebel lag an jenem Oktoberabend über London, grau, nass und undurchdringlich, wie es einem überkommenen Klischee dieser Stadt entspricht. Kleine Tröpfchen, fein wie silbrige Perlen, setzten sich auf allem ab, Schwaden streiften wie Fetzen durch die Straßen und überzogen alles mit ihrem grauen Schleier. Die Rußwolken, die aus den zahllosen Kaminen kamen, konnten nicht abziehen und legten sich wie ein Leichentuch über die Stadt.

Von der nahen Themse hallten die Nebelhörner der Schiffe wider, die angesichts der grauen Suppe um ihre Sicherheit fürchteten. Die Abgase der wenigen ersten Automobile verstärkten den fahlen Dunst, der wie mit Fingern nach allem griff. Die neumodischen Automobile, seit Neuestem sogar Busse mit zwei Stockwerken, hatten die Kutschen und Gespanne weitgehend abgelöst und zu ganz neuen Verhältnissen auf den Straßen geführt. Und der Nebel brachte eine für diese Jahreszeit ungewöhnliche Kälte mit sich. Die Menschen strebten fröstelnd nach Hause, ein Gewirr von Kutschen, Droschken und Automobilen prägte das Straßenbild. An allen Ecken standen zitternde Zeitungsjungen, mit Schal und Mütze vermummt, und übertrafen sich gegenseitig im Ausrufen der Schlagzeilen:

„Dr. Crippen vor Old Bailey! Hat er seine Frau umgebracht und im Keller vergraben? – König Manuel II. von Portugal sucht in England Asyl! –

Kommt es zum Aufstand der Suffragetten? –

Lesen Sie die Daily Mail und Sie sind informiert!"

Der betagte Mann, der da aufrecht aber mühsam seinen Weg durch das Gewimmel der Menschen suchte, hatte keine Augen für die Zeitungsjungen. Er trug, wie er es gewohnt war, einen schwarzen Gehrock mit Stehkragen und einen Bowler, der in Southwark von Thomas und William Bowler gefertigt worden war, ein Attribut, auf das er nie verzichten würde. Darüber ein schwarzer Mantel mit Pelzkragen, der gegen die Kälte schützte. Eine blaue Krawatte mit gleichfarbigem Tuch vervollständigte das Aussehen eines Gentlemans der oberen Schicht. Seine Hand stützte sich auf einen Gehstock mit vergoldetem Knauf. Das aristokratische, fein geschnittene Gesicht zierte ein gestutzter Bart, der ebenso weiß war wie das Haupthaar, das in schmalen Strähnen unter dem Hut hervorlugte.

Eine Hand schälte sich aus dem Nebel, blass und dürr, eine Stimme murmelte etwas von einer kleinen Spende für einen arbeitslosen Mann. Der Mann im Bowler blickte kurz auf die abgerissene Gestalt, die ihm den Weg verlegte, und schob sie unwirsch beiseite. Der zerlumpte Alte warf ihm ein übles Schimpfwort nach und trottete weiter.

Für so was hatte der Mann im Bowler keine Zeit. Er hatte ein ganz bestimmtes Ziel. Von einer Mietdroschke hatte er sich bis zum Brick Lane Market bringen lassen. Von dort tauchte er in das Gewirr der Gassen von Whitechapel ein, ein Viertel, das er gewöhnlich zu meiden pflegte. Hier hatte vor gut zwanzig Jahren ein Mörder sein Unwesen getrieben, dem die Presse den Namen *Jack the Ripper* verliehen hatte und der bis heute nicht gefasst war. Aber heute gab es einen guten Grund dafür, dass er dieses leicht verrufene Viertel aufsuchte, und so verließ er die Brick Lane, bog in die Princelet Street ab und war nach hundert Schritten am Ziel. Hier lag, eingebettet zwischen einem schmutzigen Fish and Chips Laden, einem walisischen Schneider und einem winzigen Pub mit der Aufschrift *The Old George Inn*, ein kleines, verstecktes Buchantiquariat. Es machte einen etwas heruntergekommenen Eindruck, die große Schaufensterscheibe war fast blind und hätte dringend einer säubernden Hand bedurft. Der Laden war nicht so fein wie die auf der Charing Cross Road, aber wahrscheinlich auch nicht so teuer.

The London Antiquarian Bookshop /
Inh. Edward Saunders
Since 1886

verriet ein kleines, verblasstes Messingschild, das im Wind baumelte.

Der Mann öffnete die alte Holztür, die knarrend aufschwang. Das zarte Klingeln eines Glöckchens begleitete seinen Eintritt. Er betrat den Laden und ließ Nebel und Lärm der Stadt hinter sich. Seine Augen brauchten einige Zeit, um sich an die Dunkelheit des Ladens zu gewöhnen, der mit alten Büchern bis zur hohen Decke vollgestopft war. Nach der Kälte der Straße nahm der Mann dankbar die Wärme wahr, die ihn empfing. In dem kleinen Kamin, der gegenüber der Tür lag, prasselte ein loderndes Feuer, das seine zuckenden Flammen in die Dunkelheit des Raums warf.

Er sah sich um. Alle Wände waren bis zur Decke mit Regalen bestückt, die bis oben mit Büchern gefüllt waren. Bücher, wohin man sah. Prachtvolle alte Folianten, viele in Leder mit Goldschnitt gebunden, wertvolle Erstausgaben, frühe Inkunabeln mit lateinischen oder griechischen Titeln, ein Paradies für den Bücherfreund.

Kleine, in alten Lettern geschriebene Karten wiesen auf verschiedene Fachgebiete hin. Bevor der Mann sich weiter umschauen konnte, nahm er leise Schritte wahr. Ein alter Mann, kaum 160 Zentimeter groß, schlurfte aus einem Verschlag am Ende des Ladens herbei. Er trug einen altmodischen, grauen Gehrock und eine leuchtend rote Fliege. Der Alte mochte wohl noch älter sein als der Kunde selbst, er hatte die siebzig deutlich überschritten. Sein schlohweißes Haar umgab den Schädel wie ein Kranz, eine Nickelbrille saß auf der kleinen Nase und verlieh den kleinen, listigen Augen Glanz. Aber sein Gesicht war glatt und zeigte keine Falte. Er verbeugte sich altmodisch.

„Willkommen mein Herr, was kann ich für Sie tun?"

Der Kunde räusperte sich. „Ich suche ein seltenes Buch aus dem Gebiet der Theologie."

„Theologie? Da sind Sie richtig, mein Herr. Bitte folgen Sie mir!"

Er führte seinen Kunden um eine Ecke und wies auf ein Regal.

„Hier sollten Sie alles finden, was Sie suchen. Ist es ... ein bestimmtes Buch?"

„Eine Lebensbeschreibung des heiligen Hieronymus."

Der Alte nickte. „Aha, der alte Bibelschreiber soll es sein!"

Er zog ächzend eine altersschwache Leiter mit drei Stufen heran, kletterte mühsam herauf und suchte. Nach kurzem Suchen griff er behutsam ein altes Buch heraus und reichte es dem Mann.

Die Hieronymus-Verschwörung

Goldene Frakturlettern nannten den Titel auf dem braunen Ledereinband. Der Kunde begutachtete das Buch von allen Seiten, er roch daran, seine Finger fuhren zärtlich über den alten Ledereinband. Es war handgeschrieben in alten englischen Lettern, manches verwittert und schwer lesbar. Auf einigen Seiten befanden sich herrliche Illuminationen, die Tiere, Landschaften oder Personen zeigten.

„Ein herrliches Buch. Und es sieht interessant aus, sehr interessant. Vielleicht ist es ja das, was ich suche. Wie alt ist es und wer ist der Autor?"

Der Antiquar schüttelte den Kopf.

„Vielleicht 17. Jahrhundert, oder gar älter. Es ist keine Jahreszahl enthalten."

„Und der Autor?"

„Steht auch nicht drin! Ein Mönch? Vieles wurde damals in den klösterlichen Scriptorien ohne Nennung des Autors geschrieben."

Er wies auf Tinte und Papier.

„Eisengallustinte auf Pergament. Die wurde in diesen Zeiten

oft verwendet, weil sie haltbarer als Rußtinte war, und Pergament hatte Papyrus längst abgelöst."

Der Mann nickte. Seine Finger schienen die alten Seiten behutsam zu streicheln. Der Alte blickte ihn freundlich an.

„Und darf ich fragen, zu welchem Zweck Sie ...“

„Ich bin ... ich war Professor der Theologie am Kings College. Jetzt bin ich schon seit Langem emeritiert, aber ich habe mir vorgenommen, noch *eine* Arbeit zu schreiben und zu veröffentlichen. Meine letzte soll es sein und im Mittelpunkt steht der heilige Sophronius Eusebius Hieronymus, der Mann, der als Erster die Bibel übersetzt hat.“

Der alte Antiquar nickte.

„Ein weiser Mann, über den schon viel geschrieben wurde. Man hat ihm wohl übel mitgespielt, dem armen Kerl. Er wäre damals der richtige Mann auf dem Stuhle Petri in Rom gewesen, aber man hatte sich gegen ihn verschworen.“

Er machte eine kurze Pause und starrte auf das Buch.

„Ja, eine richtige Verschwörung war es gegen diesen redlichen, gottesfürchtigen Mann.“

Er blickte versonnen seinen Besucher an. „Aber dieses Buch hier“, er wog den schweren Ledereinband in der Hand, „ist etwas Besonderes. Es kann Ihnen vielleicht noch einige Dinge erzählen, die Ihnen neu sind. Sie werden es nicht oft finden. Soweit ich weiß, gibt es überhaupt nur noch vier Exemplare auf der Welt.“

Der emeritierte Theologe sah ihn mit großen Augen an. Konnte das wahr sein? Der Alte hatte den Zweifel im Gesicht seines Kunden erkannt und lächelte.

„Nehmen Sie doch hier Platz, legen Sie den Mantel ab und machen Sie es sich gemütlich. Schauen Sie es sich in aller Ruhe an.“ Er blickte seinen Kunden listig an.

„Was ... was würde es kosten?“

„Es ist nicht billig, und so ein Kauf will gut überlegt sein“, sagte er mit einem feinen Lächeln, ohne auf die Frage zu antworten.

Er wies auf einen bequemen Ledersessel, der neben dem Kamin stand.

„Und eine gute Tasse Tee kann bei diesem Wetter auch nicht schaden, oder?"

Der Mann nickte dankbar, legte Mantel und Bowler ab und wurde wenig später ausreichend mit Tee und Gebäck versorgt. Vorsichtig schlug er das alte Buch auf. Er benutzte dabei die Handschuhe, die ihm der Alte mit einem freundlichen Lächeln wortlos gereicht hatte.

„Sie werden Zeit brauchen, viel Zeit."

„Ich könnte ... täglich kommen, wenn es Ihnen recht wäre. So am späten Nachmittag?"

„Gerne, gerne. Kommen Sie, wann immer Sie wollen. Das Buch wird immer für Sie bereit sein."

Der Mann nickte erfreut. Er nahm eine Tasse Tee und begann zu lesen ...

Ein kalter Nordwestwind fegt an jenem späten Dezemberabend durch die verlassenen Gassen Roms rings um das Forum Romanum ...

***

Von da an kam er jeden Tag fast immer zur gleichen Zeit. Über Wochen kam er, und immer empfing ihn der alte Antiquar mit einem feinen Lächeln und einer Kanne Tee. Längst hatte das alte Buch von dem Mann Besitz ergriffen. Er konnte sich einen Tag ohne diese Lektüre kaum noch vorstellen. Fast hatte er die reale Welt hinter sich gelassen. Seine Gedanken tauchten tief ein in die Welt des vierten Jahrhunderts nach Christus, eine Welt des vergehenden Römerreiches und eines neuen Glaubens, der die Welt eroberte.

I. FLUCHT AUS ROM

Ein kalter Nordwestwind fegt an jenem späten Dezemberabend durch die verlassenen Gassen Roms rings um das Forum Romanum. Der Winter des Jahres 384 n. Chr. ist ungewöhnlich kalt. Straßen, Tempel und Häuser liegen verlassen da, sind mit einer dünnen Schneeschicht überpudert. Glitzernde Nebelschwaden umhüllen die Spitzen des Capitols. Frierend bergen sich die Menschen vor der Kälte in ihren Häusern und nur vereinzelt streben tief verhüllte Gestalten eilig nach Hause. Rom ist im Frost erstarrt.

Doch dieses Rom ist nicht mehr das Rom begnadeter Redner wie Cicero oder Hortensius, nicht mehr die Stätte des Triumphes ruhmreicher Feldherrn wie Caesar oder Tiberius, nicht mehr die glanzvolle Metropole des *Imperium Romanum* wie unter Augustus. Die Weltstadt am Tiber ist nicht mehr der Mittelpunkt der Welt, der die Provinzen mit eisenharter Hand regiert und den unterworfenen Völkern seine Gesetze, seine Sprache, seine Kultur aufzwingt. Andere Städte wie Ravenna oder Konstantinopel haben ihren Platz eingenommen.

Auch die Herrscher haben sich verändert. Auf dem Kaiserthron der Julier, Claudier oder Flavier sitzen neue Römer, die gestern noch Barbaren waren.

Im *Cursus honorum*, der altrömischen Ämterlaufbahn, tummeln sich hochmütige Freigelassene. Die Heerführer stammen nicht mehr aus den alten *Gentes*, den führenden patrizischen Familien, die ihre Herkunft bis zur Gründung Roms ableiten. Franken, Goten und Alemannen befehligen die Legionen, und nur noch wenige Römer tun Dienst in ihnen.

Alte römische Tugenden wie Milde, Standhaftigkeit, Frömmigkeit, Mäßigung und Treue gelten heute vielen als Schwäche.

Der *Vir bonus*, der wahrhafte Römer, ist nahezu ausgestorben und dem vaterlandslosen Kosmopoliten gewichen. Die

Sehnsucht nach Weisheit, die Philosophie, ist durch einen diffusen Materialismus ersetzt worden.

Es ist auch nicht mehr das Rom der alten Götter. Jupiter, Venus, Mars, Minerva und all die anderen, sie sind auf dem Rückzug und beugen sich dem neuen Gott der Christen. Viele Tempel, sofern sie noch nicht in blinder Wut zerstört wurden, dienen jetzt dem neuen Glauben zur Heimstatt. Das Feuer der Vesta brennt zwar noch, aber die Flammen zucken schon im Sturme der Veränderung. In neun Jahren wird es auf Befehl von Kaiser Theodosius für immer erlöschen und der letzte heidnische Tempel wird geschlossen werden. Das ganze Reich steht vor seinem Zerfall und die Spuren dafür sind nicht zu übersehen.

Eine vermummte Gestalt huscht über das Forum, kämpft sich gegen den eisigen Wind, eingehüllt in einen dunklen Mantel, der bis über den Kopf reicht und nur für die Augen schmale Öffnungen lässt.

Vorbei am Tempel der *Concordia* lässt die Gestalt das düstere *Tullinanum*, das ehemalige Staatsgefängnis links liegen. Hier wurden einst die Verschwörer um Catilina auf Geheiß des Consuls Cicero vom Henker erwürgt, nun liegt es einsam und verfallen im blassen Schimmer des Mondes und nur die Fledermäuse jagen noch in den verlassenen Mauern. Mit eiligen Schritten strebt die dunkle Gestalt über die *Via Lata* in Richtung Marsfeld, jenem weltbekanntem Platz, wo sich einst die Legionäre zum Triumphzug aufstellten, wo sich die römische Jugend im Waffenkampf übte. Nach links biegt sie ab in den *Clivus Argentarius*. Grau und klobig steht der Tempel des Hadrian da, in dem niemand mehr betet. Jetzt ist es nicht mehr weit. Ein Pferdewagen rumpelt vorbei, der Kutscher schreit etwas gegen den Wind. Die Gestalt achtet nicht darauf, macht sich noch kleiner. Nur eine kurze Strecke, dann biegt der Vermummte rechts in eine schmale Seitenstraße ab. Hier, am nördlichen Rand des Feldes, sind vor vielen Jahren einige Wohnhäuser erbaut worden, keine *Insu-*

lae, mehrstöckige Wohnhäuser für die einfachen Leute, auch keine Prachtvillen, wie man sie auf dem Aventin findet. Es sind kleine bescheidene Häuser, zur Straße hin fensterlos und weiß getüncht. Hier wird Reichtum nicht gezeigt, sondern verborgen.

Wuchtig schallt das Klopfen durch die kalte Nacht. Die Gestalt zuckt zusammen, blickt besorgt um sich, so viel Lärm hat sie nicht erzeugen wollen. Nach wenigen Sekunden wird die Tür einen Spalt breit geöffnet. Der *Ostiarius*, ein Greis schon, in einer abgeschabten, vom vielen Waschen verschlissenen Tunica blickt fragend durch den Spalt:

„*Quid?* – Was ist?"

„Melde deinem Herrn, dass Vincentius ihn dringend sprechen muss."

„Aber es ist schon spät und mein Herr arbeitet", erwidert der Diener.

„Du sollst mich melden, und zwar sofort." In der Stimme schwingt Ungeduld mit und beginnender Zorn. „Wenn es nicht dringend wäre, würde ich deinen Herrn kaum stören."

Der Diener gibt seinen Widerstand auf und nickt. Schweigend öffnet er die Tür und lässt den späten Gast eintreten.

„*Sequere me quaeso.* – Folge mir bitte."

Durch ein schmuckloses *Atrium* mit verblassten Wandgemälden gelangt der Mann vor eine Tür, wo ihn der Diener zu warten bittet. Er verschwindet hinter der Tür, um Sekunden später wieder aufzutauchen. „Mein Herr bittet dich einzutreten."

Vincentius, der späte Besucher, betritt das *Tablinum,* das Arbeitszimmer des Hausherrn. Seine Augen müssen sich erst an die Dunkelheit des Raums gewöhnen, der nur von zwei Öllampen spärlich erhellt wird.

An einem riesigen Arbeitstisch, der mit Buchrollen und Pergamentblättern völlig überladen ist, sitzt ein kleiner gedrungener Mann mit fast kahlem Kopf, die wenigen grauen Haare umgeben sein Haupt wie einen Lorbeerkranz. Freundlich blickt er auf: „*Salve*, Vincentius, ich grüße dich, der Herr sei mit dir."

„*Etiam tecum* – Auch mit dir, Hieronymus. Ich bitte mein spätes Eindringen zu entschuldigen, aber die Angelegenheit ist wichtig und duldet keinen Aufschub."

„Was ist so wichtig, dass du zu so später Stunde noch den Weg zum Marsfeld gefunden hast, alter Freund?" Hieronymus blickt seinen Gast mit Wärme an.

Vincentius zögert mit der Antwort. „Bischof Damasus ist tot, der Herr hat ihn vor einer halben Stunde zu sich gerufen. Was das für dich bedeutet, kann man sich leicht vorstellen. Du bist in großer Gefahr."

„Mit seinem Tod mussten wir rechnen. Und doch, wenn es so weit ist, wird uns mit Nachdruck vor Augen geführt, wie nichtig und unwichtig alles ist, was wir hier tun", entgegnet Hieronymus nachdenklich.

Er stand nicht in irgendeiner Beziehung zum verstorbenen Bischof von Rom, sondern er war vertrauter Sekretär, Kanzler, Geheimschreiber des Bischofs. Als Bischof von Rom hatte Damasus die Stellung inne, die spätere Generationen als *Papst* bezeichnen sollten, war das Oberhaupt aller Christen und hatte in diesem Amt immer seine Hände schützend über seinen umstrittenen Sekretär gehalten. Wie ein Rudel Wölfe umlauerten die Feinde den päpstlichen *Secretarius*, aber so lange Damasus lebte, war er sicher. Aber nun …?

„Aber ob dies für mich eine Gefahr darstellt, wer kann das sagen?", fährt Hieronymus fort. „Es gibt nicht wenige, die mich gar als Nachfolger auf dem Stuhl des Bischofs von Rom sehen wollen."

„Das wäre eine sehr gute Wahl, mein Freund", sagt Vincentius mit gesenkter Stimme, „die beste. Allein, ich glaube nicht, dass es dazu kommen wird. Im Gegenteil, ich muss dir von weiterem berichten, was dir nicht gefallen wird."

„Was sollte das sein?", fragt Hieronymus, auf seiner zerfurchten Stirn bildet sich eine steile Falte des Unwillens.

„Es hat eine geheime Unterredung gegeben zwischen Vettius Praetextatus, dem Führer der heidnischen Minderheit im Senat und Quintus Aurelius Symmachus, dem Praefecten von Rom. Du bist, wie wir alle wissen, ein Stachel in ihrem heidnischen Herzen. Sie haben nur den Tod von Damasus abgewartet, um endlich gegen dich vorgehen zu können und jetzt planen sie eine Verschwörung gegen dich! Vielleicht haben sie sogar deinen Tod im Sinn. Und nach dem Tod der armen Blesilla wird ihnen das nicht schwerfallen. Du weißt, dass viele in Rom ihren Tod auf dich und deine strengen Fastenvorschriften zurückführen."

„Und du weißt, dass das völliger Unsinn ist", ruft Hieronymus aus. „Niemanden hat ihr Tod mehr betrübt als mich. Wem steigen nicht Tränen der Trauer in die Augen, wenn er an die tiefe Frömmigkeit ihres Betens denkt, an den Glanz ihrer Sprache, ihre große Gedächtniskraft und ihren Scharfsinn! Wenn sie Griechisch sprach, hätte man geglaubt, dass sie Latein nicht beherrschte. Wenn sie sich aber der Sprache Roms bediente, dann spürte man überhaupt keinen fremden Akzent. Ja sogar das Hebräische hat sie in wenigen Monaten gelernt."

Hieronymus ist die Rührung deutlich anzumerken, die ihn überkommt, wenn er an die zarte Asketin denkt.

„Dennoch magst du recht haben. Die Feinde sammeln sich wie die Motten um die Öllampe, und Freunde wie dich habe ich wenige. Und nun, da Damasus tot ist, werden sie über mich herfallen, sie werden es zumindest versuchen."

Damasus!

Versonnen blickt Hieronymus in die Ferne. Den *Ohrenkrabbler* der feinen Damen nannten ihn seine Feinde, da er – ähnlich wie Hieronymus – einen Kreis feingeistiger Damen des Hochadels um sich geschart hatte. Er wird den alten Weggefährten vermissen, obwohl das Verhältnis zu ihm selten frei von Irritationen war. Hieronymus weist auf den Stapel Bücherrollen: „Aber ich bin noch lange nicht fertig mit meiner Arbeit. Auch wenn Damasus tot ist, muss doch die Arbeit, mit der er mich beauftragt hat, weitergehen, und sie muss beendet werden. Wenn nicht hier, dann woanders."

„Die Übersetzung der Bibel, ich weiß", antwortet Vincentius, „sicher die wichtigste Arbeit, die seit Langem in den Mauern Roms begonnen wurde. Aber dazu brauchst du Ruhe und Frieden, und beides wirst du hier nicht mehr lange haben. Ich rate dir dringend, verlasse Rom und gehe dorthin, wo dich die Arme deiner Feinde nicht erreichen können. Selbst der römische Klerus hasst dich, zu sehr hast du seine Fehltritte öffentlich gegeißelt."

Die Öllampen waren nun fast gänzlich niedergebrannt und nur der fahle Mondschein taucht das *Tablinum* in ein unwirkliches Licht. Die beiden Männer schweigen eine Zeit lang und hängen ihren Gedanken nach. „Ich habe ganz vergessen, dir eine Erfrischung anzubieten. Verzeih, alter Freund."

„Nicht um einer Erfrischung willen habe ich den Weg gemacht, sondern aus ehrlicher Sorge um dein Leben", sagt Vincentius. „Folge meinem Rat, und verlasse die Stadt. Sie kann dir doch so viel nicht bedeuten."

„Nein", entgegnet Hieronymus, „du hast recht. Rom bedeutet mir nichts, nichts mehr. Rom, das ist Babylon. Eine Brutstätte heidnischer Starrköpfe. Und auch viele unserer Glaubensbrüder, Priester und Diakone sogar, haben mehr Freude an nichtigen Tand, an Prunk und Glanz als an der Verkündung der Frohen Botschaft. Es stimmt, oft habe ich ihnen Vorwürfe gemacht, aber sie haben es nicht verstanden. Richte dich ja nicht nach dem nichtigen Geschwätz der Leute, damit nicht deine Anerkennung bei der Menge eine Beleidigung Gottes wird. Der Apostel sagt: ‚*Ginge ich darauf aus, den Menschen zu gefallen, wäre ich nicht Diener Christi.*' Er ließ ab davon, Gefallen zu finden bei den Menschen, und fand Gefallen bei Gott. Der Soldat Christi geht seinen Weg, unbekümmert, ob er Lob findet oder Tadel. Nicht Lob kann ihn beirren, Kritik ihn nicht brechen. Durch Reichtum wird er nicht übermütig, Armut drückt ihn nicht nieder, gelassenen Sinnes bewahrt er Gleichmut bei Freude und Trauer. Aber sie haben die Botschaft nicht verstanden, sie haben nichts verstanden! Aus dem römischen Presbyterium ist ein Senat von Pharisäern geworden!"

Ruhig hat Vincentius diesen Gefühlsausbruch seines Freundes über sich ergehen lassen. Das ist der Hieronymus, den er kennt. Aggressiv und kampfbereit, nicht bereit, Kompromisse zu machen, und immer die Dinge beim Namen nennend. Aber so macht man sich keine Freunde, eher Feinde. Und wenn es zu viele davon werden, dann ist ein Rückzug angebrachter als der Versuch, alles und jedem die Stirn zu bieten.

„Ita ergo fac – So handle danach", sagt er mit Nachdruck. „Tue deine Arbeit im Sinne des Herrn, aber tue sie da, wo du sie tun kannst."

Hieronymus hat seinen Freund wohl verstanden. „Ich werde deinem Rat folgen und Rom verlassen. Aber nicht heute und nicht morgen. Zu viel gibt es noch, was ich vorher regeln muss. Und was meine Feinde anbetrifft: Haben sie keinen Geschmack für das reine Wasser dieser Quelle, so mögen sie eben aus ihren schmutzigen Rinnsalen trinken; mögen sie weiterhin Geflügel kosten und Austern schlürfen und daran ihren Geschmack bilden – und nicht an der Würdigung der Heiligen Schrift. Aber dich, teurer Freund, dich nehme ich mit, und wohin der Herr uns den Weg weist, sollst du mir treuer Freund und Begleiter sein."

„Gerne werde ich dich begleiten, Hieronymus, und ich werde nicht der einzige sein. Viele hier denken wie wir und es wird ihnen eine Freude sein, dieses Rom zu verlassen, diese Stadt, die dem Untergang geweiht ist und nur noch aus morschen Relikten einer längst vergangenen Zeit besteht. Doch was wird aus unserem Schatz?"

Sein Blick fällt auf eine alte Holztruhe, die in der Ecke des Raumes steht.

„Den werden wir hier lassen müssen." Hieronymus seufzt. „Der neue Bischof von Rom hat einen Anspruch darauf. Wir wollen hoffen, dass er ihn so gut hütet, wie wir es getan haben!"

Die Ahnungen hatten Vincentius nicht getäuscht. Hieronymus wurde bei der Papstwahl übergangen, und an seiner Stelle wurde Siricius gewählt, den Hieronymus kaum zu seinen Freunden zählen durfte. Im August des Jahres 385 verlässt Hieronymus mit einigen Freunden – unter ihnen auch Vincentius – Rom, um nie mehr dahin zurückzukehren. Sein Schiff legt in Seleukia an, der reichen Hafenstadt Antiochiens. Hier wird er von seinem Freund Evagrius erwartet, der ihm gastfreundlich sein Haus zur Verfügung stellt. In der liebevollen Atmosphäre dieses gastlichen Hauses erwartet Hieronymus die Ankunft von Paula und ihrer Tochter Eustochium, jener Damen, die in Rom zu seinen größten Gönnern gehört hatten und den Mittelpunkt seiner asketischen Bibelkreise gebildet hatten.

Mitten im Winter brechen sie zu einer Reise ins Heilige Land auf: Sidon, Tyrus, Caesarea, Emmaus und zum Schluss Jerusalem, die Heilige Stadt.Weiter geht die Reise nach Bethlehem, in den Geburtsort des Herrn, nach Hebron und Nazareth. Die Gesellschaft reist weiter nach Ägypten, nach Alexandria, wo Hieronymus Schüler von Didymus dem Blinden wird. Vieles hat der Gelehrte auf dieser Studienreise gelernt. In einem seiner Briefe schreibt er dazu:

„Nach allen Seiten habe ich die Landschaft des Evangeliums bereist; ich habe Jerusalem, Samaria und Hebron gesehen; kaum ein wichtiger Ort in der Geschichte Jesu ist mir entgangen. Die deutliche Übereinstimmung zwischen dem Text der Heiligen Schrift und den heiligen Örtlichkeiten, die wundervolle Harmonie zwischen Evangelium und Landschaft wurde mir zu einer Offenbarung."

In Bethlehem gründet Hieronymus im Herbst 386 ein Mönchskloster nahe der Stelle, an der die Geburtskrippe Christi gestanden haben soll. Nicht weit davon gründet Paula zwei Nonnenklöster. Ohne Zögern gibt sie ihr gesamtes Vermögen dafür aus.

II. DER TRIBUN AUS ROM

24 Jahre später nahm ein kleiner römischer Frachtensegler mit Namen *LUPA* Kurs auf Caesarea, die große römische Hafenstadt der Provinz Judäa.

Der Ostwind hatte nachgelassen und so musste der Kapitän des kleinen Schiffes erhebliche Mühe aufwenden, um in den weitläufigen Hafen von Caesarea zu gelangen. Ein schlanker, hoch gewachsener römischer Offizier in der prachtvollen Rüstung eines Tribuns stand an der silberverzierten Holzreling und beobachtete belustigt das Bemühen des Seemanns, ohne Schaden an der Hafenmole festzumachen.

„Heute nicht dein Tag, Pertinax. Willst du uns kurz vor der Ankunft noch versenken?"

„Du hast gut reden, du Landratte", erwiderte der Angesprochene. „Wenn der Wind nicht mitmacht, hat es jeder Segler schwer."

„Ich wollte dich nicht beleidigen", beschwichtigte ihn der Tribun und fuhr sich mit der Hand durch seine schwarzen, vom Wind zersausten Locken: „Bei Jupiter, ich bin dir dankbar, dass du uns in zehn Tagen von Ostia hierhin gebracht hast. Und nicht nur ich!"

Sein Blick schweifte über die anderen Passagiere, die erschöpft an der Reling standen und neugierige Blicke auf das Festland warfen. Flüchtlinge – wie er!

Rom, das ruhmreiche Rom war von den barbarischen Goten eingenommen worden, und sie zählten zu den wenigen Glücklichen, denen die Flucht gelungen war.

„Holt das Rahsegel ein", erklang nun laut die Stimme des Kapitäns und sofort enterten vier Männer in das Rigg auf und balancierten waghalsig auf der Rahe, um das große, mittschiffs gesetzte Hauptsegel einzurollen. Nach und nach verschwand die große Wölfin auf dem Segel, die dem Schiff seinen Namen gegeben hatte. Nur das kleine Rudersegel am Bug bauschte sich jetzt noch im Wind und flatterte wild hin und her.

Mit elegantem Schwung umrundete jetzt die *LUPA* die Reste des *Drusion*, des früheren Leuchtturms, der wie die gesamte grandiose Hafenanlage unter Herodes erbaut worden war und nach Drusus, dem Stiefsohn des Augustus benannt worden war. Für den aufmerksamen Betrachter waren erste Anzeichen eines beginnenden Verfalls nicht zu übersehen. Da und dort bröckelten Mauern, die Festungsanlagen waren an manchen Stellen von feinen Rissen durchzogen, aber dennoch kündeten die Anlagen der Stadt eindrucksvoll vom Glanz einer vergehenden Epoche.

Der Hafen war umgeben von prächtigen Gebäuden, deren weiße Marmorfassaden sich in Sonne und Meer spiegelten. Der breite Kai war erfüllt mit geschäftig hin und her eilenden Menschen. Caesarea Maritima war immer noch das Tor für den Handel zwischen dem Orient und dem römischen Reich. Sieben Schiffe zählte der Tribun, die gerade be- oder entladen wurden. Dutzende von Arbeitern und Sklaven brachten Ballen mit Wolle und Stoffen auf die Schiffe, schleppten Amphoren mit Wein, Öl und Duftessenzen herbei oder ächzten unter der Last schwerer Getreidesäcke.

Reisende, die auf das Ablegen ihrer Schiffe warteten, standen gestikulierend herum, verabschiedeten sich von Angehörigen und behinderten die Arbeiter. Lademeister kontrollierten die Fracht und schimpften lauthals, wenn Fracht und Papiere nicht übereinstimmten. An den Säulen standen in regelmäßigen Abständen Legionäre auf Posten und beobachteten aufmerksam das Geschehen.

Langsam segelte das Schiff die lange, wellenbrechende Mole entlang, um schräg gegenüber dem Augustustempel festzumachen. Der Tempel und das angrenzende Forum bildeten den Mittelpunkt der Stadt, die ringsum von einer massiven hohen Mauer umgeben war. Während die Männer das Schiff festmachten, gesellte sich Pertinax zu dem Römer.

„Immer noch eine prächtige Stadt, Tribun. Warst du schon einmal hier?"

Der Offizier verneinte.

„Ich fahre den Hafen jetzt schon seit zwanzig Jahren an, ist aber immer noch ein Erlebnis für mich", fuhr Pertinax fort und beobachtete aufmerksam, wie seine Männer die Taue am Kai festzurrten.

„Zwölf Jahre hat Herodes gebraucht, um diese Pracht zu erbauen. Dann hat er sie zu Ehren des Kaisers *Caesarea* benannt. Die haben hier noch heute ein römisches Theater, ein Hippodrom, einen riesigen Palast, Thermen und ein Forum, alles wie in Rom, nur halt etwas kleiner. Caesarea war der Ausgangspunkt für die Militäroperationen eurer Truppen unter Kaiser Vespasian und Imperator Titus, wusstest du das?"

Der römische Tribun nickte: „Ich habe einiges über die römische Militärgeschichte gelernt. Gehörte zu unserer Ausbildung. Hier muss auch die Siegesfeier nach der Beendigung des Krieges stattgefunden haben, die zweitausendfünfhundert jüdische Gefangene das Leben gekostet hat."

„Das wusste ich nicht", gab Pertinax erstaunt zu. „Kein Wunder, dass die Römer in diesem Land nicht beliebt sind, obwohl es wohl kaum noch Juden hier gibt."

„Nein", meinte der Römer leichthin, „allzu viele dürfte es hier nicht mehr geben. Der kaiserliche Erlass hat sie in alle Welt zerstreut."

Das Schiff war jetzt fest vertäut und Pertinax verließ das Oberdeck, um das Entladen des Schiffes zu überwachen. Der römische Offizier drehte sich um und winkte die beiden Legionäre herbei, die in gebührendem Abstand auf die Befehle ihres Vorgesetzten warteten. Es waren nur zwei, die ihn aus Rom hierhin begleitet hatten.

„Aulus, Festus, ihr kümmert euch um unser Gepäck, und dass mir nur ja nichts davon wegkommt."

In befehlsgewohntem Ton gab der Offizier seine Anweisungen. Ihm waren die armselig zerlumpten Gestalten nicht entgangen, die am Hafenkai herumlungerten und nur darauf warteten, das eine oder andere Stück der Schiffsladung mitnehmen zu können. Mit federnden Schritten verließ er das Schiff und begab sich zur nahe liegenden Hafenkommandantur.

Vor dem Eingang der Kommandantur saßen zwei Legionäre und würfelten. Sie machten nicht den Eindruck, dass sie dem nahenden Tribun den gehörigen Respekt erweisen würden, standen aber immerhin auf und sahen ihn mit neugierigen Blicken an.

„Wie komme ich zum Hafenkommandanten", fragte der Tribun höflich.

„Zu Fuß, nehme ich an", antwortete eine der Gestalten und grinste seinen Kameraden an, als habe er einen grandiosen Witz gemacht.

„Nimm Haltung an, wenn du mit einem römischen Tribun sprichst, du Jammergestalt", herrschte der Römer ihn an. „Ich bin nicht den weiten Weg von Rom gekommen, damit zwei rotznäsige Junglegionäre mit mir Scherz treiben!"

Diese Antwort verfehlte ihre Wirkung nicht. Die beiden Soldaten bemühten sich, Haltung anzunehmen, etwas, was sie ganz offensichtlich nicht gewohnt waren, und der andere der beiden fragte mit devotem Stimmfall: „Wir stehen zur Verfügung, was können wir für dich tun, Tribun?"

„Wie schon gesagt, ich suche den Hafenkommandanten."

„Bitte folge mir", antwortete der Legionär, der offenbar nicht römischer Herkunft war.

„Von welcher Einheit seid ihr?", fragte der Tribun nach.

„3. Syrische Auxiliarcohorte", lautete die knappe Antwort.

„Ihr habt hier keine regulären Truppen?"

„Schon seit Jahren nicht mehr."

Verwundert folgte der Offizier dem Syrer. Keine regulären Truppen in der Provinz Judäa. Lediglich Hilfstruppen, wie konnte man mit denen das Imperium erhalten?

Die beiden Männer hatten inzwischen das Zimmer des Kommandanten erreicht, und der Legionär machte eine kurze Meldung.

„Herein mit dem römischen Tribun, ich habe lange Zeit keinen mehr gesehen", schallte es heraus, und der Tribun trat ein.

„Quintus Fabius Messala, Tribun aus Rom", stellte er sich knapp vor und schlug nach altrömischer Sitte mit der Faust an die Brust.

„Ich freue mich, dich zu sehen", erwiderte sein Gegenüber. „Ich bin Marcus Aurelius Longinus, *Optio Veteranus* und zurzeit Hafenkommandant von Caesarea. Bitte setze dich doch. Darf ich dir etwas anbieten? Was gibt es Neues in Rom? Gibt es Rom überhaupt noch oder ist es schon in Händen der Barbaren? Sprich!"

Die Fragen prasselten nur so nieder. Der Tribun blickte den Hafenkommandanten ernst an. „Gegen eine kleine Erfrischung hätte ich bei Jupiter nichts einzuwenden. Aber der Reihe nach. Rom gibt es noch, aber es befand sich zumindest zum Zeitpunkt meiner Abreise in den Händen der Feinde. Die Goten haben Rom eingenommen. Wir haben mit den wenigen Truppen, die noch in Rom waren, verzweifelten Widerstand geleistet, aber umsonst. Sklaven haben dem Feind das Salarische Tor geöffnet und dann sind sie hereingeströmt. Mit ihren furchtbaren Kriegshörnern, mit entsetzlichem Geschrei sind sie über allem hergefallen, was sich nicht rechtzeitig in Sicherheit bringen konnte. Ich bin ihnen mit meiner lateranischen Cohorte am *Macellum* entgegengetreten, aber ohne Erfolg. Die meisten meiner Männer fielen, nur wenige konnten sich retten. Drei Tage lang haben die Barbaren in unserer Stadt gewütet und haben alles geplündert, was sie kriegen konnten. Was sie nicht mitnehmen konnten, haben sie angezündet. Rom ist ein Trümmerhaufen."

Longinus war unter seiner rötlichen Gesichtsfarbe blass geworden.

„*Quid dicis?* – Was sagst du da? *Roma periit?* – Rom verloren? Die Goten sind in Rom? Das ist ja furchtbar. Zwar habe ich von anderen Schiffen schon gehört, dass die Barbaren vor der Stadt stehen. Aber das! Und der Kaiser? Was tut der Kaiser dagegen?"

„Der Kaiser!" Messala schnaubte verächtlich. „Honorius hat sich nach Ravenna zurückgezogen und sieht tatenlos zu, wie die Barbaren wüten. Er hat sogar zugelassen, dass die Barbaren seine Schwester Placidia als Geisel nehmen. Von dem haben wir nichts zu erwarten. Rom ist verloren! *Dei nos reliquerunt!* – Die Götter haben uns verlassen!"

„Die Götter?", antwortete Longinus, „du glaubst nicht an den einen, wahren Gott?"

„Welchen Gott könntest du meinen?", antwortete Messala mit resignierender Stimme, „du bist offenbar Christ, wie so viele in Rom, aber euer Gott hat diese Katastrophe auch nicht verhindern können. Freilich, die christlichen Kirchen wurden von Alarich verschont, aber nur, weil er selbst viele Christen in seinen Reihen hat. Nein, die Götter haben sich von uns abgewandt, unsere und auch der deine."

„Wir werden sehen", erwiderte Longinus mit ruhiger Stimme. Er hatte sich wieder gefasst. Inzwischen hatte ein Sklave Wein und Wasser, etwas Obst und Gebäck gebracht. Messala nahm nur wenig Wein und mischte ihn kräftig mit Wasser.

„Womit kann ich dir also dienen?", fragte nun Longinus. „Bist du auf der Flucht, oder hat deine Ankunft in Judäa einen besonderen Zweck?"

„Meine Mission führt mich nach Bethlehem. Dort gibt es jemanden, dem ich etwas Wichtiges bringen muss. Wie sind die Straßen? Sind sie sicher oder müsste ich von dir eine *Decurie* zum Geleit erbitten?"

Longinus prustete los: „Sicher? Eine *Decurie*? Verzeih, verehrter Tribun, wo lebst du eigentlich? Zurzeit dürfte in diesem verrückten Land nichts sicher sein. Die Straßen sind voller räuberischem Gesindel. Versprengte Juden und übrig gebliebene Zeloten, marodierende Araberbanden und desertierte Römer, mesopotamische Piraten und syrische Halsabschneider, idumäische Strauchdiebe und mazedonische Karawanenräuber. Such dir etwas aus. Alles findest du auf den Straßen Judäas, wenn du nur lang genug unterwegs bist. Und eine *Decurie* willst du haben? Mein lieber Freund, ich habe selbst kaum genug Männer, um die einlaufenden Schiffe zu kontrollieren. Und eine Garnisonslegion gibt es in Caesarea schon lange nicht mehr. Ich habe hier lediglich drei Cohorten, alles *Auxilia*, Hilfstruppen. Die nächste Garnison mit zwei Cohorten liegt in Jerusalem, und auch das sind keine regulären Truppen, sondern nur angeworbene Auxiliartruppen. Judäa ist längst nicht mehr eigene Provinz, sondern gehört zur *Provincia Syria*. Die nächsten regulären Truppen liegen in Tyrus und Antiochia. Nein, damit kann ich dir leider nicht dienen. Aber einen Rat will ich dir geben. Gib deinen verrückten Plan auf und bleibe hier. Tritt in den Dienst der hiesigen Legion und du wirst dein Auskommen haben. Der Sold kommt meist pünktlich. Lebensmittel gibt es genug, wenn du mit dem sauren einheimischen Wein Vorlieb nimmst, und selbst Frauen kannst du hier genug haben, wenn du nicht zu wählerisch bist."

Messala hatte den Schwall von Worten geduldig über sich ergehen lassen und lächelte.

„Ich danke dir für dein freundliches Angebot. Ich hoffe aber auf dein Verständnis, wenn ich es nicht annehmen kann. Ich muss nach Bethlehem und ich werde dorthin reisen. Mit deiner Hilfe oder ohne sie."

„Dann tue, was du nicht lassen kannst. Möge der Herr dich segnen. Übrigens war Bethlehem seine Geburtsstadt, wusstest du das?"

„Nein, wusste ich nicht", sagte Messala, „ist für mich aber auch nicht von Bedeutung."

„So, nun, wer weiß, vielleicht wird es ja auch für dich einmal von Bedeutung sein."

Der *Optio* blickte ihn mit hochgezogener Augenbraue nachdenklich an.

Die Männer verabschiedeten sich herzlich voneinander und Messala beeilte sich, zurück zum Schiff zu kommen. Dort war inzwischen alles Gepäck ausgeladen worden, und Festus und Aulus wachten mit Argusaugen über die Kästen und Kisten, die vor ihren Füßen gestapelt waren.

„So einfach wird es nicht sein", rief ihnen der Tribun schon von Weitem zu. „Wir werden uns einer Karawane anschließen müssen. Das scheint der einzige Weg zu sein, ohne größere Gefahr an unser Ziel zu gelangen. Pertinax, alter Halunke. Wenn du einen Karawanenführer suchen würdest, der dich mitnehmen soll in Richtung Jerusalem, wohin würdest du dann gehen?"

„Ich würde in den *Aquila* gehen, aber mir meinen Gesprächspartner sorgfältig aussuchen", antwortete der Kapitän lachend. „Aber weil du in solchen Dingen viel zu unerfahren bist, werde ich dich begleiten. Ich kann es nicht zulassen, dass mein römischer Tribunenfreund von irgendwelchen ägyptischen Eierdieben über den Tisch gezogen wird."

Nachdem das Gepäck unter Obhut einiger Matrosen zurückgelassen worden war, machten sich die vier Männer auf den Weg zum *Aquila*. Über das *Forum* von Caesarea führte sie ihr Weg über eine breite, von Säulen flankierte Straße in die westliche Altstadt. Das *Forum* war bevölkert von Händlern aus aller Welt, die sich in der Anpreisung ihrer Waren überboten: Seide aus Samarkand, purpurgefärbte Kleidung aus Tyrus, arabisches Parfüm, syrische Teppiche, Bernsteinamulette aus Indien, Mithrasstatuen aus Griechenland, ägyptische Zauberdrogen und vieles mehr. Daneben ein reichhaltiges Angebot an Obst, Geflügel, Gemüse und kleineren Leckereien, Backwaren, Dörrobst oder eingelegte Feigen in Honigsoße. Von den Garküchen zogen Schwaden gebratenen Fisches durch die Luft.

„Fast wie in Rom", staunte Messala.

„Ja, wie in Rom, nur kleiner und teurer, viel teurer", meinte Pertinax.

Ein römischer Tribun in vollem Ornat, begleitet von zwei Legionären, erregte Aufsehen. Düsterere Blicke folgten ihnen. Römer wurden immer noch als Besatzer angesehen, obwohl nunmehr mehr als vierhundert Jahre vergangen waren, seit das mächtige Rom Judäa und die angrenzenden Provinzen vereinnahmt hatte.

Hinter dem Forum bogen sie links in eine kleine schmutzige Seitengasse ein. Horden von bettelnden Kindern verfolgten sie, und als sie kein Geld erhielten, riefen sie üble aramäische Schimpfwörter hinterher. Zum Glück verstand keiner der Männer, was die Kinder riefen. Sie wussten aber auch so, dass es keine Freundlichkeiten waren.

„Wie kommt der *Aquila* zu seinem Namen?", fragte Messala. „Für eine Kneipe ein eher ungewöhnlicher Name."

Pertinax lachte: „Der Besitzer ist ein ehemaliger Kollege von dir. Er war *Aquilifer*, Adlerträger, in der 4. Mazedonischen Legion. Warte, bis du ihn kennenlernst."

Der Eingang zum *Aquila* war durch einen überdimensionalen Adler über der Tür mit der Inschrift *SPQR* nicht zu übersehen. *Senatus populusque Romanus* – Senat und Volk von Rom, die Zauberformel römischer Macht in aller Welt hing über einer Kneipe?

Sie betraten den kleinen, dunklen Schankraum, der zu dieser Zeit kaum besetzt war. Sie hatten sich kaum an einen großen Tisch gesetzt, als der Wirt eilig herbeilief. Sein Blick fiel auf die Uniformen der Römer und seine Augen begannen zu leuchten.

„Willkommen Tribun, willkommen Kameraden. Willkommen auch dir, Pertinax. Du bringst hohe Gäste in mein Haus." Dabei nahm er unwillkürlich Haltung an und schlug nach militärischer Sitte mit der Faust gegen seine Brust. „Eine hohe Ehre, die ich schon lang nicht mehr hatte."

„Danke, für den freundlichen Gruß", entgegnete Messala lächelnd. Er bestellte für sich und seine Begleiter eine kräftige Bohnensuppe mit viel Speck. „Und einen guten Wein. Ich hoffe, du hast tief unten im Keller einen Wein, den man trinken kann."

„Worauf du dich verlassen kannst, edler Tribun", sprach der Wirt und verschwand in den kühlen Räumen seines Kellers. Wenig später tischte er den Männern eine kräftige Suppe auf und wies stolz auf einen Tonkrug: „Einen besseren Wein wirst du auch in Rom kaum finden. Es ist zwar kein Falerner, aber Mamertinum aus Messina. Der wird euch schmecken. Nur für besondere Gäste."

Der Wirt zwinkerte mit den Augen. Und er hatte nicht zu viel versprochen. Der Wein schmeckte ausgezeichnet und war hervorragend gekühlt. Die Männer tranken ihn mit etwas gekühltem Wasser vermischt. Der Wirt setzte sich zu seinen Gästen und sah zu, wie diese kräftig zulangten.

„Ich bin Spurius Aulinus, ehemaliger Adlerträger der 4. Mazedonischen. Jetzt hänge ich hier seit vierzehn Jahren in Caesarea und betreibe diese Kneipe. Aber ich will mich nicht beklagen, ich habe mein Auskommen. Kommst du aus Rom?"

„Wie kommst du darauf?", fragte Messala, während er sich ein tüchtiges Stück Speck in den Mund schob.

„Du musst aus Rom kommen", antwortete Aulinus lachend. „Hier sieht niemand so aus wie du."

„Stimmt", antwortete Messala und nahm einen kräftigen Schluck Wein zu sich, „ich komme aus Rom. Aber was ich dir berichten kann, wird dich nicht erfreuen."

Während er von den Ereignissen aus Rom erzählte, verfinsterte sich die Miene des Wirts zunehmend.

„Verdammte Barbaren! Jupiter möge sie in den Tartarus schleudern, verfluchte Gotenbrut!" Aulinus schlug auf den Tisch, dass die Gäste an den anderen Tischen zusammenzuckten und aufmerksam herüberblickten.

„Aber schlimmer noch, dass wir einen Kaiser haben, der bei

allem nur zuguckt. Da lobe ich mir einen wie Julianus, der hätte anders gehandelt."

„Recht hast du, Kamerad", mischte sich Festus ein, „der hätte die Goten ins Meer getrieben. Aber die Zeiten haben sich geändert. Heutzutage sitzen Feiglinge auf dem römischen Kaiserthron. Feiglinge, die sich im Zelt verstecken, wenn das barbarische Kriegshorn ertönt."

Die Männer setzten ihre trübsinnigen Betrachtungen noch eine Zeit lang fort. Dann ergriff Messala das Wort: „Kamerad, ich suche eine Karawane, die mich und meine Männer mitnimmt nach Jerusalem. Kannst du mir helfen?"

Aulinus dachte nicht lange nach: „Da kommt nur einer infrage. In zwei Tagen wird eine Karawane syrischer Seidenhändler aufbrechen. Ein reicher Kaufmann namens Kaphames wird sie anführen. Ein Grieche von Geburt, aber ein redlicher Mann. Ich werde einen Boten zu ihm schicken, dann könnt ihr reden."

Der Bote war schnell geschickt und noch schneller mit Kaphames zurück. Der witterte ein gutes Geschäft und war deshalb so schnell mitgekommen. Der Wirt übernahm die Vorstellung. Kaphames blickte den Offizier mit lauernden Augen an. „Wird aber nicht billig sein, wenn du mit mir reisen willst. Die Karawane übernimmt Schutz und Versorgung für dich und deine Männer, transportiert das Gepäck und geleitet euch sicher durch unsichere Gebiete. Das kostet."

„Wie viel genau?", unterbrach Pertinax den Redefluss des Griechen.

„Nun, ich denke, vier *Solidi* müssten es schon sein", antwortete der Händler.

„Halsabschneider, Betrüger, und ich habe dich als redlichen Mann gepriesen", mischte sich nun Aulinus empört ein.

Auch Pertinax grinste: „Mein Freund wollte die Karawane nicht kaufen, sondern lediglich mit ihr reisen."

Nach längerer Verhandlung einigte man sich auf zwei *Solidi*, dafür mussten die Römer aber Wachdienste übernehmen.

Der Aufbruch war in zwei Tagen geplant. Kaphames verabschiedete sich überschwänglich.

„Nicht sehr vertrauenserweckend, dein Grieche", sagte Messala lächelnd.

„Ich bin zutiefst betrübt", antwortete der Wirt. „Er ist tatsächlich ein ausgekochter Kaufmann, ein syrisch-griechisches Schlitzohr. Vertrauen würde ich ihm nicht zu sehr, er soll sogar mit Sklaven handeln, aber ich bin sicher, ihr werdet ohne Gefahr mit ihm reisen. Kaphames' Karawanen sind für eine gute Bedeckung bekannt und werden so schnell nicht angegriffen. Es gibt leichtere Beuten. Und selbst zu den Wegelagerern soll er besonders gute Beziehungen haben."

Nach einem weiteren Krug Wein bezahlte Messala, nicht ohne dem Wirt ein großzügiges Trinkgeld zu geben. Die Männer verabschiedeten sich wie gute, alte Bekannte. „Was immer du in diesem entlegenen Ort namens Bethlehem zu tun hast, ich wünsche dir Glück und Erfolg. Mercur und Minerva mögen dich sicher geleiten", sagte Aulinus zum Abschied.

„Hab Dank für deine guten Wünsche und deine ausgezeichnete Bewirtung. Ich werde den *Aquila* in Jersualem weiterempfehlen", sagte Messala mit einem breiten Lachen.

„*Gratias tibi ago* – Hab vielen Dank", antwortete der Wirt, „aber keine Sorge. In Jerusalem kennt man mich und meinen *Aquila*. Die Leute unserer dortigen Garnison sind regelmäßig hier zu Gast, wenn auch nicht mehr viele Römer unter ihnen sind. Aber einen guten Wein und ein kräftiges Mahl wissen sie doch zu schätzen. Bei Aulinus werden sie nicht betrogen, sondern bekommen gute Ware für gutes Geld. Ich wünsche euch eine gute Reise. Und wenn euch der Weg noch einmal nach Caesarea führt, wisst ihr, wo ihr einkehren müsst."

Der sympathische Veteran lachte und winkte ihnen zum Abschied nach.

***

Kurz nach Sonnenaufgang war die Karawane aufgebrochen. Achtzig Kamele waren mit Lasten aller Art, vorwiegend mit Stoffballen beladen, die für die Märkte der Städte im Landesinneren bestimmt waren. Dreißig Knechte und Treiber, zwanzig gut bewaffnete Männer vervollständigten das Bild. Außer den drei Römern hatten weitere sieben Kaufleute sich dem Zug angeschlossen. Um die erste Gluthitze zu vermeiden, hatte man den frühen Morgen als Zeit des Aufbruchs gewählt. Messala und seine Männer ritten an der Spitze des Zuges auf Kamelen wie Kaphames, der neben ihnen ritt.

Schweigend folgten sie dem alten Karawanenweg durch die Wüste Samarias, die nur hin und wieder durch einen Dattelhain oder eine Ansammlung von Olivenbäumen unterbrochen wurde. Die Sonne strahlte jetzt mit unbarmherziger Kraft und ein leichter aber stetiger Südwestwind trieb ihnen ständig Sand in die Augen. Die fruchtbaren Gärten und Getreidefelder von Caesarea waren den Augen schon weit entschwunden, die Karawane zog nun über ein hügeliges Plateau, das in der Weite von anmutigen Höhenzügen umrahmt wurde.

Bis zum späten Abend hatte der Zug die halbe Strecke bis Sebaste geschafft, was etwa einem Viertel des Gesamtweges entsprach. Besondere Vorkommnisse hatte es nicht gegeben, wenn man davon absieht, dass der Wind an Stärke erheblich zugenommen hatte, was das Tempo verminderte. Hin und wieder begegneten die Männer einzelnen Reisenden oder anderen kleineren Karawanen, und nach einem kurzen Austausch von Grüßen wurde die Reise schnell fortgesetzt.

Die Nacht verbrachten sie in einer kleinen Karawanserei bei Yaburi. Entlang der Haupthandelswege gab es viele solcher Herbergen, die nicht nur ein vor Räubern sicheres Nachtlager boten, sondern auch die Möglichkeit, die Lederschläuche mit frischem Wasser aufzufüllen.

Wie die meisten Karawansereien war auch diese zum Schutz vor wilden Tieren und Wegelagerern von Mauern aus luftgetrockneten Lehmziegeln umgeben. Die meisten Reisenden mieden die heißen, schmucklosen Räume der Obergeschosse und schliefen lieber im Hof. Der Tribun und seine Männer hatten sich einen Platz unter den Arkaden im Erdgeschoss ausgesucht und ihr Gepäck ringsum gelagert. Zwei weitere, kleinere Karawanen hatten die Herberge ebenfalls für die Nacht aufgesucht, und so war der Hof überfüllt und die Wände hallten wider vom Brüllen der Tiere.

Kurz nach Sonnenaufgang zog der Zug weiter. Der Wind hatte nachgelassen, aber die Sonne glühte mit unverminderter Kraft. Nach wie vor war das Gelände hügelig, aber die Zahl der schattenspendenden Olivenhaine nahm zu und Messala und seine Begleiter empfanden die Reise als weniger anstrengend als zuvor.

„Kamelreiten ist nicht jedermanns Sache", sagte Festus mit gequältem Lächeln zu Messala.

„Nein, ist es nicht", entgegnete dieser, „aber mit Pferden wären wir hier nicht weit gekommen. Hier, nimm einen Schluck Essigwasser. Das kühlt und lindert die Schmerzen."

„Wie soll es die Schmerzen an meinem Hintern lindern, wenn es durch die Kehle rinnt?", fragte Festus lachend zurück.

„Du musst nur genug davon trinken", lachte der Tribun, „dann spürst du die anderen Schmerzen kaum noch. Außerdem sind wir in einem halben Tag in Sebaste, und dann haben wir ein gutes Stück geschafft."

„Sebaste, der Name ist mir völlig unbekannt", murmelte Aulus wie sein Kamerad schmerzgequält.

„Hieß früher Samaria", erwiderte Messala, „wirst du aber auch nicht kennen. Wurde von Herodes umbenannt und zur Festung ausgebaut. Nach dem Tode des Agrippa haben die Bewohner von Sebaste den Verstorbenen auf übelste Weise beschimpft, weshalb Kaiser Claudius die gesamte Bevölkerung deportieren und versklaven wollte. Aber die Bewohner schickten eine Gesandtschaft an Claudius und haben sich für ihr Verhalten entschuldigt. So konnten sie Schlimmeres vermeiden. Kaiser Vespasian hat sie später trotzdem deportieren lassen, weil sie zu dem Krieg unter Florus aufgestachelt haben. Aber das ist alles schon lange her."

Festus blickte seinen Tribun überrascht an: „Woher weißt du das alles? Claudius, das ist doch schon mindest dreihundert Jahre her."

„Richtig, genau genommen sogar mehr als dreihundertfünfzig Jahre", gab der Tribun zur Antwort. „Nun, ich war nicht immer nur Soldat. Zwar bin ich mit sechzehn Jahren zu den Legionen gegangen, aber während meiner Dienstzeiten in Athen und Alexandria habe ich mich in meiner Freizeit mit den Wissenschaften beschäftigt, während die Kameraden die Kneipen und Lupanarien besucht haben. Sogar Vorlesungen habe ich besucht. Geschichte und Philosophie haben mich sehr gefesselt. Und einiges ist, wie man sieht, hängen geblieben."

Weiter kam der Tribun nicht, denn das plötzliche Donnern von Pferdehufen lenkte die Blicke der Männer zu einem nahen Hügel. Eine riesige Staubwolke, die sich von dem Hügel herunterwälzte, kündigte die Ankunft einer Horde von Reitern an. Die Begleiter der Karawane reagierten blitzschnell. Bevor sich die Römer versahen, hatten sich Wächter und Treiber von ihren Tieren geworfen, ihre Waffen in die Hand genommen, und standen nun drohend vor ihren Kamelen.

Auch die Römer hatten begriffen, dass es sich hier nicht um einen Freundschaftsbesuch handelte, und rissen ihre Kurzschwerter aus der Scheide. Langsam schälte sich aus der Staubwolke eine Gruppe von etwa zwanzig Reitern heraus. Ihre Gesichter waren mit weißen Turbanen verhüllt und ließen nur schmale Schlitze für glühende Augen frei. Bis an die Zähne bewaffnet schwangen sie drohend ihre arabischen Krummsäbel und aus ihren Kehlen drangen dämonische, gellende Schreie. Die Horde hatte nun die Karawane erreicht und ihr Anführer baute sich vor Kaphames auf, den er offenbar kannte. Seine Augen funkelten und er lachte ihn mit blitzenden Zähnen aus einem schwarzen Bart an, während seine Männer mit ihren keuchenden Pferden die Reisenden umringten.

„Kaphames, alter Halunke. Wieder auf dem Weg nach Jerusalem. Und durch mein Gebiet. Sicher wirst du nicht vergessen, die übliche Abgabe zu entrichten. Meine Männer und ich müssen auch leben, wie du weißt."

Das klang fast freundschaftlich, kaum bedrohlich, und die Römer waren gespannt, wie der griechische Kaufmann nun reagieren würde.

Kaphames schien nicht im Geringsten beunruhigt zu sein.

„Gideon, du verfluchter Wüstenräuber. Ich hatte gehofft, dass der Sand deinen schändlichen Körper schon längst für immer bedecken würde. Stattdessen muss ich erleben, dass du mich und meine edlen Gäste belästigst. Sogar einen römischen Tribun habe ich darunter."

Täuschte sich Messala oder hatte Kaphames dem Räuber zugezwinkert?

„Einen Tribun", erwiderte Gideon, „das verteuert die Angelegenheit."

„Ich bin es nicht gewohnt, für eine Reise durch eine römische Provinz Zoll zu zahlen!" Zornig funkelten die Augen des Römers, und seiner Tonlage war der Unmut deutlich anzumerken.

„Römische Provinz?" Der Räuber lachte schallend und fixierte den Römer mit einem scharfen Blick. „Siehst du hier irgendeinen Römer außer dir und deinen Begleitern? Rom ist schon lange nicht mehr Herr in diesem Lande, ein Römer wird nur noch geduldet, als Gast, als unerwünschter." Er spuckte verächtlich in den Sand. „Die Zeit von euch Römern ist vorbei, du scheinst es nur noch nicht gemerkt zu haben. Steck dein Schwert ein und zahle, was ich fordere. Das ist sicherer für dich und die anderen."

„Du kannst nicht zählen, Barbar", sagte der Tribun in ruhigem Ton. „Schau dich um, und du siehst, welche Übermacht dir gegenübersteht."

„Pah, Übermacht", lachte Gideon, „jeder meiner Männer nimmt es mit fünfen von euch auf. Aber ich mache dir einen Vorschlag, römisches Großmaul. Wir zwei werden die Sache austragen. Gewinnst du, so magst du mit eurer Karawane in Frieden abziehen. Gewinne ich, so zahlt ihr mir für jedes Kamel ein halbes Goldstück. Was hältst du davon, Römer?"

„Der Handel gilt", antwortete Messala, ohne auf die beschwichtigenden Versuche von Kaphames einzugehen, der ihn die ganze Zeit am Ärmel zupfte.

Beide Männer stiegen von ihren Reittieren und entledigten sich ihrer Mäntel, die sie zum Schutz vor Wind und Hitze trugen. Die übrigen Männer bildeten schweigend einen Kreis. Messala zückte sein Kurzschwert, Gideon ein arabisches Krummschwert, dessen goldener Griff in der Sonne glänzte. Sie umlauerten sich wie angriffsbereite Löwen und tänzelten umeinander. Plötzlich machte Gideon eine Finte nach links und stieß gleichzeitig mit dem Schwert zu. Messala hatte Mühe auszuweichen und wäre fast ausgeglitten. Das Schwert seines Gegners verfehlte seinen Arm nur knapp.

„Komm, Römer, nicht so langsam. Wollen wir kämpfen oder tanzen?"

„Mein Tanz wird dir kaum gefallen", rief der Römer, um im gleichen Augenblick mit einer schnellen Bewegung sein Schwert quer von oben nach unten zu reißen und über den Körper des Gegners zu ziehen. Gideon versuchte zu parieren, konnte aber nicht vermeiden, dass das Schwert seinen Arm streifte und eine klaffende Wunde zurückließ.

„Das sollst du büßen, römischer Hund!"

Die Wut ließ Gideon jede Vorsicht außer Acht lassen. Mit einem Schrei stürzte er nach vorne und bedrängte den Tribun heftig. Dieser machte einen plötzlichen Ausfallschritt zur Seite und stieß dem vorwärts drängenden Räuber das

Schwert in die Schulter. Mit einem Aufschrei stürzte Gideon zu Boden. Ungläubig blickte er auf seine Wunde und das Blut, das im Wüstensand versickerte. Mit abstrakten Mustern zeichnete das Blut des Räubers den Sand, während seine Männer sich entsetzt anblickten. Sie hatten ihre Hände an die Schwertgriffe gelegt und murmelten aufgeregt in einer für Messala unbekannten Sprache, verharrten aber untätig.

„Niemand beleidigt Rom ungestraft", sagte Messala, während er sein Schwert einsteckte. „Und niemand verlangt von einem römischen Tribun Zoll. Das merke dir, Barbar."

Die Männer bargen ihren schwer verletzten Anführer, bestiegen ihre Pferde und trotteten unter wilden Flüchen von dannen. Kaphames blickte Messala an. „Ich weiß nicht, ob das gut war. Gideon hat immer von unseren Karawanen Zoll verlangt, und auch erhalten. Du hast die Spielregel gebrochen."

„Ich spiele nur nach meinen eigenen Regeln", erwiderte der Tribun stolz. „Und nun wollen wir unsere Reise fortsetzen."

Ohne weitere Vorkommnisse erreichten sie am Abend das hoch auf einem Hügel liegende Sebaste. Dort lagerten sie am Rande der Stadt in einer weitläufigen Karawanserei und ruhten sich von den Strapazen der Reise aus.

„Warst du sicher, Tribun, dass du den Kampf gewinnen würdest?" Festus nahm einen tiefen Schluck aus dem Wasserschlauch.

„Wer kann vor einem Kampf schon sicher sein?", entgegnete Messala. „Sicher aber bin ich mir, dass ein römischer Offizier sich die Frechheiten eines samaritanischen Wüstenräubers nicht bieten lassen kann. Wir Römer haben uns hier und in aller Welt schon viel zu viel bieten lassen. Und das ist der Grund, warum niemand mehr Respekt vor uns hat. Und wenn unser Imperium schon untergehen soll, dann mit Würde. Wir haben nicht tausend Jahre geherrscht, um uns danach von jedem Strauchdieb auf der Nase herumtanzen zu lassen."

Nach weiterer, dreitägiger Reise durch das Hügelland Samarias zeichneten sich endlich die weitläufigen Hügel Jerusalems vor ihren Augen ab. Laut murrten die Kamele, als die Treiber sie mit Stöcken den Hügel herauftrieben. Durch Zelte und Stände von Händlern führte der Weg hinauf auf die plateauartige Spitze des breiten Hügels, wo die gewaltigen Überreste des zerstörten Tempels ihnen entgegenblickten. Die Karawane blieb außerhalb der Stadt zurück und die Römer nahmen Abschied von Kaphames, der seit jenem Vorfall nur wenig mit Messala gesprochen hatte. Vielleicht fürchtete er die Rache Gideons auf seinen weiteren Reisen, und wahrscheinlich nicht ohne Grund.

Am späten Nachmittag betraten die Römer Jerusalem, die alte Provinzhauptstadt Judäas, durch das berühmte Jaffator. Nur mit Mühe konnten sie sich durch das Gewimmel von Händlern, Reisenden und christlichen Pilgern kämpfen, die die steilen, engen Gassen der Stadt bevölkerten. Hausfrauen waren mit den letzten Einkäufen beschäftigt, Pilger gingen den Leidensweg Christi ab. Händler und Handwerker drängten mit ihren Kästen und Kisten durch das Gewühl, Vornehme ließen sich in ihren Sänften von Sklaven tragen, dazu ein Sprachgemisch aus Griechisch, Aramäisch und Lateinisch sowie anderen Sprachen, die die Männer nicht identifizieren konnten.

„Das ist ja schlimmer als in Rom", meinte Festus.

„Das scheint nur so", entgegnete Messala und wich einer schwitzenden Matrone aus, die mit Bergen von Gemüse beladen nach Hause strebte, „weil die Gassen so eng sind. Geh bei uns durch die *Subura* und du hast das gleiche Bild. Wir wollen uns erst einmal einen preiswerten Gasthof für die Nacht suchen, dann sehen wir weiter."

Die Römer quartierten sich in einem einfachen, aber sauberen Gasthof der Unterstadt ein und erholten sich erst einmal bei einem kräftigen Mahl von den Reisestrapazen. Am nächsten Morgen, nach einem schlichten Frühstück aus Brot, Obst und Schafskäse, wies Messala seine Legionäre an, das Haus nicht zu verlassen.

„Ich werde den *Prokurator* besuchen. Ihr wartet hier auf mich. Und rührt euch nicht aus dem Hause. Ich denke nicht, dass man dem Wirt und seinen Leuten trauen kann. Zu begehrlich waren die Blicke, die sie auf unser Gepäck geworfen haben."

Längst hatte der Tribun wie seine Leute die Uniform mit leichter Reisekleidung vertauscht. Ein kühler, angenehmer Wind wehte durch die Gassen Jerusalems, die wie Tags zuvor in einem bunten Treiben von Menschen aller Hautfarben und Herkunft bevölkert waren. Kaufleute bauten ihre Stände auf, Frauen in exotischen Gewändern trugen Wasser in ihre Häuser, Kinder spielten lärmend auf den Gassen und bettelten den Fremden um einige Münzen an.

Jerusalem war immer noch eine prächtige Stadt. Das wurde dem Tribun immer mehr bewusst, je mehr er sich dem *Cardo Maximus* näherte, dem Zentrum der Stadt. Er hatte die engen Gassen hinter sich gelassen und die Straßen waren jetzt zunehmend von prächtigen Kolonnaden gesäumt, die zum Verweilen, Betrachten und Kaufen der ausgestellten Dinge einluden. Überall hier gab es Läden, die eine verzückende Vielfalt an Waren anboten. In einem einzigartigen Stimmengewirr aus vielerlei Sprachen übertönten sich die Händler im Anpreisen ihrer Waren. Der *Cardo Maximus* führte vom Haupttor in der Nordmauer, durch das die Reisenden Jerusalem betreten hatten, in östlicher Richtung durch die Stadt und traf an der Südseite des Hauptforums auf den *Decumanus*, der die nördliche Grenze des ehemaligen Garnisonsgeländes bildete. Nachdem die Stadt unter Kaiser Vespasian und seinem Sohn und Feldherrn Titus dem Erdboden gleichgemacht worden war, hatte Kaiser Hadrian die Stadt unter ihrem neuen Namen, *Aelia Capitolina*, prächtiger denn je wieder aufgebaut. Obwohl dies vor mehr als zweihundertsiebzig Jahren geschehen war, hatten die meisten Bauwerke die Zeit überdauert und verliehen der Stadt eine ungeahnte Pracht. Längst hatte die Stadt ihren alten Namen wieder, und doch hatte sich seit Hadrian einiges verändert.

„Wo befindet sich der Sitz des *Prokurators?*", sprach Messala einen der Händler an.

„*Prokurator*? Welchen *Prokurator* meinst du? Aus welcher Zeit kommst du?" Der Händler blickte ihn verwundert an. „In Jerusalem gibt es seit Menschengedenken keinen *Prokurator* mehr. Wenn du aber die römische Kommandantur suchst, so musst du nur den *Cardo* entlanggehen, etwa noch eine halbe Meile, dann stehst du davor. Aber möchtest du nicht eine original ägyptische Isis-Statue erwerben? So preiswert wie bei mir wirst du sie nirgends bekommen. Die anderen hier verkaufen nur billige Imitationen, diese aber stammt direkt aus dem Grab eines ägyptischen Pharaos. Sie wird dir Glück bringen, im Kampf und in der Liebe."

Messala lehnte dankend ab und setzte seinen Weg in der genannten Richtung fort, begleitet von den Verwünschungen des enttäuschten Händlers. Kurze Zeit später stand er vor einem schmalen Gebäude, das durch ein Schild als *Praefectura Romana* ausgewiesen wurde. Wachen befanden sich nicht davor, und so betrat er ohne Zögern das Gebäude.

Der enge Flur führte zu einem Wachraum, in dem mehrere Soldaten saßen und sich über ihren langweiligen Dienst unterhielten. Beim Eintritt Messalas verstummte das Gespräch.

„*Quid hic quaeris?* – Was suchst du hier?", lautete die knappe und wenig freundliche Frage eines der Legionäre.

„Quintus Fabius Messala, Tribun aus Rom. Ich möchte den Kommandanten sprechen."

„So, Tribun bist du. Aus Rom kommst du. Siehst aber gar nicht aus wie ein Tribun", lachte einer der Soldaten verächtlich.

„Vielleicht überzeugt dich das, Großmaul." Messala zog aus

seiner Tasche ein Dokument, von dem er bisher noch keinen Gebrauch gemacht hatte, das aber das Siegel des Präfekten von Rom aufwies. Ungläubig starrten die Männer auf das Siegel. Dann erhoben sie sich fast gleichzeitig und einer von ihnen rief: „Ich werde dich sofort melden, Tribun. Und entschuldige, dass wir deinen Rang nicht erkannt haben. Aber es treiben sich so viele Gestalten hier rum, da muss man vorsichtig sein." Er verschwand in einem der angrenzenden Räume, um unmittelbar danach zurückzukehren und den Tribun in einen anderen, großzügig ausgestatteten Raum zu führen.

„Der Kommandant kommt sofort."

Wenige Minuten später betrat ein schwergewichtiger Mann den Raum. Seine Abzeichen wiesen ihn als *Centurio* aus. Schwer schnaufend ließ er sich auf einem Sessel hinter dem Tisch nieder und musterte Messala.

„Aus Rom ist schon lange keiner mehr hierhingekommen. Und ein Tribun schon gar nicht. Du hast eine Legitimation?"

Messala zog das Schreiben heraus und überreichte es dem *Centurio*. Dieser brach vorsichtig das Siegel auf und überflog die Zeilen auf der Pergamentrolle.

„Willkommen Tribun Messala, willkommen am Ende der Welt. Ich fürchtete schon, Rom hätte uns vergessen. Hast du Befehle für mich, bist du gar meine Ablösung? Es sollte mich freuen. Ich habe genug von diesem Land, seinen verrückten Bewohnern und vor allem dieser furchtbaren Hitze." Dabei zog er ein Tuch hervor und trocknete sich die Stirn. Bevor Messala antworten konnte, fuhr der *Centurio* fort: „Übrigens sind die Neuigkeiten aus Rom schon bis zu mir gelangt. Die Goten haben unser Rom eingenommen und Honorius hat sich irgendwo im Sumpf versteckt. Welch tapfere Tat!"

Die kurze Pause nutzte Messala, um zu Wort zu kommen: „Also, Befehle habe ich für dich nicht, und deine Ablösung bin ich schon gar nicht. Ich bin vielmehr in äh … privater Mission hier und auf dem Weg nach Bethlehem. Tatsächlich könnte ich einen kühlen Schluck vertragen."

„Verzeih, Tribun, die Hitze hat meine guten Manieren leiden lassen. Übrigens habe ich mich noch nicht vorgestellt. Ich bin Cassius Gratus, *Centurio Primipilus* der 10. Legion *Fretensis.*"

Er brüllte einen Befehl in den Nebenraum und wenig später brachte ein Soldat mehrere Krüge.

„Hier, das solltest du probieren. Wasser mit Dattelsaft und Honig gemischt. Wenn es gekühlt ist, kann man es trinken und es löscht vorzüglich den Durst. Sozusagen eine Spezialität des Landes."

„Ich wundere mich, dass es hier keinen *Prokurator* mehr gibt", setzte der Tribun das Gespräch fort. „Ist Jerusalem nicht mehr Sitz des Statthalters?"

„Schon lange nicht mehr. Was lernen unsere Offiziere eigentlich auf der Militärakademie?", antwortete Gratus. „Judäa ist nicht mehr eigene Provinz, sondern gehört zur Provinz Syrien und damit zur Diözese Oriens. Sie untersteht dem *Comes* von Antiochia. Folglich haben wir hier weder einen Statthalter noch eine vollständige Garnison. Ich habe hier lediglich zwei Cohorten unter Befehl, Auxiliarcohorten. Die nächsten Legionen sind außer in Caesarea in Damaskus, Tyrus und Antiochia stationiert, meine Legion in Damaskus. Ich sitze hier nur stellvertretend. Der eigentliche Kommandeur ist wie du Tribun. Er heißt Marcellus Spurius Novicus. Aber er liegt zurzeit mit Fieber im Bett, und so nehme ich seinen Sitz ein. Nur vorübergehend natürlich. Bist du übrigens Christ?"

Messala verneinte.

„Dann ist es gut, unser Tribun ist auf Christen nicht gut zu sprechen. Er hat sie fast alle aus unserer Garnison entfernen lassen. Mit kann es egal sein", er lachte dröhnend, „ich glaube an gar nichts außer an meinen Sold, sofern er regelmäßig kommt."

Messala nahm einen kräftigen Schluck von dem Dattelgebräu. „Schmeckt wirklich gut, und erfrischt. Ich danke dir für deine Auskünfte. Wie weit ist es von hier nach Bethlehem?"

„Nicht weit, etwa zwei Stunden südlich von hier. Du kannst es nicht verfehlen, es führt ein gut ausgebauter Weg dorthin. Soll ich dir ein paar Männer mitgeben? Die langweilen sich hier beim Wachdienst nur."

Messala lachte: „Danke, ich glaube, die wenigen Meilen schaffe ich auch ohne Schutztruppe. Übrigens habe ich noch zwei Legionäre aus Rom mitgebracht. Und dass wir uns selbst schützen können, haben wir auf dem Weg von Caesarea nach Jerusalem bereits bewiesen."

„Was ist passiert?", fragte der Centurio. Und Messala erzählte mit wenigen Worten von seinem Zusammentreffen mit Gideon.

„Gideon, kein unbekannter Name hier. *Dei eum deleant.* – Die Götter mögen ihn vernichten. Karawanenüberfall ist sein tägliches Brot. Wir haben schon oft versucht, ihn zu stellen, aber bisher ist er uns stets entwischt. Ist er tot?"

„Kann ich nicht sagen. Seine Leute haben ihn weggebracht. Mag sein, dass er überlebt hat. Mich kümmert's nicht."

„Dich nicht, aber die nächsten Karawanen. Jedenfalls wenn er überlebt hat. Und wenn nicht, wird der nächste kommen. Das Land ist voller Gideons."

Messala dankte dem *Centurio* und verließ ihn, nicht ohne zu fragen: „Wie lange musst du hier noch aushalten?"

„Noch vier Jahre", lautete die Antwort, „dann habe ich meine Dienstzeit rum. Mit dem Ersparten werde ich mir ein kleines Landgut kaufen und das ruhige Leben eines Bauern führen, aber nicht hier, irgendwo, wo es kühler ist."

Die römische Provinzverwaltung hatte sich gegenüber der frühen Kaiserzeit in der Tat sehr verändert. Bis um 70 n. Chr. gab es fünfunddreißig Provinzen, die in kaiserliche, senatorische und prätorische aufgeteilt waren. Verwaltet wurden sie von einem *Procurator*, einem Statthalter im Range eines *Proconsuls* oder eines *Legatus Augusti pro praetore*. Nur Senatoren oder Ritter gelangten in diese einflussreichen Ämter.

Im vierten Jahrhundert ist dieses System durch die Aufteilung in Diözesen abgelöst worden. Das Reich wurde in vierzehn Diözesen eingeteilt, die neunundneunzig Provinzen umfassten. Allein die Diözese Oriens erstreckte sich über siebzehn Provinzen. Die Leiter dieser Diözesen hießen *Vicarii* mit Ausnahme der Diözese Oriens, wo der Statthalter den Titel eines *Comes* (im Range eines Herzogs) trug, da er auch militärische Aufgaben wahrnahm.

Am nächsten Tag setzten die drei Römer ihre Reise fort. Sie hatten drei Pferde und ein Maultier gekauft, für einen absoluten Wucherpreis, wie Festus meinte. Gratus hatte recht gehabt. Der Weg nach Bethlehem war gut zu finden und einfach zu gehen. Jerusalem ist ringsum von höheren Bergen umzogen, überragt vom Ölberg, der sich im Nordosten in schön geschwungenen Linien hinzieht und in mehreren Einzelhöhen malerisch zum Himmel strebt. Im Norden liegt die Höhe des Skopus, im Westen die Höhen von Bethlehem, ihr Ziel. Sie verließen Jerusalem wieder durch das Jaffator, gelangten von dort zum oberen Hinnomtal, ritten durch die Hochebene Baka und erreichten das kleine Dorf Nephaim, wo sie eine kurze Rast machten.
Entlang des Wegs zogen sich Dattelpalmen, Granatapfelsträucher und Olivenhaine, unterbrochen von sanft ansteigenden Hügeln, auf denen Weinstöcke standen. Mit mäßiger Steigung strebte der Weg einer Passhöhe zu, welche für einen Augenblick die Fernsicht gänzlich nahm. Von hier aus hatten die Männer einen schönen Rückblick auf Jerusalem, und nach Westen erblickte man baumreiche grünende Felder, nach links begrenzt von grauen Wüstensteppen, am äußersten Horizont durch das judäische Gebirge. Wandte man den Blick nach rechts, so geriet Bethlehem bereits ins Blickfeld. Auf schön geschwungenen, im Halbkreis geschweiften Höhenrücken zog sich die Zeile seiner Häuser hin. Schon von hier machten die Männer mehrere große Gebäude und ein tem-

pelartiges Bauwerk am Rande des Dorfes aus. Die drückende Hitze hatte nachgelassen, stattdessen türmten sich dunkle Wolken auf, die ein heranziehendes Unwetter versprachen.

„Hoffentlich sind wir am Ziel, bevor das losgeht", meinte Aulus und blickte besorgt zum Himmel.

„Keine Angst, wir werden trocken ankommen. Es ist nicht mehr lang, höchstens eine Viertelstunde", meinte Messala.

Aber er sollte sich täuschen. Schon nach weniger als zehn Minuten war die Sonne gänzlich verschwunden und die ersten Tropfen fielen. Innerhalb kurzer Zeit brach ein Unwetter über die drei Männer herein und durchnässte sie völlig. Dennoch empfanden sie den Regen als willkommene Erfrischung, streckten wie Kinder die Hände aus und versuchten, das köstliche Nass aufzufangen.

„So einfache Dinge wie einen Landregen weiß man erst zu schätzen, wenn man sie lang genug entbehrt hat", lachte Aulus, „ich für meinen Teil bin erst einmal froh, dass die Gluthitze eine Pause macht."

Innerhalb weniger Minuten hatte sich der neben dem Weg verlaufende Graben in einen reißenden Bach verwandelt und auf dem Weg bildeten sich zunehmend große Wasserlachen, die den Pferden einen sicheren Tritt erschwerten. Abseits vom Weg hatte Messala einen kleinen Unterstand entdeckt.

„Wir sollten uns dort mit den Pferden unterstellen und warten, bis das Unwetter etwas nachlässt."

„Verflucht guter Vorschlag", meinte Festus, „bei Mercur, ich bin durchweicht wie eine eingelegte Dattel."

Sie stiegen von den Pferden ab und zogen sie zu dem Unterstand, wo sie auf einen alten Mann stießen, der ebenfalls Schutz vor dem Regen gesucht hatte. Der Alte öffnete seinen zahnlosen Mund und grinste: „Willkommen in meiner gemütlichen Behausung. Womit soll ich euch bewirten? Ihr seid fremd hier!"

Das war mehr eine Feststellung als eine Frage und Messala gab freundlich zur Antwort: „Wir sind einen weiten Weg gekommen, aber jetzt fast am Ziel. Bethlehem kann nicht mehr weit sein."

„Nicht mehr als zehn Minuten", antwortete der Alte, „aber was wollt ihr dort? Ihr seht aus wie Männer, die andere Unterkünfte gewohnt sind!"

„Mag sein", antwortete der Tribun, „aber dieser Ort ist unser Ziel. Wir suchen einen gewissen Hieronymus."

„Hieronymus sucht ihr. Das ist ein gutes Ziel." Die Stimme des Alten nahm einen verschwörerischen Klang an und senkte sich: „Das ist ein heiliger Mann, nicht so wie die meisten hier. Tut viel Gutes und hat doch viele Feinde. Ein Christ ist er, wie ich. Durch ihn und seine Brüder habe ich Jesus Christus, den lebendigen Sohn Gottes kennengelernt. Jetzt kann ich in Ruhe abwarten, bis er mich zu sich holt. Denn wer an ihn glaubt, der lebt in Ewigkeit, auch wenn er stirbt."

Die Augen des Alten hatten einen eigentümlichen Glanz angenommen, und verwundert bemerkten die Römer, wie tief und unerschütterlich der Glaube dieses einfachen Mannes war.

„Früher habe ich im Klostergarten gearbeitet", fuhr der Mann fort, „aber jetzt wollen meine Knochen nicht mehr so recht. Und trotzdem bekomme ich immer noch meine Suppe und ein gutes Stück Brot dazu, und auch ein Krug Wein fehlt nie. Ich hoffe, ihr kommt in guter Absicht."

„Keine Angst, Alter, wir haben eine Botschaft für ihn und bringen ihm Dinge, über die er sich gewiss freuen wird." Der Tribun wies dabei auf das vollbepackte Maultier. „Kannst du uns den Weg zum Kloster weisen?"

„Wenn ihr diesem Weg weiter folgt, seht ihr die ersten Häuser des Dorfes in kurzer Zeit. Lasst die Häuser links liegen und folgt dem Weg, der rechts zwischen den Weinbergen hinaufführt. Er wird dann bald breiter und mündet in eine Allee von Olivenbäumen. Dann seht ihr das Kloster vor euch. Und bestellt Hieronymus einen Gruß vom alten Ephras."

„Das werden wir tun, und Dank auch, Alter."

„*Dominus viam vestram benedicat* – Der Herr segne euren Weg", murmelte der Alte und machte das Zeichen des Kreuzes.

Der Regen hatte nun spürbar nachgelassen, das meiste Wasser war schnell auf den ausgetrockneten Wegen versickert. So konnten die Römer ihren Weg ohne Probleme fortsetzen. Sie folgten der Beschreibung des Alten und standen nach knapp fünfzehn Minuten vor einem großen weitläufigen Gebäude, das aus grauem, grob behauenem Naturstein erbaut war. *Monasterium Domini* stand in schwarzen Lettern über der breiten, massiven Eichepforte.

„Wir sind am Ziel", freute sich der Tribun. „Eine lange Reise ist zu Ende, Mercur sei Dank!"

III. DER ALTE VON BETHLEHEM

Kräftig schlug der Tribun gegen die Tür. Einige Minuten verstrichen, bis sich von innen schlurfende Schritte näherten und die Pforte mit einem ächzenden Laut geöffnet wurde. Ein altes Gesicht blickte fragend durch den Spalt. Ein Mann, gut in den Siebzigern, mit einem rötlichen Gesicht in einer grauen, verwaschenen Kutte blickte erstaunt auf die Ankömmlinge:

„Der Herr sei mit euch, Fremde. Was ist euer Begehr?"

„Melde bitte deinem Herrn, dass ein Tribun aus Rom ihn zu sprechen wünscht und ihm wichtige Botschaft zu bringen hat."

„Meinem Herrn?" Ein Lächeln huschte über das Gesicht des Alten. „Ich habe nur einen Herrn, und den wirst du nicht meinen. Aber zu Hieronymus will ich euch gerne führen. Seid willkommen und tretet ein. Die Tiere mögt ihr hier im Vorhof lassen."

Der Mann öffnete nun ganz die Tür und ließ die drei Männer und ihre Tiere eintreten. Nachdem die Römer die Pferde und das Maultier festgemacht hatten, durchquerten sie einen breiten, geräumigen Hof, der von Johannisbrotbäumen und Granatapfelsträuchern umsäumt war. In der Mitte lag eine kleine Zisterne, aus der ein Mann mit einem Ledereimer Wasser schöpfte.

Am Ende des Hofes wurde ihnen eine schmale Pforte geöffnet, die in einen dunklen, engen Flur führte. Kühle, leicht modrige Luft kam den Fremden entgegen und Messala sog die Luft widerwillig ein. Weiter führte der Weg, bis man zu einigen Stufen gelangte, die steil nach unten führten.

„Lebt Hieronymus dort unten im Keller?", fragte Messala erstaunt.

„*Intra et specta* – Komm und sieh", war die knappe Antwort. Weiter führte der leicht abschüssige Weg, er wurde immer schmaler und schien geradewegs in das Innere des Hügels zu führen, auf dem das Kloster offenbar erbaut worden war. Am Ende des Gangs befand sich eine zerbrechlich wirkende Holztür, die von einer in die Wand eingelassenen Pechfackel spärlich erleuchtet wurde.

„Bitte einen Augenblick", sagte der Alte und verschwand nach kurzem Klopfen hinter der Tür. Stimmen wurden laut und es dauerte einige Sekunden, bis der Mann die Tür wieder öffnete und die Männer mit einer einladenden Handbewegung zum Eintritt aufforderte. Messala bat seine Begleiter, vorerst vor der Tür zu warten, und trat alleine ein. Es dauerte eine ganze Zeit, bis sich seine Augen an das schummrige, spärliche Licht gewöhnt hatten, das von einigen Kerzen und Öllampen sparsam verbreitet wurde. Der Raum sah aus wie eine aus dem Felsen gehauene Kammer, allerdings sehr geräumig. Ein Durchgang führte zu einer Nebenkammer.

Sieht aus wie in einer Höhle, durchfuhr es den Römer.

„Du wunderst dich über meine Behausung", rief nun eine Stimme aus dem Halbdunkel und lenkte die Aufmerksamkeit des Tribuns in die Mitte des Raumes. Ein grob behauener Holztisch stand dort, umgeben von vielen kleineren Tischen, die alle mit Buchrollen, Papyri, Pergamentblättern und Ähnlichem überladen waren. Hinter diesem Berg von Bücherrollen saß ein kleiner, alter Mann, der sofort die Faszination des Römers erregte.

Sein Kopf war bis auf einen letzten Kranz weißer Haare kahl, das Gesicht von Tausend Falten durchzogen und kleine listige Augen musterten den Ankömmling. Die schmale, zerbrechlich wirkende Gestalt war mit einer einfachen, verschlissenen Stofftunica bedeckt, die in früheren Zeiten einmal weiß gewesen sein musste. Die Füße trugen keinerlei Schuhwerk, was den insgesamt ärmlichen Eindruck vervollständigte. Geduldig ließ der Alte die Musterung des Fremden über sich ergehen. Was für ein Kontrast! Hier der erbärmliche Alte, da der römische Tribun, der seine Offiziersuniform angelegt hatte, mit seinem silbernen Brustpanzer, den *Phalerae*, den Auszeichnungen, die er für tapferen Kampf erhalten hatte. An der Seite baumelte der *Gladius*, das römische Kurzschwert, und über der Schulter lag der rote Offiziersmantel, dessen breiten Brokatsaum er über den Arm drapiert hatte. Die Beine staken in silberbeschlagenen *Caligae*, den römischen Soldatenstiefeln. Auf den federbewehrten Helm hatte er verzichtet, aber auch so bot er mit seiner hohen, schlanken Gestalt und den pechschwarzen lockigen Haaren ein prächtiges Bild.

Schweigend verstrich die Zeit, bis der Römer das Wort ergriff: „Quintus Fabius Messala, Tribun der Lateranischen Cohorte von Rom grüßt Eusebius Sophronius Hieronymus mit aller Ehrerbietung."

Der Alte lächelte: „Auch dir gilt mein Gruß und der Segen des Herrn. Auf die Beinamen magst du verzichten. Nenne mich nur Hieronymus. So, ein Fabier bist du also, aus einer der ältesten und nobelsten Familien Roms mit eigenem *Tribus*."

„Ja", entgegnete der Offizier mit Stolz, „meine *Gens* hat etliche Consulate gestellt, das letzte vor sechzig Jahren. Fabius Aco Catullinus war mein Onkel."

„Ich weiß, ich weiß", lächelte der Alte, „jeder Römer kennt deine Familie gut. Dein Urahn Numerius Fabius Pictor war ein bekannter Geschichtsschreiber, Quintus Fabius Maximus Cunctator war umjubelter Gegner Hannibals im zweiten punischen Kriege, und Fabius Maximus Allobrocigus hat die Allobroger besiegt. Willkommen jüngster Spross einer ruhmreichen Familie. Doch setze dich. Du hast eine weite Reise hinter dir und, wie ich vermute, war sie nicht ohne Gefahr und Strapaze."

„Ich würde vorher noch gerne meine Männer versorgt wissen, die vor der Tür warten", erwiderte Messala.

„Darum wird sich Vincentius gerne kümmern", sagte Hieronymus und zog an einem eisernen Klingelzug, der an der Wand angebracht war. „Habe die Güte und kümmere dich um die Versorgung der Begleiter meines geschätzten Gastes", sagte Hieronymus zu dem wenig später eintretenden Mann, der die Römer hierhin geführt hatte. „Und sei so gut, richte für meinen Gast und mich ein kleines Mahl. Es wäre auch für mich Zeit, mal wieder etwas zu mir zu nehmen."

Vincentius nickte Hieronymus freundlich zu und ging mit langsamen Schritten hinaus.

„Er ist alt geworden, mein guter Vincentius. Einer der wenigen, die mit mir den Weg von Rom hierhin gefunden haben. Aber was rede ich. Du wirst den weiten Weg von Rom hierhin nicht gemacht haben, um das belanglose Geschwätz eines Greises hören zu wollen. Wie steht es in Rom und in welcher Absicht bist du gekommen? Ich habe seit langer Zeit keine Nachrichten mehr von Rom erhalten. Du musst wissen, dass es hier wichtigere Dinge gibt, als die Frage, mit wem der Kaiser gefrühstückt hat, wer gerade das Consulat bekleidet oder ob eine neue Wasserleitung eröffnet wurde."

„Und doch gibt es auch in Rom wichtige Ereignisse", begann Messala. Und dann berichtete er in knappen aber beredten Worten vom Einfall der Goten, dem Verhalten des Kaisers und der Not und Drangsal der Einwohner. Lange schwieg der Greis und legte seine Stirn in Falten. Die Hände ballten sich zu Fäusten, und dann brach es aus ihm mit einem Temperament und einer Lautstärke heraus, die Messala kaum für möglich gehalten hätte:

„*Haeret vox, et singultus intercipiunt verba dictantis. Capitur urbs, quae totum cepit orbem.* – Die Stimme stockt, und Schluchzen hemmt die Worte des Sprechenden. Die Stadt ist eingenommen, die Stadt, die die ganze Welt beherrscht hat"

Zuletzt war die Stimme in heiseres Schluchzen übergegangen und kaum noch vernehmbar. Dann herrschte ein längeres Schweigen. Messala verstand, dass seine Nachricht bei Hieronymus großes Entsetzen ausgelöst hatte und er auf diese Neuigkeit nicht vorbereitet war. Aber wie konnte dieser Mann noch so an Rom hängen? Hatte er nicht vor sechsundzwanzig Jahren diese Stadt im Zorn verlassen?

Hieronymus hatte sich etwas gefasst: „Verzeih, Tribun. Aber diese Nachricht trifft mich unvorbereitet. Nicht über das Rom des Honorius trauere ich, nicht über das des Symmachus, der in fanatischem Unglauben die Victoriastatue wieder in der Curie aufstellen wollte, auch nicht über das Rom der eitlen Ketzer wie Ursinus. Meine Trauer gilt dem Rom des Petrus, des Paulus, der vielen Märtyrer, die für den Glauben an den wahren Messias blutig mit ihrem Leben bezahlt haben. Meine Sorge gilt den vielen frommen Frauen und Männern, die ich dort zurücklassen musste, und die ich nun in den Händen der schlimmsten heidnischen Barbaren weiß. Und immer war ich mir sicher, dass dieses Rom, dein Rom, das Rom eines Neros, Caligula und Caracalla, die Stadt des Domitian und Diocletian, die alle schlimmste Verfolgungen über unsere Glaubensbrüder gebracht haben, dass dieses Rom dereinst und für immer der Mittelpunkt unseres Glaubens sein wird. Aber sprich, wie ist es den Christen unter dem Einfall der Barbaren ergangen?"

Hieroymus lehnte sich erschöpft zurück und tupfte seine Stirn mit einem verschlissenen Tuch ab.

„Ich hoffe, ich kann dich beruhigen", sagte Messala beschwichtigend. „Gerade die Galiläer ... äh ... verzeih, so nannten viele die Christen in Rom, also gerade die Christen erfuhren von den Barbaren große Schonung. Ich selbst habe mit meinen Männern die Prozession geschützt, die in feierlichem Zuge die goldenen und silbernen Gefäße der Apostel durch Rom in sichere Obhut trug. Mitten im Chaos von Mord und Plünderung bewegte sich der Zug vom Quirinalischen Hügel über das Marsfeld und die Tiberbrücke zur Basilica eures Apostels Petrus auf dem Vatikan. Viele deiner Glaubensgenossen sind bei diesem Anblick aus ihren Schlupfwinkeln herausgekommen und haben sich dem sicheren Geleit des Zuges angeschlossen. Sicher erreichte der Zug die Basilica, und solange auch die Barbaren in Rom waren, niemand plünderte dieses Haus eures Gottes, niemand schändete die Flüchtlinge, die sich in ihrer Obhut bargen. Auch die Menschen, die sich in die andere große Basilica, die ihr eurem Apostel Paulus geweiht hattet, geflüchtet hatten, waren vor allen Nachstellungen sicher. Alarich selbst, der verfluchte Gotenkönig, hatte strenge Anweisung gegeben. Wie man hörte, soll dies Bischof Innocens durch Verhandlungen erreicht haben. Da auch im Heere der Goten viele Christen dienen, fiel es nicht schwer, diesen Vertrag zu halten. Weiteres magst du aus diesem Brief entnehmen, den mir Innocens für dich mitgab."

Während er dies sagte, überreichte er Hieronymus eine in Tuch gewickelte Schriftrolle.

„Du hast den Zug begleitet und geschützt?", fragte der Alte und griff voller Neugier nach der Schriftrolle. „Was hattest du mit all den Dingen zu tun?"

„Wie du weißt, ist der Lateran mit seiner Basilica seit Kaiser Constantin Sitz des Mannes, den ihr Bischof von Rom nennt."

„Ich weiß", seufzte Hieronymus und entrollte behutsam die Schriftrolle, „Ecclesia urbis et orbis omnium ecclesiarum mater et caput – die Kirche der Stadt und der Welt, Mutter und Haupt aller Kirchen."

„So wird sie genannt. Honorius hat später verfügt, dass der Bischof zu seinem Schutz eine Cohorte als Leibwache erhält. Ich war Tribun und Befehlshaber jener Lateranischen Cohorte, auch wenn ich kein Christ war. Man muss nicht Christ sein, um seine Pflicht als Soldat gut zu erfüllen. Im Gegenteil, nach allem, was ich von eurem Glauben weiß, schadet es mehr. Gebietet nicht euer Gott: ‚Du sollst nicht töten‘, und wie kann man sein Kriegshandwerk tun, wenn man dieses Gebot beherzigt?"

Hieronymus hatte kaum zugehört und beantwortete die Frage nicht. Er hatte inzwischen die Rolle mit fahrigen Händen geöffnet und seine Gesichtszüge wurden immer bleicher, während die Augen über das Pergament hasteten. Alles Leben schien aus ihm zu weichen.

„Schonung?", kreischte er keuchend. „Hattest du von Schonung der Christen gesprochen? Barmherziger Gott. Das alte Kloster meiner Marcella wurde geplündert, und sie selbst, sie wurde geschändet und gefoltert. Die Bürger erkaufen ihre Rettung mit Gold, und wenn man sie genug ausgepresst hat, nimmt man ihnen das Leben. In Massen machen die Feinde Gefangene. Wer nicht vom Schwert getroffen wird, den verzehrt der Hunger. Ausgehungert fallen sie über ekelerregende Speisereste her und scheuen sich nicht, sich gegenseitig zu verschlingen."

Erschüttert holte der alte Mann tief Luft und fuhr dann mit bebender Stimme fort: „Marcella wurde in ihrem Hause von blutbefleckten Kriegern überfallen. Ohne Erregung ist sie den barbarischen Eindringlingen gegenübergetreten. Die forderten Gold, sie zeigte ihr Kleid, das Kleid einer Bettlerin. Die Barbaren vermochte das nicht zu überzeugen. Unter Geißelhieben und Schlägen blieb sie doch für alle Quälerei unempfindlich. Wenig später ist sie gestorben."

Ein Sturzbach von Tränen ergoss sich über die ausgemergelten Wangen des Greises. Auch Messala war unter seiner gebräunten Haut erblasst. Vieles von diesen Dingen hatte er nicht gewusst, zu sehr war er damals in Rom auch mit der Rettung seines eigenen Lebens und dem seiner Leute beschäftigt gewesen. Chaotisch waren die Verhältnisse, und was im Nordteil der Stadt vor sich ging, davon wusste man im Südteil nichts oder hörte es erst später mit Entsetzen.

Vincentius war eingetreten. Er sah den Greis und eilte bestürzt herzu. Beruhigend legte der Mönch seinen Arm um den Alten. Hohlwangig blickte Hieronymus ihn an und deutete auf die Schriftrolle, die er zwischen den Fingern zerknüllt hatte.

„Vincentius, lieber alter Freund. Was ich hier aus Rom höre, ist an Entsetzen nicht zu überbieten. Aber auch den Provinzen ist es nicht besser ergangen. Hier, lies doch! Der Antichrist ist nahe:

Unermessliche wilde Völkerscharen sind in alle gallischen Provinzen eingefallen. Die Quaden, Vandalen, Sarmaten, Gepiden, Heruler, Sachsen, Burgunder, Alemannen haben alle Länder verwüstet, von den Alpen bis zu den Pyrenäen, vom Ozean bis an den Rhein. Unglücklich das Land, das unsere pannonischen Feinde verheert haben. Assur ist mit ihnen. Mogontiacum, die ehedem berühmte Stadt, ist erobert und vernichtet worden. Viele tausend Menschen sind in der Kirche umgebracht worden.

Vormatia wurde dem Erdboden gleichgemacht. Die tapferen Einwohner von Durocortorum wurden sämtlich nach Germanien deportiert. Draußen wird alles vom Schwert vernichtet, drinnen vom Hunger. Ohne Tränen kann ich den Namen Tolosa nicht aussprechen. Hispania ist dem Untergang geweiht. Ich sage nichts mehr, damit ihr nicht glaubt, dass ich an der Barmherzigkeit Gottes verzweifle!"

Messala hatte nicht geahnt, dass die Botschaft von Innocens den Alten so treffen würde. Vorwurfsvolle Blicke sandte Vincentius an den Tribun. Der wusste nichts zu sagen.

Das Essen verlief sehr einsilbig. Zur Ehre der Gäste hatte sich die Klosterküche freilich alle Mühe gegeben. Ein junger Mönch namens Syphonius hatte zunächst weich gekochte Eier in einer pikanten Olivensoße gebracht. Dann rohen Salat mit Lauch und Zwiebeln. Später wurde ein Fisch in wohlschmeckender Dattelsoße gereicht. Den Abschluss bildete ein Nachtisch aus Feigen, Nüssen und Trauben, der mit süßem Backwerk umlegt war. Dazu tranken die Männer kühles Wasser, das in großen braunen Tonkrügen gereicht wurde.

Messala und seine Männer langten kräftig zu, während die anderen Mönche, die mit ihnen zu Tische saßen, den Speisen nur sehr sparsam zusprachen. Es war die erste Mahlzeit der Reisenden seit dem kargen Frühstück, das sie noch in Jerusalem zu sich genommen hatten.

„Wir pflegen sonst nicht so gut zu speisen", meinte Vincentius wie zur Entschuldigung, „besondere Gäste aber verlangen auch besondere Küche."

Dabei blickte er besorgt auf Hieronymus, der kaum aß und in Gedanken versunken war.

„Du musst essen, mein Freund", sprach Vincentius ihn freundlich an. „Schau dich an, deine Knochen werden nur noch mühsam von der Haut bedeckt. Sieh unsere Gäste, sie erweisen der Küche die nötige Ehre."

„Schmeckt hervorragend", murmelte Aulus und stopfte einige Feigen in seinen Mund, „habt ihr oft Gäste hier?"

Vincentius blickte ihn an: „Nein, nicht hier im Kloster, hier haben wir nur wenige Gästezimmer. Aber drüben haben wir ein Gästehaus. Dort empfangen und bewirten wir oft Gäste."

„Was ist eigentlich ein Kloster?", wollte Festus wissen.

„Ein Kloster wie das unsere ist eine Gemeinschaft von Männern, die sich alle dem Dienst an unserem Herrn verschrieben haben. Zurzeit befinden sich zweiundfünfzig Mönche und sieben Novizen, also Anwärter, in unseren Mauern. Wir beten hier und preisen den Herrn, darüber aber vergessen wir nicht die Pflichten, die uns die Welt auferlegt. Wir haben einen Klostergarten, aus dem wir uns selbst versorgen. Wir haben eine *Schola*, eine Klosterschule, in der wir die Jugend aus aller Umgebung unterrichten, ja mehr noch, von weit her, aus aller Welt schicken sie uns die jungen Männer zur Ausbildung. Und wir haben ein *Scriptorium*, in dem Abschriften wichtiger Texte angefertigt werden. Vor allem der Schriften unseres Vorstehers, und derer sind viele."

Vincentius blickte Hieronymus lächelnd an. Der rang sich ein gequältes Lächeln ab: „Es sind noch viel zu wenige. Es gibt noch so viel, was ich zu Papier bringen müsste. Allein, ich weiß nicht, wieviel Zeit mir der Herr noch lassen wird."

„*Satis temporis* – Zeit genug, mein Freund", erwiderte Vincentius, „siehe du zunächst zu, dass du deinen wichtigsten Auftrag zu Ende führst."

„Welcher ist das?", erkundigte sich Messala neugierig, während er nach dem Backwerk griff.

„Die Übersetzung unserer Heiligen Schrift in das Lateinische", antwortete Hieronymus nicht ohne einen Anflug von Stolz.

„Du bist in Rom als ein *vir trilinguis* bekannt, als ein Mann, der drei Sprachen beherrscht. Wie kann es sein, dass ein Mann drei Sprachen gleichzeitig spricht?", fragte der Tribun.

„Nun", sagte Hieronymus, und ein leichtes Lächeln kehrte in sein Gesicht zurück, „so ungewöhnlich ist das nicht. Bischof Epiphanius von Cyprius beherrschte fünf Sprachen. Mir wurde das Lateinische wie dir in die Wiege gelegt. In jungen Jahren schickte mich mein Vater Eusebius nach Rom, wo ich bei Aelius Donatus die lateinische und griechische Sprache studierte. Er war ein großer Lehrer und hatte viele Schüler, und doch war er ein Heide, der schlechten Einfluss auf mich ausübte. Das sollte ich aber erst später merken – fast zu spät. Damals lernte ich die lateinischen Klassiker kennen und lieben, die Dichter Vergil und Ovid, Catull, Plautus und Horaz. Die Historiker wie Livius, Tacitus, Sallust und all die anderen. Und die Redner, die Meister der gepflegten Sprache und des edlen Stils wie Cicero und Quintilianus. Und die Philosophen, die echten, nicht die Schwätzer und Ignoranten, sondern die wahren Lehrer der Weisheit wie Seneca. Sie bestimmten mein Leben, ich las sie Tag und Nacht. Zu viel hab ich davon gelesen, ich habe den Zorn Gottes heraufbeschworen."

„Den Zorn Gottes", wandte Messala ein, „wie kann das sein? Will dein Gott keine gelehrten Männer unter seinen Anhängern?"

„Es ist schon sehr lange her." Das Lächeln war vom Gesicht des Alten verschwunden. „Ich war auf dem Weg nach Jerusalem, um für Christus zu kämpfen. Ich hatte auf die Heimat, die Eltern, meine Schwester und meine Verwandten, und, was noch schwieriger war, auf die gewohnte Küche verzichtet", über das Gesicht des Alten zog ein feines Lächeln, „denn ich hatte mich um des Himmelreiches willen verschnitten, um den geistlichen Militärdienst zu leisten. Aber ich hatte mich nicht von meiner Büchersammlung trennen können, die ich mir in Rom mit viel Mühe zusammengestellt hatte. Unglücklicher, der ich war!

Ich fastete und ich tat dies nur, um mich besser auf die Lektüre Ciceros vorzubereiten. Ich wachte ganze Nächte lang, ich vergoss Tränen, dass es mein Herz zerriss, wenn ich an meine alten Schwächen dachte, und ich tat dies, um mich in Plautus zu versenken. Wenn ich zur Lektüre der Propheten griff, war ich sie bald leid, denn ihr Stil war für meinen Geschmack nicht elegant genug, ich fand die ungebildete Sprache abscheulich. Und weil ich mit meinen blinden Augen das Licht nicht sehen konnte, dachte ich schon, nicht die Augen könnten schuld sein, sondern die Sonne. Da die alte Schlange also ihr Spiel mit mir trieb, überfiel mich mitten in der Fastenzeit ein schlimmes Fieber und ließ meinem erschöpften Körper keine Ruhe.

Dieses Fieber hatte schon vorher Hylas und Innocentius, zwei meiner liebsten Gefährten dahingerafft, und auch ich lag lange danieder, dem Tode näher als dem Leben. Ein pausenloses Fieber verzehrte mich und höhlte meine erbärmlichen Glieder so aus, dass ich, man mag es kaum sagen, nur noch aus Haut und Knochen bestand. Schon wurde meine Bestattung vorbereitet, denn mein Körper war so erkaltet, dass Atem und Wärme nur noch schwach an meiner Brust zu spüren waren.

Da geschah es mir, war's im Geiste oder im Traum, dass man mich wegschleppte vor den Stuhl des großen Richters. Ein blendendes Licht sah ich nur, zu Boden wurde ich geworfen, dass ich nicht die Augen zu erheben wagte. Nach meinem Glauben wurde ich gefragt, und ich antwortete: ‚Ein Christ bin ich.' Da donnerte der, der auf dem Thron saß: *Ciceronianus es, non Christianus* – Ein Ciceroverehrer bist du, kein

Christ! Denn wo dein Schatz ist, da ist auch dein Herz!' Und eine unsichtbare Hand schlug mich mit der Geißel. Ich flehte um Erbarmen und versprach, nie mehr heidnische Schriften in die Hand zu nehmen. Geschworen habe ich gar: ,Herr, wenn ich jemals wieder heidnische Schriften lesen sollte, so wäre ich von dir abgefallen.' Nach diesem Schwur wurde ich freigelassen. Doch ich kann es versichern, es kann kaum ein Traum gewesen sein, denn noch beim Erwachen spürte ich die Schläge und sah die blauen Male auf meiner Schulter. Von da an las ich viele Jahre nur noch die heiligen Bücher. Aber in meinem Kopf, in meinem Kopf habe ich auch all die anderen noch, der Herr mag es mir verzeihen!"

Hieronymus lehnte sich erschöpft zurück und die fahrigen Hände kamen zur Ruhe. Am Tisch herrschte betretenes Schweigen. *Was muss dieser Mann schon alles durchgemacht haben*, durchfuhr es Messala. Und doch strahlte er bei aller körperlichen Gebrechlichkeit eine solche Stärke und Kraft aus, dass man sich fragte, woher er diese nur nehmen konnte.

Hieronymus bemerkte die Betroffenheit, die er mit seiner Schilderung ausgelöst hatte.

„Verzeiht, ich wollte euch mit diesen Erzählungen nicht langweilen."

„Du langweilst uns wahrhaftig nicht, edler Hieronymus", sagte Messala, „aber fahre fort, wie hast du dir die Kenntnisse des Hebräischen zugeeignet? Bis jetzt haben wir nur erfahren, wie du deine lateinischen und griechischen Kenntnisse erlangt hast."

„Nach jenem Erlebnis", fuhr der Greis fort, „habe ich beschlossen, der Welt den Rücken zu kehren. In der syrischen Wüste Chalkis, nicht weit von Antiochia, habe ich mich als Einsiedler von allem zurückgezogen, um in Ruhe, fernab von den Verlockungen der Welt für meinen Hochmut zu büßen mit Gebet, Buße, Wachen, Fasten und Kasteien. Dort lernte ich einen konvertierten Mönch kennen, einen früheren

Juden, der mich auf meine Bitten hin das Hebräische gelehrt hat. Welch eine Mühe! Statt des feinen Stils eines Quintilian, der blühenden Rhetorik eines Cicero, der gezielten Aussage eines Fronto oder der gefälligen Rede eines Plinius nun das Studium des hebräischen Alphabets, das ständige Wiederkauen von ächzenden und keuchenden Wortlauten. Sie schreiben von rechts nach links, und das hebräische Alphabet besteht nur aus Konsonanten. Vokale werden durch kleine Striche und Punkte hinzugefügt. Eine Qual! Wie oft habe ich gezweifelt, das Ziel je zu erreichen, und fing dann, vom Ehrgeiz des Lernenden getrieben, doch wieder von vorne an. Ich habe das alles durchgemacht und kann's aus Erfahrung wohl bezeugen; und auch die wissen es, die damals das Leben mit mir teilten. Gleichwohl danke ich meinem Herrn, dass ich aus der Bitternis des Lernens dieser Sprache so köstliche Früchte gewonnen habe. Doch beherrsche ich noch lange nicht das Hebräische so gut, wie es mir nötig scheint. Deswegen nehme ich, der Lehrer, ständig weiteren Unterricht, meistens nachts. Ein gelehrter und strenger Rabbi ist mein Lehrer. Bar Anina ist sein Name, und er lässt sich seine Arbeit gut bezahlen."

Hieronymus deutete ein Lächeln an. „Sicher wirst du ihn bald kennenlernen. Übrigens konnte ich mir dort auch die Grundzüge des Chaldäischen aneignen, das auch Aramäisch genannt wird. Ich bin also nicht ein Mann der drei Sprachen, sondern der vier. Aber verzeiht mir meine Eitelkeit."

„Nicht Eitelkeit lässt dich so sprechen", wandte jetzt Vincentius ein, „sondern verdienter Stolz auf eine wahrhafte Leistung."

„Ich danke dir, mein Freund. Aber nun sollten wir die Tafel aufheben. Ich denke, dass unsere Gäste von der Reise müde sein werden. Morgen werden wir euch gerne das Kloster und seine Umgebung zeigen."

„Eine Frage hätte ich noch, wenn es erlaubt ist", meldete sich Aulus, der bislang geschwiegen hatte, zu Wort. „Gibt es hier im Kloster, äh, gibt es hier keine äh … Frauen?"

Hieronymus schmunzelte. „Nein, hier im Kloster werdet ihr keine Frauen finden. Unweit von hier gibt es zwei Klöster frommer Frauen, die von der Tochter meiner alten Freundin Paula, Eustochium, geleitet werden. Sie dienen, wie wir, Gott und haben allen irdischen Genüssen entsagt."

„Verzeiht diese Frage", wandte nun Messala ein, und die Neugier war in seinem Gesicht abzulesen, „schreibt euer Gott diese merkwürdige Trennung von Männern und Frauen vor? Ist es euch tatsächlich nicht erlaubt, verheiratet zu sein und Familien zu gründen?"

Auf der Stirn des Alten bildete sich eine steile Falte des Unwillens.

„Mich wundert deine Frage. Hatte nicht auch die Heidenwelt stets Verständnis für die Keuschheit des Glaubens? Der Hierophant in Athen machte sich impotent und die dauernde Verstümmelung zwang ihn zur priesterlichen Keuschheit. Und war es nicht bei euren Vestalinnen auch Sitte, jungfräulich und in Entsagung der Ehe das Feuer Roms zu hüten", entgegnete Hieronymus, „und wurden nicht jene, die das Gebot übertraten, zusammen mit ihren Liebhabern lebendig eingemauert? Und was war mit den Jungfrauen Apollos, der Juno von Achaia, der Diana, der Minerva, die alle ihr priesterliches Amt bis ins hohe Alter hinein unter Wahrung ihrer Jungfräulichkeit verwalteten? Ganz kurz will ich auch jener Königin von Karthago gedenken, welche lieber den Flammentod erleiden wollte, als den König Jarbas zu heiraten.

Bewahrung von Anstand und Keuschheit galt ehrbaren Frauen stets mehr als das Leben. Erinnere dich an die Gattin Hasdrubals, welche ihre Kinder mit beiden Händen ergriff und sich in die Flammen stürzte, um nicht ihre Ehrbarkeit preiszugeben. Auch Lucretia sei erwähnt, welche es nicht über sich brachte, im Bewusstsein der ihr angetanen Schmach weiterzuleben, nachdem sie durch die Gewalttat des Tarquinius den Ruhm ihrer Tugend eingebüsst hatte.

Selbst bei Barbaren und grausamen Völkerschaften gilt die Keuschheit als etwas Ehrfurcht Gebietendes.

Ich will dir ein Beispiel dafür geben: Der Stamm der Teutonen, der vom fernen Gestade des germanischen Ozeans aufgebrochen war, hatte – wie du sicher weißt – ganz Gallien überschwemmt. Nach mehrfachen Siegen über die Römer fanden sie schließlich bei *Aquae Sextiae* in Marius ihren Bezwinger. Dreihundert ihrer vornehmsten Frauen hatten erfahren, dass sie anderen Männern als Kriegsbeute dienen sollten. Da baten sie zunächst den Consul, dass sie zum Dienst im Tempel der Ceres und der Venus bestimmt werden sollten. Der aber vermochte ihrem Wunsch nicht nachzukommen. Vom Lictor vertrieben fand man sie am nächsten Morgen in gegenseitiger Umarmung tot vor, nachdem sie ihre kleinen Kinder umgebracht und sich mit Stricken erdrosselt hatten!"

Betroffenes Schweigen herrschte unter den Männern. Messala war überrascht über die Heftigkeit, mit der Hieronymus gesprochen hatte. In diese Pause betretenen Schweigens rief Hieronymus: „Sollten etwa vornehme Damen, wie sie sich im Kloster der Eustochium zum Dienste Christi versammelt haben, die Keuschheit preisgeben, welche die Frauen der Barbaren selbst in der Gefangenschaft unter allen Umständen retten wollten?"

Sein Gesicht entspannte sich. Und mit freundlicherer Miene fuhr er fort: „*Nihilominus* – Gleichwohl. Wir denken, dass wir uns dem Dienst am Herrn besser und mit mehr Konzentration widmen können, als wenn wir die Freuden und das Leid einer Familie auch zu tragen hätten. Im Übrigen wurde auch Christus einmal gefragt, ob es nicht besser sei, ehelos zu bleiben. Er hat darauf geantwortet:

,*Nicht alle fassen dies, sondern nur die, denen es gegeben ist. Es gibt Menschen, die vom Mutterschoß an zur Ehe unfähig sind; und es gibt solche, die vom Menschen unfähig gemacht sind; und es gibt solche, die um des Himmels wil-*

len der Ehe entsagen. Wer es fassen kann, der fasse es.'"

„Und der Apostel Paulus hat gesagt", ergänzte Vincentius mit einem feinen Lächeln, ‚es ist gut für einen Mann, keiner Frau zu nahen. Den Unverheirateten und den Witwen sage ich: Sie tun gut daran, wenn sie bleiben wie ich.' Und Paulus war nie verheiratet."

Es war Messala anzusehen, dass er mit diesen Antworten wenig anfangen konnte, aber er verzichtete auf weitere Nachfragen. Auch spürte er, wie ihn tiefe Müdigkeit sanft umhüllte, und er konnte ein herzhaftes Gähnen nicht unterdrücken.

„Auf jetzt, meine Freunde. Der Schlaf wird euch guttun. Syphonius wird euch eure Zimmer zeigen. Ruht wohl." Hieronymus nickte den drei Römern freundlich zu. „Wir werden noch viel Gelegenheit haben, unsere Gespräche fortzusetzen."

Gerne nahmen die Männer das Angebot an und verabschiedeten sich auf ihre Zimmer.

IV. SENECAS TRUHE

Als Messala am nächsten Morgen in das *Refectorium*, den Speisesaal des Klosters, kam, hatten die Mönche schon lange ihr spärliches Frühstück zu sich genommen und ihre vielfältige Arbeit aufgenommen. Aulus und Festus saßen noch am Tisch, ließen es sich schmecken und begrüßten ihren Tribun freundlich.

„Ich fühle mich herrlich ausgeruht", sagte Messala, „und jetzt könnte ich einen Bären verschlingen."

„Einen Bären wirst du hier nicht aufgetischt finden", lachte Festus, „die Mönche hier speisen eher kärglich." Er wies auf den Tisch. In tönernen Gefäßen lagen in Honig eingelegte Datteln und Feigen, Oliven in einer anderen, dazu helles, gold-gelb gebackenenes Fladenbrot und ein großer Laib Käse. Ein großer Krug mit Wasser vervollständigte das einfache Mahl.

„Besser habt ihr in der Kaserne in Rom auch nicht gelebt, ihr seid maßlos", schmunzelte Messala.

„Ein Stück kaltes Bratfleisch hätte aber nicht geschadet", maulte Aulus.

„*Tace, ingrate!* – Schweig, Undankbarer!", rief Messala ihn freundschaftlich zur Ordnung, „wir sind hier Gäste und sollten froh sein, dass wir es so gut angetroffen haben."

„Was hältst du von dem Alten, Tribun?", meinte Festus reichlich abfällig.

„Er nötigt mir großen Respekt ab und ich erwarte das Gleiche von euch", erwiderte der leicht verärgert. „Ein großer Gelehrter und eine eindrucksvolle Persönlichkeit. Ich hoffe, noch viele Gespräche mit ihm zu führen und viel von ihm zu lernen. Sicher ist er etwas verbissen, ein Asket, kein Mann der Sinne, sondern des Geistes. Aber ich achte ihn sehr."

„Wie sind eigentlich deine Pläne?", wollte Festus wissen.

„Wie lange bleiben wir hier und wohin gehen wir danach? Eigentlich ist unsere Mission doch jetzt erfüllt, oder nicht?"

„Ist sie noch nicht", gab Messala zurück, „erst müssen wir ihm noch die Truhen geben, die unser Maultier so geduldig getragen hat. Aber danach? Was könnte uns nach Rom ziehen, in die Hände der gottlosen Barbaren?"

„Wir könnten in Jerusalem oder Caesarea dienen", meinte Aulus, „gute Leute werden dort bestimmt gebraucht."

„Wir werden sehen, Männer", sagte der Tribun, „vorerst werden wir hierbleiben, vorausgesetzt, man gewährt uns weiter Gastfreundschaft."

„Daran solltest du keine Zweifel haben", rief Vincentius, der leise eingetreten war. „Du und deine Männer sind hier immer willkommen. Vielleicht werdet ihr gar Gefallen daran finden, unser Leben zu teilen."

„Ohne Frauen?", warf Aulus ein. „Kann ich mir nur schwer vorstellen. Nach zwölf Jahren Dienst hatte ich mir den Abschied von der Legion anders vorgestellt."

„Ich auch", ergänzte Festus, „siebzehn Jahre sind es bei mir. Gerne würde ich eine Familie gründen und mich aus dem Militärdienst verabschieden."

„Frauen gibt es hier auch", meinte Vincentius, „hebräische, arabische, syrische, griechische, selbst einige römische Frauen wirst du hier finden. Der Orient ist bekannt für die Schönheit seiner Frauen. Du solltest dich dann allerdings eher in Jerusalem als in Bethlehem umschauen. Überhaupt solltet ihr einen Ausritt nach Jerusalem machen, das bringt euch auf andere Gedanken. Du aber, Messala, wirst von Hieronymus erwartet, er würde dich gerne sehen."

Die beiden Soldaten brachen erleichtert auf, während der Tribun Vincentius folgte.

„Das ist doch wie eine Höhle, der Raum, in dem Hieronymus arbeitet", fragte Messala, während Vincentius voranging.

„Es ist eine Höhle, aber nicht irgendeine. In dieser Höhle wurde nach unserem Glauben Jesus Christus geboren, der Heiland und Erlöser der Welt. Und deshalb ist es für Hieronymus so wichtig, seinen Arbeitsplatz dort zu haben und an keinem anderen Platz."

„Verstehe", antwortete der Römer, „irgendwann musst du mir mehr über diesen Jesus Christus erzählen, der euch so in seinen Bann geschlagen hat. Er erscheint mir wie ein Zauberer, ein Magier. Wenn man bedenkt, wie weit sich euer Glaube in die Welt verbreitet hat, muss an diesem Mann irgendetwas dran sein, was ihn von anderen Menschen unterscheidet."

„Er ist ein Zauberer", gab Vincentius zurück. „Er hat uns mit seiner Liebe und seiner Botschaft verzaubert. Wer an ihn glaubt, wird leben in Ewigkeit. Du müsstest seine Worte hören, dann würdest du mich verstehen. Aber sei unbesorgt, ich bin sicher, Hieronymus wird dir alles erklären, was du wissen musst, um uns zu verstehen. Niemand kann das besser als er."

Mittlerweile waren sie wieder an der brüchigen Holztür angelangt.

„Tritt ein, mich erwarten meine Pflichten", verabschiedete sich Vincentius.

Wieder brauchte Messala einige Zeit, um sich an das Halbdunkel zu gewöhnen. Hieronymus begrüßte ihn freundlich und legte vertraulich seinen Arm um die Schulter des Römers. „*Salve*, ich freue mich, dich zu sehen. Willst du dort Platz nehmen?" Er wies auf einen derben Holzstuhl, der mit einem dünnen roten Polster versehen war.

„Unser Gespräch gestern hat mich sehr bewegt, lange brauchte ich, um in den Schlaf zu finden", sagte Messala. „Du bist ein außergewöhnlicher Mann, und außergewöhnlich ist das, was du erlebt hast. Aber bevor ich es wieder vergesse, ich habe dir aus Rom auch zwei Truhen mitgebracht, deren Obhut mir in besonderem Maße befohlen wurde. Sie befinden sich im Stall bei den Pferden."

„Zwei Truhen?", fragte der Greis nachdenklich. „Aus Rom? Ich lasse sie sofort holen!" Er betätigte den Klingelzug und wenig später betrat ein älterer Mönch den Raum.

„Vindex, habe die Güte und hole die beiden Truhen meines Gastes aus dem Stall."

„Gerne, Vater", sagte Vindex und verließ den Raum.

„Vater?", wunderte sich Messala. „Dieser ist wohl kaum dein Sohn!"

„Nein, ist er nicht", lachte Hieronymus, „er ist sogar älter als ich. Aber dies ist ein Kloster und ich bin sein Vorsteher. Und es hat sich so eingebürgert, dass meine Mönche mich so nennen."

Wenige Augenblicke später war Vindex in Begleitung zweier junger Männer zurückgekehrt und stellte die beiden Truhen in die Mitte der Höhle. Schwer atmend verließen die Mönche den Raum. Hieronymus betrachtete die Truhen aufmerksam. Die eine davon schien seine Aufmerksamkeit magisch anzuziehen. Messala spürte förmlich, wie die Erregung des Greises wuchs.

Irrte er sich oder stiegen Tränen in die Augen des alten Mannes? Nein, er irrte sich nicht. Mit einem Aufschrei stürzte sich Hieronymus auf die größere der beiden Truhen, schien sie umarmen zu wollen und rief aus: „*Deo gratias* – Dem Herrn sei Dank! Welche Freude! Ich kann es nicht glauben. So darf ich sie also wiedersehen! Messala, edler Tribun, Freund meines Herzens. Du kannst nicht ermessen, was diese Truhe für mich bedeutet."

Messala betrachtete sie näher. Eine uralte Truhe aus massivem Eichenholz, wie man sie tausendfach in den Häusern römischer Patrizier zu finden pflegte, nicht mehr. Auf ihrem abgeschabten, von Holzwürmern durchfressenen Deckel fanden sich in verschlissenen ehemals vergoldeten Lettern die Initialen L.A.S. Dass diese Truhe eine solche Gefühlsbewegung auslösen könnte, hätte er sich nicht vorstellen können.

„Kennst du diese Initialen?", fragte Hieronymus, und ein breites Lachen zog sich über sein Gesicht. Der Tribun musste einräumen, dass er keine Ahnung hatte.

„L.A.S., das steht für Lucius Annaeus Seneca!"

„Der Philosoph, der Stoiker, der Lehrer und Erzieher Neros?"
„Ja, genau der! Und das, was sich in der Truhe mit seinen Initialen befindet, ist wohl der größte Schatz, den man auf Erden finden kann. Senecas Schatz. Unser Schatz!"

„So hat er darin Gold und Silber gehortet, Schmuck und Juwelen?", meinte Messala, ohne sich der Einfältigkeit seiner Bemerkung bewusst zu sein.

„Ja, so könnte man es fast sagen", lachte Hieronymus, „nur dass dieser Schatz nicht von dieser Welt ist. Du wirst dir auf dem Forum von Jerusalem nichts dafür kaufen können. Setz dich und ich werde dir alles erklären."

Während sich Messala setzte, öffnete Hieronymus die Truhe, die nur durch einen brüchigen Eisenriegel gesichert war. Zum Vorschein kam eine gewaltige Fülle von Schriftrollen, Dokumenten, Papieren, Urkunden und Schrifttafeln aller Art. Verwundert blickte der Römer auf den Alten, der in der Papierflut der Kiste wühlte, ohne jedoch die Ordnung, die der Truhe innezuwohnen schien, durcheinanderzubringen.

„Was weißt du über Seneca?", begann der Alte.

„Nun", antwortete Messala, „das, was ich in Rom, Athen und Alexandria über ihn gelernt und von ihm gelesen habe. Er wurde vor etwa vierhundert Jahren geboren, stieg auf zum Erzieher Neros, hat eine Vielzahl von philosophischen Werken veröffentlicht und schied mit sechzig Jahren freiwillig aus dem Leben. Nach allem, was ich weiß, hat Nero ihn wohl zum Selbstmord gezwungen. Er starb wie ein aufrechter Römer und Stoiker."

„Mit siebzig Jahren, nicht mit sechzig", berichtigte Hieronymus, „aber das ist nicht so wichtig. Viel wichtiger ist, dass er einer der ersten Christen am Kaiserhof war, oder jedenfalls fast."

„Seneca ein Christ? Das ist mir neu", gab Messala verwundert zurück.

„Ich würde ihn nicht Christ nennen", erklärte Hieronymus, „wenn es nicht jenen Briefwechsel zwischen ihm und dem Apostel Paulus gegeben hätte. Darin wünschte er sich solch einen Platz unter den Seinen, wie Paulus ihn unter den Christen habe. Aber davon später mehr. Tatsache ist, dass er ein Suchender war, der sich nie mit dem zufrieden gab, was er schon wusste. Auch konnte er den Göttern seiner Zeit nur wenig abgewinnen und war immer auf der Suche nach dem einen wahren und echten Gott. Hatte nicht schon der griechische Philosoph und Dichter Xenophanes vierhundert Jahre vorher den vielen Göttern des Volksglaubens den einen höchsten gegenübergestellt, den er pantheistisch deutete?

Und erinnerst du dich an jenen Altar in Athen mit der Aufschrift *DEO IGNOTO* – Dem unbekannten Gott. Wie so viele andere spürte auch Seneca tief in seinem Herzen, dass es nicht die wahren Götter sind, die die Römer und Griechen verehrt haben. Jupiter, Juno, Mars, Neptun, Hermes, Venus und all die anderen. Sie waren doch nur Abbilder von Menschen mit ihren Schwächen. Zu Göttern haben die Menschen sie erhoben, ohne dass sie jemals wahren Anlass dazu gegeben hätten. Hast du jemals ihren Einfluss gespürt, hast du je den Eindruck gehabt, dass du mit deinen Bitten, Ängsten und Nöten, aber auch mit deinen Freuden bei ihnen aufgehoben sein könntest?

Dem Plebs kann man solches einreden, es macht das Regieren leichter. Der Gipfel jener Ignoranz waren dann die Kaiser, die sich zu Göttern erhoben oder von ihren Untertanen dazu erhoben wurden. Nein, Götter waren sie nicht! Sie existierten nur in der Fantasie von Völkern, die sich göttlichen Beistand wünschten und sich ihre Götter selber schufen. Das ist würdig für Barbaren, für Naturvölker, nicht aber für ein zivilisiertes Volk. Nicht umsonst haben wir Römer fast allen anderen Gottheiten unterworfener Völker Tempel und Priesterschaften selbst in Rom eingeräumt.

Gab es nicht einen Tempel der Isis in Rom, habt ihr nicht neben euren römischen Göttern auch Mithras, den Gott der Parther, verehrt oder die phönizische Astarte, habt ihr nicht der syrischen Atagaris geopfert? Hatte nicht die phrygische Kybele ihren Tempel in Rom, nicht auch der ägyptische Serapis?"

Messala schwieg ergriffen über diesen Ausbruch und Hieronymus fuhr voller Begeisterung fort: „Nein, alle haben es gespürt, jedenfalls die, die sich in dieser verkommenen Gesellschaft noch Gedanken gemacht haben. Und Seneca stand an der Spitze der Leute, die noch nachgedacht haben. Und dann ist ihm der Zufall, oder sollte ich nicht besser sagen Gottes Gnade zu Hilfe gekommen. In seinem Exil in Corsica, das er auf Betreiben Messalinas antreten musste, traf er auf Überlebende jener Hebräer, die unter Tiberius auf diese öde Insel deportiert worden waren, um Räuber und Piraten zu bekämpfen. Viele Gespräche hat er mit ihnen geführt. Sie erzählten ihm von dem Messias, dem Retter und Erlöser, den der Vater zu den Menschen schicken werde. Sie waren es auch, die in ihm eben jene erste Sehnsucht nach dem Erlöser und wahren Gott geweckt haben.

Später, in Alexandria, fand er in den geretteten Schriftrollen der Bibliothek die heiligen Schriften der Hebräer, in denen von jenem Messias ständig die Rede war, und er muss sie mit Eifer durchforstet haben. An Thrasyllus, den Hofastrologen des Tiberius musste er denken, von dem ihm sein Vater erzählt hatte. Der hatte schon Jahre zuvor durch Berechnungen der Himmelsgestirne auf bedeutende, kommende Ereignisse in Judäa hingewiesen, aber niemand hatte den Hinweis dieses großen Mathematikers und Astrologen verstanden. Und an Vergil musste er denken, der die jungfräuliche Geburt des Erlösers schon angekündigt zu haben schien. Ich vermute, du kennst jene Stelle:

> *Magnus ab integro saeclorum nascitur ordo*
> *iam redit et Virgo, redeunt Saturnia regna*
> *iam nova progenies caelo demittitur alto.*
> *Tu modo nascenti puero, quo ferrea primum*

desinet ac toto surget gens aurea mundo
casta fave Lucina; tuus iam regnat Apollo.

Die große Reihe der Zeiten wird von Neuem geboren,
jetzt kehrt auch die Jungfrau,
kehrt Saturnus' Reich wieder,
schon wird ein neues Geschlecht
vom hohen Himmel herabgesandt,
sei du nur dem Kinde, das geboren wird,
mit dem zuerst
das eiserne Geschlecht aufhören,
und in der ganzen Welt
das goldene sich erheben wird,
gnädig, reine Lucina; schon herrscht dein Apollo.

Hast du das verstanden? Der vom Himmel herabgesandte
Knabe, mit dem ein neues Zeitalter anbrechen wird, geboren
von einer Jungfrau. Das eiserne Geschlecht findet sein Ende,
das goldene beginnt. Der Knabe, das könnte Jesus Christus
sein, gesandt von dem Herrn und Gott, seinem Vater, geboren von der Jungfrau Maria. Das eiserne Geschlecht, das wäre
die Welt, in der wir jetzt leben, voller Gewalt und Hass. Das
goldene aber wird kommen, das Reich Gottes auf Erden, wie
es Christus uns versprochen hat. So könnte man es deuten,
oder?"
„Mit allem Respekt, aber ich glaube nicht, dass Vergil euren Gott vor Augen gesehen hat, als er diese Zeilen schrieb",
wandte Messala kritisch ein, „ handelte es sich nicht mehr
um eine Huldigung für Caesar Augustus und seine *pax Augusta?"*
„Kein Zweifel, Messala, du kennst dich in der Geschichte
deiner vaterländischen Literatur aus. Und doch, wie könntest
du widerlegen, dass es sich hier um eine Prophezeiung unseres Messias handelt, den auch die hebräischen Propheten
immer wieder angekündigt haben? Immerhin wurde Augus-

tus kaum von einer Jungfrau geboren und auch nicht vom Himmel gesandt. Beim besten Willen, das haben selbst seine größten Anhänger nie behauptet!" Hieronymus lachte. „Und doch hast du recht! *Seneca erravit* – Seneca hat sich geirrt. Es ist albern zu behaupten, Vergil sei ohne Christus Christ gewesen. In einer Stelle der *Aeneis* hat er geschrieben:

‚Mein Sohn, meine Kraft bist du allein, meine große Macht‘ und an einer späteren Stelle des Werks heißt es: ‚*All das erwägend, blieb weiter er festgehalten‘*, was sich auf die Worte des Erlösers am Kreuze beziehen ließe. Und doch wäre eine solche Deutung Unsinn, nichts als Unsinn! Kindisch ist das, es gleicht dem Treiben von Marktschreiern, zu lehren, was man selbst nicht kennt, ja nicht einmal zu wissen, dass man unwissend ist!"

Messala war verwirrt.

„*Sic*, es mag so sein oder anders. Gleichwohl verstehe ich noch nicht, was dies alles mit jener Truhe zu tun hat, über deren Erhalt du dich so gefreut hast." Messala schüttelte den Kopf.

„Jene Truhe? Ich sagte dir schon, dass Seneca ein Suchender war, einer, der der Wahrheit auf den Grund gehen wollte. Aber auch einer, der für die Wahrheit Beweise suchte und sammelte. Er war nicht nur Philosoph, er war auch Realist. Nun, in dieser Truhe hat er alles gesammelt, was ihm über diesen neuen Glauben in die Hände fiel. Berichte, Briefe, Zeugnisse, Akten, Protokolle, Dokumente jedweder Art. Als Consul, Lehrer und Vertrauter Neros fiel es ihm auch nicht schwer, an Akten und Berichte heranzukommen, die im *Tabularium*, im Staatsarchiv, auf dem Capitol verwahrt waren. Was ihm wichtig schien, hat er mitgenommen und seiner Sammlung einverleibt. Dabei mag mancher Denar in die Hände der Staatssklaven gewandert sein. In seinem Haus auf dem Esquilin hat er diese Truhe verwahrt und wie einen Schatz gehütet. Die einzige, die von ihrer Existenz wusste, war seine Frau Pompeia Paulina. Er hat verfügt, dass nach seinem Tod die Truhe in den Besitz des Bischofs von Rom übergehen soll. Schau, in der Truhe ist auch jener Brief an seine Frau, sein Testament, in dem er dies verfügt hat."

Hieronymus griff in die Truhe und schien genau zu wissen, wo er den Brief zu suchen hatte, denn wenig später hielt er ihn triumphierend in der Hand und reichte ihn Messala. Neugierig überflog der Tribun die Zeilen. Die Schrift verriet, dass der Schreibende den Brief offenbar in großer Eile verfasst hatte:

Seneca grüßt seine geliebte Gattin Pompeia Paulina
ein letztes Mal

Geliebte! Wenn du das liest, wird der Befehl des Tyrannen schon eingetroffen sein, der mich dazu zwingt, von dir zu scheiden. Nach allem, was ich erfuhr, bleibt mir wenig Zeit. Gerne hätte ich dir noch geschrieben, wie viel Halt und Liebe du mir in der kurzen Zeit unserer innigen Verbindung gegeben hast, wie viel Trost in den Nächten der Betrübnis. Es ist wahr, ich habe versagt! Viel Mühe habe ich darauf verwendet, aus meinem Zögling einen Herrscher zu machen, dessen sich Rom rühmen könnte. Aber vergeblich! Ich muss einsehen, dass mein Bemühen umsonst war. Aus dem zarten, kunstsinnigen jungen Mann, der mit anvertraut wurde, ist ein zweiter Caligula geworden, der in brutaler Willkür alles beseitigt, was ihn in seiner maßlosen Herrschsucht behindert. Bruder, Gattin, Mutter gar, vor niemandem macht er halt. Und nun wendet er sich seinem Erzieher zu, der ihm mit seinen mahnenden Worten lästig wird. Ich sehe die Henker in ihren glänzenden Rüstungen schon unser Gut betreten. Viel Zeit bleibt mir nicht. Eines noch, das meinem Herzen sehr nahe ist! Im Tablinum befindet sich die alte Truhe, die ich von meinem Vater erbte. Sie ist gefüllt mit wichtigen Schriften und Urkunden, die dem Tyrannen nicht in die Hände fallen dürfen. Sorge bitte dafür, dass sie nach

meinem Ableben in die richtigen Hände kommen, und zwar
in die Hände des Mannes, den die Christen hier ihren Bi-
schof nennen. Du kennst diesen Petrus gut und schätzt ihn,
wie ich es tat. Für ihn und seine Gemeinde ist der Inhalt der
Truhe von großer Bedeutung. Diese Christen, von denen sich
ja auch viele am Hof befinden, sie sind vielleicht in dieser
verkommenen Zeit die einzige Hoffnung. Also habe weiter
ein Auge auf sie, ich weiß ja, dass du viele von ihnen zu dei-
nen Freunden zählst.

Und nun, leb wohl, teure Pompeia. Fühle dich umarmt und
geliebt.

(Vernichte den Brief oder lege ihn ebenfalls in die Truhe, da-
mit er nicht in falsche Hände gerät!)

„Getreulich hat Pompeia Paulina den letzten Wunsch ihres
Gatten ausgeführt und die Truhe dem Apostel Petrus übergeben. Der hat sofort bemerkt, welchen Schatz er in Händen
hält und hat für gute Obhut gesorgt. Es gehört zu den am besten gehüteten Geheimnissen jener Zeit, dass die Truhe von
Bischof zu Bischof weitergegeben wurde. Siebenunddreißig
Bischöfe haben diesen Schatz treulich gehütet, bis sie in die
Hände des Damasus kam, dessen Sekretär ich wurde. Damals
habe ich zum ersten Mal von ihr gehört."

„Und nie wurde dieser Weg unterbrochen oder gestört?
Durch alle Wirren hindurch blieb die Truhe im Besitz der Bischöfe?", unterbrach Messala den Bericht von Hieronymus.

„Doch", erwiderte der, „unter Bischof Pius I., zur Zeit der
Christenverfolgungen unter Hadrian war sie für lange Zeit
verschwunden. Später hat man sie in der Kirche Santa Pu-
denziana, die wohl die älteste Kirche Roms ist, in einem
Kellergewölbe unversehrt gefunden. Niemand weiß, wie sie
dorthin gekommen ist. Der Herr wird seine Hände schützend
über sie gehalten haben. Und fast hundert Jahre später, unter
dem Episkopat von Pontian gab es neue schwere Verfolgungen unserer Glaubensbrüder unter Maximinus Thrax. Ponti-

an musste ins Exil nach Sardinien und nahm die Truhe mit. Dort starb er auch, und die Bediensteten, die die Truhe fanden, wussten nichts damit anzufangen. Sie warfen einen kurzen Blick in die Truhe, fanden die Papiere ohne Wert und verkauften sie an einen Händler namens Marcus Pollio. Der aber war Christ – dem Herrn sei Dank! – und erkannte den Wert der Dokumente sofort. So sorgte er dafür, dass der nächste Bischof Anterus sie wieder erhielt.

In der Truhe befand sich ein Schreiben von Marcus, dem Dolmetscher und Schreiber des Petrus, in dem dieser den Inhalt der Truhe beschrieb und die Übergabe auf den jeweils nächsten Bischof festlegte. Leider ist dieses Schreiben abhandengekommen."

„Aber es hat Zeiten gegeben, in denen der Bischofsstuhl von Rom nicht besetzt war. Was passierte dann mit eurem Schatz?"

„Du kennst dich sehr gut aus, mein Freund", wunderte sich Hieronymus, „woher hast du dein Wissen?"

„Vergiss nicht, ich war Tribun der Lateranischen Cohorte und habe mit Bischof Innocens manche Nacht durchwacht und viele Gespräche geführt. Von der Truhe hat er mir zwar nie erzählt, wohl aber von der Geschichte der römischen Bischöfe. Und ich gesteh es gerne, es hat mich sehr interessiert."

„Hat er nie versucht, dich zum christlichen Glauben zu bekehren?"

„Doch, das hat er, und nicht nur einmal. Aber ich war damals für solche Gespräche nicht aufgeschlossen und habe alle seine Versuche mit Entschiedenheit abgewehrt."

„Nun, vielleicht wirst du bei mir aufgeschlossener sein", lächelte Hieronymus, „aber alles zu seiner Zeit. Nun zurück zu deiner Frage. In der Tat gab es mehrere Zeiten, in denen aus verschiedenen Gründen der Bischofsstuhl verwaist war. Der längste Zeitraum, und mit ihm die größte Gefahr für jene Truhe, lag in der Zeit jenes fürchterlichen Diocletian, der mit unmenschlicher Grausamkeit unsere Glaubensgenossen verfolgt hat. Nach dem Tode des, ich glaube, Marcellinus war sein Name, konnte sein Nachfolger erst fast vier Jahre später gewählt werden. Ich habe seinen Namen leider vergessen. Aber wie auch immer, in dieser Zeit war die Truhe bei einem Diakon untergebracht, der als Sekretär jenem Marcellinus gedient hatte. Wenn ich mich richtig erinnere, hat dieser Diakon die Truhe sieben Jahre in seiner Obhut gehabt, weil die Wirren jener Zeit eine Übergabe nicht erlaubten. Erst Bischof Miltiades erhielt die Truhe zurück. Sagt dir dieser Name etwas?"

Messala verneinte.

„Miltiades, das war der Bischof, in dessen Episkopat die Schlacht am Ponte Milvio stattfand, die mit dem Sieg des Konstantin über Maxentius endete. Für uns Christen ein sehr bedeutendes Ereignis. Ein Jahr später erließ Kaiser Konstantin das Edikt von Mailand, in dem das Christentum anerkannt wurde, und etliche Jahre später hat Kaiser Theodosius unseren Glauben zur Staatskirche erhoben.

Eine letzte Gefahr drohte unserem Schatz unter Bischof Liberius, dem Vorgänger von Damasus. Das war die Zeit – ich muss damals etwa sechs Jahre alt gewesen sein –, als die Glaubensstreitigkeiten zwischen Athanasius und Arius auf ihrem Höhepunkt waren. Das wird dich nicht interessieren. Jedenfalls Konstantius, ein Sohn des großen Konstantin, aber bei Weitem kleiner, war ein Anhänger des Arius, dieses Teufels und Ketzers, und verfolgte die Kirche. Er sorgte dafür, dass Liberius nach Thracien verbannt wurde und ein Gegenbischof gewählt wurde. Aber während der vier Jahre des Exils ruhte die Truhe wohlbehütet in den Gewölben der lateranischen Basilica, die du ja gut kennen wirst. Nur der *Custos* der Basilica kannte das Geheimnis, und er hütete es gut.

Nach dem Tode des Damasus verließ ich Rom und damit auch die Truhe, denn sein Nachfolger Siricius hatte selbstverständlich Anspruch auf ihren Besitz. Wie gerne hätte ich sie mitgenommen. Aber erstens hätte Siricius sie mir nicht gegeben und zweitens hätte ich sie auf meinen Reisen auch nicht gebrauchen können. Nach dem Tode des Siricius ging sie an Anastasius, dann an Innocens, der sie mir jetzt durch dich schicken ließ. Die Gefahr, dass sie in die Hände der Goten fiel, war zu groß, und so hat er gut daran getan, sie hierhin zu schicken. Hierhin, wo alles angefangen hat. Und du hast sie mir unversehrt gebracht. Dafür schulde ich dir herzlichen Dank."

Die lange Rede hatte den Greis sichtlich erschöpft und in herzlicher Dankbarkeit ergriff er die Hände des römischen Tribuns.

„So, nun kennst du die Geschichte dieser Truhe, unseres Schatzes, und magst ermessen, welche Bedeutung sie für mich, ja für die ganze Christenheit hat. Sicher wirst du dich jetzt für ihren Inhalt interessieren. Aber, *tempus fugit* – die Zeit eilt davon", sein Blick richtete sich auf die *Clepsydra*, die Wasseruhr, die auf einem Holzregal in der Ecke des Raums stand.

„Ich plaudere mit dir, als hätte ich keine Arbeit zu bewältigen. Dabei lassen mir die vielen Störungen und die Mengen von Besuchern nur die Wahl, entweder meine Bücher oder meine Pforte zuzuklappen. Ich will mich meiner Gastlichkeit gewiss nicht rühmen, aber meine Arbeiten kommen nicht von der Stelle."

Mit übertriebener Gestik hob er seine Hände klagend in die Höhe. „Nur in gestohlenen Stunden der langen Winternächte beim trüben Schein der *Lucerna* komme ich noch zu meiner Arbeit, und meine schwachen Augen versagen mir den Dienst, zumal bei den hebräischen Manuskripten. Dabei kann man doch nur richtig formulieren, wenn man selber die Worte niederschreibt. Auf nun, *sine mora*, man erwartet mich schon längst im *Scriptorium*. Wenn du willst, magst du mich begleiten."

Messala musste ob der Klagen des Alten schmunzeln. Gern nahm er das Angebot an und begleitete ihn zum Schreibraum. Dieser lag im südlichen Trakt des Klosters und war – anders als das *Tablinum* – in einem großen, sonnendurchfluteten Raum untergebracht.

Was dem Tribun zuerst auffiel, war die große Zahl von schmalen Holztischen, die den Raum beherrschte. An jedem Tisch saß in gebückter Haltung ein Mönch und war mit der Anfertigung von Abschriften beschäftigt. Messala schätzte ihre Zahl auf mehr als fünfzehn. Ein durchdringender Geruch von Tinte und Papyrus durchzog den Raum. Beim Eintritt der Männer blickten die Schreiber kurz auf, fuhren aber sofort mit ihrer Arbeit fort.

„So, mein Freund. Jetzt muss ich dich bitten, mich meiner Arbeit zu überlassen. Ich habe zu diktieren." Und wie zur Bekräftigung wiederholte er noch einmal: „Da mein Augenlicht immer schwächer wird, muss ich selbst auf das Schreiben fast gänzlich verzichten. Also bin ich auf die Schreiber angewiesen, denen ich diktiere, was mir auf die Lippen kommt." Er deutete dabei auf die schreibenden Mönche. „Zurzeit arbeite ich neben meiner Bibelübersetzung an einer Literaturchronik christlicher Autoren mit dem Titel *De viris illustribus* – Über berühmte Männer. Es ist wichtig, dass spätere Generationen wissen, welche christlichen Autoren Schriftwerke hinterlassen haben, denn es gibt viele, die zu Recht des Lobes bedürfen. Ein Mann wie Bischof Theophilos von Alexandrien, der vereint in sich die hohen Gaben eines Demosthenes und eines Platos, jemand wie Arnobius muss nicht hinter Quintilianus zurücktreten, unser Eusebius nicht hinter Livius. Unser Athen, das ist Jerusalem, das sollen die Heiden wissen! Seneca kommt übrigens auch darin vor."

Hieronymus zwinkerte Messala freundlich zu.

„Wenn du magst, kannst du dich inzwischen mit der näheren Umgebung des Klosters vertraut machen."

„Das will ich gerne tun", antwortete Messala.

„Ich will dir einen Führer geben, der dir alles erklärt. Raphaelus, willst du für eine Zeit den *Stilus* mit der frischen Luft vertauschen?"

Der Angesprochene, ein junger Mann von höchstens fünfundzwanzig Jahren mit langen lockigen Haaren, blickte erfreut auf: „Gerne, Vater."

„So zeige unserem lieben Gast das Kloster und die anderen Gebäude. Solltest du dich in die *Vinaria*, den Weinkeller, verirren, so magst du unserem Gast beweisen, dass hebräische Weine nicht sauer sein müssen, sondern dass es hier auch trinkbare Tropfen gibt." Hieronymus schmunzelte. „Und nun, *matura, dum libido manet* – beeil dich, solange die Lust anhält."

Raphaelus sprang auf, warf den Stilus zur Seite und verließ den Schreibraum mit dem Tribun.

V. Hinter Klostermauern

Die frische Luft tat beiden Männern gut.

„Du bist der römische Tribun Quintus Fabius Messala, nicht wahr?", begann Raphaelus das Gespräch, während sie das Kloster verließen und dem Klostergarten zustrebten.

„Das hat sich offenbar schon herumgesprochen", lachte Messala.

„Ja, zurzeit sprechen die Männer hier von nichts anderem. Und was macht ihr hier, du und deine Männer?"

Die Neugier des jungen Mannes war unüberhörbar.

„Ich fürchte, das wirst du deinen Vorsteher fragen müssen", gab der Römer lächelnd zurück. „Er mag entscheiden, was er preisgibt oder nicht."

Raphaelus hörte gespannt zu, verzichtete aber für den Augenblick auf weitere Fragen. Insgeheim aber nahm er sich vor, dem Geheimnis auf den Grund zu gehen.

„Dies ist der Klostergarten", erklärte er stattdessen. „Der Vater legt großen Wert darauf, dass wir unsere Küche so weit wie möglich aus eigenen Erzeugnissen versorgen."

Dabei wies er auf ausgedehnte Beete, auf denen Erbsen und Bohnen angepflanzt waren, andere, in denen Lauch, Zwiebeln und Möhren gezogen wurde. Lange Salatfelder begrenzten den Garten zur hohen Mauer hin. Auf der anderen Seite fanden sich Öl-, Feigen- und Dattelbäume sowie eine Vielzahl von Mandelbäumen, Terebinthen und Pistaziensträuchern.

„Selbst unseren Honig produzieren wir selbst", erklärte Raphaelus voll Stolz. „Sieh dort, an diesem Schuppen sind unsere Bienenstöcke angebracht."

Sie verließen den Gemüsegarten und erreichten einen kleinen, abgetrennten Gartenteil, in dem zahllose kleinere Pflanzen wuchsen, die alle mit kleinen Schrifttäfelchen versehen waren.

„Unser Herbarium, unser Kräutergarten. Unser Vorsteher pflegt immer zu sagen: ‚*Contra vim mortis non est medica-*

men in hortis – Gegen die Macht des Todes ist kein Kraut gewachsen, aber sonst gibt es keine Krankheit, gegen die Gott uns nicht eine entsprechende Pflanze geschickt hat.'"

Messala bückte sich und las einige der Täfelchen; in zierlicher Schrift waren die Pflanzenarten vermerkt: Salbei, Johanniskraut, Rosmarin, Ringelblume, Pfefferminze, Schafgarbe, Koriander, Majoran, Dill, die meisten Namen hatte der Tribun nie zuvor gehört.

„Diese will nicht so recht wachsen", zeigte Raphaelus auf ein dürres Pflänzchen, das offenbar an akutem Wassermangel litt und den Kopf hängen ließ, „wahrscheinlich ist es zu heiß. Und selbst ständiges Gießen hilft nicht."

„Goldrute", las Messala auf dem kleinen Täfelchen. Sie verließen den Kräutergarten und wandten sich den Tierstallungen zu.

„Schafe, Ziegen und Hühner halten wir hier. Aber Fleisch gibt es nur an besonderen Tagen. Aus den Ziegenhaaren stellen wir Decken und Teppiche her, die man auch zum Zeltbau verwenden kann. Aus der Haut kann man Schläuche nähen, in denen man Wasser, Wein oder andere Getränke aufbewahren kann. Die Milch verarbeiten wir zu Käse, wenn wir sie nicht trinken. Möchtest du ein Glas frische Ziegenmilch?"

Der Tribun lehnte lachend ab:

„Hatte nicht Hieronymus einen Weinkeller erwähnt?"

„Dahin kommen wir noch. Ich möchte dir vorher noch etwas anderes zeigen."

Sie verließen die Klosteranlage durch das breite Eingangstor, das tagsüber ständig offen stand. Hinter den Klostergebäuden führte ein schmaler, leicht ansteigender Weg auf ein Plateau, von dem man die ganze Hügellandschaft leicht überblicken konnte.

Messalas Blick schweifte über weite, gold schimmernde Felder, auf denen Weizen, Gerste und Hirse reiften. Der Regen des Vortages hatte ein leuchtendes Grün hervorgebracht. Olivenbäume und Dattelhaine wogen in der Pracht ihrer Früchte.

„Dort hinten befinden sich die Frauenklöster, die von Eustochium geleitet werden."

Messalas Blick fiel auf zwei flache, weitläufige Gebäude mit schwarzen Lehmziegeln, die von gleicher Bauart waren wie das Männerkloster und durch einen Gang miteinander verbunden waren. Wie bei dem Männerkloster gab es nur wenige kleine Fensteröffnungen, die sehr hoch in den Mauern lagen. Die Gebäude waren ringsum von hoch aufragenden Zedern festungsartig umgeben und um einiges größer als das Männerkloster.

„Der Anbau, den du auf der rechten Seite siehst, ist ein *Valetudinarium*, ein Spital, das allen Menschen der Umgebung kostenlos zur Verfügung steht. Aus Jerusalem, aus Bethanien, aus Kanaan, selbst aus Hebron oder Jericho kommen die Kranken zur Behandlung. Die Frauen dort verstehen sich auf die Medizin. Neulich hatten sie dort einen reichen Kaufmann aus Gaza. Der kam mit einer ganzen Karawane über das judäische Gebirge und blieb drei Wochen dort. Soweit ich weiß, litt er an Rheuma und konnte kaum noch gehen. Die frommen Frauen haben ihn geheilt. Zum Dank hat er ihnen fünf *Solidi* dagelassen, obwohl die Frauen eigentlich nichts für ihre Heilungen nehmen. Aber er hat darauf bestanden."

Amüsiert ließ Messala die geschwätzigen Ausführungen seines Führers über sich ergehen.

„Und daneben, dieses weiß getünchte Gebäude mit dem schwarzen Ziegeldach, das ist das *Hospitium*, das Gästehaus. Hier können Wanderer gegen einen kleinen *Obolus* übernachten und erhalten eine Mahlzeit. Die Frauen da können besser kochen als unser Maxentian. Die Gründerin, die ehrwürdige Paula, soll gesagt haben: ‚Wenn Josef und Maria heute nach Bethlehem kämen, dann fänden sie wenigstens einen Unterschlupf.' Außerdem haben wir sehr viele Pilger aus aller Welt, die kommen, um unser Kloster zu sehen und den Ort, wo Jesus Christus geboren wurde. Sie kommen aus Gallien, Britannien, Armenien, Ägypten, Pontus, Cappadocien und Mesopotamien. Sie fragen immer wieder nach der Höhle, wo die Krippe stand. Aber die dürfen wir ihnen nicht nennen, sonst hätte Vater keine Ruhe mehr. Neben dem Kloster befindet sich auch eine kleine *Schola*. Die Frauen bringen da den Kindern aus Bethlehem und den anderen kleinen Dörfern das Schreiben und Lesen bei und erzählen ihnen vom Leben unseres Herrn. Oft kommen sogar junge Männer aus fremden Ländern, um sich von Hieronymus unterrichten zu lassen."

„Was ist dies für ein Gebäude, es sieht aus wie ein Tempel oder eine von euren Kirchen?", unterbrach Messala den Wortschwall seines Begleiters und wies auf einen fünfschiffigen Langbau neben dem Dorf, der nach Osten hin durch ein Querschiff mit halbrundem Abschluss begrenzt war. Hohe Mauern grenzten ihn zum Dorf hin ab.

„Das ist die *Basilica* des Konstantin. Ich meine, sie gehört natürlich nicht ihm, sondern uns, aber er hat sie auf Bitten seiner Mutter Helena erbauen lassen. Wir sind sehr stolz auf die *Basilica*, denn sie ist sehr schön. Hier halten wir auch sonntags unsere Gottesdienste ab. Später werde ich sie dir von innen zeigen. Sie wird von vierzig Monolithsäulen getragen, hat sehr schöne Wandmalereien und zwei große Statuen der Apostelfürsten Petrus und Paulus. Sie wird dir gefallen."

„Wie kommt es, dass du hier im Kloster bist? Wie lange bist du schon hier?", wollte der Römer wissen, während sie sich auf den Rückweg machten.

„Ich bin seit zehn Jahren hier und es gefällt mir sehr gut. Nur die viele Schreiberei ist manchmal etwas lästig und beschwerlich. Mitunter müssen wir acht Stunden am Tag schreiben und dann schmerzt mein Rücken und meine Augen nicht weniger. Meine Eltern sind tot. Sie kamen bei einem Karawanenüberfall durch idumäische Wüstenräuber um. Man brachte mich dann hier ins Kloster, wo ich seitdem bin."

„Und möchtest du hierbleiben?"

„Ja, auf jeden Fall, ein anderes Leben könnte ich mir gar nicht mehr vorstellen. Später will ich Priester werden wie Vater, aber dafür muss ich noch einiges lernen."

„Hieronymus ist ein Priester?", fragte Messala nach. „Ich wusste bisher, dass er ein Gelehrter und Schriftsteller ist und dieses Kloster leitet. Aber ein Priester ist er auch? Bedeutet das nicht bei euch, dass er auch Gottesdienste abhält?" Messala nahm sich vor, Hieronymus bei passender Gelegenheit danach zu fragen.

„Eigentlich schon", gab Raphaelus zögerlich zu, „aber er tut es nicht. Die Gottesdienste werden von Bruder Vincentius abgehalten. Darüber habe ich mir noch nie Gedanken gemacht." Nachdenklich blickte der junge Mönch den Römer an.

Sie hatten inzwischen den Klosterhof wieder betreten und grüßten einige Mönche, die gerade von der Feldarbeit kamen. Sie trugen einfache graue Kutten und blickten freundlich zu den Männern herüber.

„Der Dicke da ist Bruder Maxentian. Er ist für unsere Küche zuständig. Er war früher einmal Matrose auf einem griechischen Schiff und wurde wie durch ein Wunder aus Seenot gerettet. Seitdem hat er beschlossen, ein Mönch zu werden. Aber musste er auch beschließen, für die Küche zuständig zu sein?"

Messala schmunzelte, während sein Begleiter fortfuhr: „Einmal war er krank und Bruder Gaudens hat ihn vertreten. Da hat es mir zum ersten Mal richtig geschmeckt! Und der Lange daneben mit den Korb voller Feigen, das ist Bruder Hieralion. Der war früher Soldat wie du, aber nicht im römischen Heer, sondern in der syrischen Auxiliartruppe. Lange Zeit hat er gedient. Aber er hat mir gesagt, dass das Kämpfen und Töten sich nicht mit seinem Gewissen vertrug. Dann hat er einen Vorgesetzten niedergeschlagen und ist desertiert. In Tyrus war das, ist aber schon mehr als zwanzig Jahre her."

Messala fand die Ausführungen seines Führers wirklich interessant, verspürte aber nun einen unwiderstehlichen Drang nach dem versprochenen Weinkeller und erinnerte ihn daher daran. „Wir sind auf dem Weg", entgegnete Raphaelus fröhlich, „wir sind auf dem Weg!"

Sie betraten das Klostergebäude durch den engen Gang und wandten sich nach links. Durch das *Refektorium* erreichten sie eine Tür, die in ein kühles Kellergewölbe führte. Sie hatten etliche Stufen zu überwinden, bevor sie vor einer alten schweren Tür standen, die einen Spalt weit offen stand. Mit einem misstönendem Ächzen bewegte sich die Tür in ihren Angeln und gab den Blick frei in einen großen quadratischen Raum, der voller Fässer, Amphoren und Tonkrüge war. Ein Mann war damit beschäftigt, Wein umzufüllen.

„Ich möchte dir gerne Bruder Marcus vorstellen, unseren *Vinarius*, wie Vater ihn zu nennen pflegt."

Der Weinmeister nickte den beiden Männern freundlich zu: „Seid willkommen in meinem dunklen Reich."

Marcus hatte nicht übertrieben. Der Raum wurde lediglich durch zwei Öllampen erhellt, die auf Mauervorsprüngen angebracht waren. Messala fühlte sich unwillkürlich an das *Tablinum* von Hieronymus erinnert. Lediglich der durchdringende Weingeruch machte einen erheblichen Unterschied.

„Wir lagern aber hier nicht nur Wein", erklärte der *Vinarius*, „hier unten befinden sich die gesamten Vorräte des Klosters." Er wies dabei auf eine weitere Tür, die Messala wegen der Dunkelheit zuerst nicht bemerkt hatte. „Im Belagerungsfalle könnten wir ohne Probleme acht Wochen durchhalten, vorausgesetzt, Raphaelus reduziert vorübergehend seinen Appetit etwas", dabei lachte Marcus so dröhnend, dass es von den dunklen Kellerwänden widerhallte. „Aber nun sollst du auch von unseren Vorräten kosten, edler Tribun."

In diesem Augenblick ertönten laute Rufe im Kellergang und das vertraute Geräusch nagelbeschlagener *Caligae* näherte sich dem Raum.

„Ihr wollt den Wein wohl allein trinken!", ließ sich eine dem Tribun wohlbekannte Stimme schon von Ferne hören. Aulus und Festus hatten ihren Ausritt beendet und wenig später lugten ihre verschwitzten Gesichter durch die Tür.

„Ist es erlaubt, an dieser Probe teilzunehmen?", fragte Festus schnaufend und schob seine kräftige Gestalt durch die Tür.

„Bei Jupiter, kann man nirgends seinen Wein trinken, ohne von diesen unmäßigen Plebejern gestört zu werden?" Messala lachte und zeigte einladend auf die Stühle. Auch Marcus begrüßte freundlich die Ankömmlinge.

„Mich wollt ihr entschuldigen", unterbrach Raphaelus die Wiedersehensfreude. „Ich bin sicher, ich werde im *Scriptorium* schon schmerzlich vermisst. Ich wünsche euch einen guten Trunk." Mit diesen Worten beeilte sich Raphaelus, wieder zu seiner ursprünglichen Arbeit zu gelangen.

Inzwischen hatten die Römer sich auf die altersschwachen Stühle gesetzt und erwarteten frohen Mutes, was Marcus ihnen auftischen würde.

„Zum einen bauen wir unseren eigenen einheimischen Wein an", erklärte Marcus, „der von Natur aus aber etwas sauer ist. Ich vermische ihn daher immer mit etwas Honig oder Harz." Dabei goss er aus einem Krug einen herrlich duftenden Wein in die Tonbecher der Männer. Die Männer tranken den Wein unvermischt und in kleinen Schlucken, um seinen Geschmack besser wahrnehmen zu können.

„Ein herrlicher Trank", lautete das einhellige Urteil. Marcus hatte von einem Regal einen Laib Brot genommen, drei kräftige Stücke abgeschnitten und sie den Männern auf den Tisch gelegt.

„Zum anderen lassen wir uns aber für das Kloster und das Gästehaus hin und wieder Wein mitbringen, der aus Griechenland oder Italien importiert wird. Die Vorräte davon sind zwar erheblich kleiner und nur für besondere Anlässe gedacht, ich denke aber, dass der Vater nichts dagegen hat, wenn ich euch hier etwas davon ausschenke."

Bevor der *Vinarius* nachschenkte, spülte er die Becher mit klarem Wasser aus, „damit der Geschmack nicht vermischt wird", wie er sagte.

„Das ist ein *Caecuber*", erklärte der Mönch, während er wieder einschenkte. „Er hat einen weiten Weg hinter sich. Er kommt aus dem Grenzgebiet zwischen Campanien und Latium. Jedenfalls behauptet das unser Weinhändler. Aber da er ein gewissenloser Betrüger ist, könnte der Wein auch aus Alexandria oder Jericho stammen. Kosten tut er aber so viel, als ob er wirklich aus Latium kommt."

Auch dieser Wein schmeckte den durstigen Gästen gut, obwohl er deutlich harziger war und einen leichten Schwefelgeschmack aufwies. Als sie Marcus nach dem Grund dafür fragten, antwortete dieser lächelnd: „Auf irgendeine Weise muss man den Wein nach Abschluss des Gärungsprozesses konservieren. Manche machen es mit Aschenlauge, manche mit Salz oder Marmorstaub, andere nehmen Terpentin oder Kreide. Es gibt sogar welche, die den Wein räuchern. Er schmeckt dann zwar nicht mehr, hält aber ewig. Ich bevorzuge eine leichte Harz-Schwefelmischung. Aber durchschmecken dürfte der Schwefel eigentlich nicht."

Er blickte zweifelnd in seinen Becher. „Vielleicht sollte ich demnächst doch etwas weniger Schwefel nehmen." Er machte eine kurze Pause und nahm selbst einen kleinen Schluck. „Diesen Wein hier möchte ich euch lieber nicht anbieten", er wies dabei auf eine Tonamphore, die in der Ecke stand. „Er ist mit Myrrhe versetzt und wir benutzen ihn im Spital zu Betäubungszwecken. Zum Abschluss noch eine Köstlichkeit, die ihr wohl zu schätzen wissen werdet. Ich werde euch den Namen nicht verraten, ihr werdet selbst darauf kommen."

Er spülte die Becher wieder aus und goss aus einem anderen Krug, den er vorher vorsichtig öffnete, jedem der Männer etwas aus. Dann wartete er auf die Reaktion der Männer.

„Ihr habt hier Falerner, echten Falerner", rief Messala aus.

„Bei Jupiter, den Geschmack würde ich unter Tausend Weinen wiedererkennen."

„Du kennst dich aus, Tribun", antwortete Marcus anerkennend. „Nur noch zwei Fässer haben wir davon, deshalb musste ich auch etwas sparsamer ausschenken."

Sorgfältig verschloss er den Krug mit einer Pechbinde und stellte ihn zurück.

„Wir danken für die freundliche Bewirtung", sagte Messala und nahm ein Stück Brot. „Euer Weinkeller hat uns beeindruckt. Aber jetzt gelüstet es mich nach Sonne, Luft und Licht."

Wie geblendet standen die Männer im Klosterhof und ließen sich die Sonne auf den Kopf brennen. Obwohl sich der Tag zu Ende neigte, hatte die Sonne noch Kraft genug, um den Männern Schweißperlen auf die Stirn zu zaubern. Messala nahm seine Männer mit auf das Plateau, das Raphaelus ihm gezeigt hatte, und gab die Erklärungen weiter, die der junge Mann ihm gegeben hatte.

Bethlehem lag kaum mehr als eine viertel Meile unterhalb vom Kloster und machte einen geschäftigen Eindruck. Männer und Frauen, die eilig hin und herliefen und die Vorbereitungen für das Abendmahl trafen. Kinder spielten auf den Gassen und ihre Stimmen waren selbst hier gut zu hören. In der Ferne konnte man die sanften Hügel der judäischen Berge sehen und selbst die Umrisse von Jerusalem , das nicht weiter als sechs Meilen entfernt war, zeichneten sich schwach in der Abendsonne ab.

Messala atmete tief ein. „Was für ein Bild des Friedens und des Glücks. Kaum vorzustellen, dass vor vielen Jahren hier die Truppen Vespasians gewütet haben und alles dem Erdboden gleichgemacht haben. Unsere Truppen, Männer wie wir. Es scheint, dass das *Imperium Romanum* nicht für alle Provinzen Glück und Frieden bedeutet hat."

„Aber wir haben ihnen auch Kultur und Wohlstand gebracht", wandte Festus ein.

„Ja, unsere Kultur. Aber niemand hat sie gefragt, ob sie die auch haben wollten", gab Messala zurück. „Judäa galt immer als die schwierigste Provinz und die Juden immer als die schlimmsten Einwohner. Sie waren trunken vor Religion. Stets haben sie sich geweigert, Standbilder unserer Kaiser aufzustellen, weil sich das nicht mit ihrem Glauben vertrage, und nie haben sie Hilfstruppen für unsere Legionen gestellt. Als einzige Provinz genossen sie dieses Privileg. Die Standbilder unserer Imperatoren haben sie von den Sockeln gestoßen und die Legionsadler heruntergerissen. Ich denke, der Glaube hat sie verrückt gemacht. Der Glaube, dass es nur einen Gott gibt, der keinen anderen neben sich gelten lässt. Ihr Gott ist intolerant. Er duldet keine anderen neben sich. Und die Juden sind genauso intolerant. Ich halte es für überheblich und anmaßend, sich nur auf einen Gott festzulegen. Mit welchem Recht nennen sie ihren Gott den wahren, und halten unsere Götter für falsche Götzen? Und die Christen sind auch nicht anders, dabei haben sie ständig Streit mit den Juden. Ein merkwürdiges Volk!"

Messala schüttelte den Kopf.

„Warum soll man sich auch mit einem Gott begnügen, wenn man mehrere haben kann", meinte Aulus fröhlich. „Schließlich hat man auch mehrere Frauen. Übrigens haben wir in Jerusalem ein vorzügliches *Lupanar* entdeckt. Schöne Frauen aus aller Welt. Sollen wir dir es morgen zeigen, Tribun?"

„Ich wusste, dass man euch keinen Augenblick alleine lassen kann", erwiderte der lachend.

„Nein, im Augenblick habe ich an diesen Vergnügungen keinen Bedarf. Zu sehr beschäftigt mich das alles, was ich hier sehe und kennenlerne. Vor allem Hieronymus geht mir nicht aus dem Kopf. Was für ein eigentümlicher Mann! Ich freue mich schon auf das nächste Gespräch mit ihm. Vieles kann man von ihm lernen."

„Und ich habe Hunger", lachte Festus.

„Also gut, lasst uns sehen, was die Klosterküche für uns

vorbereitet hat", stimmte Messala zu. Scherzend gingen die Männer hinunter.

***

Maxentian hatte sich viel Mühe gegeben, und das Abendessen hatte alle zufriedengestellt. Zum ersten Mal hatten die Römer gemeinsam mit Hieronymus und den übrigen Mönchen gespeist. Messala schätzte ihre Zahl auf etwa sechzig. Zum Auftakt gab es *Puls*, einen dicken Mehlbrei, der mit allerlei Kräutern schmackhaft gewürzt war. Danach weichgekochter Eier in einer delikaten Safransoße. Den Höhepunkt bildete ein Hühnchengericht, das in einer weißlichen Soße gereicht wurde, die mit Honig, Datteln und Wein vermischt war. Dazu tranken die Mönche Milch oder Wasser, Messala und seine Männer mochten aber auf einen leichten Weinzusatz für ihr Wasser nicht verzichten.

Hieronymus aß, wie er es immer zu tun schien, sehr sparsam und nahm von jedem Gang nur einen kleinen Happen. Dazu trank er ausschließlich Wasser. Messala fiel auf, dass die Mönche während des Essens kaum sprachen. Vor den Mahlzeiten hatte einer der Mönche ein Gebet gesprochen. Es war Bruder Hielarion, der frühere Soldat, den Messala auf dem Rundgang kennengelernt hatte. In langen und kunstvollen Worten hatte er sich bei Gott für die Darreichung der Speisen bedankt. Dann hatten sie alle gemeinsam ein Gebet gesprochen, das Messala aus seiner Dienstzeit im Lateran kannte. Den Anfang *Pater noster, qui es in caelis …* konnte er gar auswendig. Die Mönche schienen dieses Gebet besonders zu lieben, denn sie beteten es mit Inbrunst.

„Dieses Gebet hat uns Jesus Christus selbst gegeben", erklärte der Weinmeister Marcus den Römern, die neben ihm saßen. „Es ist ein wunderschönes Gebet, nicht wahr?"

Messala mochte dem nicht widersprechen, zumal er einige Passagen dieses Gebets wirklich eindrucksvoll fand.

„Aber was bedeutet: *Dein Reich komme?*", fragte Festus. „Soll das heißen, dass er hier ein Reich errichten und die Römer vertreiben will?"

„Dieses Missverständnis hat es vor vielen Jahren schon einmal gegeben, und es hat dazu geführt, dass der Sohn Gottes vor Gericht gestellt und gekreuzigt wurde. Nein, sein Reich ist nicht von dieser Welt, daran hat er nie einen Zweifel gelassen."

„Wo ist es dann?", beharrte Festus.

„Es ist in uns, in jedem von uns." Marcus fuhr geduldig mit seiner Erklärung fort. „Es lässt uns den Mitmenschen mehr lieben als uns selbst, es lässt uns die Fehler der Mitmenschen in Geduld ertragen, es erzeugt in uns Güte und Barmherzigkeit, wenn wir uns ihm nicht verschließen."

Obwohl Festus davon nichts verstanden hatte, gab er sich vorerst damit zufrieden und schob sich ein letztes Stück Hühnchen in den Mund.

„Nun gut, so soll es denn kommen. Solange es auch in diesem Reich so leckere Hühnchen gibt, soll es mir recht sein."

Es entging Festus völlig, dass Marcus über diese Bemerkung die Stirn runzelte, weil er sie offenbar als recht unpassend empfand. Das Essen war beendet und die Mönche, die an diesem Tag Küchendienst hatten, brachten Geschirr und Speisereste hinaus. Hieronymus war aufgestanden und näherte sich dem Tisch der Römer.

„Wenn ihr für den heutigen Abend keine anderen Pläne habt, würde ich gerne ein Gespräch mit euch führen."

„Gerne", erwiderte Messala, „was ist mit euch?"

Wie aus einem Mund meinten Aulus und Festus, dass sie, wenn es nicht als unhöflich empfunden würde, lieber noch einen kleinen Ausritt vornehmen würden. Die Aussicht auf ein trockenes Gespräch mit dem Klostervorsteher ließ sie zu dieser Ausrede greifen. In Wahrheit hatten sie neben dem Bordell, dem *Lupanar*, in Jerusalem eine preiswerte *Caupona*, eine Schenke, entdeckt, und die Kombination beider Häuser erschien ihnen als eine sehr verlockende Vorstellung. In Windeseile hatten sie sich verdrückt.

„So darf ich dich in mein *Salutatorium* bitten, lieber Freund. Ich gehe voraus."

Messala betrat jetzt einen Teil des Klosters, den er vorher noch nicht gesehen hatte. Hier sah alles fast luxuriös aus, beinahe wie in einer römischen Patriziervilla.

„Diesen Teil betrete ich fast nie", sagte Hieronymus wie zur Entschuldigung, „aber ich könnte mir vorstellen, dass mein *Tablinum* dir etwas ungemütlich vorkommt. Für mich ist meine *Höhle* der schönste Raum. Aber manchmal muss man auf die Belange der Gäste Rücksicht nehmen und ihnen etwas Behaglichkeit bieten."

Sie betraten einen großen Raum, der auf allen vier Seiten mit prächtigen Wandgemälden ausgestattet war. Der Begriff *Behaglichkeit* konnte diesen Raum nur höchst unvollkommen beschreiben. In der Mitte des Raums befanden sich mehrere kunstvoll verzierte Sessel aus schwarz glänzendem Ebenholz und ebenso viele kleine Tische. Auf den Tischen standen zierliche Weinkrüge und silbergetriebene *Cymbia*, nachenförmige, henkellose Weinschalen, wie Messala sie noch nie gesehen hatte. Vier große silberne Kerzenständer, an denen sich Blumen und Pflanzen emporrankten, tauchten den Raum in ein angenehmes, warmes Licht.

„Ein Geschenk von Paula", meinte Hieronymus achselzuckend, „obwohl sie wusste, dass ich für diese Art von Luxus absolut keine Vorliebe habe. Ich komme in diesen Raum nur, wenn wir Besucher haben, von denen ich annehmen muss, dass mein *Tablinum* sie beleidigen würde. Manchmal haben wir hochgestellte Pilger, die an diese Art von Luxus gewöhnt sind. Da das Kloster nun mal auch auf Spenden solcher Pilger angewiesen ist, muss ich diese Luxuskommödie mitspielen. Manchmal!" Hieronymus seufzte.

Die Männer nahmen auf den Stühlen Platz, – *endlich eine bequeme Sitzgelegenheit in diesem Kloster*, dachte Messala, – und Hieronymus goss seinem Gast etwas Wein ein.

Falerner, teurer Falerner, wie Messala beim ersten Schluck dankbar feststellte.

Dann begann Hieronymus: „Ich habe dich hierher gebeten, weil ich dir einiges über unseren Glauben erklären möchte und weil ich mir sicher bin, dass dies für dich von Interesse ist."

Messala nickte schweigend und Hieronymus fuhr fort: „Es genügt nämlich nicht, als vollendeter, vollkommener Mensch, von dem ich weit entfernt bin, den Reichtum geringzuschätzen, das Vermögen wegzugeben, das wegzuwerfen, was in einem Augenblick verloren und gewonnen werden kann. Das hat auch der Thebaner Krates getan, auch Antisthenes, sehr viele haben es so gemacht, von denen ich gelesen habe, dass sie voller Laster steckten. Der Schüler Christi muss sich erheben über den Philosophen der Welt, der lebt ja doch vom Ruhm, ein käuflicher Sklave der Volksgunst und des Geredes. Verachtung des Reichtums genügt nicht für einen Christen, die Nachfolge Christi ist das Entscheidende. Und zur Nachfolge Christi gehört unabdingbar, die Frohe Botschaft allen zu verkünden, hier und in aller Welt. Alle Menschen sollen hören, welche wunderbare Botschaft Christus uns übermittelt hat, und dann sollen sie selbst entscheiden, ob sie ihr folgen oder nicht."

Messala hatte schweigend zugehört. Jetzt nahm er einen Schluck Wein und nutzte die Pause, die der Greis gemacht hatte, um zu fragen: „Worin besteht nun diese Botschaft und wieso kommt sie aus dem Land der Juden, aus dem Orient? Hätte sich dein Gott nicht für die Verkündung seiner Botschaft das mächtige Rom aussuchen müssen?"

„Nein, mein Freund. Diese Botschaft richtet sich zunächst nicht an die Starken und Reichen. Was könnte man denen versprechen, was sie noch nicht hätten? Nein, es sind die Armen und Verstoßenen, die Unterdrückten und Versklavten, die Sünder und Außenseiter, die Christus besonders liebte. Letztlich aber sind es alle Menschen, denn sie alle sind Kin-

der Gottes, geschaffen nach seinem Ebenbild. Stell dir vor:
Gott hat vor Urzeiten diese Welt geschaffen, Tiere, Pflanzen und uns Menschen. Aber die Menschen haben von An-
beginn gesündigt und gegen seine Verbote verstoßen. Mit
den Juden aber hatte er ein besonderes Bündnis geschlossen:
Sie haben ihn als den einzigen und wahren Gott anerkannt
und verehrt. Er hat sie aus Not und Drangsal befreit, etwa
als sie in ägyptischer Gefangenschaft waren, hat sie in das
gelobte Land Palästina geführt und hat ihnen Gebote gegeben, nach denen sie sich zu richten hatten. Gute Gebote!
Mit der Zeit aber wurde der Glaube dieses auserwählten
Volkes geringer. Sie begannen, seine Gebote zu missachten. Sie entwickelten sich so, wie die anderen Völker ringsum, die diese Botschaft nie erhalten hatten. Da beschloss
Gott, seinen Sohn zu schicken, um das Bündnis zu festigen
und die Menschen von ihrer Sündhaftigkeit zu erlösen.
Er schickte ihnen Propheten, die die Ankunft dieses Erlösers, des Messias, ankündigten. Die meisten dieser Propheten haben sie geringgeschätzt, einige gar getötet. Vor etwa
vierhundert Jahren wurde die Prophezeiung dann Wahrheit. Hier in Bethlehem wurde Jesus Christus geboren, als
Erlöser der Menschheit. Gott hatte sich eine untadelige
Jungfrau namens Maria auserwählt, die seinen Sohn gebä-
ren und aufziehen sollte. Diesem Sohn war es bestimmt,
den Menschen die Heilsbotschaft zu bringen und durch
seinen eigenen Tod die Sünden der Menschheit auf sich zu
nehmen und zu tilgen."
„Moment", warf Messala verwundert ein, „du meinst,
euer Gott hat den Tod seines eigenen Sohns beschlossen?
Welcher Gott könnte so handeln? Müsste nicht ein Gott
der Liebe besonders seinen Sohn lieben und ihm ein solches Schicksal ersparen?"
„Ist dir das so unbekannt, Römer?" Ganz bewusst erwähnte Hieronymus Messalas Abstammung. „Kennst du nicht

das Schicksal des Saturn, das Ovid so glänzend beschrieb? Sind dir jene Zeilen der *Metamorphosen* nicht bekannt:

Postquam Saturno tenebrosa in Tartara misso
sub Iove mundus erat, subiit argentea proles ...

Hat nicht euer Göttervater Jupiter selbst seinen eigenen Vater Saturnus in die Unterwelt hinabgestürzt, um die Macht übernehmen zu können. Rede du mir nicht von der Vaterliebe der Götter! Und hat nicht die Göttin Latona aus gekränkter Eitelkeit die sieben Töchter der Niobe auf grausame Weise umkommen lassen. Nein, die Geschichte eurer Götter ist voller Grausamkeiten, unser Gott hat durch den Tod seines Sohnes seine Liebe zu den Menschen bewiesen."
Messala hielt es vorerst für angebracht, auf weitere Einwände zu verzichten, spürte er doch die Überlegenheit des Alten in dieser Diskussion. Befriedigt fuhr Hieronymus fort: „Jesus wuchs in Galiläa auf, in einem kleinen Dorf namens Nazareth und zunächst ..."
„Wieso in Galiläa?", unterbrach Messala. „Er wurde doch in Judäa geboren. Entschuldige bitte, es sind sicher Kleinigkeiten, aber manchmal sind es die Kleinigkeiten, die eine Geschichte wahr oder unwahr machen."
„Du hast recht und gut aufgepasst. Ich habe das ausgelassen, aber ich merke schon, dass ich bei dir kein Detail auslassen darf, ohne meine Glaubwürdigkeit aufs Spiel zu setzen. Die Eltern von Jesus, Maria und sein Adoptivvater, der Zimmermann Josef, lebten in Nazareth. Als Maria das Kind unter dem Herzen trug, ergab es sich, dass Kaiser Augustus eine Volks- und Vermögensschätzung im ganzen Reich anordnete. Quirinius war damals Statthalter von Syrien und damit auch für Judäa und Galiäa zuständig, die Provinzen Syrien und Judäa wurden erst später getrennt. Da jedermann sich in der Stadt in die Liste eintragen lassen musste, aus der er stammt, und Josef aus dem hier ansässigen Stamme Davids

kam, musste er mit Maria, seinem Weibe, nach Bethlehem reisen. Hier gebar Maria ihren Sohn Jesus, und zwar in der Höhle, die heute mein *Tablinum* bildet, denn in der Herberge war wegen der Schätzung kein Platz mehr.

Und nun, mein Freund, nun wirst du sehen, welche Rolle die Truhe Senecas bei alledem spielt. Seneca hat nämlich alle Dokumente, die die Wahrhaftigkeit meiner Erzählung beweisen, gesammelt, jedenfalls soweit er ihrer habhaft werden konnte. Denn es werden Menschen kommen und sie werden alles anzweifeln. Sie werden bestreiten, dass Jesus der Sohn Gottes war, ja sie werden bestreiten, dass er je gelebt hat. Sie werden in seinem Leben herumforschen und sagen, dies stimmt nicht und jenes kann so nicht gewesen sein. Und sie werden jedes Detail infrage stellen, für unwahr halten – wie du! Und daher ist es wichtig, dass man Dokumente hat, *Testimonia* – Beweise. Die werden auch die Menschen späterer Zeiten anerkennen müssen."

Mit einer triumphierenden Geste stand Hieronymus auf und ging in eine Ecke des Raums, in der Senecas Truhe stand. Messala war sie bisher nicht aufgefallen, und jetzt sah er mit Verwunderung, wie der Alte in der Truhe zielgerecht kramte und wenig später mit zwei Dokumenten zurückkam. Das eine trug das Siegel der Kaiserlichen Staatskanzlei, bei dem anderen schien es sich um die Abschrift eines Berichtes zu handeln.

„Das, mein verehrter Tribun, ist die Anweisung zur Volkszählung. Seneca muss sie aus dem *Tabularium* entwendet haben."

Hieronymus reichte Messala vorsichtig eine alte, vergilbte Pergamentrolle, die an ihren Rändern zerrissen und brüchig war. Vorsichtig, als halte er einen zerbrechlichen Schatz in den Händen, nahm Messala die Rolle und las:

Der Imperator Caesar Augustus Divi Filius, Princeps von Rom grüßt den Statthalter von Syrien, Sulpicius Quirinius.

Mit Zustimmung von Senat und Volk von Rom verfügen wir, dass ein Census gehalten wird in der gesamten Provincia Syria nebst den Gebieten von Judäa und seinem Grenzland. Der Procurator von Iudäa Coponius möge mit all seinen Beamten und Schreibern dir bei der Vornahme des Census behilflich sein.

Alle Probleme, die sich in Zusammenhang mit diesem Census ergeben sollten, mögen sofort nach Rom gemeldet werden. Desgleichen die Ergebnisse.

Gegeben zu ROM im Jahre 753 a.u.c./ Kalendibus Martii.

Polybius, Erster Sekretär der Kaiserlichen Staatskanzlei

Vorsichtig reichte Messala das Dokument zurück, das Hieronymus umgehend wieder in der Truhe verstaute. Dann las er das zweite Dokument.

„Eine Abschrift aus den *Antiquitates Iudaeae* des jüdischen Historikers Flavius Josephus, jeder Geschichtsfälschung unverdächtig", schmunzelte Hieronymus.

Übrigens wurde das Gebiet des Archelaus der Provinz Syrien einverleibt, und der Caesar schickte nun den Quirinius, einen gewesenen Consul, ab, um eine Schätzung des Vermögens in Syrien vorzunehmen und die Güter des Archelaus zu verkaufen. So kam Quirinius auf Geheiß des Caesars mit wenigen Begleitern nach Syrien, teils um Gerichtssitzungen abzuhalten, teils um die Vermögensschätzung vorzunehmen. Zugleich mit ihm wurde Coponius, ein Mann ritterlichen Standes, zur Wahrnehmung der höchsten Gewalt in Judäa abgeschickt. Bald fand sich nun Quirinius auch in Judäa ein, das mit Syrien verbunden war, um hier ebenfalls das Vermögen zu schätzen und ...

„Gewiss sehr interessant", Messala ließ das Blatt sinken und reichte es zurück. Er verspürte auf einmal eine gewisse Lust, das kunstvolle Beweisgebäude des Alten, das der doch gerade erst vorzustellen begonnen hatte, ein wenig ins Wanken zu bringen. „Aber was genau beweist das? Es beweist doch nur, dass es zu jener Zeit einen *Census* gegeben hat. Das aber hat niemand bestritten. Im Übrigen, verzeih edler Hieronymus, ist dir ein Fehler unterlaufen."

„Ein Fehler?" Hieronymus war das Erstaunen ins Gesicht geschrieben. „Den musst du mir zeigen!"

Er war nun in seinem Element. Ganz der Exeget, der er immer gewesen war. Nun hatte er einen Gesprächspartner, der ihm einigermaßen ebenbürtig war.

„Du zeigst mir hier einen Bericht des Flavius Josephus. Der Mann ist mir nicht unbekannt. Wenn ich im Studium richtig aufgepasst habe, ist er unter Caligula geboren worden und starb unter Traian. Zu diesem Zeitpunkt war Seneca schon mehr als vierzig Jahre tot. *Ergo* kann er diesen Bericht nicht gekannt, viel weniger gesammelt haben."

Hieronymus strahlte. Der Mann hatte aufgepasst. Und er kannte sich aus. Mit Schriftstellern und mit Zeiten. Der richtige Widersacher, um die Logik und Richtigkeit seiner Beweisführung zu prüfen und sie sich bestätigen zu lassen. Mit Wärme blickte er den Tribun an und erwiderte: „*Recte, mi care amici* – Richtig, mein lieber Freund. Aber ich habe nie behauptet, dass alle in dieser Truhe befindlichen Dokumente von Seneca gesammelt wurden. Der hat nur den Grundstock gelegt. Ich selbst habe viele weitere Dokumente und Berichte gesammelt und dazugelegt. Als Sekretär des Bischofs von Rom stand mir die Schriftrollenbibliothek des Bischofs so offen wie Seneca das *Tabularium*. Und genau wie er habe ich das in die Sammlung einverleibt, was mir als unerlässlich erschien. Der Bischof mag es mir verzeihen. Es diente einem höheren Zweck! Und was den Inhalt des Dokuments anbetrifft: Es mag für unseren Glauben tatsächlich zweitrangig sein, ob und wann es einen *Census* in Judäa gegeben hat. Nicht aber für meine Beweisführung. Die muss lückenlos sein und also mit der Geburt beginnen. Du selbst hast gefragt, wieso Christus in Nazareth aufgewachsen, aber in Bethlehem geboren worden sei. Nun hast du die Antwort und die Beweise dazu."

Messala gab sich geschlagen, fürs Erste.

VI. FLUCHT NACH BETHLEHEM

Es war spät geworden und die Kerzen im Empfangsraum waren nahezu völlig heruntergebrannt. Mit Genuss hatte Messala den Falerner geleert und wartete darauf, dass Hieronymus fortfuhr. Das Gespräch begann ihn zu faszinieren. Auch in Rom hatte er mit Bischof Innocens Gespräche dieser Art geführt, wenn er Wache auf dem Lateran hatte, aber von Innocens war nicht die gleiche Überzeugungskraft und Faszination ausgegangen wie von Hieronymus. Der aber schien vorübergehend den Faden verloren zu haben. Nachdenklich starrte er in die verlöschenden Flammen des Leuchters. Es war, als habe er die Gegenwart seines Gastes vergessen.

„Wolltest du mir nicht noch mehr von eurem Glauben und jener Truhe erklären, werter Hieronymus?"

Hieronymus schien wie aus einem Traum zu erwachen und blickte den Tribun mit versonnenen Augen an.

„Verzeih, Messala. Ich habe meine Gedanken abschweifen lassen. Du hast recht. Wir sollten … ", seine Rede wurde durch ein plötzliches lautes Klopfen an der Tür unterbrochen. Einen Augenblick später stand ein Mönch im Rahmen der Tür und rief mit aufgeregter Stimme: „Entschuldige die Störung, Vater, aber …", er druckste herum, „du solltest wohl besser in die Halle kommen. Draußen, äh … es sind eine ganze Menge Fremder angekommen, und wir wissen nicht, was wir mit ihnen anfangen sollen."

„Fremde?", fragte Hieronymus zurück, „Bruder Valerius, könntest du dich etwas genauer ausdrücken?"

„Fremde, Flüchtlinge, sie kommen aus Rom und erbitten Aufnahme. Aber wo sollen wir so viele Menschen unterbringen?"

„Viele, wie viele?"

„Ich denke, um die siebzig Menschen werden es schon sein. Frauen, Männer, Kinder. In der Halle, im Garten und vor dem Kloster herrscht ein einziges Chaos!"

Bei der Nachricht, dass es sich um Flüchtlinge aus Rom

handelte, war Messala aufgesprungen. Vielleicht konnten sie Neues aus der geschundenen Stadt berichten. Die Männer verließen eilig das *Salutatorium* und begaben sich in die Halle. Valerius hatte nicht übertrieben. Die Halle war erfüllt von Gruppen lärmender Menschen, Frauen weinten, Kinder schrien vor Erschöpfung, Männer hatten sich schimpfend und jammernd auf dem Boden niedergelassen, Gepäckstücke lagen unordentlich herum. Dazwischen versuchten etliche Mönche, etwas Ordnung zu schaffen oder den Schwächsten unter ihnen Wasser oder Wein einzuflößen. Messala entdeckte unter den Flüchtlingen auch Festus und Aulus, die zurück von ihrem Ausflug diese Menschenansammlung entdeckt hatten und nun versuchten, Auskünfte zu erlangen. Mühsam bahnte sich Messala einen Weg, in seinem Schlepptau Hieronymus. Als sie das Tor erreicht hatten, ebbte der Lärm zunehmend ab, und selbst das Schreien der Kinder war in ein kaum hörbares Wimmern übergegangen.

„*Silentium, tacete, quaeso* – Ich bitte um Ruhe!"
Da war er wieder, der befehlsgewohnte Offizierston. Obwohl Messala beileibe nicht Hausherr war, übernahm er es wie selbstverständlich, für Ruhe zu sorgen. In der Tat wäre Hieronymus mit seiner dünnen Stimme kaum durchgedrungen.

„Gibt es unter euch jemanden, der für euch sprechen kann?"
Für einen kurzen Augenblick herrschte absolute Ruhe. Dann schälte sich ein Mann in einem abgewetzten Kleidungsstück aus der Gruppe, das früher einmal eine prächtige Toga gewesen sein musste. Eine Toga mit einem breiten Purpurstreifen, dem Erkennungszeichen des Senators. Der Mann, etwa um die fünfzig Jahre alt und von beträchtlicher Körperfülle, dabei aber gänzlich kahlköpfig, trat mit langsamen Bewegungen nach vorne. Er schwitzte und sein Gesicht hatte eine unnatürliche, rote Farbe.

„Ich bin Senator Gaius Iulius Strabo. Ich bin zwar nie zum

Sprecher dieser armen Menschen gewählt worden, aber ich denke, sie werden nichts dagegen haben, wenn ich für sie das Wort ergreife."

„Bevor du das Wort ergreifst, ehrwürdiger Senator, werden wir uns erst einmal um die Versorgung dieser Menschen kümmern", griff Hieronymus ein. „Wir werden nicht alle hier aufnehmen können. Ganz in der Nähe befinden sich aber zwei Frauenklöster, ein Gästehaus und ein Spital."

Er wandte sich an Vincentius, der sich neben ihn gestellt hatte. „Bruder Vincentius hier wird die Verteilung übernehmen. Dich, Senator, bitte ich in mein *Salutatorium*, du wirst dort etwas zu dir nehmen können und kannst mir dann von euren Erlebnissen berichten. Messala, willst du mich begleiten?"

Ohne eine Antwort abzuwarten machte sich Hieronymus auf den Weg und die beiden Männer folgten ihm schweigend. Vincentius übernahm inzwischen die Verteilung der Flüchtlinge: Die Frauen und Kinder schickte er in die Frauenklöster der Eustochium, fünf offenbar Erkrankte ließ er ins Spital bringen, und die übrigen Männer teilte er zwischen Gästehaus und Kloster auf. Gleichzeitig schickte er Maxentian und Raphaelus in das *Refectorium*, damit die erschöpften Flüchtlinge möglichst bald eine warme Mahlzeit erhielten. Aulus und Festus boten ihre Mithilfe an und wurden prompt für Hilfsdienste in der Küche verpflichtet.

Nachdem sich der Senator im klösterlichen *Balneum*, dem kleinen Badetrakt, erfrischt und die Spuren der Reise abgewaschen hatte, saßen sie zusammen im *Salutatorium*. Inzwischen waren frische Kerzen aufgesteckt worden und der Senator hatte einen kalten Imbiss aus Hühnchenfleisch, Brot und Obst vor sich stehen.

Nach einem tiefen Zug aus der Weinschale begann er mit seinem Bericht: „Ich nehme an, ihr wisst, wie es um Rom steht?" Hieronymus und Messala nickten.

„Ich bin selbst erst vor Kurzem aus Rom angekommen und

habe die Gräuel der Goten am eigenen Leib erfahren", sagte Messala, „aber was ist passiert, nachdem die Barbaren Rom verlassen haben?"

„Drei Tage haben sie geplündert, gebrandschatzt, geschändet und alles zerstört, was sie nicht mitnehmen konnten", fuhr der Senator fort, und man merkte ihm an, wie schwer es ihm fiel, das Erlebte noch einmal zu durchleben.

„Dann haben sie Rom johlend und grölend verlassen. Hunderte von Karren haben sie mit sich geführt, hochbeladen mit Gold, Silber und allem, was Wert für sie hatte. In einem langen Zug haben sie Gefangene mitgenommen, Männer und Frauen, ausschließlich Patrizier. Ich war auch darunter, zusammen mit meiner Tochter Julia. Geiseln haben sie uns genannt, die man sicher noch gebrauchen kann, wozu auch immer. An der Spitze der Gefangenen ging Placidia, die Schwester des Kaisers, und ihr Gefolge, stolz und ungebrochen. Wie eine Siegestrophäe wurde sie den Zuschauern vorgeführt. Quer durch die Stadt sind sie zur *Porta Appia* marschiert, wie in einem Triumphzug. Was noch an patrizischen Einwohnern in der Stadt war, das barg sich in den Häusern, um nur ja nicht die Aufmerksamkeit der Barbaren zu erregen. Welche Schmach! Noch jetzt treibt es mir die Schamröte ins Gesicht, wenn ich daran denke, wie wir durch die Straßen unseres geliebten Roms getrieben wurden, wie Schlachtvieh zum *Forum Boarium*. Ich, der Senator Gaius Iulius Strabo. Und mein armes Töchterchen. Mutig hat sie alles auf sich genommen und wich nicht von meiner Seite.

Der plebeische Mob stand grinsend an den Seiten und beobachtete den Abzug. Manches Gesicht war nicht frei von Schadenfreude. Und die Sklaven hatten ihre Freude. Sie hatten sich von Anfang an mit den Barbaren verbrüdert. Brachten die ihnen doch die ersehnte Freiheit. Sie hatten ihnen das Tor geöffnet, verräterische Brut! Sie haben mitgeplündert, mitgetötet. Und hatte sich einer ihrer Herren im hintersten Winkel des Hauses versteckt, so haben sie ihn der Barbarenhorde preisgegeben und lachend mit angesehen, wie sie die Herrin geschändet und den Herrn getötet haben."

Die Erinnerung überwältigte ihn so sehr, dass er in ein leises Schluchzen ausbrach. Hieronymus legte ihm besänftigend den Arm um die Schulter und goss Wein nach.

„Hier, trink ein wenig Wein. Das wird dich beruhigen."

Der Senator trank die Schale in einem Zug aus und schmatzte.

„Euer Wein kann sich sehen lassen." Er hatte sich wieder etwas gefasst. „Nachdem sie Rom verlassen hatten, zogen sie über die *Via Appia* in Richtung Süden zum Meer. Alle Landgüter, auf die sie unterwegs trafen, wurden geplündert. Was sie nicht mitnahmen, zerstörten sie. Die meisten Landgüter waren von ihren Herren aus Angst verlassen worden. Nur bei dem Landgut des Anisius Severus, du wirst ihn kennen, Tribun, da stießen sie auf Widerstand. Anisius hat versucht, sein Landgut zu verteidigen. Alle seine Sklaven, und es waren sicher mehr als zweihundert, waren bewaffnet und standen ihrem Herrn bei. Wir mussten es aus der Ferne mit ansehen, wie die Barbaren zuletzt doch die Überhand gewannen. Keiner hat es überlebt. Anisius haben sie zuletzt mit Dolchen an die Tür seines Hauses genagelt. Könnt ihr euch das vorstellen? An die Tür genagelt!"

Wieder unterbrach Strabo seine Schilderung und griff nach der Weinschale, die Hieronymus in weiser Voraussicht bis zum Rand gefüllt hatte. Strabo trank den Wein unverdünnt, und das schien ihm bei der Bewältigung seiner Erinnerung zu helfen.

„Nachts haben sie ihre Zelte errichtet, grölend an ihren Feuern gesessen und den gestohlenen Falerner gesoffen. Wir wurden nachlässig bewacht, aber wohin hätten wir fliehen können? Mit kaltem Mehlbrei und hartem Brot haben sie uns gefüttert. Und immer die Angst, einer der stinkenden Barbaren könnte über meine Tochter herfallen. Dem Herrn sei Dank, aber das ist nicht passiert."

Jetzt wurde es Messala klar, dass auch Strabo Christ war, und auch Hieronymus quittierte diese Bemerkung mit einem gütigen Lächeln.

„Wasser bekamen wir kaum, weder zum Trinken viel weniger zum Waschen. Nach zwei Tagen stanken wir fast wie die Goten. Am dritten Tag ist uns die Flucht gelungen!"

Der Senator seufzte tief auf.

„Die Goten hatten ihre Reiterei vorausgeschickt, um den Weg zur Küste auszukundschaften. Das Lager war mit geringer Bewachung zurückgeblieben. Wer sollte die Goten hier auch angreifen, wo sich doch die kaiserlichen Truppen in den Sümpfen von Ravenna versteckten? Ich wusste, dass das Landgut meines Schwagers Gallienus Bibulus in unmittelbarer Nähe liegen musste, ohne dass die Barbaren es bis jetzt entdeckt hatten. Es ist nämlich durch eine schmale Hügelkette verdeckt, und wenn man die Zufahrt nicht kennt, fährt man leicht vorbei. Die Barbaren waren durch die Mittagshitze schläfrig und lagen in ihrem Lager. Wir Gefangene waren etwas abseits untergebracht. Unsere Wächter waren mit einem Würfelspiel beschäftigt und stritten sich heftig um einen goldenen Pokal. Das nutzte ich aus, zog Julia beiseite, und wir liefen den Hang hinauf.

In zehn Minuten hatten wir das Haus meines Schwagers erreicht. Bibulus hatte sich zitternd in seinem Gartenhaus versteckt. Sämtliche Sklaven hatten ihn verlassen. Ihr müsst wissen, seine Frau, meine Schwester, ist schon vor drei Jahren verstorben und Kinder hatten sie keine. Ganz allein war Bibulus auf dem großen Gut. Er hat uns mit dem Nötigsten versorgt, auch mit Pferden. Wenig später setzten wir unsere Flucht fort. Bibulus blieb zurück und vertraute auf sein Glück. Wir aber hatten Angst, die Barbaren hätten unsere Flucht bemerkt und Suchtrupps ausgeschickt. Wahrscheinlich aber war ihnen völlig egal, ob zwei Geiseln mehr oder weniger da waren, sie hatten ja genug.

Wir sind dann auf einer Abkürzung nach Ostia geritten, ohne die *Via Appia* zu benutzen. Mein Schwager hatte uns zu diesem Weg geraten. Die Stadt war in einem einzigen Aufruhr. Die Ankunft der Barbaren stand unmittelbar bevor, die ersten Reiterhorden waren schon am Stadtrand gesichtet worden und Flüchtlinge und ihre Maultierkarren verstopften alle Straßen. Nur mit Mühe konnten wir uns zum Hafen durchschlagen, der völlig überfüllt war. Menschen standen am Kai und drängten mit all ihrem Hab und Gut auf die wenigen Schiffe, die noch vor Anker lagen. Es kam zu Schlägereien, Menschen wurden zu Boden getreten oder ins Wasser geworfen, niemand war da, der die Ordnung herstellen konnte.

Gott sei Dank lagen zwei Schiffe der kaiserlichen Flotte vor Anker, die kurz vor dem Auslaufen standen. Es waren die Liburnen ARMATA und TRITON. Der Kapitän der TRITON erkannte mich als Senator und nahm mich mit meiner Tochter auf. Es waren schon zahllose andere Flüchtlinge an Bord. Auf der Überfahrt trafen wir auf Fischerboote, die voller Flüchtlinge waren. Einige davon sind untergegangen, andere flehten uns um Hilfe an, aber unser Schiff war auch so schon völlig überfüllt. So mussten wir sie ihrem Schicksal überlassen. Es war furchtbar! Der Kapitän brachte uns schnell und sicher nach Caesarea. Dort haben wir uns an den Hafenkommandanten gewandt, einen gewissen Aurelius Longinus. Der hat uns und die anderen Flüchtlinge an Karawanen vermittelt, die uns weiterbringen sollten. Die einen wollten nach Antichochia, andere nach Tyrus, und wir Christen überwiegend nach Bethlehem, weil wir von dir und deinem Kloster wussten und hofften, du würdest uns aufnehmen. Zurück können wir nicht mehr, und hier sind wir nun, in deiner und Gottes Hand!"

Strabo lehnte sich erschöpft zurück. Die Schilderungen hatten ihn viel Kraft gekostet. Lange Zeit herrschte Schweigen. Die Erzählung hatte die beiden Zuhörer tief beeindruckt. Im Geiste durchlebte der Tribun seine letzten Tage in Rom noch einmal. Sie waren von ähnlichen Gefühlen des Entsetzens und der Ohnmacht geprägt.

Dann ergriff Hieronymus das Wort: „Selbstverständlich gewähren wir euch hier Aufnahme und Obhut. Dazu sind wir im Namen Christi verpflichtet, und wir tun gerne alles, was in unserer Macht steht. Aber ehrlich gesagt sind wir auf diese Menge von Gästen nicht eingestellt. Hier im Kloster haben wir lediglich vier Schlafräume für Gäste, und von denen sind drei belegt." Er wies dabei auf Messala. „Außerdem sind wir ein Männerkloster, sodass wir auf Trennung von Männern und Frauen bestehen müssen. Einstweilen werden wir die Männer im *Deversorium* unterbringen und die Frauen in den Frauenklöstern. Du selbst wirst vorerst das freistehende Gästezimmer im Kloster erhalten. Ich werde mit Eustochium, der Vorsteherin, sprechen und die beste Lösung finden. Hab keine Sorge."

„Wenn meine Männer und ich dir von Nutzen sein können, so lasse es mich wissen", wandte sich der Tribun an Hieronymus.

„Das will ich zu gegebener Zeit gerne annehmen." Hieronymus stand auf, und die Männer verließen den Empfangsraum. „Ich denke, du wirst nun etwas ruhen wollen, Senator." Hieronymus winkte einen der Mönche herbei. „Bruder Gaudens, zeige bitte dem Senator das freie *Cubiculum* und sorge für alles, was er braucht."

Der Senator bedankte sich und ließ sich von dem Mönch den Weg weisen.

„Eine ganze Menge Arbeit, lieber Tribun", sagte Hieronymus, „ich fürchte, fürs Erste müssen meine Glaubensunterweisungen an dich zurückstehen. Aber hab keine Sorge, es wird nicht vergessen."

Mit diesen Worten verabschiedete sich der Alte. Und auch Messala begab sich in seinen Schlafraum. Aber es dauerte lange, bis er in einen tiefen, erholsamen Schlaf fand. Zu viele Gedanken und Erinnerungen durchzogen seine Sinne.

VII. JULIA

Am nächsten Morgen wurde Messala schon früh geweckt, fühlte sich aber doch erholt und ausgeschlafen. Vom Hof her ertönte lauter Stimmenklang und Messala meinte, auch einige Frauenstimmen auszumachen. Er wusch sich mit frischem Wasser aus seiner Wasserschüssel, die ihm Mönche vor die Tür gestellt hatten, und zog sich eine frische, blütenweiße *Tunica* über. Dann schlüpfte er in seine *Caligae*. Er griff zu dem *Dentifricium*, das er hier im Kloster erst kennengelernt hatte, verrieb das natronhaltige Zahnpulver sorgfältig auf seinen Zähnen und spülte den Mund mehrfach mit Pfefferminzwasser aus. Im Gegensatz zu vielen seiner Zeitgenossen hielt er viel auf Mundhygiene und seine strahlend weißen und lückenlosen Zähne dankten es ihm.

Dann eilte er hinunter auf den Hof. Mehrere Frauen und Mönche waren in heftige Diskussionen verstrickt und schienen zu streiten.

„Aber ich möchte meinen Vater sehen, und zwar jetzt!"

Es war eine junge Frau von kaum mehr als fünfundzwanzig Jahren, die das trotzig ausgerufen hatte. Sie trug eine hellrote *Tunica* mit weißer Borte, um die Hüfte gegürtet. Die kurzen Ärmel gaben den Blick frei auf leicht gebräunte, schlanke Arme. Das bis auf die Knöchel reichende Gewand fiel weit und faltig und an den Füßen trug die junge Frau weißgefärbte *Sandalia* aus weichem Rinderleder. Das nussbraune Haar war ungescheitelt nach hinten gekämmt und am Nacken zu einem Knoten zusammengefasst. Blitzende Augen in einem gebräunten Gesicht, und schimmernd weiße Zähne, die nun in einem Anfall von Zorn aufeinander bissen und die Worte ausspuckten: „Und wenn ihr mich nicht hereinlasst, so werde ich alles zusammenschreien!"

Amüsiert verfolgte Messala die Szene. Das war offenbar Julia, die Tochter des Senators. Sie wollte zu ihrem Vater, der noch ruhte. Syphonius und Hieralion bemühten sich gemeinsam aber vergebens, sie von dem Plan abzubringen, das Kloster zu stürmen. Zwei weitere junge Frauen in braunen, kuttenähnlichen Gewändern waren offenbar aus einem der Frauenklöster mitgekommen und gemeinsam redeten sie nun auf Julia ein, die aber nicht von ihrem Vorhaben abweichen wollte.

„Nach allem, was wir erlebt haben, muss ich einfach zu ihm", schluchzte sie nun, offenkundig der Versuch einer weiteren Variante, die Mönche umzustimmen. Messala hielt es für geraten einzugreifen.

„*Pulchra Domina* – Schöne Frau, kann ich behilflich sein?" Das war nicht bloße Schmeichelei, sondern der Tribun war von Beginn an von Julias Schönheit und ihrem temperamentvollen Wesen eingenommen.

„Bist du auch einer von jenen starrköpfigen Mönchen, die mir den Zutritt zu meinem Vater verweigern wollen?" Ihr Blick fiel auf Messalas *Tunica* und ihr wurde klar, dass diese Vermutung kaum richtig sein konnte.

„Nein", lachte der, „ich bin Gast hier wie du und dein Vater. Ich habe den Senator gestern Abend kennengelernt. Übrigens, ich bin Quintus Fabius Messala, Tribun der Lateranischen Cohorte von Rom."

Diese förmliche Vorstellung und das Auftreten des Tribuns verfehlten ihre Wirkung nicht. Julias Stimme senkte sich: „Ich bin Julia Livilla, die Tochter des Senators Gaius Julius Strabo. Kannst du mich nicht zu meinem Vater bringen?"

Etwas Schmeichelndes schwang in ihrer Stimme mit, das Messala nicht entging.

„Ich fürchte, du wirst dich noch etwas gedulden müssen. Dein Vater ruht noch, und nach all den Anstrengungen hat er das auch verdient, oder nicht?"

„Du magst recht haben", räumte die junge Frau ein und sah ihn aufmerksam an, „ich war wohl zu ungeduldig. Ich werde warten."

„So lasst uns einen kleinen Spaziergang machen, bis dein Vater herunterkommt", schlug Messala vor, und Julia willigte ein.

Erleichtert zogen sich die Mönche zurück und die beiden Frauen, die Julia begleitet hatten, kehrten zum Frauenkloster zurück.

Messala nahm den Arm Julias und zog sie behutsam zu dem Weg, der zu dem Plateau führte.

„Von hier aus hast du eine wunderschöne Aussicht auf Bethlehem und die ganze Umgebung."

Gemeinsam gingen sie die wenigen Schritte zu dem Punkt, wo der Tribun noch vor wenigen Tagen mit Raphaelus gestanden hatte. Er wiederholte die gleichen Erklärungen, die jener ihm gegeben hatte, und Julia hörte aufmerksam zu.

„Wie lange bist du schon hier, Tribun?", wollte sie wissen.

Messala berichtete in wenigen Worten von seiner Flucht aus Rom und über die Herzlichkeit, mit der er hier von Hieronymus und seinen Mönchen aufgenommen worden war.

„Hieronymus?", fragte Julia. „Ich kenne seinen Namen. Mein Vater hat ihn oft erwähnt. In der Gemeinde in Rom wird mit höchster Achtung von ihm gesprochen. Man sagt, er sei fast so etwas wie ein Heiliger, einer, der Gott recht nahe stünde."

„Ein Heiliger", Messala lachte. „Ich weiß nicht. So gut kenne ich mich in euren Begriffsbezeichnungen nicht aus. Ich bin kein Christ. Aber ein außergewöhnlicher Mann ist er auf jeden Fall."

„*Nonne Christianus es?* – Du bist kein Christ?" In Julias Stimme schwang etwas wie Enttäuschung mit. „Hier sind alle Christen, wieso du nicht? Und wenn du Tribun der Lateranischen Cohorte warst, musst du Christ gewesen sein. Sie stellen da keine Heiden ein!" Trotzig verzog sie ihren hübschen Mund.

„Doch, tun sie. Wenn man einen guten Soldaten braucht, spielt sein Glaube keine Rolle. Im Übrigen arbeitet Hieronymus hart daran, mich zu eurem Glauben zu bekehren. Vielleicht gelingt es ihm sogar."

Das meinte der Römer sehr ernst, denn unabhängig von dem Beweisgebäude, das Hieronymus im Begriff war zu entfalten, hatten der Alte und seine Glaubensstärke einen tiefen Eindruck bei Messala hinterlassen. Sie hatten sich auf einen Baumstamm gesetzt und Julia schwieg nachdenklich. Dann rief sie aus: „Ich werde Hieronymus helfen. Es ist eine gute und gottgefällige Tat, einen Heiden zu bekehren."

„So sehr glaubst du an deinen Gott?"

„Es ist nicht nur mein Gott. Es ist auch deiner. Christus ist auf die Erde gekommen, um alle Menschen zu retten. Du müsstest ihn kennen, seine Worte hören, seine Taten und Wunder sehen, dann würdest auch du glauben!"

„Aber wie kannst du ihn kennen, wo er doch vor mehr als dreihundertfünfzig Jahren getötet wurde?"

„Getötet, ja, hingerichtet, gekreuzigt wie ein Verbrecher, von Soldaten, wie du es einer bist." Voller Zorn hatte sie diese Worte ausgestoßen. „Die haben auch nicht geglaubt, obwohl sie gesehen haben, was er für ein Mensch war, und seine Worte gehört haben. Am Kreuz hat er ihnen noch verziehen. Aber woher ich ihn kenne? Aus den Evangelien natürlich." Ihre Stimme war wieder sanfter geworden.

„Was sind ... Evangelien?"

Diesen Ausdruck hatte der Römer noch nie gehört und auch Hieronymus hatte ihn bislang noch nicht gebraucht. Messala nahm sich vor, den Alten unbedingt danach zu fragen.

„Das sind Berichte, die die Jünger und Apostel uns von Jesus hinterlassen haben. In diesen Berichten haben sie die Worte und Taten des Herrn aufgeschrieben. Hieronymus kennt sie gut. Wie mir mein Vater erzählt hat, übersetzt er sie gerade ins Lateinische."

Das hatte Hieronymus also gemeint, wenn er von seiner großen Arbeit gesprochen hatte. Messala warf der jungen Frau einen langen Blick zu. Es war nicht zu leugnen, sie gefiel ihm gut, ausnehmend gut sogar. In Rom hatte er Romanzen mit mehreren Frauen gehabt, ohne sich jemals fester zu binden. Die Frauen hatten es ihm immer leicht gemacht und der stolze Tribun hatte im Inneren darüber gelacht. Aber die hier, die

Senatorentochter, das war etwas anderes. Julia bemerkte den langen Blick.

„Was starrst du mich so an, Heide?", neckte sie ihn.

Ihr war die Intensität seines Blickes nicht entgangen. *Ein gut aussehender Mann*, dachte sie bei sich. *Sicher ein Frauenheld, der die Frauen reihenweise auf sein Lager zieht. Aber ein Heide, und das missfällt mir. Wenn er mir den Hof machen will, muss er zumindest getauft sein!* Sie lachte über ihre eigenen Gedanken, was Messala zu der Frage veranlasste: „Worüber lachst du? Lachst du über mich?"

„Warum sollte ich über dich lachen, stolzer Tribun? Ich lache über mich selbst und meine kindischen Gedanken. *Sed honeste* – Aber ernsthaft, was sind deine Pläne? Willst du hier bleiben oder zieht es dich zurück nach Rom? Mein Vater und ich haben jedenfalls beschlossen, dieses fürchterliche Rom nie wieder zu betreten. Meine Mutter ist schon lange tot, unsere Güter sind verwüstet, die Freunde geflohen. Das Rom, das ich liebte, liegt in Schutt und Asche, und das andere, das neue Rom, das kann mir gestohlen bleiben. Mögen es die furchtbaren Barbaren behalten, ich kann es nicht ändern. Hier bin ich im Geburtsland meines Herrn und Heilands. Ich bin schon jetzt sehr gespannt, alles zu sehen. Ich will unbedingt nach Nazareth, wo er lange gelebt hat. Kennst du Nazareth?"

Messala musste zugeben, dass er Nazareth nicht kannte. Überhaupt fiel ihm auf, dass er seit seiner Ankunft im Kloster dieses noch nicht einmal verlassen hatte. Dabei gab es bestimmt eine Menge interessanter Orte und Dinge zu sehen. Er nahm sich vor, in Zukunft einige Ausritte zu unternehmen. Vielleicht mit Julia?

Sie kehrten zum Kloster zurück. Messala bat Julia, im Vorhof zu warten, und suchte den Senator in seinem *Cubiculum* auf. Dieser hatte sich inzwischen frischgemacht und in seiner blütendweißen *Tunica*, die ihm vom Kloster gegeben worden war, machte er einen deutlich besseren Eindruck als am Abend zuvor.

„*Salve, Tribune* – Sei gegrüßt, Tribun", rief Strabo freundlich aus. „Heute geht es mir schon viel besser als gestern. Ein erholsamer Schlaf, ein kühles Bad und eine frische *Tunica* können einen Menschen ganz schön verwandeln. Was ich jetzt noch gebrauchen könnte, wäre ein gutes Frühstück mit einem kühlen Krug Wein."

Messala berichtete kurz von der Aufregung, die seine Tochter verursacht hatte und der Senator runzelte die Stirn.

„Sie ist ein verwöhntes kleines Persönchen. Ihre Mutter ist zu früh verstorben und so lag die Erziehung ganz in meinen Händen. Und ich habe meine kleine Prinzessin offenbar zu sehr verwöhnt. Aber gleichwohl, ich bin sehr stolz auf sie. Sie ist eine rechte Patrizierin, wie es ihre Mutter war, und dabei eine tiefgläubige Christin, was mich besonders freut. Du bist kein Christ?"

Messala verneinte und fragte, ob man ihm das ansehen könne.

„Nein, natürlich nicht. Es war nur eine Vermutung. Aber du siehst, ich habe recht gehabt."

Gemeinsam begaben sie sich zum *Refectorium*, um das Frühstück einzunehmen. Doch schon wartete ein neues Problem auf sie: Julia bestand darauf, das Frühstück gemeinsam mit ihrem Vater einzunehmen. Das aber stieß auf den entschiedenen Widerstand von Maxentian, der darauf verwies, dass es im Kloster nicht üblich sei, Frauen in den Speiseräumen zuzulassen. Im Übrigen entspreche dies einer Anweisung des Klostervorstehers. Man einigte sich darauf, dass der Senator und seine Tochter ihr Frühstück im Garten erhielten, Messala schloss sich an. Der Gedanke, ohne Julia frühstücken zu müssen, missfiel ihm bereits.

VIII. PAULA

Nach dem kräftigen Frühstück strahlte der Senator seine Tochter an.

„Was hältst du von einem kleinen Spaziergang? Ich würde mir gerne Bethlehem ansehen und die herrliche Basilica, an der wir gestern vorbeigekommen sind. Vielleicht können wir auch einige unserer Gefährten vom Schiff im Spital besuchen?"

„Gerne, Vater", antwortete Julia und fügte mit einem schelmischen Seitenblick auf Messala hinzu: „Sollen wir den Heiden fragen, ob er uns begleiten will?"

Der Senator lachte. Ihm war nicht entgangen, dass die jungen Leute sich während des Frühstücks tiefe Blicke zugeworfen hatten.

„Ein Tribun als Begleitung, das wäre in diesen unsicheren Zeiten nicht schlecht, auch wenn er Heide ist. Im Übrigen solltest du ihn nicht so nennen. Er hat nur bisher nicht die Chance gehabt, unseren Glauben kennenzulernen. Sicher wird auch er zum wahren Glauben finden."

Messala brummte irgendetwas vor sich hin, ohne dass man daraus eine Antwort hätte entnehmen können. Bevor er noch antworten konnte, wurde ihr Gespräch durch Vincentius unterbrochen.

„Ich freue mich, Senator, dass es dir und deiner Tochter wieder besser geht. Ich habe gehört, dass ihr einen kleinen Ausflug machen wollt. Bruder Syphonius wird euch gerne begleiten und herumführen, wenn ihr wollt. Den Tribun muss ich aber leider entführen, Hieronymus würde ihn gerne sehen."

Zum ersten Mal bedauerte es Messala, zu Hieronymus gerufen zu werden. Er ließ sich dies aber nicht anmerken, sondern entgegnete gleichmütig: „Gerne folge ich dieser Einladung. Syphonius wird sicher ein besserer Begleiter sein."

„Und ein getaufter", konnte sich Julia nicht verkneifen, was ihr einen tadelnden Blick des Vaters einbrachte.

Vincentius führte Messala nicht zum Empfangsraum, sondern zu dem höhlenartigen *Tablinum*. Er klopfte kurz, sprach einige Worte mit Hieronymus und bat Messala einzutreten. Er selbst kam nicht mit herein. Messala trat ein – und stutzte. Selbst in dem üblichen Dämmerlicht bemerkte er sofort, dass eine Frau neben dem Arbeitstisch des Vorstehers saß. Eine Frau im Männerkloster – verstieß das nicht gegen alle Vorschriften? Und dann noch im *Tablinum* des Hieronymus'?

Hieronymus musste die Verwunderung des Römers bemerkt haben.

„Willkommen Messala. Ich möchte dir Eustochium vorstellen, die Tochter meiner lieben, verstorbenen Freundin Paula aus Rom und nun Vorsteherin des Frauenklosters. Eustochium, das ist der Mann, von dem ich dir schon so viel erzählt habe."

Eustochium nickte dem Tribun freundlich zu.

„Ich grüße dich, edler Tribun. Nach dem, was mir Hieronymus von dir erzählt hat, muss du ein besonders liebenswerter Kriegsmann sein. Nun freue ich mich, dich kennenzulernen."

Eustochium war eine hochgewachsene Frau in mittlerem Alter, die Messala an das Bild einer typisch römischen *Matrona* erinnerte. Sie strahlte Wärme und Herzlichkeit aus, aber dieser Eindruck konnte nicht darüber hinwegtäuschen, dass das Leben tiefe Furchen in ihr Gesicht eingegraben hatte. Ihr hageres Gesicht war bei aller Herzlichkeit doch von Askese geprägt.

„Du musst wissen", begann Eustochium, „dass Hieronymus und ich uns schon seit ewigen Zeiten aus Rom kennen. Damals führte meine Mutter ein vornehmes Haus auf dem Aventin, in dem die Damen der führenden, patrizischen Gesellschaft ein und aus gingen. Wir alle verbrachten unsere Tage mit den Nichtigkeiten, wie sie in unserer Gesellschaftsschicht üblich waren, und hielten das doch für bedeutend: Trägt man heute die Haare gesteckt oder offen, sind blaue *Tunicen* wieder in Mode oder weiße, welche Aufträge gibt man dem Koch für das nächste *Convivium*, welches Theaterstück müsste man gesehen haben, welcher Senator betrog seine Frau mit wem und dergleichen mehr. Dann trat Hieronymus in unser Leben", sie schenkte ihm einen warmherzigen Blick, „und alles änderte sich. Er trat in unser Leben, denn wir waren ein Kreis von zwölf Frauen, die seit Langem vieles gemeinsam unternahmen: Marcella, Asella, Lea, Principia, Melania, Felicitas, Marcellina, Fabiola, Feliciana, meine Schwester Blesilla meine Mutter Paula und ich."

Bei der Aufzählung dieser Namen erstrahlte das Gesicht des Alten.

„Alle vom Heiligen Geist auserwählt", warf er ein und blickte versonnen auf seine Bücherrollen. „Anfangs hatte ich in meinem Respekt vor den hochgeborenen Damen kaum den Mut, meinen Blick zu erheben. Aber mit der Zeit wurde der Umgang herzlicher und zwangloser und ich fühlte mich in der Hausgemeinschaft dieser in fleischlicher und geistlicher Jungfräulichkeit wahrhaft glücklichen Schülerinnen mehr und mehr zu Hause. Der Unterricht ließ uns ständig zusammen sein; das Zusammensein machte uns ungezwungen und aus der Ungezwungenheit erwuchs gegenseitiges Zutrauen. Ich weiß es noch, als wäre es gestern geschehen, Eustochium: Zum Peterstage schicktest du mir mit einem gepfefferten Briefchen Armbänder und zarte Tauben, die ich mit Genuss verzehrte, dazu ein Körbchen in jungfräulicher Scham errötender Kirschen, wie sie Lucullus nicht besser hätte zubereiten können. Ein anderes Mal schenkte mir Marcella ein duftend neues Gewand – mein altes war doch arg zerschlissen –, einen Sessel, Kerzen und einen Silberbecher. Das härene Gewand mahnte mich zum Fasten, der Sessel zur häuslichen Sittsamkeit, die Kerzen wiesen auf das Licht hin, mit dem wir den Bräutigam erwarten, und der Kelch auf die Eucharistie und das Martyrium Christi. Doch", mit einem schnellen Blick auf den Tribun, wie um jedem Missverständnis vorzubeugen, sprach er hastig weiter, „nicht Geschenke waren es, die mich einnehmen konnten. Wenn in Rom irgendeine würdige Frau mein Herz bezwingen konnte, dann nur so: Sie musste trauern und fasten, Sie musste vor Schmutz starren und von Tränen fast blind sein. Ihr Lied mussten die Psalmen sein, ihre Rede das Evangelium, ihre Last die Enthaltsamkeit und ihr Lebensinhalt das Fasten."

Ein leichtes Erröten zeichnete Eustochiums Gesicht bei der Erwähnung der vergangenen glücklichen Tage, doch schon fuhr Hieronymus mit frommer Begeisterung fort:

„Oder denke nur an Fabiola, liebste Eustochium. Wenn ich zurückdenke an die Zeit, wo sie bei uns war, ist es mir, als sähe ich sie noch vor mir, wie ich sie damals erlebte. Oh gütiger Jesus, welche Glut, welcher Eifer war in ihr, als sie sich mit den göttlichen Büchern beschäftigte. Und von dem Verlangen erfüllt, gleichsam eine Art von Hunger zu stillen, eilte sie durch die Propheten, die Evangelien und Psalmen. Wie wohltuend hob sie sich doch ab von den anderen Damen der sogenannten feinen Gesellschaft! Jenen Damen, die ihre Schränke voller Kleider hatten. Täglich trugen sie etwas anderes, aber der Motten konnten sie nicht Herr werden. Wer als frömmer gelten wollte, trug sein Kleid so lang, bis es zerschlissen aussah, und erschien fast in Lumpen, obwohl die Truhen voll waren. Man tränkte Pergament mit Purpursaft und beschrieb es mit goldenen Buchstaben; Edelsteine zierten den Einband – aber vor ihren Türen starb Christus in Armut."

Der Alte schien sich zu ereifern, gestikulierte mit fahrigen Händen.

„Wenn solche Damen ein Almosen gaben, machten sie gern viel Aufsehens davon. Wenn sie zu einem Mahle luden, mieteten sie jemanden, der das für sie erledigte und der dafür sorgte, dass es alle Welt erfahre. Einst sah ich eine vornehme Römerin in der Basilica St. Petrus. Ihre Eunuchen gingen ihr voran. Um frömmer zu erscheinen, verteilte sie die Münzen mit eigener Hand, Stück für Stück, so dauert es länger. Da kam, wie man es kennt, eine alte Frau in Lumpen, sie kam wieder nach vorne, um eine zweite Münze zu erhaschen. Als nun die Reihe an sie kam, was glaubt ihr, was geschah, einen Faustschlag bekam sie, statt eines Denars: Blut floss, sichtbare Klage ob solcher Schandtat! Und nun die anderen Damen dagegen, welche Freude! Asella, Felicitas, Lea, Blesilla."

Bei der Erwähnung des Namens Blesilla zog ein dunkler Schatten über Eustochiums Miene.

„Blesilla starb jung", nahm sie wieder das Wort, „und viele haben gesagt, sie sei an übertriebenem Fasten gestorben, ihre Askese habe sie getötet." Eustochium atmete heftig auf.

„Unsinn! Es hat dem Herrn gefallen, sie zu sich zu nehmen, und ich glaube, sie hat den besseren Teil erwischt."

Ein harter Zug grub sich in ihre Mundwinkel, während sie ihrer geliebten Schwester gedachte, und einen Augenblick lang schwieg sie versonnen. Die Erinnerungen an Rom waren offensichtlich nicht ohne Bitternis.

Dann blickte sie die Männer offen an, die Härte war verschwunden und sie fuhr mit sanfter Stimme fort: „Nun, ich sagte schon, mit dem Eintritt von Hieronymus hat sich alles geändert. Wohl waren wir alle schon vorher Christen, das heißt, wir waren getauft. Aber erst Hieronymus hat uns die Augen für das geöffnet, was wirklich wichtig ist im Leben. Von da an begannen wir, uns regelmäßig zu treffen. Marcella war sozusagen unsere Vorsteherin. In ihrem Hause trafen wir uns meistens. Irgendeine feste Regel gab es nicht.

Im Mittelpunkt unserer Treffen standen Gebet und die Fürsorge für die Armen in unserer Stadt. Hieronymus hat uns Vorträge über die Heilige Schrift gehalten, uns die vielen Fragen beantwortet, die wir immer hatten. Dabei haben wir gefastet und uns in Askese geübt. Es entstand ein regelrechter Wettstreit unter uns, ein Wettstreit der Wissbegier und der Entsagung. Das haben viele unserer früheren Freunde nicht verstanden. Sie haben uns verlacht und verhöhnt.

Denn natürlich hat man uns auf den üblichen gesellschaftlichen *Convivia* nicht mehr gesehen. Und auch die Erklärungen, die uns Hieronymus gab, erschienen vielen als zu hart."

„Sie erschienen denen zu hart, die Christus nicht liebten", unterbrach Hieronymus die Ausführungen von Eustochium.

„Ja gewiss", pflichtete Eustochium ihm bei. „Und dazu gab es viele, die eifersüchtig auf ihn waren. Eltern waren eifersüchtig auf ihn, weil sie meinten, er entzöge ihnen die Kinder. Freunde und Verlobte waren eifersüchtig, weil sie dachten, er verbiete uns die Ehe. Die edlen Familien Roms waren eifersüchtig auf seinen Einfluss, den er auf hohe Gesellschaftskreise hatte. Die hohe Geistlichkeit war eifersüchtig auf die Erfolge und den Zulauf, den er mit seinen Bibellesungen hatte. Dagegen predigten die Priester vor leeren Häusern, weil sie niemand verstanden hat. Stattdessen haben sie ihn verunglimpft. Sie haben ihn und unserem Bibelkreis obszöne und sittenlose Dinge nachgesagt. Nein, Gott sei mein Zeuge, davon waren wir weiter entfernt als Kaiser Honorius von tapferer Gegenwehr gegen die Goten."

Messala fand diesen Vergleich sehr passend und musste trotz des Ernstes, mit dem Eustochium dies vortrug, schmunzeln.

Aber Eustochium war in ihrem Zorn nicht aufzuhalten: „Hieronymus wollte sich wehren, wollte gegen die heuchlerischen Priester zu Felde ziehen, aber Marcella hat es ihm verwehrt."

„Marcella legte ihre Hand auf meinen Mund", warf Hieronymus mit ruhiger Stimme ein, „um mich am Reden zu hindern. Und doch, was hätte ich nicht nennen sollen, was die anderen zu tun sich nicht schämten? ‚Was treibt dieser geile Mönch auf dem Aventin mit den Frauen?' Solche Fragen kursierten in Rom. Wenn die, die diese Fragen stellten, mich zur Heiligen Schrift befragt hätten, so hätte ich mehr zu ihnen als zu den Frauen gesprochen. Aber sie, die längst weltlichen Prunk mehr liebten als die Verkündigung der Frohen Botschaft, sie waren zu sehr damit beschäftigt, die Frauen und mich in blindem Hass zu verunglimpfen."

Sein Ton hatte an Schärfe zugenommen und Messala spürte, wie diese Erinnerung an längst vergangene Tage in Rom die beiden zunehmend erregte.

Es dauerte einen Augenblick, bis Eustochium mit leiser Stimme fortfuhr: „Dann starb meine Schwester Blesilla, und alles wurde noch schlimmer. Senatoren verboten ihren Töchtern, an den Lesungen bei Hieronymus teilzunehmen, aus Angst, es könne ihnen ebenso ergehen wie unserer armen Blesilla. Wir wurden gemieden wie Pestkranke. Die Römer empörten sich gegen das *abscheuliche Mönchsvolk*, gegen die *Betrüger und Griechen*, die die reichen Matronen angeblich umgarnten und sonst mit nichts und niemand zufrieden waren. Und selbst aus dem Klerus kamen solche Vorwürfe!"

„Zweibeinige Esel waren das, Heuchler und Wüstlinge! Auch unter Mönchen und Priestern habe ich genug von diesen Nattern gefunden. Aber Blesilla! Der Herr allein weiß, warum er die Gute zu sich genommen hat", murmelte Hieronymus schmerzbewegt. „Und doch, solange mein Geist meinen Körper lenkt, solange ich lebe, wird meine Zunge das Lob Blesillas künden. Ich werde ihr meine Arbeit widmen, mich ganz und überall für sie einsetzen. Was auch immer ich schreiben werde, sie wird in meinen Schriften lebendig bleiben. Von ihr werden die Jungfrauen lesen, Witwen, Mönche und Priester. Eine ewige Erinnerung wird ihr kurzes Leben entgelten. Sie, die mit Christus im Himmelsreich lebt, sie wird auch auf immer im Munde der Menschen weiterleben. Durch meine Schriften wird sie niemals sterben."

Minutenlang herrschte Schweigen.

Dann fuhr Eustochium fort: „Der Rest ist schnell erzählt. Hieronymus verließ Rom, wie du weißt. Es galt, allen Nachstellungen zu entgehen und – weiß Gott – vielleicht gar das Leben zu retten vor dieser verblendeten Ignoranz. Meine Mutter und ich reisten erst später nach, damit die Gerüchte in Rom nicht neuen Auftrieb erhielten. Wir trafen uns in Antiochia wieder und bereisten gemeinsam das Heilige Land.

Dann beschlossen wir, hier mit dem Vermögen meiner Mutter zwei Klöster zu gründen. Hier, nicht in Jerusalem. Wir wollten dem Ort nahe sein, an dem Christus geboren wurde, nicht dem, an dem er den Tod fand. Drei Jahre währte der Bau und in dieser Zeit ließen wir uns in einer bescheidenen Herberge nieder."

„Oh, wäre uns doch Marcella gefolgt", rief Hieronymus voller Schmerz aus. „Es wäre ihr viel erspart geblieben."

Eustochium wurde bei diesen Worten sehr blass und auch Messala verstand die Andeutung und schwieg.

Hieronymus blickte Messala an und sagte: „Es ist merkwürdig. Eigentlich wollte ich dich Eustochium nur vorstellen. Stattdessen wühlen wir hier in schmerzhaften Erinnerungen."

„Sie sind nicht alle schmerzhaft", fügte Eustochium ein, „aber du hast recht. Eigentlich wolltest du mit dem Tribun über andere Dinge sprechen. Mich aber müsst ihr entschuldigen. Die Pflicht ruft mich zurück in mein Kloster. Die Neuankömmlinge haben uns vor einige Probleme gestellt, und ich bin durchaus nicht sicher, dass man sie schon alle gelöst hat! Aber mit Gottes Hilfe werden wir sie meistern."

Sie verabschiedete sich herzlich von Messala und verließ das *Tablinum*.

„So lieb und wert mir Eustochium ist, so sehr vermisse ich ihre Mutter Paula", nahm Hieronymus das Gespräch wieder auf, „die uns vor sechs Jahren verließ! Wenn alle Glieder meines Körpers sich in Zungen verwandelten und alle Muskeln sprechen könnten, wäre ich doch nicht imstande, etwas anzuführen, was den Tugenden jener heiligen und ehrwürdigen Paula in geziemender Weise entsprechen würde."

Er seufzte tief. „Vornehm war sie an Abstammung, aber noch viel vornehmer durch ihre Heiligkeit. Sie, ein Mitglied der Gracchenfamilie, ein Abkömmling der Scipionen, die Erbin des Paulus, dessen Namen sie trug, sie zog Bethlehem der Stadt Rom vor und vertauschte die goldglänzenden Dächer mit einer armseligen Lehmhütte. Nie werde ich vergessen, wie wir hier gemeinsam unsere Klöster gründeten. Nach der Gründung des Männerklosters, dessen Leitung sie mir übergab, hatte sie eine Reihe von Jungfrauen aus verschiedenen Provinzen, adelige, bürgerliche und solche einfachen Standes um sich versammelt. Sie verteilte sie auf die beiden Häuser ihres Klosters mit der Maßgabe, dass sie bei der Arbeit und beim Essen getrennt seien, beim Psalmengesang und Gebet aber gemeinsam. Durch Einwirkung auf das Ehrgefühl und durch gutes Beispiel, nicht durch Zuchtmittel spornte sie die Nonnen zur Arbeit an. Die Regungen der Fleischeslust tötete sie in den jungen Mädchen durch strenges Fasten ab. Bemerkte sie eine Jungfrau, die zu sehr aufgeputzt war, dann wies sie diese durch Stirnrunzeln und eine betrübte Miene zurecht. Zugleich bemerkte sie: ‚Eitelkeit am Körper oder in der Kleidung verrät Unreinheit der Seele. Ein hässliches und unanständiges Wort darf nie über jungfräuliche Lippen kommen. In diesem Anzeichen offenbart sich ein lüsternes Herz. Die äußere Haltung des Menschen ist ein Spiegelbild der Fehler in seinem Inneren.'

Wenn sie bemerkte, dass eine redselig, geschwätzig, frech oder streitsüchtig war und trotz mehrfacher Zurechtweisung sich nicht bessern wollte, dann stellte sie diese unter die Letzten und ließ sie außerhalb der Versammlung der Schwestern an der Tür des Speisesaals beten und getrennt essen. Diebstahl verabscheute sie wie ein *Sacrilegium*. Was unter den Weltleuten nur für geringfügig angesehen wurde, war für sie in den Klöstern ein schweres Verbrechen. Ich muss noch hinweisen auf ihre liebevolle Fürsorge für die Kranken, denen sie mit Freundlichkeit und Gefälligkeit zur Seite stand.

Dann erkrankte sie und trotz aller ärztlicher Kunst war ihr nicht zu helfen. Sie, die klügste unter den Frauen, fühlte den Tod nahen: Ihr Körper, ihre Glieder waren zum Teil schon erkaltet, nur ein schwacher Hauch von Leben zitterte noch in ihrem heiligen Herzen. Auf meine Fragen, warum sie schweige, warum sie meine Worte nicht erwidere, ob sie Beschwerden habe, entgegnete sie in griechischer Sprache, sie könne nicht klagen, vor ihren Augen ruhe alles in stillem Frieden. Dann schwieg sie. Ihre Augen waren geschlossen, als ob alles Sterbliche schon weit hinter ihr liege.

Bis sie ihre Seele aushauchte, wiederholte sie Psalmenverse. Wir konnten kaum hören, was sie sagte. Einen Finger an den Mund legend, machte sie das Kreuzzeichen auf ihre Lippen. Das Atmen wurde schwächer, es ging in ein letztes Stöhnen über, und ihre Seele, darauf aus, den Körper zu verlassen, verwandelte noch das Röcheln, mit dem das Leben des Menschen endet, in den Lobpreis des Herrn."

Hieronymus unterbrach abrupt und seufzte tief. Die Erinnerung an den Tod dieses geliebten Menschen machte ihm schwer zu schaffen.

„Wollte ich alles aufzählen, edler Freund", fuhr er mit leiser Stimme fort, „du würdest dies *Tablinum* für lange Zeit nicht verlassen. So will ich meine Worte über Paula schließen: Lebe wohl, Paula, und unterstütze den, der deiner in ehrenden Worten gedenkt, während der letzten Tage seines Greisenalters mit deinem Gebet! Dein Glaube und dein Gebet vereinigen dich mit Christus."

Bei diesen Worten hatte der Alte die Hände gefaltet und blickte mit starrer Miene nach oben. Zu Messala gewandt fuhr er fort: „Ich habe ihr ein Denkmal errichtet, dauerhafter als Erz, das keine Zeit zerstören kann, mit folgender Inschrift:

> *Eine aus Scipios Haus,*
> *aus des Paulus edlem Geschlecht,*
> *Sprössling gracchischen Stammes,*
> *Agamemnons rühmlicher Nachwuchs*
> *ruht im Grabe hier.*
> *Es nannten die Eltern sie Paula,*
> *Mutter Eustochiums war sie,*
> *aus Rom der Edelsten eine;*
> *doch erkor sie die Demut des Herrn*
> *und Bethlehems Fluren.*

Und an der Vorderseite des Grabes steht:

Schaust du das Grabmal dir an,
so eng in die Felsen gehauen,
Paulas Asyl ist dies,
die das himmlische Reich nun bewohnt,
Bruder, Verwandte und Rom,
und die Heimat und Reichtum und Kinder,
hat sie verlassen und ruht in Bethlehemischer Grotte.
War deine Krippe doch hier, o Erlöser!
Hier nahten aus Osten
Weise mit mystischen Gaben, die dar sie reichten
dir, Gottmensch."

Schweigen! Dem Alten war seine tiefe Ergriffenheit anzumerken. Welcher Verlust muss der Tod dieser Frau für Hieronymus gewesen sein.
Sie muss wie ein Teil von ihm gewesen sein, wie die andere Hälfte, durchfuhr es Messala. Er selbst hatte eigentlich nie einen Menschen gehabt, den er so verehrte wie Hieronymus Paula. Hieronymus hatte sich wieder sichtlich gefasst, obwohl ein schmerzlicher Zug um seinen Mund lag. Er betrachtete den Tribun mit großem Wohlwollen und sagte:
„Ich hatte dich in meine Studierstube gebeten, um dir Eustochium vorzustellen und ihr dich. Ihr beide seid für mich wichtige Menschen. Eustochium ist es schon lange, und du wirst es immer mehr. Hätte ich je einen Sohn gehabt, so hätte ich mir gewünscht, er wäre wie du gewesen."
„Und doch kennst du mich erst seit einigen Tagen."
„Recte, mi fili", Hieronymus gebrauchte die vertrauliche Anrede, die sonst der Vater nur für seinen Sohn wählt. Messala aber fühlte sich dadurch nicht unangenehm berührt.
In der Tat konnte Hieronymus etwas sehr Väterliches an sich haben, wenn dieser Zug auch mitunter durch sein streng asketisches Wesen überlagert wurde. Einen Augenblick dachte

Messala an seinen Vater zurück. Er war bei Aquileia im Bürgerkrieg gefallen, den der Kaiser des Ostreiches, Theodosius, gegen den Feldherrn des Westreiches, den fränkischen Fürsten Arbogast und seine Marionette Eugenius, zu führen hatte. Messala war damals zwölf Jahre alt. Viele Erinnerungen hatte er an den Vater nicht, denn der war viel unterwegs gewesen. Immerhin hatte er es bis zum *Praefectus* gebracht, einen Rang, den Messala nie mehr erreichen würde, denn er spürte, dass seine Militärlaufbahn hier in Judäa ihr Ende gefunden hatte.

Lebhafter und liebevoller war die Erinnerung an seine Mutter Drusia. Mit Liebe und Zärtlichkeit hatte sie ihn stets umhegt und immer versucht, den meist abwesenden Vater zu ersetzen. Sie war mit ihm gar zum Marsfeld gegangen, um ihm beim Bogenschießen und Ringkampf mit Altersgenossen zuzusehen. Mit sechzehn Jahren hatte sich Messala den Legionen angeschlossen. Zwei Jahre später musste er erfahren, dass seine Mutter am Fieber verstorben war.

Nein, ähnlich wie Julia zog auch ihn nichts zurück nach Rom. Die wenigen Verwandten, die aus seiner *Gens* noch in Rom waren, mochten sich das teilen, was die Goten übrig gelassen hatten. Julia! Der Name brannte in ihm wie Feuer. *Was mag sie im Augenblick wohl machen? Wandert sie über den kleinen Marktplatz von Bethlehem und erfreut sich an den einfachen Dingen, die dort angeboten werden? Oder ist sie schon in der Basilica und bewundert die Wandmalereien, von denen Raphaelus gesprochen hatte?*

Hieronymus hatte seinen Gast eine Zeit lang schweigend betrachtet. Offensichtlich hing er seinen Gedanken nach und hatte alles um sich herum vergessen.

„Sind es die Erzählungen über Paula, die dich so nachdenklich machen, mein Freund?"

Messala schreckte auf. „Was ... äh, was sagtest du?"

„Ich fragte, ob es die Erzählung über Paula sei, die dich so in ihren Bann geschlagen hat."

„Verzeih, edler Hieronymus. Nein ... äh, nicht Paula. Es tut mir leid."

„Du brauchst dich nicht zu entschuldigen. Ich verstehe. *Amare et sapere vix deo conceditur* – Lieben und dabei vernünftig bleiben ist kaum einem Gotte möglich. Eine Sentenz von Publilius Syrus, nicht wahr?"

Der Alte hat alles durchschaut, durchfuhr es Messala. *Woher weiß er das schon wieder? Ist er auch noch ein Hellseher?*

„Sie ist wirklich allerliebst, unsere kleine Julia. Wie Strandgut hat der Gotensturm sie an die Küste Judäas gespült. Und nun bist du von ihrem Liebreiz gefangen und möchtest ihr tapferer Tribun sein. Gestehe, du Heide." Hieronymus lachte laut.

Das war Messala neu. Dass Hieronymus zynisch sein konnte, hatte er schon erfahren. Dass er aber auch romantische und humorvolle Wendungen beherrschte, ließ ihn in einem neuen Licht erscheinen. *Der Mann hat Tausend Facetten*, dachte Messala, *und ich kenne noch nicht einmal Hundert!*

„Du brauchst dich dessen nicht zu schämen, edler Krieger", lachte Hieronymus weiter. „Ich gelte zwar gemeinhin als Feind der Frauen und mehr noch der Ehe, und in der Tat habe ich mich häufig dagegen ausgesprochen. Aber da bin ich – wie unser großer Apostelfürst Paulus – falsch verstanden worden. Mein Zorn gilt der leichtfertigen Verbindung, deren erstes Ziel der Lustgewinn ist. Ich schätze nicht den Ehestand grundsätzlich gering, wie es die Marcioniten und Manichäer tun. Ich halte den ehelichen Akt nicht für etwas Schmutziges. Mir ist durchaus bewusst, dass es in einem großen Haus nicht nur Gefäße aus Gold und Silber gibt, sondern auch welche aus Holz und Ton. Sehr wohl kenne ich die Begriffe der *ehrenvollen Ehe* und des *unbefleckten Ehebetts*. Auch kenne ich den Auftrag Gottes: ‚*Wachset und mehret Euch und erfüllt die Erde mit Leben.*‘

Und doch sehe ich die Ehe so, dass ich die Jungfräulichkeit, die der Ehe entstammt, vorziehe. Bleibt nicht etwa Silber doch Silber, wenn Gold kostbarer ist als Silber? Gilt denn dem Baum und dem Korn auf dem Felde unsere Verachtung, wenn man der Wurzel und den Blättern, den Wipfeln und den Ähren die Früchte vorzieht? Wie die Früchte vom Baum, wie die Körner vom Halm stammen, so die Jungfräulichkeit aus der Ehe. Es ist dieselbe Erde, dieselbe Saat, die bald hundertfache, bald sechzigfache, bald dreißigfache Frucht bringt. Du magst diesen Vortrag zur Ehe als schwierig empfunden haben, nicht wahr? Und so kann ich dir nur mit einem Wort unseres Herrn antworten: ‚Wer es fassen kann, der fasse es.‘“

Messala empfand das Gehörte tatsächlich als schwierig. Mehr noch, er gestand sich selbst ein, dass er eigentlich fast nichts von dem verstanden hatte, was ihm der Alte hatte erklären wollen. Manchmal konnte er schon recht schwierig sein!

„Aber irgendwie scheinen wir heute nicht so recht zum Thema finden zu wollen“, fuhr Hieronymus fort. „Ich schätze deine Gefühle für Julia als echt und rein ein und bin sicher, dass sie mit der Zeit noch tiefer werden. Es lag mir fern, diese Gefühle zu verletzen. Und dennoch möchte ich dir gerne einen freundschaftlichen Rat geben.“

„Einen Rat?“

„Ja, mein edler Freund, einen Rat: *Numquam nimis ama* – Liebe niemals allzusehr.“

„Wie soll man solch einen Rat verstehen?“, wunderte sich Messala.

„Hier“, sagte der Alte, suchte kurz im Regal nach einer Schriftrolle und gab sie ihm, „lass es dir durch Seneca erklären, durch seine Schrift *De matrimonio* – Über die Ehe.“

Jede Liebe zur Frau eines anderen ist schändlich. Schändlich ist aber auch, die eigene über das Maß zu lieben. Der Weise lässt bei der Liebe zu seiner Gattin die Vernunft walten, nicht den Affekt. Er widersteht dem Ansturm der Leidenschaften und lässt sich nicht ungestüm zum ehelichen Akt hinreißen. Nichts ist verderbter, als seine Gattin wie eine Ehebrecherin zu lieben. Jene Männer aber, die sagen, sie vereinigen sich mit einer Frau, um dem Staat oder dem Menschengeschlecht zuliebe Kinder zu zeugen, sollen sich doch wenigstens die Tiere zum Vorbild nehmen und, wenn der Mutterleib ihrer Frauen sich wölbt, die Nachkommenschaft nicht vernichten. Sie sollen sich ihren Frauen nicht als Liebhaber, sondern als Ehemänner erweisen.

Verwirrt legte Messala die Schriftrolle zurück. Solche lustfeindlichen Gedanken waren ihm von Hieronymus bekannt, bei Seneca hätte er sie nicht vermutet.

„Und vergiss nicht das Wort des Apostels aus dem ersten Brief an die Korinther: ‚*Es ist für den Mann gut, keiner Frau zu nahen.*‘ Die Keuschheit ist ein hohes Gut, und wer sie sich bewahrt, erzielt einen höheren Preis als der, der sie um kurzweiliger Vergnügungen willen preisgibt. Wenn nun dennoch dem ehelichen Tun gegenüber Nachsicht geübt wird, so nur aus dem Grund, um weit Schlimmeres zu vermeiden. Welchen Wert darf man aber einem Gut zuerkennen, das nur in Rücksicht auf die Verhütung von Schlimmerem zugestanden wird?"

„Ich glaube zu verstehen, was du meinst", entgegnete Messala nachdenklich. „Viele Freunde wirst du dir mit solchen Ansichten aber nicht machen."

„Nein, wirklich nicht", lachte der Alte und grinste den Tribun spitzbübisch an. „Manchmal ist das allein schon eine Freude für mich. Paulas Schwiegersohn, der Senator Pammachius, versuchte einst gar, eine Schrift von mir gegen den Ketzer Iovianus, in der ich ähnliche Gedanken äußerte, aus dem Verkehr zu ziehen, aber vergeblich."

„Ich verstehe", murmelte Messala, aber sein Gesicht strafte ihn Lügen, „und doch gibt es in deinen Gedanken so vieles, was mich verwirrt, vieles, was ich nicht verstehe. Und manches davon, ich muss es gestehen, hängt mit deiner Person zusammen."

„Mit mir", wunderte sich der Alte, „was sollte das sein?"

„Nun, zum Beispiel habe ich von Raphaelus gehört, dass du zum Priester geweiht wurdest. Gleichwohl erfüllst du das Amt nicht, jedenfalls soweit ich das weiß. Ist es nicht ein Widerspruch, wenn man Priester ist und einen so starken Glauben hat wie du, aber dennoch das Amt des Priesters nicht versieht? Ich hoffe, du findest meine Frage nicht anmaßend."

„Du musstest dir eben meinen Vortrag zur Ehe anhören. Da ist es nur recht und billig, dass du solche Fragen stellst. *Ceterum, mi fili* – Im Übrigen, mein Sohn, es gibt hier keine Frage, die du mir nicht stellen darfst. Nur Fragen, auf die du keine Antwort erhältst!" Der Alte lachte verschmitzt. „Diese aber will ich dir beantworten. Du hast recht. Es ist jetzt etwa dreißig Jahre her, da empfing ich in Antiochia aus der Hand des Bischofs Paulinus die Priesterweihe. Es war nach der Zeit, in der ich als Einsiedler in der Wüste Chalkis gelebt hatte."

Messala erinnerte sich, dass Hieronymus davon erzählt hatte.

„Das war die Zeit, in der du mit dem Lernen der Hebräischen Sprache begonnen hattest."

„*Recte, mi fili*. Ich wurde also geweiht. Ich kann nicht sagen, dass ich mich danach gedrängt habe. Viel mehr war es wohl mein Freund Evagrius, der mir auch nach der Flucht aus Rom Obdach in seinem Haus in Antiochia gewährte, der mich dazu drängte, die Weihe zu empfangen, und den Paulinus, sie mir zu geben. Ich habe diesem heiligen Akt nur zugestimmt unter der Bedingung, dass ich niemals meine Freiheit als Mönch aufgeben müsste und niemals einer Gemeinde angehören müsste. Hätte mich Gott als Priester gewollt, hätte er mich anders geschaffen. Nein, ich bin nicht würdig, die Sakramente des Herrn auszuteilen! Es gibt andere Talente, die mir der Herr mitgegeben hat und mit denen ich der Kirche dienen kann."

„Du nicht würdig?", unterbrach ihn Messala. „Ich glaube,

ich kenne niemanden, der würdiger dieses Amtes sein könnte als du."

„Was weißt du von mir?" Die Stimme des Greises wurde lauter, überschlug sich fast. „Was weißt du von den lasziven Vergnügungen, die ich als junger Mann suchte? Ich liebte die Thermen, das Theater, den Zirkus. Du kennst ja selbst den schlüpfrigen Weg der Jugend, auf dem auch ich gefallen bin. Und ich liebte die Frauen, wenn sie in gespielter Unschuld mir zulachten. Oh, ich habe die Becher der irdischen Freuden geleert. Heißblütiger Dalmatiner, der ich war, geriet ich gar in die Hände einer Kupplerin. Was weißt du schon?"

Hieronymus schrie es geradezu heraus.

„Würdig, pah! Glaubst du, dass ich umsonst die Jungfräulichkeit preise? Ich erhebe die Jungfräulichkeit in den Himmel, nicht weil ich sie besitze, sondern weil ich das höher schätze, was ich nicht besitze. An anderen loben, was man selbst nicht besitzt, ist ein freimütiges und schamhaftes Geständnis. Ich war jener verschwenderische Sohn, der sein ganzes Erbgut vergeudet hat. Aber ich habe es gebüßt! In vielen durchwachten Nächten.

In jener Einsiedlerzeit in Chalkis, da habe ich gebüßt. Die römischen Frauen, die ich gesehen, die Lustbarkeiten, an denen ich teilnahm, sie kreuzten immer in meinem Kopf herum und erzeugten unreine Bilder. In quälenden Stunden gaukelte mir die Fantasie die Bilder vergangener Sünden vor, das üppige Leben in den Gassen und Straßen, das Treiben in den Theatern und Thermen Roms.

Einsam und verbittert saß ich da. Meine ungestalten Glieder starrten im Bußgewande und meine raue Haut war schwarz geworden wie die eines Äthiopiers. Täglich gab es Tränen und Seufzer und wenn mich gegen meinen Willen der Schlaf übermannte, streckte ich meine kaum noch zusammenhaltenden Knochen auf den nackten Boden hin. Von Speise und Trank will ich gar nicht reden, da selbst die kranken Mönche nur frisches Wasser trinken und es ihnen als Luxus gilt, irgendeine gekochte Speise zu genießen.

Also jener *Ich*, der ich aus Furcht vor der Hölle mich selbst zu einem solchen Kerker verurteilt habe, in der einzigen Gesellschaft von Skorpionen und wilden Tieren, ich dachte auch da noch oft zurück an die wilden Tänze der Mädchen. Die Wangen waren bleich vom Fasten, aber im kalten Körper entflammte der Geist auf in der Glut der Begierden. Vor dem Menschen, der dem Fleische nach fast schon gestorben war, loderte doch immer noch das verderbliche Feuer der Sinnlichkeit auf. Da ich nirgends Hilfe und Ruhe zu finden wusste, warf ich mich hin zu den Füßen Jesu und benetzte sie mit meinen Tränen, trocknete sie ab mit meinen Haaren und bändigte das rebellische Fleisch mit wochenlangem Fasten. Oft schrie ich Tag und Nacht ohne Unterlass und ließ nicht nach, mit Schlägen meine Lust zu bekämpfen, bis auf das Gebot des Herrn meine Ruhe wiederkehrte. Sogar meine Zelle, die Zeugin meiner Gedanken, mied ich. Erzürnt über mich selbst, floh ich tiefer in die Wüste hinein; wenn ich eine Talschlucht, eine Felsenhöhle antraf, betete ich wieder und züchtigte meinen Leib, bis der Sturm der Gefühle und Gedanken ausgetobt war. Der Herr selbst ist mein Zeuge, dass ich oft, nachdem ich viele Tränen vergossen und lange die Augen zum Himmel erhoben hatte, mich unter die Chöre der Engel versetzt glaubte und in heiliger Freude zu singen anfing."

Erschöpft hielt Hieronymus inne, seine Hände zitterten, sein Atem ging stoßweise. Messala schwieg erschüttert. Was hätte er dazu sagen können? Hieronymus wurde ihm zusehends unheimlicher. Hatte er ihn eben noch für einen Heiligen gehalten, so schienen sich nun die Tore der Unterwelt für diesen Mann zu öffnen.

„Aber wenigstens bin ich mir meiner Unzulänglichkeit stets bewusst gewesen." Hieronymus hatte sich erholt und funkelte mit blitzenden Augen.

„Andere sind das nicht! Und gerade unter den Priestern in Rom habe ich solche erlebt. Ich rate dir, mein Freund, halte dich fern von Männern, die man in Bußketten sehen kann. Solche, die gegen des Apostels Gebot langes Haar nach Art der Frauen tragen, einen Ziegenbart und einen schwarzen Mantel. Auch laufen sie daher mit nackten Füßen – dabei kennen sie Kälte gar nicht! Das alles beweist nur, dass der Teufel am Werk ist. Sie drängen sich in die Häuser der Vornehmen; hier treiben sie Scharlatanerie mit den edlen Damen, die mit Sünden beladen sind, immer im Begriff zu lernen, ohne jemals zur Erkenntnis der Wahrheit zu gelangen. Sie treten gerne in der Maske der Traurigkeit auf. Zu dieser Rolle gehört, langes Fasten vorzuspielen, während sie das doch nur schaffen, weil sie nachts umso mehr essen.

Ich scheue mich fast, dir, Messala, den Rest zu erzählen, weil du nicht den Eindruck bekommen sollst, dass es mir mehr um den persönlichen Angriff gegen jene geht als um die Warnung für dich. Andere gibt es, auch Priester, die das Priesteramt oder Diakonat nur aus dem Grunde erstreben, damit sie leichteren Zugang zu leichtgläubigen Frauen haben. Bei diesen Priestern richtet sich ihre ganze Sorgfalt auf die Kleidung, auf gefälligen Wohlgeruch, in den sie sich gerne hüllen, auf das Schuhwerk, damit es nicht zu groß ist. Ihrem gewellten Haar merkt man die Brennschere an. Goldene Ringe blitzen an ihren Händen. Die nasse Straße darf nicht einmal die Sohlen ihrer feinen Schuhe besudeln. So wagen sie kaum auf Zehenspitzen einherzugehen. Sieht man solche Männer, so denkt man eher an Freier als an Priester. Manche von ihnen sehen allein darin ihre Bestimmung, die Namen vornehmer Frauen zu erkunden, ihre Häuser, ihre Gewohnheiten.

Einen davon, einen Meister dieser Kunst, will ich kurz beschreiben: Man erkennt dann, wenn einem der Lehrer bekannt ist, leichter dessen Schüler! Mit Sonnenaufgang steht er auf. Er überlegt: Welche Besuche sind heute vonnöten? Ziel und Weg stimmt er miteinander ab, und beinahe an das Bett der

Schlafenden dringt er dreist heran, der Unverschämte. Hat er ein kleines Kissen erblickt, ein feines Tuch, irgendetwas des Hausstandes, dann ist er voll des Lobs und der Bewunderung. Er nimmt es in die Hand, und mit der jammernden Klage, gerade dieses fehle ihm noch, nimmt er es mehr, als dass er es erbittet, denn die Damen fürchten, es könnte sich herumsprechen, wenn sie es ihm nicht gäben."

Wieder eine kurze Pause, in der Hieronymus nach dem Becher mit Wasser griff und hastig trank.

„Keuschheit und Fasten liegen dem Manne fern. Er schnuppert den Küchenduft, und sofort weiß er, was es zu essen gibt. Vom Mastgeflügel hat er seinen Namen: im Volksmund heißt er *pipizo*, Piepvogel. Seine Sprache ist von kulturloser Aufdringlichkeit; er ist immer bereit, zu schimpfen und zu kritisieren. Wohin man auch kommt, er ist immer schon da. Welche Neuigkeit es auch geben mag, er hat sie überbracht oder er übertreibt maßlos. Die Pferde werden alle Stunden gewechselt, bald sind sie glänzend, bald wild, sodass man glauben könnte, er sei der Bruder des thrakischen Königs. Die Stadt und die Kirchen sind voll dieser unseligen Blender. Priester nennen sie sich und kommen einher im Gewande Christi. Und dabei sind sie dem Teufel viel näher als dem Herrn! Geweiht sind sie, und doch nur Boten modrigen Verfalls!"

„Ich verstehe", antwortete Messala, „aber wie konnte es dazu kommen, dass aus dem Schoße der Kirche solche Gestalten hervorkommen?"

„Das zu beantworten, ist nicht einfach. Du musst wissen, dass die Kirche nach der Verfolgung durch die Kaiser und ihre zahllosen Helfer nicht mehr dieselbe war wie vorher. Als der junge Kaiser Gratian, von christlichem Eifer beseelt, die Toleranzedikte seiner Vorgänger Constantin, Jovian und Valentinian aufhob und die Heiden aus ihren amtlichen Stellungen zu drängen begann, da verlor unsere Kirche den ursprünglichen Charakter der stillen Demut. Sie tröstete nicht mehr ihre verzagten Gläubigen mit der Hoffnung auf den Lohn im jenseitigen Leben, sondern sie wurde zum mächtigen Herren. Würden, Titel und Ämter wurden nicht mehr erbeten, sondern verteilt.

Und wo immer sich Macht auftut, da sind Schmarotzer, Müßiggänger und eitle Streber nicht weit. Durch alle Spalten und Fugen des heiligen Kreuzes drängte sich gemeiner Abschaum und brachte Habgier, Neid, Eigennutz und Selbstsucht mit. So sind die Menschen! Der ehemals arme und verfolgte Priester wähnte sich auf einmal als Machthaber, wurde mit Geschenken und Ehren überschüttet, Patrizier und Magistrate buhlten um seine Gunst. Wer mag da der Hoffart widerstehen? Da stürzten viele wie Nattern und Geier auf die Früchte jahrhundertelangen Heldentums und begehrten den Lohn, den die Edlen sich verdient hatten, für sich selbst einzuheimsen. Wie früher im römischen Senat, auf dem *Forum* oder in den *Comitia*, so tobte jetzt in der Kirche der Kampf menschlicher Leidenschaften."

Der Alte hob mahnend seine Finger und seine Stimme überschlug sich fast: „Irrlehren wurden geboren und fanden ihre Anhänger. Arianer, Manichäer, Donatisten, Pelagianer, Origenisten, Luciferaner, sie alle brachten das Gebäude der heiligen Mutter Kirche zum Wanken, zum Einsturz brachten sie es nie. Wider diesen menschlichen Ungeist und für unsere Kirche will ich kämpfen, solange meine Kräfte reichen, aber ihr Priester will ich nicht sein. Hast du das verstanden?"

Messala hatte verstanden.

IX. EIN PHILOSOPH SUCHT DIE WAHRHEIT

Ein Klopfen an der Tür schreckte die Männer aus ihren Gedanken auf. Vincentius trat ein.

„Es sind weitere Flüchtlinge aus Rom eingetroffen."

„Wie viele?", fragte Hieronymus knapp.

„Um die vierzig", lautete die Antwort des Mönches.

„Habe die Güte und bringe sie unter wie die anderen. Ist das Gästehaus schon belegt?"

„Ja. Wir werden sie vorübergehend in der Schule unterbringen müssen oder im Spital. Die meisten von ihnen sind nur auf der Durchreise. Einige wollen nach Galiläa, andere nach Nabatäa, manche gar nach Ägypten. Es sind alles Christen und sie wollen deinen Segen, bevor sie weiterreisen."

„Wer bin ich, dass ich sie segnen könnte?", antwortete Hieronymus leise. „Aber sei's drum, ich will es tun. Ich komme später. Einstweilen habe ich hier meine Aufgabe."

Messala lächelte, er wusste, welche Aufgabe der Alte meinte. Vincentius nickte nur und verließ das *Tablinum*.

„Jetzt weißt du, lieber Freund, warum ich den Priesterdienst nicht ausübe. Gleichwohl fühle ich mich berufen, so viele Schafe wie möglich dem Herrn zuzuführen."

„Schafe?" Messala schmunzelte. „Ist das die rechte Bezeichnung? Schafe gelten allgemein als Symbol der Dummheit."

„Es ist nur ein Bild, eine religiöse Metapher. Der Herr ist unser Hirt und weidet seine Lämmer. Wenn ich mich richtig erinnere, hatten wir zuletzt über die Geburt des Herrn gesprochen und über die Frage, warum er in Bethlehem geboren, aber in Nazareth gelebt hat."

„*Sic*", antwortete der Tribun, „aber darf ich dir, bevor du fortfährst, eine Frage stellen?"

„Es scheint mein Schicksal zu sein, dass deine Fragen immer so geartet sind, dass ihre Beantwortung den Rest des Tages einnimmt. Aber frage!"

„Was sind eigentlichen ... Evangelien?"

„Ich muss dich loben, mein Schüler. Diesmal führt die Frage direkt zum Thema. Alles, was wir über den Herrn wissen, wissen wir aus diesen Evangelien. Es handelt sich um Berichte, die von Jüngern oder Aposteln des Herrn zuerst in mündlicher Form überliefert wurden, dann später aufgeschrieben wurden. Leider hat ihre Zahl in den letzten Jahrhunderten so zugenommen, dass man die echten von den unechten trennen muss, wenn man kann. Die Abschriften dieser Berichte findest du auch in jener Truhe, und bevor du nachfragst, sie wurden nicht von Seneca gesammelt, er hat sie nicht einmal gekannt. Wohl aber hat er gewusst, dass es mündliche Berichte gibt, und er hat versucht, diese zu hören. Aber davon später.

Zurück zum Leben unseres Herrn Jesus Christus, wie wir es aus den Evangelien erfahren: Bis zu seinem dreißigsten Lebensjahr lebte er das Leben eines normalen Menschen, ohne dass seiner Umgebung bewusst war, dass es sich hier um den Sohn Gottes handelt.

Halt, es gibt eine kleine Episode zu berichten, die ganz interessant ist: Als Jesus etwa zwölf Jahre alt war, zogen seine Eltern, wie es bei den Juden üblich war, zum Osterfest nach Jerusalem, um die Feierlichkeiten dort zu begehen und im Tempel zu opfern Als Josef und Maria wieder nach Nazareth zurückkreisten, haben sie den Knaben verloren. Sie waren in einer Aufregung und suchten ihn überall. Zuletzt kehrten sie nach Jerusalem zurück und fanden ihn im Tempel. Er saß mitten unter den gelehrten Rabbis, hörte ihnen zu und stellte verständige Fragen. Seine Mutter war aufgeregt und wohl auch verärgert und fragte ihn, was er da tue. Darauf antwortete er in aller Schlichtheit: ‚Warum habt ihr mich gesucht? Wusstet ihr nicht, dass ich im Hause meines Vaters sein muss?'"

„Aber sein Vater hieß doch Josef, hast du das nicht eben gesagt?"

„Freilich, Josef war sein Adoptivvater, sozusagen der irdische

Stellvertreter. Aber sein wahrer Vater ist Gott im Himmel, und so war er im Tempel, Gottes Residenz auf Erden. Das ist schwer zu verstehen, aber keine Sorge, die Menschen haben das damals auch nicht verstanden. Nicht einmal seine Eltern. Im fünfzehnten Jahr der Regierung des Kaisers Tiberius war Pontius Pilatus *Prokurator* von Judäa und Herodes Vierfürst von Galiläa, da zog ein wilder Mann durch die Wüste mit rauen Sitten und zornigem Gesicht, bekleidet mit grobem Ziegenfell.

Er hieß Johannes und war ein Vetter von Jesus. Er predigte den Menschen, dass sie von ihrem lasterhaften Weg ablassen sollten und ihre Sünden bereuen sollten. Zum Zeichen der Versöhnung mit Gott tauchte er sie ins Wasser und nannte dies *Taufe*. Auch Jesus kam zu ihm und ließ sich taufen. Johannes aber sagte: ,*Ich taufe euch nur mit Wasser. Es kommt aber einer, der mächtiger ist als ich. Ich bin nicht würdig, ihm seine Schuhriemen zu lösen. Er wird euch nicht mit Wasser, sondern mit dem Heiligen Geist und mit Feuer taufen.*‘ Es war klar, wen er damit meinte, nicht wahr?"

"Seinen Vetter Jesus, nehme ich an."

"*Bene, mi fili.* So wurde Jesus getauft und eine Stimme rief vom Himmel: ,*Dies ist mein geliebter Sohn, an dem ich mein Wohlgefallen habe.*‘"

"Das muss ein ziemliches Aufsehen gegeben haben, als diese Stimme aus dem Himmel zu hören war. Wenn ich mir vorstelle, Jupiter hätte aus dem Himmel gerufen, ganz Rom wäre erstarrt."

Hieronymus schüttelte den Kopf, diesen Vergleich hielt er offenbar für unpassend. "Diese Stimme hörten nur die, denen es gegeben ist, sie zu hören! Von da an zog Jesus durch das Land, predigte, lehrte und vollbrachte Wunder. Er heilte Kranke und Besessene, Lahme und Blinde, ja er erweckte gar Tote zum Leben. Das Volk aber staunte und wusste nicht so recht, was er für ein Mensch sei."

"Du sprichst von Wundern, von Heilungen, gar von Totenerweckungen? Kannst du diese Taten näher beschreiben? Immerhin scheint es sich ja um höchst ungewöhnliche Vorfälle gehandelt zu haben."

„Das will ich gerne tun. Und ich will dir wieder einen Beweis vorlegen, der dich mehr überzeugen mag, als meine Erzählung." Hieronymus stand auf, ging zu der vertrauten Truhe und hielt nach wenigen Minuten des Suchens ein Schriftstück in der Hand.

„Hier, das wird einen römischen Tribun überzeugen. Lies!" Mit diesen Worten drückte er Messala das alte Schriftstück in die Hand, und der überflog die Zeilen:

Gaius Cornelius, Centurio und Stadthauptmann
von Kapharnaum grüßt den Pontius Pilatus,
Procurator von Judäa mit Ehrerbietung.

Du fragst an, was es mit jenem seltsamen Vorfall auf sich habe, der sich in meinem Hause zutrug. Ich will dir davon berichten, so wahr ich es kann, und beschwöre es bei den Göttern:
Mein Knecht Hierion lag schwerkrank danieder und der Medicus unserer Garnison hatte ihn aufgegeben. Wir alle haben seinen baldigen Tod erwartet. Weil er mir viele Jahre redlich gedient hatte, war ich sehr betrübt. Da hörte ich von jenem jüdischen Rabbi mit Namen Jesus, der durch das Land zieht und Kranke heilt. Durch Zufall oder den Willen der Götter befand er sich gerade in der Nähe von Kapharnaum. Ich bat den örtlichen Synagogenvorsteher, er möge zu ihm gehen und ihn um die Heilung meines Knechtes bitten. Dieser tat wie geheißen. Da ich weiß, dass Juden nicht gerne das Haus von Heiden betreten, ging ich dem Rabbi entgegen und schilderte ihm die Krankheit. Dabei sagte ich:
„Herr, ich bin nicht würdig, dass du eingehst unter mein Dach, aber sprich nur ein Wort, so wird mein Knecht gesund." Der Rabbi antwortete: „So großen Glauben habe ich

in Israel nicht gefunden. Gehe hin, es geschehe dir, wie du geglaubt hast."
Ich eilte nach Hause und fand meinen Knecht völlig gesund vor. Du kannst dir mein Erstaunen vorstellen. Mehr kann ich dazu nicht berichten. Wie dies passieren konnte, kann ich mir selbst nicht erklären.

Die Götter seien mit dir
und unserem erhabenen Kaiser.
Gegeben zu Kapharnaum an den Iden des Aprilis
Cornelius, Centurio der 4. Cohorte Iudaica

Messala reichte das Schriftstück zurück. „Klingt glaubwürdig. Plötzliche Heilungen sind aber so außergewöhnlich nicht. Ich selbst litt in Athen einmal vier Tage an starken Leibschmerzen, und auf einmal waren sie weg."
Hieronymus lachte: „Bei dem Knecht des Cornelius wird es sich um mehr als einfache Leibschmerzen gehandelt haben. Wie man liest, rechneten alle mit seinem baldigen Tod. Aber vielleicht überzeugt dich dies hier mehr."
Hieronymus reichte ihm ein weiteres Schriftstück, das erheblich jünger war als das vorige. Offensichtlich handelte es sich nicht um das Original, sondern um eine spätere Abschrift:

Bericht des Ortsvorstehers von Naim an den
Hohepriester der Synagoge von Jerusalem,
Kaiphas.

Ehrwürdiger Rabbi,
du batest mich zu berichten, was sich vor drei Wochen hier am Stadttore ereignete und was unter der Bevölkerung große Unruhe auslöste:
In unserem Dorf lebt eine Witwe namens Maroni. Diese hat einen Sohn von zwölf Jahren mit Namen Martial, welcher unversehens gestorben ist. Als der Leichenzug das Stadttor passieren wollte, trat jener Wanderprediger Jesus hinzu,

der die Stadt mit einigen seiner Anhänger betreten wollte. Es war um die neunte Stunde. Der Prediger sah den toten Knaben in seinem offenen Sarg, trat hinzu und sagte zu der Mutter: „Weine nicht." Dann berührte er den toten Jüngling und sprach:"

„Jüngling, ich sage dir, steh auf!" Da stand jener auf und begann zu sprechen. Die Kunde hat sich schnell verbreitet und überall herrschte großes Erstaunen, ja blanke Furcht. Mehr kann ich nicht sagen. Wie du befohlen hast, habe ich den Menschen hier bei Strafe verboten, weiter über diesen Vorfall zu sprechen

Simon, Ortsvorsteher, am 6. Tag des Siwan

Nachdenklich blickte Messala Hieronymus an und schwieg. Dann sagte er: „Auch unsere Götter konnten Tote zum Leben erwecken. Du kennst sicher die Geschichte von Tantalus, der seinen Sohn Pelops zerstückelte und ihn den Göttern zum Mahl vorsetzte, um ihre Weisheit zu prüfen. Die Götter merkten es, und aßen nicht. Sie setzten Pelops wieder zusammen – und der lebte!"

„Unsinn! Märchen, mythologische Märchen", rief der Alte eifernd aus, „gut genug, um schlimme Knaben zu erschrecken, nicht mehr. Wo ist der Beweis? Wo das Schriftstück? Wie kannst du solchen Unsinn mit dem Evangelium unseres Herrn vergleichen?"

„Und du? Wo hast du deine Beweise her? Wie kann es sein, dass ein Schreiben des Ortsvorstehers von Naim an den Hohepriester von Jerusalem sich in Senecas Truhe befindet? Wie soll dies nach Rom gekommen sein?"

Hieronymus merkte, dass der Tribun voller Zweifel war. Vielleicht weigerte er sich auch einfach nur, die Beweise für das Gottestum Christi anzuerkennen? Für einen Heiden musste dies in der Tat sehr schwer sein. Hatten nicht manchmal auch überzeugte und bekennende Christen Zweifel an der Geschichte? Hatten nicht selbst die Jünger auf Christi Frage, für wen sie ihn hielten, höchst merkwürdige Antworten gegeben? Hieronymus beschloss, mit mehr Geduld an die Sache heranzugehen und sagte mit freundlicher Stimme: „Dieses Schreiben, wie auch das Schreiben des *Centurio* Cornelius und viele andere, waren Inhalt der Pilatus-Akte. Nach seiner Rückkehr nach Rom musste sich Pilatus vor dem Kaiser verantworten. Darüber wurde eine Akte angefertigt. Pilatus selbst hatte diese Schriftstücke aus Iudäa zu seiner Entlastung mitgebracht. Es war für Seneca überhaupt kein Problem, sich einige Jahre später in den Besitz dieser Papiere zu bringen."

Messala lenkte ein.

„*Certe*, das klingt glaubhaft. Verzeih, edler Hieronymus, wenn ich immer wieder voller Zweifel nachfrage. Ich habe als Soldat gelernt, nur das zu glauben, was ich sehe. An unsere alten Gottheiten habe ich nie wahrhaft geglaubt, auch wenn ich in diesem Glauben erzogen wurde. Sie erschienen mir viel zu menschlich, als dass sie Götter sein könnten. Mal habe ich zu Mercur gefleht, mal zu Jupiter, manchmal zu Mithras, der uns Soldaten am nächsten zu stehen schien. Wurden mir die Bitten gewährt, habe ich gedankt, wurden sie nicht gewährt, so habe ich mir gedacht, die Götter mögen ihre Gründe gehabt haben. Und nun euer Gott. Er scheint mir noch unverständlicher zu sein als unsere alten Götter, und die habe ich schon nicht verstanden. Mir scheint, euer Gott verlangt eine ganze Menge von seinen Anhängern."

„*Credere*", sagte der Alte, „*credere non est scire* – Glaube ist nicht Wissen. Wüssten wir, dass es Gott gibt, so wäre es keine besondere Tat, an ihn zu glauben. Christus aber hat gesagt, wer an mich glaubt, der wird leben in Ewigkeit. Verstehst du? Leben in Ewigkeit. Das muss man sich verdienen. Verdienen, indem man glaubt, über alle Zweifel hinweg. Denke ja nicht, dass nicht manchmal auch mich Zweifel befallen haben, aber ich habe für meinen Glauben gekämpft und gelitten. Christ wird man, aber nicht durch Geburt! Wer den Fruchtkern haben will, muss die Nuss aufbrechen. Wer zu Gott will, der muss durch die Evangelien hindurch, der muss das Wort Gottes lesen und in seinem Herzen bergen."

„Aber wie kam Seneca, dieser große Geist und Philosoph, der Stoiker dazu, wie kam er dazu, in eurem Glauben die Antwort auf seine Fragen finden zu wollen? Hat er nicht in seinen Werken, vor allen den Briefen an Lucilius, klargemacht, dass er nicht sucht, sondern bereits gefunden hat?"

„Gerade wenn du diese Werke kennst, musst du spüren, wie nah er an unserem Glauben war. Nimm dies als Beispiel."

Hieronymus griff auf einen der Tische, suchte kurz, und reichte Messala eine Schriftrolle. *Epistula ad Lucilium* – Brief an Lucilius.

Messala las den Abschnitt, den Hieronymus ihm mit dem Finger wies. Diesen Brief kannte er bereits:

Seneca entbietet Lucilius seinen Gruß.

Du tust etwas Vortreffliches und für dich Heilsames, wenn du, wie du schreibst, beharrlich auf dem Weg zu einer guten Gesinnung bist, die von den Göttern zu erbitten dumm ist, weil du sie ja aus dir selbst heraus erlangen kannst. Unsere Hände müssen wir nicht zum Himmel erheben, wir müssen nicht den Tempelwächter anflehen, damit er uns Zutritt zum Ohr des Götterbildes gewährt, als ob wir dann eher erhört würden; Gott ist dir nah, er ist mit dir, er ist in dir. Ich sage dir, Lucilius, ein heiliger Geist wohnt in uns als Wächter und Beobachter unserer bösen und guten Taten; wie dieser von uns behandelt wird, so behandelt er uns. Ein guter Mensch ist aber nie ohne Gott: Oder vermag sich etwa jemand über das Schicksal hinaus zu erheben außer mit seiner Hilfe? Er gibt großartige und erhabene Ratschläge. In jedem guten Menschen wohnt ein Gott (welcher, ist ungewiss)!

„Welcher, ist ungewiss. Das sind seine Worte. Er sucht, er sucht den wahren Gott. Und er hätte ihn gefunden, wenn nicht die Eifersucht Neros auf diesen großen Geist sein Leben frühzeitig beendet hätte. Ich habe dir erzählt, wie er mit den heiligen Schriften der Hebräer während seines Exils in Berührung gekommen ist, und wie er sich in der Bibliothek von Alexandria auf sie gestürzt hat. Ich habe dir erzählt, wie die Ekloge des Vergil und die Prophezeiung des Thrasyllus' seine Aufmerksamkeit geweckt hat. Einen weiteren Anstoß bekam er durch seinen Bruder."

„Durch seinen Bruder? Was hatte der damit zu tun?"

„Nun, Senecas Bruder Novatus Gallio hatte unter Kaiser Claudius das Consulat inne. Noch vor Ablauf seines Consulatjahres erhielt er das Proconsulat über die Provinz Achaia mit Amtssitz in Korinth. In dieser Eigenschaft oblag ihm auch die Höchste Rechtsprechung. Eines Tages schleppten die ortsansässigen Juden einen Mann namens Paulus vor seinen Richterstuhl, klagten ihn der Gotteslästerung an und verlangten seine Verurteilung. Paulus, den Namen wirst du schon gehört haben, ist einer unserer großen Apostelfürsten. Ihn durch Verurteilung zum Schweigen zu bringen, das hatten vorher schon die Juden in Judäa versucht, doch ohne Erfolg. Der dortige *Procurator* Antonius Felix und sein Nachfolger Porcius Festus machten nicht den gleichen Fehler, den einst ihr Vorgänger Pontius Pilatus mit Christus gemacht hatte; sie fanden keine Schuld an Paulus und ließen ihn frei. Um den weiteren Nachstellungen zu entgehen, reiste Paulus nach Korinth. Aber wie schon gesagt, landete er erneut vor dem Richterstuhl, diesmal vor dem des Novatus Gallio, Senecas Bruder. Das weitere kannst du diesem Brief entnehmen."

Novatus Gallio, Proconsul von Achaia grüßt seinen Bruder Lucius Annaeus Seneca, Praetor von Rom.

Für deinen letzten Brief möchte ich dir danken. Es ist immer wieder angenehm, Nachrichten aus der Heimat zu erhalten, zumal mir dieses Amt hier mehr wie eine Verbannung erscheint. Die Menschen hier sind unkultiviert und roh. Die tägliche Wäsche ist ihnen so fremd wie die Philosophie. Philosophische Gespräche kannst du hier deshalb nicht führen, niemand würde sie verstehen. So ähnlich mag sich der arme Ovid in Tomi gefühlt haben!

Viel lieber tauschte ich mit dir und säße – wie du – in unserem herrlichen Rom, besuchte die Thermen und würde mit dir sprechen, anstatt Briefe über die Kaiserliche Post auszutauschen. Wenn ich deine Nachrichten erhalte, sind sie so zeitgemäß wie die Berichte der Acta Diurna, die auch nur immer berichten, was vor Wochen geschah.

Wie kommst du mit dem jungen Prinzen zurecht, dessen Erziehung dir anvertraut ist, wie ich mit Stolz vernahm. Es ist wohl nicht übertrieben, wenn man in ihm einen möglichen künftigen Kaiser sieht. Also mache deine Sache so gut, wie du alles zu machen pflegst und erziehe ihn so, dass er eine Zierde Roms wird und kein Caligula!

Mein Amt hier langweilt und hätte ich nicht ab und zu interessante Prozesse zu führen, wäre es kaum auszuhalten. Vor einer Woche haben die Juden unserer Stadt einen gewissen Paulus von Tarsos der Gotteslästerung angeklagt. Mit geifernden Reden haben sie ihn beschimpft. Ich habe mich lange mit ihm beschäftigt und den Eindruck gewonnen, dass er nicht nur unschuldig ist, sondern ein Mann von wahrhafter Größe (obwohl er sehr klein ist!). Er hat übrigens das römische Bürgerrecht, und daher habe ich besonders gewissenhaft geurteilt. So habe ich ihn trotz aller Proteste freigesprochen. Doch die Juden haben getobt und gedroht, sie würden sich in Rom beklagen. Vielleicht landet ihre Klage ja auf deinem Tisch, das wäre komisch, oder? Dieser Paulus ist übrigens ein Anhänger jenes Jesus von Nazareth, den mein Kollege Pontius Pilatus vor dreißig Jahren hat hinrichten lassen. Vielleicht war das ein großer Fehler, denn was

mir Paulus von jenem Jesus, den er Christus – den Gesalb-
ten – nennt, erzählt, macht mich sehr nachdenklich. Man
sollte sich um diese neue Sekte, die sie nach ihrem Gründer
„Christen" nennen, sorgfältig kümmern.
Er soll der Sohn eines Gottes sein. Das mag übertrieben sein,
aber was er die Menschen gelehrt hat, ist aller Ehren wert
und wäre mehr ein Grund gewesen, ihn eher zum Statthalter
zu machen als ihn hinzurichten. Ich bin sicher, dass du der
Sache nachgehen wirst, zumal ich gehört habe, dass es auch
in Rom schon viele „Christen" geben soll. Schreibe mir also
bald, was du von dieser Sache hältst.

Die Götter mögen unseren Kaiser schützen!
Novatus , 3. None Septembris 803 a.u.c.

„Dieser Brief muss ihn sehr beschäftigt haben. Von da an ließ
ihn die Vorstellung nicht los, dass es vielleicht ja jener Gott
der Galiläer sein könne, den er gesucht hat. Er muss viele
Gespräche mit Christen in Rom geführt haben, später gab es
einen Briefwechsel zwischen eben jenem Paulus und Seneca.
Und persönlich kennengelernt hat er ihn auch. Interessant ist
auch die Antwort, die Seneca seinem Bruder schrieb."

Lucius Annaeus Seneca, Praetor von Rom
grüßt Novatus Gallio, Proconsul von
Achaia
Wenn es dir gut geht, freue ich mich. Mir geht es gut. Ich
danke für deinen letzten Brief, den ich mit großem Interesse
gelesen habe. Es tut mir leid, dass dein Amt dir so wenig
Freude macht. Hoffentlich bringt es dir immerhin andere
Werte ein! Übrigens muss ich dich daran erinnern, dass es
dein Wunsch war, das Proconsulat dort zu erhalten, sollte
es doch ein weiterer Schritt in deiner Karriere sein! Dieser
Paulus muss ein interessanter Mann sein, und ich würde ihn
gerne einmal persönlich treffen. Was du von dieser neuen
Sekte schreibst, klingt sehr interessant. Ich habe tatsächlich

hier in Rom einige von ihnen kennengelernt und was sie von ihrem Glauben berichten, macht mich sehr nachdenklich. Viele von ihren Gedanken hatte ich in den Briefen an meinen lieben Freund Lucilius schon formuliert, ohne dass ich ihre Glaubensregeln näher kennen würde. Sogar im kaiserlichen Palast gibt es einige von ihnen, aber die Namen lasse ich lieber weg. Die Sekte ist nämlich hier nicht gut gelitten. Immerhin, dass Gott seinen Sohn auf die Erde geschickt hat, um die Menschen aus ihrer Not und Sündhaftigkeit zu erlösen, dieser Gedanke hat etwas Faszinierendes. Hier in Rom gäbe es eine ganze Menge von Menschen, die solcher Hilfe bedürften!

Jener Jesus soll gesagt haben: „Liebet eure Feinde, tut Gutes denen, die euch hassen!" Zugegeben, das ist ein Gedanke, an den sich ein Römer nur schwerlich gewöhnen kann. Wir sollen die Parther lieben und die Germanen, die unsere Legionen hinschlachten? Aber er sagt auch vieles, was ich so schon immer gespürt habe. Er verdammt den Reichtum – wie die Stoiker es auch tun – und sagt, dass eher ein Kamel durch ein Nadelöhr geht, als dass ein Reicher in den Himmel kommt. Was Himmel genau sein soll, weiß ich noch nicht. Und ein wunderlicher Vergleich ist es auch, oder nicht? Aber du kannst gewiss sein, lieber Bruder, ich werde es herausfinden. Nun, fürs Erste genug von diesen seltsamen Menschen. Ich sollte dir noch sagen, dass ich wieder geheiratet habe. Sicher kennst du Pompeia Paulina, die Tochter des Praefecten Paulinus. Sie ist eine sehr liebe und gebildete Frau und ich denke, wir werden gut zueinander passen.

Sei gegrüßt, mein Novatus!
Seneca, Idibus Novembris 803 a.u.c.

„Du hast recht, edler Hieronymus", rief Messala aus. „Seneca hat gesucht. Wie ein Hund wurde er auf die Fährte gesetzt und hat gesucht. Ich bin jetzt schon gespannt, wie die Suche weitergeht und zu welchen Ergebnissen sie ihn führte."

„Du wirst die Ergebnisse erfahren. Aber nun musst du mich entschuldigen", Hieronymus blickte zu der *Clepsydra*, „es ist Zeit für meine Hebräischstunde. Mein strenger Lehrer wird in Kürze kommen und er ist ungeduldig, wenn wir nicht sofort beginnen können", Hieronymus seufzte, „so wird der Lehrer zum Schüler. Du könntest inzwischen einmal nachsehen, ob Julia noch nicht von ihrem Ausflug zurückgekommen ist."

Bei der Erwähnung dieses Namens wurde Messala rot und lächelte verlegen: „*Ex malis multis malum, quod minimum est, id minume est malum* – Von vielen Übeln ist dasjenige, das das kleinste ist, am wenigsten ein Übel!"

Hieronymus brach schmunzelnd auf.

***

Zu seiner Enttäuschung war Julia noch nicht zurückgekehrt. Aulus und Festus saßen gelangweilt im Vorhof an der Zisterne. Die Mittagshitze hatte die wenigen Wolken besiegt und brannte ohne Erbarmen. Messala spürte die Hitze doppelt, kam er doch gerade aus dem kühlen höhlenartigen *Tablinum*.

„Was haltet ihr von einem kleinen Ausritt nach Jerusalem, Männer? Ich habe bisher von der Umgebung nichts gesehen."

„Kein Wunder, Tribun", gab Aulus zurück, „du hast ja auch ständig deine Lehrstunden im Keller. Was quatscht der Alte denn eigentlich immer?"

„Ich wünsche, dass du mit mehr Respekt von Hieronymus sprichst", wies Messala ihn mit Unmut zurecht, „mit viel mehr Respekt! Er ist ein großer Gelehrter."

Messala ärgerte sich über seine Männer. Er empfand mehr denn je, dass sie mit ihrer grobschlächtigen Soldatenart nicht an diesen ehrwürdigen Platz passten.

„Was habt ihr eigentlich vor? Wollt ihr auf Dauer hierbleiben, vielleicht Mönche werden? Was mich als euren vorgesetzten Offizier anbetrifft, so bin ich bereit, euch aus dem Legionsdienst zu entlassen. Ob der Kaiser das billigt oder nicht, interessiert mich nicht. Allerdings müsstet ihr dann auf eure Abfindung verzichten, die euch nach eurer langen Dienstzeit eigentlich zustünde."

„Wer sollte uns die zahlen?", antwortete Festus unwillig. „Honorius wohl kaum. Der ist damit beschäftigt, sich vor den Goten zu verstecken. Und mit Arkadius' Sohn, Theodosius dem Zweiten, haben wir nichts zu tun und er nicht mit uns! Soll er sich doch hinter seinen Günstlingen und Weiberröcken verstecken, der schönschreibende Knabe!"

Mit dem Tode von Kaiser Theodosius vor fünf Jahren war das Römische Reich endgültig zerfallen. Die beiden Söhne des verstorbenen Kaisers hatten sich Reich und Macht geteilt: Arkadius beherrschte unter der Vormundschaft des Rufinus den östlichen Teil, Honorius den westlichen. Aber dreizehn Jahre nach Amtsübernahme war Arcadius mit jungen Jahren gestorben. Sein siebenjähriger Sohn Theodosius II. trat die Nachfolge an, stand aber wiederum zunächst unter Vormundschaft. Anfangs war es der Praefect Anthemius, der die Regierungsgewalt hatte, später des Kaisers ältere Schwester Pulcheria, deren Fähigkeiten in Hofintrigen gefürchtet waren. Der junge Kaiser selbst hatte zunächst seine größten Fertigkeiten im Schönschreiben, was ihm den Spott der Hofkreise eintrug.

Auch Honorius, jung an Jahren wie sein Bruder, stand zu Beginn seiner Regentschaft unter Vormundschaft, und zwar unter der des Vandalen Flavius Stilicho. Das hatte der große Kaiser vor seinem Tode noch so geordnet. Nach der Ermordung von Stilicho aber hörte die Verbindung beider Reichshälften gänzlich auf. Die Rivalität der Machthaber hatte die Reichsspaltung, die Theodosius eigentlich hatte verhindern wollen, bewirkt.

Aus einem Imperium waren somit zwei selbständige Reiche geworden, die sich in Zukunft oft feindlich gegenüberstehen sollten. Was diese Reichsteilung für die Staatsorganisation und die militärischen Strukturen an Verwirrung mit sich brachte, lässt sich leicht vorstellen.

Aulus und Festus blickten sich an, dann sprach Aulus für beide: „Wir nehmen dein Angebot an, Tribun, und verlassen den Militärdienst."
Ganz offensichtlich hatten die beiden das vorher schon so abgesprochen und waren nun froh, dass sie bei ihrem Vorgesetzten keinen Widerstand fanden.
„Wir werden auch nicht hierbleiben, denn was könnten wir hier schon tun außer beten oder Feldarbeit verrichten."
„Und beides liegt uns nicht", ergänzte Festus grinsend. „Wir werden nach Caesarea gehen, vielleicht sogar nach Tyrus. Irgendetwas werden wir dort schon finden. Gleich morgen werden wir aufbrechen."
„*Dei vobiscum sint* – Die Götter mögen mit euch sein", nickte Messala und spürte die Oberflächlichkeit seiner gut gemeinten Worte. Die Götter. Welche Götter? War ihm nicht längst klargeworden, dass es *die Götter* gar nicht gab? War er nicht durch die langen Gespräche mit Hieronymus auf dem Weg zu dem *Einen und Wahren Gott?*
Er brauchte noch Zeit, obwohl er im Innersten spürte, dass der Alte es schaffen würde. Es waren weniger die *Beweise*, die Hieronymus in liebevoller Kleinarbeit übernommen und weitergesammelt hatte. Es war einfach die Persönlichkeit dieses großen Mannes, die ihn vereinnahmte und ihm über kurz oder lang keine andere Möglichkeit ließ, als sich seinem festen Glauben anzuschließen. Es war aber auch das, was er bis jetzt über jenen Jesus gehört hatte. Zwar wusste er noch nicht viel von diesem Mann, aber das, was er bislang in Erfahrung gebracht hatte, ließ in ihm einen tiefen Eindruck entstehen, den die alten Götter nie bei ihm hinterlassen hatten.
Messala verabschiedete sich herzlich von den beiden und ging zu den Stallungen. Dort traf er Raphaelus an, der gerade

die Pferde bürstete und striegelte.

„Heute kein Schreibdienst?", sprach er ihn freundlich an.

„Nein, der Vater legt Wert darauf, dass wir zwischendurch auch andere Arbeit erledigen. Sonst leiden die Augen, sagt er. Möchtest du einen Ausritt machen?"

„Ja gerne. Ich brauche frische Luft und würde mir gerne die Umgebung näher ansehen."

„Ich kann dich leider nicht begleiten, denn wenn ich hier fertig bin, werde ich in der *Furnaria*, der Bäckerei, gebraucht."

„*Iuvat ipse labor* – Arbeit an sich macht Spaß", neckte der Römer den jungen Mönch.

„*Post equitem sedet atra cura* – Hinter dem Reiter sitzt die schwarze Sorge", konterte fröhlich der Geneckte.

„Horaz, woher kennst du Horaz?", fragte Messala verwundert.

„Ich liebe die römischen Dichter, vor allem Horaz und Catull. In der *Schola* haben wir eine ganze Menge von ihnen gelesen. Ich darf mich nur nicht von Hieronymus erwischen lassen, denn er hat uns diese Lektüre verboten. Warum, weiß ich nicht!"

Messala wusste es, verzichtete aber auf einen Kommentar.

Raphaelus machte den Rappen fertig und Messala schwang sich darauf. Er rief Raphaelus ein fröhliches „*Vale*" zu und galoppierte davon.

Sein erster Weg führte ihn nach Bethlehem, das Dorf, das er bisher nur von Weitem gesehen hatte. Das Dorf unterschied sich kaum von den vielen anderen Dörfern im steinigen Bergland Judäas, an denen Messala auf seinem Weg von Caesarea nach Bethlehem vorbeigekommen war. Eine Ansammlung von kastenförmigen, weißgetünchten Häusern gruppierte sich auf einem niedrigen, aber steil abfallenden Bergrücken um einen kleinen Marktplatz. Es waren kaum mehr als Hundert Häuser. Umgeben war die Ortschaft von einer niedrigen, offenbar aus Lehmziegeln gefertigten Mauer, die an vielen

Stellen durchbrochen und brüchig war.

Messala ritt durch das schmale, unbewachte Tor, das den Blick auf den staubigen Marktplatz freigab, der nun im gleißenden Sonnenlicht lag. Er stieg ab und führte das Pferd am Zügel. Eine buntgemischte, lärmende Menge drängte sich auf dem Platz um die wenigen Stände, die in der Mitte aufgebaut waren. Im Gegensatz zu Jerusalem gab es weniger Stände und die Auswahl war bescheidener. Auch fehlte es gänzlich an luxuriösen Waren. Gegenstände des täglichen Bedarfs aus einheimischer Fertigung bestimmten das Angebot.

Ein Töpfer bot Koch- und Vorratsgeschirr aus Ton an, ein Schmied hatte Sicheln, Schaufeln und Hacken für die Landwirtschaft ausgestellt, ein Zeltweber bot neben Stoffen und Decken ganze Zelte an. Daneben gab es Lebensmittel im Überfluss: Mehrere Arten von Gemüse wie Erbsen, Bohnen und Linsen lagen auf langen Holztischen, ein großer, durch ein Zeltdach vor der Sonnenglut geschützter Stand bot Granatäpfel, Zitronen und Aprikosen, Feigen, Melonen und Mandeln an. Das alles wurde von Marktschreiern mit eifriger Stimme angeboten.

Am Rande des Marktes hatte sich eine kleine Garküche platziert und Messala trat hungrig näher. Seit dem Frühstück hatte er nichts mehr zu sich genommen.

„Was darf es sein, edler Herr?", die junge Frau hatte ihn als Fremden vornehmer Herkunft sofort erkannt und witterte ein gutes Geschäft.

„Was ist das dort?", fragte der Römer und zeigte auf mehrere Brote, die offenbar gefüllt waren.

„Das sind Fladenbrote, die mit Lauch, Zwiebeln und Kichererbsen gefüllt sind. Nirgends bekommst du so gute wie bei Miriam", sie zeigte dabei auf sich und lachte.

Messala kaufte ihr eines der Brote ab, bezahlte und biss herzhaft hinein. Miriam hatte nicht zu viel versprochen, das Brot schmeckte ausgesprochen köstlich. Bei einem Wasserhändler erstand er einen Krug kühlen Wassers und fühlte sich danach gesättigt und erfrischt. Er wollte sich gerade einem Stand mit Töpferwaren nähern, als ihn eine helle Stimme von hinten anrief: „Wenn das nicht unser heidnischer Tribun ist, will ich nicht mehr Julia heißen."

Messala drehte sich abrupt um, diese Stimme war ihm wohlvertraut. Julia strahlte ihn an: „Nicht einmal auf dem Marktplatz von Bethlehem hat man Ruhe vor dir. Hast du mich verfolgt?" Sie drohte ihm schelmisch mit dem Finger. „Ich dachte, du wärest im *Tablinum* des Hieronymus' und erhieltest eine Lehrstunde in unserem Glauben."

Zärtlich streichelte sie über den Kopf des Pferdes, das die Nüstern entzückt aufblähte. Der Senator, der eben noch an einem Obststand gestanden hatte, trat hinzu und grüßte den Tribun freundlich: „Sie hat ein loses Mundwerk, meine Tochter. Nimm es ihr nicht übel. In Wahrheit drückt sie so nur ihre Freude darüber aus, dass du hier bist."

„Freude", höhnte Julia und schenkte dem Tribun einen Blick, der diesen fast um den Verstand brachte, „warum sollte ich mich darüber freuen, wenn ich von heidnischen Soldaten belästigt werde?"

Das brachte ihr einen Klaps ihres Vaters ein und sie schrie in gespieltem Schmerz auf.

„Ich habe da vorne eine *Caupona* gesehen, die einen vernünftigen Eindruck macht. Wie wäre es mit einem kühlen Schluck?" Der Senator wies auf eine Schänke, über deren Eingang ein großes Schild mit der Aufschrift *Ad Sanctos* prangte.

„‚Bei den Heiligen', ein seltsamer Name für eine *Caupona*", wunderte sich Messala, „ich nehme die Einladung gerne an." Messala band das Pferd vor der Schänke an und sie betraten den Schankraum, der nahezu leer war. Sie setzten sich an einen Tisch in der Nähe der Tür und warteten, bis der Wirt eilfertig herbeieilte und nach ihren Wünschen fragte. Strabo bestellte einen Wein, einen *guten, für ehrbare Leute,* und der Wirt versprach, seinen besten Wein zu bringen. Was er brachte, war der übliche, saure, hebräische Wein, den man nur trinken konnte, wenn man ihn mit so viel Wasser vermischte, dass er eigentlich nicht mehr nach Wein schmeckte.

„Egal", sagte Messala, „er ist kühl und erfrischend, und das ist bei dieser Hitze genug."

„Was wirst du nun tun, Tribun?", fragte der Senator. „Willst du dich hier niederlassen oder zieht es dich in ferne Länder? Willst du den Militärdienst wieder aufnehmen oder möchtest du lieber das beschauliche Leben eines Veteranen führen, der auf heimischer Scholle dem Ackerbau nachgeht? Wir für unseren Teil", und er warf einen Blick auf Julia, „wir werden hierbleiben, das steht fest. Gott sei Dank verfüge ich noch über gewisse Gelder, weil ich meinen Bankier Orthogenes in Antichochia habe, der nur auf meine Anweisung wartet."

„Vielleicht wird er auch Mönch, nachdem er sich hat taufen lassen", warf Julia ein und blinzelte ihrem Vater zu, „ich könnte ihn mir gut in einer grauen Kutte vorstellen, wie er den Klostergarten wässert", dabei lachte sie mit ihrer hellen Stimme, dass die wenigen Gäste missbilligend herübersahen.

„Um die Wahrheit zu sagen, Senator", antwortete Messala, ohne auf den Scherz Julias einzugehen, „ich weiß es noch nicht. Ich habe heute meine beiden Legionäre entlassen. Ich denke, ich werde auch den Militärdienst aufgeben. Wenn man die Welt heute betrachtet, scheint es wenig Sinn zu machen, als erwachsener Mann mit Offiziersmantel und *Gladius* herumzulaufen. Es gibt so viel andere Dinge, denen man sich zuwenden müsste. Das ist mir inzwischen klar geworden."

„Das freut mich", sagte Julia mit ungewohnter Ernsthaftigkeit, „übrigens war das mit der Taufe kein Spaß! Ich würde mich wirklich freuen, wenn du hier zum wahren Glauben finden könntest."

„Du musst ihm Zeit lassen", riet Strabo. „Glaube muss wachsen, wie guter Wein. Wenn man ihn überstülpt, dann schmeckt er wie der hier und ist unecht, sauer!"

„*Gratias tibi ago* – Ich danke dir, Senator, für dein Verständnis. Der Jugend geht alles nicht schnell genug", er warf einen

Blick auf Julia, „und deiner Tochter im Besonderen. Ich bin so weit von eurem Glauben nicht mehr entfernt, aber", er lachte, „ein paar Sitzungen mit Hieronymus brauche ich wohl noch."

„*Caupo*", rief Strabo den Wirt, „lass mich den Wein zahlen. Erkläre mir aber noch, was es mit dem Namen deiner Schänke auf sich hat."

Der Wirt kam schnell näher. „Hier an dieser Stelle", sprach er mit Stolz, „genau an dieser Stelle war vor vielen, vielen Jahren die Herberge, an deren Tor Maria und Josef vergeblich angeklopft haben. Vielleicht haben sie genau hier gestanden", er wies auf den schmutzigen Fußboden vor dem Tisch, „das ist allemal Grund genug für diesen Namen, meint ihr nicht?" Seine Gäste mussten ihm zustimmen, auch wenn sie von der Geschichte kein Wort glaubten.

X. SELIG SIND DIE SANFTMÜTIGEN

Als Jesus die Volksscharen sah,
stieg er auf einen Berg und setzte sich nieder.
Seine Jünger traten zu ihm.
Da öffnete er seinen Mund und lehrte sie:
Selig die Armen im Geiste! Ihrer ist das Himmelreich.
Selig die Trauernden. Sie werden getröstet werden.
Selig die Sanftmütigen! Sie werden das Land besitzen.
Selig, die da Hunger und Durst haben
nach der Gerechtigkeit!
Sie werden gesättigt werden.
Selig die Barmherzigen!
Sie werden Barmherzigkeit erlangen.
Selig, die reinen Herzens sind! Sie werden Gott anschauen.
Selig die Friedensstifter!
Sie werden Kinder Gottes genannt.
Selig, die Verfolgung leiden um der Gerechtigkeit willen!
Ihrer ist das Himmelreich.

„Brüder und Schwestern in Christo", sprach Vincentius, „die Worte unseres Herrn, die wir *die Bergpredigt* nennen, diese Worte enthalten die zentrale Botschaft, die Jesus Christus uns hinterlassen hat. Ich weiß, wie schwer diese Worte zu erfüllen sind. Wer könnte schon seine andere Wange hinhalten, wenn er soeben auf die eine geschlagen wurde? Entspricht es nicht einem absoluten Naturgesetz, sich seiner Haut zu wehren? Würde nicht jedes Lamm sich vor seinem Metzger wehren, wenn es denn könnte? Würde nicht ein Räuber sich seiner Gefangennahme erwehren, wüsste er doch, welches Urteil auf ihn wartet?

Aber Versammelte in Christo. Sind wir Lämmer? Sind wir Räuber? Ist es nicht gerade die Sanftmut, die Duldsamkeit, in der wir uns von anderen unterscheiden sollen? Und hat nicht unser Herr und Gott gerade dies uns vorgemacht, indem er uns seinen Sohn gesandt hat, wohl wissend, dass die Menschen ihn kreuzigen werden. Und hat nicht Jesus selbst, obwohl er seine Qualen kannte und genug Mensch war, dass er sich vor ihnen ängstigte, diese Qualen in Sanftmut auf sich genommen um des Heils der Welt willen?

Schaut euch um! Unsere Welt scheint aus den Fugen zu geraten. Viele sehe ich unter euch, die aus Rom geflohen sind und kaum mehr als das nackte Leben retten konnten. Aus jenem Rom, das einst der glänzende Mittelpunkt dieses Erdkreises war und das jetzt unter der Willkür der Barbaren ächzt. Aber ich sehe sie nicht mutlos! Sie haben ihren Weg gefunden, hierhin in das Heilige Land, in das Land Jesu, seiner Familie, seiner Jünger und Apostel. Und es war ihr starker Glaube, der sie alle Mühen und Gefahren, alle Demütigungen und Schmähungen ertragen ließ! Ich sehe auch solche, die noch nicht sicher sind, ob dieser Glaube auch der ihre werden könnte", sein Blick schien sich auf Messala zu richten, jedenfalls war der sich dessen sicher, „und da gilt es für alle von uns, ihnen auf diesem Weg zu helfen. Helfen, indem wir unseren Glauben vorstellen, helfen aber auch, indem wir unseren Glauben leben. Denn was könnte mehr überzeugen als gelebter Glaube. So wie ihn unser allseits verehrter Vater Hieronymus seit Jahren lebt, obwohl auch er von Anfechtungen und Wirrungen nie verschont blieb!

Vergesset diese Worte nicht! Seid stark im Glauben und vertraut auf die Hilfe unseres Herrn. Wer an ihn glaubt, der hat nicht auf Sand gebaut. Denn was bliebe den Menschen, nähme man ihnen den Glauben? Was würden noch Anstand und Sitte, was Treue und Moral bedeuten? Der Glaube an den Herrn und an seine Auferstehung, an das ewige Leben, das ist es, was uns hier in diesem Tale der Armut und Verzweiflung Hoffnung gewährt. Lasst uns zum Abschluss jenes Lied singen, in dem wir unseren Glauben bekennen können."

Vincentius gab einen Wink und die Mönche erhoben ihre Instrumente, Flöten, Tamburin und Zither, und stimmten ein Lied an, in das Sekunden später alle Anwesenden mit Inbrunst einfielen:

Te Deum laudamus, te Dominum confitemur.
Te aeternum Patrem omnis terra veneratur.
Tibi omnes Angeli, tibi caeli et universae potestates
tibi Cherubim et Seraphim incessabili voce proclamant: Sanctus, Sanctus, Sanctus Dominus, Deus
Sabaoth.

Während des Gesanges hielten sich die Gläubigen an den Händen und Messala konnte sich des Eindrucks nicht erwehren, dass ihm ein Schauer nach dem anderen über den Rücken lief. Er blickte um sich. Die Basilica war bis auf den letzten Platz gefüllt.
Vor der Tür und sogar draußen an den Fenstern standen die Gläubigen, die Mönche, die Nonnen, viele Einwohner Bethlehems, das zum größten Teil aus Christen bestand, und Flüchtlinge aus Rom und Italien, sogar Gallien. Längst waren neue angekommen, zu Hunderten strömten sie nach Bethlehem. Die Klöster, Spital und Gästehaus platzten aus allen Nähten. Längst hatte Hieronymus den Bau von drei provisorischen Gästehäusern angeordnet, allein, man wurde der Massen nicht Herr.
„*Dominus vos benedicat et protegat, ite in pace* – Der Herr segne und beschütze euch, gehet in Frieden. Amen."

Messala hatte seinen ersten Gottesdienst besucht – als Gast. Julia hatte Hieronymus solange bestürmt, bis dieser nachgeben hatte. Nun war der Römer auch mit dem Begriff *Sonntag* vertraut, den er vorher nie gekannt hatte. Am Sonntag wurden die Gottesdienste für alle Klöster in der Basilica gefeiert, während die täglichen Andachten im *Oratorium*, der kleinen Klosterkapelle, stattfanden.
Messala war tief beeindruckt und wusste nicht, was ihn

mehr beeindruckt hatte: die Worte aus der Heiligen Schrift, die kurze Predigt des Vincentius' oder das tiefgläubige Empfinden der Besucher, wie sie sich an ihren Händen gehalten hatten, eine kleine, aber verschworene Gemeinschaft im Glauben an ihren Gott.

Julia nahm den Arm des Römers und strahlte ihn an: „War das nicht ein schöner Gottesdienst? Und wie sie alle gesungen haben. Ich hätte heulen können."

Was da so oberflächlich aus ihrem Plappermaul herauszukommen schien, war doch geprägt von tiefer Empfindung. Messala drückte fest ihren Arm, war aber zu einer Erwiderung nicht fähig. Zu heftig war der Sturm der Gefühle, der in seinem Innersten tobte. Eigentlich verstand er sich selbst nicht. Kriegsmann, der er war, in vielen Schlachten gehärtet, stellte er nun an sich eine Seite fest, die ihm bislang unbekannt gewesen war, die ihm sogar unheimlich erschien.

Der Aufenthalt in Bethlehem hatte ihn nachhaltig verändert. Sein Herz begann den kühlen Verstand zu überwältigen. *Was geschieht da mit mir?*

Schweigend gingen sie die wenigen Schritte zum Kloster zurück. Am Kloster angekommen verabschiedeten sie sich. Julia wurde im Spital gebraucht, wo sie den Nonnen zur Hand ging. Viele Verletzte oder Kranke waren unter den Flüchtlingen, und die frommen Frauen konnten die Arbeit kaum noch bewältigen. Messala wartete auf Hieronymus. Der kam später, begleitet von Vincentius und Syphonius.

„Wie hat dir dein erster Gottesdienst gefallen?", rief er von Weitem.

„Ich vermag es kaum auszudrücken", antwortete der Tribun, als die Mönche näher gekommen waren, „alles hat mich tief beeindruckt. Ich muss dies alles erst verarbeiten."

„Dann lass dir Zeit", lautete die Antwort des Greises, „und wenn du mit mir sprechen willst, findest du mich im *Tablinum*."

Stunden wandelte Messala durch den Klostergarten, ging

zum Plateau, schaute auf das verträumte Bethlehem. Dann stand sein Entschluss fest. Ohne sich um den Mönch zu kümmern, der ihm den Eintritt zum *Tablinum* verwehren wollte, stürmte er dort hinein und rief dem Alten, der an seinem Arbeitstisch über die Schriftrollen gebeugt saß, zu: „Ich möchte getauft werden, ich möchte Christ werden. Edler Hieronymus, führe mich zu deinem Jesus!"

Und der Alte, der das längst hatte kommen sehen, lächelte, und niemand hätte sagen können, ob es eher Sanftmut oder Listigkeit war, was in seinen Augen leuchtete.

XI. PHILOSOPHENSCHULEN

Seneca grüßt seinen Lucilius.

Deinen Brief erhielt ich viele Monate, nachdem du ihn abgeschickt hattest. Ich hielt es daher für überflüssig, den Überbringer zu fragen, wie es dir geht. Er müsste nämlich ein gutes Gedächtnis haben, wenn er sich daran noch erinnern sollte. Und dennoch weiß ich, dass du täglich daran arbeitest, deine Fehler zu verbessern, und glaube mir, mi Lucili, daran arbeite ich auch.

Und daher rate ich dir: Befreie dich für dich selbst und sammle und bewahre die Zeit, die dir bisher geraubt oder heimlich entwendet wurde. Manche Augenblicke werden uns entrissen, manche entzogen, manche verrinnen einfach so.

Ein großer Teil des Lebens entgleitet den Menschen, wenn sie Schlechtes tun, der größte, wenn sie nichts tun, das ganze Leben, wenn sie Nebensächliches tun.

Darin nämlich täuschen wir uns, dass wir den Tod vor uns sehen: ein großer Teil von ihm ist bereits vorüber! Alles, mein Freund, gehört anderen, nur die Zeit gehört uns. Viele Leute lügen, die sich vormachen, eine Vielzahl von Geschäften hindere sie an den freien Studien oder an der Beschäftigung mit der Philosophie. Sie täuschen Beschäftigungen vor, übertreiben sie und beschäftigen sich selbst.

Ich bin frei, Lucilius, bin frei, und überall, wo ich bin, da bin ich mein Eigentum. Den Alltagsdingen liefere ich mich nämlich nicht aus, sondern suche Nutzbringendes.

Und da steht natürlich die Philosophie an erster Stelle. Aber was bedeutet Philosophie, wirst du fragen. Gibt es nicht eine unendliche Menge von Richtungen, die vorwiegend aus Griechenland zu uns kamen, und alle für sich in Anspruch nehmen, zur Glückseligkeit zu führen. Und doch liegen Welten zwischen den Annehmlichkeiten, die uns die Stoiker bieten, und dem kalten Atheismus eines Epikur.

Und was gibt es da nicht noch alles: Da kommen die Cyniker in ihren ärmlichen Gewändern, die die sokratische Gering-schätzung aller Güter auf die Spitze getrieben haben und in Armut und Askese ihr höchstes Ziel sehen. Schöne Philoso-phen!

Sie befriedigen wie Hunde ihre Bedürfnisse auf der Straße und erregen durch ihr schamloses Verhalten Anstoß in der Öffentlichkeit. Ihr Vorbild war Diogenes, der nicht einmal zum Trinken einen Becher benötigte und wie ein weggejagter Hund in einer Tonne gehaust haben soll.

Die Vorsokratiker, ehrenhafte Menschen, haben sich mit dem Menschen noch nicht einmal beschäftigt. Wie aber kann die Glückseligkeit erreicht werden, wenn man sich nur mit der Frage nach dem Wesen des Kosmos und des Seins beschäftigt? Die Sophisten nennen sich selbst „Lehrer der Weisheit" und haben immerhin den Menschen in den Mittelpunkt ihres Denkens gestellt. Wie hat Protagoras gesagt: „Der Mensch ist das Maß aller Dinge." Alles Spekulation, nichts, was wir für unser Leben hier wahrhaft gebrauchen können. Glaubst du, einer von denen könnte auch nur ein Huhn schlachten? Be-steht denn die Glückseligkeit im Hunger?

Und dann die Peripatetiker, die Schüler des Aristoteles. Das ist schon viel pragmatischer. Immerhin haben sie die Ethik in die Philosophie gebracht. An dem Ziel der Eudämonie haben auch sie natürlich festgehalten; wie man aber mit Syllogis-men glücklich werden kann, haben sie nicht gesagt.

Und Epikur. Lies bei Lucretius nach, wie die Welt aus Ato-men entstanden ist, und du schlägst die Hände über dem Kopf zusammen. Lust als höchstes Gut und Schmerz als größ-tes Übel! Glück besteht also nur in maßvollem Lebensgenuss und in Schmerzfreiheit? Dann brauche ich einen Arzt und keinen Philosophen!

Die Lehre der Stoa kommt unserem Ziel noch am nächsten. Aber da du diese gut kennst, will ich sie nicht erwähnen. Merkwürdig scheint noch zu sein, dass alle diese Schulen aus Griechenland kommen. Haben wir Römer nichts Eigenes? Genügt es, dass wir unter diesen Meinungen etwas heraussuchen und neu zusammenstellen, wie es der Eklektiker Cicero getan hat?

Und jetzt kommt wieder etwas Neues nach Rom, diesmal aus dem Orient. Galiläer oder Nazarener nennen sie sich, einige nennen sich auch „Christiani". Du siehst, wie uneinig sie sich sind. Sind sie Juden oder nicht, sie wissen es nicht. Sind sie Philosophen oder handelt es sich um eine neue Sekte? Auch das ist unklar. Und doch, mein lieber Lucilius, ist an dem, was sie lehren, oder besser gesagt, was ihr Gott lehrt, so viel dran, dass man sich damit näher beschäftigen müsste. Ich jedenfalls tue dies. Und wie alles, was ich tue, tue ich es gründlich. Du wirst mich fragen, wie ich auf diese Leute komme.

Nun, schon zu Zeiten meines Exils in Corsica bin ich mit Hebräern in Berührung gekommen. Später habe ich in Alexandria vieles von dem gelesen, was sie „Heilige Schrift" nennen.

Sie behaupten, Gott habe seinen eigenen Sohn auf die Welt geschickt, um die Menschen von ihren Sünden zu erlösen, und zwar ausgerechnet in jener gottverlassenen Provinz Judäa, die uns bisher nur Ärger gemacht hat.

Der Gedanke ist immerhin neu und originell, auch wenn ich so etwas Ähnliches schon bei den Anhängern des Mithras gehört habe. Interessanter noch ist das, was jener Gottessohn, sie nennen ihn Jesus Christus, den Gesalbten, seinen Anhängern gepredigt hat: Liebe deinen Nächsten, liebe deine Feinde und ähnliches. Auch das ewige Leben hat er denen versprochen, die an ihn glauben. Du siehst, es kann sich lohnen, sich näher mit diesen Leuten zu beschäftigen. Einer ihrer Anführer, ein gewisser Paulus von Tarsos, ist in Rom, weil er von Juden angeklagt wurde und nun sein Recht bei unserem Kaiser sucht, er ist nämlich römischer Staatsbürger. Du siehst, wie widersprüchlich alles ist, wenn die

Juden ihre eigenen Leute vor römischen Gerichten anklagen. Diesen Gottessohn haben sie sogar hinrichten lassen, soweit ich gehört habe.

Jedenfalls, mein Lucilius, ich werde mich mit diesen Dingen näher beschäftigen, falls meine anderen Tätigkeiten mir dazu Zeit lassen. Sicher wäre es auch von Nutzen, mit jenem Paulus einmal zu sprechen. Ich werde dir darüber weiter berichten.

Vale!

Lucius Annaeus Seneca

Messala ließ den Brief sinken. Hieronymus hatte ihm diesen Brief des großen römischen Philosophen und andere Schriftstücke mitgegeben, damit er sie in Ruhe studieren und sich so auf ein weiteres Gespräch vorbereiten könne.

„Ich freue mich über deinen Entschluss und habe ihn so erhofft", hatte der Alte lächelnd gesagt, „aber so schnell wird man nicht Christ. Jetzt stehst du noch unter dem Eindruck des Gottesdienstes, der dich sehr berührt hat. Aber der Entschluss, unseren Glauben anzunehmen, darf nicht nur vom Herzen gefasst werden, sondern muss sich auch im Kopf festsetzen. Noch kennst du jedoch viel zu wenig von den Dingen, die uns heilig sind. Lies also, lerne und frage! Heute werde ich leider keine Zeit mehr für dich haben. Die Flüchtlinge, die in immer größerer Zahl zu uns strömen, stellen uns vor große Probleme. Sie scheinen irgendeine Krankheit mitgebracht zu haben, denn unser *Valetudinarium* ist überfüllt, und einige von uns sind auch schon erkrankt. Eustochium liegt im Fieber und fünf ihrer Nonnen auch. Aus unserem Kloster sind Maxentian, Marcus, Eusebius und Bachion erkrankt und ich befürchte das Schlimmste. Wir haben nach Jerusalem geschickt, damit uns Marcellus Spurius seinen Garnisonsarzt schickt. Hoffentlich kann der uns helfen!"

Mit diesen Worten hatte Hieronymus ihm die Schriftstücke in die Hand gedrückt und ihn entlassen. Messala hatte sich einen stillen Winkel des Gartens gesucht und sich mit einem Krug kühlen Wassers unter einer riesigen Palme niedergelassen. Ungestört konnte er nun die Schriften durchlesen. Der Brief des großen römischen Philosophen hatte Eindruck auf ihn gemacht. Jemand, der so viele philosophische Schulen kannte und zu bewerten wusste, hatte in der neuen Lehre der Christen Ansätze entdeckt, die ihm zu denken gaben! Nicht anders war es mit ihm ja auch. Hieronymus hatte recht gehabt, wenn er behauptete, dass sein Entschluss, Christ zu werden, zunächst ein gefühlsmäßiger und damit etwas übereilt war. Viele Dinge hatten dabei eine Rolle gespielt: die Person des Hieronymus, das Leben im Kloster, der Gottesdienst, – und Julia! Der Gedanke, dieser jungen Frau näher zu sein, wenn er mit ihr den Glauben teilen könnte, gefiel ihm sehr. Es half nichts, er hatte sich verliebt!

Aber nun galt es, weiter in diese schwierige Materie einzutauchen, die der Alte ihm aufgebürdet hatte. Was ihm als nächstes in die Hände fiel, waren die Briefe, die der Philosoph Seneca und der Apostel Paulus sich geschrieben hatten. War es dem alten Fuchs also doch gelungen, Kontakt zu Paulus aufzunehmen. Die Briefe waren ein eindeutiger Beleg:

Seneca grüßt Paulus.

Ich glaube, Paulus, man hat dir mitgeteilt, dass wir gestern mit unserem Lucilius ein Gespräch über die „Apokryphen" und sonstige Dinge gehabt haben. Es waren nämlich einige Anhänger deiner Lehre bei mir. Wir hatten uns in die Gärten des Sallustius zurückgezogen, wo sich diese uns anschlossen. Gerne hätten wir gehabt, dass du bei uns gewesen wärest. Ich möchte, dass du weißt: Nachdem ich die Briefe gelesen habe, die du an eine Stadtgemeinde geschickt hast, in denen du sie zum sittlichen Leben ermahnt hast, sind wir durch und durch erquickt, und ich glaube, dass diese Worte nicht von dir, sondern durch dich gesprochen wurden.

Denn so groß ist die Würde dieser Dinge und so edel, dass kaum Generationen von Menschen ausreichen, um durch sie unterrichtet und vollendet zu werden.

Ich wünsche dir Wohlergehen, Bruder.

Seneca

Bruder nannte Seneca ihn schon. Offenbar muss Paulus einen großen Eindruck hinterlassen haben. Messala nahm den nächsten Brief:

Paulus grüßt den L. Annaeus Seneca.

Deinen Brief habe ich gestern mit Freude erhalten. Gerne hätte ich ihn sofort beantwortet, wenn mir der junge Mann, den ich mit solchen Dingen beauftrage, zur Verfügung gestanden hätte. Du weißt ja, wann und durch wen und wem ich etwas zur Übermittlung geben kann. Ich bitte dich also, betrachte es nicht als Nachlässigkeit, wenn ich zunächst die Zuverlässigkeit der Person berücksichtigen muss. Wenn du aber schreibst, ihr wäret durch meine Briefe erfreut, so macht mich das Urteil eines so aufrichtigen Mannes glücklich. Denn du, der du Kritiker, Philosoph und Lehrer eines so bedeutenden Mannes und damit auch der Allgemeinheit bist, würdest das nicht sagen, wenn es nicht wahr wäre.

Ich wünsche dir langes Wohlergehen

Paulus

Die Ruhe des klösterlichen Gartens wurde jäh unterbrochen. „Hier versteckst du dich!", erklang eine vertraute und liebgewonnene Stimme. Julia stürmte durch den Garten und ließ sich in die Arme des Tribuns fallen.

„Ich verstecke mich nicht", antwortete er und erklärte mit

wenigen Worten, warum er sich hierhin zurückgezogen hatte.

„Würde es dich stören, wenn ich hier bleibe?", fragte Julia in einem Ton, der eine ablehnende Antwort von vorneherein ausschloss.

„Nein, ganz und gar nicht", antwortete Messala, „ich will dir einen interessanten Brief vorlesen. Wusstest du, dass der römische Philosoph Seneca und dein Apostel Paulus sich Briefe geschickt haben?"

Julia musste das verneinen. Eigentlich konnte sie auch mit dem Namen Seneca nicht viel anfangen, was sie aber lieber verschwieg.

„Hier, höre zu", sagte Messala und las vor:

Seneca grüßt Paulus.

Einige Schriftrollen habe ich geordnet und in bestimmte Reihenfolgen eingeteilt. Ich bin entschlossen, sie dem Kaiser vorzulesen. Wenn das Schicksal es günstig mit uns meint, wird er neues Interesse zeigen und du kannst dazukommen. Ansonsten werde ich einen anderen Tag finden, wo wir die Schriften zusammen lesen können. Wenn es nur ohne Schaden für dich möglich wäre!

Leb wohl, teuerster Paulus.

„Hast du gehört, Julia? Er nennt ihn *teuersten Paulus*. Und zusammen mit Paulus wollte er Nero aus euren heiligen Schriften vorlesen. Weißt du, was das bedeutet hätte, wenn es so gekommen wäre?"

Julia wusste es nicht und schämte sich ihrer Unwissenheit. Sie, die von Geburt an getaufte Christin, musste sich diese Zusammenhänge von einem Heiden erklären lassen! Sie biss sich auf die Lippen. *Aber von einem Heiden, den ich liebe.* Dieses Geständnis mochte sie noch nicht laut machen, sich selbst aber hatte sie es schon längst eingestanden.

„Es hätte bedeutet, dass es die furchtbaren Christenverfolgungen unter Nero nie gegeben hätte." Messala ereiferte sich, als gehörte er diesem Glauben schon seit ewigen Zeiten an. „Nero wäre vielleicht der erste christliche Kaiser geworden, er hätte, wie später Constantin und Theodosius, das Christentum zur Staatsreligion gemacht, die blutigen Spiele im *Colosseum* wären den Christen erspart geblieben, und Nero wäre nicht als wahnsinniger Muttermörder, sondern als großer Kaiser geendet."

„Aber so ist es ja wohl nicht gekommen", wandte Julia ein, froh, einmal Stellung nehmen zu können. „Wie ist es denn mit Seneca und Paulus weitergegangen?"

Messala nahm das nächste Schreiben. „Wir werden sehen."

Paulus grüßt den Annaeus Seneca.

Immer wenn ich deine Briefe lese, denke ich an deine Gegenwart und stelle mir nichts anderes vor, als dass du immer bei uns wärest. Sobald du also kommen kannst, werden wir uns aus nächster Nähe sehen.

Ich wünsche dir Wohlergehen
Paulus

„So haben sich die beiden noch gar nicht gesehen, sondern nur einander geschrieben?", fragte Julia enttäuscht.

„Ich weiß es nicht", antwortete Messala ehrlich, „das ist mir alles noch nicht klar. Vielleicht gibt der nächste Brief Aufschluss. Wenn nicht, werden wir Hieronymus fragen müssen, der kennt alle Zusammenhänge."

Aber auch der nächste Brief brachte wenig Klarheit.

Seneca grüßt Paulus.

Dein langes Fernbleiben ängstigt uns. Was ist denn los? Was hält dich ab?
Falls es der Unwille des Herrn ist, weil du dich von den Ge-

wohnheiten des alten Glaubens der Juden abgewandt hast,
so wirst du Gelegenheit finden, sie zu überzeugen, dass dies
aus Überlegung, nicht aus Leichtfertigkeit geschehen ist.
                    Leb wohl!
                      Seneca

„Das hilft uns nicht weiter", sagte Messala nun. „Und weitere Briefe habe ich nicht. Wir werden Hieronymus fragen müssen."

Dann blickte er Julia an. Einen Augenblick schien er nachzudenken. Dann legte er seine Arme um ihre Schulter und sagte leise: „Weißt du eigentlich, wie lieb du mir in der kurzen Zeit geworden bist, die ich dich kenne?"

„Ja", antwortete sie einfach, „das weiß ich, oder besser, ich habe es gespürt. Und du musst mir glauben, dass du mir auch nicht gleichgültig bist, auch wenn ich manchmal recht vorlaut sein kann. Und dass du jetzt diesen Schritt tust", sie wies auf die Schriften, „das macht mich sehr glücklich. Ich glaube, dass auch mein Vater nichts gegen einen getauften Offizier als künftigen Schwiegersohn einzuwenden hat!"

„Schwiegersohn?", dröhnte in diesem Augenblick eine Stimme. Der Senator war unbemerkt von den beiden Verliebten hinzugetreten und hatte nur die letzten Worte verstanden.

„So weit ist es schon? *Sed honeste* – Aber im Ernst, ich habe dich in den wenigen Tagen hier als einen sehr vernünftigen und ehrlichen Mann kennen- und schätzengelernt, Messala." Der Senator legte seinen Arm auf die Schulter des Tribuns. „Und was mir Hieronymus von dir erzählt hat, gereicht dir zur Ehre. Alles andere wird seine Zeit brauchen. Im Übrigen konnte ich meiner Tochter noch nie einen Wunsch abschlagen. Hab' das in der Vergangenheit versäumt und kann jetzt nicht mehr damit anfangen. Wir sollten den Weinmeister fragen, ob sich diese Dinge nicht mit einem guten Schluck begießen lassen."

„Das wird nicht gehen", sagte Messala, „Bruder Marcus ist

erkrankt, viele andere auch. Ich fürchte, es handelt sich um eine ansteckende Krankheit. Hieronymus hat schon den Garnisonsarzt holen lassen. Wir sollten uns einmal darum kümmern."

XII. DAS JESUS-PROTOKOLL

Sie fanden Hieronymus in der Vorhalle des Klosters, wo er einigen Mönchen gerade Anweisungen gab.

„Es ist nicht so schlimm, wie ich befürchtet hatte", rief er erleichtert aus. „Eustochium geht es schon viel besser, und selbst Maxentian steht wieder im *Refectorium*. Der römische Arzt war da und hat uns gesagt, wie wir uns zu verhalten haben. Im *Refectorium* wird gerade ein Gebräu angerührt, das allen Kranken helfen wird." Die Erleichterung war dem Greis deutlich anzusehen.

„Hast du deine Schriften gelesen, *mi fili?*"

„Ja, ehrwürdiger Hieronymus. Nur habe ich jetzt mehr Fragen als zuvor."

„Das kann passieren", lachte Hieronymus. „Jetzt muss ich erst einmal ins *Scriptorium*. Heute Abend, nach der *Cena*, nach dem Essen, magst du mich aufsuchen und alle Fragen mitbringen. Ihr könnt euch gerne anschließen, wenn ihr es wollt." Sein Blick richtete sich auf Strabo und seine Tochter, die dieses Angebot freudig annahmen.

Den Nachmittag verbrachten Messala und Julia mit einem Ausritt nach Jerusalem. Sie schlenderten über das Forum, wo Messala für Julia mit seinem letzten Geldstück einen goldenen Armreif erstand. Julia bedankte sich mit einem zarten Kuss und einem Blick, der jeden Armreif wert war. Dann statteten sie der römischen Kommandantur einen Besuch ab.

„Willkommen edler Tribun, willkommen auch dir, *pulchra domina!*" Cassius Gratus strahlte. „Ihr bringt Glanz und Abwechslung in meinen eintönigen Dienstplan. Wartet, ich möchte euch dem Tribun Marcellus Spurius vorstellen."

Auch dieser begrüßte die Ankömmlinge freundlich und berichtete, dass seine kleine Garnison wie auch die von Caesarea auf den neuen Kaiser Theodosius II vereidigt worden sei. Gleichwohl habe man seit zwei Monaten keinen Sold mehr erhalten, was in der Truppe zu erheblichen Unruhen geführt hätte.

Dann erkundigte er sich: „Bist du noch im Dienst, Quintus Fabius Messala? Ich habe übrigens einen deiner früheren Leute mit Namen Aulus in unseren Dienst genommen."

Messala war verwundert und erfreut zugleich, dass Aulus hier untergekommen war. Die Frage nach seiner Dienststellung verneinte er, was bei Marcellus Spurius ein Stirnrunzeln hervorbrachte.

„Gerade jetzt brauchen wir gute Soldaten. Die Zeiten sind unruhig und unsicher. Das Land hier entgleitet uns mehr und mehr. Vor allem fehlt es an guten Offizieren. Seit sich die Christen hier immer mehr breitmachen, fehlt es überall an Disziplin. Zu Tausenden kommen sie jetzt aus Italien, hetzen meine Leute auf und veranlassen sie zu desertieren. Ich habe übrigens Anweisung aus Constantinopel, alle Soldaten und Offiziere, die desertiert sind, in Haft zu nehmen!" Dabei warf er einen bedeutungsschweren Blick auf den ehemaligen Tribun.

„Ich stand nie unter dem Eid jenes Arcadius noch seines Nachfolgers Theodosius", erwiderte Messala gelassen, „ich war auf Honorius verpflichtet. Der aber hat den Oberbefehl längst aufgegeben. Wie es in Rom aussieht, weißt du ja! Aus dem Sumpf von Ravenna kann man kein Heer führen. So treffen mich deine Vorwürfe nicht. Und was die Christen anbetrifft, deren Freund du nicht zu sein scheinst, so höre: Auch ich werde mich diesem Glauben anschließen und nichts und niemand wird mich davon abhalten. Diesem Glauben gehört die Zukunft, und wenn du deine Vorschriften richtig liest, dann weißt du, dass die Ausbreitung dieses Glaubens im ganzen Reich nicht behindert werden darf."

„Ich weiß", beschwichtigte Marcellus den aufgebrachten Messala, „du solltest das nicht falsch verstehen. Und selbstverständlich hatte ich nicht vor, dich in Haft zu nehmen."

Marcellus lachte laut auf. „Ein Tribun verhaftet den anderen, das wäre ja ein Witz. Ich wollte nur meine Sorge zum Ausdruck bringen."

Die Verabschiedung der Männer war kühl. Messala war das tückische Aufblitzen in den Augen des Marcellus nicht entgangen.

Das Abendessen im überfüllten *Refectorium* war recht spartanisch. Trotz der Fülle an Vorräten war nicht zu übersehen, dass diese allmählich zur Neige gingen.

„Ich mache mir große Sorgen", sagte Hieronymus. „Die Vorräte gehen zur Neige und woher wir Nachschub nehmen sollen, wissen wir nicht. Die Reste unseres kleinen Vermögens sind nahezu aufgebraucht. Im Kloster der Eustochium ist es nicht anders."

„Ich wäre glücklich, wenn ich mit meinem Vermögen helfen dürfte", meinte Senator Strabo, „meine Gelder, die in Antiochia verwaltet werden, dürften die Wirren der Zeit größtenteils unbeschadet überstanden haben. Ich habe bereits einen Boten zu Orthogenes, meinem zuverlässigen Verwalter, gesandt und Anweisung erteilt."

Hieronymus blickte den Senator dankbar an. „Wir werden dein Angebot dankbar annehmen. *Dominus tibi gratiam referat* – Der Herr möge es dir vergelten."

Sie verließen das *Refectorium*, nachdem Hieronymus kurz mit einigen Mönchen gesprochen hatte, und begaben sich in das *Salutatorium*, wo sich die Gäste erleichtert niederließen. Julia, die diesen Raum zum ersten Mal betreten hatte, blickte sich um und war über die prachtvolle Ausstattung erstaunt. Hieronymus, der den Blick bemerkt hatte, entschuldigte sich einmal mehr für diese Prachtentfaltung.

„Wir wollen fortfahren, unseren jungen Proselyten in die Geheimnisse unseres Glaubens einzuführen", meinte Hieronymus lächelnd und sah Messala wohlwollend an.

„Vielleicht gibt es ja auch bei den anderen Gästen noch Fragen, auf die diese gerne eine Antwort hätten."

Strabo und seine Tochter nickten eifrig.

„Ich wüsste gerne", nahm Messala das Wort, „ob sich Seneca und Paulus nun wirklich getroffen haben, oder ob sie sich lediglich Briefe geschrieben haben. Und was meint Seneca mit der Gefahr, in der sich Paulus befinde?"

„*Festina lente* – Nichts überstürzen", zitierte Hieronymus ein Wort des Kaisers Augustus, das Messala wohl vertraut war, „wir werden auch dazu kommen. Zunächst möchte ich damit fortfahren, vom Leben unseres Herrn Jesus Christus im Heiligen Land zu berichten, wie es uns die Evangelisten überliefert haben."

„Zu diesen Männern habe ich auch einige Fragen", unterbrach Messala erneut und die Wissbegier war seinen Worten anzumerken.

„Ich weiß, du hast viele Fragen, und du sollst alle Antworten erhalten, soweit ich dazu in der Lage bin." Hieronymus blickte den Tribun liebevoll und mit unendlicher Geduld an. „Aber eins nach dem anderen! Du hast in unserem Gottesdienst von der sogenannten Bergpredigt gehört, die wir für eines der Herzstücke der Frohen Botschaft halten. Vorher hatte Jesus begonnen, Jünger, also Anhänger, um sich zu sammeln. In Galiläa hatte er die Fischer Simon und seinen Bruder Andreas getroffen und sie mit den Worten ‚*Folget mir, ich will euch zu Menschenfischern machen*' zu seinen Jüngern gemacht. Sie verließen ihre Familien und folgten Jesus nach. Simon erhielt vom Herrn den Namen *Kephas* oder *Petrus*, denn in ihm sah er den Felsen, auf dem er seine spätere Kirche erbauen wollte. Ebenso berief er die Brüder Jacobus und Johannes in die Schar seiner Jünger. Ihnen sagte er: ‚*Selig seid ihr, wenn euch die Menschen um meinetwillen schmähen und verfolgen und euch lügnerisch alles Böse nachreden! Freuet euch und frohlockt, denn groß ist euer Lohn im Himmel.*' Später berief er zwei weitere Männer namens Philippus und Levi Matthäus zu seinen Jüngern. Mit dem Matthäus war es eine interessante Geschichte:

Der war Zöllner, also Steuereintreiber, in römischen Diensten, und zwar in Kapharnaum. Kapharnaum liegt am Nordrand des galiläischen Binnenmeeres, ein Vereinigungspunkt von Syrien, Phönizien und Palästina. Hier lief das Straßennetz dieser Länder zusammen. Hier wurden die Schiffe ein- und ausgeladen, und was zu Markte kam, wurde verzollt. Wer die Zollgebühren entrichtete, bekam eine Marke, die abgestempelt war. Ihr könnt euch vorstellen, wie beliebt diese Männer beim Volke waren, denn immer haben sie neben der vorgeschriebenen Steuer noch zusätzliche Beträge für die eigene Tasche abgepresst. Dass ein solcher Sünder, ja fast Verbrecher zu der Jüngerschaft Christi berufen wurde, erregte Aufsehen und Unmut. Als man Christus danach befragte, hat er gesagt: ,*Nicht die Gesunden bedürfen des Arztes, sondern die Kranken. Ich bin nicht gekommen, die Gerechten zu berufen, sondern die Sünder.*'

In Samaria nahm er den Judas von Karioth und den Thomas aus der Stadt Dothan unter seine Jünger auf. Auch weitere junge Männer schlossen sich ihm an, denn sein Ruf eilte ihm weit voraus durch das jüdische Land. Unter all diesen Anhängern wählte er dann zwölf aus, die er *Apostel* nannte, was, wie ihr wisst, nichts anderes als *Gesandter* heißt. Es waren dies: Simon, mit dem Beinamen Petrus, sein Bruder Andreas, ferner Jacobus und Johannes, Philippus und Bartolomäus, Matthäus und Thomas, Jacobus, der Sohn des Alphäus, Simon, mit dem Beinamen *der Eiferer*, Judas, der Bruder des Jacobus und jener Judas aus Karioth, der zu seinem Verräter wurde. Diesen zwölfen gab er Vollmacht, in seinem Namen zu predigen und zu heilen. Aber lies selbst, wie Matthäus es erlebt hat."

Hieronymus reichte Messala ein Schriftstück, und dieser las laut vor:

„*Diese zwölf sandte Jesus aus und gebot ihnen: Nehmt euren Weg nicht zu den Heiden und betretet keine Stadt der Samariter. Geht vielmehr zu den verlorenen Schafen des*

Hauses Israel. Geht hin und verkündet: Das Himmelreich
ist nahe. Heilt die Kranken und weckt die Toten auf, macht
die Aussätzigen rein und treibt die Teufel aus. Umsonst habt
ihr empfangen, umsonst sollt ihr geben. Nehmt weder Gold
noch Silber noch sonstiges Geld in euren Gürteln mit, kei-
ne Reisetasche, nicht zwei Röcke, keine Schuhe und keinen
Stab. Denn der Arbeiter ist seines Unterhalts wert. Kommt
ihr in eine Stadt oder in ein Dorf, so erkundigt euch, wer dar-
in würdig ist. Bleibt dort, bis ihr weiterzieht. Betretet ihr ein
Haus, so entbietet ihm den Gruß. Ist das Haus dessen wert,
so soll euer Friedensgruß darauf kommen. Ist es dessen nicht
wert, so soll euer Friedensgruß zu euch zurückkommen.
Wo man euch dagegen nicht aufnimmt und eure Worte nicht
hört, da verlasst das Haus und die Stadt und schüttelt den
Staub von euren Füßen.
Wahrlich, ich sage euch, dem Lande Sodoma und Gomorrha
wird es am Tage des Gerichts besser ergehen als einer sol-
chen Stadt.
Seht, ich sende euch wie Schafe mitten unter die Wölfe. Seid
darum klug wie die Schlangen und arglos wie die Tauben.
Nehmt euch in Acht vor den Menschen! Sie werden euch den
Gerichten ausliefern und euch in den Synagogen geißeln.
Ja, um meinentwillen werdet ihr vor Statthalter und Könige
geführt werden, um Zeugnis zu geben vor ihnen und den Hei-
den. Wenn man euch dann ausliefert, so seid nicht besorgt,
wie oder was ihr reden sollt. Denn ihr seid es nicht, die da
reden, sondern der Geist eures Vaters redet durch euch ..."

Messala ließ das Schriftstück sinken. „So war die Botschaft
nur für die Juden bestimmt, nicht für Heiden wie mich?" Tiefe Enttäuschung klang in diesen Worten mit.
„Ursprünglich schon, denn die Juden waren das auserwähl-
te Volk. Aber seine Worte und die seiner Jünger fielen dort
kaum auf fruchtbaren Boden. Die Juden hatten sich ihren
Messias anders vorgestellt. Machtvoll und mit den notwen-

digen Mitteln, um die verhassten Römer aus dem Land zu vertreiben. Sie hatten mehr an einen mächtigen König David gedacht als einen Zimmermannssohn aus Galiläa. Außerdem missfiel ihnen das, was sie an Botschaft erhielten. Gerade die führenden Männer wie Pharisäer und Schriftgelehrte fühlten ihre Macht schwinden, wenn die Anhängerschaft jenes Jesu weiter wachsen sollte. Und so hat Jesus eine Strafrede über die hebräischen Städte gehalten, die an Deutlichkeit nichts übrig ließ. Warte einen Moment."

Der Alte blätterte einen Augenblick in seinen Schriften, dann gab er Messala ein weiteres Schriftstück. Messala las:

„Weh dir, Korozain! Weh dir, Bethsaida! Denn wären in Tyrus und Sidon die Wunder geschehen, die bei euch geschehen sind, sie hätten schon längst in Sack und Asche Buße getan. Ich sage euch jedoch: Tyrus und Sidon wird es am Tage des Gerichts erträglicher ergehen als euch. Und du, Kapharnaum, wirst du wohl bis zum Himmel erhoben werden? In die Unterwelt sollst du hinabfahren! Denn wären in Sodoma die Wunder geschehen, die in dir geschahen, es stände noch bis auf den heutigen Tag. Doch ich sage euch: Dem Lande von Sodoma wird es am Tage des Gerichts erträglicher gehen als dir."

„Der Tag des Gerichts, wann wird dieser wohl sein?", wandte sich Julia zaghaft an Hieronymus.

„Das weiß niemand", entgegnete Hieronymus, „nicht einmal Christus wusste das. Er selbst hat gesagt, dass nur der Vater im Himmel diesen Zeitpunkt kennt. Aber etwas anderes hat er ziemlich genau vorhergesagt, und du, Messala, der du dich in der Kriegsgeschichte deines Volkes gut auskennst, wirst wissen, was ich meine."

Er griff zu einem neuen Schriftstück, suchte einen Augenblick lang und las dann mühsam vor:

„Wenn ihr Jerusalem von Kriegsheeren eingeschlossen seht, dann wisset, seine Zerstörung ist nahe. Dann sollen die Leute in Judäa ins Gebirge flüchten. Die in der Stadt sollen hin-

ausziehen, die auf dem Land nicht in die Stadt hineingehen.
Denn das sind die Tage der Vergeltung, da alles in Erfüllung
gehen soll, was in der Schrift steht! Wehe den hoffenden und
stillenden Frauen in jenen Tagen. Denn es wird eine große
Not über das Land kommen und ein Zorngericht über das
Volk. Die einen werden durch das Schwert fallen, die ande-
ren werden gefangen unter alle Völker weggeführt werden.
Jerusalem wird von den Heiden zertreten werden, bis die
Zeit der Heiden abgelaufen ist."

„Natürlich weiß ich, was damit gemeint ist", rief Messala
aus. „Die Eroberung und Zerstörung Jerusalems durch Titus
unter Kaiser Vespasian! Das war im Jahre 823 seit Stadtgrün-
dung. Und es ist genau das passiert, was Jesus vorausgesagt
hat: Jerusalem wurde bis auf die Grundmauern zerstört, die
Einwohner, sofern sie noch lebten, wurden in alle Teile der
Welt verschleppt und es wurde den Juden verboten, sich hier
wieder anzusiedeln. So wären wir Römer Werkzeuge des göttlichen Willens gewesen?"

„Mag sein", sagte Hieronymus zögernd, „aber du hast auch
gehört, dass diese Drangsal so lange dauert, bis die Zeit der
Heiden abgelaufen ist. Blick in die Welt, blick nach Rom,
man könnte den Eindruck haben, dass diese Zeit bevorsteht."

„Ich weiß nicht", mischte sich Strabo ein, „nach den Römern
kommen andere Heiden. Man sieht, dass jetzt schon die Barbaren, Goten, Vandalen, Hunnen und andere bereit sind,
unsere Plätze einzunehmen. Das römische Reich mag dem
Untergang geweiht sein, aber andere Barbarenreiche werden
folgen!"

„*Fortasse* – Vielleicht." Hieronymus blickte seine Gäste ernst
an. „Die Botschaft unseres Herrn wird alle Reiche überleben.
Aber wir wollen fortfahren. Jesus jedenfalls verstand es, sich
unter den Juden Feinde zu machen. Er zog durchs Land, heilte Kranke, Lahme und sogar Aussätzige und predigte, wie es
ihm der Vater aufgetragen hatte. Die Zahl seiner Anhänger
wuchs, und der Hass seiner Feinde auch. Freilich war er da-

ran nicht unschuldig, denn dieser Jesus, der die Sanftmut *in persona* verkörperte, konnte auch zornig werden. Hier habe ich einen interessanten Bericht."

Hieronymus ging zu der Truhe Senecas und nach kurzem Suchen übergab er Strabo einen kurzen Bericht, den der mit lauter Stimme vorlas:

*Bericht des Bar Achmin, Hauptmanns der Tempelwache
an den Hohen Rat von Jerusalem.*

Ehrwürdige Herren!
Wie es mir befohlen wurde, will ich einen Bericht von jenem Vorfall geben, der im Tempel, der meiner Obhut untersteht, so viel Aufsehen erregt hat:
Am zehnten Tage nach dem Feste Purim, etwa zur neunten Stunde, betrat der schon mehrfach auffällige Wanderprediger Jesus von Nazareth den Vorhof des Tempels. Dort hatten sich – wie es der Brauch ist – Kaufleute mit Ochsen, Schafen und Tauben sowie Geldwechsler niedergelassen und gingen ihren üblichen Geschäften nach. Erwähnter Jesus ging mit einigen seiner Anhänger zu ihnen hin und forderte sie mit groben Worten auf, den Vorhof zu verlassen. Die Kaufleute haben dann mich und die Tempelwache zu Hilfe gerufen. Der Mann aber benahm sich auch uns gegenüber geradezu unverschämt. Er zog aus seinem Gewand einen aus Binsen gefertigten Strick, prügelte auf die unschuldigen Händler ein und trieb sie aus dem Tempel. Dann hat er die Tische der Wechsler umgestoßen und das Geld verstreut. Dabei hat er gerufen: ,Es steht geschrieben: Mein Haus soll ein Bethaus sein. Ihr aber habt aus dem Hause meines Vaters eine Räuberhöhle gemacht!'
Ich habe mit meinen Männern nicht eingegriffen, weil der Hof so voll und die Zahl seiner Anhänger so zahlreich war, dass es sicher zu einem Aufstand gekommen wäre. Ich bitte daher dringend um Befehl, wie künftig bei solchen Vorfällen zu verfahren ist.

Mit ergebener Hochachtung
Bar Achmin, Hauptmann der Tempelwache, 6.Tag des Adar

„Es gab schon Dinge, die unseren Herrn auf die Palme bringen konnten", schmunzelte Hieronymus. „Auch gegenüber den Pharisäern und Schriftgelehrten war er ohne Nachsicht. Lies, was Matthäus darüber festgehalten hat; er war dabei, er wird es genau wissen."

Weh euch, ihr Schriftgelehrten und Pharisäer, ihr Heuchler! Ihr verschließt das Himmelreich vor den Menschen. Ihr selbst tretet nicht ein und lasst auch die nicht hinein, die hinein wollen. Weh Euch! Ihr verprasst die Häuser der Witwen und sagt dafür lange Gebete. Darum werdet ihr ein strenges Gericht zu erwarten haben. Weh euch! Ihr gleicht übertünchten Gräbern. Von außen sehen sie zwar schön aus, aber inwendig sind sie voller Totengebein und Unrat. So soll über euch kommen alles gerechte Blut, das auf Erden vergossen wurde …

Inzwischen begann es dunkel zu werden und die Sonne sandte ihre letzten Strahlen durch die kleinen Fenster des Empfangsraums. Der junge Raphaelus war hereingekommen und hatte Kerzen und Öllampen angezündet. Wenig später erstrahlte der Raum in warmem Glanz.
Eine kurze Bemerkung von Hieronymus und Raphaelus kehrte bald zurück mit zwei Krügen mit Wasser und Wein sowie etwas Gebäck und Obst.
„Unsere letzten Vorräte", seufzte der Alte, „aber Dank deiner Hilfe werden wir doch vorläufig nicht verhungern müssen."
Hieronymus nickte Strabo freundlich zu. Die Gäste stärkten sich mit einem kühlen Schluck, Hieronymus trank nichts, was Julia zu einer Bemerkung veranlasste: „Verzeih, edler Hieronymus. Man sieht dich kaum trinken oder essen. Und so siehst du auch aus, als wären die Vorräte des Klosters schon

vor Wochen zu Ende gegangen. Ich denke, bei der Arbeit, die du hier vollbringst, müsstest du deinen Körper besser versorgen."

„Ich höre Paula reden, oder Eustochium", lachte der Greis, „beide waren immer sehr um mein Wohlergehen bemüht. Und doch ist das Leben mehr als Trank und Speise, sagt der Herr. Da das Fleisch des Herrn die wahre Speise ist und sein Blut der wahre Trank, so besteht für mich im gegenwärtigen Leben darin mein einziges Gut, dass ich mich von seinem Fleisch nähre und von seinem Blut trinke. Das gilt nicht nur für das Mysterium der Eucharistie, sondern auch für das Lesen der Heiligen Schrift. Denn das Verstehen der Heiligen Schrift ist wahre Speise und wahrer Trank, genommen aus dem Worte Gottes. Aber verzeih einem alten Mann! Diese Worte müssen dir, Messala, fremd klingen, denn die Geheimnisse der Eucharistie sind dir noch völlig unbekannt."

„Das klingt in der Tat merkwürdig, und ich bin gespannt, um welche Art von Speise und Trank es sich handeln könnte."

Bei diesen Worten sah ihn Julia liebevoll an, wie man ein Kind ansieht, dem man die ersten Geheimnisse des Lebens erklärt.

„Geduld, Liebster", sagte sie, „auch dieses Geheimnis wird sich dir erschließen. Aber ich will Hieronymus nichts vorwegnehmen."

„Ein Geheimnis ist es wirklich", fuhr Hieronymus nun fort, „und eins, das uns immer wieder Kraft und Stärke verleiht. Aber noch sind wir an diesem Punkt nicht angelangt. Wie gesagt, hatte der Hass der Pharisäer durch all diese Vorfälle so zugenommen, dass sie sich überlegten, wie sie ihn aus dem Wege räumen konnten. Da kam ihnen der Zufall zur Hilfe. Wie du weißt, strömen die Juden zum Osterfest nach Jerusalem, um den Tempel zu besuchen. Sie nennen es Passahfest und es war ursprünglich ein Erntefest im Frühling, bei dem Gott für die erste Gerste gedankt und ein Opfer gebracht wurde. Jerusalem hatte damals etwa viertausend Einwohner, zum Passahfest aber strömten bis zu hundertfünfzigtausend Pilger in die Stadt, und so magst du ermessen, welchen Rang dieses Fest für die Juden hat. Im späteren Verlauf verlor das Fest seinen früheren Charakter und wurde mehr zu einem Erinnerungsfest, bei dem der Befreiung des Volkes Israel aus der Knechtschaft Ägyptens gedacht wurde.

Auch Jesus ging mit seinen Jüngern und Aposteln nach Jerusalem. Wie in einem Triumphzug zog er in Jerusalem ein, die Menschen standen am Rande der Straßen, winkten ihm mit Palmzweigen zu und riefen: ‚*Hosianna, hochgelobt sei der da kommt im Namen des Herrn!*' Zur gleichen Zeit aber tagte der Hohe Rat der Hohenpriester und überlegte, wie man seiner Person habhaft werden könnte, ohne dass es in dem überfüllten Jerusalem zu Unruhen kommen könnte. Zudem waren sie in ihren Entschlüssen nicht frei, denn sie unterstanden dem römischen *Procurator*, der damals Pontius Pilatus hieß. Jesus aber wusste, dass er noch vor dem Osterfest sterben würde und hatte dies seinen Jüngern oft genug angekündigt."

„Er wusste, dass er sterben würde", unterbrach Messala, „aber er war doch Gottes Sohn und hätte die Macht gehabt, alle seine Feinde zu zerschmettern. Selbst uns Römer!"

„Ja, die Macht hätte er gehabt, aber er ist nicht gekommen, um zu zerschmettern, sondern um zu leiden und auf diese Weise die Sünden der Welt auf sich zu nehmen. Das war der Auftrag, den ihm sein Vater gegeben hatte. Mehrfach hatte er zu seinen Aposteln so gesprochen."

Hieronymus zitierte aus der Heiligen Schrift:

„‚*Der Menschensohn wird in die Hände der Menschen überliefert werden. Die Schriftgelehrten werden mich zum Tode verurteilen und den Heiden überantworten. Die werden mich verspotten, geißeln und kreuzigen. Aber am dritten Tage werde ich auferstehen.*'

Am Tage vor seinem Tode hat er seine zwölf Apostel zu einem Abendmahl geladen. Aber wer könnte besser darüber berichten als der Apostel und Evangelist Matthäus, der bei diesem Mahl anwesend war. Höre seinen Bericht:

Als es Abend wurde, setzte er sich mit den Zwölfen zu Tisch. Während des Mahls sprach er: ,Wahrlich ich sage euch: Einer von euch wird mich verraten.'

Darüber wurden sie tief betrübt, und einer nach dem anderen fragte ihn: ,Ich bin es doch nicht, Herr?' Er gab zur Antwort: ,Der mit mir die Hand in die Schüssel tunkt, der wird mich verraten. Der Menschensohn geht zwar hin, wie von ihm geschrieben steht; aber wehe dem Menschen, von dem der Menschensohn verraten wird! Es wäre besser für ihn, wenn er nicht geboren wäre.' Da fragte Judas, sein Verräter: ,Bin ich es, Meister?' Er antwortete: ,Du bist es.' Während des Mahls nahm Jesus Brot, segnete es, brach es und gab es seinen Jüngern mit den Worten: ,Nehmt und esset, das ist mein Leib.'

Dann nahm er den Kelch, dankte und reichte ihn den Jüngern mit den Worten: ,Trinket alle daraus; denn dies ist mein Blut, das für viele vergossen wird zur Vergebung der Sünden. Tuet dies zu meinem Gedächtnis! Ich aber sage euch: Von jetzt an werde ich nicht mehr von diesem Gewächs des Weinstocks trinken, bis zu dem Tage, da ich es in neuer Weise mit euch trinke im Reiche meines Vaters.'"

XIII. DIE AKTE DES PONTIUS PILATUS

Nach diesen Worten hatte langes Schweigen geherrscht, das Julia nun unterbrach:

„Siehst du, das ist das Geheimnis der Eucharistie. Brot und Wein werden in unseren Gottesdiensten durch die heilige Wandlung des Priesters zum Leib Christi und zu seinem Blut. Dadurch, dass wir es zu uns nehmen, erneuern wir den Bund mit unserem Herrn."

„Richtig, Julia", ergänzte Hieronymus, „und das führte im frühen Rom des Tiberius oder Caligulas zu den schlimmen Ammenmärchen, dass wir Christen kleine Kinder schlachten und deren Blut trinken. Sie hatten gesehen, wie Eltern mit ihren Kindern in den Katakomben verschwanden und hörten wenig später Kindergeschrei. Dabei waren es nur Taufen, und die Kleinen schrien, weil das Wasser so kalt war! So entstehen diese Märchen, die uns so geschadet haben." Hieronymus seufzte tief auf.

„Mich erinnert das an die Mithras-Messen, die ich als junger Soldat mitgemacht habe", sagte Messala und eine leichte Verwirrung war ihm anzumerken.

„*Scio optime* – Ich weiß nur zu gut", sagte Hieronymus. „Das muss dich verwirren. Mithras war Sohn Ahura Mazdas, des Gottes des Lichts. Auch er galt den Seinen als Gott des Lichts, der Wahrheit, der Reinheit und der Ehre. Als Sonnengott führte er einen ständigen Kampf mit den Mächten der Finsternis. Die Soldaten des Pompeius brachten wohl diese Religion von Kappadocien nach Europa. Die Mithrasanhänger hatten sieben Weihegrade: *Rabe, Verborgener, Soldat, Löwe, Perser, Sonnenläufer und Vater*. Die Siebenzahl stand für die sieben Planeten und die sieben Stationen der Himmelsreise. Der *Rabe* überbringt Mithras den Auftrag des Sonnengottes zur Tötung des Stieres, dem *Verborgenen* wird die Hülle als Zeichen des Fortschritts in der Mysterienweisheit abgenommen, der *Löwe* steht in Beziehung zum Feuerelement, der

Soldat weist auf die Askese hin, die diese Religion verlangt, der *Perser* auf das Volk, dem der Kern dieser Erlösungslehre entstammt, der *Sonnenläufer* tritt in besondere mystische Gemeinschaft mit dem Sonnenhelden Mithras, und *Vater* ist ein Ehrentitel für den Führer in dieser Gemeinschaft. Ähnlich wie bei uns. Erst wer das Löwengewand abgelegt hat, gehört der Mithrasgemeinde vollgültig an. Sie haben eine Art Taufe und Firmung, ja sogar ein Mahl mit Brot und weinvermischtem Wasser, das die Gläubigen mit ihrem Erlöser verbindet. Übrigens hat schon Paulus auf diese scheinbare, aber doch oberflächliche Ähnlichkeit im Ritus hingewiesen. Aber zurück zum Schicksal unseres Heilandes. Judas hatte dem Hohen Rat verraten, wo er Jesus finden könne. Angeblich hat er dafür dreißig Silberlinge bekommen. In Wahrheit denke ich, dass er Jesus auf diesem Weg zwingen wollte, sich endlich als Messias zu bekennen und mit Glanz und Macht sein Reich anzutreten. Du magst dazu den Bericht des Hauptmanns der Tempelwache lesen."

Bericht des Hauptmanns der Tempelwache
Bar Achmin.

An den Hohen Rat zu Jerusalem!
Auftragsgemäß habe ich heute den Wanderprediger und Aufrührer Jesus, genannt der Nazarener, festgenommen. Ich habe mich zu diesem Zweck mit zwanzig Mann meiner Wache zum Garten Gethsemane begeben, wo sich der Verdächtige aufhalten sollte. Weitere zweihundert Mann, die uns vom Procurator überlassen worden waren, haben die Plätze und Tore der Stadt gesichert, falls es unter den Anhängern des Verdächtigen zum Aufruhr kommen sollte. Mehrere Anhänger drängten sich um den Verdächtigen, als sie uns bemerkten. Dieser fragte: „Wen sucht ihr?" und ich antwortete: „Jesus von Nazareth", woraufhin jener antwortete: „Ich bin es." Daraufhin wollte ich ihn festnehmen, jedoch einer

der Begleiter, ein gewisser Simon Kephas, zückte ein Schwert und verletzte den Malchus, euren Diener, der uns begleitet hatte, am Ohr. Der Verdächtige sagte aber dann: „Stecke dein Schwert zurück; denn alle, die zum Schwert greifen, kommen durch das Schwert um." Er ließ sich dann ohne Widerstand festnehmen. Seine Anhänger flohen und da wir keinen Auftrag hatten, sie ebenfalls festzunehmen, ließen wir sie ungeschoren. Übrigens war die Verletzung des Malchus nicht schwer, denn der Verdächtige hat das Ohr berührt und schon war es wieder heil, was ohne Zweifel Teufelswerk war. Wir haben den Verdächtigen dann gefesselt und ohne weitere Vorfälle zum Hause des Hohenpriesters Annas geführt. Zur Zeit der 2. Nachtwache war die Angelegenheit beendet.

Mit ehrerbietigem Gruß
Bar Achmin, Hauptmann der Tempelwache,
29. Tag des Nisan

„So stand er nun vor seinen größten Feinden, die sich mit falschen Zeugen für den Prozess gerüstet hatten. Sie fragten ihn, ob er der Messias sei, der Sohn Gottes. Und er antworte: *Ja, ich bin es. Aber ich sage euch: Von nun an werdet ihr den Menschensohn zur Rechten des Allmächtigen sitzen und auf den Wolken des Himmels kommen sehen.'* Da riefen sie: *,Das ist Gotteslästerung, wozu brauchen wir noch Zeugen. Er ist des Todes schuldig!'* Da sie aber nicht alleine über ihn richten durften, weil die Gesetzesgewalt bei der römischen Besatzungsmacht lag – wie es noch heute ist –, überstellten sie ihn an den *Procurator* Pontius Pilatus.

Dieser war von seinem Amtssitz Caesarea nach Jerusalem gekommen, weil er über die Festtage Unruhen befürchtete. Auch war die römische Garnison deshalb verstärkt worden. Pilatus war nun schon seit fünf Jahren *Procurator* in Judäa, war aber beim Volk äußerst unbeliebt, weil er seinen Soldaten Raub und Plünderung gestattete und gegen die Bevölkerung Willkürurteile aussprach. Und gerade dieser sollte nun das Urteil über den Angeklagten sprechen! Obwohl Pilatus den Juden anbot, Jesus freizulassen, wollten sie doch seinen Tod und haben es immer wieder geschrien, immer wieder geschrien."

Hieronymus' Stimme war zu einem Flüstern geworden und Tränen rannen über das ausgemergelte Gesicht. Er schien die Szene zu durchleben, Schweißperlen bildeten sich auf seiner Stirn. Messala, Julia und der Senator lauschten in atemloser Stille.

„Ich will es kurz machen, denn zu sehr lastet dieses Ereignis auf der Stimme des Berichtenden. Pilatus schloss sich widerwillig der Anklage der Juden an und übergab ihnen Jesus zur Kreuzigung. Und das, obwohl ihn seine Frau, Claudia Procula, eindringlich gewarnt hatte. Sie hatte von dem Angeklagten geträumt und ihrem Manne empfohlen: ‚Habe nicht zu tun mit diesem Gerechten!‘ Und dennoch sprach Pilatus das Urteil. Hier ist die Abschrift, lies es!"

ICH, PONTIUS PILATUS,

Vorgesetzter des niederen Galiläa, hier zu Jerusalem von der römischen Regierung bestellter Procurator im Palaste des Obervorstandes, richte, verkünde und spreche aus, dass ich Jesus von dem Volke der Nazarener, einen aufrührerischen Menschen gegen das Gesetz, den Senat und den großen Kaiser Tiberius hiermit verurteile!

Durch diesen Richterspruch setze ich fest, dass er am Kreuze sterben soll, wie ein Übeltäter mit Nägeln an dasselbe befestigt. Er hat, von vielen Zeugen bezeugt, das ganze Iudäa in Unruhe versetzt, indem er sich für den Sohn Gottes und den König Israels ausgab.

Ich gebiete dem Centurio Cassius Cornelius Longinus, ihn zur öffentlichen Schande gebunden und gegeißelt durch die Stadt zum Kalvarienberg zu führen und daselbst die Hinrichtung am Kreuze vorzunehmen. Auch verbiete ich bei

Strafe der Vermögenseinziehung, des Todes und der Erklä-
rung für einen Feind des römischen Reiches, dass irgendje-
mand, welch Standes er auch sei, sich unterfange, den Lauf
des Rechts zu hindern, das ich in ganzer Strenge nach römi-
schem und hebräischem Gesetze zu vollziehen befehle!

PONTIUS PILATUS,
Judex et Gubernator Galilaeae
inferioris pro Romano Imperio,
qui supra propria manu
a.d.IX.Kal.Mai 786 a.u.c.

„So waren es wir Römer, die den Sohn Gottes hingerichtet haben", Messala flüsterte es mit heiserer Stimme, „welche Schuld haben wir auf uns geladen!"

„*Amentia!*", rief Senator Strabo, „Unsinn! Ohne die Anklage der Juden wäre Jesus niemals vor dem Richterstuhl des Pilatus gelandet. Überdies hat er deutlich gesagt, dass er keine Schuld an Jesus findet."

„Dann hätte er eben den Mut haben müssen, ihn freizulassen." Es war die Stimme Julias, die sich nun zaghaft einmischte.

„Nein, wir haben ebenso Schuld wie die Juden."

„Aber die Juden drohten, Pilatus in Rom bei Tiberius anzuzeigen, wenn er ihrem Wunsche nicht nachkäme", Strabo gab nicht auf. „Was blieb ihm da noch übrig?"

„Ich denke nicht, dass es unsere Aufgabe ist, hier bei Juden oder Römern Schuld festzustellen", sagte Hieronymus. „Es war Jesus ohnedies vorbestimmt, den Kreuzestod zu leiden. Die Römer mögen Werkzeuge göttlichen Willens gewesen sein oder nicht, sie haben schon gebüßt, denn ihr Reich steht vor dem Verfall und über den Gräbern ihrer Kaiser wird sich das Kreuz unseres Herrn in aller Pracht erheben! Und auch die Juden haben gebüßt! Verlassen von ihrem Gott, zerstreut in alle Welt – welch ein Schicksal! Jesus jedenfalls wurde gekreuzigt, wie es der *Procurator* befahl. Wie ein Verbrecher übelster Sorte, zusammen mit zwei anderen Verbrechern. Den Hauptmann aber, der dieses Urteil vollstrecken musste, hat die Sache sehr mitgenommen, wie ihr aus folgendem Bericht entnehmen könnt."

Erneut kramte Hieronymus in der Truhe und nahm vorsichtig ein sehr altes Dokument heraus.

Bericht des Cassius Cornelius Longinus,
Centurio der 4. Italische Cohorte zu Jerusalem,
an den Procurator von Judäa und Galiläa,
Pontius Pilatus.

Gemäß deinem Befehl habe ich heute zur 5. Stunde die Kreuzigung des Jesus von Nazareth zusammen mit zwei Übeltätern durchgeführt. Jener Jesus hat sich ohne Widerstand ans Kreuz heften lassen. Dies geschah ohne Aufruhr, es waren nur einige Frauen und Männer aus seiner Anhängerschaft zugegen. Der Delinquent selbst hat nur noch gerufen: „Mein Gott, mein Gott, warum hast du mich verlassen?" Dann ist er gestorben. Es sind aber dann einige Dinge passiert, die mich sehr nachdenklich gemacht haben: Von der 6. bis zur 9. Stunde kam eine Sonnenfinsternis über das ganze Land, die du, erhabener Procurator, auch bemerkt haben wirst. Wie ich später erfahren habe, ist der Tempelvorhang von oben nach unten zerrissen, was nicht zu verstehen ist. Die Erde hat gebebt und etliche Felsen gesprengt. Nach anderen Berichten sollen sogar Tote aus ihren Gräbern gekommen und durch die Stadt gewandelt sein. Zwar weiß ich nicht, wie wahr diese Berichte sind, doch glaube ich, dass dieser wahrhaftig der Sohn eines Gottes gewesen sein muss, anders hätten sich solche Dinge nicht ereignen können. Ich, als der verantwortliche Offizier dieser Hinrichtung, fühle mich in höchstem Maße schuldig und bitte daher um meine sofortige Entlassung aus dem Militärdienst!

Möge dieser Gott uns verzeihen, was wir getan haben!
Cassius Cornelius Longinus, prid.Non.Mai 786 a.u.c.

„Ihr seht, dass Christus mit seinem Tode schon einen Römer bekehrt hat", sagte Hieronymus nachdenklich.

„Aber was wurde mit Pilatus, der dieses Urteil gesprochen hat?", fragte Messala ungeduldig.

„Pilatus entging seiner irdischen Strafe nicht", antwortete Hieronymus, „welche Strafe er sonst noch erhielt, weiß nur Gott. Der Kaiser, dem diese Vorfälle zu Ohren gekommen waren, verlangte Aufklärung und Pilatus schrieb ihm darauf den folgenden Brief. Auch den verdanken wir offenbar Senecas Zutritt zum Staatsarchiv", ergänzte Hieronymus.

Pontius Pilatus, Procurator von Judäa,
grüßt seinen erhabenen Kaiser
Tiberius Claudius Nero Augustus.

Vor Kurzem trug sich etwas zu, was ich selbst aufdeckte: Die Juden haben nämlich aus Neid und Hass sich selbst und ihren Nachkommen ein furchtbares Strafgericht herabgezogen. Da nämlich ihre Vorväter die Verheißung hatten, dass Gott ihnen einen seiner Heiligen vom Himmel her senden würde, der dann natürlich ihr König genannt werden musste, verhieß er ihnen, diesen durch eine Jungfrau zur Erde zu senden. Dieser also kam in meiner Statthalterzeit nach Judäa.

Und sie sahen, wie er Blinden zum Licht verhalf, Aussätzige rein machte, Gelähmte heilte, Dämonen aus Menschen vertrieb, Tote auferweckte, den Winden gebot, auf Meereswogen wandelte und viele andere Wunder tat, und wie das ganze Judenvolk ihn Gottes Sohn nannte. Von Neid nun gegen ihn getrieben, nahmen ihn ihre Hohenpriester fest und überlieferten ihn mir, und Lügen auf Lügen häufend sagten sie, er sei ein Zauberer und handle gegen die Gesetze. Ich

aber glaubte, es sei so, ließ ihn geißeln und überließ ihn ih-
rem Willen. Sie aber kreuzigten ihn, und als er begraben war,
stellten sie Wächter bei ihm auf.
Er aber, während meine Soldaten bei ihm wachten, stand
am dritten Tage auf. So weit aber entbrannten die Juden in
ihrer Schlechtigkeit, dass sie den Soldaten Geld gaben und
sprachen: „Saget, seine Jünger hätten seinen Leib gestohlen!"
Meine Soldaten nahmen das Geld, konnten aber, was ge-
schehen war, nicht verschweigen. Denn sie haben bezeugt,
sowohl dass sie jenen auferstanden sahen als auch dass sie
von den Juden Geld bekommen haben.
Dies aber bringe ich deshalb vor deine Majestät, damit nicht
ein anderer Lügen vorbringe und du meinst, den Trugreden
der Juden glauben zu müssen.

Die Götter mögen mit dir sein!
Pontius Pilatus, kal.Sept. 787 a.u.c.

„Und wie hat der Kaiser darauf reagiert?", wollte Julia wissen.
„Nun, nach langem Zögern hat der Kaiser dem Legaten von
Syrien, Lucius Vitellius, befohlen, Pontius Pilatus nach Rom
zu überstellen. Hier ist der Befehl dazu."
Er reichte Messala ein altes, vergilbtes Schriftstück, das das
kaiserliche Siegel trug.

Tiberius Caesar Claudius Nero Augustus
an Lucius Vitellius, Legat der Provincia Syria.

Kraft unserer Kaiserlichen Majestät und mit Zustimmung
des Senats von Rom wird dem Legaten der Provincia Syria,
Lucius Vitellius, hiermit befohlen, den Procurator der Pro-
vincia Judäa nomine Pontius Pilatus schnellstmöglich nach
Rom zu überstellen und dies mit bewaffneter Bedeckung.
Dem Procurator ist dieser Befehl zur Legitimation vorzuzei-
gen. Gründe sind keine anzugeben.

Gegeben zu Rom Idibus Nov. 787 a.u.c.
Babylios, Freigelassener und
Erster Kaiserlicher Kanzleischreiber

„Nachdem Pilatus nach Rom überstellt worden war, wurde er in Arrest genommen und nach wenigen Tagen vom Kaiser persönlich verhört."

„Vom Kaiser persönlich", rief Messala, „das ist ungewöhnlich. Da muss Tiberius der Sache schon besondere Bedeutung beigemessen haben. Gibt es über dieses Verhör etwa auch ein Schriftstück?"

„Dazu gibt es ein Protokoll, das natürlich auch bei den Akten ist. Der *Archivarius* hat alle diese Akten später unter dem Titel *Pilatus-Akten* zusammengefasst und Seneca hat sie mitgenommen." Hieronymus nahm einen kräftigen Schluck Wasser und reichte das Protokoll dem Senator. „Du als Senator müsstest dich mit solchen Akten auskennen. Meine Stimme ist schon etwas brüchig."

Strabo warf einen kurzen Blick auf das Dokument, räusperte sich und begann zu lesen:

Protokoll der Kaiserlichen Gerichtssitzung unter
Tiberius Claudius Nero Caesar über den Pontius Pilatus,
ehemals Procurator von Judäa.

Anlass der Sitzung waren die Vorfälle um die Kreuzigung eines Unschuldigen in Judäa und der Brief, den der ehemalige Procurator zu diesem Thema geschrieben hat. Dieser wurde in Fesseln vorgeführt. Der Kaiser hochselbst geruhte, den Angeklagten zu befragen, wie er den Unschuldigen habe hinrichten lassen können, wo er doch die Wundertaten jenes Mannes habe erkennen müssen. Der Angeklagte schob alle Schuld auf die Juden. Auf Nachfrage gab er diese an mit: Herodes, Archelaos, Philippos, Annas und Kaiphas. Das Volk sei aufsässig gewesen und er habe gemeint, diese

Hinrichtung vorzunehmen, um einem Aufstand vorzubeugen. Darauf machte der Kaiser dem Angeklagten den Vorwurf, er hätte jenen Jesus besser nach Rom geschickt, damit man sich dort mit ihm beschäftigen würde. Dieser sei doch offensichtlich ein wahrer König gewesen. Daraufhin befahl der Kaiser, den Pilatus in strengen Gewahrsam zu nehmen, damit man die ganze Wahrheit über jenen Jesus erfahre. Für den nächsten Tag wurde eine Senatssitzung auf dem Capitol anberaumt, auf dass das Verhör fortgesetzt werde. Wieder wollte der Kaiser dann wissen, wer denn jener nach Pilatus' Ansicht gewesen sei, der den Kreuzestod erlitten habe.

Der Angeklagte räumte ein, dass jener größer gewesen sein müsse als alle Götter, die verehrt würden. Darauf warf der Kaiser dem Angeklagten vor, dass er doch dann dem Reich einen schlimmen Dienst erwiesen habe. Pilatus räumte das ein, gab aber vor, er habe in der Situation nicht anders handeln können. Nach Beratung mit den ehrwürdigen Vätern des Senats wurde folgender Beschluss erlassen:

Der Licianus, Kommandant des Orients, wurde aufgefordert, sich mit einem starken Truppenaufgebot schleunigst in das Land der Juden zu begeben, und diese für ihr unbotmäßiges Verhalten zu bestrafen, indem er sie zu Sklaven mache und unter die Völker verstreue.

Der Pilatus aber wurde zum Tode durch Enthauptung verurteilt und das Urteil zwei Tage später vollstreckt.

Protokolliert zu Rom, prid.Kal.Ian. 788 a.u.c.
Babylios, Freigelassener und
Erster Kaiserlicher Kanzleischreiber

„Soweit dieses Dokument", sagte Hieronymus, „doch sind hier Zweifel angebracht. Zum Einen hat es diese Strafexpedition gegen die Juden unter Tiberius nie gegeben, zum Anderen berichten andere Quellen, Pilatus habe Selbstmord begangen, wieder andere, er sei lediglich verbannt worden. Die

Wahrheit wird man wohl nicht feststellen können. In manchen Gebieten wird Pilatus gar wie ein Heiliger verehrt, weil unter seiner Statthalterschaft all das in Erfüllung gegangen sei, was die Propheten geweissagt hätten. Mir fällt es schwer, an solche Legenden zu glauben!

Viel wichtiger aber ist, dass Christus seine Ankündigung wahrgemacht hat und am dritten Tage von den Toten auferstanden ist. Sein Grab war leer und der Gekreuzigte ist seinen Aposteln noch mehrfach erschienen. Christus hat den Tod besiegt! Das muss für die Juden ein furchtbarer Schock gewesen sein, jedenfalls haben sie alles versucht, die Wahrheit zu unterdrücken. Sie haben sogar versucht, die römischen Wachen zu bestechen und zu einer falschen Aussage zu bringen. Das geht aus diesem Bericht hervor, den einer der Legionäre auf Geheiß an Pilatus geschickt hat."

Bericht des Cassius Carusius,
Legionär der Dritten Cohorte, Leg. X. Fret.,
an den ehrw. Procurator Pontius Pilatus.

Gemäß Befehl haben wir das Grab des Executierten, mit dem Namen Jesus von Nazareth, mit einer halben Decurie bewacht Ich versichere bei den Göttern, dass alle ihrer Pflicht nachgekommen sind und ordnungsgemäß Wache gehalten haben. Die Wache stand unter meinem Kommando und dauerte bis Sonnenaufgang des Tages, der auf den Tag folgt, den die Juden Sabbat nennen. Das Grab war weisungsgemäß mit einer schweren Steinplatte verschlossen. Am Morgen des dritten Tages zogen wir ab. Besondere Vorfälle hat es nicht gegeben. Später wurde uns gesagt, dass der Leichnam des Delinquenten abhanden gekommen sei. Von einigen jüdischen Hohenpriestern wurden uns daraufhin erhebliche Geldsummen geboten, damit wir aussagen sollten, die Jünger jenes Mannes hätten den Leichnam beiseite geschafft. Keiner meiner Männer aber hat das Geld angenom-

men und *es entspricht auch nicht der Wahrheit, dass Män-*
ner gekommen sind und den Leichnam gestohlen haben. Ob
und wie der Leichnam verschwunden ist, kann ich nicht sa-
gen. Weitere Aussagen kann ich nicht machen.

Die Götter mögen unseren Kaiser schützen!
Cassius Carusius, prid.Id.Mai 786 a.u.c.

Inzwischen war es draußen vollständig dunkel geworden und
ein angenehm kühler Lufthauch zog durch die Fenster. Julia
unterdrückte mit Mühe ein Gähnen und sagte: „Obwohl ich
diese Geschichten größtenteils kenne, faszinieren sie mich immer wieder. Wie viel mehr musst du beeindruckt sein, Liebster." Sie wandte sich an Messala und drückte seinen Arm.

„Sie faszinieren mich ungeheuer, und ich kann es nicht abwarten zu hören, wie es mit den anderen Männern weitergegangen
ist, mit den Aposteln und den Evangelisten, die euch diese Bot-
schaften hinterlassen haben."

„Uns, nicht euch", lächelte Strabo, „du wirst bald zu uns gehören, nicht wahr Hieronymus?"

Hieronymus schmunzelte. „Wenn unser Proselyt weiter Fortschritte macht wie bisher und so begierig die Frohe Botschaft
aufnimmt wie heute, so werden wir in einem Monat seine
Taufe feiern können."

„Dann bist du kein Heide mehr", jubelte Julia, „und ich werde
dich noch mehr lieben als bisher, – wenn das geht!" Sie nahm
Messala in ihren Arm und drückte einen zarten Kuss auf seinen Mund.

„Leider muss ich mich jetzt von diesem rührenden Bild trennen", lachte Hieronymus, „Mitternacht naht, Zeit für eine
weitere Lektion in Hebräisch."

„Jetzt noch?", fragte Strabo verwundert.

„Ja, mein verehrter Lehrer fürchtet, er könne Schwierigkeiten
mit den Strenggläubigen unter seinen Glaubensgenossen bekommen, wenn es herauskommt, dass er einem christlichen
Klostervorsteher Hebräischunterricht erteilt."

„Unsere *Cubicula* warten, und ich will froh sein, wenn ich im Bett liege", dröhnte der Senator, „ich vermute, dass Messala meine Tochter noch zum Frauenkloster begleitet."

„*Rectissime*, Senator – Sehr richtig", lachte Messala und strahlendes Glück leuchtete in seinen Augen.

XIV. VON ROM NACH BETHLEHEM

Schlimme Träume hatten den Tribun gequält. Drohend hatte ihm Pilatus im Traum verkündet, dass das Evangelium nur eine Botschaft für Juden sei, er aber sei Heide und dringe unberechtigt in den Kreis der Erwählten ein. Höhnisch hatten seine ehemaligen Soldaten Aulus und Festus ihn verlacht: „Krieger bist du, nicht Christ. Statt an den Mantelzipfeln des Alten zu hängen, solltest du dir Kampfeslärm um die Ohren wehen lassen! Nicht das Kreuz brauchst du, sondern das Schwert!" Zu allem Überfluss tanzte auch noch Julia durch seine Träume, und das in den Armen von Alarich, dem Gotenkönig. Das war zu viel!

Schweißgebadet wachte Messala auf und sah die ersten Sonnenstrahlen durch die Fensteröffnung dringen. Er sah nach, ob man ihm schon die Waschschüssel vor das Zimmer gestellt hatte und war erfreut, sie vorzufinden. Er steckte den ganzen Kopf in die Schüssel. Das kalte klare Wasser tat ihm gut und verscheuchte die dunklen Traumgestalten. Zurück blieb ein schaler Geschmack im Mund, den auch das *Dentifricium* kaum vertreiben konnte. Er zog sich eine frische, blaugefärbte Tuncica an und ging hinunter zum *Refectorium*. Obwohl es kaum die fünfte Stunde sein konnte, herrschte hier schon viel Betrieb.

Die Mönche hatten ihre Andacht im *Oratorium* beendet und saßen bei einem kargen Frühstück: Brot, Käse, Obst und Wasser. Messala schloss sich ihnen nach einem kurzen Gruß schweigend an und gesellte sich zu Hieronymus und Vincentius, die immer an einem gesonderten Tisch saßen. Hieronymus blickte ihn aufmerksam an. Es entging ihm nicht, dass der Tribun sich unwohl fühlte.

„*Nonne vales* – Es geht dir nicht gut?", sprach ihn der Alte fürsorglich an.

Messala schüttelte den Kopf: „So viele Gedanken schwirren durch meinen Kopf, so viel ist in den letzten Tagen auf mich

eingestürzt. Es ist, als ob ein Sturm durch meine Sinne tobt."
Hieronymus lachte: „Eine kleine Wanderung sollte dir guttun.
Es kommt Sturm auf und ein frischer Landwind weht über die
Weiden, das wird dir die dummen Gedanken aus dem Kopf
pusten. Komm, ich werde dich begleiten. Hab' schon viel zu
lange nicht mehr die Natur unseres Herrn erlebt. Ich verspre-
che auch, mich heute aller Glaubensunterweisungen zu enthalten. Vincentius, magst du uns begleiten?"
Der nickte überrascht über diesen Vorschlag. Seines Wissens
hatte der Greis seit Monaten das Kloster nicht verlassen, außer
zur Basilica oder zum Schulraum.
Sie packten ein paar Sachen zusammen und verließen gemeinsam das Kloster. Sie ließen Bethlehem rechts liegen und
wanderten durch die hügelige Landschaft der Höhenzüge nach
Osten. Die Hitze war heute viel erträglicher als an den Tagen
zuvor und ein kräftiger Westwind schlug ihnen entgegen.

„Dort im Osten liegt Qumran, wo früher die merkwürdige
Sekte der Essener in ihren Höhlen lebte. Es gibt Berichte, nach
denen sich auch Jesus in seinen jungen Jahren dort aufgehalten
haben soll. Dahinter liegt das Tote Meer, ein seltsames Meer,
ohne jedes Leben. Keine Tiere, nicht einmal Aale oder Schne-
cken können in diesen Wassern überleben. Fische, die vom Jordan in dieses Meer geraten, sterben sofort und schwimmen auf
der Oberfläche des fetten Wassers."
Interessiert lauschte Messala den Worten des Alten. Die frische Luft tat ihm sichtlich gut. Er begann seinen Körper zu
recken und zu strecken und atmete einige Male tief ein.
„Diese Plätze haben wir, als wir aus Rom kamen, gemeinsam
besucht", ergänzte Vincentius. „Es war eine schöne Zeit. Trotz
der Flucht aus Rom erschien es uns unbeschwerter und freier
als heute."
„Und Paula lebte noch", Hieronymus' Stimme klang brüchig,
die Erinnerung an die tote Freundin nahm ihn immer noch
mit.

„Seid ihr nach eurer Flucht aus Rom sofort nach Bethlehem gezogen?", wollte Messala wissen.

„Du willst den Verlauf meiner Reise hören?", fragte Hieronymus, seine Stimme hatte sich wieder gefasst. „Ich will ihn kurz erzählen: Im August zur Zeit des heißen Nordwindes bestieg ich voller Sorge im Hafen von Rom ein Schiff, zusammen mit meinem lieben Freund Vincentius hier, meinem jugendlichen Bruder Paulinian und anderen Mönchen."

Messala merkte auf, von einem Bruder des Alten hatte er noch nie gehört. Gerade wollte er dazu eine Frage stellen, als Hieronymus schon mit seiner Erzählung fortfuhr:

„Für immer wollte ich der Hügelstadt den Rücken kehren, in der ich so viel Enttäuschung und Verdruss erlebt hatte. Mich lockte der Friede und die ländliche Einsamkeit, die ich im Heiligen Lande zu finden hoffte. Fern vom *römischen Babylon* wollte ich ein bescheidenes Mönchsleben führen, nur Gott und den Wissenschaften gewidmet. Mochte Rom sein lärmendes Treiben haben, die Arena ihre Rasenden, der Circus seine Tollheiten, das Theater seinen luxuriösen Pomp, für mich war es gut, dem Herrn allein anzuhängen und dieses *Babylon* und die Knechtschaft Nabuchodonosors für immer zu verlassen. Musste ich doch gar vorher die Wiederherstellung meines guten Namens durch ein kirchliches Gerichtsverfahren erzwingen!

Ich kam nach Rhegium. Am Scyllafels machte ich ein wenig halt, dort, wohin die alten Sagen die gefährlichen Fahrten des listigen Odysseus verlegten, den Sirenengesang und den Strudel der unersättlichen Charybdis. Die dortigen Bewohner erzählten mir vieles und rieten mir, nicht zu den Säulen des Proteus, also nach Ägypten, zu fahren, sondern zum Hafen des Jonas, nach Joppe. Dorthin führen, so sagten sie, die Ausreißer und Aufwiegler, hierhin jedoch die friedlichen Menschen. So wollte ich lieber um Malea an der Südostspitze Griechenlands und die cycladischen Inseln herum nach Cypria fahren. Dort wurde ich von dem ehrwürdigen Bischof Epiphanius freundlich aufgenommen. Von dort segelte ich nach Seleukia, dem stolzen Hafen Antiochiens, wo mich mein Freund Evagrius gastfreundlich in seinem schönen Haus aufnahm und ich den Umgang mit Bischof Paulinus genießen durfte, der mich einst zum Priester geweiht hatte. Dort warteten wir auch auf die Ankunft von Paula und Eustochium, die einige Wochen später Rom verlassen hatten."

Hieronymus machte eine kleine Pause und holte tief Luft. Der Weg führte nun steil nach oben, hier waren keine Palmen oder Dattelhaine, die Schatten gewährten, und obwohl der Wind hier oben noch mehr brauste als unten im Tal, brannte die Sonne jetzt mit mehr Kraft als zuvor. Vincentius holte einen Lederschlauch mit Wasser hervor, und die drei Männer stärkten sich mit einem kräftigen Schluck. Nach einem kurzen, versonnenen Blick auf die talwärts gelegenen Klosteranlagen gingen sie weiter.

„Mitten im Winter und bei großer Kälte haben wir eine Karawane zusammengestellt, die unsere kleine Pilgerschar ans Ziel bringen sollte. Bischof Paulinus, der das Land gut kannte, übernahm die Führung. Vor allem wollten wir die Stätten sehen, von denen wir so vieles in der Heiligen Schrift gelesen hatten. Pilger waren wir, nicht Reisende! Schied ich auch im Streite von Rom, so dankten wir jetzt doch den Römern einen guten und bequemen Reiseweg, denn wo immer sich die Macht der römischen Imperatoren erstreckte, waren die Straßen und Wege gut gangbar, sicher und gepflegt. Zunächst durchquerte unsere kleine Karawane, die unter keinem Schutz als dem des Herrn stand, Cölesyrien und Phönicien. Am sandigen Ufer von Tyrus erinnerten wir uns der Spuren des Apostels Paulus, in Sarepta besuchten wir den Turm des Propheten Elias.

Weiter ging die Reise auf der großen Hauptstraße am Meer entlang durch das Land der Philister. In Caesarea besuchten wir das Haus des Hauptmanns Cornelius, der dir ja schon aus der Leidensgeschichte unseres Herrn bekannt ist. An der

Stelle des Hauses steht jetzt eine christliche Kirche. Außerdem verbrachte ich nicht wenige Tage in der Bibliothek des verstorbenen Pamphilus; dort lag nämlich das umfangreiche Bibelwerk des Origenes, des größten Schriftforschers der griechischen Kirche und in Vielem mein Vorbild.

Über das halbzerstörte Städtchen Antipatris, das seinen Namen auf Herodes' Vater zurückführt, herauf nach Lydda, das heute Diospolis heißt. Hier hat einst der Apostel des Herrn, Simon Petrus, den Aenaes, der schon seit Jahren lahm war, geheilt. In der lieblichen Hafenstadt Joppe verweilten wir einige Tage, auch dies ein Ort des Wunders, denn Petrus hat hier die tote Jüngerin Tabitha auferweckt. Von da reisten wir nach Nikopolis, dem früheren Emmaus, wo der Herr durch die Brotbrechung, an der man ihn erkannte, das Haus des Kleophas zu einem Gotteshause weihte. Der Evangelist Lukas hat darüber berichtet.

Dann Jerusalem! Die Heilige Stadt mit den drei Namen Jebus, Salem und Jerusalem, die Aelius Hadrianus später aus Schutt und Asche als Stadt Aelia wieder erbaut hat nach dem blutigen Aufstand von Bar Kochba. Der *Proconsul* von Jerusalem, der Paulas Familie gut kannte, schickte uns Diener entgegen und bot uns im *Praetorium* gastliche Wohnung an.

Paula aber verschmähte den herrlichen Palast und wählte lieber eine armselige Zelle. Alle Stätten der Heiligen Stadt besuchten wir mit größter Andacht. Paula insbesondere war von solchem Eifer der Inbrunst, dass wir sie kaum wegbringen konnten. Vor dem Kreuze auf Golgatha warf sie sich nieder und betete es an, als ob sie den Herrn an demselben hängen sähe. Sie ging in das Auferstehungsgrab und küsste den Stein, welchen der Engel einst weggewälzt hatte. Dann verteilte sie, soweit es ihr Vermögen erlaubte, unter die Armen und Dienstboten ihr Geld und wir reisten weiter nach Bethlehem.

Eine unbeschreibliche Seligkeit durchflutete uns alle hier, an der Stätte der Geburt des Erlösers. Wir gingen in die Grotte, wo die Krippe gestanden hatte, und Paula beteuerte, sie sähe mit den Augen des Glaubens das in Windeln gewickelte Kind, so wie es Lukas beschrieben hat. Voller innerer Freude brach sie in Tränen aus und rief: ,Sei gegrüßt, Bethlehem, Haus des Brotes, wo jenes Brot geboren wurde, das vom Himmel herabgestiegen ist. Sei gegrüßt, Ephrata, du überaus reiche und fruchtbare Gegend, deren Fruchtbarkeit Gott ist. Über dich hat einst Michäas geweissagt: ,Und du Bethlehem, Haus Eprata, bist keineswegs die geringste unter den Tausenden Judas. Aus dir wird hervorgehen derjenige, der Fürst sein soll in Israel.' Wir verließen das Örtchen in seliger Freude und reisten nun auf schnelleren Wegen durch Südpalästina nach Gaza, der Stadt der Reichtümer Gottes. Ich will es kurz machen", dem Alten fiel das Sprechen jetzt sichtlich schwer, und die Männer machten eine kurze Rast unter dem Schatten eines einzelnen versprengten Olivenbaums.

„Über Thekua kehrten wir nach Jerusalem zurück, von da nach Jericho, wo wir an den Verwundeten aus dem Evangelium denken mussten, dem nur der barmherzige Samariter in seiner Not half."

Die Wanderer hatten den Gipfelpunkt des Hügels überschritten und gingen nun mit schnellerem Schritt herab auf Bethlehem zu. Der Wind hatte nachgelassen, dafür türmten sich jetzt dunkle Wolken über ihren Köpfen und verhießen erfrischenden Regen.

„Es wird Zeit, an die Heimkehr zu denken", mahnte Hieronymus, „ich will den Reisebericht zu Ende bringen, bevor das Gewitter uns überrascht: Vom Jordan wandten wir uns nordwestwärts dem Gebirge zu, gelangten nach steilem Aufstieg auf die Hochebene und kamen an Bethel und Silo vorbei nach Sichem, wo wir die Kirche besuchten, die am Fuße des Berges Garizim über dem Jacobsbrunnen errichtet wurde. Weiter über Samaria, das heutige Sebaste, nach Galiläa. Über Nazareth, der Nährstadt des Herrn, nach Kanaa und Kapharnaum an den See Genezareth, der durch die Fahrten und Wundertaten des Herrn geheiligt wurde."

Ein dumpfes Grollen ließ die Stimme des Erzählenden verstummen und die Blicke der Wanderer den Himmel suchen, kurz darauf ein heftiges Schlagen, ein Donnern und Grollen. Wenig später durchzuckten Blitze den nachtschwarzen Tag, dicke Regentropfen begannen zu fallen und durchnässten die eiligen Wanderer in kurzer Zeit.

„Zur *Schola*", rief Vincentius, denn das niedrige, dem Frauenkloster angegliederte Schulhaus lag dem Weg am nächsten. Soweit es das Alter des Hieronymus gestattete, liefen die Männer den gewundenen Weg hinab, passierten das Kloster der Eustochium, umrundeten das Gästehaus und standen atemlos vor der *Schola*. Die wuchtige Holztür war nicht verschlossen und drehte sich ächzend in ihren Angeln.

„*Intrate* – Kommt herein", sagte Hieronymus schwer atmend, „dies ist mein liebster Ort – nach dem *Tablinum* natürlich."

Messala fand den Grund schnell heraus. Der Raum war lang gestreckt, die kleinen Fenster an den Seiten gewährten einen Blick auf den Marktplatz von Bethlehem. Die Einrichtung bestand aus einem schweren alten Eichentisch in der Mitte, umgeben von etwa zwanzig Stühlen. An den Seitenwänden, zwischen den Fenstern, an der Stirnseite und neben der Eingangstür befanden sich in langer Reihe Holzregale, die mit Schriften und Schriftrollen überfüllt waren. Kleine rote Signaturen zeigten den Verfasser an. Über der Tür war ein großes Holzkreuz mit dem Leib des Erlösers angebracht und darunter die Worte: *Nunc adbibe puro pectore verba, puer, nunc te melioribus offer!* – Jetzt, wo du jung bist, schlürfe mit reinem Herzen das Wort der Lehre, jetzt öffne dich heilsameren Lehren!

„Horaz und das Kreuz, verträgt sich das?", fragte Messala lächelnd.

„Ich denke schon", antwortete Vincentius, „die Dichtkunst

des Horaz würde auch vor den Augen des Herrn gefallen finden."

Hieronymus nickte: „Horaz ist weniger Heide als mancher Christ."

Sie schüttelten die Regentropfen ab und setzten sich. Vincentius begab sich in einen kleinen Nebenraum und kehrte bald darauf mit zwei Tonkrügen und drei Bechern zurück.

„Für Notfälle wie diesen haben wir hier immer einen kleinen Vorrat", er zwinkerte Messala zu, „zwar kein Falerner, aber auch kein saurer Hebräer."

Er schenkte den Männern ein und sie gönnten sich einen erfrischenden Trank. Ein Blick durch die schmalen Fenster zeigte, dass der Gewitterschauer in feinen aber beständigen Landregen übergegangen war. Schon klärte sich der Himmel auf, wenn auch in der Ferne die nächsten Wolken heranzogen.

„Fürs Erste sind wir hier geborgen", meinte Hieronymus, „Gelegenheit, meinen Reisebericht im Trockenen zu beenden."

Die Männer streckten sich und machten es sich so bequem, wie es die alten Holstühle zuließen.

„Hier unterrichtet Hieronymus die Menschen aus der Umgebung, hierhin kommen aber auch Wissensdurstige aus aller Welt und folgen seinem trefflichen Rufe", erklärte Vincentius, „und zweimal in der Woche unterrichten hier die Ordensfrauen der Eustochium die Kinder von Bethlehem. Und hier lagern all die Schriften und Buchrollen, die unser verehrter Hieronymus in vielen Jahren gesammelt hat, die er so sehr liebt und die nun den Raum zu sprengen scheinen. Hier findest du auch die Abschriften seiner eigenen Werke. Die Menschen späterer Jahrhunderte werden sie als Quell der Weisheit zu schätzen wissen."

„Du bist ein Schmeichler, Vincentius", lachte Hieronymus. „Ich bin nicht so sicher, ob alle deine Meinung teilen. Die einen sind voller Geringschätzung über mich, gleichgültig, was ich sage, sie rümpfen die Nase und verurteilen es. Die anderen sehen in ihrem Vorurteil gegen mich gar nicht erst auf die

Sache, um die es geht. Sie richten sich lieber nach dem Urteil anderer Kritiker: wenn die schweigen, schweigen sie auch. Mein Bemühen um die Sache interessiert nicht. Dann gibt es noch solche Leute, die mich als maßlos bezeichnen, weil ich ein Werk in Angriff genommen habe, das kein Lateiner vor mir anzufassen wagte."

„Die Bibelübersetzung?", fragte Messala.

Hieronymus nickte nur. „Einige halten sich für klug und gelehrt, wenn sie nur das Werk eines anderen kritisieren können; und nicht das, was sie selbst nicht können, sondern das, was ich nicht kann, das beurteilen sie. Aber siehe: eine andere Generation wird kommen, und dann wird es nicht mehr um die Würde des Namens gehen, sondern allein um den Geist eines Werkes. Nicht der Autor wird den Leser interessieren, sondern der geistige Gehalt der Schrift: ob der Autor Bischof oder Laie, Kaiser oder Herr, Soldat oder Sklave ist, ob er in Purpur und Seide oder in Lumpen daherkommt, wird keine Rolle mehr spielen. Nicht nach der Stellung im Leben, sondern nach dem Rang des Werkes wird man urteilen. Aber du hast schon recht, lieber Freund. Ich liebe diesen Raum und ich liebe diese Bücher. Ihre Zahl hat in letzter Zeit erfreulich zugenommen. Wer immer mich aus Rom oder anderen Teilen der Welt besucht, bringt etwas mit. Manchmal gebe ich auch Bestellungen auf. So hat unser Weinhändler jetzt den Auftrag erhalten, in den Antiquariaten Caesareas und Antiochias nach einer Ausgabe von Ciceros Werk *De natura deorum* Ausschau zu halten, wenn der Preis nicht zu hoch ist. Eine Ausgabe des Origines hat mich fast ruiniert."

Er seufzte schwer und lächelte dabei.

„Hatte ich dich nicht so verstanden, dass du nach jenem Traum keinen lateinischen Klassiker mehr liest?", wunderte sich Messala.

„*Recte, mi fili.* Früher las ich sie zur Erbauung und vernachlässigte die Heilige Schrift. Jetzt lese ich sie mit den Augen des Lehrenden, auch wenn mir andere anderes vorwerfen."

„Sein früherer Freund Rufinus wirft ihm bösartig vor, dem Gelübde untreu geworden zu sein", ergänzte Vincentius mit einem besorgten Blick auf den Alten. „Er stellt gar Listen mit Zitaten klassischer Autoren zusammen, die Hieronymus in seinen Schriften verwendet, er wirft ihm öffentlich die Bücher vor, die du in diesen Regalen hier findest, ja er sagt sogar ..."

„Nicht den Namen dieser Schlange erwähne in diesen Räumen, alter Freund, nicht diesen Namen! Wenn dieser lateinisch schreibt, erweckt er nur den Eindruck, er brummte etwas vor sich hin in seinen Bart. Statt vernünftig voranzuschreiten, torkelt er daher wie eine Schildkröte. Er soll doch endlich griechisch schreiben! Leute, die nichts davon verstehen, glauben dann, er verstünde es!"

Das Gesicht des Greises war vom Zorn verzerrt, so hatte ihn Messala nie gesehen. Er nahm sich vor, Vincentius nach den Gründen seines Hasses gegen den ehemaligen Freund zu fragen.

Aber schon fuhr der Alte zornig fort: „Die Leute werfen mir vor, ich würde ihn zu schlimm behandeln in meinen Schriften, er selbst schimpft, ich würde ihn in unveröffentlichten Papieren gar arg verunglimpfen. Unsinn! Ich kann auf meinen Papieren jegliches ungereimte Zeug niederschreiben. Ich kann die Heilige Schrift kommentieren. Ich kann aber auch zurückbeißen, wenn man mich angreift, meinem Ärger Luft machen, mich in der Argumentation üben und mir einen Vorrat von gespitzten Pfeilen für den Kampf zurechtlegen. Solange ich das nicht veröffentliche, sind die Beleidigungen kein Verbrechen, ja nicht einmal Beleidigungen, da die Öffentlichkeit nichts davon weiß."

Er atmete tief durch und Messala merkte, dass das Thema Rufinus damit für ihn abgeschlossen war, und verzichtete klug auf jede Nachfrage. Nach einer kurzen Pause hatte sich Hieronymus wieder in der Gewalt.

„Genug von dem Zank! *Docendo discimus* – Durch Lehren lernen wir, sagt Seneca. Und wie am Beispiel Cicero und Seneca zu sehen ist, kann auch die christliche Lehre in den Klassikern manche Wurzel finden. Die heidnischen Autoren habe ich seitdem nur noch im Zusammenhang mit meiner Bibelarbeit herangezogen. Nicht des Genusses wegen, nicht ihrer selbst willen lese und zitiere ich sie, sondern um der Früchte meiner Arbeit willen, nicht aus Willkür, sondern um zu zeigen, dass die biblischen Weissagungen wahr und erfüllt sind.

Doch zurück zu unserer Reise. Von Galiläa reisten wir wieder nach Jerusalem, wo wir kurze Rast machten. Von dort durchzogen wir das südwestliche Palästina und erreichten nach mühevoller Wüstenwanderung Ägypten, das stolze Land der Pharaonen. In Alexandria gönnten wir uns Rast. Hier hörte ich in der berühmten Katechetenschule Didymus den Blinden und genoss fast einen Monat seinen Unterricht. Von Alexandria aus besuchten wir Nitria, die Stadt des Herrn. Mit größten Ehren wurden wir in dieser berühmten Mönchskolonie empfangen. Bischof Isidor sowie unzählige Scharen von Mönchen, unter ihnen auch viele Priester, kamen uns entgegen und begrüßten uns mit Freude und Ehrfurcht. Seltsam, mein Ruf muss von Rom bis in jene Wüste gedrungen sein!

Ehrwürdige Leute trafen wir: Macarius, den Alexandriner, den Vorsteher der Mönche, Serapion, den gelehrten Mönch und Arsenius, der Erzieher des Kaisers Arcadius war wie Seneca der des Nero.

Und doch, in all dem Glück, das wir auf jener Reise genossen, und bei all den heiligen Stätten, die wir sahen, und bei all den verehrungswürdigen Menschen, die wir trafen, drängte es Paula und mich zurück, zurück nach Bethlehem. Wegen der sengenden Hitze mieden wir den Landweg und gingen in Pelusium, einer alten Stadt in Unterägypten, an Bord eines kleinen Seglers. Der brachte uns in schneller Fahrt nach Maiuma, dem Hafen von Gaza. Und von dort reisten wir ohne Aufenthalt nach Bethlehem, um es nie wieder zu verlassen!

Ein ganzes Jahr währte diese Pilgerreise! Aber es war keine verlorene Zeit, kein Tag, keine Minute war verloren! Die Eindrücke, die ich auf dieser Reise gewann, sie begleiten mich bis heute. Ich habe alles gesehen, was ich sehen musste.

Wer Athen gesehen hat, lernt auch die griechische Geschichte besser verstehen, und wer von Troia über Leucas und Acroceraunia nach Sicilien und weiter zur Mündung des Tiber gereist ist, der begreift das dritte Buch Vergils. Geradeso sieht man auch die Heilige Schrift mit anderen Augen an, wenn man Judäa besichtigt hat und die alten Stätten und Landschaften kennt, mögen sie inzwischen die alten Namen behalten oder geändert haben.

Der Rest meines Lebens aber gehört diesem Ort hier!"

„Aber warum Bethlehem?", wandte Messala ein. „Warum nicht Jerusalem oder Nazareth? Sind nicht beides Orte, an denen du dem Herrn sehr nahe sein konntest?"

„Sicher sind auch dies heilige Orte", antwortete Hieronymus. „Aber Jerusalem ist die Stadt seiner Kreuzigung, was sollte ich daran lieben? Es ist auch die Stadt seines Grabes, aber eines leeren Grabes. Mit seiner Auferstehung hatte dieses Grab keine Bedeutung mehr, auch wenn Paula es sehr verehrt hat. Und Nazareth? Dort hat Jesus als Kind gelebt, gelehrt und gewirkt hat er dort kaum. *In patria natus non est propheta vocatus* – Wer im Vaterland geboren wurde, gilt dort nicht als Prophet. In Galiläa fand er zwar seine Jünger, aber die wenigsten Anhänger. Die Leute dort konnten sich einfach nicht vorstellen, dass dieser Zimmermannssohn, den sie hatten aufwachsen sehen, dass gerade der der ersehnte Messias sein sollte.

Doch schaut, die Sonne wagt sich mit dünnen Strahlen hervor und der Regen hat fast aufgehört. Zeit, ins Kloster zurückzukehren. Unsere Brüder sind es nicht gewohnt, dass der Alte so lang ausbleibt. Schließlich wird man noch fürchten, wir seien unter die Räuber gefallen."

Sie verließen die *Schola* und gingen die wenigen Schritte zum Kloster. Der Regen hatte die Weiden in saftiges Grün getaucht und die Luft von der Hitze gereinigt.

Am Klostertor wartete schon Julia und stürmte den Männern freudig entgegen.

„Du vernachlässigst mich", maulte Julia, „bei all den Aposteln und Evangelisten, mit denen du dich umgibst, scheint für mich kein Platz mehr zu sein!"

„Unsinn, Liebste", lachte Messala, „aber du musst verstehen, wie neu das alles für mich ist und wie begierig ich es in mich aufnehmen muss. Es ist wie ein Hunger, den ich verspüre, ein Hunger nach Wahrheit, den ich früher nie gekannt habe. Und nun, da ich den richtigen Weg gefunden habe, kann ich nicht davon lassen; es ist doch auch dein Weg und ich habe gedacht, wir könnten ihn zusammen gehen?"

„Natürlich ist es auch mein Weg, und natürlich bin ich sehr glücklich darüber, dass du diesen Weg gefunden hast. Aber ich bin jung und möchte auch etwas vom Leben haben. Hier in Bethlehem ist es mitunter doch recht langweilig. Vergiss nicht, ich bin in Rom aufgewachsen und es gibt vieles, was ich vermisse: meine Freundinnen, die Gespräche in den Thermen – und vor allem die Theater. Ich habe sie geliebt, den *Miles gloriosus* von Plautus, die *Hecyra* von Terentius, die *Cupuncula* des Ennius und all die lustigen Stücke. In Jerusalem spielen sie die *Aulularia*, die Goldtopfkomödie um den geizigen Euclio, du kennst sie bestimmt! Ich habe sie in Rom gesehen – und geliebt. Wie gerne würde ich sie noch einmal sehen. Ach bitte, bitte, Messala, tu mir den kleinen Gefallen!" Sie reckte sich, umarmte Messala und küsste ihn frech auf die Nase.

„Aber es sind heidnische Stücke und ..."

Weiter kam er nicht. Senator Strabo war hinzugetreten und unterbrach den Dialog: „Ich denke auch, dass Julia etwas Abwechslung gebrauchen könnte. Das Klosterleben ist doch recht ungewohnt für sie, und nach allem, was sie erleben musste, sollte man ihr einen solchen harmlosen Spaß gönnen. Auch ich würde gerne einmal wieder ein Theaterstück sehen. Ich werde euch einladen, und nach dem Theater werden wir uns eine hübsche *Caupona* suchen und einen guten Wein trinken, wenn es den hier geben sollte."

Messala gab sich geschlagen.

Am frühen Nachmittag brachen sie nach Jerusalem auf. Ihre Kleidung wies zwar nichts von der Eleganz auf, die sonst Theaterbesuchern in Rom zu eigen war, aber das konnte ihre gute Laune nicht beeinträchtigen. Sie hatten etwa die Hälfte der kurzen Strecke zurückgelegt und waren gerade durch einen kleinen Hain von Olivenbäumen geritten, als sie hinter sich eine Gruppe von Reitern bemerkten, die bald näher kamen. Messala blickte sich beunruhigt um. Seine Waffen und seine militärische Rüstung hatte er längst abgelegt und unter seinem Bett verstaut. Zwar rechnete er nicht mit irgendeiner Gefahr, gleichwohl hätte er lieber seinen *Gladius* zu Verfügung gehabt, denn so sicher waren die Straßen Judäas nicht.

Die Reiter hatten inzwischen aufgeholt und umringten die Reisenden. Tücher schützten die Köpfe der Männer vor dem Staub und ließen nur enge Sehschlitze frei. *Es sind zehn, und sie kommen nicht in friedlicher Absicht,* durchfuhr es Messala. Er sollte bald eine Bestätigung bekommen!

„Wen haben wir denn da? Ist das nicht der tapfere Tribun? Und die hübsche Dame an seiner Seite ist wohl seine junge Braut, nicht wahr? Den Alten haben sie als Tugendwächter mitgenommen oder als den, der die Zeche zahlt, und jetzt wollen sie nach Jerusalem und sich amüsieren."

Der Vorreiter, offensichtlich der Anführer der Truppe, gab ein röhrendes Lachen von sich. Diese Stimme, dieses Latein mit starkem Hebräisch durchsetzt, Messala kannte sie und überlegte fieberhaft.

„Aus dem Weg, Raubgesindel", ertönte laut die Stimme des Senators. „Ich bin römischer Senator und es nicht gewöhnt, mich von umherziehenden Strauchdieben beeindrucken zu lassen!"

Auch Messala setzte gerade zu einer kräftigen Erwiderung an, da tönte die bekannte Stimme wieder: „Ein Senator bist du, ein römischer! Die sind hier besonders beliebt. Auf Männer, zeigt ihnen, wer die Herren des Landes sind!"

Sie sprangen von ihren Pferden und rissen Strabo, Messala und Julia von ihren Reittieren. Messala wehrte sich nach Kräften und streckte zwei der Angreifer mit Fausthieben nieder. Dann erhielt er mit einem Schwertknauf einen heftigen Hieb auf die Schulter und ein anderer trat ihm die Beine weg. Nach kurzer Zeit lagen alle drei mit Hanfschnüren gefesselt am Boden.

Gideon! Messala durchfuhr es siedendheiß. Er hatte die Stimme erkannt und ahnte die Gefahr, in der sie sich nun befanden. „Erkennst du mich, römischer Hund?", fuhr ihn Gideon an und riss sich das Tuch vom Kopf. Dann zog er seinen Umhang von der Schulter und wies auf eine breite, feuerrote Narbe, die sich von der Schulter bis auf die Seite erstreckte. „Dafür wirst du heute bezahlen, du und deine hübsche Begleiterin!"

„Wenn du ein Mann bist", antwortete Messala mit gespielter Gelassenheit, „wirst du das Mädchen aus dem Spiel lassen. Und wenn du genug Mut hast, gibst du mir ein Schwert und wir werden die Sache ausmachen, wie damals. Oder bist du doch eine feige Wüstenratte, wie ich vermute?"

„Du hast deine Chance gehabt, Römer. Jetzt spielen wir nach meinen Regeln." Dabei fuchtelte er mit seinem Krummschwert vor dem Gesicht des Römers herum.

„Feiger Bastard", rief Strabo, „dafür wird man dich kreuzigen!"

„Kreuzigen? Mich?" Gideon lachte dröhnend. „Dafür müssen mich diese römischen Provinzknechte erst einmal fassen. So wie ich euch gefasst habe."

„Was habt ihr mit uns vor?", fragte Messala betont sachlich, um den Zorn des Räubers zu besänftigen.

„Wir werden euch mitnehmen in mein Lager. Dann mag Hieronymus ein gutes Lösegeld für euch bezahlen. Wir werden ein bisschen Spaß mit der jungen *Domina* haben, und vielleicht, vielleicht lassen wir euch dann wieder frei. Vielleicht werden wir euch aber auch nach dem Lösegeld an einen syrischen Sklavenhändler verkaufen. Für den Alten da gibt's nicht mehr viel, für die Kleine aber umso mehr." Wieder lachte er sein dröhnendes Lachen und berührte Julias Brust mit seiner Schwertspitze. Er taxierte die junge Patrizierin mit frechen Blicken.

„Die Kleine würde sich in einem arabischen Harem gut machen. Ob sie schon in die Liebenskünste eingeweiht ist? Sicher müsste ich das selbst vorher ausprobieren!"

„Lass das Mädchen in Ruhe oder, bei Gott, ich bringe dich um, du räudiger Hund!" Wie ein Donnerschlag tönte Messalas Stimme.

„Lass das, pack das Mädchen nicht an!", herrschte einer der Reiter Gideon mit zorniger Stimme an und griff nach dem Arm des Anführers. „Das mit dem Lösegeld geht in Ordnung, aber mehr lasse ich nicht zu!" Dabei griff er drohend nach seinem Schwert.

„Halte dich 'raus, verfluchter Römer", fuhr Gideon den Mann an, „ich habe gleich gewusst, dass wir dich nicht hätten aufnehmen sollen!"

Messala hatte die Stimme sofort erkannt. Das war Festus, sein ehemaliger Legionär! Der riss sich jetzt das Tuch vom Kopf und rief: „Verzeih, Tribun. So war das nicht geplant, ein Überfall, Lösegeld, ja, aber ich werde nicht … "

Seine Stimme erstarb mit einem gurgelnden Laut. Gideon hatte sich umgedreht und sein Schwert blitzartig in den Leib des Mannes gestoßen. Mit einem heiseren Schrei sank Festus zu Boden. Julia entfuhr ein Schrei des Entsetzens. Bislang hatte sie das Geschehen schweigend aus aufgerissenen Augen verfolgt.

„So wird es jedem gehen, der Gideons Anweisungen nicht folgt. Hat noch jemand Lust, mit mir zu diskutieren?"

Aber die Männer schwiegen und betrachteten den leblosen Körper ihres ehemaligen Kameraden ohne Regung.

„Ladet die Gefangenen auf die Pferde und bringt sie in unser Lager!"

Schweigend gehorchten die Räuber und hoben die Gefesselten auf ihre Pferde. Auch den Leichnam des Festus nahmen sie mit. Dann wandten sie sich südwärts und verließen den

Reiseweg. Sie waren erst wenige Minuten geritten, als eine brüchige Stimme sie anrief: „Halt, im Namen des Herrn! Lasst die Gefangenen frei und ihr sollt ohne Strafe davonkommen."

Ein alter Mann war aus einem Dattelwäldchen hervorgetreten und versperrte der Bande den Weg. Es war Ephras, der Alte, der Messala und seinen Männern damals den Weg zum Kloster gewiesen hatte und sich nun mutig den Räubern in den Weg stellte.

„Du musst verrückt sein, alter Mann", schrie Gideon, „aus dem Weg oder du wirst es bereuen!"

„Ich werde diese Untat nicht zulassen. Ich werde es der römischen Garnison melden. Die haben schon eine Cohorte ausgeschickt und das wird dein Ende sein. Also gib auf und lass die Gefangenen frei."

Gideon nickte einem seiner Männer zu. Der ritt auf den Alten los und streckte ihn mit einem Streich zu Boden. Blutüberströmt sank Ephras nieder, den Finger wie zur Anklage zum Himmel gereckt.

„Du Teufel", fauchte Julia, „einen alten Mann zu töten, dafür wird Gott dich strafen!"

„Welcher Gott? Eurer, den man ans Kreuz geschlagen hat? Der konnte sich nicht einmal selbst helfen, wie sollte er mir schaden?"

Gideon lachte und preschte davon, seine Männer und die Gefangenen ritten hinterher.

Nach einem scharfen Ritt von etwa fünfzehn Minuten erreichten sie eine kleine Schlucht, deren Eingang von Gebüschen umsäumt und getarnt war.

„Wo sind die Wachen?", fragte Gideon und drehte sich zu seinen Männern um.

„Kephian müsste da stehen", antwortete einer der Männer mit einer langen Narbe, die sich quer über sein Gesicht zog. „Ich weiß auch nicht, wieso er nicht auf seinem Posten steht."

Zur gleichen Zeit ertönte ein lang gestrecktes Signal aus einer Tuba und urplötzlich strömte eine Cohorte römischer Legionäre aus der Schlucht und den Hügel herab, und ein Pfeilhagel ergoss sich über die Räuber. Ein kurzer, aber heftiger Kampf entbrannte, dem Messala auf dem Pferde liegend zusehen musste. Wie gerne hätte er sein Schwert gehabt und am Kampf teilgenommen.

Wer zum Schwerte greift, kommt damit um, durchzuckte ihn kurz ein Satz, den er unlängst vernommen hatte. Aber schon zogen ihn die Geschehnisse wieder in ihren Bann. Die Römer hatten die meisten Räuber schon mit ihren Schwertern niedergehauen und nun eine Gruppe von vier Reitern umstellt, mitten unter ihnen Gideon, ihr Anführer.

„Ergebt euch", rief eine Stimme, „jeder Widerstand ist zwecklos. Ihr steht einer ganzen römischen Cohorte gegenüber!"

„Zum Teufel mit den Römern", schrie Gideon wutentbrannt, stürmte auf den nächsten Legionär zu und streckte ihn mit einem gewaltigen Hieb vom Pferd. Auch seine restlichen Männer drängten gegen die Römer, wurden aber nach Sekunden des kurzen Kampfes überwältigt oder getötet. Als letzter kämpfte Gideon einen verzweifelten Kampf. Mindestens fünf Römer hatte er schon mit seinem Krummschwert verletzt, da durchbohrte eine Lanze seine Brust. Mit einem Röcheln sank er vom Pferd, nicht ohne einen letzten Fluch gegen die Römer gesandt zu haben.

„Es ist vorbei!"

Mit einem Lächeln näherte sich ein *Centurio* den Gefangenen und befreite die Ungeduldigen von ihren Fesseln.

„Cassius Gratus", rief Messala erfreut, „du kommst zur rechten Zeit!"

„Das will ich meinen", sagte dieser und befreite den Tribun von seinen Fesseln. Auch der Senator und Julia waren inzwischen frei und sanken sich erleichtert in die Arme.

„Das hätte leicht schiefgehen können", meinte der *Centu-*

rio. „Es war etwas leichtsinnig, ohne Begleitung und ohne Waffen durch das Land zu reiten. Du hast Glück, dass unser Tribun den Befehl gegeben hat, das Räubernest aufzufinden und auszuräuchern. Wir waren schon traurig, das Nest ohne seinen Adler vorzufinden, aber ihr kamt zur rechten Zeit zurück. Was ist passiert?"

Messala berichtete in kurzen Worten von dem Überfall und bedankte sich bei seinen römischen Kameraden. Sie hatten inzwischen das Lager der Räuber erreicht und Messala blickte auf Dutzende getöteter Räuber, denen Legionäre ihre Waffen abnahmen. Einer der Legionäre blickte kurz auf, sah Messala und stürmte mit einem Schrei auf ihn los.

„Tribun! Was, bei Jupiter, machst du hier?"

„Mein guter Aulus. Ich freue mich, dich zu sehen. Dir ist es besser ergangen als unserem armen Festus."

Während Messala seinem ehemaligen Legionär vom Schicksal des Festus berichtete, verdüsterte sich dessen Miene.

„Ich habe es fast befürchtet", sagte Aulus. „Nachdem wir das Kloster verlassen hatten, sind wir nach Jerusalem geritten. Ich machte ihm den Vorschlag, dort in der Garnison weiterzudienen. Was hätten wir auch machen sollen, wir haben doch nie etwas anderes gelernt. Er aber wollte nicht! ‚Ich habe den Legionsdienst satt', hat er immer wieder gesagt, ‚ich will jetzt mein eigener Herr sein und meinen Geldbeutel füllen.' Und so ist es geendet."

Aulus' Stimme senkte sich und er schwieg.

„Du hast den besseren Teil erwischt, Aulus", sagte Messala und legte seinen Arm um die Schulter des Soldaten, „danke Gott dafür."

Cassius Gratus und seine Männer fesselten die überlebenden Räuber und legten sie auf ihre Pferde. Dann brachen sie auf und brachten Strabo, Julia und Messala sicher zum Kloster zurück, wo sie von einem aufgeregten Hieronymus empfangen wurde.

Das Gefecht zwischen den Räubern und ihren Verfolgern

hatte sich schon bis zum Kloster herumgesprochen. Messala sah den verletzten, aber lebenden Ephras auf einer Bahre liegen, wo er von zwei Mönchen umsorgt und für den Transport ins Spital bereitgemacht wurde. Mit letzter Kraft winkte er Messala zu. „Der Herr war mit uns, er hat uns gerettet. Gelobet sei der Name des Herrn!"

Während die Cohorte mit ihren Gefangenen abrückte und Ephras ins Spital gebracht wurde, mussten Messala und Strabo immer wieder den aufgeregten Mönchen vom Verlaufe des Überfalls berichten.

„Jetzt müsst ihr euch ausruhen und man wird nach deiner Verletzung sehen", Hieronymus blickte die Geretteten mit Wärme an. „Ephras hatte recht. Ohne die Hilfe Gottes wäre dies schlecht ausgegangen. Gideon und seine Bande waren bekannt für ihre Grausamkeit. Sie hätten euch nie freigelassen. Erst neulich ist eine Gruppe römischer Flüchtlinge auf dem Weg nach Jericho überfallen worden. Man hat nie wieder von ihnen gehört!"

Jetzt erst drückten sich Julia und Messala in inniger Umarmung. „Ich bin so froh, dass dir nichts passiert ist, *carissima Julia*", seufzte Messala und küsste sie herzhaft. „Ich hätte es nicht ertragen können, wenn dieses Scheusal dich angepackt hätte."

„Es war meine Schuld", entgegnete Julia, und wischte verstohlen einige Tränen fort. „Hätte ich nicht darauf bestanden, ins Theater zu gehen, wäre das alles nicht geschehen und Festus könnte noch leben."

„Was für ein Leben unter Räubern", antwortete Messala mit dunkler Miene. „Vielleicht ist ihm so Schlimmeres erspart geblieben. Irgendwann wären sie alle gefangen und gekreuzigt worden!"

„Kommt hinein und stärkt euch. Wir wollen dem Herrn danken und den schlimmen Vorfall sobald wie möglich vergessen. Wir haben noch so viel zu tun!"

Hieronymus ergriff Julias Arm und machte das Kreuzzeichen auf ihrer Stirn.

XV. DER PHILOSOPH UND DER APOSTEL

Seneca entbietet Lucilius seinen Gruß.

Es ist der Monat Dezember, und die Stadt ist schweißgebadet mehr denn je.
Ausgelassenheit ist offiziell erlaubt; allerorten dröhnt infolge gewaltiger Vorbereitungen ein Getöse, als ob es irgendeinen Unterschied gäbe zwischen den Saturnalien und Werktagen. Auch scheint man bereits vergessen zu haben, was uns dieser Sommer beschert hat.
Wenn ich dich hier hätte, würde ich mich gerne beraten mit dir, denn so viel ist hier in Unordnung geraten und nicht nur das Getöse um die Saturnalien macht meinen Kopf schwer. Ich hatte dir schon von jener Sekte der „Christiani" berichtet, die in Rom immer mehr Zulauf erhält. Ich hatte dir auch schon von dem großen Brand in Lugdunum berichtet, der so viel Unheil und Zerstörung über diese liebliche Stadt gebracht hat. Nun aber hat der große Brand von Rom alles in den Schatten gestellt.

An den Buden beim Circus Maximus hat er begonnen und die Arena in ihrer ganzen Länge erfasst und verzehrt. Dann fraß er sich in vernichtendem Zuge hinauf zum Palatin. Alle Rettungsversuche machte er zunichte, weil er zu schnell fortschritt. Hatte man hier gelöscht, so loderte es dort stärker denn zuvor. Dazu das Wehgeschrei der verängstigten Frauen, der schwachen Greise und der kleinen Kinder, die alle den Helfern mehr Hindernis waren als Hilfe.
Auch Neros Palast brannte bis auf die Grundmauern nieder, nur die Domus Augustiana, die ehemaligen Privaträume von Augustus, und der Tempel des Apollon auf dem Palatin blieben verschont.
Der Kaiser tat sein Bestes, um die Löschversuche in Gang zu bringen, aber vergebens. Das Feuer fraß sich weiter am

Forum vorbei, ergriff das heilige Haus der Vestalinnen, den Vesta-Tempel, die Regia, den ehemaligen Sitz des Pontifex Maximus, und den Tempel des Jupiter Stator. Nur das Capitol blieb verschont.

Fünf Tage lang hat es gewütet und von den vierzehn Tribus der Stadt blieben nur vier unversehrt!

Großzügig hat unser Kaiser seine eigenen Parkanlagen geöffnet, wozu ich ihm geraten hatte. Denn was schätzt das Volk in solcher Not mehr als die großzügige Hilfe seines Imperators. Aus den Vorratshäusern in Ostia hat er Lebensmittel herbeischaffen lassen, um das darbende Volk zu nähren. Den Getreidepreis hat er auf drei Sesterzen festgesetzt, um einer Preisexplosion vorzubeugen.

Und doch, kaum war der Brand gelöscht und die letzte Flamme erstickt, da kamen Gerüchte auf, unser Imperator selbst habe diesen Brand ins Werk gesetzt, wohl um an Stelle der verbrannten Urbs ein neues, goldenes Rom zu erbauen. Was für ein Unsinn! Hätte er dann alles getan, um den Brand wieder zu löschen?

Nein, mein Lucilius, diese Gerüchte waren bös und infam und weit von aller Wahrheit entfernt.

Das war im Juli, einem in jeder Beziehung heißen Monat!

Dann, auf einmal, wurden Gerüchte durch die Stadt gestreut, es wären jene Christiani gewesen, die die Schuld an der Katastrophe trügen. Man hätte sie gesehen, wie sie singend und tanzend durch das flammende Inferno gewandelt seien und den Untergang des „Antichristen" gefeiert hätten. Woher diese Gerüchte kamen, kann ich nicht genau sagen, aber ich habe eine Vermutung, die ich hier lieber nicht zu Papier bringen möchte.

Auf jeden Fall schlug die Stimmung gegen jene Menschen um. Sie wurden verhaftet, verhört und gefoltert. Einige gaben unter der Folter sogar zu, dass sie die Brände gelegt hätten. Das hat für viele als Beweis gereicht. Leider auch für unseren Imperator, obwohl ich ihm sehr davon abgeraten habe.

Und nun leiden diese Menschen in einer Weise, die kein Guter billigen kann.

Auf Senatsbeschluss und Volksentscheid verübt man Grausamkeiten und der Staat befiehlt, was einem Einzelnen verboten ist. Was wir bei geheimer Tat mit dem Kopf bezahlen müssten, das loben wir, wenn es Männer im Feldherrenmantel tun. Der Mensch, dem Menschen einst heilig, wird jetzt zum Spaß und Spiel dahingemordet.

Einst galt es als Verbrechen, ihn zu lehren, wie man Wunden beibringt oder empfängt, jetzt muss er sich nackt und waffenlos produzieren und der Tod eines Menschen durch Menschenhand ist den Leuten ein willkommenes Schauspiel.

Ich bedaure diese Menschen sehr, denn sie sind unschuldig. Zu viele von ihnen habe ich persönlich kennengelernt und zu viel von ihrem Glauben, um annehmen zu können, dass sie einer solchen Untat fähig wären. Und doch wehrt niemand diesem schändlichen Tun, und auch der Imperator ist meinen Worten völlig unzugänglich.

Ich habe den Eindruck, dass ich ihm eher lästig bin und habe mich schon sehr zurückgezogen. Das Feld beherrschen nun andere!

Die Führer jener Sekte haben sich versteckt und das rettet ihnen zurzeit noch das Leben. Unter ihnen jener Petrus, der ihr Anführer ist. Ich kenne sein Versteck, werde mich aber hüten, es hier preiszugeben. Kann man der Kaiserlichen Post noch trauen?

Dem anderen Führer mit Namen Paulus habe ich einen Brief geschrieben und ihm mitgeteilt, wie traurig mich diese Verfolgung seiner Anhänger stimmt. Geben die Götter oder der Eine, dass dies alles bald aufhört und Rom wieder Verstand bekommt.

Tatsächlich muss man sich zurzeit schämen, Römer zu

sein. Wo ist der Stolz dieses Volkes geblieben, wo seine hei-
lige Bestimmung, den Erdkreis zu regieren?

Es grüßt dich, mein Lucilius,

Seneca

Messala legte den Brief zur Seite und dachte nach. Sicher hatte er schon vieles von den blutigen Christenverfolgungen unter Kaiser Nero gehört und gelesen, aber dieser Bericht eines
Augenzeugen erschütterte ihn doch sehr.

Nach dem Vorfall in der Wüste hatten Strabo und Julia ihre
Zimmer aufgesucht, um sich auszuruhen und von diesem
Schrecken zu erholen. Messala hatte Hieronymus gebeten, in
der *Bibliotheca* der *Schola* stöbern zu dürfen, und der Greis
hatte es ihm gerne erlaubt. Hieronymus hatte ihn begleitet
und ihm gezeigt, in welcher Abteilung der umfangreichen
Sammlung die Briefe Senecas und die Korrespondenz mit
Paulus zu finden war. Dann hatte er ihn allein gelassen.

Jetzt streckte sich Messala auf seinem Stuhl aus, mischte in
einem Becher Wein und kühles Wasser und leerte den Becher
in einem Zug.

Paulus, immer wieder Paulus. Der Philosoph musste diesen
Apostel sehr geschätzt haben, denn anders war diese Beziehung kaum zu erklären. Messala griff zu der nächsten Schriftrolle, die nach Alter und Beschaffenheit keine Abschrift war.
Vorsichtig löste er das Rollenband und entrollte den *Libellus.*

Seneca grüßt Paulus.

Sei gegrüßt, mein teuerster Paulus!
Glaubst du etwa, ich wäre nicht betrübt und traurig darüber,
dass an euch Unschuldigen immer noch die Todesstrafe voll-
zogen wird? Weiter, dass das ganze Volk von eurer Grausam-
keit und eurer verbrecherischen Schändlichkeit überzeugt
ist, in dem Glauben, alles Unheil in dieser Stadt sei euch zu
verdanken? Aber wir müssen es mit Gleichmut tragen und

uns der günstigen Umstände bedienen, wie das Schicksal sie uns bietet, bis das unbesiegbare Schicksal den wahren Übeltätern ein Ende bereiten wird.

Hat doch auch die Zeit der Alten den Macedonier, Philipps Sohn, ertragen, die Cyrusse und Dionys, auch in unserer Zeit den Gaius Caesar, den das Volk Caligula nannte; Männer, denen alles erlaubt war, was ihnen beliebte.

Was den Brand anbetrifft, so steht fest, von wem die römische Hauptstadt ihn zu erdulden hatte. Aber wenn die menschliche Niedrigkeit hätte aussagen können, was die Ursache ist, und auch ungestraft in dieser Dunkelheit reden dürfte, so würden alle alles sehen.

Christen und Juden sind – leider Gottes – als Brandstifter hingerichtet worden, wie es in solchen Fällen gewöhnlich stattfindet. Dieser Schandbube, wer immer es sein mag, der am Morden Gefallen findet und Lügen als Deckmantel benutzt, ist für seine Zeit vorgesehen; und wie jeweils der Beste als Haupt für viele geopfert wird, so wird auch dieser Verfluchte für alle im Feuer verbrannt werden.

Einhundertzweiunddreißig Paläste, viertausend Mietshäuser sind niedergebrannt in nur sechs Tagen, der siebte Tag brachte eine Pause.

Ich wünsche dir gute Gesundheit, Bruder.

Geschrieben an den 13. Iden des Martius
unter dem Consulat des Frugus und Bassus
Seneca

Messala legte die Schriftrolle zurück. Wer mochte dieser Verfluchte sein, den Seneca für den Hauptschuldigen am Brand und seinen Folgen hielt? Der Kaiser konnte es nicht gewesen sein, soviel ging aus dem vorherigen Brief an Lucilius hervor. Der Tribun kramte so gut es ging in seinem Gedächtnis. Hatte er nicht als zwanzigjähriger *Decurio* während seiner Dienstzeit in Athen jedes Geschichtswerk gelesen, das ihm in die Hände fiel? Caesars Berichte über den Krieg in Gallien hatte er ebenso verschlungen wie die *Historien* des Sallustius, die *Dekadenberichte* von Livius, die *Annalen* des Tacitus und die *Kaiserviten* des Suetonius.

Größte Sorgfalt hatte Diomedes, sein griechischer Lehrer in damaliger Zeit, darauf verwandt, dass seine Schüler Texte auswendig lernten, um *in eine innige Beziehung zum Autor zu treten*, wie er immer gesagt hatte.

Urbem Romam a principio reges habuere; libertatem et consulatum L. Brutus instituit; dictaturae ad tempus sumebantur ... – Die Stadt Rom lenkten am Anfang Könige; Freiheit und Konsulat richtete L. Brutus ein; Diktaturen wurden nach Notwendigkeit eingerichtet ...

Tatsächlich kannte er den Anfang von Tacitus' *Annales* noch auswendig. Ein Lächeln überflog sein Gesicht. Da war jene Sklavin des Diomedes gewesen. Cyntia? ... Cyria? ... Cynia war ihr Name gewesen und manch feurige Stunde ihr Verdienst. Sie stand dem Lehrer während des Unterrichts, und manchem Schüler nachher, zur Verfügung.

Messala verscheuchte die Erinnerung an lockere Vergnügungen. Da galt es doch noch eine Frage zu klären? Richtig, der *Verfluchte*, wie Seneca ihn genannt hatte. Messala nahm sich vor, Hieronymus danach zu fragen.

Messala griff zum nächsten *Libellus* und entrollte es vorsichtig. Wieder ein Original, mindestens dreihundertfünfzig Jahre alt. Schätze waren das, richtige Schätze, die der Alte hier in seinen *Scrinia*, seinen Buchkapseln, aufbewahrte. Das Pergament begann schon zu bröckeln und war am Rande völlig ausgefasert:

Seneca grüßt Paulus.

Sei gegrüßt, mein teuerster Paulus!
Wenn du mir und meinem Namen als so bedeutender, von Gott auf jede Weise geliebter Mann, ich sage nicht verbun-

den, sondern notwendigerweise vereint bist, dann geht es
deinem Seneca sehr gut. Da du nun die Spitze und der höchs-
te Gipfel aller Berge bist, willst du da etwa nicht, dass ich
mich freue, wenn ich dir so sehr nahe bin, dass ich für dein
zweites Ich gelten könnte?
Daher magst du mir glauben, dass du nicht unwürdig bist, in
den Briefen an erster Stelle genannt zu werden. Denn sonst
könnte es scheinen, als ob du mich eher versuchen denn lo-
ben wolltest; zumal du ja weißt, dass du ein römischer Bür-
ger bist.
Ich wünschte nämlich, dass meine Stelle die deine wäre,
nämlich bei dir, und dass deine wäre wie meine.
Gegeben an den 8. Iden des Martius
unter dem Consulat des Apronianus und Capito
Seneca

Messala bemerkte wohl, dass die Briefe in ihrer zeitlichen Rei-
henfolge etwas durcheinander gekommen sein mussten. Der
letzte muss ohne Zweifel Jahre vor dem ersten gelegen haben.
Für die Würdigung des Paulus, die er durch die Briefe Senecas
erfuhr, tat dies keinen Abbruch. Seneca hatte Paulus regel-
recht verehrt, soviel stand fest. Und er würde dies nicht getan
haben, wenn er Paulus als Vorreiter eines Irrglaubens empfunden hätte. War Seneca doch Christ gewesen, ohne dies sich
und seiner Umwelt einzugestehen? So viele Fragen und mit jedem Schriftstück wurden es mehr! Er musste unbedingt mehr
über jenen Paulus erfahren. Nach allem, was er bis jetzt wusste, musste er der größte aller Apostel Christi gewesen sein.
Mit Ausnahme von Petrus vielleicht. Der hatte in Rom als di-
rekter Nachfolger Christi gegolten, als erster Bischof. Er war
ja auch von Jesus als der Fels benannt worden, auf dem die
Kirche zu bauen war. Aber von dem wusste Messala gar nichts,
und so schien es einfacher, erst einmal bei Paulus zu beginnen.
Ein Luftzug, der um Messalas Beine strich, ließ ihn zur Tür
blicken. Unbemerkt war Vincentius eingetreten, in seiner Be-

gleitung Eustochium. Verlegen lächelte die junge Frau ihn an. „Wir wollten dich nicht in deiner Lektüre stören. Ich möchte nur schnell einige *Libelli* holen."

„Du störst durchaus nicht, edle Dame. Ich habe um Entschuldigung zu bitten, weil ich diesen herrlichen Raum der Bildung besetzt halte, doch wurde es mir von Hieronymus gestattet."

„Edle Dame, das ist ein Titel, den ich lange nicht mehr gehört habe. Und er steht mir nicht zu. Ich bin eine einfache *Monacha*, eine Klosterfrau, auch wenn ich die Ehre habe, das Kloster meiner ehrwürdigen Mutter leiten zu dürfen."

Mit diesen Worten ergriff sie mehrere Buchrollen aus einem Regal und verschwand so schnell und leise, wie sie gekommen war.

Vincentius stand am Türrahmen und lächelte: „Sie ist den Umgang mit Männern nicht gewohnt. Feine Komplimente und galante Anreden verwirren sie. Außer mit uns Mönchen und den Kranken im *Valitudinarium* hat sie keinerlei Umgang mit Männern – sie wünscht ihn auch nicht!"

„Verstehe", entgegnete Messala ernst, „doch lag es mir fern, sie in Verlegenheit zu bringen."

„Das weiß ich, und du solltest dir keine Gedanken darüber machen."

Vincentius blickte auf die Schriftrollen, die Messala um sich herum gelagert hatte.

„Ich wollte dich nicht stören. Was liest du gerade?"

Messala berichtete von den Entdeckungen, die er in den Briefen gemacht hatte, und von den vielen Fragen, die ihm diese Lektüre aufwarf.

„Die Briefe, die der Philosoph dem Apostel geschrieben hat, und die Antworten, die er erhielt? Viele halten sie für unecht, für plumpe Fälschungen aus späterer Zeit." Vincentius' Stimme erhob sich. „Hieronymus hält sie für echt. Er hält sie für echt, weil er will, dass sie echt sind. Sie passen in sein Bild, das er sich von Seneca gemacht hat. Und sie passen zu Paulus. Übrigens ist Hieronymus dem Paulus sehr ähnlich."

„Was meinst du? Ähnlich? Gefälscht?" Messalas Verwirrung war auf seiner Miene abzulesen.

„Hast du noch nie von Interpolationen gehört? Von Texten, die beim Abschreiben verändert wurden, gekürzt oder erweitert? Manche Texte scheinen gar nicht von den Autoren zu sein, die sie vorgeben! Aber Hieronymus ist anderer Ansicht, und er ist der Fachmann!"

„Du teilst seine Ansicht nicht?"

„Ich bin nicht sicher", antwortete der Mönch. „Siehe, ich bin Stilistiker. Ich untersuche Schriftsteller und Schriften auf ihren Stil. Und die Briefe, die Seneca an Paulus geschrieben haben soll, entbehren ganz seines Stils, seiner *Brevitas* und Prägnanz. Aber ich kann mich täuschen."

„Und was meintest du mit Ähnlichkeit zwischen Paulus und Hieronymus?"

Vincentius ging die Reihen entlang und suchte eine Schriftrolle. Nach kurzem Suchen hatte er gefunden, was er wollte und sagte: „Wir sammeln hier nicht nur die Schriften klassischer Autoren, sondern auch die Briefe unseres Vorstehers. Seine sämtlichen Briefe, die er bisher geschrieben hat, wurden zweimal abgeschrieben und finden sich in diesem Regal. Diesen Brief hat er einmal an Eustochium geschrieben, ich werde einen Abschnitt davon vorlesen:

... der Apostel Paulus, das Gefäß der Auserwählung, ausgesondert für das Evangelium Christi, züchtigt wegen des Stachels des Fleisches und wegen des Reizes zur Sünde seinen Leib und hält ihn in Dienstbarkeit. Er will nicht, während er anderen predigt, selber zugrunde gehen. Trotzdem empfindet er ein anderes Gesetz in seinen Gliedern, das dem Gesetz seines Geistes widerspricht. Er kommt sich vor wie ein Gefangener, der hingetrieben wird zum Gesetz der Sünde; und nach allen Entbehrungen, nach allem Fasten und Hunger,

nach Kerker, Geißel und Schlägen kommt er auf sich selbst zurück und bricht in die Worte aus:
,Oh ich unglücklicher Mensch, wer wird mich von diesem Leib des Todes befreien?' ...

Verstehst du? Das, was Hieronymus hier über Paulus schreibt, das ist er selbst, das hat er selbst so empfunden. Du hast doch von seiner Zeit in der Wüste Chalkis gehört, von seiner Verzweiflung, seinen Kasteiungen, seinen Martern. Er hat das alles durchlebt, so wie vor ihm der Apostel Paulus. Deshalb sind die beiden so ähnlich, sie sind seelenverwandt. Und deshalb ist auch Eustochium so geworden, wie du sie eben erlebt hast. Und Paula war genauso. Wer sich in seinem Bannkreis aufhält, der wird wie er. Zu stark ist seine Persönlichkeit, sie duldet keine Abweichungen."

Messalas Verwirrung stieg. „Ich dachte, du wärest sein Freund, du wenigstens würdest ihn verstehen?"

„Verstehen? Ich liebe und verehre ihn wie keinen anderen! Aber deswegen bin ich nicht blind. Sein Senecabild ist nicht meins. Seneca war kein Christ! Er stand in vielem unserem Glauben nahe, und, hätte er mehr Zeit gehabt, wäre er vielleicht Christ geworden. Gerade in den Briefen an seinen Freund Lucilius verleiht er einer Glaubensstärke Ausdruck, die tiefer ist als der unpersönliche Schicksalsglaube seiner Zeit. Aber seine Tiefe richtete sich auf die Stoa, nicht auf das Christentum. Übrigens kann ich nicht ausschließen, dass selbst Paulus den Eindruck gewonnen haben muss, dass Seneca Christ war. Schrieb er nicht in seinem Brief an die Philipper zum Abschluss: *,Grüßt jeden Heiligen in Christus Jesus. Es grüßen euch die Brüder, die bei mir sind. Es grüßen euch alle Heiligen, besonders die vom kaiserlichen Hofe ...'* Wen kann er damit wohl gemeint haben wenn nicht Seneca?"

Messala nickte. „Ich werde noch viel lernen müssen. Einiges spricht für deine Theorie, einiges auch für die andere Seite. Willst du mir helfen, Klarheit zu gewinnen?"

„So gut ich kann", lautete die Antwort, „doch höre, die Glocke läutet zum Abendessen. Über den Geist soll man den Körper nicht vergessen. Hierin zumindest unterscheide ich mich von dem edlen Hieronymus."

***

Das Abendessen war heute ungewöhnlich reichhaltig. Das war Senator Strabo zu verdanken, der mit eigenen Mitteln die Vorräte einer Karawane abgekauft hatte und so den Lebensmittelfundus der Klöster erheblich erweitert hatte. Zum Dank hatte er sich ein opulentes Mahl für das ganze Kloster ausbedungen. Die *Gustatio*, die Vorspeise, bestand aus in Dillsoße gekochtem Fisch mit Gemüsen und vielen Zwiebeln. Danach reichte Maxentian Lammbraten in Honig-Dattelsoße. Die *mensae secundae*, der Nachtisch, bestand aus Trauben und Nüssen in einer feinen Feigensoße und Backwerk. Dazu trank man milden *Mulsum*, eine delikate Mischung aus Wein und Honig, der sehr bekömmlich war und nach Horaz die Wirkung hatte, *die Därme erst einmal vor dem Essen durchzuspülen.*
Etliche Mönche, solch opulenter Speisen längst entwöhnt, waren nach dem Mahl zu beobachten, wie sie sich mit Leibschmerzen in ihre *Cellae* verzogen; drei hatten gar dem ungewohnten Wein allzu sehr zugesprochen und wurden unter den missbilligenden Blicken von Hieronymus aus dem *Refectorium* getragen. Hieronymus hatte den Speisen wie gewöhnlich sparsam zugesprochen und an dem lieblichen *Mulsum* nur genippt.
Während sich Messala noch behaglich zurücklehnte, steuerte Hieronymus bereits auf ihn zu.
„Vincentius berichtete mir, dass du einiges über den Apostel Paulus erfahren möchtest?"
Messala nickte, konnte jedoch nicht antworten, weil er eben ein paar letzte Trauben genüsslich verzehrte.

„Nun, so magst du dich in einer Stunde in der Basilica einfinden, wenn es dir beliebt. Dort findet vor einem Kreise interessierter Zuhörer eine *Schola academica*, ein wissenschaftlicher Vortrag, zum Thema Paulus statt. Vielleicht wirst du dort einige Antworten auf deine Fragen finden. Bis gleich also."

Messala sagte mit Freude zu. Dieser Vortrag kam zur rechten Zeit.

„Es werden Zuhörer aus ganz Judäa erwartet, aus Nabatäa und Idumäa", ergänzte Vincentius, der neben dem Tribun saß. „Hieronymus hält solche Vorträge viermal im Jahr und sie sind immer sehr gut besucht. Komme besser etwas früher, sonst wirst du mit dem Fußboden vorlieb nehmen müssen. Übrigens hat Hieronymus das Thema dir zuliebe gewählt, eigentlich wollte er über frühe Stätten der Christenheit in Galiläa referieren."

Messala versprach es und eilte hinaus, wo Julia ihn erwartete. Sie hatten sich für einen abendlichen Ausflug nach Jerusalem verabreden wollen, aber in Anbetracht dieses Vortrags fiel es Messala nicht schwer, Julia zur Teilnahme zu überreden.

„Wie wird es eigentlich mit uns weitergehen?", fragte Julia und schlang ihren Arm um ihn.

„Ganz einfach", antwortete Messala, „bald wird Hieronymus mich taufen und wenig später werde ich dich zu meiner Frau machen. Wir werden irgendwo hier ein kleines Anwesen kaufen und bearbeiten, und von den Früchten unserer Arbeit ein bescheidenes Leben führen. Später werden ein kleiner Gaius und eine kleine Tullia folgen und unser Glück vervollständigen!" Er nahm Julia zärtlich in den Arm und küsste sie mit Leidenschaft.

„Genug", lachte Julia, „du erwürgst mich. Nur zwei Kinder möchtest du haben?" Sie machte einen Schmollmund.

„Oder drei oder vier", lachte Messala, „wenn sie so hübsch wie die Mutter sind, soll ihre Zahl nach oben keine Grenze haben."

„Im Ernst, Liebster", wandte Julia ein, „du bist weder ein Bauer noch für die Feldarbeit geboren. Du könntest nicht einmal Gerste von Hafer unterscheiden."

„Dafür habe ich dich, *Dulcissima*, du wirst mir alles erklären."

„Ich habe noch weniger Ahnung von solchen Dingen. Aber mein Vater sähe es gerne, wenn du Kaufmann würdest, Karawanen ausrüstetest und so sein Vermögen, was einmal unser Vermögen sein wird, vermehrst."

„Auch keine schlechte Idee. Ich werde mit deinem Vater sprechen, auch wenn es mir wenig gefallen wird, von seinem Geld abhängig zu sein."

„Aber du hast ja alles verloren, und so wäre es unsinnig, sein Angebot nicht anzunehmen."

„Mag sein", antwortete Messala nachdenklich, so richtig wollte ihm dieser Vorschlag jedoch nicht gefallen.

***

Mittlerweile waren sie vor der großen Basilica angekommen. Mehrere Portale führten zu einem prächtigen *Atrium*, durch das man in die Basilica gelangte. Obwohl es noch fast eine halbe Stunde Zeit bis zum Vortrag war, war das Mittelschiff bereits bis auf den letzten Platz gefüllt und zahlreiche Menschen standen schon bis zur Tür. Die meisten kannte Messala nicht. An ihrer Kleidung konnte man erkennen, dass sie weite Wege in Kauf genommen hatten, um Hieronymus zu hören.

In einem der Seitenschiffe fanden die beiden noch zwei Plätze. Interessiert blickte sich Messala um. Die Kassettendecke der Basilica war vergoldet und die Wände waren mit verschiedenfarbigem Marmor verkleidet, der mit Ornamenten, Mosaiken und Einlegearbeiten verziert war.

„Ich komme von Hebron, um Hieronymus zu hören", sprach einer der Zuhörer seinen Nachbarn an.

„Ich von Machärus", entgegnete dieser, „aber es lohnt sich, Bruder. Ich habe ihn vor einem halben Jahr über die Evangelisten Marcus und Lukas predigen hören, es war unbeschreiblich. Von diesem alten Manne geht eine solche Kraft aus, dass man glauben könnte, Gott spräche aus ihm."

Gespannt hatten Messala und Julia zugehört. Sie konnten sich dieser Einschätzung von Hieronymus nur anschließen. Der betrat nun die Basilica. Freundlich grüßend nach allen Seiten ging er durch das Mittelschiff, wo ihm die Zuhörer respektvoll Platz machten. Vorne auf der kleinen Empore hatte man einen kleinen Tisch aufgebaut, der mit Buchrollen beladen war, dahinter stand ein Stuhl.

„Ich grüße alle meine Zuhörer und wünsche euch den Segen des Herrn", begann Hieronymus. Er stand vor dem Tisch und blickte in das weite Rund. „Ich bin sehr glücklich, dass viele von euch weite Wege nicht gescheut haben, um meinen kleinen Vortrag über den Sendboten des Herrn, den Apostel Paulus, zu hören. Und so wollen wir auch sofort mit diesem Thema beginnen: Was wir über diesen bemerkenswerten Mann wissen, das schöpfen wir aus der Apostelgeschichte, die uns Lukas hinterlassen hat, aus seinen eigenen Briefen, die er an verschiedene Gemeinden gerichtet hat, und aus dem Briefverkehr, den er mit dem großen römischen Philosophen Seneca geführt hat.

Etwa sechs Jahre nach der Kreuzigung Christi findet sich die erste Erwähnung von Paulus in der Apostelgeschichte. Er ist damals etwa dreiunddreißig Jahre alt und stammt ursprünglich aus Gischala im nördlichen Galiläa. Die Kriegswirren haben seine Eltern, strenggläubige Juden, nach Tarsos auf Kilikien verschlagen. Er trägt den Namen Saulus und ist alles andere als ein strahlender Held Gottes. Nach den Märtyrerakten handelt es sich um einen kleinen Mann mit kahlem Kopf und krummen Beinen, von guter Haltung, die Augenbrauen zusammengewachsen, die Nase etwas zu groß und doch voll von Anmut. Obwohl von guter Erziehung und griechischer Bildung, lernt er, wie es bei den Juden üblich war, ein Handwerk, und zwar das des Zeltmachers. Seine weitere wissenschaftliche Ausbildung erhält er in Jerusalem unter anderem bei dem gefeierten Rabbi Gamaliel. Noch bevor das öffentliche Lehren und Wirken unseres Herrn Jesus Christus beginnt, verlässt er Jerusalem." Er machte eine kleine Pause und trank aus dem Wasserbecher, der vor ihm stand.

„Wir treffen ihn wieder, als er im Auftrag des Sanhedrin mit der systematischen Verfolgung unserer Glaubensbrüder in Jerusalem und dem weiteren Judäa beginnt. Stephanus ist das erste Opfer, das für seinen Glauben mit dem Blut bezahlt. Weitere Opfer folgen, und immer ist es Saulus, der die Verfolgungen glänzend organisiert.

Nachdem die Arbeit in Jerusalem erfolgreich getan ist, erbittet er sich Vollmacht vom Hohen Rat, um unsere Glaubensbrüder in Damaskus gefangen zu nehmen und in Fesseln nach Jerusalem zu führen. Beseelt nur von dem Gedanken, seinen blutigen Auftrag auszuführen, bricht er auf. Wir wollen aus der Heiligen Schrift hören, was dann geschehen ist:

Schon kam er auf seiner Reise in die Nähe von Damaskus. Da umstrahlte ihn plötzlich ein Licht vom Himmel. Er stürzte zu Boden und vernahm eine Stimme, die ihm zurief:
,Saulus, Saulus, warum verfolgst du mich?'
Er fragte: ,Wer bist du, Herr?'
Dieser antwortete: ,Ich bin Jesus, den du verfolgst.'
Zitternd und bebend fragte Saulus: ,Herr, was willst du, das ich tue?' Der Herr sprach zu ihm: ,Steh auf und geh in die Stadt. Dort wird man dir sagen, was du tun sollst.'
Seine Reisegefährten standen sprachlos da. Sie hörten zwar die Stimme, sahen aber niemand. Saulus erhob sich vom Boden. Als er die Augen aufschlug, sah er nichts. Da

nahmen sie ihn bei der Hand und führten ihn nach Damaskus. Er blieb drei Tage blind und nahm weder Speise noch Trank zu sich.

Soweit die Worte der Heiligen Schrift. Der Saulus, den wir danach antreffen, ist nicht wiederzuerkennen. Er trägt nun den Namen Paulus und wandelt sich vom leidenschaftlichen Verfolger zum unerbittlichen Bekenner. Er zieht sich nach Arabien in das Reich der Nabatäer zurück, um sich in der Einsamkeit der Wüste auf seine Mission vorzubereiten. Dann beginnt er mit seiner Arbeit. Er predigt zunächst vor Christen, dann in den Synagogen der Juden. Diese verstehen die Wandlung nicht und fragen: ‚Ist das nicht derselbe, der in Jerusalem die Bekenner dieses Namens zu vernichten suchte?‘ Er reist von Damaskus nach Jerusalem und nimmt dort mit der christlichen Gemeinde Kontakt auf, die Petrus leitet. Die beiden Großen lernen sich kennen – und mögen sich nicht. Vor allem Petrus ist voller Misstrauen und schickt ihn lieber auf Missionsreisen.

Zehn Jahre nach seiner Bekehrung bereist Paulus zusammen mit Barnabas drei Jahre lang die Länder des Mittelmeers, Cypern, Pamphylien, Pisidien, Lycien, und gründet christliche Gemeinden. Seine Worte fallen dort auf fruchtbaren Boden, weil er sie mit der gleichen Leidenschaft und Glaubwürdigkeit vorträgt, die er vorher bei den Verfolgungen an den Tag legte. Von Antiochia, seiner letzten Station, wo er gesteinigt wird und kaum mit dem Leben davonkommt, kehrt er zurück nach Jerusalem zum Konzil der Apostel. Dort trifft er auf die Führer der christlichen Urgemeinde, die Apostel Petrus, Jacobus und Johannes.

Streit gibt es dort: Müssen die, die sich zum Christentum bekehren, sich beschneiden lassen nach Art der Juden? Müssen sie die Gebote der Thora beachten? Das waren Fragen, die schon in der neuen Gemeinde von Antiochia zum Streit geführt hatten. Das Konzil von Jerusalem bringt erste Klarheit und lässt durch Judas und Silas den Brüdern in Antiochia ein Schreiben überbringen."

Hieronymus griff auf den Tisch nach einer Schriftrolle und zitierte:

Die Apostel und die Ältesten entbieten
den Brüdern heidnischer Abkunft in
Antiochien, Syrien und Cilicien brüderlichen Gruß.

Wir haben erfahren, dass einige aus unserer Mitte ohne jeden Auftrag von uns durch ihre Reden euch beunruhigt und verwirrt haben. Darum haben wir in gemeinsamer Zusammenkunft beschlossen, Männer auszuwählen und sie zusammen mit unserem geliebten Barnabas und Paulus zu euch zu senden, Männer, die für den Namen unseres Herrn Jesus Christus ihr Leben eingesetzt haben. Wir senden euch nun Judas und Silas, die euch mündlich das Gleiche verkünden sollen. Denn es hat dem Heiligen Geiste und uns gefallen, euch keine weitere Last aufzuerlegen außer folgende notwendige Regeln: Ihr sollt euch enthalten von Götzenopfern, von Blut, von Ersticktem und von der Unzucht. Wenn ihr euch davor bewahrt, so tut ihr wohl daran.

Lebt wohl!

„Nach dem Apostelkonzil tritt Paulus mit Silas die zweite apostolische Reise an, die ihn durch Syrien, Lycien, Phrygien bis hin nach Griechenland führt. Wieder werden sie geschlagen, vor Gericht gezerrt und in den Kerker geworfen. Aber auf wundersame Weise werden sie immer wieder gerettet, der Segen des Herrn ruht auf ihnen. In Athen diskutiert er mit den Philosophen, mit Stoikern, mit Epikuräern und anderen. In seiner großen Areopagrede versucht er diese Menschen vom rechten Weg zu überzeugen, hat aber wenig Erfolg. Manches Mal will er verzweifeln an der Ungläubigkeit seiner Mitmenschen, aber eine Erscheinung des Herrn verleiht ihm neuen Mut: ‚*Fürchte dich nicht, rede nur weiter und schweige nicht! Denn ich bin mit dir, und niemand soll dir weiter ein Leid zufügen; denn ich habe viel Volk in dieser Stadt.*‘

In Achaia wird er von den Juden vor den Richterstuhl des *Procurators* Gallio geschleppt, aber freigesprochen. Viele Wunder hat der gottbegnadete Mann auf seinen Reisen gewirkt, Kranke geheilt und Teufel ausgetrieben. Viel Neid und Hass hat er erlebt, aber an seinem Missionsauftrag wurde er nie irre. Immer hat er die Mühe und Drangsal, die er erlitt, als Vergeltung für die Zeit vor der Bekehrung verstanden und angenommen. Über Ephesus und Jerusalem kehrt er nach Antiochien zurück. Aber dort hält es ihn nicht. Seine Ziele gehen weiter. Rom, die Stadt der Caesaren und der kaiserlichen Antichristen lockt ihn. Seine dritte Missionsreise führt ihn über Galatien und Phrygien nach Ephesus, wo er sich fast drei Jahre aufhält. Von dort über Macedonien nach Achaia und Korinth.

Seine nächste Missionsreise will er von Jerusalem über Rom nach Hispania machen. In Jerusalem aber rotten sich die Juden gegen ihn zusammen. Er wird aus dem Tempel geschleppt und soll getötet werden, da rettet ihn der Hauptmann der römischen Wache. Paulus besitzt das römische Bürgerrecht, und das rettet ihn vor der Verfolgung durch die Juden. Die Römer bringen Paulus von Jerusalem nach Caesarea, der Residenz des *Procurators* Felix. Dort bleibt Paulus zwei Jahre in Haft, aber unter milden Bedingungen.

Nach dieser Zeit wird Porcius Festus Statthalter und nimmt sich der Angelegenheit an. Der neue Statthalter schickt Paulus nach Rom, damit er dort seine Sache vor dem Kaiser vertreten kann. Auch auf der Überfahrt wirkt Paulus weitere Wunder und bekehrt manchen seiner Begleiter zum wahren Glauben.

Fünfundzwanzig Jahre nach der Kreuzigung des Herrn kommt der Apostel in Rom an, so sagen es uns die Apostelakten. Dort bezieht er, angekettet an seinen Wächter, eine Wohnung und wartet auf eine Audienz bei Kaiser Nero. Aber zwei Jahre lang wird er dort warten und doch den Kaiser nie zu Gesicht bekommen. Wohl lernt er den Ratgeber des Kaisers, den Philosophen Seneca dort kennen und schätzen. Trotz seiner Fesseln aber ist sein Geist frei und es vergeht kein Tag, an dem er nicht den Juden von der Ankunft des Herrn berichtet. Zwei Jahre verbleibt er so in Rom. Über seinen Tod schweigt die Apostelgeschichte.

Nach der Paulusakte soll er unter Kaiser Nero den Tod durch Enthauptung gefunden haben, etwa zu der Zeit, wo auch Petrus in Rom gekreuzigt wurde. Der Legende nach soll er sogar nach dem Tode dem Kaiser erschienen sein und ihm gedroht haben: ‚Kaiser, siehe da, da ist Paulus, der Streiter Gottes. Ich bin nicht gestorben, sondern lebe in meinem Gott. Dir aber wird viel Übles und schwere Strafe widerfahren, du Elender, dafür, dass du der Gerechten Blut ungerechtfertigterweise vergossen hast.‘ Nero muss darüber sehr bestürzt gewesen sein.

Nach einer anderen Quelle wurde er freigesprochen, hat eine Reise nach Hispania und eine weitere nach dem Orient unternommen und kam dann wiederum nach Rom. Dort sei er erneut gefangen genommen worden und habe endlich den Tod als römischer Bürger durch das Schwert erlitten. Was die Wahrheit ist, wissen wir nicht.

Jedenfalls hat er während seines zweijährigen Hausarrests in Rom viele Briefe an seine Gemeinden geschickt, die ein beredtes Zeugnis seiner Glaubenskraft liefern. Insgesamt sind es dreizehn Briefe, die die väterliche Liebe und das unermüdliche Interesse des Apostels an seinen Gemeinden dokumentieren. Einer an die Römer, zwei an die Korinther, einer an die Galater, einer an die Epheser, einer an die Philipper, einer an die Kolosser, zwei an die Theassalonicher; außerdem schreibt er an seine Schüler, zwei an Timotheus, einen an Titus, einen dem Philemon. Den Brief an die Hebräer, den manche ihm zuschreiben, müssen wir nach Stil und Sprache nicht dem

Apostel zurechnen, sondern wohl eher dem Barnabas oder dem Evangelisten Lukas."

Hieronymus unterbrach seine Rede und griff wieder zu dem Wasserbecher. Er nahm einen tiefen Zug, Wasser rann aus seinen Mundwinkeln. Die langen Ausführungen hatten ihn sichtlich erschöpft. Das ausgezehrte Gesicht war blass und spitz, sein Atem ging mühsam. Nicht ohne Sorge betrachtete ihn Vincentius, der in der ersten Reihe saß. Bald aber hatte sich Hieronymus gefasst, blickte seine Zuhörer mit festem Blick an, und fuhr fort:

„Ihr mögt verzeihen, wenn ich das Leben dieses Mannes so ausführlich beschreibe, aber ohne die Umstände seines Lebens, ohne all die Mühen und Gefahren, die er auf sich zu nehmen gezwungen war, ist weder der Mann im rechten Maße zu würdigen noch die Leistung, die er im Auftrag unseres Herrn auf dieser Erde erbracht hat.

Zurück zu seinen Briefen. Seine Briefe sind nicht nur reich an Lehrgehalt wie Bergwerke, die eine unerschöpfliche Fülle der edelsten Metalle enthalten, wie Quellen, die an Reichtum nie versiegen und umso reichlicher fließen, je mehr man aus ihnen schöpft, sie enthalten eigentlich, wie der Apostel Thomas meint, unsere ganze Theologie. Vor allem aber enthalten sie den Gedanken der Allgemeinheit des Christentums, zu dessen Segnungen alle Menschen, Juden wie Heiden, gleichmäßig von Gott berufen sind. Dazu sind sie von fortreißender Beredsamkeit, deutlich in bildlicher Sprache und Allegorie, von stilistischer Kraft und Energie. So oft ich den Apostel Paulus lese, meine ich, nicht Worte zu vernehmen, sondern Donnerschläge!

So kraftvoll sind seine Worte, dass man glauben darf, Gott habe sich seiner Zunge bedient, um sein Werk auf dieser Welt fortzusetzen. Denn der Apostel Paulus legt die Heilige Schrift nicht aus, man möchte eher meinen, er schreibt sie weiter! Die Schrift auslegen, das glauben viele zu können. Die geschwätzige Alte, der kindische Greis, der sophistische

Schwätzer, sie alle nehmen sich die Heilige Schrift vor, reißen an ihr herum, spielen sich selbst als Lehrer auf, bevor sie überhaupt angefangen haben zu lernen. Die einen philosophieren mit hochgezogenen Augenbrauen, große Worte im Mund, vor Klatschweibern über die heiligen Bücher. Die anderen lernen – man muss sich schämen, es zu sagen – von Frauen, was sie Männer lehren sollen. Und nicht genug damit, sie reden vor anderen ungehemmt, ja dreist über etwas, was sie selbst nicht verstehen. Ich will hier nicht über Leute sprechen wie mich, die etwa nach dem Studium der weltlichen Literatur zu den heiligen Schriften gekommen sind.

Haben sie in wohlgesetzter Sprache das Ohr des Volkes umschmeichelt, so sehen sie jetzt in jeglichem eigenen Wort das Gesetz Gottes. Sie lassen sich nicht herab, festzustellen, was die Propheten oder die Apostel gesagt haben; nein, sie passen ungeeignete Textstellen ihrer Meinung an, als ob dies schon etwas Großes wäre und nicht vielmehr eine ganz und gar verfehlte Lehrweise, Sätze zu entstellen und die Schrift gewaltsam nach eigener Meinung auszulegen. Wie viel Klarheit und Ehrlichkeit kommt uns da doch in den Briefen des Paulus entgegen!

Paulus hat gepflanzt, Apollo hat begossen, aber Gott hat das Wachstum gegeben. Daher ist weder derjenige, welcher pflanzt noch derjenige, welcher begießt, etwas, sondern Gott, der das Wachstum gibt. Denn wir sind das von Gott bebaute Ackerland, das von Gott errichtete Gebäude. Gemäß der Gnade Gottes legt der Apostel wie ein weiser Baumeister das Fundament.

‚Wollet‘, so sagt Paulus, ‚euch nicht selbst betrügen. Wenn jemand unter euch ein Weltweiser ist, dann soll er ein Tor werden, um ein Weiser zu sein. Denn die Weisheit der Welt ist Torheit bei Gott. Der Herr kennt die Gedanken des Menschen, dass sie eitel sind.‘. Und an einer anderen Stelle schreibt er: ‚Ich bin mir zwar keiner Schuld bewusst, aber darum noch nicht gerechtfertigt; denn der mich richtet, ist der Herr.‘

Auch zu euch, *cari auditores*, die ihr vorgebt, ohne Sünde zu sein, kann man mit Paulus sagen:

‚Was besitzet ihr, ohne es empfangen zu haben? Wenn ihr aber empfangen habt, was rühmt ihr euch, gleichsam als hättet ihr es nicht empfangen, sondern durch eigenen Verdienst erworben? Ich bin der Geringste unter den Aposteln, ja ich bin nicht einmal würdig, ein Apostel genannt zu werden, da ich die Kirche Gottes verfolgt habe. Durch die Gnade Gottes aber bin ich, was ich bin, und seine Gnade war nicht ohne Wirkung, sondern ich habe mehr als jene gearbeitet, doch nicht ich, vielmehr die Gnade Gottes, die in mir ist.‘

Er sagt von seiner Person, dass er reichlicher als alle Apostel gearbeitet habe, um zugleich seine ganze Tätigkeit auf göttliche Hilfe zurückzuführen.

Alle diese Stellen führe ich an, um den Nachweis zu führen, dass das Gesetz von niemand in seinem vollen Umfang befolgt worden ist – auch nicht von Paulus selbst –, und dass alles durch das Gesetz vorgeschrieben worden ist, was im Gesetz enthalten ist.

Für Christus arbeitet der Apostel und für ihn erträgt er alle Last. Paulus war nicht der Gründer der Weltmission, und unser Glaube hätte sicherlich auch ohne ihn den Weg in die Welt gefunden, aber er hat unserem Glauben die Form verliehen, in der er die Welt erobern konnte, ohne Schaden an seiner Seele zu nehmen. Er hat nie zu Füßen unseres Meisters gesessen, aber er war vielleicht der Apostel, der ihn am besten verstanden hat!"

Wieder nahm Hieronymus einen tiefen Zug aus dem Wasserbecher, aber von Schwäche war ihm nichts anzumerken. Vielmehr glühte ein heiliger Eifer in seinen Zügen, der seinen Zuhörern mitteilte, wie sehr der Apostel von dem Sprecher verehrt wurde. Seit Beginn des Vortrags hatte niemand in der Basilica gesprochen, zu sehr hatte Hieronymus sie alle in seinen Bann gezogen. Ganz zaghaft wandte sich jetzt Julia an Messala und flüsterte: „Ich habe nicht alles verstanden, aber ich finde es sehr beeindruckend. Es ist hier", und sie blickte sich vorsichtig um, „als weilte der Heilige Geist über uns."

Messala nickte nur und legte zärtlich seinen Arm um ihre Schulter.

„Ich möchte nun zum Ende meiner Ausführungen kommen, denn auch die Belehrung verträgt kein Übermaß."

Hieronymus lächelte, als ob er wüsste, dass seine Worte doch den einen oder anderen seiner Zuhörer etwas überfordert hatten.

„Ich möchte euch einen Abschnitt aus dem zweiten Brief an die Korinther vorlesen, der jene Sehnsucht nach dem verheißenen Paradies ausdrückt, die wir alle hier empfinden und insbesondere wohl die, die nach vielen Gefahren und Irrfahrten aus der Stadt des Antichristen hierhin gefunden haben", sein Blick richtete sich dabei auf eine Gruppe römischer Flüchtlinge, die erst vor Kurzem nach Bethlehem gekommen waren und denen die Strapazen der Flucht in ihren Gesichtern standen.

Hieronymus ergriff eine Textrolle und las sie langsam und sehr betont vor. Das Lesen bereitete seinen schwachen Augen offenbar große Mühe.

Wir wissen ja, wenn unser irdisches Zelt abgebrochen wird, erhalten wir ein Haus von Gott, ein ewiges Haus im Himmel, das nicht von Menschenhand erbaut ist. Darum seufzen wir voll Sehnsucht, unser himmlisches Wohnhaus darüber anzuziehen. Nur wenn wir dieses angezogen haben, werden wir nicht unbekleidet befunden werden. Solange wir also noch im Zelte leben, seufzen wir bekümmert; denn wir möchten nicht erst entkleidet, sondern überkleidet werden, damit so das Sterbliche vom Leben verschlungen werde. Aber Gott, der uns dazu bestimmt hat, hat uns den Geist als Unterpfand gegeben.

Darum sind wir allezeit voll Zuversicht. Wir wissen ja: Solange wir in diesem Leibe sind, sind wir Pilger, fern vom

Herrn. Wir wandeln ja noch im Glauben, noch nicht im Schauen. Doch sind wir voll Zuversicht. Freilich möchten wir lieber das Heim des Leibes verlassen und heimziehen zum Herrn. Darum setzen wir alles daran, ihm wohlzugefallen, mögen wir uns noch im irdischen Heim befinden oder es verlassen haben. Denn wir alle müssen vor Christi Richterstuhl erscheinen, damit jeder seinen Lohn empfängt für das, was er bei Lebzeiten Gutes oder Böses getan hat.

„Euch allen, die ihr in so großer Zahl hierhin geströmt seid, wünsche ich diese Zuversicht, die der Apostel hier ausgedrückt hat. Der Segen des Herrn ruhe allezeit auf euch und führe euch in Frieden zu euren Häusern zurück. Für jene, die noch weite Wege vor sich haben, ist im *Hospitium* eine kräftige Mahlzeit bereitgestellt. Der Herr sei mit euch!"
Mit diesen Worten segnete Hieronymus seine Zuhörer und entließ sie mit einem warmherzigen Lächeln.

XVI. HIERONYMUS' BRIEFE

Fast vier Monate weilte Messala jetzt schon in Bethlehem und doch kam ihm die Zeit viel kürzer vor. Der Winter hatte Tage unangenehmer Kälte gebracht und eine Zeit lang waren die Felder und Fluren des Berglandes gar mit einer dünnen Schneeschicht gepudert. Für die Klosterbewohner war dies eine harte Zeit, bedeutete es doch, dass man nun von den Vorräten zu leben hatte, die man in Sommer und Herbst anlegen konnte, oder von den wenigen Obst -und Gemüsearten, die man auch im Winter anbauen konnte.

Hieronymus hatte in den letzten Wochen wenig Zeit für die Unterweisung seines lernbegierigen Neutäuflings gefunden, weil ihm das Diktieren von Schriften und Briefen, aber auch die Arbeit des Klostervorstehers zu wenig Zeit gelassen hatte. Dazu kam, dass immer häufiger Briefe der Gemeinde aus Rom kamen, die ihm Fragen zur Beratung oder Entscheidung vorlegten. Auch Innocentius, der Bischof von Rom, schien sich mit Fragen an Hieronymus zu wenden, wie Vincentius ihm anvertraut hatte. Soweit Messala verstanden hatte, musste es größere Meinungsverschiedenheiten über Fragen der Glaubenauslegung gegeben haben, und von Hieronymus im fernen Bethlehem erhoffte man sich offenbar klärende Antworten.

Neue Flüchtlinge waren kurz vor Eintritt des Winters aus Italien gekommen und berichteten, was sich dort zugetragen hatte. Die Goten waren nach der Plünderung Roms mit ihren Gefangenen kreuz und quer durch Italien gezogen, immer auf der Suche nach einem Ort, an dem sie sich niederlassen könnten. Nichts, was ihnen auf diesem Marsch begegnete, war vor ihrer Plünderung sicher gewesen. Ihr König Alarich war überraschend gestorben und durch seinen jüngeren Stiefbruder Atawulf ersetzt worden. Nach den Berichten geflohener Gefangener hatten die mitgeschleppten Geiseln beim Städtchen Cosentina den Fluß Busentinus ableiten müssen, um mitten im trockenen Flussbett das Grab für den toten König auszuheben.

Dort sei der Tote mit Rüstung und Streitross und umgeben von Unmengen römischen Beuteguts beigesetzt worden. Dann habe man den Fluss wieder in sein Bett geleitet, und auf diese Weise werde niemand später das Grab finden oder gar plündern können. Daher habe man auch die Arbeiter, die dieses vollbracht hatten, erwürgt, damit es keinen Zeugen mehr dafür gebe.

Das berichtete jedenfalls Syncropius, ein Legionär, der in Athen unter Messala gedient hatte. Aus der Ferne hatte er die Arbeiten beobachten und ohne Entdeckung fliehen können. Das ganze Land sei verwüstet und der Kaiser halte sich immer noch in Ravenna versteckt. Er warte offensichtlich ab, bis die Barbaren freiwillig das Land verlassen würden.

Messala schüttelte den Kopf. Er konnte das alles nicht verstehen. Wie weit war es mit dem stolzen Römerland gekommen. Auch wenn er jetzt mit jeder Faser seines Herzens dem neuen Glauben anhing, so war er doch im Herzen noch ein Römer alter Prägung, und der Niedergang seines Volkes stimmte ihn sehr traurig. Traurig stimmte ihn auch, dass Strabo und seine Tochter Julia unmittelbar nach seiner Taufe den Winter über nach Antiochia gezogen waren, wo sie Freunde hatten, die ihnen offenbar besseres Quartier bieten konnten als einfache Klosterräume.

„Es ist nur für zwei Monate, Geliebter", hatte ihm Julia beim Abschied zärtlich zugehaucht, aber er wollte es doch kaum verstehen und litt nun sehr unter ihrer Abwesenheit. Zum ersten Mal fühlte er sich recht einsam, seit er von Rom geflohen war. Seine Taufe! Mit großem Glücksgefühl dachte er an jenen Augenblick zurück, in dem Hieronymus ihn und sieben andere Proselyten zu Gotteskindern gemacht hatte. Kein Platz in der Basilica war leer geblieben und das Gotteshaus war von einer solch feierlichen Stimmung erfüllt gewesen, dass Messala ein Gefühl tiefer Rührung überkommen hatte.

Und als Hieronymus feierlich die Worte gesprochen hatte:

„Ego te baptizo in nomine patris et filii et spiritus sancti", da hatte er viel mehr Stolz empfunden als zu jener Stunde, da ihm sein Legat in Rom die *Neun Phalerae*, die Auszeichnungen für besonders tapferes Verhalten im Kampfe, angeheftet hatte.

Irgendwie hatte er den Eindruck gehabt, an einem Ziel angekommen zu sein, nach dem er das ganze Leben gesucht hatte. Auch einen neuen Namen trug er nun. Er hatte seinen *Praenomen* Quintus und seinen *Nomen gentile* Fabius abgelegt und hieß nun Marcus Messala. Zu dem Namen Marcus hatte ihm Vincentius geraten, der eine besondere Vorliebe für diesen Evangelisten zu haben schien, und ihm versprochen hatte, ihm später alles über seinen neuen Namenspatron zu erzählen.

Nie würde er auch jene strahlenden Blicke vergessen, die Julia ihm während der Taufzeremonie zugeworfen hatte, jene Julia, die nun unerreichbar im fernen Antiochia weilte. Messala seufzte. Er wohnte nach wie vor im Gästezimmer des Klosters und machte sich nützlich, wo immer er gebraucht wurde. Heute war Sonntag und er hatte sich mit Erlaubnis des Hieronymus in die *Schola* zurückgezogen, um sich dem Studium alter Schriften zu widmen. Fröstelnd zog er die Schultern zusammen, denn es war kalt in der *Schola.*

Fauchend blies der Wintersturm durch die mit Tüchern verhängten Fenster des Schulraums, die doch die Kälte kaum fernhalten konnten. Die Flammen der beiden *Lucernae*, der kleinen Öllämpchen, die dem Raum einen warmen Schimmer verliehen, kämpften mit dem Windzug um ihr Überleben, während draußen die Sonne ihre letzten, kaum wärmenden Strahlen aussandte.

Ein kleiner *Foculus*, ein Kohlebecken, stand in der Mitte des Raums und gab spärliche Wärme ab. Der Rauch, der von dem Becken aufstieg, nahm ihm zeitweise den Atem und er musste an den Ratschlag von Horaz denken, dass gegen richtige Kälte nur reichlicher Weingenuss helfe. Die Weinvorräte aber gingen bedrohlich zur Neige und so hatte ihm Raphaleus stattdessen ein anderes Getränk zur Wärmung empfohlen, an dem Messala jetzt mit Verachtung nippte: warme Ziegenmilch mit Honig gemischt! Messala schüttelte sich. Der Niedergang des römischen Reiches ließ sich manchmal auch an den Getränken ermessen, die seine ehemaligen Tribune zu sich nehmen mussten!

Er stand nun vor dem Regal, in dem Vincentius ihm vor Monaten die Sammlung der Hieronymus-Briefe gezeigt hatte. Unschlüssig stand er davor und griff nach der ersten Rolle, die ihm in die Finger fiel. Mit klammen Fingern öffnete er das Band, das die Rolle verschloss, und las den *Titulus*. Der Brief trug die Nummerierung XV und war an den verstorbenen Bischof von Rom Damasus gerichtet, dessen Geheimsekretär Hieronymus gewesen war. Neugier erfüllte Messala und zugleich das Gefühl, dass er hier verbotenerweise in Dingen herumschnüffele, die ihn eigentlich nichts angingen. Aber Hieronymus hatte ihn ausdrücklich ermuntert, in der *Schola* zu studieren, und Vincentius hatte gesagt, dass die Briefe des Vorstehers zur späteren Veröffentlichung bestimmt und daher hier gesammelt würden.

Hieronymus von Chalkis an Damasus,
Bischof von Rom.

Der Orient ist seit alters her durch das Wüten seiner Völker in sich zerrissen. Das ungeteilte Gewand des Herrn, nahtlos gewebt, wird hier in etliche Stücke zerrissen. Füchse durchwühlen den Weinberg Christi; inmitten der zerlöcherten Brunnen, die kein Wasser mehr haben, lässt sich kaum noch feststellen, wo die versiegelte Quelle, wo jener verschlossene Garten ist. Daher bin ich zu der Meinung gekommen, dass ich die Cathedra Petri befragen muss, den vom Apostel gerühmten Sitz des Glaubens.

So begehre ich nun von dort Nahrung für meine Seele, wo

ich einst das Gewand Christi erhalten habe. Nicht einmal das Meer in seiner riesigen Weite, die Länder, die sich weit zwischen uns erstrecken, wären imstande, mich davon abzuhalten, nach der wertvollen Perle zu suchen. Bei euch allein wird das kostbare Erbe der Väter unversehrt bewahrt.

Deine Erhabenheit lässt mich zurückschrecken, aber deine Menschlichkeit macht mir Mut und lädt mich ein.

Vom Priester erbitte ich Schonung für das Opfertier, vom Hirten erflehe ich Schutz für das Lamm. Neidische Stimmung sei fern! Es geht mir nicht darum, den römischen Gipfel schmeichelnd zu umwerben, mit dem Nachfolger des Fischers und dem Schüler des Kreuzes spreche ich. Ich, der ich nur dem Gebote Christi folge, bin deiner Heiligkeit, also dem Stuhle Petri, in inniger Gemeinschaft verbunden. Mir ist bewusst, dass auf diesem Felsen die Kirche gebaut ist. Wer auch immer außerhalb dieses Hauses von diesem Lamm isst, der ist nicht geheiligt. Wenn irgendjemand nicht in der Arche Noahs weilt, wird er umkommen in der Flut.

Für meine Taten zu büßen, bin ich in diese öde Wüste am äußersten Rande Syriens gegangen. Daher kann ich bei solch großen Entfernungen nicht immer von deiner Heiligkeit das Heilige des Herrn erbitten.

Wer nicht mit dir sammelt, der zerstreut, das heißt: Wer nicht zu Christus gehört, der gehört zum Antichrist ...

Messala ließ das Schreiben sinken. Die Zusammenhänge dieses Schreibens waren ihm recht unklar. Ganz offensichtlich war es damals – wie heute – um Uneinigkeit in der Kirche gegangen. Messala überlegte. Von Hieronymus wusste er, dass Damasus vor sechsundzwanzig Jahren gestorben war. Ein knappes Jahr später war Hieronymus in den Orient gegangen. Dieser Brief musste also weit vorher geschrieben worden sein. Vermutlich während Hieronymus' erstem Aufenthalt im Heiligen Land, also etwa sieben Jahre vor seiner Rückkehr nach Rom. Hieronymus hatte ihm ja von seiner ersten Einsiedlerzeit in der Wüste Chalcis erzählt. Also stand er damals schon in gutem Kontakt zum Bischof von Rom.

„Wer nicht mit mir sammelt, der zerstreut, wer nicht zu Christus gehört, der gehört zum Antichrist ...“ Wen mochte Hieronymus damit gemeint haben? Wer hatte sich so außerhalb der Glaubensgemeinschaft gestellt, dass er gar zum Antichristen gerechnet wurde? Messala nahm sich vor, dieses Geheimnis zu klären. Doch der Zufall kam ihm zur Hilfe.

Die Türe der *Schola* öffnete sich und ließ einen Schwall kalter Zugluft einströmen. Der junge Raphaelus erschien im Türrahmen. Ein verfrorenes Gesicht mit frostroter Nase lugte durch die Tür und lachte Messala an:

„Ich wollte nur wissen, ob du dich wohl befindest und noch nicht erfroren bist. Zugleich wollte ich das Kohlebecken auffüllen. Wie schmeckt meine Honigmilch?“

Messala musste lachen. „Komm herein und leiste mir Gesellschaft“, rief er, „oder halten dich andere Aufgaben davon ab?“

„Nein“, entgegnete Raphaelus, „heute ist Sonntag und mein Tagwerk ist bereits getan.“ Raphaelus legte seinen dicken Wollumhang ab und setzte sich neben Messala. „Ich will gerne an deinen Studien teilnehmen.“

Messala zeigte auf den Brief und bat Raphaelus, ihm die Zusammenhänge zu erklären. Der junge Mönch warf einen kurzen Blick auf den Brief, überflog die ersten Zeilen, und meinte:

„Das war ein dunkles Kapitel in der jungen Geschichte unserer Kirche. Der Vater hielt sich damals als Einsiedler in der Wüste Syriens auf, wurde aber unversehens in einen Kirchenstreit hineingerissen. Es gab damals drei Bischöfe, die sich um den Bischofssitz von Antiochien stritten. Der eine hieß Melatius oder Meletius, ich erinnere mich nicht genau. Er hatte die Mehrzahl der orientalischen Bischöfe hinter sich, besonders den ... äh... wie heißt er gleich ... Ba ... Basi ... ja richtig, Basilius von Caesarea. Daneben gab es den Bischof

Paulinus, der nur wenige um sich hatte. *Integrales*, Anhänger der reinen Lehre, nannten sich diese. Dieser Paulinus war von einem Abtrünnigen namens Luciferus geweiht worden. Luciferus, der Teufel, klingt gut, nicht? Aber er hatte die Unterstützung von Damasus, der damals schon Bischof von Rom, also Führer aller Gemeinden war. Und dann gab es noch eine dritte Gruppe um den Vitalis, der ursprünglich auf Seiten des Melatius oder Meletius gestanden hatte, dann aber zu einem Bischof namens Apollinaris übergegangen ist, einem richtigen Umstürzler. Es tut mir leid, das ist alles ziemlich kompliziert, aber ich kann es nicht besser erklären. Na, jedenfalls wollte jeder von diesen Dreien Bischof von Antiochien werden und sie beschuldigten sich gegenseitig, Anhänger des Arianismus zu sein."

„Arianismus? Was ist das denn schon wieder?" Messalas Stimme klang ungeduldig. Er fühlte sich angesichts dieser komplizierten Zusammenhänge leicht verwirrt, ein Zustand, der ihm noch nie gefallen hatte.

„Die Arianer? Puh, du stellst Fragen. Hat dir der Vater davon nie erzählt?"

Messala schüttelte den Kopf. Den Namen hatte er nie zuvor gehört. Raphaelus rückte seinen Stuhl zurecht und kratzte sich am Hinterkopf.

„Also. Arius, das war ein alexandrinischer Priester, der die These aufgestellt hatte, dass Jesus Christus zwar der Sohn Gottes war, aber nicht mit ihm wesensgleich sei und nicht, wie der Vater, von Ewigkeit sei. Verstehst du, sozusagen nur ein Halbgott."

„Wie Herkules, der auch nur ein Halbgott war, aber als Sohn Jupiters galt?"

„Na ja, so ähnlich, obwohl man diesen Heidenglauben kaum hier zum Vergleich heranziehen darf. Wie auch immer, diese Lehre der Arianer wurde als Irrlehre und Ketzerei verurteilt und seine Anhänger aus der Kirche ausgeschlossen. In diesem schlimmen Streit um den Bischofssitz von Antiochien wurde nun unser Hieronymus aufgefordert, Stellung zu beziehen. Von seinem Freund Evagrius wurde er mit Paulinus in Verbindung gebracht, der ihn später zum Priester geweiht hat. Hieronymus aber versuchte, sich dieser Pflicht zu entziehen, zumal er, wie er uns später erklärt hat, die Hintergründe des Streits nie ganz verstanden hat."

Das ist gut, dachte Messala, *da ging es ihm, wie es mir jetzt geht*. Der Römer hatte längst aufgegeben, die Hintergründe dieses Streits verstehen zu wollen, lauschte aber dennoch mit freundlichem Interesse.

Aber schon fuhr Raphaelus mit Eifer fort: „Da kam der Vater auf die Idee, diese Frage dem Bischof von Rom zur Entscheidung vorzulegen, und er schrieb den Brief, den du eben gelesen hast. Verstehst du jetzt? Die Füchse, die den Weinberg Christi durchlöchern, das sind die sich streitenden Parteien. Sie zerreißen mit ihrem Streit das ungeteilte Gewand Christi, nämlich die Kirche, in viele Stücke. Die Nahrung, die er für seine Seele erbittet, das ist der Rat des Bischofs von Rom. Aber aus Rom kommt keine Antwort und der Vater gerät in Not, weil er in seiner Einsiedlerzelle mehr und mehr bedrängt wird. Er schreibt einen zweiten Brief nach Rom. Warte, der müsste auch hier liegen."

Raphaelus suchte kurz im gleichen Regal, aus dem Messala den Brief entnommen hatte, griff nach einer weiteren Rolle und öffnete sie. „Hier, lies!"

Hieronymus von Chalkis an Damasus,
Bischof von Rom.

Die zudringliche Frau im Evangelium konnte endlich doch Gehör finden. Und der Freund erhielt gar mitten in der Nacht das Brot vom Freunde, obwohl das Haus schon verschlossen war. Gott selbst, den keine Kräfte zu rühren vermögen, ließ sich durch die Bitten des Zöllners bewegen.
Warum so viele Worte am Anfang?

*Darum, damit du in deiner Größe den Kleinen beachtest, da-
mit du, der mächtige Hirt, das kranke Schaf nicht unbeachtet
lässt.*

*Der Feind bedrängt mich ohne Unterlass. Die Gefechte, die
ich hier in der Wüste zu bestehen habe, sind schlimmer denn
je. Hier tobt, gestützt von weltlicher Macht, die Wut der Arianer. Dort bemühen sich drei Parteien, in die die Kirche geteilt
ist, mich auf ihre Seite herüberzuziehen. Das alte Ansehen der
Mönche ringsum erhebt sich gegen mich. Wenn jemand sich
mit dem Stuhle Petri verbunden weiß, so steht er auf meiner
Seite. Meletius, Vitalis und Paulinus nennen sich deine Anhänger.*

*Ich könnte es ja noch glauben, wenn nur einer von ihnen so
spräche. Nun aber lügen zwei oder sogar alle drei. Deswegen
beschwöre ich deine Heiligkeit beim Kreuze des Herrn, beim
Leiden Christi, dem Fundamente unseres Glaubens: Du, der du
den Aposteln im Amte nachfolgst, folge ihnen wirklich nach,
damit du des Thrones teilhaftig wirst, wie jene Zwölf, die zu
Richtern bestellt sind, auf dass du, wie Petrus in seinem Alter,
von einem anderen gegürtet werdest, auf dass du mit Paulus
das himmlische Bürgerrecht erlangen mögest. Zeige mir in
einem Briefe von deiner Hand, mit wem ich hier in Syrien Gemeinschaft halten soll.*

Verachte nicht eine Seele, die für Christus gestorben ist!

Messala verspürte die Eindringlichkeit, mit der Hieronymus
diesen Brief verfasst haben musste.

„Und, hat er endlich eine Antwort erhalten?", fragte er begierig.

„Nein, hat er nicht! Hieronymus hat uns später erklärt, dass Damasus keine Entscheidung hat fällen wollen, damit nicht etwa
Antiochien von Rom abfällt. Daraufhin ist es in der Einsiedelei
– man muss sich das vorstellen – zu schlimmen Schlägereien
gekommen. Die Gefährten des Vaters haben ihn verlassen, da
sie *die Gesellschaft wilder Tiere jener von rasenden Christen
vorzögen*, wie sie gesagt haben."

Helle Empörung klang aus der Stimme des jungen Mönches.
„Hieronymus hat seine wenigen Habseligkeiten gepackt, ist vor diesen Teufeln geflohen und hat sich in den Schutz seines Freundes Evagrius begeben. Da hatte er endlich seine Ruhe."
„Wer ist denn nun Bischof von Antiochien geworden?", fragte Messala, denn ohne eine Antwort auf diese Frage hätte die Geschichte ein unbefriedigendes Ende genommen.
„Paulinus wurde Bischof. Aber damit war der Streit noch nicht zu Ende. Er wurde nicht von allen anerkannt. Aber ich glaube, es ginge zu weit, wenn ich das noch alles erzählen sollte. Übrigens sind mir die weiteren Zusammenhänge auch nicht mehr bekannt." Raphaelus lehnte sich zurück und lachte. „Eigentlich hatte ich nur nach dem Kohlebecken sehen wollen."
Das war inzwischen völlig ausgegangen, was aber beide Männer nicht gemerkt hatten. Zu sehr waren sie über diese Vorfälle in Hitze geraten. Nun spürten sie die Kälte, die langsam an ihren Beinen heraufkroch, umso mehr.
„Ich denke, wir sollten für heute unsere Sitzung beenden", meinte Messala mit frostschaudernder Stimme. „Glaubst du, Hieronymus hätte etwas dagegen, wenn ich mir einen Brief zur Nachtlektüre in mein Zimmer mitnehme?"
Raphaelus schüttelte den Kopf und seine dunklen Locken flogen um die Stirn.
„Nein, sicher nicht. Das tun die Brüder hier auch manchmal. Wichtig ist aber, dass du ihn morgen genau an die gleiche Stelle zurücklegst. Warte, ich werde dir einen heraussuchen, der dich interessieren wird. Hieronymus hat viele interessante Briefe geschrieben und wir haben von allen Abschriften."
Raphaelus leuchtete mit der *Lucerna* in das Regal und reichte Messala nach kurzem Suchen eine Briefrolle. „Hier, Marcus Messala, das wird dich interessieren. Sage mir doch morgen, wie er dir gefallen hat. Er könnte für dich noch einmal von besonderer Bedeutung werden."
Mit dieser Andeutung vermochte Messala nichts anzufangen.

Er empfand jedoch eine stille Freude über die Nennung seines neuen Namens und nahm die Schriftrolle gerne entgegen.

„Hab Dank, auch für deine interessanten Erklärungen. Ich will dir morgen gerne berichten."

Die beiden Männer verließen die *Schola* und kämpften sich gegen den heulenden Wintersturm zum Kloster hin. Der Sturm trieb vereinzelte Schneeflocken durch den nachtschwarzen Himmel und Messala zog den Umhang enger um seine Schultern. Sie waren froh, als sie die bescheidene Wärme des Klosters erreicht hatten.

Bis zur *Cena* wollte Messala noch etwas in seinem kleinen Zimmer lesen, in dem er sich mittlerweile sehr wohl fühlte. Im Vergleich zu dem Haus, das er einmal in Rom besessen hatte, war dies natürlich eine mehr als bescheidene Behausung, aber sie strahlte Gemütlichkeit und Geborgenheit aus, mehr Geborgenheit als sein Elternhaus. Kurz dachte er an die *Villa Fabiana* zurück, in der er seine Jugend verbracht hatte. Unweit der Sallustianischen Gärten am *Mons Pincius* gelegen, ein typisches Patrizierhaus mit großem *Atrium* und einer Vielzahl von Zimmern, die überwiegend ungenutzt leer standen. Seit dem Tode seines Vaters hatte die Mutter sich weitgehend aus der Gesellschaft zurückgezogen und nur noch einen kleinen Stamm von Sklaven gehalten. Gerne erinnerte er sich an die riesigen Gärten mit den Springbrunnen und Goldfischbecken, in denen er als Junge mit seinen Freunden herumgetobt hatte. Sehr zum Unwillen seiner Mutter, die ihn regelmäßig dafür ausgeschimpft hatte, nicht ohne ihn nachher mit einem zärtlichen Kuss zu entlassen.

Dennoch, Heimweh nach der Stadt seiner Jugend empfand er nicht. Hier in Bethlehem hatte er fürs Erste eine neue Heimat gefunden. Das hing natürlich auch mit Julia zusammen. Julia! Wo mochte sie jetzt wohl sein? Ob sie mit gleichem Verlangen an ihn dachte? Er konnte die Zeit bis zu ihrer Rückkehr kaum abwarten.

Er legte sich auf den *Lectus*, sein mit Stroh gefülltes und mit wärmendem Lammfell bedecktes Bett. Das Kohlebecken in der Ecke verlieh dem kleinen Raum sehr viel mehr Wärme als in der *Schola* und die beiden *Lucernae* reichten zum Lesen allemal aus.

Er griff nach der mitgebrachten Schriftrolle:

An Eustochium.

‚Höre meine Tochter, öffne deine Augen und neige dein Ohr! Vergiss dein Volk sowie das Haus deines Vaters, und der König wird nach deiner Schönheit verlangen!‘
So spricht der Herr zur menschlichen Seele im vierundvierzigsten Psalm. Sie soll nach dem Beispiel Abrahams fortziehen aus ihrem Lande und aus ihrer Verwandtschaft; sie soll die Chaldäer, die bösen Geister, verlassen und Wohnung nehmen im Lande der Lebenden, nach welchem sich der Prophet sehnt ...

Messala überschlug einige Zeilen, da ihm der Text wenig interessant erschien. Warum hatte Raphaelus gerade diesen Brief ausgesucht? Und wieso sollte er für Messala von Bedeutung werden? Er las weiter.

Es genügt aber nicht, aus deinem Vaterlande wegzuziehen. Du musst auch dein Volk und dein Vaterland vergessen. Mit anderen Worten: Du musst den Lockungen des Fleisches entsagen und darfst dich nur dem himmlischen Bräutigam hingeben.

Wieder überschlug Messala einige Absätze.

... der Herr wird nach deiner Schönheit verlangen. Das also ist das große Geheimnis. Deshalb wird der Mann Vater und Mutter verlassen und seiner Gattin anhängen und sie werden zwei in einem Fleische sein. Im Fleische? Nein, nicht

im Fleische, sondern im Geiste. Dein Bräutigam stellt keine anmaßenden Forderungen und kennt keinen Stolz ... dies schreibe ich nicht, um das Hohelied der Jungfräulichkeit zu singen, deren Wert du bereits erkannt hast. Auch mag ich nicht die Beschwerden des Ehelebens aufzeigen, wie die Schwangerschaft sich bemerkbar macht oder die Kinder schreien, wie man unter einer Nebenbuhlerin zu leiden hat oder sich durch die Sorge um den Haushalt aufreibt. Auch will ich nicht schildern, wie zuletzt der Tod kommt und allem, wofür man sich geplagt hat, ein Ende setzt. Auch die verheirateten Frauen leben in einem von Gott bestimmten Stande, die ehrbare Ehe und das makellose Lager haben ihre Berechtigung ...

Was meinte er mit makellosem Lager? War nicht die Liebe das Gefäß der Ehe und gehörte nicht auch die körperliche Vereinigung unabdingbar dazu? Er hatte doch selbst von der Schwangerschaft gesprochen. Eins stand für Messala nach diesen wenigen Zeilen fest: Ein Anhänger der Ehe war Hieronymus nicht, mochte er sie auch anfangs als gottgewollten Stand gepriesen haben. Nicht umsonst war er selbst ja auch nie verheiratet gewesen. Diesen Brief musste er an Eustochium geschrieben haben, als sie sich schon für das Klosterleben entschieden hatte. Und nun pries er diese Entscheidung. Sein gutes Recht. Wahrscheinlich hätte es der Alte gerne gesehen, wenn alle jungen Frauen dieser Entscheidung gefolgt wären. Alle! Ein Gedanke zuckte wie ein Blitz durch seinen Sinn: *Julia! Könnte es sein, dass Hieronymus vorhatte, auch Julia für diesen Stand zu gewinnen?*

Unsinn! Messala verwarf den Gedanken sofort. Hieronymus wusste, wie sehr er die junge Frau liebte, und auch ihre Zukunftspläne konnten ihm nicht verborgen geblieben sein. Nie würde er dieses junge Glück zerstören. Nie? Messala hatte inzwischen auch jenes Maß von Intoleranz und Unduldsamkeit an Hieronymus kennengelernt, das dem Gottesmann schon so viele Feinde beschert hatte. Wenn Hieronymus sich nun Julia als nächstes Opfer für eine klösterliche Bekehrung ausgesucht hatte, sozusagen als Nachfolgerin für Eustochium.

Messala musste lachen. Julia als Nonne, der Gedanke hatte etwas Komisches. Eine Welle der Zärtlichkeit und Sehnsucht nach der jungen Frau durchfuhr ihn. *Ich muss verrückt sein, mir solche Gedanken zu machen.* Er legte den Brief weg und ahnte nicht, welche Bedeutung er noch für ihn und sein Leben haben würde.

Ein Klopfen an der Tür unterbrach seine Gedanken. Hieralion, der ehemalige Soldat, trat ein und balancierte die Abendmahlzeit auf einem Tablett.

„Du hast wohl die Glocke überhört", sagte er mit einem freundlichen Lächeln, „da haben wir uns gedacht, du möchtest vielleicht lieber auf deiner *Cella* speisen."

Er stellte das Tablett mit Käse, Brot und Obst auf den kleinen, wackligen Tisch vor dem Bett. Wie zur Entschuldigung deutete er auf das karge Mahl. „Eine größere Auswahl kann die Küche zur Zeit nicht bieten."

„Das macht nichts", antwortete Messala, „*satis est* – es reicht völlig aus. *Gratias tibi ago* – Ich danke dir. Willst du dich nicht einen Augenblick zu mir setzen?"

Hieralion nickte und zog einen kleinen Schemel aus der Ecke. „Du warst auch früher Legionär wie ich, so habe ich gehört. Wo hast du gedient?"

„Fünfte *Legio Maecedonica*, zweite Attische Cohorte. Ich war dabei, als Alarichs Goten in Attica eingefallen sind. Durch die Thermopylen drangen die Barbaren ungehindert nach Athen vor, wo ich stationiert war. Das Reich ließ uns im Stich. Die Stadt zahlte und erkaufte sich damit, dass Alarich jede Plünderung unterließ. Lediglich er selbst und sein Gefolge betraten die heiligen Räume Athens. Unsere Cohorte wurde gezwungen, die Stadt zu verlassen. Wir zogen nach Achaia, wo wir dem Befehl Stilichos unterstellt wurden, der inzwischen dort aus Rom gelandet war. Das muss jetzt dreizehn Jahre her sein. Wir folgten den Horden der Barbaren durch die Berge und Täler Arcadiens immer in gebührendem Abstand, denn offenbar wollte unser Feldherr keine offene Feldschlacht. Jeden Tag mussten wir Schanzarbeiten machen, während die Goten uns mit ihrer Reiternachhut immer wieder angriffen. Dann ist es uns gelungen, sie völlig einzuschließen, und wir begannen, durch Ableitung eines Flusses, ihnen das Wasser abzuschneiden." Ein Grinsen überzog sein Gesicht, die Erinnerung schien ihm zu gefallen.

„Wir hatten sie schon alle in der Falle und dann kam plötzlich der Befehl zum Abmarsch. Hat keiner von uns verstanden, aber Befehl ist Befehl. Und jetzt kommt das Beste: Auf Befehl des Kaisers wurde Alarich zum rechtmäßigen Befehlshaber von Illyrien erklärt. Stilicho kehrte nach Italien zurück und wir wurden dem Befehl der Goten unterstellt. *Incredibile!* – Unglaublich!"

Messala nickte, die Vorgänge waren ihm weitgehend bekannt, sie hatten in Rom die Runde gemacht und genügend Kopfschütteln ausgelöst. Hätte man damals Alarich besiegt, wäre Rom später einiges erspart geblieben.

„Zwei Jahre habe ich dieses unwürdige Schauspiel mitgemacht, dann bin ich abgehauen. Ja, Tribun, ich bin desertiert. Über das Meer und weg. Auf einem kleinen ägyptischen Segler bin nach Sidon, von da als Karawanenwächter nach Jerusalem. Dort hörte ich von Hieronymus und seinem Kloster. Getauft bin ich schon, seit ich vierzehn war. Und nach all den unruhigen Zeiten hoffte ich, hier Ruhe und Frieden zu finden. Ich hab' es nicht bereut. Hier hab' ich einen Platz, an dem ich mich abends hinlegen kann, ohne dass mir irgendein Barbar den Kopf abschlagen will."

Messala hatte interessiert zugehört.

„Familie hast du keine?", fragte er nun, während er herzhaft in seinen Käse biss.

„Nein, meine Eltern sind tot, ich stamme aus Vergina, aber da wartet keiner auf mich."

„Und du wolltest nie heiraten und eine Familie gründen", fragte Messala mit lauerndem Unterton, „oder hat Hieronymus dir das ausgeredet?"

„Der Vater, wieso das? Nein. Früher wollte ich das, ist ja normal. Aber nun bin ich bald sechzig Jahre, da findest du keine mehr. Gibt ja eh nur Ärger mit den Frauen."

Messala lachte: „Wie kannst du das wissen, du hast es ja nie ausprobiert."

„Doch schon", lautete die Antwort, „in Salona war ich vier Jahre mit einer Frau zusammen, soweit der Dienst es zuließ. Du kennst das ja. Marania hieß sie, die Schlampe, der Herr mag's mir verzeihen, aber ich finde keinen anderen Ausdruck für sie. Hat mir immer mehr Ärger gemacht als Freude. Dauernd war sie bei anderen Kerls und so, na ja, das brauche ich nicht!"

„Und mit Hieronymus bist du immer gut ausgekommen?"

„Klar, warum nicht. Der Vater ist zwar etwas merkwürdig und ziemlich streng, aber das waren unsere Tribune auch, nur gibt es hier keine Disziplinarstrafen wie in der Kaserne. Ich mache meine Arbeit, verrichte meine Gebete und habe meinen Frieden."

Messala lächelte amüsiert. Hieralion sprach erfrischend anders als die meisten hier im Kloster. Den rauen, schlichten Soldatenton hatte er auch nach mehr als zehn Jahren im Kloster nicht verloren. Er machte einen offenen und ehrlichen Eindruck und die einschmeichelnde, devote Haltung, die Messala bei manchen Mönchen hier beobachtet hatte, lag ihm fern.

„War schön, mit dir zu plaudern, Tribun, aber jetzt muss ich wieder an die Arbeit. Heute hab' ich Dienst im *Refectorium* und bald wird die Glocke zur Andacht rufen."

„Wir sehen uns dann", sagte Messala, „und lass die Anrede *Tribun*, das ist für alle Zeiten vorbei, und es ist gut so."

Hieralion nahm das Tablett – Messala hatte nichts übrig gelassen – und verließ mit einem Winken die *Cella*.

Für alle Zeiten vorbei! Die Erinnerung an seine vergangene Militärzeit bereitete ihm mehr Trübsinn, als er anfangs geglaubt hatte. Hatte er noch vor Wochen geglaubt, seine Zukunft könne hier in Bethlehem liegen, so wurden ihm der Ort und das Kloster nun immer enger. Und auch die vertrauten Gespräche mit Hieronymus oder Vincentius bedeuteten ihm nicht mehr das Gleiche wie vorher. Vielmehr begann sich in ihm ein Misstrauen gegen diese redlichen Männer zu regen, für das er weder Grund noch Verständnis hatte, es war mehr ein unbestimmtes Gefühl im Bauch als ein rationaler Gedanke. Als Soldat hatte er immer gewusst, wo er dran war, aber nun war seine vormals heile Welt zerstört und was an deren Stelle getreten war, blieb ihm vielfach unbekannt und unklar.

Wohl hatte er mit viel Freude seiner Taufe entgegengesehen und die Erinnerung daran erfüllte ihn immer noch mit Glück. Aber auch sein persönliches Verhältnis zu seinem neuen Gott war noch viel mehr von Fragen und Unsicherheiten geprägt als von Vertrauen und Liebe. Viel hatte er in den vergangenen Monaten über die Heilige Schrift gehört und die Frohe Botschaft, die daraus zu entnehmen war. Er hatte auch nicht die Spur eines Zweifels, dass dieser Gott der wahre und dieser Glaube der richtige war, allein fehlte es noch daran, den neuen Glauben mit seiner Welt und seiner Lebensführung in Einklang zu bringen. Zwei Dinge waren ihm aber klar, das waren seine tiefe Liebe zu Julia und die Tatsache, dass er sicher kein Mönch werden wollte.

Seufzend nahm er den Brief noch einmal zur Hand. Bis zur Abendandacht würde er noch etwas weiterlesen. Vielleicht könnte ihm das etwas mehr an Klarheit bringen. Vielleicht würde es aber auch das Gegenteil bewirken?

… ich will einmal ein kühnes Wort sprechen: Wenn auch Gott alles kann, einer gefallenen Jungfrau kann er die Jungfräulichkeit nicht wiedergeben. Er kann ihr wohl die Strafe erlassen, aber mit der Krone der Unversehrtheit will er die Entehrte

nicht schmücken. Uns soll die Weissagung: „Es wird an guten Jungfrauen mangeln" eine Warnung sein, damit sie sich nicht an uns erfülle. Es gibt nämlich auch schlechte Jungfrauen. Lesen wir doch: „Wer eine Frau anschaut, um ihrer zu begehren, hat in seinem Herzen die Ehe schon gebrochen." Die Jungfräulichkeit kann also schon durch Gedanken verlorengehen.

Solcher Art sind die schlechten Jungfrauen, dem Fleische nicht, aber der Gesinnung nach. Das sind die törichten Jungfrauen, die der Bräutigam aussperrt, weil sie kein Öl bei sich haben.

Wenn nun schon solche Jungfrauen immer noch Jungfrauen sind, so werden sie wegen anderer Sünden nicht selig, mögen sie auch die Jungfräulichkeit bewahrt haben. Was mag aber erst das Los derer sein, welche die Glieder Christi feilgeboten und den Tempel des Heiligen Geistes in eine Stätte der Unzucht umgewandelt haben?

Ihnen gilt das Wort: „Steige herab, setze dich in den Staub, Jungfrau Babels! Setze dich auf die Erde; denn für die Tochter der Chaldäer gibt es keinen Thron mehr. Man wird dich nicht mehr die Zarte, die Verwöhnte nennen. Nimm den Mühlstein und mahle Mehl. Mache auf dein Kleid, entblöße deine Schenkel, durchwate die Ströme! Man wird deine Scham aufdecken und deine Schande wird offenbar werden."

Nein, das hatte ihm nicht geholfen. Begriffe und Gedanken tobten in seinem Kopf herum: Krone der Unversehrtheit, ausgesperrt vom Bräutigam, Unzucht, Mühlstein, Schande …

Als Messala wenig später an der üblichen Abendandacht teilnahm, da tat er dies zum ersten Mal in völliger Ablenkung und ohne jede innere Teilnahme. Zu gerne hätte er mit jemandem über seine Gefühlsnot gesprochen, aber mit wem? Und was hätte er schon sagen sollen, worin diese Not bestand? Eigentlich wusste er es ja selbst nicht!

XVII. IM KERKER

Am nächsten Tag erwachte Messala erst ziemlich spät. Nach traumlosem, langem Schlaf fühlte er sich frisch und ausgeruht. Die Gespenster des vorigen Tages schienen verschwunden. Er hob das *Velum*, den kleinen Fenstervorhang, beiseite und blickte durch das schmale Fenster auf die leicht verschneiten Hügel um Bethlehem. Die Kälte hatte nachgelassen, aber dunkle Wolken am Horizont verhießen weiteren Schnee. Nach kurzer Morgenwäsche wählte er eine grobe Stofftunica aus und eilte in das *Refectorium*, wo er wieder einmal als letzter sein bescheidenes Frühstück einnahm. Syphonius hatte heute Dienst und blickte Messala mit mürrischem Blick an.

„Du scheinst einen guten Schlaf zu haben, Marcus."

Die Mönche hatten sich angewöhnt, nur noch Messalas neuen Namen zu verwenden.

„Wir sind hier schon seit vier Stunden auf den Beinen." Unschwer war das als Vorwurf zu erkennen.

„*A lasso rixa quaeritur* – Wer müde ist, sucht Streit", lachte der Getadelte und fand dieses Zitat von Seneca sehr passend.

„Das ist die rechte Antwort, mein Freund", tönte es von der Tür her. Vincentius war eingetreten und schmunzelte. „Unser guter Syphonius hasst das frühe Aufstehen und beneidet daher alle über die Maßen, die etwas länger im warmen Stroh liegen dürfen. Du solltest das unserem Gast nicht übel nehmen, Bruder Syphonius."

Syphonius murmelte irgendetwas von Faulenzern und verschwand im Küchengang.

„Nimm ihn nicht so ernst, Marcus", sagte Vincentius, „er ist morgens kaum genießbar."

Bei der Erwähnung seines neuen Namens blickte Messala auf. „Wolltest du mir nicht von meinem Namenspatron erzählen?", fragte er.

„Gewiss", lautete die Antwort, „aber gedulde dich noch etwas. Ich habe zuvor Unterweisungen in der *Schola* zu halten, danach will ich dir gerne zur Verfügung stehen. Sagen wir zur zwölften Stunde?"

Messala nickte. „Gerne, ich werde da sein."

„So wollen wir uns in der *Schola* treffen, ich kann dir dann einige Texte zeigen." Vincentius nickte dem Römer freundlich zu und eilte hinaus.

Messala verspürte Lust auf einen Ausritt durch den winterklaren Tag und begab sich zu den Stallungen, wo er niemanden antraf. Er sattelte den Rappen, den er schon mehrfach geritten hatte, und bald stob der Schnee vor den Hufen seines Rosses. An Bethlehem vorbei wandte er sich in südöstliche Richtung und gelangte nach kurzem Ritt über die verschneiten Wege nach Herodium, den Resten der alten Festung von Herodes. Raphaelus hatte ihm davon erzählt, aber gesehen hatte er sie noch nie.

Einen prächtigen Palast hatte sich der König bauen wollen, der gleichzeitig Festung war. Und seine Begräbnisstätte sollte es werden, und doch war alles anders gekommen. Die Palastfestung wurde auf einem mächtigen, zum Teil künstlich errichteten Bergkegel errichtet, der nur durch eine lange Marmortreppe zu erreichen war. Um die kreisförmige Außenmauer des Gebäudes herum wurden gewaltige Massen von Geröll, Sand und Steinen gehäuft, sodass eine Kegelform entstand. Ein von Säulen umgebenes *Peristyl* lag innerhalb der gerundeten Wehrmauer. Ziergärten, Badeanlagen mit prächtigen Mosaiken und zahlreiche Wohn- und Speiseräume vermittelten den Eindruck von Luxus, den der König sich gewünscht hatte.

Unterhalb des Bergkegels war ein weiterer Palast mit Bädern und Gärten gebaut worden, ganz im römischen Stil, den Herodes so sehr geliebt hatte. Vor diesem Palast lag ein Rundkurs, der einmal Wagen- und Pferderennen gedient hatte. Mehr als vierhundert Jahre war das her und die verstreuten Trümmer, vor denen Messala jetzt stand, ließen einiges von der Pracht ahnen, die hier einmal geherrscht hatte.

Messala stieg von seinem Pferd und machte sich an den mühsamen Aufstieg. Lose Felsbrocken und der vom Eis glitschige Boden ließen ihn mehrfach straucheln. Der Ausblick aber, den er nun von der Spitze des steilen Hügels über die winterweißen Weiten Judäas genoss, entschädigte ihn für die Mühe. Verstreut lagen einzelne Häuser um den Hügel herum, meist aus den Trümmern des zerstörten Palastes erbaut. Der weite Blick ging im Nordwesten bis Bethlehem, im Osten zeigte sich das tiefe Blau des Toten Meeres und im Blick nach Westen gewahrte man die Ausläufer des Judäischen Gebirges. Im Süden musste die judäische Wüste liegen, aber ein Schleier schneeschwerer Wolken versperrte den Blick dahin.

Messala atmete tief ein und genoss die frische, klare Winterluft. Das Wiehern seines Pferdes ließ ihn seinen Blick nach unten richten. Er war nicht allein. Eine römische Patrouille aus zehn Reitern hatte neben seinem Pferd haltgemacht. Die Männer waren abgestiegen und blickten nach oben. Messala machte sich auf den Rückweg und stand nach wenigen Minuten neben dem Anführer, einem *Decurio*, den er noch nie gesehen hatte.

„Tribun Quintus Fabius Messala?" Die schneidende Stimme klang fragend und wenig freundlich.

„Das waren mein Name und mein Rang", antwortete Messala bescheiden. „Jetzt heiße ich Marcus Messala und den Rang eines Tribunen habe ich abgelegt."

„Ich bin Manlius Cerephonius, *Decurio* von der Garnison in Jerusalem. Wir haben Befehl, dich in Haft zu nehmen!"

Messala blickte überrascht auf. „In Haft? Wieso? Was liegt gegen mich vor?"

„Darüber kann ich keine Auskunft geben. Ich hoffe, du bewahrst deine Würde und leistest keinen Widerstand!"

„Es wird sich um einen Irrtum handeln, den wir aufklären werden." Seine Stimme hatte die alte Festigkeit zurückgewonnen.

„Ich werde euch ohne Widerstand folgen, möchte aber in

Jerusalem unverzüglich dem diensthabenden Tribun vorgeführt werden!"

„Das wird sich zeigen", lautete die knappe Antwort.

Die Männer bestiegen ihre Pferde und ritten in eiligem Galopp in Richtung Jerusalem. Schweigend ritten sie an Bethlehem vorbei und nahmen die alte Karawanenstraße in nordwestlicher Richtung.

„Ist es mir erlaubt, das Kloster zu benachrichtigen, in dem ich wohne? Die Menschen werden sich Sorgen machen, wenn ich nicht zurückkehre."

„Nein! Was die wissen müssen, das wissen sie. Der Hieronymus, der senile Greis, und seine Horde blökender Mönche. Zum Teufel mit diesen Betbrüdern! *Jupiter eos inflammet* – Jupiter möge sie verbrennen!"

Messala blickte überrascht auf. Glaubensbrüder waren das nicht. Hass und Verachtung gegen die Christen sprachen aus den Worten des *Decurio*.

„Du sprichst Worte der Sünde", sagte er in beherrschtem Ton, obwohl er diesen Unteroffizier am liebsten in Grund und Boden geschrien hätte.

„Sünde, Sünde", Cerephonius lachte höhnisch auf, „für dich mag das Sünde sein. Du bist ja auch jetzt einer von ihnen. Hast deinen patrizischen Stand und deine römische Offiziersehre gegen ein Sklavenkreuz eingetauscht. Schöner Tausch, das!"

Messala schwieg. Es hatte keinen Sinn, mit diesem verblendeten, hasserfüllten Mann zu reden. Sie betraten jetzt in dichtem Schneegestöber die alte Königsstadt durch das Jaffator, überquerten das fast menschenleere *Forum* und waren wenig später vor der Kommandantur angelangt. Ein eisiger Wind schlug ihnen entgegen.

„*Descendite!* – Absitzen!", schnarrte der Decurio. Sie nahmen Messala in die Mitte und brachten ihn in das Gebäude.

„Durchsucht den edlen Tribun nach Waffen", befahl Cerephonius und blickte Messala grinsend ins Gesicht. Einer der Soldaten durchsuchte den ehemaligen Tribun, fand aber nichts. Seit seiner Taufe hatte sich Messala das Tragen von Waffen ganz abgewöhnt. Jetzt bereute er es.

Der *Decurio* und ein Legionär packten Messala grob am Arm. Sie zogen ihn durch einen finsteren, durch eine Öllampe spärlichen erhellten und nach Moder und Fäulnis riechenden Gang die Treppe hinab und öffneten eine schwere Holztür.

„Dein Quartier, verehrter Tribun. Mach es dir bequem." Der *Decurio* lachte und stieß seinen Gefangenen hinein.

„Es war abgemacht, dass ich sofort den Tribun sprechen kann", protestierte Messala, und das war wieder die alte, befehlsgewohnte und keinen Widerspruch duldende Tribunenstimme.

„Der ist zurzeit in Caesarea. Also wirst du dich gedulden müssen, Christenhund!"

Die Tür schlug krachend zu und die höhnische Stimme des Soldaten gellte durch den Gang. Der schmale Raum war völlig dunkel und nur durch eine kleine Sichtöffnung in der Tür fiel ein blasser Schimmer. Kälte und Feuchtigkeit drangen in Messalas dünne *Tunica*, den Mantel hatte er abgeben müssen. Absolute Stille herrschte hier unten. So ähnlich musste die Unterwelt sein. Zum ersten Mal, seit er seinen neuen Gott kennengelernt hatte, fühlte er sich von ihm verlassen!

***

Wie lange er in dieser Finsternis auf der schmalen Holzpritsche gesessen hatte, wusste Messala nicht, als er ein Kratzen und Scharren an der Tür vernahm.

„Ich bin's, Tribun", flüsterte eine kaum vernehmbare Stimme, „Aulus. Ich kann dich hier nicht rausholen, sie würden mich totschlagen. Ich wollte dir nur sagen, es gibt keinen Befehl, dich zu verhaften. Das ist nur die Idee des Tribuns, der euch Christen so hasst, weil er meint, dass durch euch unser *Imperium* zugrunde gegangen ist."

Die Stimme machte eine kurze Pause. „Wenn ich heute Nachmittag dienstfrei habe, werde ich zum Kloster reiten und Hieronymus alles berichten. Vielleicht findet er eine Möglichkeit,
dich zu befreien. Ich muss jetzt gehen, sie haben mir verboten,
dich zu besuchen! Aber wisse, du bist nicht allein!"
Schritte entfernten sich leise von der Tür und völlige Stille
senkte sich über den Kerker.
Stunden der Einsamkeit und Verzweiflung vergingen. Dann
wurde die unheimliche Stille unterbrochen. Durch die kleine,
vergitterte Öffnung in der Tür sah Messala eine Fackel näher
kommen, dann waren Stimmen zu hören. Der Türriegel wurde
zurückgezogen und die Tür geöffnet. Im flackernden Licht der
Fackel erkannte Messala das Gesicht des *Decurio* und eines Of-
fiziers. Es war der Kommandant, der Tribun Marcellus Spurius.
„Willkommen, verehrter Tribun Messala", höhnte er, „wir
freuen uns immer wieder, wenn wir desertierte Offiziere in
unseren Räumen begrüßen dürfen. Noch größer ist die Freude, wenn es sich um Galiläer handelt oder Christen, wie ihr
euch nennt. Euch haben wir es zu verdanken, dass das Reich
zerfallen ist und vor dem Abgrund steht. Euch und eurem ge-
kreuzigten Wanderprediger. Aber dafür werdet ihr bezahlen
und du wirst den Anfang machen. Morgen werde ich das Truppengericht einberufen und sie werden dich verurteilen, verräte-
rischer Deserteur! Vielleicht sollten wir dich auch kreuzigen,
was meinst du, *Decurio*?"
„Aber nein, Tribun, bei Jupiter, unser Gefangener hat das römische Bürgerrecht, er verdient ein gutes römisches Schwert!"
Grinsend spielte der *Decurio* das Spiel seines Vorgesetzten mit.
„Und möglicherweise wird er ja auch freigesprochen, denn er
soll eine faire Verhandlung haben."
Bis jetzt hatte Messala geschwiegen, aber nun brach es aus ihm
heraus: „Ihr seid eine Schande für das ganze römische Heer.
Banditen seid ihr, nicht Soldaten, aber so einfach wird es nicht
werden."
Mit diesen Worten sprang er den *Decurio* an und schlug

ihm die Faust krachend gegen die Stirn. Mit einem ächzenden Laut sank der zu Boden. Im gleichen Augenblick jedoch hatte der Tribun sein Kurzschwert gezogen und hielt es Messala an den Hals.

„Mach weiter so, du Verräter, und wir werden die Strafe an Ort und Stelle vollstrecken."

Dann schlug er plötzlich die flache Klinge des Schwertes mit Wucht auf Messalas Schulter.

Mit einem Schmerzlaut sank der ehemalige Tribun zu Boden.

Cerephonius hatte sich inzwischen wieder aufgerappelt, stürzte auf den Gefangenen und trat ihm mit einem Wutschrei in die Seite und gegen den Brustkorb. Ein stechender Schmerz durchraste den Körper Messalas, ein heiserer Schrei entfuhr ihm.

„*Satis habet* – Er hat genug, *Decurio*", hielt ihn Spurius zurück, „für's Erste jedenfalls. Er soll morgen vor dem Tribunal einen guten Eindruck machen. Es soll nicht so aussehen, als würden wir unsere Gefangenen foltern." Und zu dem gekrümmt auf dem Boden liegenden Messala gewandt sagte er:„Nun magst du zu deinem Sklavengott beten, vielleicht hilft er dir ja."

Mit einem Lachen warfen die Männer die Tür ins Schloss und entfernten sich. Mühsam erhob sich der Gefolterte und legte sich auf die Pritsche. Wut und Zorn übermannten ihn. Was waren das für Ungeheuer! Aber hatte ihm Hieronymus nicht von Männern erzählt, die für ihren Glauben unter Folter gestorben waren, die sogenannten Märtyrer? Die Erinnerung an diese Erzählungen verschaffte ihm etwas Trost. In gewisser Weise fühlte er sich seinem Gott näher als je zuvor, auch wenn er sich von ihm verlassen wähnte. Unter Schmerzen fand er schließlich in den Schlaf, in dem er von wilden Träumen weitergequält wurde.

Am nächsten Morgen wurde er von einem Poltern an seiner Tür geweckt. Ein ihm unbekannter Legionär öffnete die Tür und schob wortlos einen Krug Wasser und eine Schüssel mit Mehlbrei hinein. Dann schloss sich die Tür wieder. Gierig stürzte sich Messala auf den Wasserkrug und leerte ihn mit einem Zug. Das Wasser rann an seinen Mundwinkeln herab. Auch der Hunger wühlte in seinem Magen, aber ein Blick auf den fast verschimmelten Mehlbrei, in dem sich eine *Centurie* von Maden tummelte, ließ ihn die Schüssel angewidert in die Ecke werfen.

„Diesen Fraß könnt ihr euren Hunden vorwerfen", schrie er mit sich überschlagender Stimme, aber niemand war da, der das gehört hätte.

So verging Stunde um Stunde.

Dann näherten sich wieder Schritte und Fackeln dem Kerker. Die Tür wurde geöffnet. Vier Legionäre legten ihm Fesseln an Händen und Beinen an und schleppten ihn nach oben. Das Sonnenlicht blendete ihn und er versuchte, seine Augen mit den Händen zu bedecken, was aber wegen der Handfessel nicht gelang. Schweigend zogen und stießen ihn seine Wächter weiter über den Hof, in ein helles, freundliches Gebäude hinein.

Sie durchquerten einen breiten Gang, an dessen rechter Seite Götterstandbilder in Nischen standen: Jupiter, Mercur, Poseidon und Mithras. Durch eine breite zweiflügelige Tür betraten sie den Hauptraum des Hauses, der nun als Gerichtssaal hergerichtet war. An der Stirnseite stand ein langer Tisch, an dem vier Männer saßen. Messala erkannte in ihrer Mitte den Tribun Marcellus Spurius und neben ihm seinen Stellvertreter, den *Centurio* Cassius Gratus. Die beiden anderen Männer kannte er nicht, doch musste nach den Rangabzeichen zumindest der eine von ihnen höheren Ranges sein. Zu seiner Überraschung gewahrte Messala neben dem Richtertisch unter den Wachen auch seinen ehemaligen Kampfgefährten Aulus, der krampfhaft versuchte, in eine andere Richtung zu sehen.

Hinter dem Tisch waren die Legionszeichen aufgebaut, die *Signa* und *Vexilla,* aber kein Legionsadler. Offensichtlich war man um einen offiziellen Anschein bemüht, aber ohne den Adler konnte kein *Iudicium militare,* ein Truppengericht, zusammentreten, außer im Krieg. Messala wusste das genau, schwieg aber. Der Hinweis auf einen solchen Formfehler hätte im Augenblick nichts genutzt.

Die Männer am Richtertisch musterten Messala aufmerksam, und der Ranghöchste, der neben Spurius saß, ergriff nun das Wort, indem er Messala mit scharfen Blicken fixierte:

„Das Truppengericht ist unter meinem Vorsitz zusammengetreten, um über die Fahnenflucht des Tribunen Quintus Fabius Messala, Tribun der *Cohors Laterana* von Rom zu befinden. Mein Name ist Aurelius Praetextatus, mein Rang ist der eines Militärpraefecten. Der Legat unserer Legion, Comes Flavius Tatianus, hat mich mit Kommando- und damit auch Gerichtsgewalt ausgestattet!"

Der Sprecher machte eine Pause und beobachtete die Wirkung seiner Worte. *Aurelius Praetextatus!* Messala fuhr es siedend heiß durch den Kopf. Das musste der Sohn des Vettius Praetextatus sein. Der war damals Führer der heidnischen Minderheit im Senat gewesen und wegen seines glühenden Hasses auf die Christen bekannt gewesen. Zusammen mit dem Stadtpraefecten Symmachus hatte er einen verzweifelten Kampf gegen den neuen Glauben geführt – und verloren. Jetzt versuchte sein Sohn offenbar, den Kampf im Morgenland fortzusetzen, den man im Abendland schon verloren hatte.

„Du kennst meinen Vater, Tribun?" Praetextatus lächelte bösartig und entblößte sein schadhaftes Raubtiergebiss. „Ich werde bemüht sein, sein heiliges Werk fortzusetzen, für unsere Götter und für unseren Staat. Aber du bist hier nicht angeklagt, weil du Christ bist. Das wäre für mich Grund genug, leider aber verbieten unsere Gesetze eine solche Anklage, jedenfalls zurzeit. Ankläger, lies die Anklage vor!"

Jetzt stand der vierte Mann auf, seinem Rang nach ein *Optio*, und verlas die Anklage:

Anklage

Dem Quintus Fabius Messala, Tribun der lateranischen Cohorte von Rom, daselbst eingesetzt von Imperator Theodosius, wird hiermit vorgeworfen, seinen Truppenstandort in Rom ohne Einwilligung seines Legaten verlassen zu haben, sich ohne Befehl in die Provincia Judäa begeben zu haben und daselbst den Militärdienst ohne Honesta Missio, ehrenvolle Entlassung, verlassen zu haben, obwohl die Dienstzeit, zu der er sich eidlich verpflichtet hatte, noch nicht beendet war! Er hat somit das Sacramentum Militiae, den heiligen Fahneneid, gebrochen und gilt als vogelfrei. Darüberhinaus hätte er nach einer Entlassung als Emeritus für weitere fünf Jahre der Dienstpflicht als Veteranus unterlegen. Darauf ist er von dem Tribun Marcellus Spurius Novicus ausdrücklich hingewiesen worden, ohne dass der Angeklagte dies zum Anlass genommen hätte, von seiner rechtswidrigen Tat zurückzutreten.

Das Truppengericht der Zehnten Legion Fretensis ist nunmehr zusammengetreten, um über diese schweren Vorwürfe zu beraten und eine gerechte Strafe zu finden.

Die Götter mögen unseren Kaiser schützen!

„Du hast die Anklage gehört, was hast du zu deiner Verteidigung zu sagen?", herrschte Praetextatus Messala an.

„Ich habe Rom verlassen, weil es in den Händen der Feinde war und jeder weitere Widerstand ohne Sinn gewesen wäre. Ich habe mich mit meinen Truppen den Goten in den Weg gestellt und bis zuletzt gekämpft, aber am Schluss habe ich Rom verlassen, wie die anderen auch. Zudem bin ich von dem Bischof von Rom mit einer Angelegenheit beauftragt worden, die mich hierhin führte. Nach der Teilung des Reiches habe ich keine Veranlassung gesehen, mich hier wieder in den Dienst zu stellen. Auch bin ich nie auf Arcadius oder seinen Nachfolger Theodosius II vereidigt worden, habe also keinen Eid gebrochen. Was meine dienstliche Vereidigung in Rom anbetrifft, so könnte darüber allenfalls ein Gericht in Rom urteilen, keinesfalls aber dieses hier!"

Messalas Stimme klang fest und mit sicherem Blick sah er die Männer am Richtertisch an.

„Im Übrigen habe ich meinen Namen und meinen Rang abgelegt. Ich bin, wie du richtig gesagt hast, Christ, und ich bin stolz darauf, den einen und wahren Gott gefunden zu haben. Gott möge euch eure Verblendung und euren Hass verzeihen!"

„Verzeihen?!" Praetextatus schrie es heraus und Speichel spritzte ihm aus den Mundwinkeln. „Da gibt es nichts zu verzeihen. Du bist ein Deserteur, hast die Truppe feige und gewissenlos verlassen, hast den heiligen Eid gebrochen, der dich band, nur um dich keiner weiteren Gefahr auszusetzen. Andere haben weitergekämpft und ihr Leben für das Vaterland gegeben, du aber hast dich in einem Kloster unter dem Rock der Mönche versteckt. Eid ist Eid, ob Teilung oder nicht, er gilt für alle Zeiten, alle Kaiser, alle Reiche. Recht bleibt Recht! Wo kämen wir da hin, wenn jeder kleine Tribun selber entscheiden würde, wann sein Dienst beendet ist. Aber bei euch Christen gilt ein Eid wohl nichts mehr, euer Vaterland ist euch egal. Vor Jahrhunderten habt ihr schon Rom angezündet, aber unser göttlicher Kaiser Nero hat die rechte Behandlung für euch gefunden. Gäben es doch die Götter, dass diese Zeiten zurückkehrten!"

„Die Christen haben ebenso wenig Rom angezündet, wie du das Recht hast, über mich zu Gericht zu sitzen", entgegnete Messala ruhig, „ein Truppengericht ohne Legionsadler ist zum Urteil nicht berechtigt. In Ketten und Fesseln habt ihr mich hierhin geschleppt wie einen Verbrecher, mit Recht hat das nichts zu tun. Tut, was ihr tun müsst."

„Du solltest nicht von Recht sprechen", schrie Spurius und sprang auf, „ein Verbrecher kann sich darauf nicht berufen. Er hat alle Rechte verloren. Und was den Adler anbetrifft, den du so gerne hier sähest, er ist in Damaskus und es ist ohne Sinn, ihn hierhin zu bringen, nur damit ein eidbrüchiger Deserteur wie du sich unter ihn stellen kann."

„*Satis Verborum* – Genug der Worte!"

Der Schrei von Praetextatus hallte durch den Raum, dass die Legionäre der Wache zusammenzuckten.

„Ich denke, das Gericht braucht keine weitere Beratung, um ein gerechtes Urteil zu finden. Hiermit verhängen wir das *Supplicium Capitis*, die Todesstrafe, über dich! Das Urteil soll morgen vollstreckt werden, indem du mit dem Schwerte enthauptet wirst. Da dies ein Militärgericht ist, hast du nicht das Recht der *Provocatio*, eine Berufung würde dir ohnedies nichts nutzen! Bringt den Gefangenen weg!"

Die anderen Männer am Tisch nickten, nur Cassius Gratus wagte einen Einwand: „Mir wäre es lieber, wir könnten das Urteil noch beraten. Ein Todesurteil ist schnell gefällt und noch schneller vollstreckt. Vielleicht ist der Angeklagte jetzt auch bereit, wieder in den Dienst zu treten? Ich jedenfalls mag mich diesem Urteil nicht anschließen!"

„Schon gut, Cassius, ich danke dir für dein mutiges Wort", sagte Messala, „du bist der einzige wahre Römer unter diesen Halunken, aber es hat keinen Sinn. Sie wollen meinen Tod und nichts wird sie davon abbringen."

„Bringt ihn weg, den Verräter", schrie Praetextatus, „und du, *Centurio*, hüte deine Zunge. Es könnte sonst sein, dass wir über dich als nächstes hier zu Gericht sitzen."

„Halt!", donnerte da eine Stimme quer durch den Raum. Aulus trat nach vorne, das Gesicht von Zorn gerötet, das Schwert in der Hand. „Ich werde es auf keinen Fall zulassen, dass diesem hervorragenden Manne Unrecht geschieht. Wer diesen Mann töten will, muss zuerst mich töten."

Mit diesen Worten trat er mit gezücktem Schwert vor Messala und funkelte die Richter mit blitzenden Augen an.

„Haben wir es denn hier nur mit Wahnsinnigen zu tun?" Die Stimme des Praefecten überschlug sich: „Wache, nehmt diesen Verrückten fest und sperrt ihn zusammen mit dem Deserteur in eine Zelle, er mag das Schicksal des Verurteilten teilen, dafür brauchen wir keinen Prozess!"

Auf diesen Befehl hin stürzten sich fünf Legionäre auf Aulus. Es kam zu einem kurzen Kampf, bei dem Aulus zwei Männer niederstreckte, wenig später aber selbst am Arm verletzt wurde und die Waffe strecken musste. Wie Messala wurde auch er gefesselt und in die Kerkerzelle gebracht.

„Ich danke dir, alter Freund", sagte Messala, als sie auf der schmalen Holzpritsche in der Dunkelheit saßen. „Du hast dir einen schlechten Dienst erwiesen, aber dennoch schulde ich dir für dein tapferes Eingreifen Dank. Der Herr möge es dir vergelten, wenn ich es nicht mehr kann."

„Das war das Geringste, was ich für meinen ehemaligen Tribun tun musste. Ich bin gestern zum Kloster geritten und habe Hieronymus Bescheid gesagt. Niemand im Kloster hat genau gewusst, was passiert war. Nur der alte Ephras hat dich inmitten der Legionäre wegreiten sehen und hat es im Kloster gemeldet. Hieronymus war sehr aufgeregt. Aber er hat versprochen, dass er alles tun werde, um dich zu befreien. Und er sah sehr grimmig aus."

„Jetzt muss er zwei befreien." Messala konnte sich ein Lächeln nicht verkneifen. „Du sturer Hund. Musstest du dich einmischen? Lass mich nach deiner Wunde sehen, ist sie schlimm?"

„Nein, Tribun, sorge dich nicht darum!"

Soweit man in der Dunkelheit ertasten konnte, war es eine oberflächliche Streifwunde. Messala riss ein Stück seiner *Tunica* ab und verband die Wunde, so gut er konnte.

„Und jetzt heißt es, auf den Tod warten", sagte Aulus leichthin.

„Oder auf die Rettung", entgegnete Messala. „Wir wollen zum Herrn beten, dass er uns in dieser Stunde beisteht."
Und Messala lehrte Aulus das Gebet, das er schon vor Langem im Kloster gelernt hatte:
Pater noster, qui es in caelis, sancrificetur tuum nomen, imperium tuum veniat, voluntas tua fiat, ut in caelis, sic in terra ...

***

Die Zelle war für einen schon zu klein, für zwei Insassen brachte sie qualvolle Enge. Nur eine Pritsche stand darin und so blieb den Gefangenen nichts übrig, als die Nacht im Sitzen zu verbringen. Trotzdem schlief Messala recht tief, als er von einem heftigen Poltern im Gang geweckt wurde. Auch Aulus war sofort wach.
„Was mag das sein?", fragte er. „Ob sie uns schon holen?"
„Unsinn", entgegnete Messala gelassen, „es muss mitten in der Nacht sein, da werden sie niemanden enthaupten, sie würden ja den Hals kaum treffen."
„Wie kannst du in dieser Situation noch Scherze machen? Es kann unsere letzte Stunde sein!"
„Nein, mein guter Aulus, es wird noch viele Stunden für uns geben. Der Herr wird uns nicht verlassen – und Hieronymus auch nicht."
„Du glaubst doch nicht, dass Hieronymus gleich hier im Rahmen steht, mit dem Schwert in der Hand, und uns befreit?"
„Die Wege des Herrn sind wunderbar, wir werden ..."
Seine Worte wurden unterbrochen von weiterem Getöse, Schreie wurden laut, der Gang war erfüllt von Waffengeklirr, ein gotteslästerlicher Fluch schallte von den Wänden wider, wurde aber wenig später durch einen gurgelnden Todeslaut abrupt unterbrochen.
„Da findet ein blutiger Kampf statt", flüsterte Aulus, „hoffentlich werden die Richtigen siegen."

Wieder Lärm, Lichtkreise zuckten durch den Gang, krachende Schläge, Schwert gegen Schwert – dann Stille, Totenstille! Mit einem Ruck wurde die Türe der Kerkerzelle geöffnet. Im Schein einer Fackel wurde das verzerrte Gesicht des Spurius sichtbar, in der Hand ein blutbeflecktes Schwert.

„Und ihr werdet doch sterben, ihr Hunde", ein Röcheln, Spurius verdrehte die Augen und sank langsam zu Boden, in seinem Rücken steckte tief ein Dolch. Hinter dem sterbenden Tribun erschien die große Gestalt eines Mannes.

„Hieralion", schrie Messala, „was in aller Welt machst du hier?"

Weitere Männer drängten sich in den Gang, bauten sich vor der Zelle auf. Messala erkannte den *Centurio* Cassius Gratus und den Aurelius Longinus, den Hafenkommandanten von Caesarea.

„Dem Herrn sei Dank, wir kommen rechtzeitig!" Aurelius drängte Hieralion zur Seite und umarmte Messala.

„Das war Hilfe zur rechten Zeit", lachte Messala. „Aber was ist passiert? Wie kommst du hierher?"

„Lasst uns erst einmal nach oben gehen, hier unten stinkt es wie im Hades."

Über den Leichnam des toten Tribuns verließen sie die dunkle Zelle und strebten eilig durch den engen Gang, in dem weitere Tote lagen, zur Treppe und nach oben.

Es war mitten in der Nacht, aber der verschneite Hof wurde von zahllosen Fackeln erhellt. Überall lagen Legionäre, die einen tot, die anderen noch atmend, viele verletzt. Sie begaben sich in den Raum, in dem tags zuvor über ihr Schicksal entschieden worden war. Der Richtertisch stand noch da, aber da saß jetzt nicht Praetextatus, sondern Vincentius und strahlte die Ankömmlinge mit breitem Lachen an. Die Männer fielen sich in die Arme, drückten sich in inniger Freude.

„Wie konnte das geschehen?", rief Messala atemlos.

„Ich denke, du wirst zunächst einen guten Schluck Wein gebrauchen können", sagte Vincentius lächelnd, „der Vorrats-keller hier ist besser gefüllt als der unsere."

In tiefen Zügen goss Messala den dargereichten Wein her-unter, er schmeckte kühl und fruchtig, ein wahrer Genuss. Auch Aulus stärkte sich erst einmal. Dann setzten sich die Männer, und Vincentius begann zu erzählen:

„Zuerst hat uns Ephras berichtet, dass da etwas nicht stim-men kann. Du, so inmitten einer *Decurie* auf dem Weg nach Jerusalem, das war mehr als seltsam. Gegen Abend kam dann Aulus ins Kloster und berichtete, was geschehen war. Hie-ronymus hat keinen Augenblick gezögert. Er schickte Hier-alion und Raphaelus mit unseren schnellsten Pferden nach Caesarea, um Hilfe zu holen. Dort fanden sie Aurelius Longi-nus, den du ja wohl kennst. Er ist wie wir Christ und war sehr empört über das, was in Jerusalem geschehen war. Er stellte sich an die Spitze von zwei Reiteralen und ist im Eiltempo nach Jerusalem geritten. Er muss fast geflogen sein. Ich war inzwischen auch nach Jerusalem gekommen und wartete vor der Garnison auf die Hilfe. Mindestens dreimal wurde ich von syrischen und persischen Dirnen angesprochen, die mir verführerische Dienste anboten. Aber Gott sei Dank bin ich gegen solche Angebote gefeit."

Vincentius schmunzelte und Messala musste lachen, als er sich den strengen Mönch im Gespräch mit den Prostituierten vorstellte.

„Die Zeit schien überhaupt nicht zu vergehen. Dann end-lich kamen sie. Es muss um die zwölfte Stunde gewesen sein. Zwei waffenstarrende *Centurien* zu Pferd, an der Spitze Au-relius und unser guter Hieralion. Hieralion in der Uniform eines *Optio*. Die hatte er sich in Caesarea ausgeliehen, weil er natürlich keine mehr hat. Sie brachen das Tor zur Garni-son auf, mehrere Wachen stürzten auf sie los, die meisten aber gaben den Widerstand auf, als sie merkten, dass es sich um reguläre römische Truppen handelt. Die anderen ..."

Er wies auf die Körper der Toten, die im Hof lagen.

„Mittlerweile erschien der Tribun Spurius auf der Bildfläche und mit ihm seine letzten Getreuen. Er dachte gar nicht an Aufgabe, und es gab ein hartes Gefecht. Aber Gott stand uns auch im Kampfe bei und so war das Ende abzusehen. Auf einmal war der Tribun verschwunden, aber der gute Cassius Gratus hier", er schlug dem *Centurio* heftig auf die Schulter, „der auf unserer Seite gekämpft hat, der wusste, wohin sich der Tribun gewandt hatte. Der Wahnsinnige wollte euch noch töten, auch wenn die ganze Sache verloren war. So groß war sein Hass auf dich. So kamen wir gerade noch rechtzeitig, um den Verblendeten an seiner Meucheltat zu hindern." Vincentius hielt inne und nahm einen kräftigen Schluck aus dem Wasserkrug.

„Der Praefect muss das Durcheinander des Kampfes genutzt haben, um zu fliehen, jedenfalls haben wir ihn bis jetzt nicht gefunden."

„Weit wird er nicht kommen", nahm Aurelius das Wort, „ich habe schon einige Männer geschickt, um ihn zu verfolgen. Ich bin froh, dass ich euch helfen konnte. Zugleich möchte ich mich dafür entschuldigen, dass Einheiten unseres Heeres solche Dinge getan haben. Ich werde es unverzüglich dem Legionslegaten melden. Seit der Teilung des Reiches herrscht nicht mehr die Ordnung, wie sie früher einmal üblich war. Jeder Garnisonskommandant scheint sein eigener Herr zu sein und legt das Recht nach eigener Meinung aus. Constantinopel ist weit weg und der junge Kaiser kann sich nicht um alles kümmern. So kommt es zu solchen Vorfällen. Aus Tyrus habe ich von ähnlichen Dingen gehört, aber auch da sind die Dinge wieder in Ordnung. Aber nun muss ich zurück zu meiner Garnison. *Vale, mi care amici* – Leb wohl, mein lieber Freund!"

Messala drückte dem *Optio* dankbar die Hand.

„Ich danke dir sehr, lieber Freund, deine Hilfe kam rechtzeitig und schnell. Und auch dir, Cassius, und dir, Hieralion. Du hättest nach unserem letzten Gespräch auch nicht geglaubt, so bald wieder die Uniform eines römischen Legionärs zu tragen und mit einer Beförderung dazu."

„Vom Range eines *Optio* habe ich früher nur geträumt", lachte Hieralion, „jetzt ist mir das nicht mehr wichtig. Wichtig ist nur, dass ich helfen konnte, dieses Unrecht zu verhindern. Manchmal kann der Herr Faust und Schwert seiner Gläubigen gebrauchen, auch wenn er den Petrus zurückgehalten hat."

Die Männer beschlossen, sofort zum Kloster aufzubrechen. Aurelius ließ vorerst eine *Centurie* unter dem Kommando des Cassius zur Sicherheit zurück und brach mit der anderen nach Caesarea auf.

„Es wird bald ein neuer Kommandant eingesetzt, aber ein christlicher!", sagte er zum Abschied. „Wir achten sehr darauf, dass die führenden Positionen von Glaubensbrüdern besetzt werden, damit so etwas nicht wieder passieren kann. Hast du wirklich keine Lust, wieder in den Dienst einzutreten? Auch als Christ kann man Soldat sein, das siehst du an mir, und einen Offizier von deiner Erfahrung und Gesinnung könnten wir hier sehr gut brauchen."

Messala schüttelte den Kopf. „Ich danke für das Angebot, aber mein Entschluss steht fest. Zwar weiß ich noch nicht genau, wie meine Zukunft aussehen wird, aber sie liegt nicht in den Waffen."

„Vielleicht wirst du ja als Mönch in unserem Kloster eintreten. Ich weiß, dass Hieronymus das sehr freuen würde!" Vincentius hatte das mit Nachdruck gesagt.

„Niemand kann wissen, was die Zukunft bringt", antwortete Messala und war sich der Rätselhaftigkeit seiner Worte bewusst. Vincentius blickte ihn an, sagte aber nichts. Herzlich verabschiedeten sich die Römer voneinander. Dann brach Messala mit Aulus, Hieralion und Vincentius auf.

Der Himmel war sternenklar und die Kälte der vorigen Tage hatte erheblich nachgelassen. Die Reste des Schnees waren unter den Strahlen der Wintersonne verschwunden und die

Wege gut passierbar. Im Eilritt durchquerten sie das nächtliche Jerusalem und verließen die alte Königsstadt. Messala bemerkte beim Verlassen der Stadt, dass Aurelius eine *Decurie* als Wache am Stadttor postiert hatte. Das hatte es vorher nicht gegeben. Aurelius war offenbar bemüht, die Stadt wieder in den Griff zu bekommen.

Schon bald zeichneten sich am dunklen Horizont die Umrisse von Bethlehem ab und wenig später standen sie im Innenhof des Klosters, wo sie von einem freudestrahlenden Hieronymus in Empfang genommen wurden.

„Ich danke dem Herrn für eure Rettung", rief der Greis und drückte Messala und auch Aulus immer wieder an sich. „Ohne die Hilfe Gottes wäre dies nicht gelungen. Kommt herein, stärkt euch und erzählt von euren Abenteuern. Das *Refectorium* hat aufgetischt."

Sie stärkten sich und mussten immer wieder erzählen, wie sie in die Hände der Römer gefallen waren, wie man das Urteil über sie gesprochen hatte und vor allem, wie die Rettung gelungen war. Bevor Messala kurz vor Morgengrauen in sein Bett fiel, kniete er vor seinem Bett nieder und dankte Gott für seine wundersame Rettung.

XVIII. BLUTZEUGEN

Am anderen Morgen nach einem ausgiebigen Frühstück saß Messala seit Langem wieder im *Tablinum* des Hieronymus. Im Vergleich zu seiner Kerkerzelle kam ihm nun die *Arbeitshöhle* des Hieronymus wie ein Palast vor. Sie erschien ihm nicht mehr kalt und ungemütlich und er setzte sich mit Behagen auf den rot gepolsterten Stuhl.

„Du hast vieles erleiden müssen, *mi fili*, aber deinen Glauben nicht verloren", begann Hieronymus. „Du warst in Todesgefahr, aber du hast an die Rettung geglaubt, du hast deine Feuertaufe als Christ bestanden. Ich bin zufrieden mit dir, mein Sohn. Was hast du eigentlich gefühlt, als die Tiraden des Hasses sich über dir ergossen, über dir, weil du Christ warst?"

„Ich musste an jene Männer und Frauen denken, von denen du mir einmal erzählt hattest, an die Märtyrer, die für ihren Glauben gestorben sind. Irgendwo fühlte ich mich mit ihnen verbunden."

„Ja, es sind viele gestorben", sagte Hieronymus und seine Miene verfinsterte sich, „viele gute und aufrechte Männer und Frauen, sogar die Kinder haben sie nicht verschont. Aber der Herr hat es so angekündigt. Hier, meine Augen sind zu schwach, lies, was der Evangelist Lukas aufgeschrieben hat." Er griff nach einer Schriftrolle auf seinem Schreibtisch, rollte sie auf und gab sie Messala: „Hier müsste es stehen."

Vor all dem wird man Hand an euch legen und euch verfolgen. Man wird euch den Synagogen und Kerkern überliefern und vor Könige und Statthalter schleppen um meines Namens willen. Da wird man euch Gelegenheit geben, Zeugnis abzulegen. Macht euch also von vornherein keine Sorge, wie ihr Rede stehen sollt. Denn ich werde euch Beredsamkeit und Weisheit geben, der alle eure Widersacher nicht zu widersprechen vermögen. Ihr werdet gar von Eltern, Brüdern,

Verwandten und Freunden ausgeliefert werden, und manche
von euch wird man um das Leben bringen. Um meines Na-
mens willen werdet ihr von allen gehasst werden. Aber kein
Haar soll von eurem Haupte verloren gehen. Durch stand-
hafte Ausdauer werdet ihr eure Seele retten …

„All dies ist so eingetreten, wie es der Herr gesagt hat",
Hieronymus sagte es mit unendlicher Trauer, „und doch
schmerzt die Erinnerung an jene Zeugen noch heute. Blutzeugen sind sie, die mit ihrem Blut und Leben für die Liebe
Gottes Zeugnis abgelegt haben und doch Opfer von Hass und
Verblendung wurden. Auch die Apostel und Evangelisten
blieben davon nicht verschont."

„Erzähl mir davon, edler Hieronymus, es gehört zu den Dingen, die ich erfahren muss, um die Entwicklung unserer noch
so jungen Kirche zu verstehen."

„Nun, so mache dich auf eine längere Geschichte gefasst,
denn in wenigen Worten ist dies nicht zu schildern."

Messala nickte eifrig. „Ich habe Zeit, und nach dem, was ich
jetzt erlebt habe, ist dies alles von noch größerem Interesse
für mich als zuvor."

„Der Erste war Stephanus", begann der Greis mit klagendem
Blick. „Von dem hast du vielleicht schon im Zusammenhang
mit Paulus, der damals noch Saulus hieß, gehört. Nach dem
Tode Christi waren die zwölf Apostel zusammengetreten,
um das weitere Vorgehen zu besprechen."

„Verzeih, edler Hieronymus, dass ich dich schon unterbre-
che, aber wieso zwölf? War nicht jener Verräter namens Judas
aus der Schar der Apostel ausgeschieden?"

„*Recte, mi fili,* aber da den Aposteln die Zahl zwölf als heilige Zahl erschien und sie der Ansicht waren, man müsse
bei dieser Zahl bleiben, wählten sie aus der Schar der Jünger
einen aus, den sie für würdig hielten, in den Kreis der Apostel
aufgenommen zu werden. Sie taten dies durch ein Los, denn
sie hatten zwei Männer, die gleich würdig erschienen: den

Joseph Barnabas mit dem Beinamen Justus und den Matthias. Das Los fiel auf Matthias, und so galt er ihnen als zwölfter Apostel. Diese Zwölf beschlossen nun, für die Arbeit in den Gemeinden Helfer auszuwählen, denn ohne Helfer war das Werk, das Jesus ihnen aufgetragen hatte, nicht mehr zu schaffen. Diese Helfer nannten sie Diakone. Ich denke, du kannst genug Griechisch, um die Bedeutung des Wortes zu kennen?" Messala nickte: „Einer, der Dienste leistet."

„*Ita est* – So ist es. Stephanus war der erste Diakon. Er verkündete das Wort Gottes in Cyrenaica, Kleinasien und Griechenland, und er tat es mit viel Erfolg. In Scharen eilten die Menschen herbei und wollten sich taufen lassen. Wo seine frische, mutige Sprache und sein jugendliches Temperament keine Wirkung hinterließen, kamen ihm die Wunderzeichen des Herrn zu Hilfe. Kein Wunder, dass sich der Hass der Juden bald auf ihn konzentrierte. Sie warfen ihm Gotteslästerung vor und schleppten ihn vor den Hohen Rat. Dort verteidigte er sich und seine Rede war so machtvoll, dass Gott selbst seine Zunge gelenkt haben muss. Am Ende der Rede aber überkam ihn der Zorn und er schleuderte seinen Gegnern die Wahrheit ins Gesicht. So lesen wir es in der Apostelgeschichte, die der Evangelist Lukas verfasst hat. Sieh hier:
Ihr Halsstarrigen und Unbeschnittenen an Herz und Ohren! Gleichwie eure Väter, so widersteht auch ihr allezeit dem Heiligen Geiste. Wo war ein Prophet, den eure Väter nicht verfolgt hätten? Sie haben jene getötet, die von der Ankunft des Gerechten weissagten. Ihr aber seid seine Verräter und Mörder geworden, ihr, die ihr das Gesetz auf Anordnung von Engeln hin empfangen, aber nicht gehalten habt!
Das war zu viel für die Ohren seiner Verfolger, und als er dann noch rief: ‚*Ich sehe den Himmel offen und den Menschensohn zur Rechten Gottes stehen*‘, da gab es kein Halten mehr. Sie stürzten sich auf ihn und steinigten ihn. So legte Stephanus mit seinem Blute als erster Zeugnis für Jesus Christus, den Sohn des lebendigen Gottes ab. Aber viele sollten folgen,

und schlimmer noch als die Verfolgungen durch die Juden sollten die Verfolgungen sein, die auf Befehl der römischen Kaiser geschahen.

Auch dafür habe ich alle Beweise gesammelt, du weißt ja, in welcher Truhe sie sich befinden, damit niemand jemals sagt, es habe diese blutigen Verfolgungen nicht gegeben. Außerdem habe ich selbst ein Martyrologium verfasst, in dem ich die Namen aller Märtyrer, die man als heilig bezeichnen kann, gesammelt habe. Dazu später mehr. Wie du weißt, begann die erste systematische und vom Staat, also vom Kaiser, angeordnete Verfolgung unserer Glaubensbrüder unter Nero, weil er sie als Schuldige am großen Brand in Rom ausgemacht hatte." Hieronymus nahm ein Bündel von Schriften und legte sie vor Messala.

„Der große Tacitus hat in seinem Werk *Annales* dieses geschrieben:

Weder durch menschliche Bemühungen noch durch die Geschenke des Fürsten noch durch Sühnungen der Götter ließ sich die Schmach bannen, dass man glaubte, die Feuersbrunst sei auf Befehl gelegt worden. Um daher dem Gerede ein Ende zu machen, gab Nero denen, die durch Schandtaten verhasst das Volk Christen nannte, die Schuld und belegte sie mit den schlimmsten Strafen.

Der Urheber dieses Namens, Christus, war unter der Regierung des Tiberius vom Landpfleger Pontius Pilatus hingerichtet worden. Der eine Zeit lang unterdrückte verderbliche Aberglaube brach nicht nur in Judäa, dem Heimatlande dieses Übels, sondern auch in Rom, wo von allen Seiten alle nur denkbaren Übel und Abscheulichkeiten zusammenfließen und Beifall finden, wieder aus.

Zuerst wurden daher solche ergriffen, die bekannten, und dann auf deren Anzeige hin eine ungeheure Menge der übrigen, die nicht nur der Brandstiftung als vielmehr auch des allgemeinen Menschenhasses überführt wurden. Bei ihrem

Tode wurde auch noch Spott mit ihnen getrieben, indem einige in Tierfelle gesteckt von Hunden zerrissen, einige gekreuzigt wurden, andere zum Feuertode bestimmt, wenn es Abend wurde zur nächtlichen Erleuchtung angesteckt wurden. Seine Gärten hatte Nero zu diesem Schauspiel hergegeben und er gab ein Circusspiel, bei dem er im Aufzug eines Wagenlenkers sich unter das Volk mischte oder auf dem Wagen fuhr.

So schuldig also diese Menschen waren und die härtesten Strafen verdienten, so regte sich doch Mitleid für sie, weil sie eigentlich nicht für das Gemeinwohl, sondern der Mordlust eines Einzigen geopfert wurden.

Du siehst zum Einen, dass Tacitus die Verfolgung als solche billigt, weil er uns Christen für eine Gemeinde schädlichen Aberglaubens hält, zum anderen wäre es ihm lieber gewesen, dass die Verfolgung mehr zum allgemeinen Wohle beigetragen hätte, als die Mordlust eines Einzigen zu befriedigen. Mitleid konnte man von ihm so wenig erwarten wie von den Zuschauern im Circus, die an solch blutrünstige Schauspiele über Jahrzehnte gewohnt waren. Vielleicht wäre Rom nie so weltbeherrschend und mächtig geworden, wenn nicht Grausamkeit eine gewöhnliche Übung gewesen wäre.

Wie auch immer, auch die größten Verkünder unseres Glaubens blieben von diesen Martern nicht verschont. Tertullian hat das so beschrieben:

Was die Apostel nach unserem Wissen wirklich litten, das ist eine offensichtliche Lehre. Diese Lehre finde ich in einzigartiger Weise, wenn ich die Apostelgeschichte durchgehe. Nach Weiterem suche ich nicht. Da ist die Rede von Kerkern, Banden, Geißeln, Steinigung, Schwertern, von Angriffen seitens der Juden, Zusammenrottungen der Heiden, Verhören der Tribunen, Gerichtssälen der Könige, Richterstühlen der Proconsuln und Appellationen an den

Namen des Kaisers, alles Dinge, die weiter keiner Erklärung bedürfen. Dass Petrus geschlagen, Stephanus gesteinigt, Jacobus erschlagen, Paulus hinausgeschleift wurde, das ist alles mit ihrem Blute niedergeschrieben. Wenn die Häretiker zuverlässige Aufzeichnungen verlangen, so können die kaiserlichen Aktenstücke sprechen wie die Steine von Jerusalem. Wir haben die Lebensbeschreibungen der Kaiser gelesen: Nero hat als Erster den zu Rom sich erhebenden Glauben mit Blut bespritzt. Damals wurde Petrus von einem anderen gegürtet, als er an das Kreuz geknüpft wurde. Damals erlangte Paulus das römische Bürgerrecht, als er ebendort im Adel des Martyriums wiedergeboren wurde.

Und der große gelehrte Origines, von dem ich viele Texte gelesen und übersetzt habe, schrieb:

Als die heiligen Apostel unseres Heilandes und die Jünger über den ganzen Erdkreis zerstreut wurden, übernahm Thomas, wie die Überlieferung weiß, Parthien, Andreas Skythien, Johannes Asien, wo er nach seinem Aufenthalt in Ephesus starb.
Petrus wurde in Rom gekreuzigt, mit dem Haupte nach unten. So hatte er gewünscht zu leiden. Was soll ich von Paulus sagen? Als er von Jerusalem bis Illyrien das Evangelium Christi erfüllt hatte, erlitt er schließlich in Rom unter Nero das Martyrium.

So viele Quellen und Beweise gibt es, die ich alle gesammelt habe. Jener Bischof von Rom mit Namen Clemens, der Paulus noch gekannt hatte, hat in einem Schreiben an die Gemeinde von Korinth schlimme Einzelheiten mitgeteilt:
‚Wegen Eifersucht wurden Frauen verfolgt, die als Danaiden und Dirken grässliche und schimpfliche Misshandlungen erduldeten und dadurch zum sicheren Ziel im Glau-

benskampf gelangten und herrlichen Ehrenpreis empfingen trotz des zarten Körpers.'

Hast du gehört, Marcus? Christinnen wurden in der Arena hingerichtet, indem man sie gleich jener thebanischen Dirke mit den Haaren an einen Stier band und sie zu Tode schleifen ließ, oder sie wie die Danaostöchter den Siegern im Wettkampfe preisgab und sie dann ermorden ließ. Zu welchen Gräueln sind Menschen doch fähig!

Aber mit dem Tode Neros war die Verfolgung nicht zu Ende. Wenn auch alle seine Erlasse von seinem Nachfolger und dem Senat für ungültig erklärt wurden, so blieb doch jenes unheilvolle *Institutum Neronianum* rechtsgültig, das die rechtliche Grundlage der Verfolgungen bildete. Gleichwohl sind uns unter seinen unmittelbaren Nachfolgern zunächst keine Verfolgungen bekannt; weder Galba noch Otho oder Vitellius, auch nicht der große Vespasian oder sein Sohn Titus haben von den Christen Blutzoll verlangt. Erst unter Domitian, dem wahnsinnigen Nero seelenverwandt, begannen die Verfolgungen aufs Neue ...“

Hieronymus hielt einen Augenblick inne und trank etwas Wasser. Versonnen blickte er in die Ferne, als könne er in jene Zeiten eintauchen. Zwischenzeitlich war Bruder Gaudens hereingekommen, hatte schweigend das Öl für die Lämpchen nachgefüllt und für die beiden Männer etwas getrocknetes Obst und Brot hingestellt, für Messala einen kleinen Krug Wein. Mit einem freundlichen Nicken entließ Hieronymus ihn.

„Bruder Gaudens hat ein Schweigegelübde abgelegt. Er hat eine Schuld auf sich geladen, über die ich nicht sprechen möchte. Zur Sühne enthält er sich jeglicher Sprache außer in den Andachten und Gottesdiensten. Aber zurück zu Domitian. Der große Eusebius hat vor fast hundert Jahren eine Geschichte unserer Kirche verfasst und zu Domitian folgendes gesagt:

,Nachdem Domitian an vielen seine Grausamkeit erprobt, eine nicht unbeträchtliche Zahl von edlen und angesehenen Männern in Rom ohne genügenden Grund getötet und grundlos unzählige andere vornehme Männer in die Verbannung geschickt und ihr Vermögen konfisziert hatte, machte er sich schließlich noch durch seinen Hass und den Kampf gegen Gott zum Nachfolger Neros. Er war also der Zweite, der eine Verfolgung gegen uns angeordnet hat, während sein Vater Vespasian nichts Feindliches gegen uns ersonnen hatte.'

Da hat Eusebius recht, aber man muss wohl erwähnen, dass er unter seinem Sohn und Feldherrn Titus Jerusalem in Schutt und Asche legen ließ und das Volk der Juden aus dem Heiligen Land vertrieb. So traf es diesmal nicht die Christen, sondern die Juden. Für einen Römer muss es damals sehr schwierig gewesen sein, diese beiden Glaubensformen auseinanderzuhalten, stammt doch die eine aus der anderen und beide verehren denselben Gott, wenn sie auch in der Frage seines Sohns völlig uneinig sind.

Unter Kaiser Trajan, den sie den großen Eroberer nennen und der dem *Imperium* zu seinem größten Ausmaß verhalf, herrschte mehr Toleranz, aber frei von Verfolgung war die Zeit auch nicht. Immerhin haben die Statthalter jener Zeit erst in Rom nachgefragt, wie sie mit den Christen verfahren sollten, bevor sie sie getötet haben. Sicher kennst du jenen Brief des jüngeren Plinius, den er als Statthalter von Bithynien vor dreihundert Jahren an seinen Kaiser richtete?"

Messala nickte. „Ich habe viele seiner Briefe gelesen und viel Freude daran gehabt. Sie geben einen sehr guten Eindruck davon, wie meine Vorfahren damals gelebt haben. Aber lass mich seinen Brief noch einmal sehen."

Hieronymus suchte einen Augenblick und gab Messala dann ein Schriftstück, das offenbar eine Abschrift des genannten Briefes darstellte, denn Papyrus und Tinte wiesen das neuere Datum aus:

C. Plinius Traiano Imperatori.

Ich habe es mir zum Grundsatz gemacht, Herr, alles, worüber ich im Zweifel bin, dir zu berichten. Denn wer könnte mich bei meiner Unentschlossenheit besser belehren?
An Gerichtsverfahren gegen die Christen habe ich nie teilgenommen, daher weiß ich nicht, was und wie bestraft und untersucht zu werden pflegt. Auch bin ich durchaus nicht sicher, ob das Alter einen Unterschied in der Urteilsfindung begründet, ob man nämlich ganz junge Leute ebenso behandeln soll wie ältere, ob man bei Reue Begnadigung gewähren soll, ob es dem, der einmal Christ war, nicht nützen soll, wenn er es jetzt nicht mehr ist, ob der bloße Name, auch wenn kein Verbrechen vorliegt, oder nur die an dem Namen haftenden Verbrechen geahndet werden sollen. Einstweilen habe ich es mit denen, die mir als Christen angegeben wurden, so gehalten. Ich habe sie gefragt, ob sie Christen seien. Gestanden sie, so habe ich sie zum zweiten und dritten Male gefragt, indem ich ihnen die Todesstrafe androhte. Blieben sie hartnäckig, so ließ ich sie hinrichten ...

Messala ließ das Schreiben sinken. Es war ihm aus seinen Studien noch gut bekannt.
„Die Antwort des Kaisers kenne ich weniger gut. Was hat er seinem Statthalter geantwortet?"
Hieronymus gab ihm eine weitere Schriftrolle, ebenso eine Abschrift wie der Brief des Plinius.

Traianus Imperator Plinio.

Du hast, lieber Secundus, bei der Untersuchung derer, die dir als Christen bezeichnet werden, das richtige Verfahren eingeschlagen. Man darf nicht eine feste Regel für die Behandlung aller Fälle aufstellen. Aufspüren soll man sie nicht, werden sie jedoch angezeigt und überführt, so sind sie zu bestrafen, jedoch so, dass der, der leugnet, Christ zu sein und seine Behauptung durch die Tat beweist, indem er Gebete an unsere Götter richtet, dass der Verzeihung für seine Reue erhält, mag auch für die Vergangenheit Verdacht auf ihm ruhen.

Anklageschriften ohne Namensunterschrift sollen bei keinem Prozessverfahren berücksichtigt werden; denn das wäre ein sehr schlechtes Beispiel und unserer Zeit nicht würdig.

Marcus Ulpius Traianus Imperator
Romae, a.d.VIII.Kal.Iun. 865 a.u.c.

„Das war schon ein anderer Kaiser als Nero oder Domitian. Zwar konnte er sich aus der Tradition der Ablehnung des Christentums nicht lösen, aber es fehlt ihm an Blutdurst und er versucht, auch in der Verfolgung noch ein gewisses Maß an Gerechtigkeit walten zu lassen."

„Indem er zum Beispiel keine anonymen Anzeigen zuließ", ergänzte Messala.

„Richtig, das war sehr wichtig. Denn die Praxis der anonymen Delatoren hatte vorher in Rom der Willkür Tor und Tür geöffnet."

Hieronymus wurde durch ein leichtes Klopfen an der Tür unterbrochen. Auf sein *„Intra"* kam Maxentian herein und entschuldigte sich: „Verzeih, Vater, wenn ich störe. Es sind wichtige Besucher gekommen, die dich unbedingt sprechen wollen. Sie kommen von weit her. Ich habe sie ins *Salutatorium* geführt."

„Danke, Bruder Maxentian, ich komme sofort. Mein lieber Marcus, du magst, wenn du willst, in den Schriften weiter lesen und dich mit den traurigen Schicksalen unserer Blutzeugen befassen. Ihr Los mahnt auch uns heute, mit Mut und Entschiedenheit dem Ungeist unserer Tage entgegenzutreten und unseren Glauben vor aller Welt zu bekennen. Der Antichrist ist nicht tot, er lebt und er lauert in vielen Gestalten. Mich ruft die Pflicht, verzeih."

„Ich bleibe gerne, edler Hieronymus, und werde in den Akten der Märtyrer lesen", entgegnete Messala, „kümmere du dich nur um deine Besucher."

Zu gerne hätte Messala gewusst, welche wichtigen Besucher da gekommen waren, denn Neugier war ihm nicht fremd. Er verkniff sich aber die Frage. Einen Augenblick hatte er auch gehofft, Strabo und Julia seien zurückgekehrt, aber er verwarf diesen schönen Gedanken sofort. Julias Rückkehr würde nicht so profan ablaufen. Hieronymus und Maxentian verließen den Raum und Messala blieb zum ersten Mal im *Tablinum* des Hieronymus, jenem fast schon geheiligten Raum, allein zurück.

***

Neugierig schaute sich Messala in dem Raum um. So oft hatte er hier schon gesessen, aber nie konnten seine Blicke so frei umherschweifen wie jetzt. Er fühlte sich ein wenig wie ein Eindringling, wusste er doch, dass dieser Raum das Heiligste war, das Hieronymus hier besaß. Hier soll die Krippe des Erlösers gestanden haben. Legende oder Wahrheit? Vielleicht hatten die Könige, die dem Messias ihre Aufwartung gemacht hatten, gerade hier mit ihren Geschenken gestanden. Ein Schauer lief über Messalas Rücken.

Hier, an diesem unscheinbaren Ort, hatte nicht nur die Krippe des Erlösers gestanden, hier lag auch die Geburtskrippe eines neuen Glaubens, der so vieles in dieser Welt verändert hatte. Das römische Reich stand vor seinem Ende, das spürte Messala ganz deutlich. Was würde an seine Stelle treten? Würden Barbarenvölker diese Lücke füllen oder würde es dieser Glaube sein, der mit seiner göttlichen Macht den gesamten Erdkreis umspannen und befrieden würde?

Sein Blick schweifte über den mit Schriftrollen überladenen Schreibtisch, über die zahlreichen Regale, die ebenso mit Schriften, Papyri und Rollen gefüllt waren. Die kleine

Tür, die zum Nebenraum führte, war nur angelehnt. Messala konnte der Versuchung nicht widerstehen. Seine Neugier überwand alle Hemmungen, die ihm der Respekt vor dem Greis und seine sonstige Erziehung eigentlich auferlegten.

Zögernd öffnete er die Tür. Der Nebenraum war noch viel kleiner als das *Tablinum*, nur eine Kammer. Und nichts befand sich darin außer einer Strohmatte, die auf dem Boden lag, und ein großes, schlichtes Holzkreuz an der Wand. Der Schlafplatz des Hieronymus'! Schlichter und einfacher hätte niemand schlafen können. Beschämt dachte Messala an sein eigenes *Cubiculum*, das, verglichen mit diesem ärmlichen Platze, geradezu luxuriös genannt werden musste. Unter dem Holzkreuz war eine Tafel aus angelaufenem Silber angebracht, auf dem Messala die Worte las:

Cum oratis, cum domino dicitis.
Cum evangelium legitis, ille est,
qui ad vos dicit.

Betet ihr, so sprecht ihr mit dem Herrn.
Lest ihr die Schrift, so ist Er es,
der zu euch spricht!

Leise verließ er die Kammer wieder wie ein ungebetener Eindringling. Mit wenigen Schritten durchmaß er das *Tablinum*. Kaum mehr als zwanzig Fuß in der Länge und zehn Fuß in der Breite. Im gleichen Augenblick kam er sich kindisch vor, hier den *Mensor* und Architekten zu spielen. Und doch war es verwunderlich, dass der Vorsteher dieses Klosters den ärmsten, kleinsten und dunkelsten Raum sein eigen nannte. Aus dem Felsen hatte man diesen Raum gehauen, aus dem Felsen, auf dem das Kloster gebaut war. Wenn dies die Höhle war, in der Josef und Maria Unterschlupf gefunden hatten, dann musste sie viel älter als das Kloster sein.

Besuchern, das wusste Messala von Raphaelus, blieb der Besuch oder Zutritt zu diesem Raum verwehrt. Wäre das nicht so gewesen, Hieronymus hätte wohl keine ruhige Minute mehr gehabt. In den letzten Wochen hatten ständig Pilgergruppen am Klostertor angeklopft, die das Kloster nur besichtigen oder mit dem großen Hieronymus ein paar Worte wechseln wollten, seinen Segen erbaten. Mit viel Langmut hatte Hieronymus das stets ertragen und seine karge Zeit geopfert, obwohl Messala doch wusste, dass gerade Zeit dasjenige war, was dem Alten am meisten fehlte.

Er setzte sich wieder an den Schreibtisch und griff nach den Schriftrollen, die ihm der Alte gezeigt hatte. Ein Band war darum gewickelt, das die Aufschrift *Acta Martyrorum* trug. Ein Blick zeigte, dass die Schriftstücke chronologisch geordnet waren.

Als Erstes fiel ihm ein Brief des Kaisers Hadrian an den *Proconsul* von Asien, Minucius Fundanus, in die Hände. Das Alter der Rolle, mehr noch das kaum noch zu entziffernde kaiserliche Siegel bestätigten, dass dies hier keine spätere Abschrift war:

Hadrianus Imperator ad Sivanum Minucium Fundanum,
Proconsulem provinciae Asiae Minoris.

Ich erhielt den Brief, den dein Vorgänger, der tüchtige Serennius Granianus, an mich schrieb. Es scheint mir nicht zulässig, die Angelegenheit ohne Untersuchung zu erledigen, damit die Leute nicht beunruhigt und die Anzeiger nicht auf trügerische Bosheit ausgehen können. Wenn also die Leute aus der Provinz bei ihrem Vorgehen gegen die Christen sich auf klare Gründe stützen können, sodass sie auch vor Gericht ihre Anklage vertreten können, so mögen sie so vorgehen, aber nicht mit Bitten und Schreien. Es ist vielmehr angängig, dass du, falls jemand eine Anklage erhebt, eine genaue Untersuchung anstellst. Wenn also jemand als Ankläger auftritt und den Nachweis bringt, dass sie gegen die

*Gesetze verstoßen, so weise ihnen ihre Strafen zu nach der
Größe des Vergehens; wenn er aber ein verleumderischer
Anzeiger ist, fürwahr, den fasse dir für solche Schlechtigkeit
und sorge für seine Bestrafung!*

Hadrianus Imperator
gegeben zu Rom, Id.Mart. 872 a.u.c.
Aelianus Castix, 1. Geheimsekretär

Das klang mehr nach Bürokratismus altrömischer Magis-
tratsprägung denn nach Grausamkeit. Immerhin schien sich
aber auch Hadrian, der große Friedenskaiser, der die Völker
der Provinzen lieber in die Freiheit entließ, als sie mit Blut
und Schwert zurückzuhalten, jener dämonischen Kraft nicht
entziehen zu können, die immer wieder zu Verfolgungen geführt hatte. Schwankend und labil wie seine Persönlichkeit
war, durfte man gerade von ihm auch nicht eine Kehrtwende
in dieser Angelegenheit erwarten.
Während diese Gedanken durch seinen Kopf gingen, griff er
schon zu der nächsten Rolle. Es war ein Bericht des Eusebius
über ein Massaker in Lugdunum. Messala dachte kurz nach.
Das lag in Gallien. Seine Mutter hatte ihm einmal erzählt,
dass ihr Bruder dort lange Zeit stationiert gewesen sei und
schließlich auch im Kampfe dort gefallen sei.
Eusebius berichtete, dass sich in diesem Ort an den *Kalenden*
des Augustus die Abgesandten der sechzig gallischen Stäm-
me zu einem pangallischen Fest getroffen hätten, und zwar
im Jahre 930 nach Gründung Roms:

*Die ganze Stadt ist in einem einzigen Freuden- und Festtau-
mel und nur jene Christiani gehen allen Feiern aus dem Weg
und sprechen stattdessen von Sünde und Buße.*
*Eigentlich liegt auch ein Befehl des Kaisers vor, dass sie wäh-
rend der Festtage die Stadt zu verlassen hätten, aber daran
haben sie sich kaum gehalten. Gerüchte machen die Runde von Kindermord und unsittlichen Ritualen der Christen.*

„Jagt die Christen" tönt es auf einmal durch die Stadt und der weinselige Pöbel nimmt diesen Ruf gerne auf, die Hatz beginnt. Beschimpfungen, Steinwürfe, Schläge, Tritte. Frauen und Kinder, Männer und Greise sind die willigen Opfer. Da wird geraubt, vergewaltigt, geplündert und manche Rechnung wird beglichen.

Die Stadtverwaltung ist besorgt, das Geschehen ist ihren Händen längst entglitten. Die Armee greift ein, die 13. Städtische Cohorte. Jetzt wird getan, was Soldaten in solchen Situationen immer tun, jetzt wird aufgeräumt! Die öffentlichen Gebäude und Plätze werden besetzt, die Straßen abgeriegelt und alle Verdächtigen verhaftet!

Christen zumeist!

Die bekennen sich mutig zu ihrem Glauben und wissen doch schon, wie das enden kann. Sie werden alle verhört, abgeführt, inhaftiert.

Der Legat erscheint! Er lässt die Verhafteten vor dem Richterstuhl vorführen. Aber er ist kein Plinius, er beginnt mit Rohheiten, Beleidigungen und wüsten Schimpftiraden.

Ein Stadtbürger greift mutig ein, will die Wehrlosen vor der Willkür schützen: Vettius Epagathus. Das Volk schreit ihn nieder, der Legat lässt ihn sofort hinrichten. Vettius hat sich als Christ bekannt.

Der Legat gibt den Befehl, sämtliche Christen, die sich noch in der Stadt bergen, aufzuspüren und in Haft zu nehmen. Die Hatz dauert einige Tage …

Messala überschlug einige Zeilen und entrollte den *Libellus* hastig weiter:

… Die „rechtlichen" Untersuchungen sind abgeschlossen, jetzt wartet der Tod. Die Ersten werden „ad bestias" verurteilt, werden den wilden Tieren zum Fraß vorgeworfen. Das Publikum im Amphitheater freut sich schon auf die Darbietungen!

Etliche werden vorher gegeißelt, dann durch die Meute der geifernden Bestien gezogen und, da sie noch nicht zusammenbrechen, auf eiserne Stühle gesetzt. Das Rösten ihrer Glieder hüllt sie in Fettdampf.

Messala legte den Bericht zur Seite. Er war tief erschüttert und Tränen des Zorns und der Ohnmacht stahlen sich aus seinen Augenwinkeln.

Das waren Römer wie er, die zu solchen barbarischen Handlungen fähig waren. Römer, die wie er eine Erziehung genossen hatten, die auf Männer wie Cato, Cicero oder Seneca zurückging. Wo war die *Clementia* eines Caesars geblieben, wo waren die vier Kardinaltugenden, die einen *vir vere Romanus* ausmachten, wo die Toleranz eines Augustus', wo die Stoa eines Marc Aurels? Er schämte sich seines Volkes und doch musste er weiterlesen.

Die Opfer, unter ihnen zarte, kaum mündige Mädchen, erscheinen in der Arena. Sie werden an Pfähle gehängt und die Bestien werden aus ihren Käfigen gelassen. Unter dem Gejohle des Volkes zerfetzen die Tiger, Löwen, Stiere und Bären das junge Fleisch und das Blut der Opfer tränkt den Sand der Arena dunkelrot. Mittlerweile ist ein Erlass des Kaisers eingetroffen, der befiehlt, die, die sich zum Glauben bekennen, hinzurichten, die ihn verleugnen, freizulassen. Es sind nicht viele, die ihren Glauben verleugnen, die meisten finden in der Arena einen grausamen Tod. Und die nicht in der Arena starben, sondern im Kerker erdrosselt wurden, deren Leichen zerrte ein entmenschter Pöbel in die Arena und warf sie den Hunden zum Fraß vor. Was die Tiere und das Feuer übrig ließen, das wurde zur Schau gestellt. Was nach sechs Tagen öffentlicher Schändung noch übrig war, wurde verbrannt und die Asche wurde in den Rhodanus gestreut.

Angewidert warf Messala die Rolle auf den Tisch. Den Wein,

den Gaudens gebracht hatte, trank er in gierigen Zügen aus. Für den Augenblick mochte das helfen, aber den schalen Geschmack von Blut und Tränen wurde er nicht los. Er starrte auf die Schriftrollen, unfähig, einen klaren Gedanken zu fassen. Natürlich hatte er als Kriegsmann getötet und Grausamkeiten erlebt, hatte verstümmelte Soldaten, geschändete Frauen, sogar hingemordete Kinder gesehen. Aber das hier, das war staatlich geduldeter, ja verordneter Massenmord unter grausamsten Bedingungen. Und das nicht im Krieg, der ja manches zu erlauben schien.

Vae Victis, dieser Spruch, ursprünglich den Römern vom Gallier Brennus ins Gesicht geschleudert, hatte in späteren Zeiten als Entschuldigung für manches von den Römern begangene Massaker herhalten müssen. Hier aber starben Menschen, die nichts verbrochen hatten, als ihren Glauben dem staatlichen Götzenglauben vorzuziehen. Und ihr Glaube, von Liebe und Sanftmut geprägt, bedrohte das Imperium in keiner Weise.

Wirklich nicht? Irgendwo im Innersten spürte Messala, dass dieser Glaube nicht mit den Herrschaftsprinzipien eines *Imperium Romanum* zu vereinbaren war. Die *Liebe*, die Herren und Sklaven gleichmachte und damit eines der Grundprinzipien, auf denen die römische Wirtschaft aufgebaut war, ins Wanken brachte. Die Feindesliebe, die es schlechterdings untersagte, fremde Völker zu unterwerfen und zu versklaven. Die *Sanftmut*, die es gebot, bei einem Angriff auf Gegenwehr zu verzichten und gar noch „die andere Wange hinzuhalten". Das *Gebot der Armut*, das einem römischen Patrizier, der stets auf Mehrung seines Vermögens bedacht war, schwer zu vermitteln war. Und all die anderen Gebote, die Gott seinem Volk auferlegte und die zu halten für jeden schwer genug war, wie viel schwerer für einen machtbewussten Römer! Er schüttelte den Kopf und wurde den Anblick der zerrissenen Glieder und dampfenden Körper nicht los.

Messala zuckte zusammen. Eine Hand hatte sich behutsam

auf seine Schulter gelegt. Vincentius war unbemerkt eingetreten, hatte einen Blick auf die vor Messala liegenden Schriftrollen geworfen und sofort gespürt, was in dem ehemaligen Tribun vorgehen musste.

„Ein Meer von Blut und Tränen", sagte er mit leiser Stimme.

„Äh, was?", murmelte Messala.

„Ich sagte, ein Meer von Blut und Tränen. Das ist, was der Herr für seine Anhänger bereitet hat. Die Bluttaufe, die nur die Besten durchstehen! Hier scheidet sich die Spreu vom Weizen. Hier werden Heilige und Märtyrer geboren, Vorbilder für die künftigen Generationen. Er hat es alles vorhergesagt."

„Ich weiß. Hieronymus hat mir jene Worte der Heiligen Schrift genannt. Aber dass es so schlimm werden sollte, habe ich nicht geahnt. Und dass wir Römer die willfährigen Werkzeuge des blutigen Antichrists sein würden, erfüllt mich mit Scham und Zorn."

„Und es ist noch nicht zu Ende. Heute noch nicht und damals noch nicht. Ich sehe, du bist bis zum Massaker von Lugdunum angelangt. Das aber war noch nicht die Spitze des Blutberges. Möchtest du wirklich noch mehr erfahren, weiter in diesem Meer von Blut und Tränen waten?"

„Ja, ich muss alles wissen, so schmerzhaft es auch ist."

„Das in Lugdunum, das geschah unter Kaiser Marcus Aurelius, den man den *Philosophen auf dem Throne* nannte. Nun, philosophisch kann man sein Verhalten wahrhaft nicht nennen, auch wenn man davon ausgehen muss, dass er nicht alle Einzelheiten in den Provinzen kannte. Das ist derselbe Mann, der in seinen *Selbstbetrachtungen* schrieb:
Wie herrlich ist doch die Seele, die bereit ist, wenn sie nun vom Körper scheiden und entweder verlöschen oder sich zerstreuen oder fortleben muss. Doch soll diese Bereitschaft aus eigenem Urteil kommen. Scheide nicht aufgrund reinen Trotzes wie bei den Christen, sondern aus Vernunft und Ernsthaftigkeit und, damit auch ein anderer überzeugt wird, untheatralisch.

Das ist der reine Unsinn, klingt aber immerhin philosophisch. Du siehst, die Philosophie, oder was mancher dafür hält, schützt nicht vor Fehlern, auch wenn Seneca das Gegenteil behauptet hat. Du siehst aber auch, wie wenig sich jener Kaiser mit unserer Lehre beschäftigt hat. Aber seltsam genug, er, ein bemühter Philosoph, verfolgt die Christen, sein Sohn Commodus, ein wahres Scheusal, schont sie. Auch in der Folgezeit ebbt die Verfolgung, von Einzelfällen abgesehen, zunächst ab und viele wähnen sich schon in Sicherheit. Die nachfolgenden Kaiser tolerieren das Christentum oder planen gar, wie Elagabal, seine offizielle Anerkennung."

„Du kennst dich gut in der römischen Kaisergeschichte aus", warf Messala staunend ein.

„*Certe*, aber nur soweit es die Entwicklung unserer Kirche anbetrifft. Als Hieronymus noch Geheimsekretär von Bischof Damasus in Rom war, war ich sein Assistent und für genau diese Fragen zuständig. Die nächsten schlimmen Verfolgungen musste unser Kirche unter Maximinus Thrax erleiden, jenem thrakischen Bauernsohn von den Ufern der Donau. Er war sicher nicht zum Kaiser geboren, der ehemalige Leibwächter. Ungebildet und ungeschlacht hat er seine Herkunft nie verleugnet und fühlte sich auf dem Felde wohler als im Palast. Eusebius beschrieb dies so:

Auf den römischen Kaiser Alexander, der dreizehn Jahre regiert hatte, folgte Maximinus als Kaiser. Dieser veranlasste aus Zorn gegen das Haus Alexanders, in dem sehr viele gläubig waren, eine Verfolgung, ließ aber nur die Vorsteher der Gemeinden als die Urheber der Lehre des Evangeliums hinrichten.

Soll man ihn dafür loben, dass er nur die Vorsteher hinrichten ließ? Nein, mit seiner Bauernschläue hatte er erkannt, dass er auf diese Weise unserem Glauben viel mehr Schaden zufügen konnte, als wenn er Tausende von Gläubigen in ihren Verstecken aufspüren musste. Und um das Maß vollzumachen, hat er den Bischof von Rom, Pontian, nach Sardinien verbannt und so die Gemeinde ihres Hirten beraubt. Gott sei es gedankt, dass dieser Gewaltmensch nur drei Jahre lang den Kaiserthron verunzieren durfte.

Aber die trügerische Ruhe währt nur fast zehn Jahre. Inzwischen war der illyrische Feldherr Decius von den Legionen zum Kaiser ausgerufen worden. Welch eine Wahl! Welch eine Schande! Eine seiner ersten Amtshandlungen bestand darin, ein *Edictum* zu erlassen, nach dem jeder Reichsbürger den Göttern und dem Kaiser öffentlich vor einer amtlichen Kommission Spenden und Opferungen darzubringen hatte. Wer dies tat, erhielt eine amtliche Bestätigung, einen Freibrief, und blieb am Leben. Wer es verweigerte, starb! Bei den Akten befindet sich ein solcher Freibrief:

An die zur Aufsicht über die Opfer bestimmten Beamten des Dorfes Alexandru-Nesos.

Von Aurelius Diogenes, dem Sohne des Satabos, aus dem Dorfe Alexandru-Nesos, 72 Jahre alt, mit einer Narbe über der rechten Augenbraue.Ich habe stets den Göttern geopfert und jetzt in eurer Gegenwart nach den Verordnungen geopfert und das Trankopfer gespendet und von dem Opferfleisch genossen und bitte euch, dass ihr das unten bescheinigt. Lebet wohl! Ich, Aurelius Diogenes, habe die Eingabe gemacht. Dass Aurelius vorschriftsgemäß geopfert hat, wird hiermit durch Syros bestätigt.

Im ersten Jahr des Autocrators Caesar Gaius Messius Quintus Traianus Decius Pius Felix Augustus, am 2. Epeiph.

Wie mögen dem Alten die Knie geschlottert haben, als er diese unwürdige Prozedur über sich ergehen lassen musste. Habe ich auch wirklich richtig geopfert, nichts verschüttet, genug gegessen? Und der Kaiser mag so viele hochtrabende Namen gehabt haben wie Runzeln auf der Stirn, er bleibt ein menschenverachtendes Scheusal, ein blutdürstiger Tiger! Aber anders als dieses Tier und anders als mancher seiner Vorgänger geht Decius völlig systematisch vor, benutzt den gesamten Staatsapparat, um den Christen den Garaus zu machen. Den römischen Bischof Fabianus lässt er hinrichten und verbietet, diesen Stuhl neu zu besetzen. Alle Statthalter erhalten genaueste Anweisungen. Wie Maximinus zuvor verfolgt er besonders die Gemeindevorsteher, die gerade erst an die Stelle der Hingerichteten getreten sind. Er ist der Antichrist, der dem Christengott den Kampf ansagt, ein Machtkampf. Er mordet nicht aus persönlichem Hass, sondern aus machttaktischem Kalkül, und das macht es viel schlimmer. Tausende von Abtrünnigen standen ebenso vielen Hingerichteten gegenüber. Wenn aber der Staat systematisch verfolgt, sieht auch der Pöbel seine Chance. Hier habe ich einen Brief des Dionysios, Bischof von Alexandria, an seinen Amtskollegen Fabius, den Bischof von Antiochia:

Bei uns nahm die Verfolgung nicht erst mit dem kaiserlichen Edikt ihren Anfang. Sie hatte schon ein ganzes Jahr vorher begonnen. Irgendjemand hatte den heidnischen Pöbel unserer Stadt gegen uns aufgewiegelt. Zuerst fassten sie einen Greis namens Metras und verlangten von ihm, dass er Gott lästere. Da er dies nicht tat, schlugen sie ihn mit Prügeln, stachen ihn mit spitzen Hölzern in Gesicht und Augen und steinigten ihn dann vor der Stadt.

Dann schleppten sie eine fromme Frau namens Quinta zu ihrem Götzentempel und versuchten, sie zum Götzendienst zu zwingen. Da sie voller Abscheu sich widersetzte, banden sie ihr die Füße zusammen, schleiften sie quer durch die Stadt über das rohe Steinpflaster, geißelten und steinigten sie.

So war die Saat, die Decius ausgesät hatte, beim Pöbel auf fruchtbaren Boden gefallen."

„Gab es denn gar keine Caesaren mehr, die ihrem Namen Ehre machten?", fragte Messala in tiefer Resignation.

„Ich muss dich enttäuschen. Die Geschichte der Kaiser jener Zeit war eine Geschichte der Dekadenz, der Verdorbenheit, der Satan mag seine Freude an ihr gehabt haben! Nach jenem unheiligen Decius folgten in drei Jahren vier Kaiser, die den Namen nicht verdienten, zu belanglos waren sie. Immerhin blieb ihnen nicht die Zeit, sich wie ihre Vorgänger dem Christentum zuzuwenden. Das hat dann Valerianus erledigt. Er stammte aus vornehmer Senatorenfamilie, hatte alle Staatsämter durchlaufen und stieg mit siebzig Jahren zum Höhepunkt seiner Macht auf. Man sollte meinen, dass er alle Voraussetzungen mitbrächte, um dem Amt wieder zur Ehre zu verhelfen. Aber falsch! In den ersten Jahren verhält er sich wohl gütig und freundlich gegen die Christen und täuscht sie damit alle. Selbst in seinem Hofstaat tummeln sich Christen in großer Zahl, ohne in Gefahr zu geraten.

Aber dann gerät er unter den Einfluss seines Lehrers, des ägyptischen Magiers Macrianus, der ihm rät, mit aller Gewalt gegen jene verderblichen Sektierer vorzugehen. Der Rat fällt auf fruchtbaren Boden, waren doch die Finanzen zerrüttet und die Staatskasse leer, an den Grenzen drohten die Feinde. In solchen Zeiten tut man gut daran, die Verhältnisse nach innen zu regeln, und wie könnte man das besser tun, als wieder einmal über die Christen herzufallen. So gibt er folgendes Edikt heraus."

Vincentius suchte kurz in der Vielzahl von Schriften, die inzwischen über dem Schreibtisch ausgebreitet waren, und reichte Messala eine kleine Schriftrolle. Alter und Siegel wiesen das Schriftstück als Original aus und entsprechend behutsam nahm Messala es in die Hand.

Valerianus Caesar Imperator ad Senatum Romanum.

Kraft meiner allmächtigen Majestät und im Einklang mit den Göttern verfüge ich hiermit:
Alle Bischöfe, Priester und Diakone sollen ohne Unterschied

sofort hingerichtet werden! Senatoren aber, Hochstehende
und römische Ritter sollen ihrer Würde und dazu ihres ge-
samten Vermögens verlustig gehen und, wenn sie nach Ein-
buße ihres Standes bei ihrem Christentum bleiben, auch
hingerichtet werden. Adlige Frauen soll man unter Einzie-
hung ihres Vermögens in die Verbannung schicken.
Die Angehörigen des kaiserlichen Hauses und die Staatsbe-
amten, sowohl die, die früher bekannt haben als auch die,
welche jetzt bekennen, sollen konfisziert und gefesselt auf
die kaiserlichen Besitzungen verbracht werden, und ebenso
die Akten darüber.

Partinax, Kaiserlicher Secretarius und Erster Schreiber
Romae, Kal.Sept. anno 1011 a.u.c.

„Das war ein harter Schlag gegen unsere junge Kirche und man
hätte meinen sollen, dass sie sich davon nicht erholen sollte."
Vincentius seufzte und holte tief Luft. Er trank einen Schluck
Wasser und blickte den fassungslosen Messala aus ernsten Augen an.

„Aber diese unsere Kirche steht unter dem Schutz des Herrn.
Man kann ihr schaden, man kann ihre Anhänger foltern und
töten, man kann sie ihrer Hirten berauben, aber nie, nie wird
man sie vernichten können, so wenig, wie man Gott vernichten kann!"

Mit großem Pathos und feierlicher Miene hatte Vincentius gesprochen.

„Viele, viele gute Männer und Frauen ließen ihr Leben für
ihren Glauben und ihre eingezogenen Vermögensgüter mögen
den maroden Staatshaushalt vorübergehend saniert haben.
Die Gemeinden aber, ihrer Führer beraubt, waren gleichwohl
gerüstet und wurden nicht schwankend. Schwer traf unsere
Brüder und Schwestern auch des Kaisers Gebot, nicht mehr
die unterirdischen Grabstätten zu benutzen noch zu betreten.
Und doch wurde Valerianus seiner frevelnden Tat nicht froh,
fast möchte man meinen, der Herr selbst habe Rache geübt:

Vier Jahre nach seiner Thronbesteigung wurde er auf einem Feldzug von dem Perserkönig Schapur I. gefangengenommen. Schapur soll ihn während seiner jahrelangen Gefangenschaft gezwungen haben, sich in den Staub zu werfen und ihm jedes Mal als Schemel zu dienen, wenn er ein Pferd besteigen wollte. Wie ein wildes Tier soll er in einem goldenen Käfig gehalten worden sein und das über fast drei Jahre. Und nach seinem Tode – man kann es kaum glauben – soll er ausgestopft und in einem Museum ausgestellt worden sein. So hatte jener Christenschlächter seinen würdigen Meister gefunden! Nun wurde es vorübergehend besser, sozusagen eine Atempause für die gepeinigte Christenheit. Unter Gallienus, dem Sohn des Valerianus, gab es nicht nur keine Verfolgungen, sondern er erließ ein Toleranzedikt und erstattete den Christengemeinden ihr beschlagnahmtes Eigentum zurück.

Das blieb auch unter seinen Nachfolgern zunächst so, sodass wirklich eine vierzigjährige Friedenszeit herrschte. In dieser Zeit konnten die Gemeinden aufblühen, überall wurden große Kirchen und Basiliken gebaut, zu den staatlichen Magistraten entwickelte sich ein normales Verhältnis. Das Christentum galt nicht länger als *Nefaria Conspiratio*, verbrecherische Verschwörung, und das Bekenntnis zum Glauben führte nicht mehr dazu, als *Hostis publicus*, als Staatsfeind, bezeichnet zu werden. Viele mögen schon geglaubt haben, dass dies nun der Beginn eines goldenen Zeitalters sei, aber wie du weißt, haben sie geirrt. Der Antichrist war nicht verschwunden, er schlief nur! Von Aurelian behauptet man, er sei nur durch den Tod an dem Erlassen eines Ediktes gegen die Christen gehindert worden, weil er die Verehrung des *Sol Invictus* zur einzigen Religion erheben wollte. Zehn Jahre später sollte ein Kaiser auf den Thron gelangen, der die blutigen Verfolgungen seiner Vorgänger in den Schatten stellte: Diocletian."

„War er nicht der Sohn eines freigelassenen Schreibers aus Dalmatien?"

„Richtig, der Sohn eines *Libertinus*. Früh war er in den Militärdienst eingetreten und hatte dann Karriere gemacht Er brachte es zum *Consul* und später Statthalter in Mösien. Nach der Ermordung von Carinus, dem rechtmäßigen Kaiser, hatte er viel damit zu tun, die Grenzen des Reiches gegen die anstürmenden Feinde zu verteidigen und war dabei sehr erfolgreich. Wen er nicht zu besiegen vermochte, mit dem verbündete er sich, wie mit den Parthern. Er führte zusammen mit seinem Mitregenten Maximian die *Tetrarchie*, die Viererherrschaft, ein und ernannte Galerius und Constantius Chlorus zu Caesaren und Nachfolger. Noch ließ nichts darauf schließen, dass er sich bald einer anderen Aufgabe zuwenden würde."

„Im Gegenteil", ergänzte Messala, froh, ebenfalls etwas beisteuern zu können, „er führte eine Heeresreform durch und verdoppelte die Zahl der Legionen, wobei freilich die Mannschaftszahl verringert wurde. Die Heeresstärke lag damals bei mehr als ... äh ... sechshunderttausend Legionären."

Vincentius blickte ihn fragend an.

„Das habe ich während meiner Ausbildung gelernt. Unser Tribun forderte damals, dass wir diese Dinge auswendig lernen mussten, und dabei ist einiges hängen geblieben. Allerdings ist mir auch bekannt, dass er gewaltige Christenverfolgungen angeordnet hat."

„Du hast recht, Marcus. Er war zunächst das, was man einen guten Kaiser nennt, und viele fühlten sich tatsächlich an den großen Augustus erinnert, wenn sie ihn sahen. Dann aber, im neunzehnten Jahr seiner Regierung, änderte sich alles. Nach dem, was wir wissen, war es Caesar Galerius, der das Misstrauen des Kaisers gegen die Christen schürte.

In seinem Palast von Nicomedia missglückte ein feierliches Opfer und Galerius schob die Schuld dafür den Christen in die Schuhe. Nun sollte jeder, der im Palast tätig war, den alten Göttern ein feierliches Versöhnungsopfer darbringen. Diocletian muss entsetzt darüber gewesen sein, wie viele sich dem verweigerten. Man muss dazu wissen, dass Diocletian den alten römischen Göttern und dazu dem persischen Gott Mithras sehr ergeben war, und nun fürchtete, durch dieses Verhalten würden die Götter beleidigt.

So beschloss er nun, und Galerius hat ihn darin bestärkt, Militär und Staatsdienst von den Christen zu säubern und stellte alle diese Menschen vor die Wahl, zu opfern oder ihr Amt zu verlieren. Damals haben viele Christen geopfert, um ihre Stellungen zu behalten und nicht in die Gefahr neuerlicher Verfolgungen zu geraten, die sich am Horizont schon abzeichneten.

Damit aber nicht genug, erließ er kurz darauf mehrere Edikte. Dies ist das Erste davon:

Valerius Diocletianus Caesar Imperator
an alle Tertrachen, Vicarii
der Diözesen, Statthalter und Magistraten.

In Abstimmung mit dem Staatsrat und auf Anraten des göttlichen Orakels gebe ich hiermit allen bekannt:

1. Alle Kirchen der Christen sind bis auf den Grund zu zerstören.

2. Ihre heiligen Bücher sind den Behörden auszuliefern und sofort zu verbrennen.

3. Alle liturgischen Gegenstände sind zu konfiszieren und zu vernichten.

4. Alle religiösen Zusammenkünfte jener verbrecherischen Sekte sind zu verbieten.

5. Alle bekennenden Christen gehen ihrer bürgerlichen Rechte verlustig.

6. Christen, die der Oberschicht angehören, verlieren mit sofortiger Wirkung alle Ämter, Würden und Standesvorrechte.

7. Alle Christen, die im kaiserlichen Haushalt tätig sind, verlieren ihre Freirechte und sind in die Sklaverei zu überführen.

Dieses Edikt ist im ganzen Reich, in jeder Stadt, in jedem
Dorf durch Aushang bekannt zu geben. Zuwiderhandlungen
werden aufs Schärfste bestraft.
Die Behörden des Reiches erhalten hiermit Anweisung, die-
ses Edikt sofort und mit aller schärfe anzuwenden!
Gegeben an den Kalenden des Dystros (Martius)
Anno Millesimo quinquagesimo sexto a.u.c.
Polynios, Quaestor Sacri Palatii

Das waren die radikalsten Maßnahmen, die jemals gegen
unsere Kirche beschlossen worden waren, radikaler und
systematischer als alles, was Männer wie Nero, Hadrian
oder Valerianus je angeordnet hatten. Dazu kam, dass kurz
nach dem ersten Edikt ein Brand in des Kaisers Palast ausbrach und Galerius wieder die Christen als Urheber be-
zeichnete. Dabei wird er selbst den Brand gelegt haben, wie
es jedenfalls unser Bruder Lactantius vermutete.
Die Gläubigen von Nicomedia wurden nun in großer Zahl
eingefangen, ganze Familien wurden mit dem Schwert hingerichtet, andere verbrannt, wieder andere gefesselt, von
Kähnen in die Tiefen des Meeres geworfen, auch Anthi-
mus, der Bischof der Gemeinde, wurde enthauptet. Vor
allem im Osten waren die Verfolgungen blutig und uner-
bittlich. Im Westen, wo Constantius Chlorus regierte, begnügte man sich damit, die Christen aus dem Heeresdienst
zu entlassen und kleinere Kirchen zu zerstören.
Offenbar war aber Diocletian mit der Wirkung seines ersten Ediktes nicht zufrieden, es folgten drei weitere, die
die Qualen noch steigerten. Unzählige Christen wurden
eingekerkert. Die Gefängnisse, die sonst bestimmt waren
für Mörder, Diebe und Grabschänder, waren nun überall
angefüllt mit Bischöfen, Presbytern, Diakonen und Lekto-
ren, denn die weiteren Verfolgungen richteten sich – wieder einmal – vorwiegend gegen die Führer der Gemeinden.
Denen, die dem Glauben abschworen, versprach der Kaiser

die Freiheit, den Hartnäckigen aber unzählige Folterungen.

Bald darauf erkrankte Diocletian und an seiner Stelle setzte Galerius die Zwangsmaßnahmen fort. Ähnlich wie es Decius getan hatte, sollten alle Menschen des Reiches den Göttern opfern. Wer es nicht tat, wurde hingerichtet oder zur Zwangsarbeit in den Bergwerken verurteilt, was einem langsamen Tode gleichkam. Höre hier den letzten Bericht des Eusebius über jene fürchterlichen Qualen:

Die einen wurden mit dem Beile hingerichtet wie in Arabien, anderen wurden die Beine zerbrochen wie in Kapadocien, wieder andere wurden mit dem Kopf nach unten aufgehängt und darunter ein schwelendes Feuer angefacht, sodass sie am Qualm erstickten. So verfuhr man in Mesopotamien. Anderen schnitt man Nasen, Ohren und Hände ab und verstümmelte sie am ganzen Körper, wie es in Alexandria geschah.

In Antiochia wurden sie bei lebendigem Leibe geröstet, in Pontus trieb man den Unglücklichen scharfe Schilfrohre durch die Finger der Hände oder goss ihnen geschmolzenes, noch kochendes Blei über den Rücken. In Thebais zerrissen die Henker mit Scherben die Körper der Verfolgten, bis der Tod eintrat. Frauen wurden an einem der Füße festgebunden und, den Kopf nach abwärts, mit gewissen Maschinen hoch in die Luft gezogen und boten so mit ihren völlig nackten Körpern allen den unmenschlichsten Anblick. Andere wurden an Bäumen ... "

„Genug, genug", schrie Messala in großer Qual, „ich kann das nicht länger hören. Es zerreißt mein Herz!" Er keuchte und blickte Vincentius aus tränenleeren Augen des Entsetzens an. „Ich will es nicht glauben, dass Menschen zu solchen Dingen fähig sind, und dass es römische Caesaren sind, die das angeordnet haben. Der Mensch als Ebenbild Gottes und doch ärger als jedes Tier. Selbst ein Raubtier müsste Mitleid mit diesen gequälten Opfern haben!"

„Ich vermag deine Qualen zu verstehen, junger Freund." Begütigend legte Vincentius seinen Arm um die Schulter des fassungslosen Mannes. *„Finiamus illa turpia* – Lasst uns Schluss machen mit jenen Schändlichkeiten. Die Verfolgungen sind seit Constantin vorbei. In seinem *Edictum* von Mailand, das nun fast hundert Jahre alt ist, hat er uns vom Fluch der letzten dreihundert Jahre befreit. Wer sich heute zum Glauben bekennt, muss nicht mehr todesmutiger Held sein, muss nicht mehr befürchten, vor den *Praetor* geschleppt zu werden, im dumpfen Kerker auf den Tod zu warten oder im Circus den Bestien vorgeworfen zu werden. Was man früher einen *orientalischen Aberglauben* oder eine *Galiläische Sekte* nannte, darf heute ohne Scheu auf den Straßen der Hauptstadt wandeln und in den früheren Tempeln der Heiden die heilige Eucharistie feiern. Selbst der *Cursus honorum*, die Ämterlaufbahn, steht den Gläubigen offen. Daran konnte auch Julianus nichts ändern, der als letzter Kaiser versucht hatte, die alten Götter noch einmal einzusetzen, gleichwohl aber die Christen nie verfolgt hat.

Die Kirche unseres Herrn hat gesiegt! Aus diesem Meer von Blut und Tränen steigt das Kreuz unbesiegt und strahlend auf. Aber die Märtyrer jener Zeiten sollen uns alle Zeit mahnend vor Augen stehen und nie, nie, hörst du, dürfen wir vergessen, wie sie mit ihrem Leben Zeugnis für unseren Glauben abgelegt haben. Die Menschen späterer Zeiten werden sie wie Heilige verehren und das ist ihr verdienter Lohn!"

XIX. JULIAS RÜCKKEHR

Mit letzten ohnmächtigen Schauern kalten Hagels hatte der Winter sein kurzes Gastspiel beendet. Ergiebige Regengüsse zeigten den Übergang zu einem milden Frühling an. Schon trieben die ersten zarten Knospen an den Feigenbäumen, und die Mandelbäume zeigten ihre ersten weißen Blüten.

Messala hatte im Kloster zum ersten Mal das Fest der *Epiphania* gefeiert, das spätere Generationen *Weihnachten* nennen sollten. Das *Heilige Lichtfest* nannte es Hieronymus, denn Jesus sei das Licht der Welt und durch seine Geburt sei die Welt strahlend hell erleuchtet worden. Vincentius hatte ihm erklärt, dass dies nach dem Osterfest das zweithöchste Fest in der Kirche sei, und mit entsprechendem Aufwand war das Fest, das sich über eine ganze Woche erstreckte, begangen worden. Die Basilica war durch unzählige Kerzen und Lämpchen, die sich in dem weißen Marmorboden widerspiegelten in strahlendes Licht getaucht. Prächtige, mit bunten Bändern geschmückte Palm- und Myrthenzweige tauchten das weite Rund der Kirche in festliches Grün. Das Gotteshaus war mit andächtigen Gläubigen aus der ganzen Umgebung überfüllt. Wie immer hatten auch die Nonnen aus den Frauenklöstern an der Feier teilgenommen.

„Man muss in Palmzweigen feiern, denn in ihnen ist das Zeichen des Sieges und der Lohn der Tugend enthalten", hatte Hieronymus gesagt, „und in den Zweigen des laubreichen Baumes, den die Juden Myrthe nennen, wegen der Tötung des Fleisches und der Lüste. Auch in den Zweigen der Weide und der Pappel, denn der griechische Name dieses Baumes bedeutet Keuschheit."

Messala erinnerte sich gerne der feierlichen Atmosphäre in der Basilica, der ernsten Gesänge der Mönche, der friedvollen und liebenswerten Stimmung, die unter allen Menschen, die an der Feier teilnahmen, herrschte. Aber Julia fehlte ihm! Mit Wehmut dachte er an sie. Wie gerne hätte er sie in seine Arme geschlossen! Die Zeit ihrer Abwesenheit näherte sich nun ihrem Ende und er erwartete mit täglich steigender Sehnsucht ihre Rückkehr.

Nach den Feierlichkeiten war der Alltag wieder in das Kloster eingezogen. Zu dieser Jahreszeit, da die Arbeit auf den Feldern und Weinbergen ruhte, bedeutete dies arbeiten im und am Kloster. Mauern und Räume waren zu säubern und auszubessern, vor allem im *Scriptorium* herrschte ein emsiger Betrieb. Messala hatte schon bemerkt, dass das Augenlicht des Hieronymus' immer schwächer wurde. So verwandte er jetzt noch mehr Energie als zuvor auf das Diktieren von Texten. Soweit Messala wusste, war die *Septuaginta*, die Übersetzung der Heiligen Schrift, abgeschlossen, und der Greis arbeitete jetzt an der Kommentierung einzelner Teile. Dazu kamen Briefe, immer wieder Briefe, die aus aller Welt kamen und in alle Welt gingen, und von allen wurde jeweils eine Abschrift für die Klosterbibliothek gefertigt.

Messala machte sich so gut es ging nützlich, half im Weinkeller, in der Küche, besserte Zäune und Tore aus, ordnete Scripten und Schriftrollen. Dennoch beschlich ihn immer mehr das Gefühl, dass er solche Tätigkeiten nicht für den Rest seines Lebens ausüben wollte und er nach der für ihn vorgesehenen Bestimmung suchte. Die Ereignisse in Rom, die Flucht nach Judäa und der anschließende Aufenthalt im Kloster hatten ihn gewissermaßen aus der Lebensbahn geworfen. Nun suchte er den rechten Weg, um diese Bahn fortzusetzen. Freilich hatte er außer dem Militärhandwerk und seinen bescheidenen Studien nichts gelernt, was ihm hier von Nutzen sein konnte. Dennoch musste es etwas geben, irgendetwas, was ihm als sinnvolle Tätigkeit erscheinen konnte. Auf Dauer, soviel war ihm klar geworden, war der Klosteraufenthalt, ein Mönchsleben gar, nichts für ihn.

Immer wieder sattelte er ein Pferd und machte ausgedehnte Ausritte in die nähere und weitere Umgebung und hatte auf diese Weise Orte wie Jericho, Hebron oder Emmaus kennengelernt, deren Namen ihm aus der Heiligen Schrift vertraut waren. Unliebsame Vorfälle wie auf dem Ritt nach Herodium waren aber ausgeblieben. Mehrfach hatte er auch schon Cassius Gratus in Jerusalem besucht, mit dem ihn inzwischen eine herzliche Freundschaft verband. Die dortige Garnison stand nun unter dem Kommando eines Tribuns namens Justinios Paulinos, eines wahren Christen, wie Cassius versicherte.

Wenn er nicht ausritt, saß er am liebsten in der *Schola* und stöberte in den zahllosen Schriften, Rollen und Briefen. Ohne Methodik und Systematik nahm er sie in die Hand und las sie mit glühendem Eifer. Manches begriff er nicht, fand jedoch in Vincentius immer wieder einen geduldigen Lehrer.

Auch an diesem Morgen hatte er sich in der *Schola* vergraben, während draußen die Sonne erste wärmende Strahlen über die grünenden Fluren sandte. Eine Passage aus Ciceros *Tusculanae Disputationes* war in seine Hände geraten und mit Interesse nahm er wahr, dass auch der große römische Philosoph, Staatsmann und Redner sich Gedanken über das Weiterleben der Seele nach dem Tode gemacht hatte:

Zuerst muss also geprüft werden, was der Tod selbst ist, der eine sehr bekannte Sache zu sein scheint. Es gibt welche, die glauben, dass der Tod eine Trennung der Seele vom Körper sei. Andere, die glauben, dass es eine solche Trennung nicht gibt, sondern dass Seele und Körper zusammen untergehen und die Seele im Körper verlischt. Die, die glauben, dass die Seele den Körper verlässt, glauben zum Teil, dass sie sich sofort auflöst, zum Teil auch, dass sie für lange Zeit weiterlebt, andere für immer. Was überhaupt die Seele selbst ist, wo sie ist oder woher sie kommt, darüber gibt es große Uneinigkeit …

Bisher hatte sich Messala über den Tod und das Sein danach wenig Gedanken gemacht. Das Versprechen Christi, wer an ihn glaube, lebe auf Ewigkeit, hatte etwas so Grundsätzliches, dass man sich über Einzelheiten gar keine Gedanken machen mochte.

Jetzt aber erschien ihm eine Antwort auf die Frage, die Cicero aufgeworfen hatte, als dringlich. Konnte ihm Hieronymus dabei helfen? Wie sah er den Tod und das Leben danach, wenn es denn eins gab? Lebte nach dem Tod der Mensch oder die Seele oder beides, und wo? Weit schien ihm, dem jungen und starken Mann, der Tod entfernt zu sein, und doch war sein Interesse an dieser Frage geweckt. Er beschloss, sich eine Antwort zu holen, und verließ die *Schola*.

Draußen herrschte geschäftiges Treiben. Mehrere Mönche waren beschäftigt, die Stallungen zu säubern, und hatten daher Ziegen und Schafe in den Innenhof getrieben, wo ein munteres Blöken und Meckern den Unmut der Tiere über die Störung ihrer Ruhe anzeigte.

Raphaelus und Hieralion winkten ihm freundlich zu.

„Ist der Vater im *Tablinum*?", rief er ihnen zu.

„Nein", rief Raphaelus zurück, „er ist im *Valetudinarium*. Mit Bruder Sylianus geht es zu Ende und der Vater spendet ihm die letzten Tröstungen."

Sylianus war ein Mönch, den Messala nie richtig kennengelernt hatte. Er musste weit über siebzig sein, machte stets einen mürrischen Eindruck und sprach sehr wenig. Ein knorriger alter Mann, der meist den Eindruck tiefer Bitternis vermittelte und auf die Versuche Messalas, mit ihm ins Gespräch zu kommen, abweisend reagiert hatte. Selten sah man ihn am Tageslicht, da er die *Cella Promptuaria*, die Vorratsräume im Keller, betreute und ständig damit beschäftigt zu sein schien, Vorräte anzulegen oder in Tabellen zu erfassen. Etwas Unheimliches ging von ihm aus, das hatte ihm Julia einmal bestätigt, die fast Angst vor ihm hatte, nachdem er ihr mit groben Worten die Besichtigung der Vorratsräume verboten hatte.

„Weiber haben in unserem Kloster nichts zu suchen", hatte

er geschnarrt und damit war die Angelegenheit für ihn erledigt.

Während Messala auf Hieronymus wartete, betrachtete er belustigt das verzweifelte Bemühen der Mönche, die Tiere wieder in geordnetem Rückzug in die Stallungen zu bringen. Wenig später betrat Hieronymus mit ernstem Gesicht den Klosterhof.

„Wir haben einen lieben Mitbruder verloren", rief er Messala entgegen, „Sylianus ist soeben verstorben. Der Herr habe ihn selig!"

„Was war er für ein Mensch?", fragte Messala, während er neben dem Greis das Kloster betrat. „Ich fand ihn wenig liebenswert. Er wich jedem Gespräch aus und machte stets einen mürrischen Eindruck. Julia hat er Angst eingeflößt."

„Das kann ich verstehen", entgegnete Hieronymus, „auf Menschen, die ihn nicht kannten, muss er diesen Eindruck gemacht haben. Aber er hatte ein schweres Leben und das hat ihn verbittert. Er wurde nicht als Christ geboren, sondern als Jude, nicht weit von hier. Mit zwanzig Jahren hat er sich zu unserem Glauben bekehrt. Danach hat sich seine ganze Familie, Eltern, Frau und Kinder, von ihm abgewandt, er hat sie nie mehr wiedergesehen, obwohl sie nicht mehr als dreißig Meilen von hier leben. Das hat ihn sehr verbittert und diese Bitternis hat sein Gesicht nie verlassen, auch wenn das nun schon mehr als fünfzig Jahre her ist. Wie gerne hätte er seine Familie vor dem Tode noch einmal gesehen!"

Sie hatten inzwischen das *Refectorium* erreicht und der Greis bat Messala, sich zu ihm zu setzen.

„Ich habe heute noch nichts zu mir genommen und wenn auch das Fasten zu meinen täglichen Übungen gehört, so fordert doch der Körper ab und zu sein Recht", wie zur Entschuldigung wies er auf das karge Mahl aus Brot, Früchten und Wasser, das man für ihn vorbereitet hatte. „Ich vermute, du hattest schon dein *Prandium?*"

Messala lachte. „In der Tat habe ich schon gefrühstückt, und sicher reichlicher als du."

„Ich würde gerne mit dir sprechen", sagte Hieronymus unvermittelt und schob ein Stück Brot in den Mund, das er bedächtig und langsam kaute. „Du bist nun schon mehr als vier Monate bei uns und in der Zeit bist du mir lieb geworden wie ein Sohn, den zu haben mir versagt war. Auch sind mir die Gefühle nicht entgangen, die du für Julia hegst und sie wohl auch für dich. Ich denke, es ist an der Zeit, Entscheidungen zu treffen, Entscheidungen, die euer beider Leben für die Zukunft regeln. Welche Vorstellungen hast du dazu?"

Es war eine einfache Frage, aber die Plötzlichkeit, mit der sie an Messala gestellt wurde, überraschte ihn und machte ihn zunächst sprachlos.

„Nun, ich äh …", verlegen druckste er herum, „nun, ich glaube, also äh … ich denke, Julia und ich werden heiraten und uns hier irgendwo niederlassen. Julia erwähnte, dass mich Senator Strabo gerne in seine Geschäfte einbeziehen würde, auch wenn ich mir mich als Kaufmann nicht so recht vorstellen kann, aber von irgendwelchen Einkünften müssen wir leben und ein Kaufmann macht leicht sein Glück und wird zu einem begüterten und anerkannten Mann. Gerne hätten wir deinen Segen zu unserer Verbindung."

Ernst und nachdenklich blickte Hieronymus den ehemaligen Tribun an. Er nahm etwas Wasser und eine von den Früchten und führte sie behutsam zum Mund. Dann legte er seinen Arm auf den Arm Messalas und sprach:

„Vor Jahren hatte ich einen Freund. Der war Kriegsmann, kaiserlicher Soldat wie du. Exuperantius war sein Name. Mit dem habe ich so zusammengesessen wie heute mit dir. Wie du hatte er den Kriegsdienst verlassen und war sich unschlüssig, was er tun sollte. Es ist mir gelungen, ihn für den heiligen Kriegsdienst Christi zu gewinnen und er war bis zu seinem Tode vor drei Jahren Mönch hier in Bethlehem. Und ich will gar nicht verhehlen, dass ich auch dich für diesen

Dienst gerne gewänne, denn dein lauteres Wesen und dein ehrlicher Charakter, dein tiefer Glaube und dein ausgeprägter Verstand, das alles sind Vorzüge, die dich für diesen Dienst qualifizieren.

Aber da ist Julia, die ich sehr schätze, und doch wird sie zwischen dir und dem Dienst stehen, denn man kann nicht zwei Herren gleichzeitig dienen! Warum wollen wir uns selbst belügen und erzürnen: Gieren wir unaufhörlich nach der Umarmung der Weiber, so muss uns der Lohn der Keuschheit natürlich versagt werden.

Erinnere dich an den Ausspruch des Apostels: *Bist du einer Gattin verbunden, dann suche keine Scheidung. Bist du aber noch frei, dann suche dir keine Gattin, also kein Band, das eine Scheidung nicht mehr zulässt. Wer sich unter der Last der Ehe beugt, ist gebunden; er ist ein Knecht. Wer aber ohne Fessel ist, der ist ein Freier.*

Wenn du, Marcus, dich also der Freiheit Christi erfreust und etwas ganz anderes tust, als deine Pläne jetzt nahelegen, und schon beinahe auf dem Dache stehst, dann darfst du nicht vom Dache steigen, um deine *Tunica* zu holen, nicht rückwärts schauen, nicht den einmal gefassten Pflug loslassen. Wenn es dir möglich ist, *mi fili*, dann ahme den Josef nach. Lass deinen Mantel der ägyptischen Herrin. Folge nackt unserem Herrn und Erlöser. Der sagt ja im Evangelium: *Wer nicht alles verlässt und sein Kreuz auf sich nimmt und mir nachfolgt, der kann mein Jünger nicht sein.*

Wirf weg die Gepäcklast der Welt! Suche keine Reichtümer! Sie sind wie Kamelmist. Leicht, von allem entblößt, fliege zum Himmel. Beschwere nicht deine Tugendhaftigkeit mit Gewichten, und wären sie von Gold. Das sage ich dir, nicht, weil ich dich für einen Mann halte, der unbedingt den Reichtum sucht, sondern weil ich das Gefühl habe, du tatest früher Kriegsdienst, um etwas in deinen Beutel zu bekommen. Aber der Herr befiehlt doch, gerade den zu leeren. Wenn also jenen, die Hab und Gut besitzen, befohlen wird, sie sollen alles verkaufen und den Armen geben und so dem Erlöser folgen, dann musst du, falls deine Stellung einträglich ist, dieses Gebot befolgen oder, falls sie unbedeutend ist, darfst du nicht nach dem streben, was verschenkt werden soll. Ganz gewiss rechnet Christus die innere Gesinnung für alles an."

Der Druck auf Messalas Arm nahm zu. Mit erhobener Stimme fuhr Hieronymus fort: „Niemand war ärmer als die Apostel. Und doch hat niemand so viel verlassen um des Herrn willen. Jenes arme, verwitwete Weiblein im Evangelium, das seine zwei Münzlein in den Opferkasten warf, wurde allen Reichen vorgezogen. Sie gab ihre ganze Habe her. Darum erwirb dir nicht, was du verschenken sollst. Teile vielmehr aus, was du schon erworben hast. Dann wird dich Christus anerkennen als neuen hochgemuten Streiter. Dann wird der Vater dir hocherfreut entgegeneilen, dir, Marcus, der du aus fernen Landen kommst, aus der Stadt des Antichristen. Er wird dir das Festkleid reichen, den Ring schenken, dir ein Mastkalb schlachten. Dann wird er dich, der du frei und ledig geworden, bewirten. Ich habe jetzt an die Tür der Freundschaft geklopft. Tust du auf, dann will ich recht oft dein Gastwirt sein."

Die letzten Worte hatte Hieronymus nicht ohne Pathos gesprochen, und Messala war tief beeindruckt. Freilich, das, was der Alte ihm hier vorschlug, nämlich in den Mönchsdienst einzutreten, das hatte er vor Kurzem noch völlig ausgeschlossen. Gleichwohl konnte er sich der Macht dieser Worte nicht entziehen. Schweigend blickte er Hieronymus an und in seinem Kopf tobten die widersprüchlichsten Gedanken.

Hieronymus bemerkte, dass seine Worte nicht ohne Eindruck geblieben waren und lächelte Messala liebevoll an.

„Nicht jetzt sollst du antworten, sondern was dein Herz bewegt, das erwäge mit dem Verstand." Nach einer kurzen Pause fragte er: „Kanntest du übrigens den Nepotian?"

Messala blickte überrascht auf. „Nepotian? Freilich, den

kannte ich aus Rom. Er stammte aus einer alten patrizischen Familie. Wir haben vor meiner Zeit im Lateran zeitweilig zusammen Dienst getan, waren gute Kameraden. Später habe ich ihn aus den Augen verloren. Warum fragst du?"

„Nun, auch dieser ehrenwerte Soldat, der fromm und lauter und überaus mildtätig gegen die Armen gelebt und seinen Dienst im römischen Heere sorgfältig versehen hat, auch den konnte ich für den geistlichen Stand gewinnen. Das mag jetzt etwa sieben Jahre her sein. Er hat ein vorbildliches Priesterleben geführt. Leider ist er drei Jahre nach Empfang der Weihe gestorben. Ich habe ihm einen Brief als Nachruf gewidmet. Wenn er dich interessiert, so magst du ihn lesen."

Aus der Tasche seines verschlissenen Umhangs zog er eine kleine Schriftrolle und gab sie Messala.

„Ich habe im *Scriptorium* zu arbeiten. Nachher können wir uns weiter unterhalten."

Neugierig entrollte Messala die Schriftrolle, während der Alte mit schlurfenden Schritten das *Refectorium* verließ.

Mein viellieber Nepotian!

Du bittest mich durch deine Briefe, die übers Meer kommen, ich soll dir auseinandersetzen, wie einer zu leben hat, der den Weltdienst verlässt und Mönch oder Priester werden will; wie er es machen muss, um den rechten Weg Christi einzuhalten und nicht auf die verschiedenen Wege des Lasters gezerrt zu werden.

Als ich noch ein junger Mann, ja fast ein Schuljunge war, damals, als ich durch ein hartes Bußleben in der Wüste die ersten Anstürme einer zügellosen Lebenslust niederrang, damals schrieb ich an deinen Onkel, den hl. Heliodor, eine Ermahnung voll Tränen und Klagen. Jener Brief zeigte den Freunden die Seelenverfassung des Einsamen. Indes, das Werkchen war, entsprechend meinem Alter, eine Tändelei.

Ich habe da in schulgerechtem Zierstil geschildert, weil ich noch ganz Feuer und Flamme war für die Werke und Lehren der Rednerkunst.

Jetzt aber, da mein Haupt schon grau, meine Stirn falten-durchfurcht ist und mir vom Kinn die Wamme herunter-hängt gleich einem Stier, da stellt sich kühl das Herzblut dawider. Ich beschwöre dich und mahne dich immer wieder: Bewerte den Dienst eines Klerikers nicht so wie den alten Kriegsdienst, suche nicht irdischen Gewinn im Dienste Christi; wolle nicht mehr haben, als du besaßest, da du Kle-riker wurdest. Auch bei dir soll zutreffen das Wort: „Ihr Amt bringt ihnen keinen Gewinn." Die Armen und die Pilger, die sollen dein Tischlein kennen. Mit ihnen soll Christus dein Tischgenosse sein.

Ein Kleriker, der Handelsgeschäfte treibt und dadurch aus einem armen Schlucker ein reicher Herr, aus einem unbe-kannten Mann zu einem vielgenannten wurde, den fliehe wie die Pest.

Messala legte den Brief zur Seite. Das klang, als hätte es Hiero-nymus gerade für ihn geschrieben. Die Welt ist doch voller Zufälligkeiten. Hier hatte er ein Schreiben in der Hand, das Hieronymus an jenen Nepotian gerichtet hatte, den er aus seiner Militärzeit gut gekannt hatte. Manchen Becher Wein hatten sie nach dem Dienst zusammen geleert, aber dann war er plötzlich verschwunden, und Messala hatte nie herausge-funden, ob er versetzt worden war oder der Legion den Rü-cken gekehrt hatte. Priester war er also geworden, der gute Nepotian. *Das hätte ich nie für möglich gehalten,* zuckte es durch Messalas Kopf. Welchen Einfluß auf Menschen musste doch dieser Hieronymus haben, wenn er aus einem echten Kriegsmann so ohne Weiteres einen nicht weniger echten Gottesmann machen konnte.

Und jetzt wird er das Gleiche mit dir probieren, wird es ihm gelingen?

Ratlos blickte Messala durch das verwaiste *Refectorium*. Nein, er fühlte keine Bestimmung zum Priester- oder Mönchsdienst in sich, ganz und gar nicht.

Denn da war ja noch – Julia! Dieser Gedanke erfüllte ihn mit sehr viel mehr Wärme und Liebe. Das war seine Bestimmung und daran würde auch Hieronymus mit all seiner Beredsamkeit nichts ändern. Seufzend nahm er den Brief wieder zur Hand:

Die guten Sitten werden untergraben durch höchst fade Unterhaltungen. Du verachtest das Gold, der andere liebt es. Du hast für Reichtümer einen Fußtritt übrig, jener rennt ihnen nach. In deinem Herzen wohnt Ruhe, Gelassenheit, Verschwiegenheit. Jener ist ein Freund des überflüssigen Schwätzens, der sorgenvollen Stirn, der Märkte und öffentlichen Plätze und der Quacksalberbuden.

Da hatte er ohne Zweifel recht. Schon bei den Gedanken an all die Pflichten, die ein Kaufmann in der Öffentlichkeit hatte, an all die Unruhe und Hektik und Reisen, die mit dieser Art von Gelderwerb verbunden waren, an den steten Drang, das erworbene Vermögen zu halten oder eher noch zu mehren, überfiel Messala ein ausgeprägtes Unwohlsein.

Dabei fiel ihm eine Passage aus einem Seneca-Brief ein, die ihn als jungen Student sehr beeindruckt hatte:

Aus dem, was du schreibst und dem, was ich höre, bin ich, was dich anbetrifft, guten Mutes. Du bist nicht ziellos auf Reisen und beunruhigst dich nicht durch ständige Ortswechsel. Diese ziellose Unruhe ist Zeichen eines kranken Geistes. Ich denke, das erste Anzeichen eines geordneten Geistes ist das Haltmachenkönnen und das Verweilen. Nirgends ist, wer überall ist. So passiert es denen, die ihr Leben auf Reisen verbringen, dass sie viele Gastfreundschaften haben, aber keine Freundschaften.

Das mochte Strabos Welt sein, seine würde es nie werden. Da zog er die Beschaulichkeit und Abgeschiedenheit dieses Ortes schon vor. Und doch ...

Dein gastliches Haus soll nur selten oder überhaupt nie von Frauenfuß betreten werden. Die Mädchen und Jungfrauen Christi musst du entweder alle gleichmäßig übersehen oder gleichmäßig lieben. Du darfst nicht unter einem Dache mit ihnen wohnen, auch nicht im Vertrauen auf deine bisher bewahrte Reinheit. Du kannst nicht heiliger sein als David, nicht weiser als Salomon. Denk immer daran, dass der Bewohner des Paradieses durch sein Weib aus dem Besitztum vertrieben wurde.

Hass, da war er wieder, der alte Weiberhasser und Frauenfeind, der selbst doch in der Jugend den Kelch der Liebe und des Lasters bis zum Rand genossen hatte. Eine Zornesfalte bildete sich auf der Stirn des jungen Römers. Da kann man gut die Jungfräulichkeit und Keuschheit predigen, wenn man das Gegenteil bis zum Exzess genossen hat. Oder tut man dem Alten jetzt Unrecht? Hat er nicht nachher genug dafür gelitten? Zeugen nicht jene Worte von geläuterter Altersweisheit?

Wuchtige Schritte erklangen plötzlich vor der Tür. Sekunden später öffnete sich die Tür des *Refectoriums* mit einem Ruck und die massige Gestalt von Senator Strabo schob sich hindurch. Messala sprang auf und eilte dem Ankömmling entgegen.

„Senator, ihr seid zurück! Endlich! Wie habe ich auf diesen Augenblick gewartet. Wo ist Julia? Befindet sie sich wohl?"

Die Männer umarmten sich, und es entging Messalas Aufmerksamkeit nicht, dass sich ein Schatten über die Stirn des Senators legte.

„Sie ist krank, sehr krank", sagte er mit leiser Stimme. „Auch sie war voller Freude über das Wiedersehen mit dir, aber ich musste sie zunächst in die Obhut der Schwestern des Spitals geben."

„Was fehlt ihr?", fragte Messala tonlos.

„Ich weiß es nicht. Auch die Ärzte wissen keinen Rat. Es begann in Antiochia vor etwa zwei Wochen. Sie begann zu fiebern, ihr Leib schmerzte und eine Müdigkeit und Schwäche befiel sie, dass man das Schlimmste befürchten musste. Natürlich haben wir die Ärzte kommen lassen, die besten und teuersten, die in der Stadt zu haben waren. Aber außer einigen Säften, Salben und Tinkturen konnten sie nichts bieten, doch nichts davon hat geholfen. Dringend rieten die Ärzte von einer Reise ab, aber Julia flehte mit all ihren Kräften, die ihr im ausgezehrten Körper geblieben waren, sie wolle nach Hause. Und nach Hause, das bedeutete für sie Bethlehem, wo sie wusste, dass du ihrer harren würdest. Nun sind wir hier. Die Reise hat sie überstanden, mehr schlecht als recht. Wir können jetzt nur hoffen, dass die frommen Frauen der Eustochium ihr helfen können."

„Ich muss sie sehen, jetzt sofort!"

„Das hätte wenig Sinn, mein Freund. Sie schlief, als ich sie eben verließ, tief und war dem Tode näher als dem Leben. Die Schwestern kümmern sich mit Liebe um sie. Eustochium selbst ist sofort zu ihrem Lager geeilt. Bitte habe Geduld!"

Messala sank auf den Stuhl. Wie hatte er sich das Wiedersehen ausgemalt. Mit welcher Liebe und Zärtlichkeit hatte er sie in seine Arme schließen wollen. Und nun diese furchtbare Nachricht!

Leise öffnete sich die Tür erneut und Hieronymus trat ein. Sein Blick fiel auf Messala und er erkannte sofort, welcher Schmerz in ihm wühlte. Die Mönche hatten ihn aus dem *Scriptorium* geholt, als sie von der Ankunft der kleinen Karawane erfahren hatten. Voller Güte und Mitgefühl legte der Greis seine Arme auf die Schulter des verzweifelten Mannes.

„Wir wollen beten", sagte er, „beten, dass der Herr über alle Krankheiten sich ihrer annimmt. Nichts kann im gleichen

Maße helfen wie das Gebet an unseren Vater im Himmel. Das Übrige werden die heilkundigen Frauen im Spital mit Gottes Hilfe richten. Verzweifle nicht, *mi fili!* Die Wege des Herrn sind wunderbar. Kraft und Hoffnung gewinnen wir nur aus dem Gebet."

XX. Der Tod an sich ist kein Übel

„Lasst uns in Gottes lieblicher Natur einen klaren Gedanken fassen."

Mit diesen Worten hatte Hieronymus den verzweifelten Messala zu einem Spaziergang überredet. Er hatte auch Strabo dazu gebeten, doch der hatte es vorgezogen, von der anstrengenden Reise auszuruhen und hatte sein Zimmer im Gästehaus aufgesucht. Längere Zeit gingen sie schweigend nebeneinander. Sie hatten das Kloster umrundet und gingen nun am *Valetudinarium* vorbei.

„Hier liegt sie nun, und nur der Herr weiß, ob ich sie jemals wiedersehen werde", murmelte Messala mit schwerem Herzen. Sein Blick fiel auf die kahlen Mauern des Spitals und ein Seufzer der Qual entrang sich seiner Brust.

„Du liebst die junge Frau sehr, mein Freund." Die Worte des Alten klangen voller Anteilnahme. Messala nickte, brachte aber kein Wort hervor.

„Vertrau auf die Hilfe unseres Herrn", sagte Hieronymus mit Wärme, „aber nimm seine Entscheidungen an, ohne nach ihrem Sinn fragen zu wollen. Das steht uns Menschen nicht zu."

„Aber wenn sie jetzt stürbe …", wandte Messala ein und blickte den Greis verzweifelt an.

„Mors non finis est, sed initium – Der Tod ist nicht das Ende, er ist der Anfang."

Mit fester Stimme hatte Hieronymus geantwortet.

„Der Anfang wovon?", fragte Messala nach und fühlte sich an das Cicerozitat erinnert, das er heute Morgen gelesen hatte. Hatte er sich nicht vorgenommen, Hieronymus über seine Haltung zum Tode zu befragen? Und nun war ihm diese Frage, die heute Morgen noch so fern und akademisch erschienen war, plötzlich von bestürzender Dringlichkeit geworden.

„Mors laborum ac miserarum quies est – Der Tod ist Ruhe von Mühe und Elend, sagt Cicero", meinte Hieronymus nach einer kurzen Pause.

„Gerade von dem habe ich heute noch gelesen, dass er überhaupt nicht weiß, was mit der Seele nach dem Tode passiert."
„Du meinst die Stelle in den *Tusculanen*. Doch irrst du, mein Freund. Cicero hat da nur die verschiedenen Auffassungen anderer zitiert, er selbst hat stets an die Unvergänglichkeit der Seele geglaubt, wie übrigens auch Ovid, wenn das tröstet."
„Ovid?"
„*Ante mortem nemo beatus* – Vor dem Tode kann niemand glücklich genannt werden. Wie könnte man diese Stelle aus seinen *Metamorphosen* anders verstehen? Oder jene andere, bekannte Stelle aus dem gleichen Werk, wo er freilich Pythagoras nacheiferte:
Morte carent animae semperque priore relicta, sede novis domibus vivunt habitantque receptae. – Aber die Seele stirbt nicht, und stets ihren früheren Wohnsitz lassend, lebt sie und wohnt, empfangen von anderem Hause.
Die römischen Dichter und Philosophen haben sich stets auch mit dem Tode beschäftigt, wenn auch aus verschiedenen Blickwinkeln. Nimm zum Beispiel Seneca. Er schreibt in einem seiner Briefe an Lucilius:
Daran denke täglich, dass du das Leben mit Gleichmut verlassen kannst, das viele so umfassen und festhalten wie jene, die durch reißendes Wasser ergriffen werden, die Dornen und das Gestrüpp des Ufers. Die meisten schwanken ärmlich zwischen der Furcht vor dem Tod und der Folter des Lebens und wollen doch nicht leben und wissen nicht zu sterben. Lege daher alle Beunruhigung vor dem Tode ab; nichts hilft dem, der diese Unruhe hat, wenn nicht die Seele zum Verlust des Lebens bereit ist."
„Du hast all diese Zitate in deinem Gedächtnis gespeichert?", bemerkte Messala voller Verwunderung, der des Alten Bemühung, ihm zu helfen, dankbar anerkannte.
„Meine Augen lassen so nach, dass man mich fast blind nennen könnte; meine Beine wollen mich kaum mehr tragen,

meine zittrigen Hände vermögen kaum noch, den *Stilus* zu halten, und jede Anstrengung lässt meine Lunge fast platzen, aber mein Gedächtnis ist besser, als es je war", antwortete der Alte nicht ohne Stolz. „So viel hat mir der Herr noch gelassen, dass ich mich alter Freunde, wichtiger Zitate oder großer Ereignisse noch erinnern darf. So will ich denn mit dem zufrieden sein, was mir noch bleibt. Auch Quintilian, der große Lehrer der Rhetorik, hat den Tod richtig eingeschätzt: *Mors misera non est, aditus ad mortem est miser* – Der Tod bedeutet nicht Elend, elend ist nur der Weg zu ihm."

„Das sind Zitate, nur Zitate, was helfen sie mir?"

„Ruhig, mein Freund, du hast ja recht." Beruhigend legte Hieronymus seinen Arm auf die Schulter des Verzweifelten. „Ich wollte dir nur zeigen, wie selbst die Heiden, von denen ich übrigens Seneca, wie du weißt, ausdrücklich ausnehmen will, voller Zuversicht über die Unvergänglichkeit der Seele waren. Heiden zwar, aber große Geister, die nichts ohne Sinn dahergeplappert haben, sondern stets bemüht waren, den großen Geheimnissen auf den Grund zu gehen. Nicht wie der verachtenswerte Epikuräer Lucretius, der die Schaffung der Welt nur als zufällige Verbindung von Elementen beschreibt und das Walten Gottes, selbst die Existenz der Götter, standhaft leugnet, obwohl er doch in seinem *Prooemium* die Hilfe der Venus erfleht. Du kennst sein Werk *De rerum natura*?"

„Flüchtig", antwortete Messala. „Ich habe es nie geliebt, noch gelesen."

„Daran tust du gut, mein Sohn, denn es ist vom Ungeist beherrscht, und selbst die Verse verspotten ihren Schöpfer. Doch zurück zu deiner Frage. Natürlich haben sich nicht nur Heiden zur Frage des Todes und dem Danach geäußert. Der große Athanasius hat es so ausgedrückt:

Kommen wird der Tag, oh Brüder, allerdings kommen wird er und nicht ausbleiben der Tag, da der Mensch alles und alle verlassen und allein, vereinsamt, gedemütigt, beschämt, nackt, ohne Fürsprecher, ohne Gefährten, unvorbereitet und

mutlos dahinschreiten wird, wenn er in Sorglosigkeit über-
rascht wird an einem Tage, an den er nicht denkt, und zu
einer Stunde, da er es nicht erwartet, während er schwelgt,
während er Schätze häuft, während er der Üppigkeit frönt
und sorglos dahinlebt.
Kommen wird plötzlich eine Stunde, da alles ein Ende
nimmt. Ein kleines Fieber, und alles schwindet in ein eitles
Nichts, eine tiefe, finstere und schmerzliche Nacht, und er
wird wie ein Verurteilter abgeführt, wohin die Häscher ihn
zu bringen haben."

„Solche Vorstellung erfüllt mich eher mit Schrecken, als dass
sie mir Hoffnung gibt", sagte Messala, der bei der Erwähnung
des Begriffes *Fieber* zusammengezuckt war.

„Das kann ich verstehen", lächelte Hieronymus, „aber vielleicht gefällt dir besser, was mein lieber Freund Ambrosius,
der große Bischof von Mailand, gesagt hat:
Nur törichte Menschen erschrecken also vor dem Tode als
dem größten Übel; wahrhaft Weise aber sehen im Tode nur
die erwünschte Ruhe nach schwerer Arbeit und das Ende
aller Übel. Strafen und Pein, die dem Tode eigentümlich
werden, gibt es gar nicht. Der Tod ist lediglich die Lösung
der Seele vom Leibe; die kann aber kein Übel sein, weil es ja
viel besser ist, aufgelöst und mit Christus zu sein. Der Tod
ist also kein Übel.
Und der weise Chrysostomos hat wie zur Ergänzung gesagt:
Der Tod an sich ist kein Übel, sondern nach dem Tode be-
straft zu werden, das ist ein Übel. Ebensowenig ist der Tod
an sich ein Gut, sondern nach dem Hinscheiden bei Christus
zu sein, das ist ein Gut; was auf den Tod folgt, das ist gut
oder böse!"

„So stirbt die Seele also nicht? Aber was genau passiert mit
uns nach dem Tode, wohin wendet sich die Seele, oder tau-
melt sie durch das finstere Nichts?"

„Lass mich noch einmal mit Chrysostomos antworten:
Schnee und Feuersglut vertragen sich nicht, vielmehr

schmilzt der Schnee alsbald von der Wärme. Licht und Finsternis sind nicht vereinbar, da die Finsternis von dem Lichte zerstreut wird. Genau so nimmt aber auch die Seele, von welcher das Leben ausgeht, den Tod nicht an, und darum stirbt sie auch nicht.

Und Ambrosius formuliert glänzend so: *Dass die Seelen nach dem Tode fortleben, lehrt schon die Vernunft, aber nur die mit dem Glauben verbundenen.* Hast du diese Worte verstanden, Marcus?"

Sie hatten sich inzwischen auf einem Felsen niedergelassen, von dem aus sie einen herrlichen Ausblick auf das sonnendurchflutete Bethlehem und die angrenzenden Klostergebäude hatten.

„Nein, habe ich nicht!" Messala schrie es in unendlicher Qual. „Was nutzen mir gelehrte Worte, die nur für ebenso gelehrte Köpfe gesprochen sind? Ich bin ein einfacher Mann, habe nur das Kriegshandwerk gelernt und bin diesem Glauben erst seit einigen Monaten verbunden. Wie kannst du da zu mir sprechen wie zu einem deiner Bischöfe? Ich suche nur nach der Wahrheit, nicht mehr, nur nach der Wahrheit!"

„*Quid est veritas* – Was ist die Wahrheit? Das hat einst auch Pilatus gefragt, als unser Herr vor ihm stand. Eine Antwort hat er nie bekommen! Ich denke, dass es *die* Wahrheit kaum geben kann. Es gibt so viele Wahrheiten, wie es Menschen gibt. Denn was für den einen Lug und Trug ist, ist für den anderen die Wahrheit. Es kommt nur auf den Blickwinkel an. Nimm zum Beispiel die Auferstehung Christi. Für uns Christen ist sie die Wahrheit, für die Römer eine Legende und für die Juden ein erkaufter Betrug. Wie kann ich dir die absolute Wahrheit nennen, wo ich doch nur die meine kenne?"

„Aber Christus hat doch gesagt: *Ich bin der Weg, die Wahrheit und das Leben.* Was also steht in der Heiligen Schrift über den Tod?"

„*Prudenter dixisti* – Du hast klug gesprochen, und ich will dir deine Antwort geben. Gott hat seinem Volk die Auferstehung der Toten Schritt für Schritt geoffenbart, wie ein großes Geheimnis, das man nicht mit einem Mal preisgibt, sondern schrittweise, auf dass es jeder verstehe. Jeder, der glaubt. Du weißt vielleicht, dass die Juden in diesem Punkt uneinig waren. Die Pharisäer glaubten an die Auferstehung, die Sadduzäer nicht.

Als nun einer der Sadduzäaer Jesus eine Falle stellen wollte, indem er darauf hinwies, dass nach dem Tode eines Mannes dessen Witwe unter bestimmten Umständen den Bruder des Toten zu heiraten habe und dies mehrfach passieren könne, und sich daher die Frage stelle, wem die Frau nach der Auferstehung angehöre, hat Jesus geantwortet:

Seid ihr nicht deshalb im Irrtum, weil ihr weder die Schrift kennt noch die Macht Gottes? Denn wenn sie von den Toten auferstehen, nehmen sie nicht mehr zur Ehe und werden nicht mehr zur Ehe genommen, sondern sie sind wie die Engel im Himmel. Und was die Auferstehung der Toten betrifft, habt ihr da nicht im Buch Moses an der Stelle vom Dornbusch gelesen, wie Gott zu ihm sprach: ,Ich bin der Gott Abrahams, der Gott Isaaks und der Gott Jacobs?' Er ist doch kein Gott der Toten, sondern der Lebendigen. Ihr seid also sehr im Irrtum.

Du siehst, Christus selbst, der lebendige Sohn Gottes, hat uns die Auferstehung versprochen. Und er hat sie nach dem Kreuzestod vollzogen. Uns aber, seinen Kindern, die an ihn glauben, gewährt er sie dadurch auch, und das gehört zu den größten Mysterien, die es auf dieser Welt gibt.

Ich bin die Auferstehung und das Leben. Wer an mich glaubt, wird leben, auch wenn er gestorben ist; und jeder, der im Glauben an mich lebt, wird nicht sterben in Ewigkeit.

Willst du noch mehr? Das ist die Wahrheit, die reine Wahrheit. Aber sie ist es nur für die, die an Christus glauben. Für die anderen ist es Lüge, um Anhänger zu gewinnen oder Trostlose zu trösten. So hat es auch Paulus in seinem bekannten Brief an die Römer gesagt:

Wohnt aber Christus in euch, so ist zwar der Leib dem Tode verfallen um der Sünde willen, der Geist aber lebt um der Rechtfertigung willen. Wohnt aber der Geist dessen in euch, so wird der, der Jesus Christus von den Toten auferweckt hat, auch eure sterblichen Leiber zum Leben auferwecken durch seinen Geist selbst, der in euch wohnt."

„Aber wie wird es passieren und wann? Und werden alle auferstehen?"

Messala hatte sich gefasst und blickte den Greis fragend an. Hatte er eben noch voll Zorn geschrien, so war sein Blick nun voller ehrfürchtigen Vertrauens.

„Wie? Wann? Alle? Mein Lieber, du verlangst zu viel, aus dir spricht die Ungeduld der Jugend. Christus selbst hat gesagt: *Seid achtsam und wachet, denn ihr wisset nicht den Tag, nicht die Stunde. Ihr wisst nicht, wann der Hausherr kommt, ob am Abend oder um Mitternacht oder beim Hahnenschrei oder am Morgen. Er könnte auch ja unvermutet kommen und euch schlafend antreffen. Was ich euch also sage, sage ich allen: Seid wachsam!* Aber den Zeitpunkt kannte nicht einmal er, sondern nur der Vater.

Doch dann, am Jüngsten Tag, wird es ein großes Weltgericht geben, denn die Auferstehung der Toten ist eng mit der Wiederkunft des Menschensohnes verbunden, dem der Vater das Weltgericht übergeben hat. Und alle, die das Gute getan haben, werden auferstehen zum Leben; die aber das Böse getan haben, werden zum Gericht gerufen. Denn so heißt es im Evangelium: *Wenn der Menschensohn kommt, dann wird er sich auf den Thron seiner Herrlichkeit setzen. Alle Völker werden vor ihm versammelt werden. Er wird sie voneinander scheiden wie der Hirt die Schafe von den Böcken. Die Schafe wird er zu seiner Rechten stellen, die Böcke zu seiner Linken. Alsdann wird er zu denen auf der Rechten sprechen: Kommt ihr Gesegneten meines Vaters! Nehmt in Besitz das Reich, das seit der Weltschöpfung für euch bereitet ist.*
Zu denen auf der Linken aber wird er sagen: Hinweg von mir,

ihr Verfluchten, ins ewige Feuer, das dem Teufel und seinen Engeln bereitet ist. Diese werden eingehen in die ewige Pein, die Gerechten aber in das ewige Leben."

„So gibt es also die ewige Verdammnis? Und was ist mit der unendlichen Gnade des Herrn?"

„Alle Gnade hat ein Ende! Wäre es nicht so, so könnten wir im Vertrauen auf diese unendliche Gnade immerfort sündigen. Nein! Gott hat uns den Verstand gegeben, um richtig und falsch zu unterscheiden; und das Herz, um gut und böse auseinander zu halten. Wer sich auf Erden für das Böse entscheidet, obgleich er ja die Möglichkeit hat, das Gute zu wählen, der büßt dafür. Wie lange er büßt, hängt von der Schwere seines Vergehens ab."

„Aber was passiert mit den Menschen in der Zeit zwischen ihrem Tode und dem Weltgericht?"

„Ihre Körper kehren zu dem Staub zurück, aus dem sie geschaffen wurden; denn sie sind nun nutzlose Hüllen, derer man nicht mehr bedarf. Ihre Seelen aber verharren im Zwischenreich zwischen Himmel und Hölle und harren des Gerichtes."

„So werden also nur die Seelen leben, nicht die Körper?", fragte Messala atemlos.

„Nein. Nach dem Gericht werden sie mit ihrem Körper wieder vereinigt, denn die Auferstehung ist auch eine Auferstehung des Fleisches. So war es bei Christus, so wird es bei uns sein! Paulus hat es so ausgedrückt: *Jesus Christus wird vermöge der Macht, durch die er sich alles unterwerfen kann, unseren hinfälligen Leib umwandeln und seinem verherrlichten Leibe gleich gestalten. Gesät wird ein irdischer Leib, auferweckt ein geistiger Leib."*

Schweigend standen sie auf und machten sich auf den Rückweg. Einige Mönche, die mit der Vorbereitung der ersten Aussaat beschäftigt waren, winkten ihnen freundlich zu und sie winkten zurück.

Nach einigen Minuten ergriff Messala das Wort: „Ich danke dir, edler Hieronymus. Du hast viele meiner Fragen beantwortet und ich verstehe diese Dinge nun besser als zuvor, auch wenn sich mir dies Geheimnis noch nicht völlig erschlossen hat. Eins jedoch ist mir noch unklar. Die guten Menschen werden mit dem ewigen Leben im Himmel belohnt, die schlechten mit der ewigen Verdammnis in der Hölle bestraft. Aber sind nicht die meisten Menschen sowohl gut wie böse? Was wird mit ihnen sein?"

„*Recte, mi fili*, so wenig es nur schwarz und weiß gibt, so wenig gibt es nur gut und böse. Wer in der Gnade Gottes stirbt, aber im Leben noch nicht vollkommen war, macht nach dem Tode das *Purgatorium* durch, die Läuterung. Petrus hat in seinem ersten Brief darauf hingewiesen:

Gepriesen sei Gott, der Vater unseres Herrn Jesus Christus! Er hat uns nach seiner Barmherzigkeit durch die Auferstehung Jesu Christi von den Toten wiedergeboren zu lebendiger Hoffnung, zu einem unvergänglichen, unbefleckten und unverweslichen Erbe. Schon liegt es im Himmel bereit für euch, die ihr in Gottes Kraft durch den Glauben bewahrt werdet für das Heil, das am Ende der Zeit offenbar werden soll. Dann werdet ihr frohlocken, möget ihr jetzt auch auf kurze Zeit, wenn es sein soll, durch mancherlei Prüfungen Trübsal erleiden.

Ist dieser Läuterungsprozess zu Ende, kehrt die Seele zu ihrem Schöpfer in das ewige Leben zurück."

Messala blickte Hieronymus nachdenklich an. „Und du hast keinen Zweifel an dem, was du mir erklärt hast? Du glaubst daran, mit allem, was du hast und bist?"

„Du willst wissen, woran ich glaube? Nun, so höre zu", sagte Hieronymus, hob die Arme und begann mit singender Stimme zu deklamieren:

„*Credo in unum Deum, Patrem omnipotentem, factorem caeli et terrae,*

visibilium omnium et invisibilium.
Et in unum Dominum Jesum Christum,
Filium Dei unigenitum.
Et incarnatus est de Spiritu Sancto ex Maria Virgine,
passus sub Pontio Pilato,
crucifixus, passus et sepultus est;
descendit in imperium Mortis,
et resurexit tertia die a mortuis,
et ascendit in caelum,
sedet ad dexteram Dei, patris omnipotentis,
unde venturus est iudicare vivos et mortuos.
Et in Spiritum Sanctum
unam sanctam, catholicam ecclesiam,
societatem sanctorum,
remissionem peccatorum,
resurectionem mortuorum
et vitam aeternam.

Jetzt weißt du, woran ich glaube, woran alle Christen glauben. Kanntest du dieses Gebet?"

Messala verneinte.

„Wir nennen es das *Apostolische Glaubensbekenntnis*, weil es eine getreue Zusammenfassung des Glaubens der Apostel ist. Es ist das alte Taufbekenntnis der Kirche von Rom. Der große Ambrosius hat es so bezeichnet:

Es ist das Symbolum, das die römische Kirche bewahrt, wo Petrus, der erste der Apostel, seinen Sitz hatte und wohin er die gemeinsame Glaubenslehre gebracht hat.

Auf den beiden großen Konzilien von Nicäa und Constantinopel wurde ein neues Glaubensbekenntnis geschöpft, ich aber bevorzuge das erstere. Du solltest es auch lernen. Lass dir von Raphaelus eine Abschrift geben."

Messala nickte schweigend.

Sie waren inzwischen wieder am Kloster angelangt, wo ihnen Vincentius entgegenkam.

„Ihr habt einen kleinen Spaziergang unternommen, der hat euch sicher gut getan. Die Sonne lacht, dass es eine Freude ist. Und auch für dich, Messala, habe ich eine erfreuliche Mitteilung. Julia verlangt nach dir. Sie ist so weit, dass sie einen kurzen Besuch empfangen kann."

Messalas Augen begannen zu strahlen.

„*Valete*", schrie er und stürzte davon. Hieronymus und Vincentius blickten ihm wohlwollend nach.

„*Propissimum mortis est gaudium* – So nah beim Tod wohnt die Freude", meinte Hieronymus mit einem nachdenklichen Lächeln, und als er die fragende Miene seines alten Freundes sah, erklärte er diesem, worüber sie sich auf dem Spaziergang unterhalten hatten und wie verzweifelt Messala zu Beginn gewesen war.

„Gebe Gott", sagte Vincentius, „dass diese Verzweiflung nicht zurückkehrt, wenn er merkt, was du vorhast, alter Fuchs."

„Was ich vorhabe, lieber Freund, wird gelingen oder nicht. Darüber entscheiden nicht wir. Wenn es aber gelingt, darf es nicht Grund zur Verzweiflung sein, und wenn es nicht gelingt, werden wir es hinnehmen. Auf nun zum *Scriptorium*. Ich habe einen Brief an den Bischof von Rom zu diktieren. Schon viel zu lange habe ich gesäumt! Es scheint, dass das ganze Abendland der Worte des Presbyters von Bethlehem harrt wie das trockene Vlies auf den Tau des Himmels."

* * *

Das *Valetudinarium*, das kleine Klosterspital, war an das Frauenkloster angebaut und mit ihm durch einen Gang verbunden. Von Fremden durfte es jedoch nur durch die wuchtige Hauptpforte betreten werden. Vor dieser massiven Holztür stand nun Messala und klopfte mit kräftigen Schlägen. Nach kurzer Zeit wurde die Tür geöffnet und eine Nonne blickte fragend durch den Spalt. Sie trug die übliche, graue Kloster-

tracht und ihr Gesicht war – wie bei ihren Mitschwestern –
von einem Schleier verhüllt, der nur wenig von ihrem anmutigen Gesicht preisgab.

„*Quid desideras?* – Was wünschst du?", fragte sie mit einer
angenehmen, warmen Stimme.

„Ich würde gerne Julia besuchen, die Tochter des Senators
Strabo. Sie liegt hier und erwartet meinen Besuch."

„Ist dies mit der Vorsteherin so abgesprochen?", wollte die
Schwester wissen.

„*Nescio* – Das weiß ich nicht", entgegnete der Römer erstaunt, der sich den Besuch einfacher vorgestellt hatte.

„Du musst wissen", belehrte ihn freundlich die junge Nonne, „dass die Frauen, die hier erkrankt liegen, Besuch von
Männern nur empfangen dürfen, wenn die Vorsteherin das
erlaubt hat. Wie ist dein Name?"

Höflich nannte Messala seinen Namen und erwähnte, dass
Vincentius ihm gesagt habe, er könne Julia besuchen.

„Vincentius? Gleichwohl, ich werde erst die Vorsteherin fragen müssen. Tritt ein und warte bitte hier im Vorraum. Ich
bin übrigens Schwester Galliena."

Sie schenkte ihm ein schüchternes Lächeln und verschwand
hinter einer Tür mit der Aufschrift *Consistorium*. Messala
nutzte die Zeit und blickte sich neugierig um. Der Raum,
in dem er stand, war abgesehen von einem Holzkreuz völlig
kahl und schmucklos. Eine gebrechliche Holzbank vor dem
Fenster lud kaum zum Verweilen ein; auf der rechten Seite befanden sich drei weitere Türen mit verschiedenen Auf-
schriften.

Er wollte gerade die Inschriften studieren, als sich die Tür
des *Consistoriums* wieder öffnete und Schwester Galliena
in Begleitung einer weiteren Schwester hereinkam. Messala
hatte Eustochium erwartet, als die Nonne von einer Vorsteherin gesprochen hatte, aber offensichtlich gab es im Spital
eine eigene Vorsteherin. Diese Schwester war lang und dürr
und um einiges älter, ihr Gesicht verriet ständigen Missmut,

streng und schneidend war ihre Stimme. Mit Unmut musterte sie den Besucher und sagte dann in herrischem Ton: „Ich bin Schwester Hypathia, die *Praefecta* des Spitals. Ich höre, du willst eine unserer Kranken besuchen. Bist du mit ihr verwandt?"

Messala verneinte.

„Dann, so leid es mir tut, kann ich einen Besuch nicht gestatten. Unsere Kranken bedürfen der Ruhe und Besuche sind auf das Notwendigste zu reduzieren. Bei Verwandten machen wir eine Ausnahme, aber bei Fremden können wir das nicht tun. Ich muss dich bitten, wieder zu gehen."

Messalas Halsader schwoll an, Zornesröte stieg in ihm auf. Wer ihn kannte, wusste, dass er gleich vor Zorn explodieren würde. Dennoch nahm er sich zusammen und presste in fast freundlichem Ton hervor: „Ich bin für Julia kein Fremder. Wir ... äh ... wir werden heiraten, ich bin sozusagen ihr *Sponsus*, ihr Verlobter. Und jetzt möchte ich sie sehen, sofort!"

Die letzten Worte waren schon etwas lauter.

Wenn er gedacht hatte, die *Praefecta* damit beeindrucken zu können, hatte er sich getäuscht. Mit einem geringschätzigen, kalten Lächeln blickte sie Messala an und rief dann mit donnernder Stimme: *„Exi* ! – Hinaus! Oder glaubst du, du könntest mir in diesem Hause drohen? Verlobt ist nicht verwandt! Du hast kein Recht, sie zu sehen. Noch weniger Recht hast du, hier Forderungen zu stellen. Du tust gut daran, auf der Stelle zu gehen!"

Messala beobachtete, wie unangenehm Schwester Galliena vom Auftreten ihrer *Praefecta* berührt war; gleichwohl schien sie es nicht zu wagen, in den Disput einzugreifen. Mit hoch erhobener Hand wies die Vorsteherin Messala ohne weitere Worte die Tür. Der überlegte kurz, wie er sich verhalten sollte, zu überrascht war er vom Verhalten der Spitalvorsteherin. Er hatte sich eine freundlichere Aufnahme vorgestellt. Sollte er gewaltsam in das Zimmer seiner Liebsten eindringen, die wenige Fuß von ihm liegen musste und mit Ungeduld auf sein Kommen wartete? Er beschloss, es nicht zum Äußersten kommen zu lassen, drehte sich um und verließ wortlos das *Valetudinarium*.

Mit eiligen Schritten lief er zum Männerkloster, stürmte in den Hof und rief den dort arbeitenden Mönchen zu: „Wo ist Vincentius, wo Hieronymus?"

Es war ihm in der Aufregung völlig entgangen, dass er Hieronymus statt *Vater* gerufen hatte, was ihm einen missbilligenden Blick von Bruder Maxentian eintrug.

„Hieronymus ist im *Scriptorium* und darf nicht gestört werden", sprach dieser leicht indigniert, „aber Bruder Vincentius weilt in der *Schola*, dort wirst du ihn finden."

Wortlos stürmte Messala wieder hinaus und lief die wenigen Schritte bis zum Schulraum. Dort fand er Vincentius im Gespräch mit zwei jungen Mönchen über einige Schriftrollen gebeugt.

Ohne sich für sein Eindringen zu entschuldigen, überschüttete er den Priester mit einem Wortschwall der Empörung und beklagte sich bitter über die *Praefecta* des Spitals.

„Nun langsam, mein Freund." Mit einem milden Lächeln wandte sich Vincentius dem Eindringling zu. „Auch die Nonnen im Spital haben ihre Vorschriften und du darfst nicht erwarten, dass sie diese missachten, nur weil dich die stürmische Ungeduld der Liebe treibt. Ich hatte diese Vorschrift vergessen, sonst hätte ich dich gewarnt. Gleichwohl, ich werde mit Eustochium sprechen und sehen, ob sie für dich eine Ausnahme machen kann. Sollte das nicht gehen, so wirst du eben warten müssen, bis Julia wieder gesund ist, was nicht so lange dauern wird, wie ich hoffe. Wenn du sie liebst, wirst du dieses Opfer für sie leicht bringen können."

Messala protestierte und nannte diese Vorschrift unmenschlich, fand aber damit bei Vincentius kein Gehör.

„Ein Kloster", erklärte dieser, „jedes Kloster und alles, was dazugehört, benötigt eine gewisse Form von Disziplin, ohne die ein Leben hier nicht möglich ist. Wer hier schon länger lebt, ist daran gewöhnt und lehnt sich nicht dagegen auf. Du bist noch recht kurz hier und wirst ohne Zweifel noch vieles lernen müssen, bis du dich in unsere Gemeinschaft eingefügt hast."

„Ich habe nicht vor, für alle Zeiten hierzubleiben", gab Messala kühl zurück, „und Julia sicher auch nicht. So sehr ich das Gastrecht schätze, das ihr mir gewährt, so sicher bin ich auch, dass meine Berufung nicht in diesen Mauern liegt."

„*Nemo scire potest* – Das kann niemand wissen", lächelte Vincentius, „einstweilen jedenfalls, solange du Gast hinter diesen Mauern bist, wirst du dich unserer Disziplin fügen müssen. Aber ich werde mit Eustochium reden, sei unbesorgt."

Mit einem kurzen Kopfnicken verließ Messala die *Schola*. Zum ersten Mal, seit er hier war, fühlte er Zorn und ohnmächtige Wut. Zugleich aber kam das Gefühl in ihm hoch, dass er sich mit seinem aufsässigen Verhalten als undankbar erweise. Immerhin hatten Hieronymus und seine Männer einiges für ihn getan.

Hieronymus! Das schien seine letzte Hoffung zu sein. Aber ob diese Hoffnung berechtigt war? Auf jeden Fall wollte er es versuchen, denn warten, bis Julia gesund war, das wollte er nicht. So begab er sich zögernden Schrittes zum *Scriptorium*, unschlüssig, ob er Hieronymus dort stören durfte oder nicht. Doch der Zufall kam ihm zur Hilfe. Er stand erst wenige Sekunden vor dem Schreibraum, als sich die Tür öffnete und Hieronymus mit einem Bündel von Schriftrollen unter dem Arm herauskam. Überrascht blickte er auf Messala.

„*Quid ergo?* – Was ist los? Du machst einen verstörten Eindruck."

Der Gemütszustand des jungen Mannes war ihm nicht entgangen. Wie ein Sturzbach ergossen sich nun die Klagen des Empörten über den verdutzten Greis.

„Halt ein", rief Hieronymus, „halt ein. Ich kann deine Empörung verstehen, muss aber doch um Verständnis für das Verhalten der *Praefecta* Hypathia bitten. Sie ist eine sehr fromme und redliche Frau und leitet das Spital mit großer Umsicht. Freilich fehlt es ihr am Verständnis für die verzweifelte Not von Liebenden, denn Gefühle dieser Art dürften ihr weitgehend fremd sein. Nie hat sie sich einem Mann gegeben. Sie trat schon in jungem Alter in das Kloster ein und hat sich mit Leib und Seele dieser Aufgabe verschrieben. Bei mir darfst du da schon eher auf Verständnis hoffen. Ich werde sehen, was sich tun lässt. Gleich jetzt werde ich zu Eustochium gehen und mit ihr sprechen. Komm und folge mir."

Hoffnungsvoll folgte Messala dem Alten zum Frauenkloster. Vor der Tür bat Hieronymus ihn zu warten. „Diese Räume dürfen von keinem Manne betreten werden", sagte er wie zur Erklärung, „bei mir macht man eine Ausnahme, aber ich werde in diesem Sinne auch schon gar nicht mehr als Mann betrachtet, weil mir die unkeuschen Begierden des Mannes nicht mehr zur Last sind."

Mit diesen Worten verschwand er hinter den Toren des Frauenklosters, die ihm von einer ältlichen Nonne demutsvoll geöffnet worden waren. Messala musste kaum fünf Minuten warten, als Hieronymus wieder in der Tür erschien. Eustochium selbst begleitete ihn. Schweigend und mit einem kühlen Nicken begrüßte sie Messala. Zusammen gingen sie den kurzen Weg zum *Valetudinarium*. Eustochium klopfte an die Pforte und Schwester Galliena öffnete. Sie betraten den kahlen Vorraum und Eustochium bat Galliena, die *Praefecta* zu holen.

Wenig später erschien die Vorsteherin mit hochrotem Gesicht. Mit zornigen Augen funkelte sie Messala an, sprach aber kein Wort. Eustochium flüsterte ihr einige Worte ins Ohr. Hätten Blicke in diesem Augenblick töten können, Messala wäre unter den zornigen Blicken der *Praefecta* umgehend vergangen. Mit wenigen Worten erteilte die Vorsteherin der Schwester Galliena Anweisung, den Besucher zu Julia zu führen und ihm einen Besuch von zehn Minuten zu gestatten. Sie solle sich aber auf keinen Fall aus dem Krankenzimmer entfernen. Dann eilte die Vorsteherin mit zornumwölkter Stirn von dannen, nicht ohne dem Römer einen Blick tiefster Missachtung zuzuwerfen. Messala bedankte sich bei Hieronymus und Eustochium, die den Dank kühl entgegennahmen. Galliena ging voraus und Messala folgte ihr in freudiger Erregung.

Das Spital verfügte über etwa zwanzig kleine Kammern, die beidseits des schmalen Flurs angeordnet waren. Sie waren jeweils durch einen Vorhang vom Flur abgetrennt. Am Ende des Ganges steuerte Galliena auf den letzten Vorhang der rechten Seite zu, schob den leichten Stoff behutsam zur Seite und betrat die Kammer. Sie winkte Messala, ihr zu folgen.

Die Kammer war so klein, dass sie kaum die beiden Betten fassen konnte, die an ihren Seiten standen. Ein winziges, offenes Außenfenster gewährte ein wenig Luft, dünne Sonnenstrahlen zauberten ein kaum wirkliches Licht. Das eine Bett war leer, in dem anderen lag – Julia. War es wirklich Julia? Messala bemühte sich, sein Erschrecken zu verbergen. Diese hohlwangige, blasse junge Frau, die ihm entgegenlächelte, sollte Julia sein?

„*Carissime* – Liebster", hauchte sie, „endlich sehe ich dich wieder."

Sie reichte ihm eine schmale, bläuliche Hand, aus der Adern und Sehnen grotesk hervortraten. Messala schluckte, und irgendwie gelang es ihm, ein Lächeln auf seine Lippen zu zaubern.

„Süße Julia, Einzige, Vielgeliebte! Wie habe ich diesen Moment herbeigesehnt! In den vielen Nächten des Wachens und den langen Wintertagen des Träumens habe ich dich stets vor meinen Augen gesehen. Und nun wird der Traum Wahrheit."

„Aber so hast du mich nicht gesehen, nicht wahr, Liebster? Du hast dein Erschrecken geschickt getarnt, aber mir kannst du nichts vormachen."

Tränen standen in ihren Augen, flossen wenig später in kleinen Rinnsalen über die ausgemergelten Wangen und netzten die gefalteten Hände. Messala nahm zärtlich ihre tränenfeuchten Hände, führte sie zum Mund und küsste sie mit Innigkeit. Dabei entging ihm nicht, wie Schwester Galliena sich angelegentlich mit dem Saum ihres Kleides beschäftigte und es tunlichst vermied, in Richtung der Liebenden zu blicken. Für dieses Zeichen der Diskretion war er ihr in diesem Moment überaus dankbar.

„Es spielt überhaupt keine Rolle, wie du im Augenblick aussiehst. Es ist wahr, die Krankheit hat kleine Spuren hinterlassen, aber bist du erst gesund, so wird meine Julia so schön sein wie zuvor, oder schöner gar."

„Kleine Spuren? Geliebter Lügner! Die Krankheit dauert schon so lange und ich weiß kaum noch, wie es ist, gesund zu sein. Wenn ich mich im *Speculum* betrachte, könnte ich heulen. Aber wir wollen nicht von dieser Krankheit sprechen. Erzähle mir, Liebster, wie ist es dir in dieser Zeit ergangen?"

Messala berichtete ihr einige Belanglosigkeiten, verschwieg aber bewusst sein gefährliches Abenteuer in Jerusalem. Auch die Auseinandersetzungen mit Hieronymus erwähnte er nicht.

„Wir wollen lieber über die Zukunft sprechen", fuhr Messala fort. „Sobald du gesund bist, werde ich dich zu meiner Frau machen. Dann gehen wir fort von hier. Steht das Angebot deines Vaters noch, mich zum Kaufmann zu machen?"

„Es hat sich nichts geändert. Wir haben in Antiochia oft über diese Pläne gesprochen und mein Vater hat mit einem Kaufmann dort vereinbart, dass du Teilhaber in seinem Handelskontor werden kannst. Dositheus heißt er. Mein Vater wird für dich die notwendigen Einlagen bezahlen – wenn du willst."

Die letzten Worte kamen zögernd, Julia musste das Stirnrunzeln Messalas bemerkt haben.

„Ich will nicht vom Geld deines Vaters abhängig sein", entgegnete dieser heftiger, als er es gewollt hatte, bereute es aber sogleich. „Verzeih, Liebste." Er nahm beschwichtigend ihre Hand und küsste sie.

„Ich verstehe dich doch", sagte Julia, die das Sprechen zunehmend anstrengte. Schweißperlen hatten sich auf ihrer Stirn gebildet und ihr Gesicht war bleich und wächsern wie das einer Totenmaske.

„Wir werden schon eine Lösung finden", flüsterte Messala, „werd' du nur erst gesund, dann wird sich alles regeln."

„Die Besuchszeit ist vorbei", hauchte leise eine Stimme aus der Ecke. Messala und Julia blickten sich in stummem Schmerz an.

„Eustochium hat vorgeschlagen, dass ich mich eine Zeit lang in ihrem Kloster erholen soll, wenn ich das Spital verlassen kann. Ich hoffe, wir werden uns dann bald wiedersehen können. Ich fühle mich so einsam ohne dich."

Sie umarmte ihn heftig und ihre Lippen fanden sich zu einem flüchtigen, zärtlichen Kuss. Messala spürte die Tränen, die über ihre Wangen liefen und ihre salzigen Spuren auf seinen Lippen hinterließen.

„Gewiss, Liebste. Im Kloster wirst du die nötige Ruhe finden und dich erholen können. Irgendwie werden wir es einrichten können, uns zu sehen. Nun leb wohl und werde so schnell wie möglich gesund."

Ein letztes Mal drückten sich die Liebenden in inniger Umarmung, dann verließ Messala das kleine Krankenzimmer. Wortlos geleitete ihn Galliena zum Ausgang.

„Hab Dank für deine Freundlichkeit", sagte Messala und verließ schweren Herzens das Spital.

Auf dem Rückweg zum Kloster eilte ihm Senator Strabo entgegen, der offenbar ebenfalls auf dem Weg zu Julia war.

„Hast du Julia besucht?" Strabos Gesicht strahlte, er war offensichtlich bester Laune.

„*Scilicet* – Natürlich", entgegnete Messala düster und berichtete dem Senator von dem unangenehmen Vorfall mit der Vorsteherin.

„Sie ist wahrscheinlich übereifrig, die Gute", erwiderte Strabo, „aber sicher hat sie es gut gemeint. Wie gefällt dir Julia? Sie sieht schon viel besser aus, nicht wahr? Ah, ich vergaß, du hast sie ja seit der Rückkehr noch gar nicht gesehen. Ich glaube, sie hat das Schlimmste überstanden, meinst du nicht?"

Messala pflichtete ihm bei, um den besorgten Vater nicht zu verletzen. In Wahrheit war er über Julias Aussehen und Zustand mehr als besorgt und konnte sich kaum vorstellen, dass sie vor Kurzem noch schlimmer ausgesehen hatte.

„Hältst du es für einen guten Plan, dass Julia nach dem Spital ins Kloster der Eustochium zieht?", fragte er und es war ihm anzumerken, dass ihm diese Vorstellung wenig Freude bereitete.

„Wo könnte sie sich besser erholen?", fragte Strabo leichthin. „Dort wird man sie gut pflegen und umsorgen. Missbilligst du diese Idee?"

„Nein, ich, äh ... ich dachte nur. Du wirst schon recht haben. Es ist der beste Platz für sie. Und ewig wird es nicht dauern."

Warum sollte er Strabo mit seinen Ängsten und Sorgen belästigen, die dieser ohnehin kaum verstanden hätte. Er hätte sie auch kaum in Worte kleiden können, dafür waren sie viel zu unbestimmt. Es war mehr ein Gefühl unbestimmten Unbehagens, das ihn bei dieser Vorstellung beschlich.

„Na also", der Senator strahlte und schlug ihm kräftig auf die Schulter, „du machst dir zu viele Sorgen, mein Junge. Du wirst sehen, alles wird gut. Und in einigen Wochen wird geheiratet, wir werden ein Haus in Antiochia beziehen und ich werde dich in die Geheimnisse eines Kaufmanns einweihen. Ich habe schon alles vorbereitet. In Dositheus wirst du einen anständigen und redlichen Geschäftspartner haben. Nicht alle Griechen sind Halsabschneider."

Er zwinkerte Messala vertraulich zu. „In kurzer Zeit wirst du dein, nein, euer Glück machen und ihr werdet Eintritt in die gehobenen Kreise von Antiochia haben. Ist übrigens eine sehr schöne Stadt, in der sich leben lässt. Ich mach dir einen Vorschlag, mein Junge: Durch die Krankheit von Julia bin ich überstürzt abgereist. Ich hätte noch einiges zu regeln dort. Sobald Julia das Spital verlassen hat und in guter Obhut der Eustochium ist, werden wir beide nach Antiochia reisen und ich kann dir dort alles zeigen, was du wissen musst. Das wird dich auf andere Gedanken bringen. Vor allem kann ich dich Dositheus und seiner Familie vorstellen, bin gespannt, was du von ihnen hältst. Wie findest du meinen Vorschlag?"

Messala dachte einen Augenblick nach. Im ersten Moment erschien ihm die Vorstellung, Julia hier zurücklassen zu müssen, furchtbar. Bei näherem Nachdenken aber fand er Gefallen am Vorschlag des Senators. Besuchen würde er Julia sowieso nicht dürfen und in guter Obhut wäre sie ohne Zweifel. Die Vorstellung, die engen Klostermauern zu verlassen und sich den Wind einer Weltmetropole wie Antiochia um die Nase wehen zu lassen, hatte ihren Reiz.

„*Consentio* – Ich bin einverstanden."

Strabo strahlte. „Du wirst es nicht bereuen."

XXI. IM KLOSTER DER EUSTOCHIUM

Julias Gesundung machte bessere Fortschritte, als man erhoffen durfte. Nach kaum mehr als einer Woche war sie so
weit hergestellt, dass sie das *Valetudinarium* verlassen konnte. Kurz konnten sich die Liebenden sehen, dann verschwand
sie hinter den Klostermauern. Zwar sah sie immer noch sehr
blass und abgemagert aus, aber Eustochium, die sie an der
Klosterpforte entgegennahm, hatte mit freundlicher Miene
gesagt: „Hier wirst du dich wohlfühlen, meine Tochter. Was
dir an Körper und Geist noch fehlt, hier wirst du es erhalten.
Bist du erst einmal einige Wochen in unserer liebenvollen
Obhut, wird dich dein Verlobter nicht wiedererkennen. Du
wirst eine ganz andere sein!"
Dann hatte sich die Pforte geschlossen und Messala grübelte eine Zeit lang über die mögliche Doppeldeutigkeit dieser
Worte nach. Aber der Senator hatte seinen Arm ergriffen und
ihn fortgezogen.
„Verscheuche nun alle trübseligen Gedanken aus deinem
Hirn! Antiochia wartet, die Perle des Ostens. Morgen werden wir uns in Jerusalem einer Karawane anschließen, es ist
schon alles organisiert. Es ist gut, dass du Julia nichts von
unserer Reise erzählt hast, sie würde sich nur unnötige Gedanken machen."
Einen Tag später waren sie nach herzlichem Abschied aufgebrochen. Einzig Hieronymus hatte ihnen nicht Lebewohl
gesagt, er sei zu beschäftigt, hieß es.

* * *

Eustochium hatte Julia behutsam an der Hand genommen.
„Wir werden dir zunächst das Kloster zeigen, damit du dich
auskennst. Schwester Maria Lucina hier", sie deutete auf
eine blutjunge hübsche Schwester, die neben ihr stand, „wird
dir Führerin und Begleiterin sein. Sie wird dich auch mit den

Regeln vertraut machen, die in unseren Mauern herrschen und ohne die ein Zusammenleben nicht möglich ist. Mit ihr wirst du auch eine *Cella* teilen. *Habitationem benedictam tibi opto* – Ich wünsche dir einen gesegneten Aufenthalt."

Mit diesen Worten war sie in einem der zahllosen Gänge verschwunden und hatte sie mit ihrer neuen Begleiterin zurückgelassen. Die beiden Frauen blickten sich an und mussten auf einmal lachen. Julia empfand von Anfang an liebevolle Sympathie für ihre neue Zimmergenossin.

„Ich werde dich zuerst einmal herumführen, denn das Kloster, oder besser gesagt die beiden Klöster, sind recht groß und verwinkelt gebaut."

Lucina hatte nicht zu viel versprochen. Mindestens eine halbe Stunde waren sie unterwegs und hatten noch nicht alle Räume und Gänge gesehen.

„Dieser Flur gehört Eustochium", flüsterte Lucina geheimnisvoll, „wir dürfen ihn nur betreten, wenn wir zu ihr gerufen werden."

„Kommt das häufig vor?", fragte Julia.

„Immer dann, wenn eine von uns gesündigt oder gegen die Regeln verstoßen hat."

„Gesündigt? Wie kann man hier sündigen?"

„Man kann, glaub es mir. Es kommt ja auch darauf an, wie man den Begriff der *Sünde* auslegt. Die Auslegungen sind hart und streng, alles ist hier streng."

„Und du? Wieso lebst du hier, wenn alles so streng ist? Du bist doch ein junges Mädchen, und bildhübsch dazu. Was machst du hinter Klostermauern? Ich sollte meinen, dass dir das Leben mehr zu bieten hat als das eintönige, langweilige Leben einer Nonne."

Lucina war unter ihrem Schleier rot geworden. Gleichzeitig überkam sie unübersehbar Zorn.

„Es ist nicht eintönig hier. Streng ja, aber das muss es sein. Wie sollten sonst zweihundert Frauen verschiedensten Alters, aus allen Schichten und mit allerlei Vorleben zusammen leben und miteinander auskommen? Und langweilig? Es ist nicht langweilig hier! Wenn ich abends ins Bett sinke, dann ist mir wohl bewusst, dass ich den Tag nützlich und sinnvoll verbracht habe. Viel gibt es hier zu tun, im Kloster, im Spital, in der *Schola*, auf den Feldern. Aber über allem steht der Dienst für unseren Herrn und Gott. Wir loben ihn und preisen ihn. Wir danken ihm für seine Gnade, dass er uns hierhin berufen hat Und wir sind glücklich hier, glücklich und geborgen. Geborgen vor den Anfechtungen der Welt draußen, mit ihren ... mit ihren Lastern und Sünden."

Erstaunt hatte Julia den Strom von Worten über sich ergehen lassen. Sie hätte eher erwartet, dass Lucina über ihr freudloses Schicksal geklagt hätte. Stattdessen vernahm sie Worte, die viel eher zu Eustochium gepasst hätten.

Sie hatten inzwischen die kleine Zelle erreicht, die für die nächste Zeit ihr gemeinsames Quartier sein würde. Zwei schmale Betten mit einer Strohmatratze und Decke, ein kleiner runder Holztisch mit einem Stuhl, ein Schrank für die wenigen Habseligkeiten, ein winziges Fenster, das auf die grünenden Weiden vor dem Kloster hinausschaute.

„Wie alt bist du, und wie lange bist du schon hier?", fragte Julia unvermittelt.

Lucina blickte sie offen an. „Im April werde ich achtzehn Jahre sein. In das Kloster bin ich vor vier Jahren als Novizin eingetreten. Seit einem Jahr bin ich *Monacha*."

Die letzten Worte hatte sie nicht ohne Stolz hinzugefügt.

„Und warum bist du hierhin gekommen?", wollte Julia wissen.

„Du willst wissen, ob mich meine Eltern gezwungen haben oder ob ich vor einem lüsternen Bräutigam geflohen bin?"

Julia war über dieses Maß von Offenheit überrascht.

„Nein, bestimmt nicht. Meine Familie lebt in Jericho. Mich hat der Ruf dieses Klosters, der sich weit über die Lande zieht, hierhin gerufen und ich fand es so, wie ich es erhofft hatte. Meine Familie ist schon seit Generationen getauft und als ich meinen Eltern sagte, dass ich eine Nonne werden wollte, waren sie zwar überrascht, aber sie haben zugestimmt.

Bis heute habe ich meinen Entschluss nie bereut. Es ist eine ganz andere Erfüllung, dem Herrn zu dienen und täglich so nahe zu sein, als eine Horde von lärmenden Kindern groß-zuziehen und einem ewig nörgelnden Ehemann stets zu Willen zu sein. Meine Schwester Placidia führt so ein Leben. Ich möchte wahrlich nicht mit der Bedauernswerten tauschen. Vier Kinder hat sie bereits und trägt unter ihrem Herzen schon wieder eins, dabei ist sie nur vier Jahre älter als ich."

Es entging Julia nicht, dass Lucina bei aller Wärme, die sie ausstrahlte, diese Worte nicht ohne eine gewisse Kälte gesagt hatte.

„Übrigens solltest du eigentlich in dem anderen Klostertrakt untergebracht sein."

Julia zog fragend ihre Augenbrauen hoch.

„Du musst wissen, dass die beiden Trakte getrennt sind. In dem anderen Trakt leben die Damen höheren Standes, bei uns die einfachen, wie ich. Eustochium legt Wert auf diese Trennung. Und obwohl du ja wohl eher in den anderen Trakt gehörst", dabei musterte sie die elegante *Tunica* der Röme-rin, „hat Eustochium dich zunächst einmal hier einquartiert. Nun, sie wird sich dabei etwas gedacht haben. Überdies ist es Zeit, die Kleidung zu wechseln. Auch wenn du hier nur Gast bist, gehört es zu den Regeln, dass du unsere Tracht trägst."

Sie wies auf den Stuhl, auf dem die übliche Kleidung der Nonnen lag: eine lange graue Kutte und schlichte Sandalen.

„Einen Schleier aber brauchst du nicht; den bekommst du erst, wenn du als Novizin eintrittst. Wirst du das tun?"

Julia war von dieser Frage überrascht.

„Ich ... äh ... wieso ... nein ... ich wollte ... also eigentlich bin ich nur hier, um mich von meiner Krankheit zu erholen. Danach werde ich das Kloster verlassen. Ich habe jemanden, der auf mich wartet."

„Dein hübscher Tribun, nicht wahr?" Lucina lachte. „Das

hat sich bis in unsere Mauern herumgesprochen. Nun, wir werden sehen. Ziehe dich erst einmal um. Ach ja, deine Krankheit. Eustochium hat genaue Anweisung gegeben. Das sollst du jeden Morgen und jeden Abend trinken."

Sie griff zu dem Schrank und nahm eine kleine Phiole heraus. „Was ist das?", fragte Julia.

„Keine Ahnung", antwortete Lucina lachend, „in der Heilkunde kenne ich mich nicht aus. Jedenfalls wird es dir guttun, sonst würde man es dir nicht geben. Fang gleich jetzt damit an."

Sie reichte ihr das Fläschchen. Mit kritischem Blick untersuchte Julia die Phiole und schüttelte sie. Der Bodensatz stieg hoch und wirbelte herum. Sie öffnete den Verschluss und roch daran. Die Essenz roch nach bitteren, aromatischen Kräutern. Genauso schmeckte sie auch, stellte Julia fest, als sie das Fläschchen mit einem Zug leerte. Wie Feuer glitt die Flüssigkeit ihre Speiseröhre hinunter und hinterließ einen bitteren Nachgeschmack. Wenig später brachte sie ihren Magen in Aufruhr, sorgte aber gleichzeitig für ein Gefühl der Wärme und Behaglichkeit.

Während Julia sich umzog, betrachtete Lucina mit Interesse ihren nackten Körper. Julia schämte sich ein wenig, nicht so sehr wegen ihrer Nacktheit, sondern wegen ihres klapperdürren Körpers, der im Augenblick all jener weiblichen Rundungen entbehrte, auf die sie früher einmal so stolz gewesen war. Schnell zog sie die Kutte über den Kopf. Der Stoff war rau und kratzte an allen Körperstellen. Julia seufzte. Solch derben Stoff hatte sie noch nie in ihrem Leben getragen. Mit Wehmut dachte sie an die seidenen *Tunicen* zurück, die sie bisher getragen hatte.

„So, das wäre geschafft", sagte Lucina und blickte Julia herzlich an. „Deine neue Tracht steht dir gut. Nur so blass bist du noch und abgemagert wie ein entlaufenes Huhn. Na, unser *Refectorium* wird das schon richten."

Julia musste über die Offenheit ihrer neuen Freundin lachen.

„Ich werde dich jetzt mit den Pflichten vertraut machen, die wir alle hier haben, auch unsere Gäste."

Sie setzten sich auf ein Bett und Lucina plapperte munter drauf los, bis Julias Kopf nur so schwirrte.

„Halt ein", rief sie, „wie soll ich mir das alles merken? Für den Anfang reicht es."

So begann Julias Aufenthalt im Kloster und nach einigen anfänglichen Eingewöhnungsschwierigkeiten fing sie an, sich immer wohler zu fühlen. Sie lernte die anderen Nonnen kennen, einige mochte sie, von anderen hielt sie sich eher fern, weil sie ihr als überaus streng und asketisch erschienen. Vor allem zu den jüngeren Schwestern verband sie bald ein Gefühl inniger Herzlichkeit und trotz aller Pflichten, trotz ständigen Gebets und regelmäßiger Andachten in der kleinen Klosterkapelle kam das Lachen in diesen Mauern, die sie vormals als so düster empfunden hatte, nicht zu kurz.

Das Haus verließ sie nur selten, um an der Feldarbeit teilzunehmen. Das Kloster verfügte über einen weiträumigen Innenhof, der voller Bäume und Pflanzen war und bald zu ihrem Lieblingsort wurde. Jetzt im Frühling, wo die Knospen und Triebe sich zahlreich hervorwagten und der Garten erfüllt war mit den unterschiedlichsten Gerüchen keimenden Grüns, fand sie die Ruhe in diesem Garten herrlich.

Lucina hatte nicht zu viel versprochen. Das Essen im *Refectorium* war gut, nahrhaft und abwechslungsreich. Zu dieser Jahreszeit gab es viel frisches Gemüse, Kräuter aller Art und frischgebackenes, goldgelbes Brot. Fleisch hingegen stand eigentlich nie auf der Speisekarte.

Julia war nun schon drei Wochen im Kloster, als sie zum ersten Mal zu Eustochium gerufen wurde. Mit klopfendem Herzen betrat sie den Gang, der zu ihrem Zimmer führte, und klopfte an die schmale Tür.

„*Intra quaeso* – Bitte tritt ein."

Sie öffnete vorsichtig die Tür und gewahrte einen großen,

nüchtern eingerichteten Raum. Die Wände waren weiß getüncht, die Sonne warf ihre kräftigen Strahlen durch die beiden Fenster, die zum Innenhof lagen. Zu ihrer Überraschung
war Eustochium nicht allein, neben ihr am Tisch saß – Hieronymus.

„*Veni puella* – Komm, Mädchen", rief er freundlich mit einer
einladenden Handbewegung und lächelte sie liebevoll an.
Auch Eustochium trug heute nicht die gewohnt strenge Miene, sondern rang sich etwas mühevoll ein Lächeln ab. Zaghaft kam Julia näher und nahm am Tisch Platz.

„Nun, junge Dame. Wie fühlst du dich in diesen Mauern?"
Hieronymus' Frage kam für Julia nicht unvorbereitet, und
freundlich gab sie zur Antwort, dass sie sich gut eingelebt
habe und das Leben im Kloster freudvoller sei, als sie es sich
vorgestellt hatte. Auch ihre Gesundheit habe gute Fortschritte gemacht.

„Das freut mich", nahm Eustochium das Wort und blickte
die junge Römerin nachdenklich an. „In der Tat siehst du viel
besser aus als bei deiner Ankunft. Wir haben dich hierhin gebeten, um mit dir über deine Zukunft zu sprechen. Du weißt,
dass Marcus nach Antiochia abgereist ist?"

Nein, das wusste Julia nicht und die Erwähnung seines Namens versetzte ihr einen tiefen Stich ins Herz. Sie musste
sich eingestehen, dass sie in letzter Zeit wenig an ihn gedacht
hatte, aber die Tatsache, dass er ohne Abschied nach Antiochia gereist war, ließ sie Schmerz und Zorn gleichermaßen
fühlen. Schweigend blickte sie aus dem Fenster.

„Sicher wird er bald wiederkommen", sagte Hieronymus mit
begütigender Stimme, „aber man macht sich doch so seine
Gedanken."

„Die solltest du dir auch machen, mein liebes Kind", ergänzte Eustochium, noch bevor Julia die Nachricht so recht ver-
daut hatte.

„Du hast dich sehr gut eingelebt, wie mir alle bestätigen",
fuhr die Vorsteherin fort, „und bist mehr Gewinn für unser

Haus als Belastung. Das kann man übrigens nicht für alle Gäste sagen, die wir in unsern Mauern schon beherbergt haben. Daher solltest du dir darüber Gedanken machen, ob du nicht auf Dauer hierbleiben willst."

Julia war nicht überrascht. So etwas Ähnliches hatte sie erwartet. Überrascht war sie mehr über ihre eigene Reaktion. Hätte man ihr diesen Vorschlag vor drei Wochen gemacht, sie hätte ihn im Tone der Entrüstung abgelehnt. Jetzt aber, nein, der Gedanke war schon abstrus. Sie liebte doch Messala und wollte eine Familie gründen. Aber wie konnte der so einfach nach Antiochia abreisen? Eifersucht keimte in ihr hoch. Auch in Antiochia gab es schöne Frauen. Wie würde er es mit der Treue halten?

Hieronymus' Stimme riss sie aus ihren Gedanken.

„Es ist verständlich, dass du zwischen deinen Gefühlen hin- und hergerissen bist. Niemand erwartet eine rasche Entscheidung von dir. Auch sind uns die Gefühle, die du für den edlen Marcus hegst, nicht unbekannt. Aber auch der Herr bedarf deiner und mehr als jeder anderer. Hier steht die Familie, der Geliebte, die Welt mit all ihren Ärgernissen. Dort steht der Herr, mit offenen Armen harrt er deiner und wartet darauf, dass du dich für ihn entscheidest. Und ich sage dir: Wenn sich deine jungen Geschwister an deinen Hals würfen, wenn deine Mutter mit Tränen und zerstreuten Haaren und zerrissenen Kleidern den Busen zeigte, der dich ernährte, wenn dein Vater sich auf die Türschwelle legte, stoße sie mit den Füßen von dir und eile mit trockenen Augen zur Fahne des Kreuzes."

Julia war von der Heftigkeit dieser Worte überrascht, konnte aber kaum einen klaren Gedanken fassen, denn schon fuhr der Alte mit erhobener Stimme fort: „Was willst du, ein Mädchen von gesundem Körper, zart und von feiner Gesinnung bei Ehemännern und Jünglingen machen? Tust du auch das nicht, was man von dir verlangt, so ist es doch schon ein schimpfliches Zeugnis für dich, wenn solche Dinge überhaupt von dir verlangt werden. Ein wollüstiges Gemüt verlangt unanständige Dinge desto brennender, und von dem, was nicht erlaubt ist, macht man sich umso verlockendere Vorstellungen."

Er unterbrach seinen Wortschwall, um die Wirkung seiner Rede festzustellen. Befriedigt bemerkte er, dass es nicht Zorn und Unmut war, was seine Rede auslöste, sondern eher Unsicherheit und Scham. Scharf fixierte er die junge Frau mit seinen Augen, um dann mit ruhiger Stimme fortzufahren.

„Stell dir einen Augenblick vor, du verließest diese schützenden Mauern wieder, um in den widerwärtigen Kampf der Geschlechter in dieser Welt einzutauchen. Selbst dein schlechtes und braunes Kleid gibt ein Kennzeichen deiner verborgenen Gemütsart ab, wenn es keine Falten hat, wenn es auf der Erde fortgeschleppt wird, damit du größer zu sein scheinst, wenn es mit Fleiß irgendwo aufgetrennt ist, damit zugleich das Garstige bedeckt werde und das Schöne in die Augen falle. Auch ziehen deine schwärzlichen und glänzenden Hosen, wenn du gehst, durch ihr Rauschen die Jünglinge an sich. Deine Brüste werden durch Binden zusammengepresst und der verengte Busen wird durch die Gürtel in die Höhe getrieben. Die Haare senken sich sanft entweder auf die Stirn oder auf die Ohren hinab. Das Mäntelchen fällt zuweilen nieder, um die weißen Schultern zu entblößen, und dann bedeckt es sie wieder eilends, als wenn es nicht gesehen werden sollte, was mit Willen aufgedeckt wurde.

Da ist Jesus ein anderer Bräutigam. Er verlangt nicht mehr Liebe, als er gibt, und sie ist voller Reinheit und bar jeden unkeuschen Verlangens. Sie überdauert die Zeit, und, wenn dein Körper verwelkt, lässt sie nicht nach, sondern ist eher tiefer. Nicht achtet er runzelnde Haut und erschlaffende Brüste wie ein Ehemann, der sich abwendet und nach junger, frischer Haut seinen Blick schweifen lässt. Nicht den Körper begehrt er, den sündhaften, den maßlosen, sondern die Seele, rein und zur Sünde unfähig."

Wieder hielt der Greis inne und trank etwas Wasser aus dem Krug, der auf dem Tisch stand. Eustochium schwieg weiter und betrachtete Julia mit mütterlichem Blick. In Julias Kopf rasten die Gedanken hin und her. Vieles, was Hieronymus gesagt hatte, erschien einleuchtend. Manches aber stieß sie ab und ratlos suchten ihre Blicke Hilfe bei Eustochium. Die bemerkte es und streichelte mit sanfter Hand über Julias langes nussbraunes Haar, dem die Sonnenstrahlen einen seidigen Glanz verliehen.

„Vieles strömt auf dich ein, meine Liebe. Ich weiß es. Stand ich doch selbst einst vor dieser Entscheidung. Mir hat der Rat dieses guten Mannes damals sehr geholfen, und, sei versichert, nie habe ich es bereut, Jesus als Bräutigam erwählt zu haben. Du bist jung und schön. Auch ich war das, zu meiner Zeit, und die Männer zogen in ihrer Lüsternheit ums Haus. Aber nie habe ich sie erhört und habe mir den Preis meines Leibes, meines Stolzes und meiner Ehre für einen höheren Bräutigam bewahrt. Mein Leben war darum nicht voller Entsagung, wie man meinen könnte. Auch fehlte es mir nie an Liebe, nur war sie anders. Ich liebe und werde geliebt, aber mein Körper ist rein und unversehrt, so wie der der Jungfrau Maria. Für ein kurzfristiges, oberflächliches Erleben habe ich ihn nie geopfert."

„Du magst fragen", fuhr Hieronymus fort, „hat nicht Gott den Menschen die Liebe gegeben? Hat er nicht auch Zeugungsorgane gegeben, deren Gebrauch den Menschen Freude verschafft und dem Gebote ‚Seid fruchtbar und mehret euch!' Rechnung trägt? Freilich hat er das. Aber setzt uns das dem Zwang aus, sie auch zu gebrauchen? Sind nicht diese Organe auch vielmehr dazu da, um den Flüssigkeiten, mit denen die Gefäße des Körpers bewässert sind, Abgang zu verschaffen? Sollen wir wohl deshalb der Wollust frönen, damit wir jene Organe nicht umsonst mit uns herumtragen? Warum soll wohl da die Witwe ehelos bleiben, wenn wir bloß dazu geboren sind, nach Weise des Viehs zu leben? Was will da der Apostel, dass er zur Keuschheit auffordert, wenn sie gegen die Natur ist?

Gewiss verdient es der Apostel, der uns zu seiner Keuschheit auffordert, gehört zu werden: Warum trägst du dein Schamglied mit dir herum? Warum unterscheidest du dich von dem Geschlechte der Weiber durch Bart, Haare und durch andere Beschaffenheit der Glieder? Sollten wir nicht eher Jesus nachahmen, der sich der Zeugungsglieder nicht bediente und sie doch hatte?"

Julia nickte schweigend. Sie fühlte sich wie erschlagen.

„Für heute soll es genug sein", sagte nun Eustochium, die Julias Gefühlszustand bemerkte, „ich fürchte, wir haben einen Sturm der Gefühle bei unserem lieben Gast entfacht. Sei versichert, wir tun es, um dir zu helfen, den richtigen Weg zu finden."

„Ich ... ich weiß."

Julias Stimme geriet ins Stocken. Alles schien sich um sie herum zu drehen. Sie stand auf und hielt sich krampfhaft am Tisch fest. Ihr Blick fiel auf das Kreuz zwischen den Fenstern. *Omnia soli vero Deo* – Alles für den einen wahren Gott. In großen, vergoldeten Lettern waren diese Worte auf der Holztafel darunter vermerkt. Sie hatte verstanden. Dieses Gespräch war Teil der Erfüllung dieses selbstgegebenen Auftrags. Mit einem flüchtig gemurmelten *„Valete!"* verließ sie den Raum.

Sie lief durch die Gänge, wurde immer schneller, verlief sich, prallte gegen eine Nonne mit einem Korb, achtete nicht der schimpfenden Worte, lief zurück und fand endlich den Ausgang zum Garten. Lucina war gerade mit dem Einsammeln von Kräutern beschäftigt. Atemlos stürmte Julia auf sie zu und fiel schluchzend in ihre Arme. Wortlos stellte die Freundin den Korb fort und umarmte sie liebevoll.

„Ich war gerade bei Eustochium", sprudelte es aus ihr heraus, „Hieronymus war auch da. Sie haben mir von so vielen Dingen erzählt, alles dreht sich in meinem Kopf. Kann denn meine Liebe für Marcus Sünde sein? Liebe ich ihn überhaupt noch? Er ist einfach so nach Antiochia abgereist und hat mir nichts gesagt."

In ihrer Aufregung bemerkte sie überhaupt nicht, wie wirr ihre Worte waren. Sanft nahm Lucina ihre Hand und führte sie zu einer nahen Bank.

„Pscht ... Julia, alles ist gut. Komm zu dir und erzähle mir der Reihe nach, was geschehen ist."

Julia atmete tief durch. Sie wischte die Tränen der Aufregung aus ihren Augenwinkeln. Dann erzählte sie in gefassterem Tone von der Unterredung, brachte dennoch einiges durcheinander, brach ab, blickte um sich, und begann wieder. Schweigend hatte Lucina zugehört.

„Und das bringt dich so um den Verstand? Konnte dir größeres Glück widerfahren, als dass Eustochium und Hieronymus selbst sich deiner Seele annehmen? Verstehst du nicht? Sie wollen, dass du, wie ich, wie wir alle hier, hier deine Bestimmung findest. Und sie geben sich offenbar große Mühe mit dir. Du darfst nicht undankbar sein, und schon gar darfst du nichts Schlechtes dahinter vermuten. Ist es denn so garstig hier? Schreckt die Vorstellung, dass Jesus dein einziger Bräutigam ist, so ab? Kannst du dir einen treueren und liebevolleren denn vorstellen? Nicht spreche ich hier gegen Marcus Messala. Aber ist er nicht auch wie die anderen Männer? Kennst du ihn gut genug, um seine Liebe der Liebe Gottes vorzuziehen?"

„Kann man denn nicht beide lieben?", wandte Julia zaghaft ein. „Muss man sich wirklich zwischen beiden entscheiden?"

„Man kann schon. Es gibt hier und überall viele Ehepaare, die sich lieben, eine gute Ehe führen und gute Christen sind. Aber es ist nicht das Gleiche. Sie tun eben das, von dem du sprichst. Sie wollen das eine und können das andere doch nicht lassen. Und beides tun sie nicht richtig. Man kann nicht zwei Herren gleichzeitig dienen. Was du für die Familie, deinen Mann, deine Kinder an Zeit aufwendest, das fehlt an deinem Dienst für den Herrn. Gott muss sich dann mit dem zufriedengeben, was für ihn übrig bleibt. Insofern ist er geduldiger als ein Ehemann, denn der würde sich nie mit diesem kargen Rest begnügen. Ich sehe es doch bei meiner Schwester. Immer ist sie für ihn und die Kinder da, opfert sich auf und kennt nur dies eine. Wie viel Zeit bleibt ihr da, Christus zu begegnen? Sicher, sie verrichtet ihre täglichen Gebete und sonntags kannst du sie oft hier in der Basilica sehen, jedenfalls wenn es ihre Zeit erlaubt. Aber mir ist das zu wenig und dir müsste es auch zu wenig sein. Ich habe dich in den wenigen Wochen hier ganz gut kennengelernt. Du bist unmöglich die Frau, die ihr Leben einem Manne unterordnet, die ihm zu Willen ist, wenn es ihm danach ist."

„Aber kann das nicht auch sehr schön sein, dieses ... zu Willen sein? Hast du, äh ... verzeih die offene Frage, hast du schon einmal einen Mann geliebt? Ich meine so richtig, äh ... mit allem, was ... äh ... was dazugehört?"

„Du meinst, ob ich schon einem Mann den Beischlaf gestattet habe? Ob ich schon mal die Beine für einen Liebesakt geöffnet habe?"

Lucina lachte, während Julia Mühe hatte zu verbergen, wie sehr sie von der Ausdrucksweise ihrer neuen Freundin geschockt war.

„Du kannst dich manchmal schon recht umständlich ausdrücken", lachte Lucina.

„Ja, das meinte ich."

„Nun, eine offene Frage verlangt eine offene Antwort. Nein! Hab' ich nicht! Es gab schon ein paar Jungen im Dorf, die mir schöne Augen gemacht haben, und was die von mir wollten, kann ich mir vorstellen. Aber ich hatte nie vor, mich an so einen ungewaschenen und nach Knoblauch stinkenden Bengel wegzuwerfen. Ich habe mich und meine Jungfräulichkeit aufgespart und bringe sie Christus als Opfer dar. Seine Braut bin ich und das ist genug."

„Marcus ist aber nicht so einer wie die. Er wäscht sich regelmäßig und Knoblauch isst er auch selten."
Die jungen Frauen mussten so laut lachen, dass eine der vorbeigehenden älteren Nonnen ihnen missbilligende Blicke zuwarf.
„Habt ihr nichts zu tun, ihr jungen Hühner?", rief sie und schüttelte den Kopf. „Man sollte meinen, dass es Arbeit genug hier gibt."
Julia und Lucina neigten schuldbewusst ihre Häupter, kaum aber war die Nonne verschwunden, gackerten sie lauter los als zuvor.
„Komm", sagte Lucina und packte Julias Hand, „bevor wir uns noch Ärger einhandeln, wollen wir uns nützlich machen. Über alles andere können wir noch später sprechen, heute Abend zum Beispiel in der *Cella*, da stört uns niemand."

So vergingen die Tage und aus den Tagen wurden Wochen. Julia und Lucina waren unzertrennlich geworden, eine Freundschaft, gegen die die Vorsteherin nicht nur nichts hatte, man könnte glauben, dass sie eher so beabsichtigt worden war. Mehrfach hatten auch Gespräche mit Eustochium stattgefunden. Manchmal war Hieronymus dabei, manchmal nicht. Und zunehmend schwand Julias Widerstand gegen diese Vorstellung, die ihr von beiden mit sanfter Beharrlichkeit nähergebracht wurde. Je mehr Zeit verging, umso mehr entrückte Mesalla ihrem Herzen, bis … bis sie eines Tages den ersten Brief von ihm erhielt. Da waren seit seiner Abreise schon sechs Wochen vergangen und Julia öffnete den versiegelten Brief mit zitternden Fingern:

Geliebte Julia.

Wenn du diesen Brief erhältst, wirst du sicher schon wissen, dass ich mit deinem Vater nach Antiochia gereist bin, um für unsere gemeinsame Zukunft zu sorgen. Ich hoffe, du bist mir nicht böse, dass ich dir von meinen Plänen nichts gesagt habe, aber dein Vater hielt es so für besser. Ich hoffe auch sehr, dass deine Gesundheit so sehr Fortschritte gemacht hat, dass ich dich bei meiner Rückkehr sofort mitnehmen und entführen kann, entführen nach Antiochia, der Perle des Ostens.

Dein Vater hatte mir nicht zu viel versprochen, es ist eine herrliche Stadt. Aber was soll ich vom Liebreiz dieser Stadt schwärmen, du hast sie ja selbst kennengelernt.

Ich habe auch schon ein Haus gefunden, das wir mieten werden. Es liegt unmittelbar am Hafen und so können wir an jedem Tag die Schiffe ankommen sehen, die unsere Waren transportieren und unseren bescheidenen Reichtum mehren werden.

Ich habe hier in Dositheus durch deinen Vater einen Kaufmann kennengelernt, mit dem ich zusammen ein Handelskontor eröffnen werde und der ein sehr angenehmer Mensch ist. Auch seine Frau Hyraclia ist sehr liebenswert. Ihr werdet euch sicher gut verstehen.

Mein Liebes! Ich vermisse dich sehr und kann es kaum abwarten, bis wir uns wiedersehen. Sicher geht es dir ebenso. Wie ergeht es dir im Kloster der Eustochium? Ich kann mir vorstellen, dass du dich zwischen all den frommen Frauen doch recht langweilst und die Stunden zählst, bis wir wieder vereint sind und du meine süße kleine Frau wirst. Lange wird es nicht mehr dauern, denn in zwei Wochen ist alles abgewickelt und wir werden zurückreisen.

Ich füge ein paar Zeilen bei, die dir meine tiefe Liebe versichern sollen, auch wenn sie nicht von mir sind, sondern von jenem Catull, der wie kaum ein anderer Gefühle in Worte fassen kann. Nimm seine Worte als die meinen:

Quaeris, quot mihi basiationes
tuae, Lesbia, sint satis superque.
Quam magnus numerus Libyssae arenae

lasarpiciferis iacet Cyrenis,
oraclum Iovis inter aestuosi
et Batti veteris sacrum sepulcrum,
aut quam sidera multa, cum tacet nox,
furtivos hominum vident amores:
tam te basia multa basiare
vesano satis et super Catullo est,
quae nec pernumerare curiosi
possint nec mala fascinare lingua.

Wissen möchtest du, Lesbia, wie viele Küsse
nötig wären, damit mein Mund zufrieden?
Dort, wo aufragt Kyrene zwischen Libyens
milchkrautblühenden Wüsten, wo man Battos
Grab sich zeigt und des Sonnengottes Tempel,
zähl der Sandkörner Menge, nimm hinzu die
Schar der Sterne, die unnahbar und schweigend
auf der Liebenden Erde niederschauen,
dann erhältst du die Zahl der Küsse, die dem
Liebeshunger Catulls genügen. Und es
soll sie neidische Neugier nicht berechnen
noch beschreien irgendeine böse Zunge.

So, nun ersetze Catulls Namen durch meinen und den Lesbi-
as durch den deinen und du wirst wissen, wie ich mich nach
deinen Küssen sehne.
Übrigens trägt mir dein Vater die besten Grüße für dich auf.
Wir freuen uns beide auf das Wiedersehen.

Sei gegrüßt und umarmt
Dein Marcus Messala

Entrüstet zerknüllte Julia das feine Pergament und Zornes-
falten entstellten ihr hübsches Gesicht. Was bildete sich der
Mann bloß ein? *Langweile!* Wie kam er nur zu der Vorstellung, dass sie sich hier unbedingt langweilen musste. Er konn-

te sich wohl nicht vorstellen, dass auch ohne ihn ein Leben sinnvoll und erfüllt sein konnte. Überhaupt, wie sprach er nur mit ihr? Was soll das bedeuten: *mitnehmen, entführen*? Betrachtete er sie schon wie ein Handelsgut? Er hat ein Haus gemietet. Wie schön! Hat er sie gefragt, ob ihr das Haus auch gefiele? Nein, hat er nicht! Er begann bereits, über sie zu verfügen, wie es Lucina gesagt hatte.

Und Catull! Julia hatte Catull immer gehasst, fand ihn oberflächlich und obszön. Und wie konnte er sie mit Lesbia, dieser griechischen Schlampe, vergleichen? Eine Unverschämtheit! Sie nahm den Brief in die Hand, glättete ihn und las ihn erneut. Aber ihr Unmut stieg eher, wuchs sich aus zu regelrechtem Zorn. Er vermisste sie! Wer hat ihm denn gesagt, dass er so ohne Abschied nach Antiochia reisen sollte? Hätte er nicht warten können, bis sie gesund war? Dann hätte man gemeinsam reisen können. Sie stand auf und suchte Lucina, zeigte ihr den Brief und wartete auf ihre Reaktion.

„Er schreibt sehr lieb", meinte diese verhalten, „aber manches mag mir nicht so recht gefallen."

Die Frauen waren sich in der Kritik bald einig und ein genauer Beobachter hätte den Eindruck gewinnen können, dass Lucina den Zorn, der in Julia loderte, sanft und behutsam schürte.

In dieser Stimmung wurde Julia ein weiteres Mal zu Eustochium gerufen. Der Zeitpunkt hätte nicht besser sein können! Wieder saß Hieronymus bei ihr und begrüßte sie mit einem sanften Lächeln.

„Ich freue mich, dich bei guter Gesundheit zu sehen. Der Aufenthalt im Hause meiner lieben Freundin scheint dir offensichtlich gutzutun."

„Ja, ehrwürdiger Vater, er tut mir gut. Er hat mir auch in vielen Dingen die Augen geöffnet."

„Die Augen geöffnet? Wie ist das zu verstehen, edle Julia?"

„Ich glaube, ich habe jetzt gelernt, zwischen Wichtigem und Unwichtigem zu unterscheiden."

„Und was, meine liebe Tochter, hältst du jetzt für wichtig oder unwichtig?"

„Wichtig", so erklärte Julia mit ernster Miene, „wichtig ist, dass niemand über mich nach Gutdünken verfügt, sondern dass man meine Entscheidung, meine Gefühle und meinen Stolz respektiert, wer immer es sein mag."

„Erkläre es näher", sagte Eustochium und warf Hieronymus einen bedeutsamen Blick zu.

„Der Aufenthalt hier, die Gemeinschaft mit den Schwestern, nicht zuletzt die Gespräche mit dir, ehrwürdige Mutter, und mit dir, ehrwürdiger Vater, haben mich zu dem Entschluss gebracht, dass ich fürs Erste gerne weiter hier leben möchte. Ob ich für mein Leben den Schleier nehmen möchte, weiß ich noch nicht. Für diese Entscheidung brauche ich mehr Zeit. Ich weiß, dass ich mich den Regeln des Klosters unterwerfen muss, und doch denke ich, dass ich bei dieser Unterwerfung mehr Ich selbst sein kann, als wenn ich mich den Regeln einer Ehe unterwürfe, die von einem Ehemann gemacht werden. Mit Stolz will ich diesen Beruf ausüben, wenn er sich für mich als Berufung herausstellt. Mit Stolz will ich für Christi Liebe und Frieden auf dieser Erde kämpfen."

Hieronymus' Augen strahlten.

„Daran tust du gut, meine Tochter. Um ehrlich zu sein, hatten wir", er wies auf Eustochium, „diese Entscheidung erhofft. Der Beruf, den du dir erwählt hast, soll dich aber nicht mit Stolz, sondern mit Furcht erfüllen. Wenn du dich auf den Weg machst, die Taschen voller Gold, dann musst du dich vor dem Räuber in Acht nehmen. Dieses Leben ist für uns Sterbliche ein Kampfplatz. Wir haben den Kampf nicht gegen Fleisch und Blut zu führen, sondern gegen die Mächte und Gewalten dieser Welt und dieser Finsternis, gegen die bösen Geister der Luft. Große Scharen von Gegnern umringen uns, alles ist mit Feinden angefüllt. Das gebrechliche Fleisch, das in naher Zeit zu Asche werden wird, kämpft allein mit dieser Übermacht. Kommt aber seine Auflösung und der Fürst der

Welt findet an ihm keine Sünde, dann magst du beruhigt den Worten des Propheten lauschen: *Du brauchst dich nicht zu ängstigen vor dem nächtlichen Schrecken, vor dem Pfeile, der den Tag durchschwirrt, vor dem Anschlag, den man in der Stunde der Finsternis gegen dich plant.*"

Aufmerksam hatte Julia die Worte des Alten verfolgt. Dann fragte sie: „Aber können wir den Kampf gewinnen? Und ist dies wahrhaft der rechte Ort? Ist nicht dieses Land verflucht, wo in ihm das Blut des Gottessohnes vergossen wurde und seine Bewohner zu seinem Mörder geworden sind? Müsste der Kampf nicht eher von Rom ausgehen, der Stätte, wo Apostel und Märtyrer den Kampf begonnen und mit ihrem Blut bezeugt haben?"

Eustochium nahm Julias Hand und streichelte sie. *„Bene quaesivisti* – Das ist eine gute Frage. Aber sieh: Tatsächlich erscheint dieses Land einigen als verfluchtes Land, weil es das Blut des Herrn getrunken hat. Wie können aber dann die Stätten gesegnet sein, an denen Petrus und Paulus, die Führer des christlichen Heeres, ihr Blut für Christus vergossen haben? Wenn das Martyrium der Diener, die nur Menschen waren, etwas Herrliches ist, warum soll dann das Martyrium unseres Herrn und Gottes nicht herrlich sein? Allenthalben verehren wir die Gräber der Märtyrer. Man legt die heilige Asche auf die Augen und verehrt sie, wenn es gestattet wird, durch Küsse. Da glauben einige, das Grab, in dem der Heiland ruhte, verdiene keine Beachtung?"

„Nein", energisch schüttelte Hieronymus den Kopf, „es gibt keinen besseren Platz, um für das Evangelium zu kämpfen, als diesen hier. Wir sind an diese Stätten nicht als die Ersten, sondern als die Letzten gekommen, um an ihnen bereits die bedeutensten Leute aus allen Völkern vorzufinden. Unter den Schmuckstücken der Kirche leuchtet der Chor der Mönche und Jungfrauen wie eine Blume und ein kostbarer Edelstein. Wer immer in Gallien als Christ einen Namen hat, kommt hierher. Der Britannier, der von unserem Festlande getrennt ist, verlässt, wenn er nach christlicher Vollkommenheit strebt, die abendländische Sonne und sucht die Stätte auf, die er nur dem Namen nach aus den Berichten der Heiligen Schrift kennt. Soll ich noch die Armenier und Parther, die Völker Indiens und Äthiopiens und außerdem das benachbarte, an Mönchen so reiche Ägypten nennen, ferner Pontus, Cappadocien, Cölesyrien und Mesopotamien sowie alle Pilgerzüge aus dem Orient? Sie kommen hierher gemäß dem Worte des Heilands: ‚*Wo ein Aas ist, da versammeln sich die Geier*‘ und geben uns ein Beispiel in den verschiedensten Tugenden."

Er machte eine Pause und sah Julia wohlwollend an. Nun wandte sich Eustochium an Julia und fuhr fort: „Auch das Fasten verschafft keinem Auszeichnung. Wer sich Abbruch tut in der Nahrung, wird deshalb nicht gelobt, aber auch mäßige Sättigung wird nicht verurteilt. Jeder steht oder fällt seinem Herrn. Wer, wie du, gerade eine Krankheit überstanden hat, tut gut daran, dem Körper das nötige Maß an Nahrung zuzuführen, denn ein gebrechlicher Leib nützt dem Herrn nichts." Sie warf einen fast schelmischen Blick auf Hieronymus und ergänzte: „Manchmal möchte man das auch anderen raten, die des Fastens zu viel tun und ihren Mitmenschen damit Sorge bereiten."

Hieronymus lachte: „Ich weiß deine Sorge zu schätzen, liebe Freundin. Aber sei gewiss, dass ich meinem Körper nur so viel zumute, wie er es verkraften kann. Du aber, teure Julia, sei willkommen in unserer Familie. Wir wollen dir Vater und Mutter ersetzen, das Glück, das du in unseren Mauern und in deinem Dienst finden wirst, soll dir glücklicher Ersatz für eine Mutterschaft sein und Jesus Christus, der lebendige Sohn Gottes, wird dir treuer Bräutigam sein. Wann immer dir Zweifel kommen an der Richtigkeit deiner Entscheidung, suche das Gespräch mit uns. Du wirst stets Verständnis finden und liebevolle Aufnahme."

Mit diesen Worten wurde Julia entlassen. Sie stürzte hinaus

und lief geradezu in die Arme Lucinas, die am Ende des Ganges gewartet hatte.

„Es ist vollbracht", rief sie freudestrahlend, „ich habe mich entschieden für den Herrn, für diese Mauern – und für dich, liebe Freundin, die du mir in den letzten Wochen immer treue Begleiterin warst."

Die beiden jungen Frauen umarmten sich.

„So wirst du dein Noviziat antreten?", fragte Lucina.

„Amen, so sei es", antwortete Julia mit glänzenden Augen.

Gemeinsam, Hand in Hand, schlenderten sie über den Gang. Julias Blick fiel aus dem Fenster auf eine große Schar von waffenstarrenden Reitern, die sich dem Kloster näherten.

„Was sind das für Männer?", fragte sie besorgt.

Auch Lucina warf einen besorgten Blick durch das Fenster.

„Weiß ich nicht, aber es wird besser sein, wenn ich das Tor schließe. Lauf du und sage der Vorsteherin Bescheid!"

XXII. IN DEN THERMEN VON CAESAREA

Zur gleichen Zeit, als sich hinter Julia die Pforten des Klosters schlossen, waren Strabo und Messala nach Jerusalem aufgebrochen. Dort wollten sie sich einer Karawane anschließen, die nach Antiochia reiste. Der Senator hatte die Mitreise bereits bezahlt und mit dem Entgelt genügend Vorräte und Wasserrechte erworben. Der Karawanenführer war ein Syrer namens Cyras, von hünenhafter Gestalt, aber freundlichem Charakter.

„Ihr werdet unbesorgt reisen", sagte er mit einem breiten Lachen. „Mehr als fünfzig gemietete Wächter und dazu zwanzig wohlbewaffnete Sklaven werden den Zug schützen. Insgesamt umfasst die Karawane mehr als hundert Menschen und fast doppelt so viele Tiere."

„Ist so viel Schutz nötig?", fragte Messala, der unter der *Tunica* sein Kurzschwert trug und überdies mit einem *Pugio*, dem Offiziersdolch, ausgerüstet war.

„Er ist es, mein Freund", entgegnete Cyras ernst, „der Weg ist lang und beschwerlich und führt durch ödes Gebiet. Hier wirst du römische Wachen nicht finden, aber Mengen an räuberischem Gesindel."

„Wäre es nicht viel schneller und bequemer, die Reise zu Schiff zu machen?", fragte Messala nach; das hatte er schon Strabo unterwegs fragen wollen, aber seine Gedanken waren zu sehr mit Julia beschäftigt gewesen.

„Freilich wäre es bequemer, sicherer und viel schneller", gab Strabo zur Antwort, „aber noch fahren keine Schiffe. Es ist jetzt Zeit der letzten Winterstürme und du wirst kein Handelsschiff finden, das den Weg wagt. Der Seeweg ist gesperrt. Nur Kriegsschiffe fahren an der Küste entlang, die aber nehmen keine Passagiere mit."

„Wirklich nicht?", fragte Messala, dem mit einem Mal ein Gedanken gekommen war.

„Bei einem römischen Tribun und noch dazu einem römischen Senator werden sie eine Ausnahme machen. Zudem kenne ich den Hafenkommandanten von Caesarea sehr gut."

Er wandte sich fragend an Cyras: „Wie lange werden wir für die Landreise brauchen?"

„Nun", sagte der zögernd und überlegte, „ich habe diese Reise schon zehnmal gemacht, aber die Dauer ist immer verschieden. Es hängt von vielem ab, vom Wetter, manchmal von unliebsamen Zwischenfällen, vom Wind, vom Verhalten der Tiere. Es sind mehr als dreihundert Meilen und das heißt etwa fünfundzwanzig bis dreißig Tage. Ja, damit werden wir rechnen müssen."

„Nein, mein Entschluss steht fest! Wir werden mit einem Kriegsschiff fahren." Messalas Gesicht drückte feste Entschlossenheit aus.

„Es wäre Wahnsinn, Senator, solch eine lange Reise zu unternehmen, wenn wir sie mit dem Schiff in vier bis fünf Tagen bewältigen können."

„Du hast ja recht, Marcus. Aber was passiert, wenn sie uns nicht mitnehmen?", wandte Strabo ein.

„Dann hättet ihr keine Karawane", ergänzte Cyras, „denn die nächste verlässt Jerusalem erst in frühestens einer Woche, vielleicht auch später."

„Sei's drum. Wir werden es schaffen", Messala blieb beharrlich. „Ich möchte nicht länger von Julia weg sein als nötig."

„Ich werde dir aber nicht den vollen Preis erstatten können", sagte Cyras. „Wir haben für euch Vorräte eingeplant."

„Dann zahl mir den halben, guter Mann, das soll mir reichen. Marcus hat recht, wir werden versuchen, ein Schiff zu bekommen. In meinem Alter ist der Landweg recht beschwerlich."

Die Männer wurden sich einig und verabschiedeten sich herzlich voneinander.

„Als Erstes sollten wir unseren alten Freund Cassius Gratus besuchen", schlug Messala vor, „vielleicht kann er etwas für uns tun."

Strabo stimmte freudig zu und sie machten sich auf den Weg zur römischen *Praefectura*. Dort wurden sie von der Wache sofort zu Gratus geführt, der sie überschwänglich begrüßte.

„Tribun Messala, Senator Strabo, willkommen von Herzen. Ich freue mich, euch zu sehen. Wie ist es euch ergangen?"

Die Männer setzten sich und mussten erzählen, wie es ihnen seit ihrem letzten Zusammentreffen ergangen war. Dann berichteten sie von ihren Plänen. Gratus kratzte sich am Kopf.

„Das wird nicht einfach. Die Kapitäne der Kriegsschiffe haben strenge Anweisung, keine privaten Passagiere mitzunehmen. Gerade jetzt, wo die Handelsschiffe noch nicht fahren, werden sie mit Bitten dieser Art überschüttet. Manches Goldstück und manche liebesheiße Nacht könnten sie verdienen, wenn sie eine Ausnahme machten."

„Und wir? Gelten wir auch als Privatleute? Ein ehemaliger Senator und ein ehemaliger Tribun?"

„Du sagst es, Senator. Die Betonung liegt auf dem Wort e*hemalig*. Du bist nicht mehr Mitglied des Senats und Messala hat seinen Abschied aus der Truppe genommen. Ich weiß nicht, wie ich euch helfen könnte. Selbst ein Empfehlungsschreiben von mir kann euch nicht von Nutzen sein."

„Und Marcus Aurelius Longinus, der Hafenkommandant? Er ist Christ und uns sicher sehr gewogen. Er könnte uns weiterhelfen."

„Ich schätze Aurelius sehr", entgegnete Gratus, „und ich bin sicher, dass er euch helfen würde, wenn er könnte. Allein, er kann nicht. Siehe diese Verfügung." Er kramte unter seinem Tisch und reichte den Männern ein Schriftstück:

Verfügung

Allen Schiffsführern der Flotten von Caesarea und Tyrus, den Hafenkommandanten und Praefecturen zur Kenntnis und strikten Befolgung:
Es wird noch einmal darauf hingewiesen, dass es bei strenger

Bestrafung und Verlust des militärischen Dienstgrades ver-
boten ist, auf Wach- und Kontrollfahrten private Passagiere
zur Beförderung mitzunehmen. Militärische Personen haben
sich dem Schiffsführer gegenüber durch entsprechende Di-
ploma auszuweisen. Ausnahmen bedürfen der Bestätigung
durch den Legionskommandeur.

Gegeben pridie Kalendas Februarias
Nomenius Syrus, Stellvertretender Legionskommandeur

„Du siehst, wie schwer es ist", seufzte Gratus.

„Dann hätten wir doch besser die Karawane genommen",
polterte Strabo, „das haben wir nun von deinem Starrsinn."

„Noch gebe ich nicht auf", sagte Messala, „in der Verfügung
war von *Diploma* oder Ausnahmen die Rede. Wie komme ich
an ein solches *Diploma*?"

„Ein *Diploma* kann ich unmöglich für Privatpersonen aus-
stellen, das würde mich den Kopf kosten. Für eine Ausnah-
megenehmigung müsstet ihr ins Legionsquartier nach Damaskus reisen."

„Aber das würde wieder unnötige Zeit kosten", wandte der
Senator verzweifelt ein.

„Stimmt", entgegnete Messala nachdenklich, „es bleibt
nichts anderes übrig. Wir müssen unser Glück in Caesarea
versuchen. Kannst du uns gleichwohl ein Empfehlungsschreiben mitgeben, und können wir die Nacht in der Kaserne verbringen?"

Beides sagte Gratus gerne zu.

Am nächsten Morgen nahmen sie ein eiliges Frühstück ein,
verabschiedeten sich kurz nach Sonnenaufgang von Cassius
Gratus und brachen eilig nach Caesarea auf. Sie hatten frische Legionspferde erhalten, die sie in Caesarea wieder abgeben sollten, und erreichten nach einem halben Tag die Hafenstadt.

Ein überraschendes Gewitter hatte sie kurz vor den Toren
der Stadt überrascht und bis auf die Haut durchnässt. Sofort

ritten sie zur Hafenkommandantur und fragten nach dem Kommandanten. Ein einheimischer Auxiliarlegionär teilte ihnen in gebrochenem Latein mit, dass Aurelius Longinus sich zurzeit in den Bädern aufhalte und nicht vor Ablauf von drei Stunden zurückerwartet werde.

„Auch das noch", seufzte Messala, „auf in die Thermen! Ein warmes Bad wird uns nach dem kalten Regenguss guttun."

Sie gaben die Pferde und ihr schmales Gepäck an der Kommandantur ab und machten sich auf den Weg zu den Thermen. „Etwa fünfzehn Minuten über das *Forum* in nördlicher Richtung", hatte der Soldat gesagt. Sie überquerten den weiträumigen Platz, der sich mit Händlern und Käufern bereits gefüllt hatte, ließen den großartigen Augustustempel rechts liegen und standen wenig später vor einem ausladenden Gebäude mit der Bezeichnung *Thermae Publicae*. Dahinter zeichneten sich die von Herodes kunstvoll errichteten und immer noch bestens erhaltenen Aquädukte ab, die das Wasser vom Berg Karmel in die Stadt lieferten.

Am Eingang der Anstalt entrichteten sie einen kleinen *Obolus* und betraten das geräumige *Atrium*, von dem aus mehrere Gänge abzweigten. Ein Schild wies ihnen den Weg zum *Apodyterium*, dem Umkleideraum. Für eine Provinztherme konnte man die Baulichkeiten als luxuriös empfinden, wie Messala mit bewundernden Blicken feststellte. Weißer Marmor bedeckte den Boden und die Wände, die überdies mit kunstvollen Wandgemälden aus der griechischen Mythologie verziert waren. Genau gegenüber dem Eingang war in grellen Farben die Szene abgebildet, in der Laocoon und seine Söhne Opfer der tödlichen Schlangen von Tenedos wurden. Daneben beweinte die stolze Niobe den Tod ihrer Kinder. Der Schmerz, den die Mutter über den Verlust ihrer zahlreichen Kinder empfand, war deutlich zu sehen.

Messala riss sich von den Bildern los, die ein talentierter Provinzkünstler vor vielen Jahren geschaffen hatte. Dafür hatten sie keine Zeit. Sie hasteten weiter. Natürlich hatten sie sich ihrer Kleidung entledigt und nur ein Handtuch um ihre Hüften geschwungen. Die Angebote eines nubischen Masseurs lehnten sie ebenso ab wie die eines *Depilators*, der ihnen mit kreischender Stimme anbot, sie für wenige Münzen für immer von allen lästigen Haaren zu befreien.

„*Sine Tempore* – Keine Zeit!", riefen sie und eilten durch das *Unctorium*, in dem sich zwei Gäste von geübter Hand salben ließen, in das *Caldarium*. Heiße Schwaden, die wie herbstliche Nebelwolken aus dem Wasser emporstiegen, nahmen ihnen im ersten Moment Luft und Sicht. Strabo musste husten und rempelte gegen einen Mann, der gerade dem Becken entstieg.

„Das letzte Mal, das ich in den Thermen war, war in Antiochia", keuchte er.

„Bei mir ist es viel länger her", lachte Messala. „Seit Rom habe ich keine Thermen mehr gesehen. Wenn man mehr Zeit hätte, könnte man es genießen, aber so …"

Er kam nicht dazu, seine Rede fortzusetzen, denn schwer legte sich eine Hand auf seine Schulter und eine kräftige Stimme dröhnte in seinen Ohren:

„Sucht ihr etwa jemanden oder ist es ein neues, modisches Vergnügen, im Eiltempo durch die Thermen zu hetzen und friedliebende Männer anzurempeln?"

Beim Klang dieser vertrauten Stimme drehte sich Messala um und gewahrte im Nebeldunst eine kräftige, halbnackte Gestalt.

„Aurelius! Bei Gott, du kommst zur rechten Zeit. Wir brauchen deine Hilfe."

Hastig begannen die Männer, ihr Problem zu erklären.

„So, so. Nun erst einmal mit der Ruhe", unterbrach Aurelius den Wortschwall. „Wir werden schon eine Lösung finden. Aber erst brauche ich eine gute Massage und dann werden wir weitersehen. Euch könnte das auch nicht schaden."

Die Männer stimmten zu und gemeinsam begaben sie sich in den Massageraum, wo sie sich den geübten Händen der

Masseure überließen. Ein riesiger, nubischer Masseur knetete Messala so durch, dass er einen Schmerzlaut kaum unterdrücken konnte.

„Ah, das tut gut." Strabo gab kehlige Laute des Wohlbefindens von sich. „Alles verspannt. Höchste Zeit, dass wir wieder ... autsch ... nicht so fest, wo hast du gelernt, bei einem Pferdemetzger?"

Messala musste lachen, obwohl er sich kaum besser fühlte. Nur Aurelius ließ die Behandlung ohne Schmerzenslaute über sich ergehen.

„Alles Gewohnheit, meine Freunde. Ich komme jeden Mittag hierhin. Da ist es noch nicht so voll und laut. Nachmittags kann man es hier nicht aushalten. Lärm, überall Lärm!"

Messala schmunzelte. Die Szene erinnerte ihn an eine Stelle aus einem Senecabrief, die er damals in Rom mit großer Erheiterung gelesen hatte. Fast konnte er sie noch wörtlich zitieren:

Sieh nur, von allen Seiten umgibt mich Lärm verschiedenster Art. Ich wohne nämlich direkt über einer Badeanlage. Stelle dir nun alle Arten von Geräuschen vor, die dich dazu bringen können, deine Ohren zu hassen. Hier trainieren Kraftprotze und schwingen stöhnend ihre bleibeschwerten Hände. Dort sehe ich einen Faulpelz, der sich seufzend mit gewöhnlichem Einsalben zufrieden gibt, und da höre ich das Klatschen der Hand auf die Schulter; je nachdem, ob sie flach oder hohl aufschlägt, ändert sich das Geräusch. Stell dir daneben den Haarauszupfer vor, der unablässig seine dünne schrille Stimme ertönen lässt, um auf sich aufmerksam zu machen und dann die gequälte Stimme desjenigen, den er bedient, nimm dazu die Ausrufe der Getränkeanbieter, der Wurstverkäufer, der Zuckerbäcker und aller Betreiber von Garküchen ...

Nein, so schlimm war es hier nicht. Messala begann, die kreisenden und walkenden Handbewegungen des Masseurs zu genießen, mit denen er den Körper von Kopf bis Fuß einölte. Genüsslich schloss er wieder die Augen.

Julia! Während er sich hier eine Wohltat gönnte, litt Julia wohl gerade unter dem strengen Regiment der Eustochium. Sicher würde sie mit Ungeduld seine Rückkehr abwarten. Und dann, dann würde nichts mehr ihrem Glück im Wege stehen. Der Masseur rieb nun den Körper mit feinem Sand ein und schabte Öl und Sand mit einem Bronzemesser ab. Ein klatschendes Geräusch verriet das vorläufige Ende der Behandlung. Andere Diener kamen, rieben die Gäste mit trockenen Tüchern ab und salbten sie mit wohlriechenden Essenzen.

„So, jetzt kann man sich wieder den lästigen Aufgaben der Welt widmen."

Aurelius streckte sich mit Behagen.

„Bei einem Glase Wein möget ihr mir vortragen, was euch zu dieser Eile bewogen hat."

Sie verließen das *Unctorium*, zogen sich an und suchten eine kleine *Taberna* auf, die sich am Eingang der Thermen befand. Aurelius bestellte bei einem mürrischen Sklaven einen Krug Wein und ein Imbiss aus Brot, Obst und kaltem Fleisch.

„Ich habe kaum etwas gefrühstückt, müsst ihr wissen, und ihr werdet auch einen Happen gebrauchen können."

In aller Ruhe erklärte Messala noch einmal, warum sie ein Schiff nach Antiochia brauchten und übergab das Schreiben des Cassius Gratus.

„Das wird nicht einfach", sagte Aurelius, „der verehrte Gratus hat schon recht und da nutzt auch sein wohlgemeintes Schreiben nichts. Natürlich ist mir die Verfügung bekannt und niemand, auch ich nicht, kann sich darüber hinwegsetzen. Es gibt sogar Kontrollen, ob die Verfügung eingehalten wird. Ich selbst muss die Kontrollberichte abzeichnen. Aber wartet."

Er nahm einen tiefen Zug aus dem Weinbecher und schob sich ein Stück kalten Bratens in den Mund. Genüsslich kauend fuhr er fort:

„Eine Möglichkeit gäbe es! Wir haben Dienstpost, die mit den Schiffen nach Antiochia und zurück transportiert wird. Das macht normalerweise ein *Tabellarius*, also ein einfacher Legionär, der als Postbote fungiert. Wenn dieser *Tabellarius* zum Beispiel erkrankt ist und ich keinen anderen Mann abstellen kann, müsste ich sozusagen einen Ersatzmann schicken. Natürlich einen, der vertrauenswürdig ist, denn immerhin handelt es sich um vertrauliche Dienstpost. Da käme ein ehemaliger Senator gerade recht. Damit wäre deine Überfahrt geklärt, mein lieber Strabo. Aber was machen wir mit dem edlen Tribun?"

„Ganz einfach", sagte der grinsend, „ich verwandle mich für die Zeit der Überfahrt wieder in einen Tribun, der ich einmal war. Eine Uniform wirst du für mich noch haben, oder?"

„Eine Uniform habe ich, das ist kein Problem. Aber die Dienstliste! Du tauchst in keiner Dienstliste mehr auf. Du bist nach dem Vorfall in Jerusalem gestrichen worden, nehme ich an."

„War ich denn jemals in einer eurer Dienstlisten?", fragte Messala nach.

Aurelius dachte nach und verzog dabei das Gesicht, als habe er in eine Zitrone gebissen.

„Wenn ich das richtig sehe, hast du nie in einer Dienstliste gestanden. Wir haben die Soldaten und Offiziere, die aus dem Westreich hierhin gekommen sind, nur eingeschrieben, wenn sie sich bei uns zum Dienst gemeldet haben. Das war bei dir nie der Fall."

Der Senator hatte bis jetzt schweigend zugehört. Nun ergriff er das Wort: „Dann kann also niemand auf einem Schiff wissen, ob Marcus dienender Offizier ist oder nicht, wenn er dort in Uniform und mit einem Begleitschreiben von dir erscheint und mich, den *Tabellarius*, begleitet?"

„*Recte, Senator* – Niemand kann das wissen. Also werden wir es so machen, auch wenn ich dabei kein gutes Gefühl habe. Wenn es auffällt, wird es mich Kopf und Kragen kosten."

„Muss ich übrigens als *Tabellarius* auch Uniform tragen?",
wollte der Senator wissen.

„Ja, unbedingt. Wir würden keinen Privatmann als *Tabellarius* schicken. Ich befördere dich hiermit provisorisch zum
... na, sagen wir ... *Decurio*, man muss ja unten anfangen.
Nun hört zu. Morgen früh verlässt ein kleines Postschiff
den Hafen. Es ist die *Libertas*, eine kleine *Camare*, die früher einmal zur misenischen Flotte gehört hat. Jetzt ist sie
uns unterstellt und wir nutzen sie als Aviso und Spähschiff.
In besonderen Fällen wird sie als Küstensegler und Postschiff benutzt. Sie hat neben den Ruderern acht Mann Besatzung und der *Trierarchus* im Range eines *Centurio Classicus* heißt Gnaeius Coranus. Er ist ein junger ehrgeiziger
Mann, der noch ein Stück nach oben kommen will, also
pass auf, er könnte misstrauisch sein. Ich gebe dir ein Dokument mit, mit dem du dich und den Senator einführst.
Außerdem erhaltet ihr die nötigen Uniformen. Findet euch
zu Beginn der vierten Nachtwache am Hafen ein, aber nicht
früher. Ich werde dann da sein. Wir wollen doch nicht, dass
die Sache auffällt. So, und jetzt beginnt mein Dienst wieder."

Sein Blick fiel auf die große Wasseruhr, die vor den Thermen stand und er erhob sich.

„Bis morgen früh. Das wird ein Spaß!" Mit dröhnendem
Lachen entfernte er sich.

Messala und Strabo blickten sich an.

„Ich weiß nicht, ob es so ein Spaß wird", sagte der Senator,
„eine Uniform habe ich zum letzten Mal vor dreißig Jahren
getragen. Und das alles nur, weil dir der Landweg zu unbequem war."

Sie verließen das Gelände der Thermen und wanderten zum
Forum. Eine bunte Vielfalt von Waren suchte ihre Käufer.

„Wie wäre es mit einem kleinen Geschenk für deine
Braut?", fragte Strabo und wies auf eine Bernsteinkette.
„Zwanzig Silberdrachmen sind nicht zu teuer."

„Um ehrlich zu sein", antwortete Messala schlicht, „ich verfüge über keinerlei Mittel mehr. Mit meinem letzten Geld habe ich eine goldene Kette für Julia auf dem *Forum* von Jerusalem gekauft, seitdem habe ich nichts mehr. In Bethlehem scheint man keins zu brauchen, jedenfalls ist es mir dort nie aufgefallen, wie arm ich eigentlich bin."

Messala lächelte verlegen.

„Verzeih, mein Freund", sagte der Senator, „das habe ich ganz vergessen. Selbstverständlich steht dir hier und auf der weiteren Reise meine gesamte Geldbörse zur Verfügung. Es bleibt ja sozusagen in der Familie. Und bald wirst du dein eigenes Geld haben. Ich bin sicher, dass aus dir ein brauchbarer Kaufmann wird."

Messala dankte für das Angebot, wollte aber für Julia lieber etwas aus Antiochia mitbringen. Sie schlenderten weiter und kamen an einem Etablissement vorbei, das unschwer als *Lupanar* zu erkennen war, was schon das Schild über der Tür klarmachte:

Hic habitat felicitas – Hier wohnt das Glück.

Zufriedene Kunden hatten die grau getünchte Hauswand mit krakeligen Inschriften in allen möglichen Sprachen versehen. Unter den lateinischen Inschriften fiel Messala eine ins Auge:

„*Hic ego puellas multas summa cum voluptate futui, sed lutus intus est* – Hier habe ich mit größter Lust mit vielen Mädchen geschlafen, aber drinnen ist es sehr schmutzig."

Mehrere grell geschminkte Frauen wandelten vor dem Eingang auf und ab, die Augen mit Übermengen von zerriebenem Antimon verunstaltet, die Wangen mit Maulbeersaft und Roteisenocker gefärbt. Als sie die beiden Männer sahen, wandten sie sich ihnen zu.

„Wie wäre es, mein stolzer Galan?", sprach eine der Frauen Messala an. Sie hatte die mit Henna rot gefärbten Haare hoch getürmt, die Lippen waren grell-rot geschminkt und die dicke Puderschicht auf dem Gesicht sollte davon ablenken, dass die Dame ihre besten Jahre schon lange hinter sich hatte. „Myrtis wird dich gut bedienen und dir alle Wünsche erfüllen, für die dein Weibchen zu Hause zu spröde ist."

Messala lehnte unwirsch ab und schob die Frau angewidert zur Seite.

„Hast wohl kein Geld oder kannst du nicht mehr?", höhnte die Frau hinter ihm. Ohne sich umzudrehen ging Messala weiter.

„Sie gefiel dir nicht", sagte Strabo, „oder bist du grundsätzlich an Vergnügungen solcher Art uninteressiert? Oder ist es, weil dein künftiger Schwiegervater neben dir geht? Mach dir darum keine Sorgen. Ich war auch einmal jung und weiß, was Männer nötig haben."

„Nein, mir steht der Sinn nicht danach", antwortete Messala, „und mit dieser Schlampe wär' ich nicht gegangen, wenn ich Geld dazubekommen hätte. Wir wollen lieber sehen, ob wir den *Aquila* wiederfinden. In dieser *Caupona* habe ich gegessen, als ich aus Rom hier ankam. Der Wirt war sehr freundlich, ein ehemaliger Soldat wie ich."

Strabo war einverstanden und sie machten sich gemeinsam auf den Weg. Bald aber musste Messala sich eingestehen, dass er das Lokal nie wiederfinden würde. Damals hatte ihm Kapitän Pertinax den Weg gewiesen, und so sehr er auch sein Gedächtnis marterte, er konnte den Weg nicht finden. Mehrere Leute, die sie fragten, kannten das Lokal auch nicht. Beim vierten Mal hatten sie Glück. Ein junger Syrer erklärte sich in gebrochenem Latein bereit, sie gegen einen kleinen *Obolus* den Weg zum *Aquila* zu führen. Er führte sie weg vom *Forum* in südlicher Richtung an einer Reihe von Handwerksläden vorbei, bog dann in eine schmale Gasse ab.

„Das kann nicht richtig sein", protestierte Messala, „die *Caupona* muss in der Nähe des Hafens sein."

„Wir sind gleich da", murmelte der junge Bursche und bog in eine weitere Gasse ein, die voller Dreck und Unrat war. Eine Sackgasse! *Das ist eine Falle*, durchzuckte es Messala, und im gleichen Augenblick zerriss ein schriller Pfiff die Luft.

Wie aus dem Boden gewachsen standen zwei zerlumpte Halbwüchsige vor ihnen, jeder von ihnen hatte ein Messer in der Hand. Aramäische Wortfetzen flogen hin und her. Messala tastete nach dem Dolch, den er unter der *Tunica* trug, das Schwert hatte er im Hafen gelassen.

„Was soll denn das?", rief der Senator.

„Halt's Maul, Fettsack!", schrie ihn der Bursche an, der sie hierhin geführt hatte, und zeigte grinsend seine gelben, lückenhaften Zähne. „Leert eure Geldbeutel und dann seid froh, wenn wir euch gehen lassen."

Messala hatte wenig Lust, mit den jungen Wegelagerern zu diskutieren. Eine krachende Rechte an den Kiefer des Wortführers ließ diesen mit einem gurgelnden Laut zu Boden sinken. Messala beschloss, seinen *Pugio* stecken zu lassen und wandte sich an die anderen beiden.

„Möchte noch jemand die Faust eines römischen Tribuns spüren?"

Ohne vom Los seines Gefährten beeindruckt zu sein, sprang der kleinere von beiden wortlos nach vorne und versuchte, mit seiner kurzen *Sica* den Körper des Römers zu treffen. Die *Sica* ist der tückische Dolch der Räuber und Straßenkämpfer. Er ist klein und gezackt und hinterlässt schwere Wunden, wann man trifft. Wenn man trifft! Der Stoß ging ins Leere, denn Messala hatte sich elegant zur Seite gedreht. Er umfasste jetzt das Handgelenk des jungen Burschen und schlug es zweimal krachend auf sein Knie. Mit einem Schmerzenslaut ließ der junge Räuber das Messer fallen. Messalas Blick fiel auf den Dritten, der sich gerade auf den Senator stürzen wollte. Aber dazu kam es nicht. Der Senator war trotz seiner Körperfülle überraschend nach vorne gesprungen und schlug dem überraschten Burschen mehrfach mit der flachen Hand ins Gesicht, dass es nur so klatschte. Dennoch konnte er nicht vermeiden, dass der Bursche in einer Art instinkthafter Abwehrbewegung das Messer hochriss und den Arm des Senators traf. Ein kurzer

Schmerzlaut entfuhr dem Verletzten, dann schrie er voller Empörung:

„Was habt ihr denn für eine Erziehung genossen? Harmlose Reisende in dunklen Gassen mit einem Messer zu überfallen? Ist das das neue Spiel der Jugend? Schämen solltet ihr euch!"

Das reichte! Unter einem Schwall von Flüchen stoben die beiden letzteren davon, während ihr Wortführer sich gerade erst mühsam erhob.

„Deine Faust spricht eine deutliche Sprache, Tribun", murmelte er voller Bewunderung, „hätten wir gewusst, dass wir es mit einem römischen Legionsoffizier zu tun haben, wären wir euch aus dem Wege gegangen."

Er rieb sich seinen rot geschwollenen Kiefer.

„Nichts für ungut." Er deutete ein schiefes Lächeln an. Dann rappelte er sich vollends auf und verschwand.

„Das ist ja wohl nicht zu glauben, was man heute auf Reisen alles erlebt", empörte sich der Senator, „gibt es hier keine Wachen, die so etwas verhindern?"

„Halb so schlimm", lachte Messala und rieb sich die Hand, „das waren nur Kinder, die etwas Spaß haben wollten."

„Kinder? Spaß? Du bist gut. Abgemurkst hätten sie uns, wenn wir nicht beide noch so gut in Form gewesen wären. Aber dein Fausthieb – Kompliment, nicht schlecht."

„Deine Ohrfeigen können sich aber auch sehen lassen", schmunzelte Messala, „doch lass sehen, ist es eine schlimme Verletzung?"

„Halb so schlimm, nur ein leichter Kratzer", sagte der Senator und drückte den Stoff seines Gewandes gegen den Arm. „Ich werde es nur verbinden müssen."

„Gut! Komm, wir wollen sehen, ob wir nicht doch den richtigen Weg noch finden."

Sie gingen zurück zur Hauptstraße und von da zum Forum. Kurz vor dem Forum überholten sie einen alten Mann, der gedankenversunken dem *Forum* zustrebte.

„Verzeih, Alter, wir suchen die *Caupona Aquila*, kannst du uns den Weg weisen?"

„Sicher kann ich das", erwiderte der Greis freundlich und jetzt erst bemerkte Messala das silberziselierte Kreuz, das auf der Brust des Alten baumelte. Dankbar, einen Glaubensbruder gefunden zu haben, schob er ein freundliches „*Dominus tecum sit*" nach. Die Augen des alten Mannes leuchteten auf. „Und mit euch, Brüder. Es ist schön, mitten in dieser wenig christlichen Stadt Mitchristen zu treffen. Woher kommt ihr?"

„Aus Bethlehem", antwortete Strabo schlicht.

„Aus Bethlehem? Der Geburtsstadt unseres Herrn? Gesegnet seid ihr, die ihr aus dieser heiligen Stadt kommt. Sicher kennt ihr den ehrwürdigen Hieronymus?"

Die beiden Männer waren erstaunt. „Natürlich kennen wir ihn. Wir haben lange genug Obdach in seinem Kloster gefunden. Aber woher kennst du ihn?"

Der Alte schmunzelte. „Welcher Christ würde diesen heiligen Mann nicht kennen? Aber ich hatte auch die Ehre, ihn persönlich kennenzulernen. Ist zwar schon etwas her, aber vergessen werde ich diesen großen Mann nie. Was wollt ihr übrigens im *Aquila*?"

Messala erzählte, dass sie die Zeit bis zur Abfahrt ihres Schiffes zu überbrücken hätten.

„Da mache ich euch einen besseren Vorschlag. Seid meine Gäste bis zur Abfahrt. Ich kann euch zwar nicht die reichhaltige Tafel einer *Caupona* bieten, aber mein Weib und ich wären geehrt, wenn ihr meiner Einladung folgen würdet. Ich bin übrigens Simeon, der Zeltmacher. Auch werdet ihr bei mir einen Mann treffen, der Hieronymus viel besser kennt."

Nun erst fiel sein Blick auf den verletzten Arm des Senators. „Du bist verletzt, du brauchst einen Arzt?"

„Nein, keinen Arzt. Ein einfacher Verband wird reichen."

„Den sollst du in meinem Hause erhalten!"

***

Vorbei am Forum führte der Alte sie über eine breite Straße in den Westteil der Stadt. Hier waren die Straßen breiter und die Häuser größer als im ärmlicheren Nordteil.

„Da vorne liegt unser Theater und dort auf der Landzunge lag früher die große Villa des Herodes", erklärte Simeon, „heute sind nur noch Reste davon vorhanden. Die Leute bedienen sich und holen dort die Baumaterialien für ihre Häuser."

„Ist das erlaubt?", wunderte sich Strabo.

„Nein, natürlich nicht. Deshalb kommen sie nachts, wenn alles schläft. So, wir sind gleich da."

Sie bogen von der Hauptstraße ab und überquerten einen kleinen Platz, in dessen Mitte ein umlagerter Brunnen stand. Ein Dutzend Frauen schöpfte Wasser und balancierte die schweren Amphoren auf ihren Köpfen nach Hause. Neugierig blickten sie den Fremden nach.

„Bitte tretet ein", sagte Simeon mit einer einladenden Handbewegung. Sie betraten den begrünten Vorhof eines geräumigen, zweigeschossigen Hauses. Zwei Kinder spielten im Hof mit einem Hund, liefen aber, als sie den Alten sahen, freudestrahlend auf ihn zu und umarmten ihn.

„Das sind zwei meiner Enkel", lachte Simeon, „sie vergolden mein Alter." Er hob sie auf, küsste sie und setzte sie behutsam auf den Boden. Sie betraten das Haus und der Alte führte sie in einen großen, weiß getünchten Raum mit spärlichem Mobiliar, in dem ein hochgewachsener, braungebrannter Mann mittleren Alters und eine ältere, weißhaarige Frau an einem Tisch saßen und heftig diskutierten. Als die Männer den Raum betraten, verstummte das Gespräch abrupt und die beiden sahen die Neuankömmlinge interessiert an.

„Ich möchte euch zwei Glaubensbrüder aus Bethlehem vorstellen, die uns die Ehre geben, unsere Gäste zu sein ", sagte Simeon.

Messala stellte sich mit Rang und Namen vor, ebenso Senator Strabo.

„Das ist meine liebe Frau Lucia", Simeon wies auf die weißhaarige Frau, „und dies ein lieber Gast unseres Hauses, mein geschätzter Paulus Orosius. Bitte nehmt Platz. Maria, bring unseren Gästen etwas Wein, Gebäck und Obst! Miriam, hol etwas Wasser und ein Tuch zum Verbinden, einer unserer Gäste ist verwundet!"

Jetzt erst bemerkte Messala die beiden Mädchen, die in einer Ecke des Raums gesessen hatten und bei der Ankunft der Gäste aufgesprungen waren.

„Meine jüngsten Töchter", erklärte der Alte mit Stolz. „Der Herr hat uns mit vier Töchtern, zwei Söhnen und zwölf Enkelkindern gesegnet."

Die Mädchen eilten hinaus und brachten wenig später das Gewünschte. Behutsam säuberte Miriam die Wunde des Senators, träufelte eine Ölessenz darauf und legte mit geschickten Händen einen schmalen Verband an. Maria hatte inzwischen einen Krug Wein gebracht und eine große silberne Schale mit Obst, Honig und Gebäck. Dann verließen die Mädchen den Raum.

„Ihr kommt aus Bethlehem?", begann der Mann, den Simeon als Orosius vorgestellt hatte, das Gespräch. „Was bei Gott machen ein römischer Tribun und ein römischer Senator in diesem verlassenen Winkel der Erde?"

In kurzen Worten erklärte Messala, wie er als Flüchtling von Rom nach Bethlehem gekommen war, verschwieg aber den wahren Grund für seine Reise. Strabo ergänzte den Bericht des Tribuns um die schlimmen Vorfälle in Rom.

„Furchtbar, was in Rom geschehen ist. Aber vielleicht ist es ja die Strafe Gottes für die Überheblichkeit, mit der wir Römer jahrhundertelang anderen Völkern unseren Willen aufgezwungen haben. Andererseits hat es schon immer in der Geschichte der Menschheit Unglück und Elend gegeben, und, wie ich meine, viel Schlimmeres."

Er blickte die Gäste aufmerksam an und fuhr fort: „Und bei dem alten Hieronymus seid ihr untergekommen? Wie geht es dem alten Fuchs?"

„Es geht ihm gut", antwortete Strabo, „doch scheint er viel zu tun zu haben. Er schreibt oder diktiert von morgens bis abends, dabei isst und schläft er kaum. Ich weiß nicht, wie lange das sein ausgezehrter Körper noch mitmachen wird."

„Oh, keine Sorge", lachte Orosius, „wie ich den Alten kenne, wird er das noch eine ganze Weile schaffen. Er scheint unsterblich zu sein."

„Du kennst Hieronymus? Woher?", fragte Messala.

„Ob ich ihn kenne? Woher? Gute Frage! Das ist eine lange Geschichte!"

„Ihr müsst wissen", unterbrach Lucia, die Gattin Simeons, ihren Gast, „dass unser lieber Orosius nicht nur ein geweihter Priester aus dem fernen Hispania ist, sondern auch ein sehr gelehrter Schriftsteller."

„Ein Priester und ein Schriftsteller, wie geht das zusammen?", wunderte sich der Senator.

„Trifft das nicht auch auf den ehrwürdigen Hieronymus zu, Priester und Schriftsteller zu sein?" wandte Simeon ein.

„Doch", nickte Messala, „aber wie kommt ein Priester aus Hispania nach Caesarea? Und wie kommt er dazu, Bücher zu schreiben?"

„Nun, was die erste Frage betrifft, kann ich nur sagen: So wie ein Tribun aus Rom nach Bethlehem kommt", lachte Orosius und zeigte ein unregelmäßiges, kräftiges Gebiss weißer Zähne, „er wird geschickt."

Orosius nahm ein Stück Gebäck, führte es mit seltsam gezierter Gestik zum Mund und spülte es mit einem kräftigen Schluck unverdünnten Weins herunter. Dabei beobachtete er intensiv Miriam, die hereingekommen war, um einige Kerzen anzustecken.

„Und zu deiner zweiten Frage: Der große Augustinus hat mich zum Schreiben ermuntert. Sicher hast du von ihm gehört?"

Messala nickte. „Hieronymus hat mir von ihm erzählt. Die beiden scheinen sich gut zu kennen. Augustinus ist ein Bischof in Africa, nicht wahr?"

„Ja, in Hippo Regius, der alten phönizischen Hauptstadt im nördlichen Africa. Und er ist ein bedeutender Mann. Er und der große Ambrosius aus Mailand sind die bedeutensten Kirchenmänner unserer Zeit."

„Und Hieronymus? Gehört er nicht dazu?" Messala war auf die Antwort gespannt.

„Das müssen andere entscheiden", war die knappe Antwort.

„Nein, ich denke, man muss ihn dazuzählen", mischte sich Simeon ein, „unbedingt. Er wird in unserer Gemeinde sehr verehrt. Diese drei Männer werden mit Recht die *Doctores ecclesiae*, die Lehrer und Väter unserer Kirche genannt, weil sie mit ihrem Leben, ihren Worten und Schriften unserer heutigen Kirche das Fundament verliehen haben. Jesus Christus hat uns ein neues Bündnis mit dem Vater im Himmel gegeben, Männer wie Petrus, Johannes und Paulus haben auf diesem Bündnis eine Kirche gegründet, aber Männer wie Ambrosius, Augustinus und auch Hieronymus, ja gewiss auch Hieronymus, haben der Kirche unserer Tage nach den leidvollen Tagen des Antichristen Halt und Fundament gegeben."

„Ist ja gut, mein Lieber." Orosius war offenbar um Schadensbegrenzung bemüht. „Niemand will Hieronymus seine Verdienste um die Kirche absprechen. Aber im Gegensatz zu den anderen beiden bleibt er umstritten, teilt das Lager der Christenheit in solche, die ihn lieben und verehren, und solche, die ihn ablehnen oder gar hassen."

„Warum sollte man diesen gütigen Mann ablehnen können?", wunderte sich Strabo. „Wie könnte man ihn hassen?" Der Senator schüttelte den Kopf über so viel Unverstand.

„Ich kann ihn verstehen", wandte Messala ein, „bei aller Verehrung, die ich für diesen Mann empfinde, hat er etwas … äh … irgendetwas Unheimliches, ich kann es nicht beschreiben. Er scheint seinen Willen anderen aufzuzwingen, man kann sich dem kaum entziehen. Andere Meinungen lässt er nicht gelten."

„Das ist nicht unheimlich", Simeon schüttelte den Kopf, „von ihm geht eine große Macht aus. Der Herr hat ihn für seine Aufgabe bestimmt."

„Vincentius hat ihn mit Paulus verglichen", erinnerte sich Messala nachdenklich.

„Genau!" Die Stimme des Priesters wurde lauter. „Ein zweiter Paulus! Genauso starrköpfig, intolerant und unbelehrbar. Aber auch genauso stark! Ich kenne den Alten! Ich habe lang genug bei ihm gelebt, um ihn zu bewundern – und zu fürchten. Niemand anderes als Augustinus selbst hat mich nach Bethlehem geschickt."

Orosius schlug auf den Tisch und Lucia zuckte zusammen.

„Paulus muss genauso gewesen sein. Auch an ihm teilten sich die Geister. Schaut in die Heilige Schrift und lest, mit welchem Argwohn die Apostel in Jerusalem dem tarsischen Starrkopf anfangs gegenüber gestanden haben."

„Und doch gehört Paulus zu unseren größten Gestalten", bemerkte Simeon sanft. „Ihm hat die Kirche ihre Verbreitung über die Welt zu verdanken, er hat den Auftrag Christi, *Gehet hinaus in alle Welt und lehret alle Völker!* in die Tat umgesetzt."

„Genau genommen hat er diesen Auftrag aber nie erhalten", die Stimme von Orosius hatte etwas Triumphierendes. „Er hat sich diesen Auftrag genommen. Aber sei's drum. Eigentlich hattest du mich gefragt, wie ich zur Schriftstellerei gefunden habe, Tribun. Ich will es dir kurz erklären: Mehrfach bin ich in Hippo mit Augustinus zusammengetroffen, der seit dem Tode des Valerius Bischof seiner Gemeinde ist, und habe ihm mit meinen bescheidenen Kräften bei der Abfassung seiner Schriften geholfen."

„Augustinus ist auch Schriftsteller?", fragte Messala.

„Wir haben alle seine Schriften", sagte Lucia. Sie stand auf und ging zu einem Eckschrank, der voller Bücherrollen war. Einige Rollen zog sie heraus und legte sie auf den Tisch. „*De pulchro et apto* – Vom Schönen und Zweckmäßigen" las Messala auf der ersten Rolle.

„Diese Schrift hat er vor seinem Übertritt zum Christentum verfasst", erklärte Orosius mit lehrerhafter Miene, „etwa vor dreißig Jahren. Diese hier", er griff zu einer anderen Rolle, „ist die erste Schrift, die er als Christ geschrieben hat. Sie wendet sich gegen die Skepsis der Neuakademiker und trägt den entsprechenden Titel *Contra Academicos*. Vor zehn Jahren hat er sein bisher größtes Werk fertig gestellt, die *Confessiones*, die Bekenntnisse. Ein Meisterwerk!"

Orosius verfiel ins Schwärmen.

„Oh, könnte ich den *Stilus* so führen! Er wird jetzt mit einem weiteren Werk beginnen, das den Titel ‚*De civitate dei* – Vom Gottesstaat' tragen wird. In seinem letzten Brief hat er mir davon geschrieben. Aber ich will mich nicht beklagen. Ihm danke ich, dass er mich auch zum Schreiben ermuntert hat, auch wenn ich immer sein Lehrling bleiben werde."

„Wovon handelt deine Schrift und welchen Titel trägt sie?", wollte der Senator wissen.

„Sie wird ‚*Historiarum adversum paganos libri septem*' heißen", verkündete Orosius voller Stolz, „wenn sie fertig ist. Und sie wird die Geschichte dieser Welt umfassen, von der Erschaffung Adams bis heute!"

„Sieben Bücher der Geschichte gegen die Heiden? Ein merkwürdiger Titel."

Messala blickte den Priester verwundert an.

„Ja! Gegen die Heiden! Und gegen die dauernde Behauptung der Heiden, die Schuld am Niedergang unseres Imperiums und am Elend der Zeit liege bei uns Christen. Lüge! Alles Lüge!" Orosius steigerte sich in einen Anfall zorniger Empörung.

„Immer hat es Krieg, Not und Elend gegeben. Schau in die Geschichtsbücher, sie sind voll davon. Nimm die schlimmen Bürgerkriege, die Rom im Laufe seiner Geschichte durchgemacht hat. Die Kriege zwischen Marius und Sulla, zwischen Caesar und Pompeius, zwischen Octavian und Marcus Antonius. Kaiser und Gegenkaiser haben bedenkenlos das Blut ihrer Legionen auf den Schlachtfeldern vergossen. Nie war es Schuld der Christen! Nein, im Gegenteil. Unsere christliche Lehre hat zur Linderung der sittlichen Not beigetragen. Was war das für ein Volk, das sich an den öffentlich zur Schau gestellten Qualen seiner Mitmenschen ergötzte, waren es nun Sklaven, Gefangene oder Christen. *,Immo homines sunt',* sagt Seneca, es sind doch Menschen! Aber der Pöbel raste und neigte den Daumen nach unten. Im Übrigen: Die schwere Bedrängnis, die das römische *Imperium* zurzeit durchmacht, wird mehr als wettgemacht durch die segensvolle Bekehrung dieses Barbarenreiches zum Christenglauben."

„Aber, wir haben …", der Senator wagte einen schüchternen Einwand, wurde aber sofort von Orosius lautstark unterbrochen.

„Kein *Aber*, Senator. *Verissimum est profecto* – Es ist nur zu wahr. Das Christentum hat das Reich nicht zerstört, es hat es gerettet! Gerettet vor sich selbst, denn es drohte, an sich selbst schmählich zugrunde zu gehen. Tausende Jahre der Macht haben dieses kleine Volk degeneriert, haben es ausbluten lassen. Schon jetzt sind seine Heerführer sämtlich Barbaren und seine Kaiser verweichlichte Hofschranzen. Es gibt keinen Caesar mehr, keinen Augustus, keinen Claudius, nicht einmal einen Diocletian oder Theodosius. Ich habe sie alle studiert, sie, die in ihren Werken den Niedergang beschrieben haben, Sallustius, Livius, Suetonius, Florus, Eutropius und Tacitus. Und auch Eusebios, der als Erster eine Geschichte unserer Kirche verfasst hat. Sie alle geben mir recht!"

„Du scheinst Geschichte ja nicht nur zu beschreiben, sondern auch zu deuten", sagte Messala, „was macht dich so sicher, dass deine Sichtweise die richtige ist. Verzeih, aber manches, was du gesagt hast, klingt in meinen Ohren überheblich."

Orosius zog seine Augenbraue hoch.

„Es mag so klingen, verehrter Tribun, aber du musst nur in

die Heilige Schrift schauen und du wirst dort die Wahrheit finden. Nimm das zweite Buch Daniel, die Kapitel 31 bis 45. Du findest dort die vier Weltreiche beschrieben. Das erste ist das assyrische, das zweite das macedonische, das dritte das karthagische und das vierte ist das römische. So, wie die ersten drei Reiche ihre Zeit hatten, so hatten auch wir Römer unsere Zeit eines Imperiums. Und die ist jetzt vorbei, abgelaufen, wie der Sand in einer Sanduhr! Zum Überleben braucht man jetzt die Hilfe anderer Völker. Nichts spricht dagegen, die Germanen zum Beispiel in unsere Völkergemeinschaft gleichberechtigt aufzunehmen. So, nur so kann und wird das Römerreich weiter bestehen, denn es ist nicht Gott, der es verderben will.

Im Gegenteil: Als Gott seinen Sohn auf die Erde schickte, da schickte er ihn nicht nur einfach irgendwohin, sondern er schickte ihn in eine römische Provinz. Hätte man das in Rom verstanden, es wäre anders ausgegangen. Aber man hat es zunächst als Bedrohung angesehen. Und doch hat der große Kaiser Augustus es durch seine *Pax Augusta* ermöglicht, den Boden für die Menschwerdung Gottes auf Erden zu bereiten. Damit wir uns da nicht falsch verstehen: Ich bin stolz darauf, römischer Bürger zu sein, und stolz darauf, Christ zu sein, und wenn sich im Reich beides sozusagen so vereinigt wie in mir, wie in uns allen hier, dann, und nur dann kann das *Imperium* fortbestehen. Gelingt diese Synthese aus Macht und Glauben aber nicht, so ist das Reich unweigerlich dem Untergang geweiht!"

Messala und der Senator blickten sich an. Aus ihren Blicken war zu entnehmen, was sie von den Theorien des Orosius hielten. Auch ihrem Gastgeber waren die gegenseitigen Blicke des Unverständnisses nicht entgangen.

„Lasst uns ein wenig in den Garten gehen. Die Frauen mögen inzwischen alles für die *Cena* vorbereiten. Ihr könnt doch so lange bleiben? Nie würde ich es mir verzeihen, wenn ich über all unsere Diskussionen meine Pflichten als Gastgeber vernachlässigen würde."

Messala blickte nach draußen. Die Sonne war fast untergegangen und sandte ein letztes trübes Zwielicht über die Stadt. Mehr als zehn Stunden blieben ihnen noch bis zum Treffen mit Aulinus. Messala nickte und sprach für den Senator mit.

„Wir fühlen uns durch dein großzügiges Angebot geehrt und nehmen es gerne an."

„*Bene, amici, eamus in hortum ergo* – Schön, Freunde, wir wollen also in den Garten gehen."

Sie traten durch eine schmale Terrasse und sahen vor sich einen großzügigen Garten in einem Meer von blühenden Mandelbäumen. Kleine Springbrunnen säumten die schmalen, kieselbelegten Wege und überall waren Fackeln in Ständern befestigt und tauchten den Garten in fast mystisches Licht. Vom Meer zog eine ständige, leichte Brise herüber und der salzige Geruch des Meeres mischte sich mit dem Duft der Mandelblüten zu einem sinnenverwirrenden Aroma.

„Ein herrlicher Platz hier", Messala war von Anblick und Duft gleichermaßen überwältigt, „eine Oase des Friedens."

Strabo pflichtete ihm bei: „Man möchte gar nicht weggehen von hier, aber Antiochia wartet."

„Du hast recht. Aber für heute wollen wir die Gastfreundschaft unseres Gastgebers genießen."

Orosius war zu ihnen getreten und atmete die Luft tief ein. Schweigend betrachteten sie das überwältigende Panorama, bis plötzlich eine Stimme aus dem Hintergrund ertönte: „*Cena parata est* – Das Essen ist bereit. Bitte folgt mir ins *Triclinium*."

Simeon ging voran und führte seine Gäste ins Speisezimmer. Eigentlich trägt dieser Raum seinen Namen aus der Tatsache, dass drei *Klinien*, Essensliegen, um den Tisch herum gruppiert werden, in diesem Fall aber waren es vier Liegen, die um die niedrigen Tische herum standen. Messala und Strabo erhielten die Ehrenplätze in der Mitte.

„Wir speisen hier gerne nach altrömischer Art, wenn wir Gäste haben", erklärte Simeon, „ich fände es schade, diesen bequemen Brauch ganz aufzugeben. Lasst uns sehen, welche Genüsse die Küche bieten kann."

Und der Begriff Genuss war nicht übertrieben. Seit langer Zeit hatten die Reisenden aus Bethlehem nicht mehr so gut gespeist. Als Vorspeise reichte Lucia rohe Salate mit kleingehackten Pilzen und Nüssen, dazu Weißbrot, das in eine Honigsoße getunkt wurde. Danach gab es Platten mit verschiedenen Arten von Fisch, garniert mit Spargel, Eiern und Gurken und mit gehacktem Fleisch gefüllte Kohlblätter. Das Mahl wurde durch einen schmackhaften Nachtisch aus getrocknetem Obst, Backwerk und gewärmter Datteltunke abgerundet. Dazu tranken die Männer *Mulsum*, mit Honig gesüßten Wein. Wie bei solchen Gastmählern im Orient üblich, waren die Frauen nicht anwesend.

Während des ganzen Mahls hatten sich die Männer angeregt unterhalten, wobei theologische Themen bewusst ausgeklammert wurden. Stattdessen wurde die Reise nach Antiochia erörtert und die Gefahren, die einer Seereise zu dieser Zeit drohten. Messala blickte nach draußen. Der Mond hatte seinen höchsten Stand erreicht.

„Es wäre Zeit für uns, uns zurückzuziehen und ein wenig zu ruhen", sagte er.

„Selbstverständlich, ihr habt morgen eine lange Reise vor euch und es wäre nicht recht, eure Gesellschaft über die Maßen zu beanspruchen. Maria wird euch die Gästezimmer zeigen."

Messala und Strabo verabschiedeten sich von Orosius und ihrem Gastgeber und bedankten sich sehr herzlich.

Nach wenigen Stunden des Schlafes wurden sie von Simeon geweckt und verließen unter nochmaligem Dank sein gastliches Haus. Durch die verlassenen Gassen Caesareas eilten sie zum Hafen.

XXIII. ANTIOCHIA – PERLE DES OSTENS

Aulinus erwartete sie schon.

„Hier herein", rief er fröhlich. Es war unübersehbar, dass er einige Krüge Wein geleert hatte. In einem Nebenraum übergab er den Männern ihre Uniformen, eine Ledertasche mit der Legionspost und das Begleitschreiben. „Kurz vor Sonnenaufgang macht ihr euch auf den Weg. Die *Libertas* liegt am Ende des zweiten Kais, ihr könnt sie nicht übersehen. Sie ist das einzige Schiff, das zu diesem frühen Zeitpunkt in See sticht. Also, Freunde, macht mir keine Schande."

Er rülpste laut und lachte. Krachend schlug er seine Hand auf Messalas Schulter und torkelte davon.

Wenige Stunden später standen die Männer in ihren neuen Uniformen vor dem Schiff. Über eine schmale Planke betraten sie den Boden des Seglers und wurden von dem wachhabenden Legionär empfangen. Sie stellten sich vor und baten darum, den Kapitän zu sprechen.

„Ich bin Gnaeus Coranus, Kapitän der *Libertas* im Range eines *Centurio Classicus*. Willkomen an Bord, Tribun, und auch dir, Senator. Der Hafenkommandant hat mir von eurem Kommen berichtet. Darf ich das *Diploma* sehen?"

Der hagere junge Unteroffizier blickte sie freundlich an. Messala übergab das Schreiben. Coranus warf einen kurzen Blick darauf und sagte dann:

„Ein Senator, der Post überbringt, ist ungewöhnlich." Er schmunzelte, als habe er das Manöver sofort durchschaut. „Aber gleichwohl, ich freue mich über zwei edle Gäste an Bord. Während der Segelmanöver und bei schlechtem Wetter bitte ich die Herren, ihre Kabine unter Deck einzunehmen. Ansonsten wird es mir ein Vergnügen sein, wenn ihr mir an Deck Gesellschaft leistet. Tharax, zeige den Herren ihre Kabine!"

Ein Matrose mit pockennarbigem Gesicht und einer Narbe,

die quer über die rechte Wange verlief, erschien und führte sie an der Hauptluke vorbei zur Treppe. Messala warf einen kurzen Blick durch die Luke. Die *Libertas* war ein Segelschiff mit Hilfsriemen, was bedeutete, dass die Ruderer nur im Notfall eingesetzt wurden. Sie verfügte an beiden Seiten über je vier Doppelruder und die entsprechende Anzahl von Ruderern. Aus der offenen Luke tönten gedämpfte Laute und der säuerliche Gestank menschlicher Ausdünstungen mischte sich mit dem Geruch billigen Essens.

„Alles verurteilte Sträflinge", erklärte Tharax. „Sie sind noch frisch. Wir machen jetzt erst die dritte Fahrt mit ihnen."

Messala ging einen Schritt zurück und warf einen Blick nach unten. Seine Augen mussten sich erst an die Dunkelheit gewöhnen, die im Ruderraum herrschte. Fackeln warfen ein schwankendes Licht auf halbnackte Männerkörper, die mit Eisenbändern an ihre Bänke gefesselt waren. Die Gefangenen hatten gerade ihr Frühstück beendet und unterhielten sich flüsternd.

„Sie verdienen kein Mitleid", höhnte Tharax. „Die meisten sind Deserteure aus dem Westreich, Feiglinge und Vaterlandsverräter. Sie haben wohl geglaubt, wenn sie aus Rom oder den westlichen Provinzen hierhin fliehen, können sie aus dem Legionsdienst austreten wie aus einem Jungfrauenverein. *Neptunus eos perdat* – Neptun möge sie vernichten. Pack, elendes!" Tharax spuckte voll Verachtung durch die Luke.

Bei diesen Worten war ein unmerkliches Zucken über das Gesicht des Tribuns gegangen. Deserteure aus dem Westreich – was war er anderes? Messala dankte seinem Herrgott, dass ihm dieses Los erspart geblieben war.

„Wir wollen nach unten gehen, Marcus", sagte Strabo, dem die Gefühlswallung seines Begleiters nicht entgangen war, „ich würde mich gerne noch etwas hinlegen."

Tharax zeigte ihnen die Kabine, die durch einen Vorhang von anderen Kabinen abgetrennt war, und ging murmelnd weg.

„Ein unsympathischer Zeitgenosse", sagte Messala und runzelte die Stirn, „den hätte ich gerne unter meinem Kommando gehabt."

„Lass gut sein", beschwichtigte der Senator, „wir dürfen hier auf keinen Fall auffallen. „Ah, was drückt diese Uniform, der Lederpanzer bringt mich fast um. Und diese Stiefel erst."

Mit einem Seufzer warf er sich auf die schmale Liege, die in der Ecke der Kabine stand.

Laute Kommandorufe auf Deck zeigten an, dass der Segler ablegte und wenig später spürten sie das Schwanken des Meeres unter ihren Füßen. Ein sanfter Ostwind begleitete ihre Ausfahrt, während im Osten die Sonne erste wärmende Strahlen aussandte.

Nach einigen Stunden erholsamer Ruhe begaben sich die beiden Männer an Deck. Die Sonne stand auf ihrem Höhepunkt, aber der Wind hatte nachgelassen und nur sanfte Brisen schaukelten den Segler hin und her. Coranus stand vor der Luke.

„*Ad remos!* – An die Ruder!"

Sofort begann das monotone Schlagen der Rudertrommel und in gleichmäßigen Zügen senkten sich die Ruder in das Wasser. Die *Libertas* nahm jetzt langsam Fahrt auf. Coranus stellte sich neben sie an die Reling und zeigte Richtung Osten.

„Die Wolken verheißen keinen Wind, dann müssen es eben die Ruder schaffen."

Dann wandte er sich an Messala und blickte ihn neugierig an. „Wo ist deine Dienststelle, Tribun?"

Messala hatte mit solchen Fragen gerechnet und sich entsprechende Antworten bereitgelegt.

„Jerusalem", antwortete er mit abweisender Miene, „ich reise in geheimer Mission."

„Du bist der geheime Truppeninspizient, den sie in Antiochia erwarten, nicht wahr? Aber verzeih meine Neugier, natürlich kannst du mir darüber keine Auskunft geben. Warst du schon einmal in dieser Stadt?"

Messala verneinte. „Ich kenne sie", mischte sich Strabo ein, der neben den Männern stand.

„Und, wie gefällt sie dir, Senator?", fragte Coranus.

„Gut", gab Strabo zurück, „eine außergewöhnlich prächtige Stadt."

„Ja, das stimmt. Wir sind recht stolz auf sie."

„Wir?"

„Antiochia ist meine Geburtsstadt", lachte der Kapitän, „meine Familie kommt zwar aus Brundisium, ist aber schon seit fast hundert Jahren hier ansässig. Antiochia ist auch für uns Christen eine historische Stätte. Übrigens, zu welchen Göttern betet ihr, wenn die Frage erlaubt ist?"

„Zu dem gleichen wie du", gab Messala zurück, „wir sind auch Christen. Aber sag, was meinst du mit historischer Stätte?"

Die Miene des Kapitäns hellte sich auf, als er seine Gäste als Glaubensbrüder erkannte.

„In Antiochia annullierte einst Kaiser Jovian die schlimmen Edikte Julians gegen uns Christen", sagte er. „Und hier wurden unsere Glaubensbrüder zum ersten Mal als *Christiani* bezeichnet. Vorher nannte man sie *Galiläer* oder *Nazarener*, was die Sache ja wohl nicht richtig trifft, nicht wahr? Übrigens sprechen die meisten Einwohner noch die Sprache unseres Herrn, aramäisch, neben griechisch natürlich. Lateinisch ist zwar Amtssprache, aber auf den Straßen wirst du es nicht finden. Dennoch ist es keine christliche Stadt, sie ist eine rechte Heidenstadt. Und dennoch liebe ich sie! Ihr müsst einmal, wenn ihr Zeit habt, auf den Gipfel des Kasios steigen und auf die Stadt heruntersehen, es ist unvergleichlich! Vier Mauern aus verschiedenen Epochen kannst du von oben noch erkennen, die Mauer des Tiberius mit dem Osttor, die Mauer von Seleukus, die am *Campus Martius* endet, die Mauer des Justinian mit der alten Zitadelle und die neueste, die des Theodosius mit dem bekannten Cherubimtor."

„Mauern aus verschiedenen Epochen sind nichts Besonderes", entgegnete Messala lächelnd. „Was gibt es noch an dieser Stadt, das so unvergleichlich ist?"

„Hm, das will ich dir sagen. He, ihr Faulpelze, haltet den Takt!"

In der Tat war der Schlagtakt unregelmäßig geworden und das Schiff driftete leicht nach links, kam aber sofort wieder auf Kurs.

„Nun, Antiochia war einst die prächtige Königshauptstadt der Seleukiden. Dann kamen die Griechen. Große Baumeister haben ihre Spuren hinterlassen wie Xenäos oder Apollodor von Damaskus. Wir Römer haben uns hier seit Pompeius Magnus verewigt. Und so trägt die Stadt eben die Spuren höchst verschiedener Kulturen. Wir haben prachtvolle griechische Säulenstraßen mit Arcaden, römische Aquädukte, ein orientalisches Theater, eine Arena, einen Circus, ein Stadion, Thermen, eine große christliche Basilica und etwa zwanzig Kirchen, von allem etwas. Rund um die Stadt liegen die Prachtvillen der Reichen. Die einen im griechischen Baustil, die anderen im orientalischen, mit ihren syrischen Rundbogen an Tür und Fenster. Das gibt einen herrlichen Kontrast. Und Paläste, überall Paläste. Selbst Rom mit all seiner Pracht kann kaum schöner sein. Und immerhin ist Antiochia die drittgrößte Stadt des Reiches."

Interessiert hatten Messala und Strabo den Ausführungen des Kapitäns zugehört.

„Jetzt müsst ihr mich entschuldigen", sagte Coranus plötzlich und starrte in die Luft, „es kommt Wind auf, wir müssen das Hauptsegel setzen."

Während sich die beiden Passagiere unter Deck begaben, schallten laute Kommandorufe über das Schiff. Die *Libertas* legte sich in den Wind, ächzte und knarrte und nahm dann schnelle Fahrt auf.

Der Wind blieb günstig und so lief die *Libertas* vier Tage später in Seleukia ein, dem Hafen von Antiochia. Strabo gab seine Postmappe in der Hafenkommandantur ab und die Männer verabschiedeten sich herzlich von Kapitän Coranus.

„Vergesst nicht, mich zu besuchen", rief er zum Abschied. „Fragt in Antiochia nur nach der *Villa Corana* am *Forum Valensium*, die kennt jedes Kind. In drei Wochen habe ich vier Tage Urlaub."

Messala versprach es und winkte ihm freundlich zu. Von Seleukia brachte sie ein Pferdemietwagen in zwanzig Minuten nach Antiochia. Gegen Mittag betraten sie die alte Königsstadt der Seleukiden. Eine Brücke über den Orontes führte zum Brückentor, wo zahlreiche Mietkutscher schon auf ihre Kunden warteten.

„Wir wollen uns wieder eine Kutsche mieten", schlug Senator Strabo vor. „Das Haus von Dositheus liegt am anderen Ende der Stadt hinter dem *Nympaeum*. Das gibt dir Gelegenheit, etwas von den Schönheiten der Stadt bequem zu sehen."

Für zehn Silberdrachmen übernahm ein bärtiger, syrischer Kutscher die Fahrt.

Coranus hatte recht gehabt, lateinisch sprach hier fast niemand. Da Strabo und Messala nur Brocken von Aramäisch kannten, kam ihnen ihre gediegene Bildung zustatten, die selbstverständlich auch gute griechische Sprachkenntnisse einschloss. Durch das herrlich verzierte Cherubimtor gelangten sie in das Innere der Stadt. Eine breite, marmorgepflasterte Hauptstraße führte schnurgerade an der alten Mauer des Seleukus entlang, von der jetzt freilich nur noch Überreste zu erkennen waren. Die Straßen waren von herrlichen Arcaden gesäumt, in deren Schatten schwatzende Müßiggänger wandelten und die einladenden Angebote der zahlreichen Geschäfte studierten. Messala war erstaunt.

„Solch eine Pracht hatte ich nicht erwartet. Coranus hat nicht übertrieben. Antiochia ist eine prachtvolle Stadt."

„Dort hinten Arena", radebrechte der Kutscher in schlechtem Griechisch. „Und dort", er wies mit der Hand nach rechts, „großer Amphitheater. Davor jüdisches Viertel, wohnen viele Juden da. Wurden schon von den Seleukiden geholt, alle Bürgerrecht. Dahinter Viertel Epiphania. Wohnen Schiffseigner und reiches Kapitäne."

Messala meinte einen Ausdruck der Verachtung auf der Miene des Mannes zu lesen, als er von dem Judenviertel sprach, schwieg aber. Sie folgten der Hauptstraße, die nun auf der rechten Seite von einem zweistöckigen Aquädukt begleitet wurde, und überquerten ein kreisrundes *Forum*, das *Forum* des *Valens*, wie eine Schriftsäule mitteilte. Hier in der Nähe musste Coranus seinen Wohnsitz haben. Er fragte den Kutscher danach, und der wies auf eine kleine Villa aus weißem Marmor. „Coranus da!" Der Kutscher, der sich offenbar in der Rolle des Reiseführers gefiel, deutete nun mit großartiger Geste nach links. „Das da vorne Circus für Pferderennen, sehr bekannt. Wir brauchen von Rom und Alexandria nicht verstecken", betonte der Kutscher mit Stolz.

„Was ist das für ein Tempel?", fragte Messala, und wies auf einen dreischiffigen, hochaufragenden Bau.

„Tempel?" Der Kutscher lachte und zeigte ein gelbes, unregelmäßiges Pferdegebiss. „Nicht Tempel! Das Basilica unser Herr Jesus Christus."

„Du bist Christ?"

„Sicher, ich Christ. Antiochia größte christliche Gemeinde von Orient. Wir hier fast alle Christen. Nur Griechen noch lieben ihren alten Heidengöttern. Und die Juden noch, aber müssen sich schön bedeckt halten, sonst geht ihnen wie Juden in Alexandria."

„Wieso? Was ist in Alexandria passiert?", wollte Strabo wissen.

„Ägypter haben fast alle Heiden, Griechen und Juden, aus Stadt vertrieben. Bischof Cyrillus hat gesorgt, und hat gut getan."

Messala und Strabo warfen sich Blicke zu, und Messala fragte den Kutscher: „Du magst die Juden nicht?"

Der Kutscher brach in ein wieherndes Lachen aus und rief aus: „Mag? Nein, mag gar nicht! Juden starrsinniges Volk! Haben Christus umgebracht und sehen nicht ein. Warten immer noch auf Messias, dummes Volk! Menschen hier hassen Juden!"

„Aber du bist selbst Christ und kennst das Gebot der Nächstenliebe, das auch die Juden umfasst", wandte Strabo ein. „Christus hat ihnen am Kreuz verziehen, wie kannst du sie da hassen?"

„Ich nicht Christus, ich Basilios, der Kutscher. Kann nix verzeihen!"

Schweigend setzten die Männer ihre Fahrt fort.

Sie bogen von der Hauptstraße ab, überquerten ein weiteres prachtvolles *Forum*, das mit Standbildern römischer Kaiser geschmückt war und fuhren an einem langen Gebäude vorbei, das unschwer als Thermenanlage auszumachen war.

„Große Thermen das, viel Menschen gehen rein, immer sauber", lachte der Kutscher.

Sie waren jetzt wieder am Orontes angelangt, der die Stadt auf ihrer Westseite umschließt, und fuhren an einer Reihe prachtvoller Villen und Paläste entlang.

„Da Haus von Dositheus, sehr reiches Mann", der Kutscher zeigte auf eine prachtvolle Villa, die zur Straße hin durch eine hohe Mauer aus roten Ziegeln abgeschirmt war.

„Endlich am Ziel", stöhnte Strabo und rieb sich seinen Rücken. Die Reise in der ungepolsterten Kutsche hatte ihn ganz schön durchgerüttelt. Sie entlohnten den Kutscher und gingen auf das Tor zu. Noch bevor sie klopften, wurde geöffnet und ein junger Mann in einer sauberen, goldverbrämten *Tunica* begrüßte sie in makellosem Latein.

„Willkommen, edle Herren. Ich hoffe, ihr hattet eine gute Reise. Der Herr erwartet euch schon."

Der junge Mann führte sie durch den Innenhof in ein prachtvoll ausgeschmücktes *Atrium*. Aus mehreren Brunnen, die mit kunstvoll gestalteten, bronzenen Figuren der griechischen Mythologie umgeben waren, sprudelte kristallklares Wasser in die Becken aus weißem Marmor. Gärtner waren damit beschäftigt, rund um die Brunnen Beete anzulegen und ein Meer von bunten Pflanzen anzulegen. Vom *Atrium* führten mehrere Gänge zu den einzelnen Räumen. Alle Gänge waren weiß getüncht und mit farbenfrohen Gemälden versehen. Hinter dem *Atrium* erstreckte sich ein langer, mit griechischen Säulen umgebener Garten. Hier kam ihnen der Hausherr strahlend entgegen.

„Willkommen, Senator, herzlich willkommen. Und das muss Messala sein, der tapfere Tribun aus Rom. Auch du sei herzlich gegrüßt."

Dositheus war ein großer, stattlicher Mann, auf dem Kopf völlig kahl. Strahlend blaue Augen und eine kräftige Nase lenkten die Aufmerksamkeit auf das braungebrannte Gesicht, das von zahllosen Lachfalten durchzogen war. Herzlich umarmte er den Senator und reichte Messala nach altrömischer Sitte den Arm zur Begrüßung.

„Hattet ihr eine gute Überfahrt? Wir hatten euch eigentlich schon gestern erwartet?"

„Der Wind hat uns einen Streich gespielt, sonst wären wir schon gestern angekommen." Strabo drückte kräftig die Hand seines Gastgebers.

„Und in der Uniform eines Legionärs, welch prachtvolles Bild du doch abgibst."

Strabo lachte gequält. „Ich will froh sein, wenn ich die los bin. Für einen Mann in meinem Alter ist das nichts mehr."

„Für einen Mann von deiner Figur, willst du wohl sagen", neckte ihn Dositheus und spielte auf die Körperfülle des Senators an. „Dem Tribun steht sie aber vorzüglich."

„Der ist ja auch an Lederpanzer und Soldatenstiefel gewöhnt", maulte Strabo.

„Garion wird euch eure Zimmer zeigen", sagte Dositheus

versöhnlich. „Ihr könnt euch umziehen und dann nehmen wir in der *Bibliotheca* eine Erfrischung. Übrigens haben wir noch einen weiteren Gast, lasst euch überraschen."

Der junge Mann führte sie in einen Trakt des Hauses, der offenbar für Gäste reserviert war.

„Dies ist dein Zimmer, Tribun, und dies hier ist für dich, Senator. Wenn ihr einen Wunsch habt, betätigt bitte die Klingel." Dann verließ Garion die beiden Männer.

Beide Zimmer waren mit kostbaren Möbeln aus Zedernholz eingerichtet und hatten ein kleines *Balneum*, einen Waschraum. Auf dem Bett lag eine blütendweiße *Tunica* nebst einem purpurfarbenen Überwurf aus Seide. Die Männer wuschen sich den Staub der Reise ab und zogen die angebotenen *Tunicen* an.

„Ich fühle mich wie neugeboren", strahlte Strabo, „jetzt noch einen guten Wein und ich bin wieder der Alte."

Eine Sklavin führte sie in die *Bibliotheca* des Hausherrn, wo sie schon erwartet wurden. Alle vier Wände des Raumes waren mit Bücherregalen aus dunklem, geöltem Zedernholz bis zur Decke hin gefüllt, die mit Bücherrollen aller Art überfüllt waren. *Hieronymus würde sich hier wohlfühlen*, dachte Messala, sogleich aber wurde seine Aufmerksamkeit auf den Gast gelenkt, der neben Dositheus stand. Ein hochgewachsener Mann in fortgeschrittenen Jahren. Seine schlohweißen Haare kräuselten sich an den Schläfen zu langen Locken, ein langer, ebenfalls weißer Bart umrahmte ein strenges, asketisches Gesicht.

„Ich möchte euch den Rabbi Juda Ben Amon vorstellen, einen alten Freund von mir. Er ist übrigens sozusagen ein Landsmann von euch, denn er kommt aus Tiberias in Galiläa."

„*Schalom*", sagte Juda und nickte den beiden Römern freundlich zu.

„*Salve*", antworteten die Männer.

„Bitte, wollt ihr hier Platz nehmen." Dositheus wies auf eine Gruppe mit Brokat bezogener *Cathedrae*, hoher, bequemer

Lehnstühle, die um einen breiten Holztisch herum gruppiert waren. Während sich die Männer setzten, erschien eine junge, hübsche, dunkelhäutige Sklavin und brachte Wein, Wasser, kaltes Fleisch, Brot, Gebäck und Obst. Sie lächelte die Gäste schweigend an und verließ mit grazilen Bewegungen den Raum. Dositheus schenkte seinen Gästen Wein ein, während Juda Wasser nahm.

„Wie geht es deiner lieblichen Tochter?", fragte der Hausherr und trank den Gästen zu.

„Ich danke für dein Interesse", antwortete Strabo und nahm genüsslich einen Schluck Wein zu sich, „sie ist in besten Händen, wie ich hoffe. Als wir sie verließen, ging es ihr durchaus noch nicht gut. Ich bin aber zuversichtlich, dass man sie im Kloster der Eustochium wiederherstellen wird. Was meinst du, Marcus?"

Messala schloss sich dem Urteil des Senators an und ergänzte: „Ich werde froh sein, wenn ich sie wieder gesund in die Arme schließen kann."

„Das klingt nach junger Liebe, mein Freund", lächelte Dositheus, „wir wollen gemeinsam auf ihr Wohl trinken."

Die Männer lehrten ihre Becher und Dositheus schenkte nach.

„Echten Caecuber hatte ich lange nicht mehr", schmatzte Strabo, „eine Köstlichkeit. Übrigens vermisse ich ganz entschieden deine schöne Gattin und eure liebreizende Tochter."

„Ich muss um Nachsicht bitten", lächelte Dositheus, „aber da wir den genauen Zeitpunkt eurer Ankunft nicht kennen konnten, ist meine Gattin zu einem kurzen Besuch ihrer Schwester nach Apamea gereist und Lysara hat sie begleitet. Sie werden in zwei Tagen zurück sein. Einstweilen werdet ihr mit mir vorlieb nehmen müssen."

„Eustochiums Kloster, das liegt neben dem des Hieronymus', nicht wahr?", wandte sich Juda Ben Amon an Messala.

„Du kennst Hieronymus?"

„Nicht persönlich, aber ich habe viel von ihm gehört. Er muss ein sehr gelehrter und gefragter Mann sein." Der Jude sprach ein ordentliches Latein mit einem leichten aramäischen Akzent.

„*Recte*", antwortete Messala, „ein sehr gelehrter Mann. Übrigens spricht er auch deine Sprache."

„Meine Sprache? So, du meinst aramäisch. Es gibt nicht viele Christen, die die Sprache der Juden lernen. Es ist die Sprache der Christusmörder. Sie werden es uns nie vergessen, dass wir ihren *Ha-Haschiach*, ihren Messias, getötet haben. Oder den, den sie für ihn hielten!"

Messalas Neugier war geweckt. Solange er sich im Heiligen Land aufhielt, hatte er sich noch nie länger mit einem Juden unterhalten. Auch in Rom hatte er nie dazu Gelegenheit gehabt.

„Du hältst Jesus Christus nicht für den Messias?"

„Nein!"

Judas Stimme hatte einen härteren Klang angenommen.

„Hielte ich ihn dafür, wäre ich, wie so viele andere auch, zu eurem Glauben übergetreten und hätte mich taufen lassen! Er war sicher ein würdiger Rabbi, manche mögen ihn gar für einen Propheten halten, aber der Sohn Gottes, wie ihr ihn nennt, der erwartete Messias, das war er nicht!"

„Was macht dich so sicher?", wollte Strabo wissen. „Immerhin entwickelt sich das Christentum zur größten Glaubensgemeinschaft des Erdkreises. Außerdem haben sich in ihm alle Ankündigungen der Propheten eurer Vorväter erfüllt."

„Das mag so sein oder auch nicht. Ich denke, dass man vieles so hingebogen hat, dass es den Anschein der Erfüllung hatte." Judas Miene hatte jede Freundlichkeit verloren.

„Solange eure Prediger unsere Glaubensbrüder verunglimpfen und den Hass predigen, mag ich mich noch nicht einmal mit der bloßen Vorstellung beschäftigen."

„Verunglimpfen? Hass? Was meinst du damit?" Aus Messalas Frage klang ehrliche Neugier.

„Es ist jetzt etwa zwanzig Jahre her", nahm Dositheus das Wort, „da hielt hier in dieser Stadt Chrysostomos acht Predigten. In diesen Predigten nannte er die Juden *fleischlich, geil, verflucht*. Und Chrysostomos ist nicht irgendeiner. Er ist der Patriarch von Constantinopel, seine Worte haben Gewicht."

„Aber man kann unmöglich den Wert eines Glaubens danach bemessen, was einer seiner Anhänger sagt, sei er auch Patriarch", wandte Strabo ein.

„*Recte*", ergänzte Messala, „und überhaupt, Christen und Juden entstammen einer gemeinsamen Wurzel, glauben an den gleichen Gott."

„Aber ihr habt diese gemeinsame Wurzel verlassen, ihr habt auch das Zeichen des Bundes abgelegt. Oder seid ihr etwa wie ich beschnitten?"

Messala schüttelte den Kopf. „Nein, das ist ein überflüssiges Relikt der Vergangenheit und heute … "

„Überflüssig?", schrie Juda und eine steile Falte des Zorns prägte seine Stirn, „woher nimmst du das Recht, solche Dinge als überflüssig zu bezeichnen? Dinge, die Jahwe selbst unseren Vorvätern aufgetragen hat."

Dositheus merkte, dass das Gespräch eine unerfreuliche Wendung zu nehmen begann. Beschwichtigend legte er seine Hand auf den Arm Judas und sagte: „Der Tribun hat dich gewiss nicht beleidigen wollen, alter Freund. Lasst mich, der ich weder Christ noch Jude, sondern nur euer Gastgeber bin, Mittler eures Streits sein. Ich bitte euch, den Frieden dieses Hauses zu wahren."

Messala nickte versöhnlich.

„Es lag nicht in meiner Absicht, dich zu verletzten, ehrenwerter Rabbi. Ich habe absolut nichts gegen die Juden. Unser Herr Jesus Christus selbst war Jude. Und ich bedaure es sehr, dass sich beide Glaubensgemeinschaften so weit auseinander entwickelt haben, dass sie scheinbar nicht mehr zusammenfinden können."

Auch Juda lenkte ein.

„Ich war etwas aufbrausend. Verzeih, werter Dositheus, und auch ihr, edle Gäste. Und doch will es mir scheinen, dass ihr Christen unseren Gott sozusagen vereinnahmt habt."

„Wir haben ihn nicht vereinnahmt", erwiderte Messala in ruhigem Tonfall, „wir verehren ihn als Gottvater und Jesus Christus, den Heiland und Messias, als seinen Sohn, der auf die Erde geschickt wurde, um die Last der Sünden aller Menschen auf sich zu nehmen, und der durch seine Auferstehung den Tod und die Macht des Bösen für alle Zeiten gebannt hat."

„So? Es ist merkwürdig. Wenn ich euch Christen beobachte, will es mir scheinen, dass ihr den Sohn mehr verehrt als den Vater. Ist das nicht ein Widerspruch?"

„Nein, kein Widerspruch. Vater und Sohn sind eins. Sie und der Heilige Geist bilden eine Einheit. Wer den Sohn verehrt, verehrt den Vater. So hat es uns Christus gelehrt."

Während er so sprach, wanderten die Gedanken nach Bethlehem zu Hieronymus zurück. Dem Alten hätte es wohl gefallen, wie er hier als Verteidiger des wahren Glaubens auftrat. Vielleicht hätte er ihn als guten Schüler gelobt? Und wirklich, er hatte viel bei dem gelehrten Mönch gelernt und empfand fast so etwas wie Stolz auf sich. Und was würde der streitsüchtige Jude wohl sagen, wenn er Senecas Truhe kennen würde? Wie hätte er auf die Beweiskette von Hieronymus reagiert?

Jedenfalls wäre Juda ein besserer Gegner für die Auseinandersetzung, als es Messala war. Aber Hieronymus wäre auch ein unangenehmerer Streitgenosse! Er schien keine besondere Vorliebe für die Juden zu haben, und einiges von dem, was der radebrechende Kutscher gesagt hatte, hätte auch von Hieronymus sein können. Oder doch nicht? Die energische Stimme von Dositheus riss ihn aus seinen Träumen.

„Das klingt gut und mag fürs Erste reichen. Später wird immer noch Gelegenheit sein, die Dinge *sine ira et studio* zu erörtern."

Dositheus war immer noch um versöhnliche Stimmung bemüht.

„Wenn sich meine verehrten Gäste jetzt etwas ausruhen wollen, so darf ich euch in einer Stunde zur *Cena* erwarten. Vielleicht möchtet ihr aber auch einen kleinen Spaziergang durch die Stadt machen. Sie ist jetzt bei Sonnenuntergang besonders reizvoll."

Messala und Strabo entschieden sich für den Spaziergang und Dositheus gab ihnen Garion als Führer mit.

Ein schmaler Weg führte zum Orontes herunter, der seine trüben, gelblich-braunen Fluten gemächlich an den befestigten Ufern entlang wälzte. Nach kurzem Weg führte eine kleine Gasse zu der Hauptstraße, die sie heute Mittag schon bewundert hatten. Gebäude, Säulen und Monumente erstrahlten jetzt im Licht zahlloser Fackeln, die auf marmornen Säulen angebracht waren. Gut gekleidete Menschen drängten sich über die breiten Straßen, Händler hatten Stände aufgebaut und überboten sich in der Anpreisung ihrer Waren. Ein lärmendes Schwatzen, Kichern und Rufen sorgte für einen ständigen Geräuschpegel.

„Ein prächtiger Anblick", meinte Strabo, „er hat mich schon damals fasziniert. Antiochia ist eine herrliche Stadt."

„Sie ist eine verdorbene Hure", meinte Garion geringschätzig und zuckte die Achseln. „Für Fremde und Gäste mag sie ihre Reize haben. Wer hier wohnt, kennt sie besser."

„Du sprichst so verächtlich von deiner Stadt", wunderte sich der Senator, „wie kommt das?"

„Es ist nicht meine Stadt", sagte Garion mit Entschiedenheit. „Ich war von Geburt an Sklave, meine Familie stammt aus Cappadocien. Jetzt bin ich ein *Libertinus*, ein Freigelassener, aber meine Stadt wird es nie werden."

„Und warum nicht?", fragte Messala.

„Weil ich sie hasse! Siehe, ich bin Christ, wie ihr es seid. Und ein Christ kann diese Stadt nicht lieben. Gäbe es einen Preis für die zügelloseste Stadt des ganzen Reiches, Antiochia würde ihn mit Leichtigkeit gewinnen."

„Zügellos? Das ist mir damals gar nicht aufgefallen. Wieso denn?"

„Schau nur dort herüber." Garion wies mit seinem Finger auf die andere Straßenseite, wo eine Gruppe grell geschminkter Frauen zusammenstand und lebhaft schwatzte. „Huren, Harfenistinnen, wie sie sich nennen. Die Stadt ist voll davon. Freudenmädchen, Flötistinnen, Triangelschlägerinnen, es gibt tausend Namen für sie. Daneben Possenreißer, Taschendiebe, Kuppler und Wahrsager, Gaukler und Magier. Sie alle haben sich hier breitgemacht wie ein Krebsgeschwür im erkrankten Körper. Und sie finden allemal ihre Kunden. Die Menschen dieser Stadt, sie haben das Arbeiten und das Denken verlernt, nicht aber das Handeln und Geschäftemachen. Antiochia, das heißt Schachern und Handeln, Vergnügen und Prassen. Was einer morgens mit Handel verdient, das verprasst er abends mit Freudenmädchen. Von der syrischen Flötistin, der Ambubaia, sprach man schon im Rom des Augustus voll Ekel. Von morgens bis in die tiefe Nacht hallt Flötenspiel und Harfenschlagen durch die Gassen, und die Gäste, die sich durch die Menschenmengen zum nächtlichen Gelage durchschlagen, werden am meisten von denen gestört, die gerade von einem solchen kommen. In den Thermen wird nicht der Säuberung wegen gebadet. Nein! Männer und Frauen baden gemeinsam und Säuberung ist das letzte, was ihnen dabei in den Sinn kommt."

Garion sprach voller Abscheu. Messala war über ihn und seine Ansichten doch recht verwundert. Ein junger, gut aussehender Mann und solche Ansichten, die viel eher zu dem sittenstrengen Hieronymus passten. Er wollte ihn nach diesem Widerspruch fragen, aber schon fuhr der Jüngling mit zornbebender Stimme fort: „Diese Stadt hat nichts im Sinn als Tanzen und Trinken. Die Wirte kommen mit ihren Preissteigerungen gar nicht so schnell nach, wie die Gästen ihre Weine aussaufen."

Wie zur Bestätigung kamen sie gerade an einer *Caupona* vorbei, die hell erleuchtet war. Der grölende Gesang trunkener Männer hallte durch die Straße. Ein Blick durch die offenen Fenster zeigte Horden von weinseligen Männern, die an Tischen saßen. In der einen Hand hielten sie den Weinbecher, mit der anderen Hand grapschten sie nach den jungen, kaum bekleideten Mädchen, die auf ihren Knien saßen und sich dies offenbar gerne gefallen ließen. Kreischende Schreie und kichernde Stimmen zeigten an, wenn ein Mann mit seinen Händen die richtigen Stellen gefunden hatte. Angewidert drehte sich Messala um und Garion fuhr unbeirrt fort:

„Siehst du, was ich meine. Kneipen und Huren gibt es überall auf der Welt, aber in Antiochia scheinen sie erfunden worden zu sein. Aber das ist nicht alles. Antiochia war nie eine Stätte der hohen Künste oder der Wissenschaften. Die niedrigen Künste sind es, die hier gefragt sind. So viele schlechte und derbe Theaterstücke wie hier gibt es nirgendwo. Die Menschen hier gieren geradezu danach. Als vor fast siebenhundert Jahren die Perser vor der Stadt standen, bemerkte das niemand im Theater. Erst als ein Hagel von Pfeilen vom Berg herab die dichten Zuschauermassen dahinmähte, wurde man auf den Feind aufmerksam.

Nicht die hohe Kunst eines Plautus oder Terentius gedeihen hier, sondern die laszive Satire, die schlüpfrige Komödie. Nicht die Philosophie eines Plato oder Seneca, sondern der frivole Schundroman und die primitive Burleske. Hier verstehen es die Zypressen zu flüstern, aber nicht die Menschen gebildet zu reden. Nimm als Beispiel nur Lucianos von Samosata, den frechen Spötter, der doch nur Menippos nachgeahmt hat. Und verlässt du erst die Stadt und begibst dich die paar Meilen nach Daphne, dann findest du alles noch übertroffen. Daphne ist das große Vergnügungszentrum von Antiochia, als gäbe es hier nicht genug solcher Einrichtungen."

„Und doch war Antiochia die erste Stadt des Orients, in der das Christentum wahrhaft Fuß gefasst hat. Ist das nicht ein Widerspruch?", wandte Messala ein.

„Einer von vielen Widersprüchen, die in dieser Stadt zu Hause sind", gab Garion seufzend zu. „Hier hat der Evangelist Lucas gelebt und auch Matthäus sein Evangelium geschrieben, hier in diesem schlimmsten Sumpf des römischen Reiches. Hier haben die Apostel Paulus, der selbst Syrer war, und Barnabas gepredigt, hier gab es große Bischöfe und Patriarchen. Bei den *Concilien* saßen sie gleichberechtigt neben den Bischöfen von Rom oder Alexandria. Zur Zeit der Verfolgungen waren die Kerker hier voller mit gequälten Glaubensbrüdern als anderswo. So ist der Syrer eben, im Laster und im Glauben gleichermaßen maßlos.

Mit der gleichen Intensität, mit der er jetzt Christus verehrt, hat er über Jahrhunderte die syrische Astarte geliebt, die Blut fordernde Ma, den Gott Baal von Doliche oder den aus Parthien kommenden Mithras. Die Namen haben sich geändert, der Glaube ist geblieben. Wie tief er ist, wer kann es sagen? In Gaza, der südlichsten Stadt Syriens, gab es vor einigen Jahren ein Pferderennen, bei dem die Pferde eines eifrigen Heiden gegen die eines ebenso eifrigen Christen liefen. Als *Christus* den *Marnas* schlug, ließen sich viele Heiden taufen."

Garion lächelte. „Vielleicht habe ich auch in manchem übertrieben. Du findest hier auch die schönsten Kirchen des Reiches, die größte Askese, die strengsten, aber auch seltsamsten Heiligen. Wir haben hier Heilige – wir nennen sie *Styliten*, Säulenheilige –, die ihr ganzes Leben auf einer Säule sitzend zubringen und glauben, damit Gott zu dienen."

„Und ihr habt hier die besten Kaufleute, wie Dositheus", ergänzte der Senator lachend, „deshalb sind wir hier."

„Ohne Zweifel, und ihr habt Glück, dass ihr an Dositheus geraten seid. Es gibt nicht viele Kaufleute hier, die so ehrlich sind wie er. Tatsächlich findet man überall am *Mare Internum* die Handelskontore der Syrer, ihre Agenturen und Banken. Ob Delos, Lutetia, Lugdunum oder Athen, die Syrer sind schon da. Die syrischen Krämerbanden haben schon fast der ganzen Welt ihr Messer an den Hals gesetzt. Der wuchernde

Geist der Gewinngier ist fast noch stärker als die Lust am Vergnügen."

Er machte eine kurze Pause und holte tief Luft.

„Und was hier erzeugt wird, wird auch von hier vertrieben, die Gewinne steckt man lieber selbst ein. Die Glasfabriken von Sidon, die Purpurfärbereien von Tyrus, die Waffenwerkstätten von Damaskus, die Flachswebereien von Gaza, sie liefern über Antiochia in alle Welt. Dazu ist das Land von Boden und Klima begünstigt. Ganz Syrien hat Überfluss an Getreide, Öl und Wein."

Sie hatten jetzt einen kleinen Platz erreicht, der mit Säulen, Brunnen und Monumenten prächtig geschmückt war. Kristallklares Wasser sprudelte aus den Brunnen, bildete bunte Fontänen und ergoss sich wieder in das Becken. Rings um den Platz lag ein Wirtshaus neben dem anderen, alle waren mit sangesfreudigen Zechern angefüllt, der weinselige Gesang wetteiferte mit dem schrillen Kreischen der Frauen und erfüllte den Platz und die anliegenden Gassen mit infernalischen Misstönen.

Auf dem Platz selbst herrschte nun bei Anbruch des Abends ein buntes Treiben: Feuerschlucker demonstrierten ihr Können, Artisten bauten menschliche Pyramiden und erhielten dröhnenden Beifall, ein nubischer Bärenfänger ließ einen gewaltigen Schwarzbär nach den Tönen einer Kithara tanzen, die ein zierliches, nach arabischer Art tief verhülltes Mädchen dem Instrument entlockte. Vor einem Zelt verkündete ein riesenhafter Kerl lauthals, dass Latinia, die Königin der Nacht, für zehn Drachmen die Zukunft aus der Hand lesen könne.

Die Männer blieben einen Augenblick stehen und ließen sich von der bunten Vielfalt dieses orientalischen Basars verzaubern. Humpelnd näherte sich ein Bettler Messala und streckte ihm seine gichtverkrümmte Hand entgegen. Er murmelte dabei einige aramäische Worte und blickte den Römer aus seelenlosen Augen an. Bevor Messala reagieren konnte, griff

Garion in seine Tasche und gab dem Mann einige Münzen, worauf dieser den Saum seines Gewandes ergriff und küsste. Mit einem Schwall fremdländisch klingender Lobpreisungen humpelte er davon. Wenn Messala es richtig sah, war es aber jetzt das andere Bein, das der Mann leidvoll nachzog.

„Die Bettler sind hier die gleichen Betrüger wie in Rom", schmunzelte er.

„Wir sollten zurückgehen", meinte Garion, dem das Treiben hier offenbar zuwider war, „Dositheus hat es gerne, wenn die Gäste zum *Convivium* pünktlich erscheinen."

XXIV. Ein Gastmahl im Hause des Dositheus

Eine prachtvolle *Cena* erwartete die Gäste im festlich geschmückten Haus ihres Gastgebers. Dositheus hatte alles
aufgeboten, was sein verschwenderischer Haushalt bot. Aus-
gewählte, hübsche Sklavinnen schmückten die Gäste nach
altrömischem Brauch mit Lorbeerkränzen und bedienten
aufmerksam. Harfenistinnen und Flötistinnen in zarten,
hauchdünnen blauen Gewändern begleiteten das Mahl mit
einschmeichelnden Melodien. Dositheus selbst bediente seine Gäste, die im prachtvoll geschmückten *Triclinium* Ehrenplätze einnahmen.

Die *Gustatio*, eine köstliche Kreation von Krustentieren
und Fischen in einer pikanten Soße, reizte die Gaumen der
Gäste behutsam und weckte die Lust auf mehr. Dazu tief-
roter Wein, mit eisgekühltem Wasser vermischt. Während
des Essens unterhielten sich die Männer über unverfängliche
Themen wie Handel oder die Entwicklung der politischen
Verhältnisse, stets bemüht, keine neuen Unstimmigkeiten
aufkommen zu lassen.

Als zweiter Gang erwartete die Gäste eine Fleischpaste mit
zartem Hühnerfleisch, umlegt mit weichgekochten Eiern in
Safransoße. Dazu ließ der Hauherr leicht erwärmten *Mulsum*
reichen. Die Harfenistinnen wurden nun abgelöst von einer
Truppe ägyptischer Akrobaten, die die wagehalsigsten Kunst-
stücke vorführten und die schon leicht angeheiterten Gäste
zu lauten Bravorufen animierten.

Messala, solch anstrengener Speisefolge schon lange entwöhnt, beobachtete schon sorgenvoll seinen Bauch, der sich
unter der *Tunica* zu spannen begann. Aber schon brachten
die Sklaven auf großen duftenden Silberplatten einen Zick-
leinbraten, der mit verschiedenen Gemüsen wie Mangold,
Oliven, Gurken und Zwiebeln garniert war. Die Akrobaten
hatten inzwischen unter viel Beifall das *Triclinium* verlassen und einer verschleierten Tänzerin Platz gemacht, die die

Blicke der Gäste sofort auf sich zog. Anmutig und grazil begann sie, sich nach den Tönen von Flöte und Harfe zu bewegen. Gebannt blickten die Gäste auf die Tänzerin, rührten die dargebotenen Speisen kaum an. Die Musik wurde lauter und schneller und die Tänzerin passte ihre Bewegungen dem zunehmendem Tempo an, drehte sich, wiegte sich, schneller, immer schneller.

Abrupt endete die Musik und die Tänzerin sank wie erstarrt zu Boden, um sich im selben Augenblick wieder zu erheben und ihre Schleier mit raschem Schwung zur Seite zu werfen. Ein bronzener, tiefgebräunter, knabenhaft schlanker Körper kam zum Vorschein, der nur noch durch ein hauchdünnes, golddurchwirktes Seidentuch schemenhaft verhüllt wurde.

Wieder setzte die schmeichelnde Musik der Flöten ein, und wieder begann die Tänzerin, in sanften Bewegungen der Musik zu folgen. Aber diesmal hatten die Bewegungen etwas Lasziviert, das Messala zunächst unangenehm berührte. Je länger aber der frivole Tanz dauerte, umso mehr zog er den Römer in seinen Bann. Er konnte seinen Blick kaum noch von der schönen Tänzerin wenden. Auch Strabo und Dositheus beobachten aufmerksam die Darbietung, während der Rabbi, der von den Speisen bislang nur sparsam gekostet und sehr wenig Wein getrunken hatte, es vermied, seine Blicke länger auf der Tänzerin verweilen zu lassen.

Herausfordernd blickte die junge Frau die Römer an, fixierte sie, schien sie fast zu durchbohren, während sie ihre Hände in kreisenden Bewegungen über den schweißnassen Körper und die wogenden Hüften fahren ließ. Leichtfüßig stand sie im Raum, stolzierte bald wie ein stolzer Schwan, den Kopf weit nach hinten gelegt. Dann wieder knickte sie ein, als hinge sie an unsichtbaren Fäden und werde von höherer Hand bewegt. Ihre Hände spielten mit dem letzten Schleier, schienen ihn abzustreifen, um ihn dann doch wieder fest um den schmalen Körper zu legen. Fast wünschte Messala, sie würde ihn endlich fallenlassen. Fast?

Während die Musik sich zu einem lauten, letzten Crescendo steigerte, fiel plötzlich – wie unbeabsichtigt – der letzte, goldene Schleier, sank auf den marmornen Boden und bedeckte das mittlere Mosaik, in dem sich die Szene von Europa und Jupiter, in Gestalt eines Stieres, zeichnete.

Für einen Moment nur stand sie da, in schamloser Nacktheit, und reckte ihren Körper den Gästen entgegen, den fordernden Blicken der Gäste schutzlos ausgesetzt. Sekunden später war sie den Blicken entschwunden und eine Sklavin räumte die auf dem Boden liegenden Schleier fort.

Lauter Beifall folgte der Tänzerin und der Senator, vom Wein schon erhitzt, rief aus: „Das nenne ich einen Tanz! Dieses Weib versteht es, die Sinne eines Mannes zu erregen!"

„Ja", lachte Dositheus, „das ist meine Colchis, eine Sklavin aus dem fernen Samarkand, wenn mich der Händler nicht wieder belogen hat. Sie lebt schon seit acht Jahren in meinem Haus, aber ich habe mich an ihren Tänzen noch nicht satt gesehen. Unser guter Rabbi hier vermag freilich solchen Künsten nichts abzugewinnen, stimmt es, Juda?"

Der Jude lächelte etwas gequält.

„Die Geschmäcker sind verschieden. Aber ich besitze so viel Toleranz, dass ich euch dieses Vergnügen von Herzen gönne."

Messala war es nicht entgangen, dass Garion zwischendurch den Raum betreten hatte und die Darbietung kurze Zeit lang mit finsterem Gesicht verfolgt hatte. Aber schon wies der Hausherr auf die Silberplatten, die während des Tanzes kaum angerührt worden waren. „Über die Kunst, oder das, was wir dafür halten, wollen wir diesen köstlichen Braten nicht vergessen."

Mit Mühe zwang sich Messala dazu, etwas von dem Fleisch und dem zart gedünsteten Gemüse zu sich zu nehmen, dann winkte er ab.

„Wer längere Zeit im Kloster von Hieronymus gelebt hat, der kann in solchem Umfang nicht mehr essen ohne zu platzen. Mein Magen hat in Bethlehem offenbar eine Schrumpfkur durchgemacht. Verzeih, Dositheus, aber mehr geht wirklich nicht."

„Und die altrömische Kur mit der Pfauenfeder wirst du kaum wollen", lachte Strabo und nahm ein weiteres großes Stück Braten zu sich.

„Nein, wirklich nicht. Diesen Brauch unserer Vorväter habe ich nie verstanden, noch weniger ausprobiert."

Altrömische Gastmähler zeichneten sich nicht nur durch eine lange Dauer (bis zu sechs oder sieben Stunden), sondern auch durch eine überreiche Folge von Speisen aus. Da aber das Aufnahmevolumen des Magens begrenzt ist, half man sich, indem man sich durch Sklaven mit einer Pfauenfeder im Rachen so lange kitzeln ließ, bis man die verzehrten Speisen wieder erbrach. Das Erbrochene wurde beseitigt, mit Duftessenzen wurde der Geruch vertrieben, und das Mahl konnte seinen Fortgang nehmen.

Seneca kommentierte das so (ad Helv.10, 1–6):

Die Götter und Göttinnen sollen diejenigen vernichten, deren Genusssucht die Grenzen dieses so verhassten Imperiums überschreitet. Von überallher schleppen sie alles, Bekanntes und Unbekanntes, für den wählerischen Gaumen heran; und was ihr durch Schlemmerei verwöhnter Magen nicht mehr aufnimmt, wird von dem entferntesten Ozean herbeigeschafft; sie erbrechen sich, um zu essen, sie essen, um sich zu erbrechen, und die Speisen, die sie auf dem ganzen Erdkreis auftreiben, geruhen sie nicht einmal zu verdauen.

Mit dem Siegeszug des Christentums begann diese pervertierte Form der Nahrungsaufnahme gänzlich zu verschwinden.

Den Abschluss des Mahles bildete die *mensae secundae*, der

Nachtisch. Zwei Sklaven brachten eine Platte herein, auf der aus Trauben, Nüssen, Feigen und Birnen eine Zitadelle geformt war, die Zitadelle von Antiochia, wie Dositheus erklärte. Während Strabo noch einmal herzhaft zugriff (und später über heftiges Magendrücken klagte), verzichtete Messala auf diese Köstlichkeit und begnügte sich damit, die künstlerische Leistung des Kochs zu würdigen.

„Ein köstliches Mahl. Ruhm und Ehre deiner Küche", lobte Strabo das Essen und rülpste vernehmlich.

Dositheus nahm den Silberpokal und prostete seinen Gästen zu.

„Ruhm und Ehre meinen lieben Gästen. Und möge zwischen Euch und meinem Haus neben einer guten geschäftlichen Partnerschaft auch das Band verlässlicher Freundschaft wachsen."

Die Männer tranken sich zu und versicherten sich gegenseitig ewiger Freundschaft.

„Diese Colchis", nahm Messala das Wort, „was tut sie in deinem Haushalt noch, außer die Sinne deiner Gäste zu verwirren?"

Der Wein ließ seine Zunge schwer werden und seine Sprache hatte ihren deutlichen Klang verloren.

„Sie steht dem Hausherrn zur Verfügung", lächelte Dositheus, „und seinen Gästen natürlich. Sie versteht ihre Kunst und es wird ihr eine Freude sein, dich, verehrter Tribun, in die Geheimnisse syrischer Zärtlichkeit einzuweihen. Dich natürlich auch, lieber Senator."

Der Senator winkte prustend ab.

„Nach diesem Essen ist mir eher nach einem guten Bett als nach einem feurigen Weib zumute. Das Alter fordert seinen Tribut."

Wenig später begaben sich die Männer in ihre Zimmer, nachdem sie sich noch einmal ausgiebig bei dem Hausherrn bedankt hatten; die Hilfe eines Sklaven zum Ablegen der Kleider lehnten sie nachdrücklich ab.

„Ich wünsche dir eine gute Nacht, Tribun."

Dositheus zwinkerte dem Römer zu.

„Hoffentlich hat das Mahl nicht deine ganze Kraft aufgezehrt."

Messala glaubte diese Andeutung richtig zu verstehen und versuchte, sich zu einer stilvollen Antwort aufzuraffen, obwohl er merkte, dass ihm seine Zunge die Gefolgschaft verweigerte.

„Ich bin verlobt, mein großzügiger Freund, und meine Braut wartet in Bethlaha... in Bethlehem auf mich, im Kloster der edlen Euston... Eustochium, der jede weltliche Lust fremd ist. So werde ich mich trotz aller Anfechtungen und unchristlicher Lüste, die jener Tanz in mir wachgerufen haben könnte, doch aller unziemlicher Vergnügungen enthalten. Was würde der gute Hieronymus, der ungekrönte Vater der Keuschheit, von mir denken, wenn ich mich im fernen Antu... Anto... Antiochia, dem Zentrum der Sünde, wie es dein würdiger Freigelassene, der edle Garion, auszudrücken beliebt, jenen Lüsten hingäbe, vor denen er doch so oft gewarnt hat. Auch unter dem Einfluss jenes hervorragenden *Vinums*, mit dem du deine Gäste beglückt hast, und trotz jener Lustbarkeiten, mit denen du dein Mahl geschmückt hast, und trotz jener Calch... nein, Colchis aus Samarkund oder Samarkand, die die Sinne zum Sieden bringt und das Feuer der Leidenschaft meisterhaft zu schüren weiß, will ich doch in standhafter Festigkeit treu meiner lieben Julia ..."

Dann brach seine Rede ab und er geriet ins Wanken.

Es hatte ihn nicht wenig Mühe gekostet, diese fast würdevolle, auf jeden Fall aber periodenhaft lange Formulierung einigermaßen glatt über die weinschwere Zunge zu bringen, aber mit der geschmeidigen Geschwätzigkeit des Angetrunkenen war es ihm doch gelungen. Dositheus lächelte und winkte ihm nach.

„Möge Bacchus deine guten Vorsätze unterstützen, mein trunkener Freund."

Mit etwas Mühe fand Messala sein Zimmer, entledigte sich der Tunica und warf sich auf das Bett. Alles in seinem Kopf drehte sich, sein Magen rebellierte und er fühlte mit einem Mal, wie die Wirkung des genossenen Weins sich seiner bemächtigte und ihn seiner klaren Sinne beraubte.

***

Der nächste Morgen brachte ein übles Erwachen. Rasende Kopfschmerzen plagten den Tribun und eine Horde trommelnder und pfeifender Legionäre schien im Triumphzug durch seinen Kopf zu ziehen. Ein unangenehmer metallener Geschmack lag auf seiner Zunge, die sich pelzig in seinem Mund breitmachte. Messala bemühte sich, die Geschehnisse der letzten Nacht richtig zu ordnen und vollständig zurückzurufen, aber es gelang ihm nicht. Zu lange hatte er Wein in diesem Maße nicht mehr genossen. Hatte er sich früher zu Recht größter Verträglichkeit gerühmt und manchen seiner Kameraden ohne Probleme unter den Tisch getrunken, so hatte jetzt dieses *Convivium* genügt, um ihn gänzlich seiner Sinne zu berauben. Er wusch sich ausgiebig im *Balneum* und spülte mehrfach seinen Mund mit minzhaltigem Wasser aus, bis er den schalen Geschmack losgeworden war. Jetzt fühlte er sich schon besser, auch wenn der Kopfschmerz kaum nachgelassen hatte.

Er fand Dositheus in der *Bibliotheca*. Juda Ben Amon stand neben ihm über eine Schriftrolle gebeugt.

„Ah, Messala, ich freue mich, dich wohlauf zu sehen."

„Wohlauf wäre übertrieben. Der Schmerz tobt in meinem Kopf wie die Goten in Rom."

„Kopfschmerz. Da kann ich dir helfen. Wofür haben wir eine *Medica*?", sagte Dositheus und rief einer Sklavin etwas zu, die eilig die Bibliothek verließ.

Nach kurzer Zeit trat eine bildhübsche, schwarzgelockte hochgewachsene Frau ein, die Messala noch nicht gesehen hatte. Sie hielt einen ölgetränkten Umschlag in ihren Händen und blickte den Römer freundlich an. Zwischen ihren roten Lippen schimmerten die weißen Zähne wie eine Kette gleichmäßiger Perlen.

„Olivenöl mit Minze, es gibt nichts Besseres dagegen. Probiere es, und du wirst mir recht geben. Dazu etwas frische Luft und eine kleine Nackenmassage, bald wirst du dich besser fühlen."

Messala ließ sich von der Sklavin nach draußen führen und legte sich auf eine Liege im *Atrium*. Gerne ließ er sich von den zarten Händen der Sklavin den Ölumschlag auf Stirn und Schläfe legen. Dann begann die Sklavin mit geschmeidigen Bewegungen den Nacken des Geplagten mit Öl einzureiben und sanft zu massieren.

„Wie heißt du?", fragte Messala, der die Behandlung sichtlich genoss.

„Ich heiße Esra, Herr."

„Und woher kommst du?"

„Ich kann es nicht sagen, Herr. Ich wurde als Kleinkind ausgesetzt und mein Ziehvater hat mich an den Herrn verkauft. Das war vor zehn Jahren. Meine Zieheltern stammten aus Idumäa."

„Und was ist deine Aufgabe hier im Haus?"

Messalas Stimme war in ein wohliges Stöhnen übergegangen. Die Schmerzen ließen deutlich nach. Die Behandlung und die frische Luft taten spürbar gut.

„Ich bin hier im Hause die Heilkundige, die *Medica*. Dem Herrn hat es gefallen, mir eine Begabung auf diesem Gebiet zu geben."

„Dem Herrn? Du meinst nicht Dositheus! Du bist Christin?"

„Sicher bin ich Christin! Auch wenn der Herr selbst kein Christ ist, so stellt er es doch jedem Sklaven hier frei, sich seinen Glauben selbst auszusuchen. Überhaupt geht es uns hier sehr gut. Dositheus ist ein guter Mann und seine Frau ist auch gut."

„Wie viele Sklaven hat dein Herr?", fragte er weiter.

„Hier im Haus haben wir zehn Sklaven und zwölf Sklavinnen. Daneben noch Garion, den Freigelassenen, der die Aufsicht führt."

„Dieser Garion ist ein merkwürdiger Mensch", meinte Messala. „Er führte uns gestern durch die Stadt und man musste den Eindruck haben, dass er sie sehr hasst. Zugleich macht er einen unglücklichen Eindruck. Außerdem scheint er sehr gelehrt und belesen zu sein."

„Du hast mit allem recht, was du sagst, Herr."

Esra hatte inzwischen die Nackenpartie verlassen und massierte mit feinfühligen, kreisenden Bewegungen den Rücken des Römers. Die *Tunica* hatte sie einfach beiseite geschoben.

„Siehe, gelehrt ist er, weil er die *Bibliotheca* des Hauses verwaltet und sicher schon alle Schriftrollen zweimal gelesen hat. Die Stadt hasst er, weil er als überzeugter Christ in ihr eine Stätte der Sünde sieht und wahrscheinlich recht hat. Und unglücklich ist er, weil er Colchis liebt. Sie aber liebt ihn nicht, und außerdem muss sie ...", sie geriet ins Stocken und Messala ahnte den Grund.

„Ich weiß schon", sagte er. „Schon gut. Ich danke dir für deine Behandlung. Meine Kopfschmerzen sind tatsächlich verschwunden. Woher hast du deine heilkundigen Hände?"

Esra faltete das Tuch zusammen und lachte ein silberhelles Lachen.

„Die habe ich von meiner Ziehmutter. Sie war eine begnadete Heilerin. Immer war sie mit ihrer Tasche unterwegs, um irgendwelchen Kranken zu helfen, und immer habe ich sie begleitet. Und wenn sie nicht Kranke heilte, dann war sie im Wald oder auf den Feldern, um Heilkräuter zu sammeln. Zu Hause haben wir dann die Kräuter getrocknet und Salben oder Tinkturen aus ihnen bereitet. Es war ein schönes Leben."

Sie seufzte.

„Und wieso wurdest du verkauft?", wollte Messala wissen.

„Meine Mutter starb, als ich vierzehn Jahre alt war. Mein

Ziehvater arbeitet auf einem Handelsschiff und konnte mich nicht mehr gebrauchen. Da dachte er sich wohl, zweihundert Silberdrachmen sind besser als ein unnützer Esser im Haus und verkaufte mich an Kaphames, den Sklavenhändler. Der verkaufte mich an meinen Herrn."

„Kaphames?" Messala war hellhörig geworden. „Ich kannte einmal einen Mann mit diesem Namen. Beschreibe ihn mir."

Die Beschreibung, die Esra ihm gab, passte. Der Sklavenhändler war tatsächlich jener Mann, der damals die Karawane von Caesarea nach Jerusalem geführt hatte. Der Mann schien mehrere Einkunftsquellen zu haben.

„Verrate mir ein paar von deinen Heilgeheimnissen", bat Messala und dachte dabei an das *Valetudinarium* der Eustochium, wo solche Geheimnisse hoch willkommen sein mussten.

„Geheimnisse sind es eigentlich nicht", lachte Esra. „Die Natur und unser lieber Herr haben sie uns vor die Augen gestellt, man muss die Augen nur aufmachen. Also: Fenchel legt man auf entzündete Augen, Schwarzwurzelblätter sind gut bei Schnittverletzungen, Olivenöl mit Minze heilt Kopfschmerzen, wie du soeben erfahren hast, ist aber auch gut gegen Mundgeschwüre sowie als blutstillendes Mittel. *Laserpicium* ist ganz wichtig. Aus seiner Wurzel gewinnt man einen Saft, der Erschöpfungen heilt, Verdauung fördert, den Kreislauf stärkt, offene Wunden schließt und ..."

„Genug, genug, das kann ich mir ja gar nicht merken." Lachend unterbrach Messala sie.

„Aber ich habe dir noch gar nicht das wichtigste Heilmittel genannt, neben dem Gebet natürlich."

„Und was ist das?"

„Das ist der Königsbalsam, das *Unguentum regale*."

„Königsbalsam? Nie gehört! Was ist das?"

„Das wurde ursprünglich für die Partherkönige hergestellt und besteht aus mehr als fünfundzwanzig Substanzen: Narde, Myrrhe, Henna, Majoran, Zimt, Lotos, Koreander und viele mehr. Sehr teuer, aber auch sehr wirksam. Wir haben ein kleines Fläschchen im Haus, aber nur für schlimmste Fälle und auch nur für den Herrn oder die Herrin. Und für Lysara natürlich. Aber verzeih, Herr, ich muss jetzt gehen. Sonst wird Garion mich ausschimpfen." Sie lächelte ihn an und verschwand im Haus.

Eine sehr sympathische junge Frau, dachte Messala und nahm den Weg zurück in die Bibliothek. Dort saßen immer noch Dositheus und der jüdische Rabbi. Strabo hatte wohl noch nicht den Weg aus dem Bett gefunden.

„Ich sehe, es geht besser", rief Dositheus fröhlich.

„Ja, dank deiner heilkundigen Esra. Du scheinst, was dein Personal anbetrifft, vom Glück verwöhnt zu sein. Nirgends habe ich so gut erzogene Sklaven angetroffen, die doch ihren Herren sehr zu schätzen scheinen. Was ist dein Geheimnis?"

„Geheimnis? Es hat mehr mit Menschenkenntnis zu tun. Sämtliche Sklaven und Sklavinnen wurden von meinem Weib, meiner teuren Cypriana, ausgesucht. Wen sie nicht will, den nehme ich nicht. Sie hat eine fast untrügliche Nase für Menschen. Komm, setz dich zu uns. Wie wäre es mit einem kleinen Frühstück?"

Messala dankte. „Nein, zurzeit könnte ich nichts herunterbringen. Etwas Wasser vielleicht."

Dositheus klatschte in die Hände und wenig später brachte ein hünenhafter, sehr hellhäutiger Sklave eine Karaffe frischen Wassers und etwas Obst. Gierig trank Messala den Becher in einem Zug aus und füllte sich sofort nach. Juda musterte ihn ohne viel Wohlwollen und ergriff dann das Wort.

„Wenn es dir recht ist, wollen wir die Diskussion von gestern fortsetzen, denn es erfreut mich, mit einem gelehrten Manne wie dir zu diskutieren. Ich habe hier etwas, was dich interessieren wird."

Er wies auf die Schriftrolle auf seinem Knie und reichte sie Messala herüber. Neugierig entrollte Messala die Schrift –

und war überrascht. Es war die Abschrift eines Briefes von Hieronymus, den dieser an einen gewissen Dardanus geschrieben hatte!

Dardanus, du Vornehmster unter den Christen und Christlichster unter den Vornehmen, fragst an, welches Land der Verheißung es sei, das die Juden nach ihrer Rückkehr aus Ägypten in Besitz nahmen. Da ihre Väter einst in diesem Lande wohnten, so könne man es doch nicht als verheißenes, sondern höchstens als zurückerstattetes Land bezeichnen.
So lauten deine eigenen Worte am Schlusse deines Briefes. Aus deiner Frage ergibt sich, dass du mit vielen unserer Leute ein anderes Land der Verheißung glaubst suchen zu müssen, und zwar jenes, das auch David in den Psalmen erwähnt mit den Worten: „Ich glaube, die Güter des Herrn zu sehen im Lande der Lebenden."
Auch Christus hat es im Auge, wenn er sagt: „Selig sind die Sanftmütigen, denn sie werden das Land besitzen."

Messala blickte auf. Er verstand nicht, warum Juda ihm diesem Brief gegeben hatte.
„Du musst weiterlesen", sagte der Rabbi, „ hier, lies hier!"
Und er zeigte mit seinen dünnen Fingern auf eine spätere Stelle des Briefes:

Meine Darlegungen haben nicht den Zweck, das Land der Juden verächtlich zu machen, wie mir ein verleumderischer Häretiker fälschlich vorwerfen könnte.
Auch will ich nicht die geschichtliche Wahrheit zerstören, welche die Grundlage des geistigen Verständnisses ist. Aber ich möchte den jüdischen Hochmut brechen, welcher die Enge der Synagoge der Weite der Kirche vorzieht. Wenn nämlich die Juden dem tötenden Buchstaben alleine folgen wollen und nicht dem lebenspendenden Geiste, dann mö-

gen sie einmal zeigen, inwiefern das Land der Verheißung von Milch und Honig fließt ...

Messala überflog eine längere Stelle.

... Ihr Juden habt viele Verbrechen begangen. Allen umliegenden Völkern wart ihr dienstbar. Weshalb? Offenbar wegen eures Hanges zum Götzendienst. Als ihr wiederholt zu Sklaven wurdet, da erbarmte Gott sich eurer, schickte euch Richter und Retter, die euch aus der Knechtschaft der Moabiter und Ammoniter, der Philister und anderer Völker befreiten. Ihr habt euch erneut gegen Gott aufgelehnt in den Tagen der Könige ...

Messalas Augen flogen über den Text. Er wusste nun, warum ihm Juda gerade diesen Brief gegeben hatte. Da! Er hatte gefunden, wonach er gesucht hatte.

Zuletzt wurde die Stadt unter Vespasian und Titus erobert, der Tempel zerstört. Dann blieb ein Rest von Einwohnern fünfzig Jahre lang bis auf Kaiser Hadrian in der Stadt. Nach der Zerstörung des Tempels liegen die Trümmer des Tempels und der Stadt kaum weniger als vierhundert Jahre unberührt da. Wegen welchen Vergehens?
Gewiss betet ihr keine Götzenbilder mehr an. Auch als ihr den Parthern und Römern dientet und das Joch der Knechtschaft euch drückte, habt ihr euch keineswegs fremden Göttern zugewandt.
Warum sieht sich der allzeit gütige Gott, der euch nie vergessen hat, nach so langer Zeit der Not nicht veranlasst, eure Knechtschaft zu beenden, oder, um mich richtiger auszudrücken, den von euch erwarteten Antichristus zu senden? Welches Verbrechens, welch fluchwürdigen Vergehens wegen hat Gott seine Augen von euch gewandt? Wisst ihr es nicht? Denkt an das Wort eurer Väter: „Sein Blut komme über uns

und über unsere Kinder! Kommt, lasst uns töten, und unser wird das Erbe sein! Wir haben keinen König außer dem Kaiser!"

Nun habt ihr, was ihr gewählt habt. Bis zum Ende der Welt werdet ihr dem Kaiser dienen, bis die Fülle der Heiden sich bekehrt. Dann kann auch ganz Israel gerettet werden; aber was einst der Kopf war, wird jetzt zum Schweife werden …

Messala ließ den Brief sinken.

„Woher hast du ihn?", fragte er.

„Gleichgültig", entgegnete Juda Ben Amon kühl. „Er stammt aus der Feder eures großen Kirchenlehrers, ganz frisch ist er. Man meint noch den *Stilus* kratzen zu hören. Kaum getrocknet ist die Tinte. Nun, mein junger römischer Freund. Was meinst du dazu?"

„Was soll ich dazu meinen?", sagte Messala und versuchte, seinen Worten den Anschein größter Selbstverständlichkeit zu geben. Er wusste genau, worauf der Rabbi hinauswollte. „Was soll an diesem Brief falsch sein?"

„Falsch?" Der Rabbi schrie es fast, versuchte aber sogleich, sich wieder in die Gewalt zu bekommen. „Weißt du, was der große Hieronymus hier tut? Er erneuert den Fluch. Er stellt einen Freibrief für künftige Generationen aus. Spätere Generationen werden uns verfolgen und zur Rechtfertigung werden sie auf diesen Brief weisen. Sie werden uns zusammentreiben und töten! So wird der Keil zwischen Christen und Juden zum Beil des Henkers."

„Unsinn!" Messala war empört und fühlte sich genötigt, Hieronymus in Schutz zu nehmen. „Haben dies eure Vorväter etwa nicht am Kreuze gerufen? Sie haben das Blut eines Unschuldigen vergossen, und zwar das des Sohnes Gottes. Das kann nicht ohne Strafe bleiben."

Juda lachte geringschätzig. „Kennst du eure eigenen Schriften so wenig? Kennst du nicht die Stelle aus der Schrift des Johannes: ,*Denn das Heil kommt von den Juden*'? Und hat nicht euer Christus selbst im Tode noch gerufen: ‚*Herr, vergib ihnen, denn sie wissen nicht, was sie tun*'? Wenn Gott selbst vergibt oder sein Sohn, wie ihr sagt, Verzeihen erfleht, was gibt euch, was gibt Hieronymus das Recht, den Fluch erneut heraufzubeschwören?"

„Es geht nicht um einen Fluch", sagte Messala. Er fühlte, dass er diesem Mann nicht gewachsen war, der sich, obwohl er Jude war, in der Heiligen Schrift besser auszukennen schien als er, der Christ. Er bereute in diesem Augenblick, in Bethlehem nicht besser zugehört zu haben, nicht mehr Fragen gestellt zu haben. Hilfesuchend blickte er zu Dositheus. „Hast du die heiligen Schriften in deiner Bibliothek?"

„Freilich habe ich sie. Wenn du es wünschst, werde ich Garion rufen lassen, meinen *Custos*. Niemand kennt sich hier besser aus als er – selbst ich nicht. Mich aber wollt ihr entschuldigen, die Geschäfte, die Geschäfte."

Gerne nahm Messala das Angebot an. Als Garion wenig später kam, schilderte Messala ihm das Problem, mit dem ihn Juda konfrontiert hatte. Der Rabbi beobachtete das Geschehen amüsiert.

„Du magst gerne an unserer kleinen Runde teilnehmen, Garion", forderte er ihn freundlich auf. „Ich weiß, dass du dich in den christlichen Schriften sehr gut auskennst."

Nachdem auch Messala ihn aus guten Gründen dazu aufgefordert hatte, stimmte Garion begeistert zu. Er holte sich eine Schriftrolle und zitierte aus dem Evangelium von Lukas:

„Wenn ihr Jerusalem von Kriegsheeren eingeschlossen seht, dann wisset, dass seine Zerstörung nahe ist. Dann sollen die Leute in Judäa ins Gebirge flüchten. Die in der Stadt sollen hinausziehen, die auf dem Lande nicht in die Stadt hineingehen. Denn das sind die Tage der Vergeltung, da alles in Erfüllung gehen soll, was in der Schrift steht. Wehe den hoffenden und stillenden Frauen in jenen Tagen! Denn es wird eine große Not über das Land kommen und ein Zorngericht

über dieses Volk. Die einen werden durch die Schärfe des Schwertes fallen, die anderen werden gefangen unter alle Völker weggeführt werden. Jerusalem wird von den Heiden zertreten werden, bis die Zeit der Heiden abgelaufen ist.

Dies hat Jesus Christus der Hauptstadt der Juden prophezeit. Und rund vierzig Jahre später ist es in Erfüllung gegangen. Unter Kaiser Vespasian und Imperator Titus wurde Jerusalem dem Erdboden gleichgemacht. Wer von den Einwohnern nicht getötet wurde, wurde als Sklave weggeführt. Seitdem dürfen in Jerusalem keine Juden mehr wohnen. Die Feldzeichen der Heiden, der Römer, aber erheben sich über den Resten des zerstörten Tempels und das nun schon seit mehr als dreihundert Jahren. Das ist das Zorngericht."

Ernst und ohne Anzeichen eines Triumphes blickte Garion den Rabbi an. Auch Juda blickte die Männer ernst an. Für einen Augenblick schwieg er. Dann sagte er in ruhigem Ton: „Du hast recht. Das war ein Zorngericht. Um es aber zu prophezeien, musste man weder Prophet noch Gottessohn sein. Meine jüdischen Brüder haben die Römer über viele Jahrzehnte bis aufs Blut gereizt. Sie haben sich als die unduldsamste Provinz von allen erwiesen. Zeloten und Sicarier haben von den Legionen viel Blutzoll verlangt. Kaiserstandbilder wurden nicht geduldet, Hilfstruppen nicht gestellt. Da kann es nicht verwundern, wenn die Römer eines Tages die Geduld verlieren. Viel wichtiger aber scheint mir diese Frage: Wer hat eigentlich dieses Christuswort aufgeschrieben und überliefert?"

Messala stutzte einen Augenblick. Dann rief er aus: „Lukas! Hier in dieser Stadt wurde er geboren."

„Richtig!" Juda Ben Amon lächelte. „Aber er hat Jesus nie gesehen, nie mit ihm gesprochen. Er war nie dabei, als Jesus geredet hat, nicht wahr? Wie kann er dann als Zeuge seiner Worte gelten?"

„Er hat seine Kenntnisse aus den Berichten derer geschöpft,

die Weggenossen des Heilands waren", entgegnete Garion schnell.

„Um es richtiger zu sagen: Er hat Paulus auf seinen Missionsreisen begleitet und soll auch während dessen Gefangenschaft in Rom sein Gefährte gewesen sein. Aber auch Paulus hat Jesus nie persönlich kennengelernt!" Judas Augen blitzten triumphierend auf.

„Tatsächlich dürfte er überwiegend bei den anderen abgeschrieben haben. Es lohnt sich daher, einen Blick auf die anderen Evangelisten zu werfen. Da wäre zum Beispiel Marcus. Auch der hat Jesus nie mit eigenen Augen gesehen. Er gilt als Dolmetscher, Schüler und Schriftführer des großen Petrus. Als solcher kann er bestenfalls aus zweiter Hand berichten. Etwas wenig, um sicherer Gewährsmann einer Gottessohnschaft zu sein. Meint ihr nicht?"

Messala und Garion schwiegen, und so fuhr der Rabbi fort: „Wenn aber Petrus ein Evangelium herausgegeben hat, warum wird es dann nicht unter seinem Namen überliefert?"

Bestürzt bemerkte Messala, dass er darauf nichts antworten konnte. Wäre doch nur Hieronymus hier, dann würde der Rabbi schon seine richtigen Antworten bekommen. Garion hingegen lächelte überlegen.

„Ist es nicht mit heiligen Schriften so, dass sie immer aus zweiter Hand berichtet werden? Du, ehrwürdiger Rabbi, zweifelst die Glaubwürdigkeit unserer Schriften an. Wer aber hat eure Heilige Schrift verfasst, die ja zugleich auch die unsere ist? Hat etwa Moses selbst über den Auszug aus Ägypten berichtet? Und von wem wissen wir über die Könige David oder Salomon? Nein, es ist weniger wichtig, wer die Schriften verfasst hat. Viel wichtiger ist das, was in ihnen steht."

„Und was steht in ihnen?", fragte Juda, ohne auf die rhetorische Frage Garions einzugehen.

„Es steht das darin, was in eurer Schrift auch steht. Ist es nicht so, dass im Buche der Propheten die Ankunft eines

Messias prophezeit wird und zwar in solchen Einzelheiten, wie sie später dann in Erfüllung gingen?"

Garion stand auf und brachte nach kurzem Suchen eine neue Rolle. Vorsichtig öffnete er sie und las vor:

> *„Denn ein Kind ist uns geboren,*
> *ein Sohn ist uns geschenkt.*
> *Die Herrschaft ruht auf seinen Schultern.*
> *‚Wunderbarer Ratgeber' lautet sein Name,*
> *‚Starker Gott', ‚Vater auf ewig', ‚Friedensfürst'.*
> *Sein ist die Fülle der Herrschaft.*
> *Der Friede nimmt kein Ende."*

Geduldig hatte Juda zugehört. Er nickte jetzt freundlich und sagte: „Du brauchst mir dies nicht vorzulesen. Ich hätte dir Isaias auswendig zitieren können. Zu keinem Zeitpunkt habe ich an den Prophezeiungen der Alten gezweifelt. Aber wo bleibt dein Nachweis, dass sich jene Prophezeiungen auf Jesus von Nazareth beziehen? Allein der Begriff *Sohn* ist doch recht wenig?"

„Und was hältst du von jener Stelle aus dem Buche des Michäas:

> *Aber du, Bethlehem-Ephrata,*
> *unter Judas Gauen der kleinste,*
> *aus dir wird der mir hervorgehen,*
> *der Herrscher sein wird in Israel."*

„Schon besser, mein lieber Garion, schon besser. Bethlehem als Geburtsstadt des Messias ist mir nicht unbekannt."

„Siehst du? Und in dieser Stadt ist Jesus geboren worden", rief Messala aus.

„Das macht ihn aber noch nicht zum Messias, sondern nur zum Einwohner von Bethlehem. Und schon da musste man etwas nachhelfen, da seine Eltern ja eigentlich aus Nazareth stammten. Und die Geschichte von der Volkszählung, derentwegen sie nach Bethlehem mussten, ist schon etwas abenteuerlich."

Garion startete einen letzten Versuch.

„Und die Stelle bei dem Propheten Zacharias? Du wirst sie besser kennen als ich:

> *Laut juble, Tochter Sion!*
> *Aufjauchze, Tochter Jerusalem!*
> *Siehe, dein König kommt zu dir,*
> *gerecht und als Heiland voll Demut.*
> *Er reitet auf einem Esel,*
> *auf einem Füllen, auf einem Eselsfüllen …*

Genauso ist Jesus, der Heiland, in Jerusalem eingeritten, auf einem Eselsfüllen."

„Freilich tat er das. Er kannte ja die Verheißung, wie wir sie kennen, und er tat alles, um sie in seiner Person zu verwirklichen, und so musste man schnell ein Eselsfüllen herbeizaubern! Vielleicht hat er ja selbst geglaubt, dass er der Messias ist."

„Mit Verlaub, das ist das Tragische an dir und deinen Glaubensbrüdern", sagte Garion ruhig. „Die Zeichen, die eurem Volk gegeben wurden, habt ihr nicht verstanden. Die Propheten, die sie euch gaben, habt ihr gemordet. Und als Gott zur Bekräftigung seines neuen Bundes gar seinen Sohn schickte, da habt ihr in ans Kreuz schlagen lassen. Und so werdet ihr auf alle Zeit auf einen warten, der nicht mehr kommen wird, weil er schon da war!"

„Ich denke, dass das Problem darin liegt, dass sich viele Menschen den Messias ganz anders vorgestellt haben." Messalas Stimme hatte ihren sicheren Klang zurückgewonnen. „Als einen, der mit dem Klang der *Tuba* uns verhasste Römer als Besatzer vertreiben würde und Israel seine Freiheit wiedergeben würde. Als aber jemand kam, der Liebe und Verzeihung predigte, der keine Anstalten machte, die Römer aus dem Land zu werfen, da waren viele enttäuscht. So hatten sie sich den Heiland nicht vorgestellt. Ist es nicht so, Juda Ben Amon?"

Der Rabbi schüttelte den Kopf.

„Der wahre Messias wird kommen und dann werden ihn alle erkennen, auch ihr!"

XXV. GUTE GESCHÄFTE

Weit ging der Blick über das Meer. Die ersten Handelsschiffe
wagten die Fahrt über das Meer, nachdem die letzten rauen
Winterstürme vorbei waren. Messala saß zusammen mit Senator Strabo im Handelskontor des Dositheus in Seleukia und
langweilte sich. Seit Stunden saßen sie über Listen, Bestellungen, Frachtbüchern und ähnlichen Unterlagen. Geduldig
versuchte Dositheus, den Römer in die Geheimnisse eines er-
folgreichen Kaufmannes einzuweihen, und erntete doch nur
Unverständnis. Auch das gute Zureden des Senators wollte
wenig nutzen, Messala schien für solche Tätigkeit nicht geschaffen. Die Gedanken des jungen Mannes weilten ganz woanders.

Im fernen Bethlehem sah er sich an der Seite Julias durch die
blühenden Felder streifen, eng umschlungen und im zärtlichen Austausch glühender Blicke. Und Hieronymus vermisste er, den alten Polterer. Die Diskussion mit dem jüdischen
Rabbi hatte ihm gezeigt, wie unsicher und lückenhaft sein
Wissen war. Er hatte eine klare, rhetorische Niederlage im
Kampf um den wahren Glauben einstecken müssen. Wäre
ihm nicht der kluge Garion zur Seite getreten, er hätte sich
bis auf die Knochen blamiert. Dabei hätte er so gern seinen
jungen Glauben mit Überzeugung vertreten, allein es fehlte
ihm an Wissen.

Seit jenem Tag hatte er viele Stunden mit Garion in der *Bibliotheca* verbracht, gelesen und gefragt, gestritten und gehört. Aber Hören ist noch nicht Wissen und Wissen noch
nicht Verstehen. Es würde ein langer Weg sein, bis er den dia-
lektischen Fähigkeiten jenes Rabbi gewachsen wäre. Garion
hatte ihm auch geholfen, jene Stelle aus Catull zu zitieren, die
er dann zusammen mit seinem Schreiben an Julia senden ließ.
Dositheus sorgte für den Transport mit einem seiner Handelsschiffe und hatte versichert, dass die Zeilen innerhalb von spä-
testens zwei Wochen ihre Empfängerin erreichen würden.

Und noch einen guten Fang hatte er in der Bibliothek des reichen Kaufmanns gemacht: Dositheus hatte ihm auf seine Bitten hin eine Abschrift von Ciceros *De natura deorum* geschenkt. Messala hatte nicht vergessen, wie sehr sich Hieronymus dieses Werk gewünscht hatte, und freute sich schon auf dessen Gesicht, wenn er es ihm bei seiner Rückkehr als Mitbringsel überreichen würde.

Sehr viel Zeit hatte er mit der hübschen heilkundigen Esra verbracht, der er sehr viele nützliche Hinweise auf dem Gebiet der Heilkunde verdankte. Auf seinen Wunsch hin hatte sie eine lange Liste von Heilkräutern und ihrer Wirkungsweise verfasst, die er für Eustochium mitnehmen wollte. Mit ihrem natürlichen Liebreiz und ihrer immerwährenden Freundlichkeit war es ihr leicht gelungen, ein Stück von Messalas Herz zu erringen, auch wenn in dessen Mitte nur der Name *Julia* eingemeißelt war. Er sah inzwischen nicht mehr eine Sklavin in ihr, sondern eine vertraute Gefährtin und Kameradin, doch auch ihre körperlichen Reize waren ihm nicht entgangen. Er mochte sich dies aber kaum eingestehen und fand es ganz natürlich, dass ein Mann, der so lange von seiner Verlobten getrennt ist, seine Blicke auch schon einmal auf fremden Pfaden wandeln lässt. Immerhin waren es jetzt schon vier Wochen, die er in Antiochia weilte, und die Zeit kam ihm eher länger vor. Auch die Herrin des Hauses, Cypriana, hatte er inzwischen kennengelernt. Er fand sie aber, wie ihre ältliche Tochter Lysara, reichlich hochnäsig und blasiert. Überdies fand er beide recht hässlich.

Wie aus einem fernen Nebel drang jetzt die Stimme des Dositheus zu ihm: „Ich fürchte, unser junger Kriegsmann hat wenig Vorliebe für die trockene Tätigkeit eines Kaufmanns."

„Das wird schon", rief Strabo mit dröhnender Stimme und schlug Messala krachend auf die Schulter. Er fühlte sich in diesem Kontor zwischen all den Abrechnungen und Handelsrollen sichtlich wohl. „Lass ihn erst die ersten satten Gewinne einstreichen, dann kommt das Feuer ganz allein."

„*Beatus ille, qui procul negotiis* – Glücklich ist, wer fern von Geschäften lebt", zitierte Messala seufzend Horaz und meinte es auch so. „Ich glaube, ich bin für so etwas nicht geschaffen!" „Wer ist schon für so etwas geschaffen?", meinte Dositheus, und blickte Messala nachdenklich an. „Das will erarbeitet sein. *Faber est quisque fortunae suae* – Jeder ist seines Glückes Schmied. Der alte Sallustius hatte recht, man kriegt nichts geschenkt. Mein Vater war Tuchhändler, hatte einen Laden hier und einen in Tyrus. Das war's. Als er starb, habe ich zwei Läden, drei Sklaven und jede Mengen Schulden übernommen. Und heute? Blick dich um! Dies hier ist eines von sieben Handelskontoren, die mir gehören. Ich habe Handelsniederlassungen in Gaza, Constantinopel, Alexandria, Syracus, Saguntum und natürlich Rom. Demnächst werde ich eine weitere in Massilia eröffnen. Rund um das *Mare Internum* fahren meine Schiffe, zwölf an der Zahl. Dreihundertvierzig Sklaven in aller Welt haben nur ein Ziel, meinen Reichtum täglich zu mehren. Dazu kommen achtzehn Freigelassene und unzählige Agenten und Kapitäne, Kontoristen und Fakturisten, Zwischenhändler und Marktbeschicker. Meine Schiffe bringen Seide, Glas und Textilien von Syrien nach Rom oder Gallien. Wenn sie zurückfahren – und sie fahren nie leer zurück! – bringen sie Marmor und Keramik aus Pontus oder Getreide aus Ägypten. Wir schaffen Weine aus Italia nach Africa und nehmen dafür Öl und Purpur mit nach Griechenland. Wir exportieren Papyrus, Leinen, Elfenbein aus Ägypten nach Italia und importieren auf dem Rückweg Schwefel, Eisen oder Bronze nach Syrien. Egal, wie es kommt, verdient wird immer."

Zufrieden lehnte er sich zurück und nippte an einem Becher Honigwein. „Der Senator hier", er deutete mit seinem Daumen auf Strabo, „der hat's schon verstanden. Er ist mit einer Einlage von Zweihundert Solidi an meinen Geschäften beteiligt und hat sie innerhalb von einem Jahr um ein Drittel erhöht. Stimmt's?"

Strabo nickte und schob eine große Dattel in seinen Mund.

„Stimmt! Man muss nur die Spielregeln kennen, dann kann nichts schiefgehen."

„Und was sind die Spielregeln?", wollte Messala wissen. Er fragte nicht aus echter Neugier, sondern mehr, um sein fundamentales Desinteresse zu überdecken.

„Die Spielregeln?" Dositheus lachte. „So gefällst du mir schon besser. Ich will es dir erklären, mein Freund. Also zuerst muss man sich in der Verwaltung der Länder auskennen, mit denen man Handel treibt. Denn manches läuft besser, wenn man es mit einigen Drachmen schmiert. Du verstehst schon." Er zwinkerte Messala vetraulich zu. „Nehmen wir zum Beispiel unser schönes Antiochia. Das liegt nicht nur handelsstrategisch besonders gut, weil sämtliche alte Handelsstraßen hier zusammenlaufen und ein schöner Hafen wie Seleukia die Tore zur Welt öffnet, es ist auch sonst von Bedeutung. Hier hat nicht nur der *Comes Orientis* seinen Amtssitz, sondern auch der *Praefectus praetorio Orientis* und der *Consularis Syriae*. Drei Männer, drei Ämter, drei Beziehungen. Sie alle wollen gepflegt sein, denn dann erhältst du nützliche Hinweise von ihnen, und zwar besonders in Krisenzeiten. Krisenzeiten, mein Freund, das sind Geschäftszeiten.

Lass es mich an einem Beispiel erklären: Vor etwa fünfzig Jahren kam es in dieser Region zu einer großen Hungersnot. Ich war damals erst drei Jahre alt und weiß natürlich nichts mehr davon, aber mein Onkel hat damals sein Vermögen gemacht und mir oft genug davon erzählt. Die Einwohner von Antiochia waren damals so aufgebracht, dass sie einem *Kurialen*, einem für die Versorgung zuständigen Beamten, das Haus über dem Kopf angezündet haben. Andere Beamte flohen aus Angst in die Berge. Mein Onkel war Getreidehändler und hatte Mengen von Getreide in Palmyra gelagert, hielt sie aber zurück. Getreide wurde immer knapper und der Preis immer höher. Er hielt seine Ware so lange zurück, bis er von einem *Kurialen* den Hinweis erhielt, dass eine Flotte von Getreideschiffen aus Alexandria hierher unterwegs sei und in einer Woche eintreffen werde. Da warf er das Getreide für einen völlig überhöhten Preis auf den Markt und fand reißende Abnahme. Als die Getreideschiffe aus Ägypten kamen, wollte keiner mehr Getreide von ihnen haben, der Markt war schon übersättigt. Von dem Gewinn hat er sich zwei Landgüter bei Damaskus gekauft."

Dositheus lachte polternd und Strabo stimmte in das Lachen ein. „Das nenne ich Gewinne machen", prustete Strabo und schlug sich auf die Schenkel.

Messala blickte die lachenden Männer ernst an. „Ihr nennt es Gewinne machen, aber die Menschen hier wären fast verreckt. Und dazu haben sie völlig überhöhte Preise bezahlt, statt auf die Getreideschiffe zu warten und nach ihrer Ankunft angemessene Preise zu zahlen."

„Genau, Tribun, das ist es! In dieser kurzen Zeitspanne liegt der Gewinn."

Dositheus strahlte. Messala erkannte ihn kaum wieder. Der gebildete und feinsinnige Mann, als der er in seinem Haus aufgetreten war, war jetzt völlig von diesem wirtschaftlichen Planspiel und seinem Erfolg besessen. Fast schien es ihm, als glänzten in seinem Gesicht statt der strahlend blauen Augen zwei matt schimmernde Goldstücke.

Und schon fuhr der Kaufmann mit glänzenden Augen fort: „Vor etwas mehr als zwanzig Jahren war es kaum anders, nur hatte ich da schon das Geschäft meines Vaters und habe kräftig mitverdient: Nach einer schlechten Ernte hat der Statthalter von Syrien von überall her Getreide angefordert. Was passierte? Die Brotpreise stiegen. Aber unser guter *Comes Orientis* Philagrius verzichtete darauf, irgendwelche Maßnahmen gegen die Bäcker zu ergreifen. Was habe ich getan? Ich habe Mehl und Getreide gehortet. Dann ließ Philagrius die Bäcker auspeitschen, um nur ja dem Vorwurf der Bestechlichkeit zu entgehen. Aber der Preis stieg weiter, bis ich meine Brotmengen auf den Markt geworfen habe. Die Bäcker hatten ihre blutigen Nasen und ich meine Gewinne. Und vier

Jahre später hatte sich die Versorgungslage erneut drastisch verschlechtert. Selbst aus den umliegenden Dörfern drängten die Menschen in die Stadt, um eine Krume Brot abzukriegen. Damals legte Icarius, der treffliche Nachfolger des Philagrius, wieder die Brotpreise fest und begrenzte die Ausfuhr von Brot. Er hat sogar Wachen an die Stadttore postiert, damit niemand Brot ausführt. Der Narr! Ich habe meinen Bäckern verboten zu backen und das Mehl im Lager gehortet. Erst als der Preis wieder steigen durfte, habe ich backen lassen."

Genüsslich schlürfte Dositheus seinen Wein und blickte Messala an.

„So macht man das, und das sind nur ein paar Beispiele. Ich könnte dir erzählen, wie ich in Syracus einmal ..."

„Nein!" Wie ein Schrei war es Messala entfahren. „Ich möchte es nicht hören. Bei dir, Dositheus, kann ich es ja noch verstehen, denn dir ist das Gebot der Nächstenliebe fremd. Aber dass du, Strabo, solche Machenschaften mitfinanzierst und am Elend der Menschen mitverdienst, das widert mich an."

Nie zuvor hatte er in diesem Ton mit dem Senator gesprochen und Strabo zog verwundert die Augenbraue hoch.

„Aber, mein Junge. Du hast das wohl falsch verstanden. Es geht doch hier nicht ..."

„Ich will nicht wissen, worum es geht. Was ich aber weiß, ist, dass ich mit solchen Geschäften nichts zu tun haben will. Vielleicht bin ich zu weich für diese Dinge oder zu dumm oder beides. Jedenfalls werde ich niemals in euer Geschäft einsteigen. Und jetzt entschuldigt mich."

Er stürmte aus dem Kontor und ließ zwei verdutzte Geschäftsleute zurück. Die frische Luft tat ihm gut. Er ging zum Hafen herunter und beobachtete das Einladen der Schiffe. Nachdem das Meer wieder für den Handelsverkehr geöffnet war, herrschte im Hafen hektische Betriebsamkeit. Mindestens fünfzehn Schiffe wurden gleichzeitig beladen, und bei aller Unordnung, die zu herrschen schien, entdeckte Messala doch eine genaue Planung. Vor jedem Schiff stand ein *Onerari-*

us, ein Frachtmeister, der genau darauf achtete, dass nur die für sein Schiff bestimmten Ladungen an Bord gebracht wurden, was er anhand umfangreicher Listen kontrollierte. Die Ladungen, überwiegend dicke Stoff- und Seidenballen, aber auch schwere Kisten mit verschiedenen Waffen, waren mit Karren und Pferdefuhrwerken bis nahe an die Schiffe herangebracht worden und wurden sorgfältig bewacht. Denn hier, wie in allen Häfen, lungerte eine Menge untätigen Volks herum, immer bereit, sich einen Teil der Fracht kostenlos zu sichern, wenn sich denn eine Möglichkeit böte. Gerade näherte sich einer jener schrägen Gestalten dem Tribun, der versonnen auf einer Kaimauer saß.

„Ob der edle Herr wohl eine kleine Drachme für einen notleidenden Veteranen hat?" Der Kerl grinste Messala an und sein fauliger, nach billigem Wein stinkender Atem streifte den Römer.

Angewidert drehte sich Messala zu dem Mann rum. „Veteran? Wo hast du gedient, Mann? Wie heißt du?"

„In der 4. *Scythica*. Pelidion, der Name. Immer zu Diensten, der Herr. Ich war *Hastatus* in der vierten Cohorte. Aber nun wurde ich wegen einer Verletzung aus der Legion entlassen." Er deutete auf sein rechtes Bein und sein schmutziges Gesicht nahm eine weinerliche Miene an.

Messala dachte einen Augenblick nach. Die 4. Scythische Legion war tatsächlich in Syrien stationiert, und der Kerl hatte auch die kräftige Statur eines Lanzenwerfers. Wer infolge Verletzung aus dem Dienst frühzeitig entlassen wurde, erhielt keinerlei Versorgung und war tatsächlich auf den guten Willen seiner Mitmenschen angewiesen. Er wollte schon nach seinem Geldbeutel greifen, da durchzuckte ihn die Erkenntnis, dass das kaum von Nutzen sein würde. Strabo hatte ihm wohl großzügig eine gut ausgestattete Geldbörse überlassen, aber die lag wohlbehütet im Hause des Dositheus'. Er zuckte mit den Achseln.

„Tut mit leid, Kamerad. Ich habe nichts bei mir."

„Aber das silberne Kreuz, das du um den Hals trägst, das würde mir für's Erste schon helfen."

Wie durch einen Zauber hielt der Mann plötzlich eine kurze *Sica* in seiner Hand und grinste provozierend. Lässig spielte er mit dem Dolch, um seiner Forderung Nachdruck zu verleihen. Messala zögerte keinen Augenblick. Er wusste, dass in solchen Situationen Worte weniger gefragt waren als schnelles Handeln. Blitzschnell sprang er nach vorne und schlug mit seiner Handkante auf das rechte Handgelenk des Mannes. Mit einem heiseren Aufschrei ließ Pelidion den Dolch fallen, trat aber gleichzeitig mit seinem Fuß nach Messala und erwischte ihn schmerzvoll in der Seite. Einen Augenblick krümmte sich Messala vor Schmerz und noch bevor er reagieren konnte, landete die Faust des Burschen krachend in seinem Gesicht. Einen kurzen Moment lang zuckten grelle Blitze durch seinen Kopf und er nahm den Gegner nur noch schemenhaft wahr. Mit einem Ruck riss Pelidion dem Tribun das Kreuz samt Kette vom Hals, drehte sich herum und lief davon.

Er kam aber nicht weit. Ein Frachtmeister hatte die Szene beobachtet und zwei kräftigen Sklaven eine kurze Anweisung gegeben. Die stürzten sich auf Pelidion und hielten ihn fest, obwohl er tobte und die Sklaven mit den übelsten Worten beschimpfte. Mit Mühe gelang es ihnen, dem Manne Kreuz und Kette zu entwinden.

„Was sollen wir mit ihm machen?", fragte der *Onerarius* und gab Messala das Kreuz zurück.

„Danke für dein entschlossenes Eingreifen." Messala war immer noch nicht ganz klar. „Lasst den armen Hund laufen!"

Der Frachtmeister nickte den Sklaven zu und diese gaben den Mann frei. Unter einem Schwall von Flüchen entfernte sich Pelidion und schüttelte drohend die Fäuste.

„Du lässt ihn einfach so gehen?", wunderte sich der Frachtmeister.

„Ich musste gerade an eine Stelle aus dem Evangelium denken."

„Dem Evangelium?" Der Frachtführer schüttelte den Kopf. „Ich bin auch Christ, aber welche Stelle meinst du? So genau kenne ich mich da noch nicht aus."

„Es ist jene Stelle, in der Christus sagt: ,*Ich aber sage euch: Leistet dem Bösen keinen Widerstand, sondern, wenn dich jemand auf die rechte Wange schlägt, so halte ihm auch die andere hin. Will dir jemand deinen Rock nehmen, so lass ihm auch den Mantel. Nötigt dich jemand, eine Meile mitzugehen, so geh zwei mit ihm. Wer dich bittet, dem gib; wer von dir borgen will, den weise nicht ab.*' Nun, ich wollte geben, aber ich hatte nichts bei mir, was ich ihm hätte geben können. Außer dem Kreuz! Und nach Christi Worten hätte ich ihm das wohl geben müssen, obwohl viele liebe Erinnerungen an ihm hängen."

Zärtlich betastete er das kleine Kreuz, das ihm Julia nach der Taufe geschenkt hatte.

„Wie schwer ist es doch, den Worten des Herrn im Alltag zu folgen!"

„Du hast recht!" Der Frachtmeister schüttelte ernst den Kopf. „Es ist wirklich schwer. Es macht einen so schwach und angreifbar, wenn man seinen Worten folgt, zumal in dieser Welt, die von solchen Strolchen nur so wimmelt."

„Ja, schwach und angreifbar, wie es der Herr selbst auf Erden war. Davon müssen wir lernen!"

Herzlich dankte er dem Mann noch einmal, dann ging er mit langsamen Schritten zum Kontor von Dositheus zurück.

XXVI. DER AUFTRAG

Die Stunde des Abschieds war gekommen. Nach zehn Wochen des Aufenthalts in Antiochia hatten Strabo und Messala beschlossen, die Heimreise anzutreten. Jeder weitere Aufenthalt schien sinnlos, da Messala ganz offensichtlich nicht die Absicht hatte, das Angebot von Dositheus anzunehmen und sein Teilhaber zu werden. Dennoch schied man in Freundschaft. Dositheus hatte ihnen angeboten, die Fahrt auf einem seiner Frachtschiffe zu machen, und die Männer hatten das Angebot gerne angenommen.

An diesem letzten Abend gingen Messala und Esra schweigend durch den blühenden Garten. Sie war die einzige, die er vermissen würde, und er spürte genau, dass Esra ebenso empfand, auch wenn ihr als Sklavin solche Gefühle eigentlich verboten waren. Still setzten sie sich auf eine Bank und lauschten dem vielstimmigen Konzert der Zikaden. Messala hatte Esras Hand genommen und sah sie liebevoll an.

„Es ist Zeit, Abschied zu nehmen", sagte er und blickte tief in ihre samtweichen, dunklen Augen.

„Ja, ich weiß."

„Ich möchte dir für so vieles danken, das du mir in all den Wochen gegeben hast. Ich bin jetzt fast so heilkundig wie du." Er deutete ein zartes Lächeln an.

„Eustochium wird sich sicher über die Liste der Arzneien, Tinkturen und Salben freuen, die du mir gegeben hast. Aber es ist nicht nur das. Du bist mir in dieser kurzen Zeit zur ...", er fand nicht das rechte Wort, „... zur liebenswerten Vertrauten geworden. Hätten wir mehr Zeit gehabt und wären die Umstände anders, ich glaube ..."

Zart legte Esra ihre Finger auf Messalas Lippen.

„Sprich es nicht aus!", sagte sie und wischte sich mit der anderen Hand verstohlen eine Träne aus den Augenwinkeln.

„Ich bin nur eine Sklavin und du ein römischer Herr. Man muss die Dinge sehen, wie sie sind, und so müssen wir auseinander gehen. Das Schicksal hat uns zusammengeführt, das Schicksal trennt uns wieder."

„Wenn du nicht Sklavin wärest, würde ich dich jetzt zum Abschied küssen", sagte Messala leise.

„Wenn ich nicht Sklavin wäre, würde es vielleicht keinen Abschied geben", erwiderte Esra. Behutsam führte sie ihre Lippen zu seinem Mund, und für einen Augenblick verschmolzen ihre Lippen in tiefer Zärtlichkeit. Dann löste sich Esra plötzlich von ihm und lief schnellfüßig davon.

***

Dositheus' Frachtschiff brachte Strabo und Messala in ruhiger Fahrt und ohne irgendwelche Vorfälle nach Joppa. Dort schlossen sie sich einem Militärtransport nach Jerusalem an. In Jerusalem feierten sie ein herzliches Wiedersehen mit Cassius Gratus, dem sie auch die ausgeliehenen Uniformen übergaben. Sie liehen sich zwei Legionspferde und machten sich auf den kurzen Weg nach Bethlehem, das sie am späten Nachmittag erreichten.

„Irgendwie habe ich das Gefühl, wieder nach Hause zu kommen", rief Messala aus, als sie vor sich die geschweiften Höhenrücken des Dörfchens sahen.

„Geht mir auch so", murmelte der Senator, „obwohl ich mich in Antiochia, anders als du, sehr wohl gefühlt habe. Aber irgendetwas stimmt hier nicht."

„Was meinst du?", fragte Messala.

„Schau auf die Felder", antwortete Strabo. „Es ist jetzt die Zeit für die Aussaat. Siehst du irgendeinen auf den Feldern? Und dann dieser Brandgeruch, der in der Luft hängt. Das gefällt mir nicht."

Messala sog tief die Luft durch die Nase ein. „Du hast recht. Irgendetwas hat hier gebrannt. Und die Felder sind menschenleer. Wir sollten uns beeilen!"

Sie spornten ihre Pferde an und sprengten im Galopp über

die verlassenen Wege. Bald schon tauchten die Umrisse des Klosters auf und der scharfe Brandgeruch nahm zu. Wege und Wiesen rund um die Gebäude waren zertrampelt, als wären Horden von Pferden über sie gezogen.

„Das gefällt mir gar nicht", stieß Messala aus zusammengekniffenen Lippen hervor. Jetzt hatten sie die Klosterpforte erreicht, die fest verschlossen war. Sie sprangen von ihren Pferden und schlugen laut gegen das Holz.

„Hier, Marcus, sieh!"

Der Senator deutete auf das massive Holz der Pforte. Deutlich waren die Spuren eines Schwelbrandes an der Tür zu sehen, deutlich auch die Spuren, die ein Rammbock hinterlassen hatte. *Das Kloster ist überfallen worden!* Der Gedanke zuckte wie ein Blitz durch Messalas Kopf. Noch einmal schlugen sie mit Wucht gegen die schwere Pforte. Endlich wurde das kleine Fenster geöffnet, das in der Mitte der Pforte angebracht war. Vorsichtig lugte ein Gesicht hervor.

„Marcus! Dem Herrn sei Dank. Endlich bist du zurück!"

Es war Raphaelus, der diese Worte voll Freude ausgestoßen hatte. Schnell wurde der Holzriegel zurückgezogen und wenig später betraten die Männer den Innenhof des Klosters. Aber wie sah es hier aus! Bäume und Büsche waren zertreten, waren schwarz vom Schwelbrand. Steine und Felsbrocken lagen herum, zerbrochene Leitern, umgestoßene Körbe und Amphoren. Einige Mönche waren mit Aufräumarbeiten bemüht und blickten freudig auf die Ankömmlinge.

„Was ist passiert?", stieß Strabo atemlos hervor.

„Ein Überfall! Wir sind überfallen worden. Sarazenen waren es. Sie haben unsere Klöster und die anderen Gebäude viele Tage belagert. Aber an unseren Mauern haben sie sich ihre gottlosen Zähne ausgebissen, die Heiden! Vor etwa einer Woche haben sie es aufgegeben. Dem Herrn sei Preis und Dank!"

Messala und Strabo führten ihre Pferde in den Innenhof und Raphaelus verschloss das Tor gewissenhaft und legte den Riegel vor. Vincentius kam ihnen mit ernster Miene entgegen.

„Wir sind froh, euch wieder hier zu haben. Eine kräftige, kriegsgeübte Hand hätten wir wohl brauchen können. Aber kommt erst einmal ins *Refectorium*, wir wollen sehen, ob unsere Vorräte noch einen kleinen Imbiss hergeben."

Er führte sie in den Speisesaal und ließ ein kleines Mahl aus Brot, Obst und Wasser bringen. Dann erzählte er: „Es war etwa sechs Wochen nach eurem Aufbruch. Da tauchten plötzlich Reiterhorden auf. Sarazenen! Es müssen mehr als zweihundert gewesen sein. Wie aus dem Nichts kamen sie! Sie griffen zuerst das Kloster der Eustochium an. Gott sei Dank waren sie rechtzeitig bemerkt worden und alles war verschlossen und verrammelt worden. Als sie dort nichts ausrichten konnten, wandten sie sich unserem Kloster zu. Drei von uns, die auf den Feldern gearbeitet hatten und sich nicht rechtzeitig in den Schutz der Mauern flüchten konnten, haben sie gefangen. Sie haben sie gefoltert und dann getötet." Vincentius' Stimme versagte.

„Wer war es?", flüsterte Messala atemlos.

„Die Brüder Gaudens, Marcus und Josephus."

Gaudens! Messala erinnerte sich gut an den schmächtigen, schweigsamen Mönch, den ein Schweigegelübde daran hinderte, mit seinen Mitmenschen zu sprechen. Und Marcus! Der freundliche *Vinarius*, der ihnen kurz nach ihrer Ankunft die wohlschmeckenden Weine des Klosters kredenzt hatte. Messala schüttelte den Kopf. Nur schwer war der Gedanke vorstellbar, diese Männer nicht mehr in den Klostermauern zu sehen.

„Josephus kannte ich nicht", sagte er. „Was für ein Mensch war er?"

„Josephus?" Ein schmerzlicher Zug zog über das Gesicht des alten Mannes. „Aus Gallien kam er. Blutjung war er. Noch kein Jahr bei uns, arbeitete meist im *Scriptorium*. Er hatte so ein freundliches Wesen, immer heiter und zuvorkommend. Mönch und Priester wollte er werden, wie unser großer Vorsteher. Nun hat der Herr seine Pläne durchkreuzt."

Vincentius seufzte und Tränen standen in seinen Augen.

„Fast drei Wochen haben sie uns belagert. Sie haben versucht, die Pforte zu durchbrechen und das Kloster abzubrennen. Immer wieder haben sie die Pforte mit einem Holzbalken gerammt und versucht, das Holz in Brand zu setzen. Aber unsere starken Mauern haben ihnen widerstanden. Mit wildem Geschrei sind sie immer wieder um das Kloster herumgeritten und haben ihre derben Fäuste geschüttelt. Dann haben sie Felsen, Steine und Brandpfeile in den Innenhof geworfen. Das Ergebnis hast du gesehen. Zwei Brüder wurden verletzt, Hieralion liegt jetzt noch im *Valetudinarium.*"

„Und das Kloster der Eustochium? Was ist mit den Frauen dort?" Messala wagte es kaum zu fragen. Der Gedanke an Julia raste wie ein Blitz durch ihn. Vincentius lächelte, er hatte den Hintergrund der Frage verstanden.

„Nichts! Nichts ist ihnen passiert. Die Mauern sind noch dicker und massiver als die unseren. Feuer haben sie in die *Schola* geworfen, einige Schriften sind verbrannt. Die Basilica haben sie geplündert und verwüstet. Dann sind sie abgezogen."

„Und keiner konnte euch helfen?"

„Wer hätte uns helfen können?" Vincentius zuckte resignierend die Achseln. „Wie hätten wir Boten nach Jerusalem zur römischen Garnison schicken können? Und die Leute von Bethlehem waren froh, dass sie einigermaßen ungeschoren blieben. Bei denen war eh nichts zu holen. Den Marktplatz haben sie geplündert und mehrere Frauen und Mädchen mitgenommen, die gottlosen Barbaren!"

„Und Hieronymus? Wie hat er das alles aufgenommen?"

„Hieronymus? Der hat in seinem *Tablinum* gesessen, gebetet und Texte diktiert. Was hätte er sonst tun können? Hier im Hof hätten wir ihn kaum brauchen können. Dass einige seiner Bücher und Schriftrollen verbrannt sind, hat ihn schon mitgenommen. Mehr noch aber hat ihn natürlich der Tod dreier Mitbrüder getroffen."

„Ich würde ihn gerne sehen", sagte Messala, „und Julia natürlich auch."

Bei der Erwähnung dieses Namens zuckte es kurz über das Gesicht des Alten. „Geh erst zu Hieronymus", riet er. Unverzüglich machte sich Messala auf den Weg.

Düster wie immer war der Gang, der zum *Tablinum* des Vorstehers führte, hier hatte sich nichts verändert. Messala klopfte an die Tür, die nur angelehnt war.

„*Intra*", rief eine brüchige Stimme und Messala trat ein. Spärlich war der Arbeitsraum von einigen Öllampen erhellt. Die Luft war verbraucht und ein penetranter, ranziger Ölgeruch zog durch den Raum. Hieronymus blickte auf, und als er Messala erkannte, zog ein frohes Leuchten über sein hohlwangiges Gesicht. Aber wie hatte er sich verändert! Schmal und blass war er immer gewesen. Aber nun sah er so abgezehrt, so ausgemergelt aus, als habe ihn der Tod schon im Visier. Dünn wie Pergament spannte sich die Haut über das eingefallene Gesicht, das von Tausenden von Falten durchzogen zu sein schien. Nur die kleinen hellen Augen blinzelten lebhaft und musterten mit Freude den überraschenden Gast. Schnell stand er auf, schlurfte dem Römer entgegen und drückte ihn mit seinen mageren Armen fest an die ausgemergelte Brust. So verharrten sie einige Sekunden in schweigender Umarmung. Dann gab der Greis seinen Gast wieder frei und blickte ihn an.

„Ich freue mich, dass du wieder bei uns bist. *Maxime gaudeo* – Ich freue mich sehr. Sicher hast du schon gehört, wie es uns hier ergangen ist. Der Herr hat uns leidvoll geprüft! Aber wir leben und haben seine Entscheidungen zu respektieren. Erzähle, *mi fili*, wie ist es dir ergangen?"

Messala berichtete in dürren Worten von seinem Aufenthalt in Antiochia und seiner Entscheidung, nicht Teilhaber des Dositheus zu werden. „Jetzt freue ich mich auf Julia", wechselte er abrupt das Thema. „Es wird Zeit, die gemeinsame Zukunft zu planen. Irgendetwas werden wir schon finden, um unser gemeinsames Leben einzurichten. Vielleicht gehe ich doch zur Legion zurück und nehme den Dienst wieder auf. Ich habe gehört, dass sie händeringend erfahrene Offiziere suchen. Hast du von Julia gehört? Wie geht es ihr?"

Lange blickte Hieronymus Messala an, als zögere er mit der Antwort. Er hatte seinen Platz hinter dem riesigen Arbeitstisch wieder eingenommen und die dürren Hände gefaltet wie zum Gebet.

„Julia wird vorerst im Kloster der Eustochium bleiben", sagte er dann mit einfachen Worten und wartete gespannt auf die Reaktion seines Gastes.

„Bleiben? Wie meinst du das?"

Messala hatte sich aufrecht auf den Stuhl gesetzt, jeder Muskel seines kräftigen Körpers spannte sich und die Adern traten deutlich unter der Haut hervor. Mit starrem Blick fixierte er den Greis. Doch der geriet nicht aus der Fassung.

„So, wie ich es sagte, mein Freund. Sie hat sich entschieden, der Frauengemeinschaft im Kloster beizutreten und das Noviziat abzulegen. Ob es letztlich bei dieser Entscheidung bleiben wird, wer kann das wissen?"

Messala hatte die Hände zu Fäusten verkrampft und schüttelte wild seinen Kopf. „Das glaub' ich nicht. Nein, das glaub' ich einfach nicht. Sie liebt mich! Wir wollen heiraten. Das weißt du doch, edler Hieronymus!" Es klang wie der ohnmächtige Schrei eines Gequälten.

„Und doch hat sie sich anders entschieden. Natürlich hast du das Recht, sie zu sehen und von ihr selbst zu erfahren, wie es zu dieser Wandlung ihrer Gesinnung kam. Natürlich weiß ich, dass du sie liebst, und auch sie liebt dich. Aber den Herrn Jesus Christus liebt sie mehr, und diese Entscheidung verdient unser aller Respekt."

„Dahinter steckst du", schrie Messala und stand zornbebend auf, „du und Eustochium! Ihr habt meine Abwesenheit ausgenutzt und sie ...", er fand nicht das richtige Wort, „ihr habt sie umgestimmt. Sie hat das nie gewollt!"

Er fiel auf dem Stuhl zusammen, das Gesicht aschfahl.

Schluchzend schlug er die Hände vors Gesicht. „Sie hat das nie gewollt", murmelte er leise und verzweifelt.

Hieronymus bemerkte mit Erschütterung, welche Bewegung seine Worte ausgelöst hatten. Leise stand er auf und legte beschwichtigend seine Hände auf Messalas Schulter. Unwirsch schüttelte der sie ab.

„Was nutzt mir dein Trost jetzt, wo ich das, was ich am meisten liebte, verloren habe?"

„Du hast sie nicht verloren. Aber Christus hat sie gewonnen. Darüber solltest du dich freuen. Stolz kannst du auf sie sein, da sie nun eine Braut Christi ist." Hieronymus' Stimme hatte an Schärfe zugenommen. „Da sitzt du jetzt hier wie ein Häufchen Elend, als hätten dir Sarazenen deine Braut entführt."

„Ist das nicht im Ergebnis das Gleiche?", murmelte Messala.

„Nein! Das ist es nicht!", schrie Hieronymus. „Wie kannst du es wagen, so etwas gleichzusetzen?" Krachend schlug er mit der Faust auf den Tisch.

„Aber der Vergleich stammt von dir", wandte Messala schüchtern ein.

„Siehe, Marcus", seine Stimme hatte wieder einen sanften Klang angenommen, „Julias Entscheidung sollte vielmehr für dich Grund sein, darüber nachzudenken, ob du nicht ihrem Weg folgen willst und auf diese Weise wieder mit ihr einen gemeinsamen Weg gehst. Du weißt, wie gerne ich dich hier im Kloster sähe. Was könnte es Schöneres geben, als gemeinsam in den Dienst des Herrn einzutreten?"

„Aber ich bin für ein Mönchsleben nicht geschaffen."

„Wie kannst du das wissen, da du es doch nie probiert hast? Was willst du überhaupt machen, du verweichlichter Soldat? Wo ist der Wall, der Graben, der unter Zelten verbrachte Winter? Die Kriegstrompete erschallt vom Himmel her, mein Marcus! Auf den Wolken schreitet der Feldherr gewappnet heran, der herauszieht, um der Welt den Krieg zu erklären. Das zweischneidige Schwert, das aus dem Munde des Königs hervorgeht, mäht alles, was ihm in den Weg tritt, nieder. Und da willst du dich hinter Stoffballen oder den wallenden Röcken eines Weibes verbergen?"

Hieronymus holte tief Luft und Messala spürte die übernatürliche Kraft, die von dem Alten und seinen Worten ausging. Schwer war es, sich der magischen Kraft dieser Worte zu entziehen, und wie durch einen zauberstarken Nebel drang es weiter auf ihn ein.

„Du willst aus dem Schatten hin zur Sonne gehen? Der Körper, der sich an die *Tunica* gewöhnt hat, erträgt der *Lorica*, des schweren Kettenpanzers, Last nicht mehr, viel weniger die der feinen Robe des Kaufmanns oder des grob gewebten Gewandes des Familienvaters. Das mit Linnen bedeckte Haupt mag nichts vom Helm wissen. Der harte Schwertknauf wird auf deiner vor lauter Nichtstun weich gewordenen Hand Schwielen verursachen. Vernimm den Heeresbefehl deines Königs: ,*Wer nicht mit mir ist, der ist gegen mich, und wer nicht mit mir sammelt, der zerstreut!*' Denke an den Tag deines Eintritts in den Kriegsdienst, an dem du in der Taufe mit Christus verbunden einen heiligen Eid geschworen hast. Um des Namens Christi willen wolltest du alle Aufgaben auf dich nehmen, die der Herr für dich bereitet hat. Siehe, der Feind, der in deinem Inneren wohnt, strengt sich an, um Christus zu töten. Die gegnerische Streitmacht hat es auf das Handgeld abgesehen, das du beim Eintritt in den Kriegsdienst entgegennahmst. Blick auf das Kreuz, das du am Halse trägst, es wird dir Adler und Banner sein.

Später dann wird der Tag kommen, an dem du als Sieger in die Heimat zurückkehrst, an dem du als tapferer und ruhmgekrönter Held in das himmlische Jerusalem einziehst. Dann wirst du bei Paulus das Bürgerrecht erhalten. Dann magst du auch für mich Fürsprache einlegen, der ich dich heute ermahnt habe. Ich weiß sehr wohl, welche Bindung dich jetzt festhält. Ich bin nicht gefühllos und mein Herz ist nicht aus Eisen. Ich bin nicht aus Kieselstein geboren, noch haben mich hyrkanische Tiger genährt, wie es Vergilius ausdrückt.

Auch ich habe alle diese Schwierigkeiten durchgemacht und mich den trostlosen Wallungen eines blinden Herzens ergeben. Aber die Liebe zu Christus und die Furcht vor der Hölle sprengt mit Leichtigkeit alle diese Fesseln."

„Aber ich liebe doch auch Christus", rief Messala voller Qual. „Ich liebe ihn, wie einen Vater, wie einen Bruder. Aber daneben kann ich doch auch Julia lieben und mit ihr gottesfürchtig und sittsam leben."

„Julia hat sich bereits anders entschieden, und du, lieber Marcus, tust gut daran, in dir, tief in deinem Herzen, nach deiner wahren Berufung zu forschen. Wer eine Frau mehr liebt als Christus, setzt seine Seele aufs Spiel. Höre doch die Worte des Herrn, die uns der treffliche Evangelist Matthäus überliefert hat:

,Wer Vater oder Mutter mehr liebt als mich, ist meiner nicht wert. Und wer Sohn oder Tochter mehr liebt als mich, ist meiner nicht wert. Wer sein Kreuz nicht auf sich nimmt und mir nicht nachfolgt, ist meiner nicht wert. Wer sein Leben zu gewinnen sucht, wird es verlieren; wer dagegen sein Leben um meinentwillen verliert, wird es gewinnen.'

Und was für Vater und Mutter, für Sohn und Tochter gilt, um wie viel mehr muss es für ein Weib gelten, mit dem du nicht einmal durch die Bande des Blutes verbunden bist?"

„Aber wenn das für alle Menschen gelten soll, würde es niemanden geben, der eine Familie gründet. Die Menschheit stürbe aus. Das kann Gott niemals wollen!"

„Du hast recht! Es gilt nicht für alle. Es gilt nur für die, die es fassen können. Und du kannst es fassen, wie ich es gefasst habe. Schau auf den jungen Raphaelus, auf Maxentian, Hieralion und all die anderen, die du kennst und die dir in der Zeit deines Aufenthalts hier Brüder geworden sind, wie ich dir Vater sein will. Weise sie nicht von dir. Wir bieten dir hier Werk und Lohn, Liebe und Vertrautheit. Und unser Herr, Jesus Christus, der für uns alle am Kreuz gestorben ist, er blickt auf dich und will dich als seinen Offizier unter die

Fahne des Kreuzes nehmen. Wie könntest du das ablehnen?"
Dieser schlichten und doch wortmächtigen Argumentation
hatte Messala wenig entgegenzusetzen. Mit Mühe rang er um
das richtige Wort. Aber schon fuhr Hieronymus mit erhobener Stimme fort. Die Hände hatte er weit ausgebreitet und
seine Augen schienen Messala bis ins Mark zu durchbohren:
„Der Feind hält das Schwert schon gezückt, um dich zu
durchbohren. Sollst du da an die Tränen einer Jungfrau denken? Wie viele Tausende sind um Christi Willen freudig in
den Tod gegangen, und du magst um seinetwillen nicht einmal auf die Ehe verzichten? Der Sturmbock der Liebe darf
doch nie den Glauben erschüttern, niemals die Mauer des
Evangeliums durchbrechen. *Die sind mir Mutter und Brüder, welche den Willen meines Vaters tun, der im Himmel
ist*', spricht der Herr. Du magst einwenden, dass solche strengen Grundsätze nur gelten, wenn das Martyrium zur Entscheidung steht, wenn der Antichrist zum Krieg rüstet. Du
irrst, mein Freund, wenn du annimmst, es sei jetzt eine Zeit,
die frei von der Verfolgung sei. Gerade dann ist der Angriff
am stärksten, wenn du ihn nicht bemerkst. Unser Widersacher geht umher wie ein brüllender Löwe, suchend, wen er
verschlingen könne. Er liegt im Hinterhalt mit den Reichen,
im Verborgenen sucht er den Unschuldigen zu töten. Seine
Augen blicken auf den Armen. Er lauert in der Dunkelheit
wie ein Löwe in seiner Höhle. In diesem Kampf wird jede
redliche Hand gebraucht. Da streckst du dich behaglich unter
das schattige Laubdach danieder und gibst dich weltlichen
Träumereien hin?"
Erschöpft hielt der Greis inne. Seine Hände tasteten nach
dem Wasserglas, das er durstig leerte.

„Was hätte ich deinen Worten entgegenzusetzen?" Messala
lächelte gequält. „Und doch will es mir scheinen, als drücktest du mich gegen eine Wand und schnürtest mir mit eiserner Hand die Luft zum Atmen ab. Alles, was du mit trefflichen Worten so beredt gesagt hast, ist richtig. Jedenfalls kann

ich daran nichts Falsches finden. Und wenn ich etwas fände, könnte ich es doch nicht ausdrücken, so stark ist die Gewalt deiner Worte. Und doch: Meine Entscheidung kann ich nicht jetzt und nicht hier geben. Ich hoffe, du verstehst das. Aber etwas anderes möchte ich dir geben."

Messala griff in die Falten seiner *Tunica* und überreichte Hieronymus eine Schriftrolle. Hieronymus entrollte sie und las den Titel: *„Cicero, De natura deorum* – Über das Wesen der Götter." Sein Gesicht, das eben noch hart und asketisch gewesen war, wurde von freudvollem Lachen überzogen.

„Du hast daran gedacht, Marcus. *Profecto* – In der Tat, die Schrift habe ich mir lange gewünscht. Wie kam sie in deine Hände?"

Messala berichtete, wie Dositheus sie ihm großzügig überlassen habe.

„Aber nun muss ich Julia sehen!"

„Sie wartet auf dich!"

***

Den Weg zum Frauenkloster ging er mit zagendem Herzen. Wie anders hatte er sich doch das Wiedersehen vorgestellt. Freilich dachte er dabei an die zärtlichen Gefühle, die er für die liebliche Esra empfunden hatte und fast bedauerte er, dass es bei jenem kurzen Kuss geblieben war. Aber gleichzeitig ließ das schlechte Gewissen seine Beine bleischwer werden. Strafte Gott ihn jetzt dafür mit dem Verlust von Julia?

Auch das Kloster der Eustochium wies unübersehbar Spuren des Angriffs der Sarazenen auf. Die Pforte war fest verschlossen.

Auf sein Klopfen hin öffnete eine ältere Nonne die Tür.

„*Quid?* –Was möchtest du?"

„Ich möchte gerne, äh … kann ich bitte mit Julia, der Tochter von Senator Strabo sprechen? Mein Name ist Marcus Messala, ich bin ihr … ihr Verlobter."

Nur schwer kam ihm dieses Wort über die Lippen.

„Bitte."

Freundlich öffnete die Nonne das schwere Tor und führte ihn in eine winzige Kammer, die offenbar für Besucher vorgesehen war. Ein alter Tisch und vier Stühle bildeten das einzige Mobiliar des kargen Raumes.

„Bitte warte einen Augenblick. Ich werde Julia holen."

Messala erschien es wie eine Ewigkeit, bis sich die Tür wieder öffnete. Julia kam herein und mit ihr eine junge anmutige Nonne. Beide trugen das graue Gewand des Klosters. Julia war unverschleiert, während die andere *Monacha* ihr rötliches Haar mit einem Schleier bedeckte. Mit ausgebreiteten Armen kam Messala Julia entgegen. Er hatte zunächst befürchtet, sie würde seine Umarmung spröde zurückweisen. Stattdessen lief sie freudestrahlend auf ihn zu und warf sich jauchzend in seine Arme. Lächelnd betrachtete die andere Nonne die Szene.

„Marcus, Lieber! Endlich bist du wieder da. Wie freue ich mich, dich wiederzusehen!"

Messalas Gesicht strahlte.

„Auch ich habe dich vermisst, Julia! Oh, wie habe mich nach dir gesehnt."

Er wollte sie küssen, doch sie wehrte ihn behutsam ab. Befremdet zog er seine Hände zurück.

„Du musst wissen, dass ich dabei bin, eine Braut Christi zu werden, und da ziemt es sich nicht, römische Tribunen zu küssen. Christus ist sehr eifersüchtig."

Sie lachte ihr silberhelles Lachen und strahlte ihn an.

„Ich bin hier so glücklich, Marcus, und ich hoffe so sehr, dass du mein Glück teilen kannst. Übrigens möchte ich dir Schwester Maria Lucina vorstellen, meine liebste Freundin im Kloster."

Lucina schenkte dem Tribun ein bezauberndes Lächeln.

„Julia hat mir so viel von dir erzählt und ich muss sagen, sie hat nicht übertrieben."

Lucina machte eine einladende Handbewegung und sie setzten sich an den Tisch. Gespannt blickte Messala Julia an.

„Sicher möchtest du wissen, wie das alles gekommen ist, nicht wahr?"

Messala nickte schweigend.

„Es hat alles begonnen an dem Tag, an dem ich das Kloster hier betrat und du mit meinem Vater nach Antiochia abgereist bist, ohne mir etwas zu sagen."

Der vorwurfsvolle Ton war nicht zu überhören. Mit glänzenden Augen und in sprudelnden Worten erzählte nun Julia von den vielen Gesprächen, die sie mit Eustochium und Hieronymus gehabt hatte. Wie sie sich zuerst mit allen Kräften gegen die Vorstellung, in das Kloster einzutreten gewehrt habe, und wie dieser Widerstand zunehmend geschwunden sei. Wie sie das Leben und die Arbeit im Kloster, aber auch das tägliche intensive Gespräch mit Gott mehr und mehr lieben gelernt habe und wie sehr ihr dabei Lucina geholfen habe.

„Ohne meine liebe Lucina wäre ich wohl nie zu dieser Entscheidung gekommen", sagte sie atemlos und legte liebevoll den Arm auf ihre Mitschwester. „Ich kann mir vorstellen, dass du jetzt sehr von mir enttäuscht bist, Marcus. Ich weiß, dass du mich liebst, und glaube mir, ich liebe dich auch. Aber doch nicht so sehr, dass ich dich meinem Dienst an Christus vorziehen könnte. Hier habe ich meinen Platz gefunden und dich, liebster Marcus, dich bitte ich, bleibe mir alle Zeit vertrauter Freund. Wie schön wäre es, wenn du dich auch für diesen Dienst entscheiden könntest. Hast du daran schon einmal gedacht?"

Messala nickte schwermütig.

„Hieronymus lässt keine Möglichkeit aus, mich dafür zu gewinnen. Aber ich kann nicht, jedenfalls jetzt nicht. Wer weiß, was einmal sein wird. Der Gedanke, mein Leben hinter Klostermauern zu beschließen, schreckt mich zurzeit und ist unerträglich. Und dass ich dich verloren habe, ist auch ein unerträglicher Gedanke."

Liebevoll blickte Julia Messala an.

„Ich weiß, Liebster, ich weiß. Mag sein, dass die Zeit dein Herz tröstet. Ich hoffe es so sehr für dich. Und ich bitte dich, mir zu verzeihen. Irgendwie fühle ich, dass ich dich im Stich gelassen habe. Aber ich konnte nicht anders, so wenig wie du jetzt anders kannst. Verstehst du?"

Messala nickte und verstand doch nichts.

Bislang hatte Lucina schweigend zugehört. Nun ergriff sie das Wort: „Es mag dich kaum trösten, Tribun, aber siehe, die Welt steht dir offen. Du hast den Kampf um Julia verloren, aber du hast ihn gegen einen übermächtigen Gegner verloren. Viele Kämpfe wirst du noch zu bestehen haben, und du wirst sie gewinnen. Wir werden den Herrn gemeinsam bitten, dass er dir den rechten Weg zeigt, mag er hinter Klostermauern führen oder in die Welt hinaus."

Eine Zeit lang saß Messala schweigend auf seinem Stuhl. Dann sagte er: „Ich danke dir, Lucina, und auch dir, Julia. Wisse, dass ich deine Entscheidung achte, auch wenn sie meinem Herz Qual bereitet. Als Soldat war ich es gewohnt, Niederlagen hinzunehmen, wenn der Gegner zu mächtig war. An meiner Liebe zu Christus wird das nichts ändern, auch wenn ich mich nicht in der Lage fühle wie ihr, ganz in seinen Dienst einzutreten. Ich werde an anderer Stelle für ihn kämpfen, wo ich nützlicher sein kann. Wirst du mir zum Abschied einen Kuss geben?"

Bittend blickte er Julia an. Ohne ein Wort stand Julia auf, umarmte ihn innig und verschloss seine fragenden Lippen mit einem zärtlichen Kuss des Abschieds. Dann löste sie sich sanft aus der Umarmung. Schweigend verließen Julia und Lucina den Raum, ohne noch einmal zurückzublicken. Messala blieb noch eine Zeit auf dem Stuhl sitzen. Lange noch spürte er den zärtlichen Druck auf seinen Lippen. Dann stand er auf und verließ wortlos das Kloster. Schwer fiel die Tür hinter ihm zu.

Inzwischen war die Sonne zwielichtiger Dämmerung gewichen. Mit gesenktem Haupt ging Messala den Weg zum Männerkloster zurück. Schweigend verzehrte er das karge Abendessen, an der abendlichen Andacht nahm er nicht teil. Er suchte sein vertrautes Zimmer auf und fiel bald in einen ruhelosen Schlaf. Gesichter stürmten auf ihn ein. Hohnlachend winkte ihm Colchis zu. Horden von Sarazenen umrundeten einen Kreis zusammengedrängter Menschen, in dem er Esra, Julia und Eustochium sah, die ihm verzweifelt zuwinkten. Es war, als hätten sich alle Menschen dazu verschworen, ihm quälende Träume zu bereiten. Coranus sah er, wie er auf seinem Schiff stand und ihn mit ernster Miene anblickte. Und Gaudens, der tote Mönch. Mit versiegelten Lippen stand er vor Messala, eine Schriftrolle in der Hand. Schweißgebadet wachte er auf. Ein Blick aus dem kleinen Fenster zeigte, dass der Mond seinen höchsten Stand erreicht hatte.

Gierig trank er aus der Wasserkanne, die vor seinem Bett stand. Er fiel in einen schlafähnlichen Zustand und grübelte. Irgendwie musste es weitergehen. Sollte er das Angebot des Hieronymus' annehmen? Er könnte dann ständig in der Nähe von Julia sein, aber das würde ihn nur umso mehr quälen. Teilhaber von Dositheus und Strabo? Nein, dieser Gedanke erfüllte ihn mit tiefem Unbehagen. Aber was sonst? Der Schlaf erlöste ihn endlich.

***

Am nächsten Morgen erwachte er und fühlte sich so gerädert, als habe er soeben einen Gewaltmarsch mit vollem Gepäck hinter sich gebracht. Marschleistungen von vierzig Meilen und mehr waren schon bei guter Kondition eine Herausforderung, für einen entwöhnten Tribun schufen sie höchste Qualen. Aber immerhin: Sein Entschluss stand jetzt fest! Hastig nahm er sein Frühstück im *Refectorium* ein und fragte dann nach Hieronymus.

„Er ist in der *Schola*", sagte Maxentian, der *Cellarius*. Messala dankte dem Küchenmeister und lief zum Schulraum. Hier hatte sich einiges verändert. Mehrere Mönche waren dabei, die herumliegenden Schriften zu säubern und zu ordnen. Inmitten der Unordnung stand Hieronymus wie ein Feldherr, ließ die eine Schrift hierhin, die andere dorthin bringen, befahl die eine Rolle zur Abschrift ins *Scriptorium*, die andere in sein *Tablinum*. Erstaunt und erfreut blickte er auf, als Messala den Raum betrat.

„Du siehst schlecht aus, mein Sohn", sagte er stirnrunzelnd.

„Darf ich dir einen Augenblick deiner kostbaren Zeit stehlen, edler Hieronymus?"

„*Certe* – Gewiss. Lass uns in den Garten gehen."

Gemeinsam gingen sie in den Kräutergarten, den Raphaelus ihm einst gezeigt hatte. Auf einer kleinen Bank nahmen sie Platz.

„Du hast mit Julia gesprochen?" Das war mehr Feststellung als Frage. Messala nickte.

„Ja, und ich habe es alles so gefunden, wie du es mir gesagt hast. Verzeih, wenn ich an deinen Worten zweifelte oder dich verletzt habe."

„Ich habe nichts zu verzeihen", sagte Hieronymus. „Ich habe immer Verständnis für dich gehabt."

„Ich habe mich entschieden!" Messalas Worte klangen fest und bestimmt.

„Ich weiß."

„Ich werde wieder in den Legionsdienst zurückkehren, wahrscheinlich nach Caesarea, vielleicht auch nach Jerusalem."

„Ich weiß."

„Woher willst du das wissen?"

„Es blieb dir keine andere Wahl. Vielleicht wirst du irgendwann einmal die Kutte des Mönches überstreifen, aber jetzt noch nicht. Gott hat Geduld. Aber ob dich deine Pflicht nach Jerusalem ruft oder nach Caesarea? Siehe, ich habe etwas für dich."

Der Alte griff in seine abgeschabte Tunica und holte eine Schriftrolle hervor. „Für dich!"
Neugierig entrollte Messala die Schriftrolle:

Innocens, Bischof von Rom, an Hieronymus,
seinen geliebten Bruder in Christo.

Hier in der Stadt unserer großen Apostel hat das Aufräumen begonnen. Nach dem Abzug der unseligen Barbaren kehrt allmählich wieder der Alltag ein. Dem Herrn sei Dank, dass die Barbaren auf mein dringendes Bitten hin wenigstens unsere Kirchen verschont haben.
Wie du sicher weißt, hatte ich mich nach Ravenna begeben, um Honorius zu Verhandlungen mit den Barbaren zu bewegen. Leider waren meine Versuche vergeblich. So blieb es mir immerhin erspart, die Gräuel in der Stadt mit eigenen Augen zu sehen, obwohl ich sicher glaube, dass ein Hirt in dieser Situation bei seinen Schafen hätte sein müssen.
Der Tod von Alarich hat uns gnädig von einer Sorge befreit, sein Nachfolger, Atawulf, scheint zugänglicher zu sein.
Das aber ist nicht mehr meine Aufgabe, denn die Barbaren haben Rom längst verlassen und treiben nun ihr Unwesen in anderen Teilen Italiens. So habe ich nun die Möglichkeit, mich wieder den eigentlichen Aufgaben zuzuwenden, die mit meinem Amt verbunden sind.
Von allen Seiten drängt man mich, eine für die Kirche verbindliche Ordnung zu schaffen und vor allem in Glaubensfragen ein Primat des römischen Bischofs herzustellen, an dem sich andere orientieren können. So bat mich Bischof Victricius von Rotomagus, die Norm und Autorität der römischen Kirche mitzuteilen, und ich habe seinem Wunsche entsprochen und ein Decretum erlassen, ein für alle verbindliches Responsum. So werde ich auch weiterhin verfahren, damit sich nicht die Schafe der Kirche unseres Herrn Jesus Christus weiterhin in der Einöde des Zweifels verirren.

Ich werde verlangen, und dir, lieber Bruder, will ich dies vorab mitteilen, dass von nun an die Vorrechte der römischen Kirche unangetastet bleiben und dass alle Causae maiores, alle wichtigeren Angelegenheiten, vor den apostolischen Stuhl gebracht und dort entschieden werden.

Ich weiß, dass ich damit weit über das Kaiserliche Rescript hinausgehe, das vor dreiunddreißig Jahren dem römischen Bischof eine oberste Appellationsinstanz zubilligte, aber es wird Zeit, dass wir uns aus den Zwängen weltlicher Macht lösen!

Ich weiß aber auch, dass ich in diesem Bemühen auf die Hilfe meiner Bischöfe rechnen kann. Die Brüder Exsuperius von Tolosa und Decentius von Gubbium haben mich darin bestärkt und auch du wirst, wie ich sicher vermute, mir auf diesem Weg deine Hände reichen. Denn was von dem Apostelfürsten Petrus der römischen Kirche überliefert worden ist und dort bis heute beobachtet wird, muss von allen befolgt werden, weil die Gründung aller Kirchen des Abendlandes auf Petrus und seine Nachfolger zurückgeht.

Im Vordergrund wird bei dieser Neuordnung die Kirche des Morgenlandes stehen, denn hier bedarf es, wie die Vorgänge in Constantinopel gezeigt haben, in besonderer Weise der Führung. Die Bekämpfung der Irrlehren, wie die jener unseligen Donatisten, muss von einem zentralen Ort aus geschehen, wenn sie Wirkung haben soll. Und bei diesem Kampf vertraue ich besonders auf bewährte Männer der Kirche wie dich, lieber Bruder, oder den Augustinus. Zurzeit beobachte ich mit Sorge die Umtriebe jenes Pelagius, der inzwischen aus Rom über Africa ins Heilige Land geflohen ist und dort für viel Unruhe unter den Gläubigen sorgt. Gleiches gilt auch für dessen Schüler und Freund Caelestius, den unser guter Paulinus vor Bischof Aurelius von Carthago offen der Ketzerei angeklagt hat. Wir werden dazu eine Synode in Carthago einberufen und uns mit den Vorwürfen beschäftigen. Das alles sollst du aus meiner Feder als Erster erfahren.

Mein Brief hat aber noch einen weiteren Grund: Hält sich der treffliche Tribun Messala noch bei dir auf, den ich mit jener wichtigen Truhe zu dir schickte? Wie ich erfahren habe, ist diese Truhe gut bei dir angekommen und ich freue mich sehr darüber, ist doch ihr Inhalt für die ganze Christenheit von großer Bedeutung. Bei dir ist sie ohne Zweifel in besten Händen und so magst du sie an sicherem Orte bewahren. Der Gedanke, dass sie jetzt an jenem Ort steht, an dem die Geburtskrippe unseres Heilands einst stand, hat für mich etwas Wunderbares!

Aber zurück zu unserem tüchtigen Tribun.

Ich sähe es sehr gerne, wenn dieser Mann, den ich für einen aufrechten und zuverlässigen Streiter halte, wieder nach Rom zurückkehrte und als mein persönlicher Beauftragter mir wichtige Dienste leisten könnte, auch wenn er Heide ist. Aber wie ich dich kenne, hast du nicht geruht, bis er getauft wurde. Ich bin gespannt, ob meine Vermutung richtig ist.

Also falls er sich noch bei dir aufhält, übermittle ihm meine dringende Bitte und setze ihn auf das nächste Schiff nach Rom. Rom und sein Bischof benötigen seiner!

Der Herr segne dich und deine Arbeit und erhalte dich bei guter Gesundheit!

Innocens, Bischof von Rom

Überrascht blickte Messala auf. Der Bischof von Rom wünschte, dass er wieder in dessen Dienste träte! Tribun der Lateranischen Cohorte – oder, wie es der Bischof ausdrückte, persönlicher Beauftragter. So ließe sich der Legionsdienst und der Dienst an Gott verbinden.

„Wie denkst du darüber?" Hieronymus ließ ein spitzbübisches Lächeln um seine ausgedörrten Lippen spielen.

„Ich bin überrascht ... und erfreut zugleich. Mit einem Male scheine ich wieder einen Platz zu finden, an dem ich gebraucht werde. Ich werde das Angebot annehmen, kein Zweifel! *Roma me eget!* – Rom braucht mich!"

„Du tust gut daran, *mi fili*. Unsere Kirche steht vor großen Änderungen. Später einmal, ich bin ganz sicher, wird die gesamte katholische Kirche von Rom aus regiert werden. Der Bischof von Rom wird Oberhaupt aller Gläubigen sein. Aber bis dahin ist es noch ein langer Weg und viele Hände werden dabei nötig sein, auch deine. Bischof Innocens braucht dich in Rom mehr als ich dich hier, obwohl ich dich gerne hierbehalten hätte. Aber wer weiß? Vielleicht führen dich deine Wege später noch einmal zurück nach Bethlehem."

Der Alte konnte nicht wissen, wie recht er mit dieser Vermutung hatte.

Messala nickte.

„Irgendwie habe ich hier ein Stück Heimat gefunden. Und du bist mir wie ein Vater geworden, auch wenn es nicht immer einfach war."

„*Patria est, ubicumque vir fortis sedem sibi elegerit* – Das Vaterland ist, wo immer ein tapferer Mann seinen Wohnsitz genommen hat." Der Alte lächelte Messala liebvoll an. „Geh hinaus und vergiss nie, was du bei dem Alten von Bethlehem gelernt hast. Neue Aufgaben warten auf dich, neue Abenteuer, vielleicht auch eine neue Liebe. Aber nun gehst du als Christ, als Streiter für den Herrn. Sein Segen mag dich auf allen Wegen begleiten. Knie nieder!"

Messala sank auf die Knie und Hieronymus legte seine welken Hände auf den Kopf des stolzen Römers und segnete ihn im Namen des Vaters und des Sohnes und des Heiligen Geistes.

Es folgten Tage des Abschieds. Auch Julia sah er ein letztes Mal. Sie war über seinen Entschluss, nach Rom zu reisen und in die Dienste des Bischofs zu treten, froh und stolz.

„So dienst du wie ich dem Herrn. Freilich nicht in der kargen Kutte des Mönches, sondern im stolzen Gewand des Kriegers. Tue deinen Dienst, so gut du es kannst, und vergiss deine Julia nie."

Mit tränenfeuchten Augen hatte sie ihm lange nachgeblickt.

Mit inniger Ehrfurcht nahm Messala Abschied von Hieronymus und seinen Mitbrüdern, die ihm in den vielen Monaten wie Brüder geworden waren.

„Ich wünschte, ich könnte mit dir tauschen", sagte Senator Strabo voller Heimweh und drückte ihn an seine massigen Schultern. „Grüße das stolze Rom meiner Väter. Nie werde ich es wiedersehen!"

Am nächsten Tag reiste Marcus Messala, der Tribun von Rom aus dem alten Geschlecht der Fabier, nach Caesarea, wo er sich auf das Kriegsschiff *Armata* begab. Die Reise nach Rom hatte begonnen!

Noch acht Jahre wird Hieronymus in seinem Kloster leben. Aber es werden nicht Tage der Ruhe oder des ungestörten Schaffens sein. Die Völkerwanderung lässt ihn nicht ungeschoren und wiederholt ist sein Kloster den Angriffen von räuberischen Beduinen, Isauriern und Sarazenen ausgesetzt.

Auch der Konflikt mit Pelagius bringt ihn in höchste Gefahr. Im Jahre 416 rächen dessen Anhänger sich an Hieronymus, der offen Partei gegen Pelagius ergriffen hat. Eine bewaffnete Bande von Mönchen fällt über sein Kloster und das der Eustochium her. Gerade noch gelingt es den Angegriffenen, sich in einem Klosterturm zu verbarrikadieren. Ein Diakon findet den Tod, die Gebäude werden in Brand gesetzt.

Augustinus schreibt dazu:

„Mönche und Nonnen, die unter Leitung des heiligen Priesters Hieronymus lebten, wurden in verbrecherischer Weise hingemordet, ein Diakon wurde getötet, die Klostergebäude wurden in Brand gesetzt, und nur mit Mühe vermochte sich Hieronymus selbst bei diesem plötzlichen Überfall der Bösewichter durch Gottes Erbarmen hinter die Mauern eines einigermaßen festen Turmes zu retten."

Der größte Teil seiner kostbaren Bibliothek geht in den Flammen unter. Doch Hieronymus gibt nicht auf. Augustinus ist es zu verdanken, dass Pelagius schließlich kapituliert und die

Belagerung ein Ende nimmt. Freudig bedankt sich der Alte von Bethlehem bei Augustinus:

„Keine Stunde, in der ich nicht deinen Namen preise, wegen der Inbrunst, mit der du hoch das Banner des Glaubens inmitten widriger Stürme getragen hast."

Hieronymus kehrt in die Ruinen seines Klosters zurück und setzt seine Arbeit fort.

Zwei Jahre später stirbt Eustochium nach kurzer Krankheit. Ein Schlag, von dem sich Hieronymus nicht mehr erholen wird. Er ist alt und müde geworden. Die Kraft reicht für einen neuen Beginn nicht mehr aus. Zwar wird die junge Paula, eine Nichte von Eustochium, die Tradition der Familie aufnehmen und die Leitung des Klosters übernehmen, für Hieronymus aber bleibt nur noch die Vorbereitung auf einen würdigen Tod. Zuletzt ist er so schwach, dass er sich nur noch mit Hilfe eines Seiles, das an einem Balken der Decke seines Arbeitszimmers befestigt ist, vom Lager erheben kann.

Und doch arbeitet er immer noch. Sein letzter Kommentar über den Propheten Jeremia zeigt klaren Sinn und deutliche Diktion. Bis zum zweiunddreißigsten Kapitel reicht die Kraft. Am 30. September im Jahre Christi 419 nimmt ihm der Tod für immer den Schreibgriffel aus der Hand. Krank und schwach, einsam und fast blind entschläft der treue Diener friedlich in seinem Herrn.

Sein Leichnam wird zunächst in den zerstörten Ruinen seines Klosters beigesetzt, wie es seinem Wunsche entsprach. Im Mittelalter sollen seine Gebeine nach Rom überführt worden sein und in der Kirche Groß St. Marien (S. Maria Maggiore) ihre letzte Ruhe gefunden haben. Sie gelten heute als verschollen.

EPILOG
London 1910

Auch an diesem Nachmittag kam der Mann mit dem Bowler, wie jeden Wochentag, in den vertrauten Laden, doch diesmal begleitete ihn strahlender Sonnenschein durch die Gassen von Whitechapel. Ein Glanz, der Schmutz und Unrat der Gassen so richtig zum Vorschein treten ließ, immerhin aber den Vorteil mit sich brachte, dass man genau sehen konnte, wohin man besser nicht treten sollte.

Wie überrascht war er, als er zum ersten Mal von einer hübschen, jungen Dame empfangen wurde. Sie trug ein langes, schwarzes Kleid, das in der Taille geschürzt war und bis zu den Knöcheln reichte, die Ärmel ganz bedeckte und hoch geschlossen war. Eine schmale Perlenkette schmückte den schlanken Hals. Das lange braune Haar war hochgesteckt und wurde mit Klammern gehalten. Aber das hübsche Gesicht war von Schmerz geprägt und die Augen kündeten noch von den Tränen, die sie kurz zuvor geweint hatte. Er blickte sich irritiert um. Da, wo sonst am prasselnden Kamin der Sessel stand, die Teekanne und das Buch auf ihn warteten, empfing ihn gähnende Leere. Kein Tee, kein Buch, und selbst der Kamin brannte nicht.

Die junge Dame bemerkte seine Irritation.

„Sie haben sicher meinen Großvater erwartet?"

„Ja ... äh ... schon."

Das hübsche Gesicht verdunkelte sich und verzog sich schmerzvoll.

„Mein Großvater ist heute Nacht gestorben, sein Herz, es hat einfach ausgesetzt", sagte sie leise. „Es war ein plötzlicher, aber schneller Tod. Ohne Leid, ohne Qual! Sicher hätte mein Großvater sich genau so einen Tod gewünscht, aber vielleicht doch etwas ... später." Sie tupfte ihre Augen mit einem Tuch ab und blickte den Besucher aufmerksam an. „Darf ich fragen, mit wem ich die Ehre habe?"

„Mein tiefes Beileid, mein Fräulein. Ich habe Ihren Großvater in kurzer Zeit sehr schätzen gelernt."

Die junge Dame nickte wortlos.

„Ich bin Sir Geoffrey Pembroke-Miles. Und ich habe in den letzten Wochen ..."

„Ich weiß", unterbrach ihn die junge Dame, „Sir Geoffrey, es ist mir eine Ehre. Sie waren täglich hier und haben in einem Buch gelesen, das Ihnen wohl viel bedeutete. Mein Großvater hat mir von Ihnen viel erzählt. Nehmen Sie doch bitte Platz. Ich habe etwas für Sie."

Während der Mann sich auf den gewohnten Sessel setzte, verschwand die junge Dame im hinteren Raum, um wenig später zurückzukommen. In der Hand hielt sie ein kleines Paket und einen Brief.

„Das bat mich mein Großvater, Ihnen zu geben."

Sie übergab ihm beides und setzte sich neben ihn.

Der Mann öffnete zunächst den Brief und las:

Sehr geehrter, werter Herr,

ich kenne Ihren Namen nicht und muss mich daher einer Anrede enthalten. Wenn Sie dies in den Händen halten, werde ich diese Welt verlassen haben und meine Enkelin Viktoria wird Ihnen den Brief geben, den Sie jetzt in Händen halten.

Sie haben mich und meine Bücher jetzt seit Wochen besucht (ich habe es mitgezählt, es waren wohl an die dreizehn Tage, an denen Sie mich mit Ihrer Gegenwart beehrt haben), aber Sie werden Ihre Lektüre durch mein kleines Missgeschick nicht beenden können. Erlauben Sie also, dass ich Ihnen dieses Buch, das von Ihnen offensichtlich höchste Wertschätzung erfuhr, zum Geschenk mache. Ich weiß, dass es in beste Hände kommt und mit dem Geld könnte ich ohnedies nichts mehr anfangen. Stattdessen würde ich um ein Gebet für meine Seele bitten. Meine Enkelin weiß Bescheid!

Gott schütze unseren König!
Edward Saunders

Sir Geoffrey legte den Brief zusammen und sah Viktoria Saunders nachdenklich an.

„Das ist ein großes Geschenk, das mir Ihr verstorbener Großvater da gemacht hat. Ich weiß gar nicht, ob ich das äh … annehmen kann."

„Mit Verlaub, Sir, das können Sie!", sagte die junge Dame in bestimmtem Ton. „Es war der Wunsch meines Großvaters, sein letzter, dass Sie dieses Buch bekommen sollen. Sie werden es in Ehren halten, und vielleicht kann es Ihren Studien nützlich sein."

Der Mann stand auf, nahm beide Dinge an sich und verbeugte sich vor der jungen Dame.

Schweigend verließ er den *London Antiquarian Bookshop*.

Das erste Mal erschien dieses Buch unter dem Titel „Senecas Truhe"
2000 im Salzer Verlag.

Bibliografische Information der Deutschen Nationalbibliothek
Die Deutsche Nationalbibliothek verzeichnet diese Publikation in der
Deutschen Nationalbibliografie; detaillierte bibliografische Daten sind
im Internet über http://dnb.d-nb.de abrufbar.

Besuchen Sie uns im Internet unter:
www.st-benno.de

Gern informieren wir Sie unverbindlich und aktuell auch in unserem
Newsletter zum Verlagsprogramm, zu Neuerscheinungen und Aktio-
nen.
Einfach anmelden unter www.st-benno.de

ISBN 978-3-7462-5268-1

© St. Benno Verlag GmbH, Leipzig
Umschlaggestaltung: Ulrike Vetter, Leipzig
Abbildung auf Seite 463: Palästina, Gebietsdarstellung aus „Putzger Histori-
scher Weltatlas" (1902), © Levante 1915/PD-alt-100.
Layoutgestaltung & Gesamtherstellung: Kontext, Lemsel (A)

464